Brian McClellan

火药魔法师

卷 秋日共和 三

[美] 布莱恩·麦克莱伦/著 THE 露可小溪/译

The Autumn Republic
Copyright © 2015 by Brian McClellan
Maps by Isaac Stewart
Published in agreement with Liza Dawson Associates LLC,
Through The Grayhawk Agency.
Simplified Chinese edition copyright © 2024 by Chongqing Publishing House Co.,Ltd.
All rights reserved.

版贸核渝字(2017)第096号

图书在版编目(CIP)数据

火药魔法师.卷三,秋日共和/(美)布莱恩·麦克莱伦著;露可小溪译.—重庆:重庆出版社,2024.7
ISBN 978-7-229-15259-8

Ⅰ.①火… Ⅱ.①布… ②露… Ⅲ.①长篇小说—美国—现代 Ⅳ.①I712.45

中国国家版本馆CIP数据核字(2024)第092801号

火药魔法师(卷三)秋日共和
HUOYAO MOFASHI(JUAN SAN)QIURI GONGHE

[美]布莱恩·麦克莱伦 著 露可小溪 译

联合统筹:重庆史诗图书信息咨询有限公司
责任编辑:邹 禾 唐弋淄 陈 垦
装帧设计:谢颖设计工作室
封面图案设计:[美]劳伦·帕内平托
责任校对:郑 葱
排版设计:池胜祥

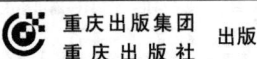
重庆出版集团 出版
重庆出版社

重庆市南岸区南滨路162号1幢 邮政编码:400061 http://www.cqph.com
重庆市国丰印务有限责任公司 印刷
重庆出版集团图书发行有限公司 发行
E-MAIL:fxchu@cqph.com 邮购电话:023-61520678
全国新华书店经销

开本:890mm×1230mm 1/32 印张:16.125 字数:430千
2024年7月第1版 2024年7月第1次印刷
ISBN 978-7-229-15259-8
定价:83.00元

如有印装质量问题,请向本集团图书发行公司调换:023-61520678

版权所有 侵权必究

献给妈妈
她鞭策我朝正确的方向努力
成就了如今的一切

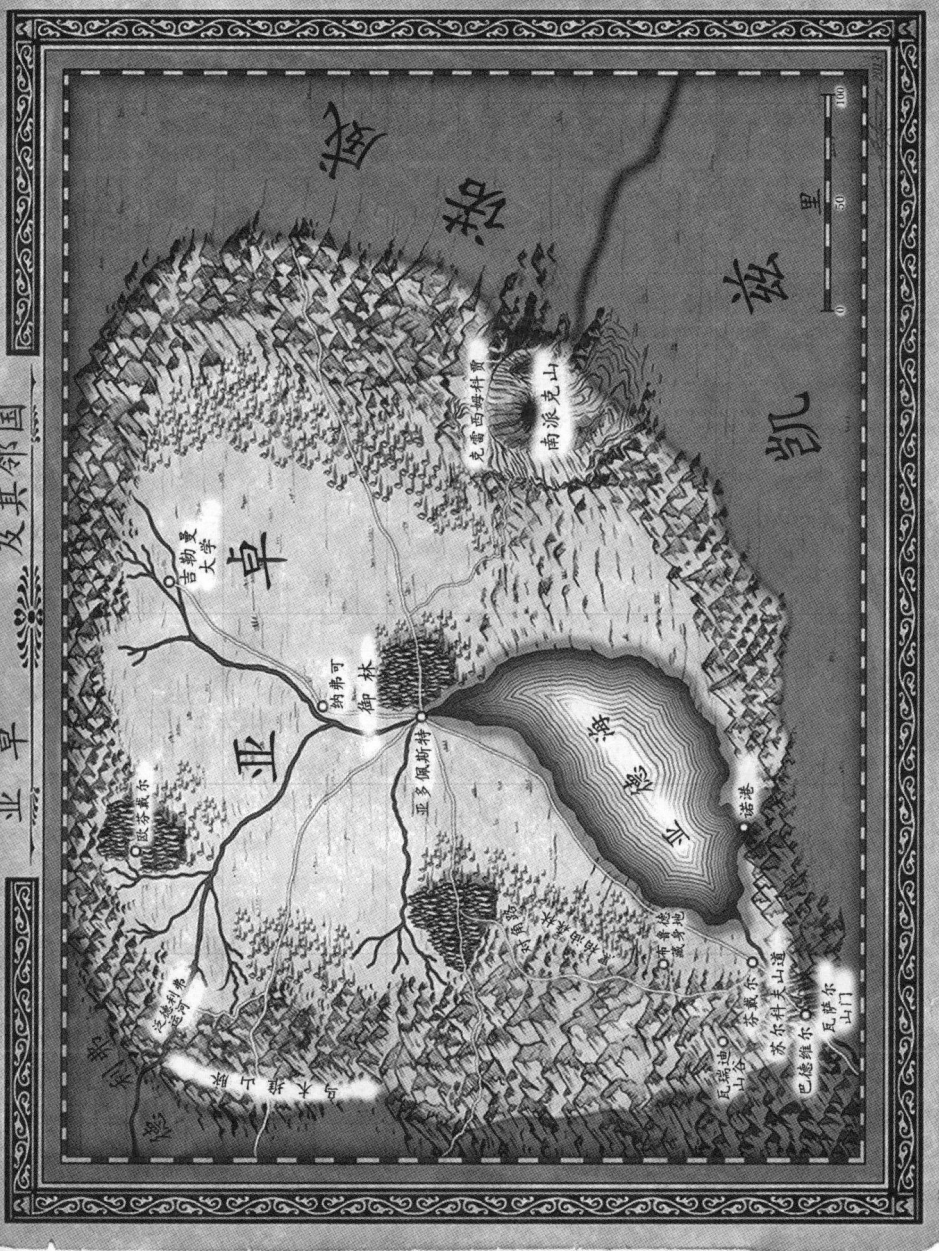

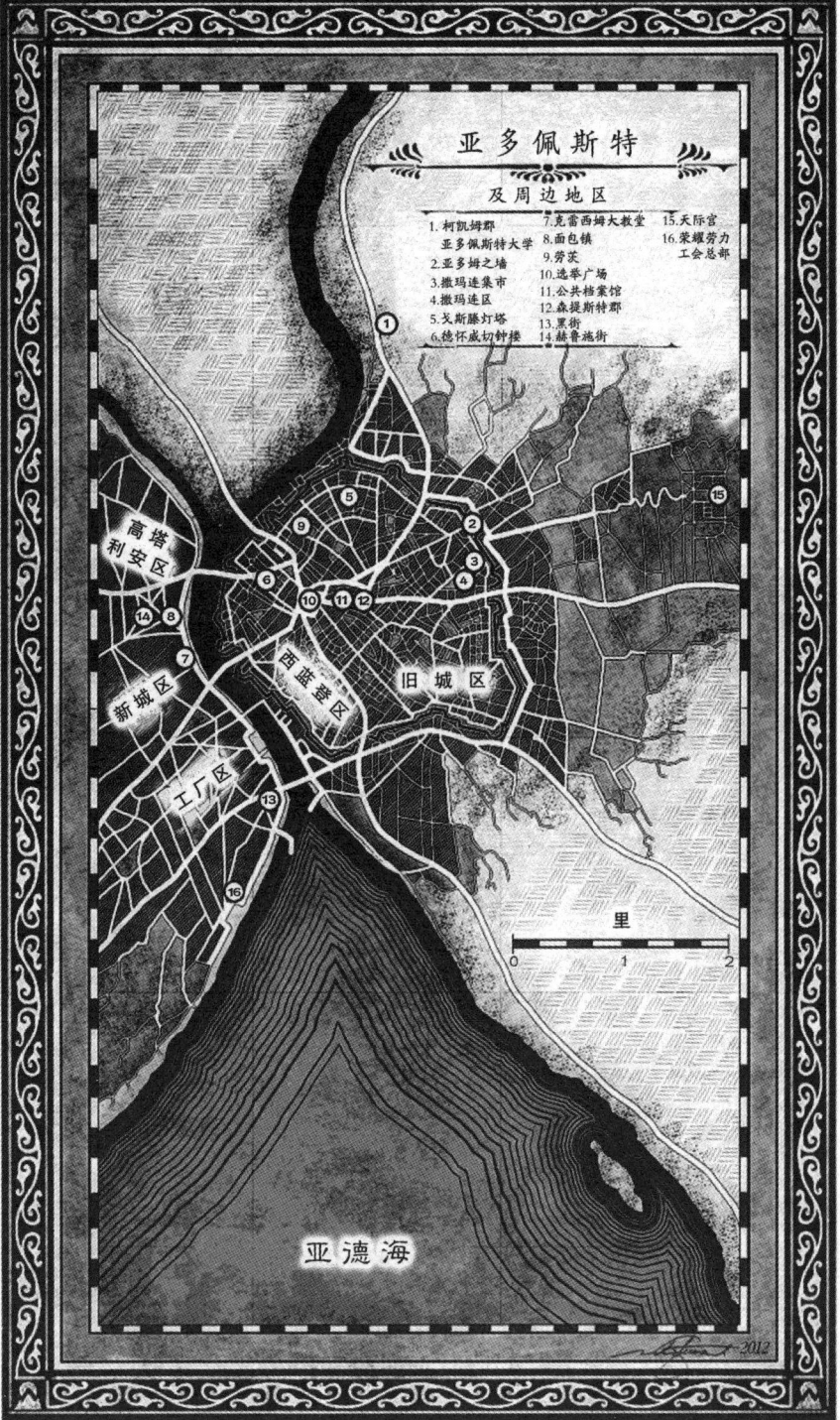

第 1 章

陆军元帅塔玛斯站在废墟中,那曾是亚多佩斯特的克雷西姆大教堂。

晨光初现,塔玛斯审视着废墟。曾几何时,这幢庄严雄伟的金顶大教堂一枝独秀,在周围的建筑中鹤立鸡群,如今却只剩残垣断瓦。一小群石匠正在挑选还能使用的大理石和石灰岩。曾在尖顶上筑巢的鸟儿只能没头没脑地在空中盘旋。

破坏由尊权者操控的元素巫力造成。花岗岩拱心石被随随便便地切开,大教堂的横截面被温度高过所有锻炉的火焰熔化。眼前这一幕让塔玛斯反胃。

"近看反而好些。"奥莱姆说。他守在塔玛斯身旁,一手按着藏在大衣里的枪柄,同时机警地在街上搜寻布鲁达尼亚巡逻队的踪影。他咬着香烟说:"这应该就是斥候看到的烟柱了。城里其他地方似乎没事。"

塔玛斯瞪着保镖。"这座大教堂有三百年历史,修建耗时六十年。该死的布鲁达尼亚人侵入了亚多佩斯特,我不会因为他们只摧毁了大教堂而感到安心。"

"他们本可以夷平全城的,好在没有。我觉得我们很幸运,长官。"

当然了,奥莱姆说得没错。因为担心都城的命运,他们快马加鞭骑行两周,不顾自身安危,遥遥领先于第七旅和第九旅,以及新加入

火药魔法师

的德利弗盟军。发现亚多佩斯特并未毁于战火，塔玛斯总算松了口气。

不过都城已然落入布鲁达尼亚军队手中，塔玛斯只能在自家地盘偷偷摸摸地行动。他的愤怒难以言表。

他强压怒火，尽量恢复镇定。他们几个钟头前抵达市郊，借着夜色掩护潜入城中。他必须做些安排，召集朋友，探查敌情，搞清布鲁达尼亚人是如何兵不血刃就占领全城的。该死，布鲁达尼亚远在八百里外啊！

又一名议会成员背叛了他？

"长官。"维罗拉说，塔玛斯闻言望向南方。她站在他们上方的一截拱壁上，观察亚德河及远处的旧城区。与塔玛斯和奥莱姆一样，她也穿着大衣，遮住里面的亚卓军服，黑发盘在三角帽里。"一支布鲁达尼亚巡逻队。队伍里有个尊权者。"

塔玛斯望着废墟，回忆南边的街道分布，伏击布鲁达尼亚巡逻队的计划逐渐成形，但他强行打断了自己的思路。除非人手充足，他不能与敌人公开动手。他抛下大部队，只带了维罗拉和奥莱姆，也许能对付一支布鲁达尼亚巡逻队，但任何形式的交火都会吸引更多敌人。

"我们需要士兵。"塔玛斯说。

奥莱姆把烟灰掸落在大教堂祭坛的残骸上。"我去找奥德里奇军士。他带着十五名神枪手。"

"就这么办。"塔玛斯说。

"我们可以联系里卡德，"维罗拉说，"搞清城里到底发生了什么，还能调用他的人手。"

塔玛斯点点头，他赞成这个提议。"尽快。见鬼，我该带上所有火药党。见到里卡德之前，我需要更多人手。"不知他有没有背叛我们。塔玛斯曾把昏迷不醒的塔涅尔交给里卡德照顾。如果有人伤害他儿子，塔玛斯会……

他咽下翻涌的胆汁，平复剧烈的心跳。

"萨伯恩的新兵呢？"奥莱姆问。

萨伯恩阵亡之前，曾在城北开设了一家火药魔法师学校。之前他汇报说，找到了二十多人，多少都有些天赋，当时他已经在教授他们如何射击、战斗，以及控制力量了。

他们只接受了几个月的训练。但也不错了。

"是有些新兵。"塔玛斯表示同意，"见到里卡德之前，至少我们可以找到泰拉薇娅。"

黎明时分，天气凉爽。他们来到亚德河对岸时，街上的人也多了起来。塔玛斯注意到，布鲁达尼亚巡逻队往来频繁，守备军数量不少，但对市民秋毫无犯。穿过老城区的西门时，没人盘问他们，出城去北郊也一样。

塔玛斯看到，沿河的港口停泊着布鲁达尼亚船只，高高的桅杆林立于南岸。里卡德工会修建的过山运河通航了，让他心里堵得慌。那种吨位的远洋船想驶进亚德海，只能依靠运河。

有多少教堂和修道院遭到损毁，塔玛斯已经数不清了。城里每隔几个街区就有一堆碎石，都是曾经的教堂。他忍不住好奇神职人员的命运，以及布鲁达尼亚尊权者为何把教堂当成了目标。

他必须找里卡德问个清楚。

他们出城后，向北步行一个钟头，终于来到位于亚德河岸的学校。那是一栋老旧的砖房，曾是家服装厂，边上的院子改成了靶场。离开道路时，维罗拉一把抓住塔玛斯的胳膊。他感觉到了对方的惊恐。

塔玛斯的心也悬了起来。

学校楼上的宿舍窗户紧闭，大门摇摇欲坠。有块木牌，上面装饰着火药魔法师的银色火药桶纹章，曾经钉在门板上方，如今却破破烂烂地丢弃在泥地里。学校周围的土地和靶场荒草丛生，寂静而苍凉。

火药魔法师

"维罗拉，"塔玛斯说，"你走南岸。奥莱姆，从北边迂回。"

两人回了声"遵命"，各自行动。维罗拉摘掉帽子，在高草中谨慎潜行。奥莱姆则继续走过大街，优哉游哉地绕过学校，然后穿过靶场，从坡上朝学校靠近。

塔玛斯等他们就位，这才沿着通往学校的小路走过去。他睁开第三只眼，观察"他方"，寻找巫力的痕迹，然后建筑里什么都没有。即使有人埋伏，也不是尊权者或赋能者。

但他也察觉不到火药魔法师的存在。为何学校里没人呢？泰拉薇娅奉命留守，身为火药魔法师，她的力量不算强，但技艺精湛，是训练新兵的最佳人选。布鲁达尼亚人入侵时，她有没有带他们躲起来？还是说，他们遇袭了？

接近学校时，塔玛斯抽出手枪，驻足片刻，往舌头上撒了些黑火药。火药迷醉感掌控了他的躯体，让他的视觉、听觉和嗅觉变得异常敏锐，骑马的痛感隐没于力量的帷幕之后。

一阵轻浅的声音钻进他的耳朵，几乎被河水缓慢流淌的声响掩盖。他很难定位声音的来源，但能用鼻孔嗅到某种味道。铁锈和腐臭味。是血。

塔玛斯观察着学校正面的窗户。朝阳刺眼，屋子里黑漆漆的，什么也看不清。他的听力被火药迷醉感强化，感觉那轻浅的声音犹如一阵阵咆哮，死亡的气息令他满心恐惧。

他将大门从铰链上一脚踹开，手持双枪闯了进去，随即呆立当场，眼睛逐渐适应了昏暗的光线。

他白紧张了。门厅空空荡荡，屋子里静悄悄的——唯有轻浅的嗡鸣。他终于发现，那声音来自成千上万只苍蝇。它们在空中嗡嗡地飞舞，贴着窗玻璃蹦跳。

塔玛斯将两把手枪插回腰间，往脸上系了块手帕，掩住口鼻。尽管满是苍蝇、恶臭扑鼻，但这里没有尸体。唯一可见的暴力迹象，是地板和墙壁上干涸的血迹。这里死过人，但尸体被拖走了。

他端起一把手枪，跟着入口处的血迹往前摸去，进入旧厂房。

工厂车间相当开阔，毫无疑问曾摆放着几十张长桌，供数百名裁缝从事缝纫工作，如今却人去楼空，只有长桌堆在墙边。这里苍蝇不多，只集中在五六处陈旧的血渍和血泊周围，有人死在那里。

血迹顺着地面延伸，进入车间角落里的一扇门。

塔玛斯听到响动，转身举起手枪，发现维罗拉从楼上宿舍走下楼梯。他注意到，楼梯上也有不少血迹。

"有什么发现？"塔玛斯问。声音在宽敞的车间里回荡，显得十分诡异。

"除了苍蝇，"维罗拉一口啐在地上，"还是苍蝇。学校后面少了半堵墙。到处都是焦痕。有人在那边至少引爆了两筒火药。"她无声地咒骂一句，这是她唯一有损职业风范的举动。

"这里发生过什么？"塔玛斯问。

"不知道，长官。"

"没有尸体？"

"没有。"

塔玛斯沮丧地咬紧牙关。血水太多——所以招来很多苍蝇——凝固的血块也有不少。不久前，有几十人死在这栋建筑里。

"他们把尸体拖去后面了。"奥莱姆的声音在房间里回荡，他从对面角落的狭窄门廊内走了进来。

塔玛斯和维罗拉来到他身边，奥莱姆指着地面，只见一道道锈色血迹，重重叠叠地通向后方，消失在学校和亚德河之间茂密的高草丛中。"不管凶手是谁，"奥莱姆说，"他们都清理过现场。他们不希望尸体讲述真相。"

"可真相不言自明。"塔玛斯厉声说道，大步走回屋子。他来到学校前部，一路驱散尾随的苍蝇。"他们从前面进来，"他指着墙上的血点和弹孔说，"干掉了岗哨，然后占领工厂车间。我们的魔法师在楼上拼死抵抗，耗尽了手中的火药……"

他声音嘶哑。那些人的命都该算到他头上。是他招募了这些新魔法师。其中有农民，还有两个面包师，一个曾是图书管理员。他们没受过战斗训练，像绵羊一样被人宰杀。

他只能祈祷，他们也拉了几个敌人陪葬。

"死亡是该死的画家，而这就是它的画布。"奥莱姆轻声说。他点燃香烟，深吸一口，将浓烟喷在墙上，看着苍蝇四散奔逃。

"长官。"维罗拉绕过塔玛斯，从地上捡起什么。她递给他一小块圆形的皮制物品，中间有个洞。"看起来它在门后，被清扫现场的人漏掉了。您认识这个吗？"

塔玛斯嘴里泛起苦涩的滋味，忍不住啐了一口。"是皮垫圈。如果带着气步枪，这种配件也要随身携带。应该是从某人的装备袋里掉出来的。"

气步枪。专门用来杀伤火药魔法师的武器。凶手们有备而来。

塔玛斯扔掉垫圈，把手枪插进腰间。"奥莱姆，哪些人知道这间学校的地址？"

"除了火药党吗？"奥莱姆用手指搓揉着香烟，若有所思，"这事并非完全保密。毕竟他们挂上了牌子。"

"哪些人最清楚？"塔玛斯问。

"总参谋部的几个人，还有里卡德·汤布拉。"

总参谋部的人都跟了他几十年。塔玛斯信任他们。他也必须信任他们。

"我要知道答案，哪怕有人会因此流血。给我把里卡德·汤布拉找出来。"

第 2 章

荣耀劳力工会是九国上下规模最大的工会，总部设在亚多佩斯特工厂区的一间旧仓库里，距离亚德河汇入亚德海的位置不远。

塔玛斯忧心忡忡地看着大楼。几百人进进出出，想直接进去与里卡德对话，但又不被人看见，几乎不可能——他甚至会被人认出来。他们的谈话也许会变成流血事件，塔玛斯不希望里卡德的卫兵们听到尖叫声。

若不是心脏在胸腔里跳动得过于急切，塔玛斯知道，他应该等到傍晚，尾随里卡德回家才是。

"我们可以预约，长官。"奥莱姆靠着门廊，漫不经心地说道。在街对面，一名工会卫兵皱着眉头打量他们。奥莱姆冲他挥挥手，举起一根香烟。守卫扬起一边眉毛，转过身，对他们失去了兴趣。

"不能预约。"塔玛斯断然否决，"我不希望他知道我们来了。"

"我认为，他不管怎样都会知道的。光在这条街上，他就布置了二十多个武装打手。"

"我只数到十八个。"

奥莱姆假装满不在乎地观望着周围的行人。"您左边三十步外那家店铺，枪手藏在楼上的窗户内，长官。"

"啊。"塔玛斯用眼角余光瞥见了他们。"里卡德受惊不小啊。在他以前的总部，任何时候都不超过四名卫兵。"

"他是不是在防备布鲁达尼亚人？"

火药魔法师

"或者防备我回来。维罗拉来了。咱们走。"

他们走过街道,尽量不引起工会卫兵的注意,然后在一家小面包店门口与维罗拉碰头。塔玛斯看着堆在柜台上的面包,想起了米哈利。他还在南方,跟大部队在一起吗?

毫无疑问。若不是米哈利牵制住克雷西米尔,亚多佩斯特早就不存在了。塔玛斯现在就想喝一碗大厨亲手调制的南瓜汤。

维罗拉领着二人穿过面包店,来到一条布满垃圾和泥土的窄巷。"这边。"她扭头说道。三人小心翼翼地选择落脚点。塔玛斯脚下嘎吱作响,他尽可能忽略这里的味道。工厂区堪称全城最脏的地方——其中的小巷更是脏得难以想象。

他们又穿过三条巷子,爬上一栋二层小楼的铁梯,摸到工会总部的后门。

两名工会卫兵坐在地上,背靠门边的墙壁,头戴帽子,脑袋低垂,似乎在睡觉。塔玛斯扫了眼泥地,知道这里曾发生过短暂的搏斗,维罗拉不声不响地制服了二人。

"他俩死了?"奥莱姆把烟头弹进泥地,拔出手枪。

"昏过去了。"

"很好。"塔玛斯说,"进去后尽量不要杀人。我们还不清楚里卡德有没有背叛我们。"如果他叛变了,我会亲自动手。塔玛斯刚准备推门,却被奥莱姆拦住。

"请原谅,长官,让我们先进去。"

"我可以……"

"这是我的工作,长官。最近我都快失业了。"

塔玛斯咬了咬舌头。这种时候,保镖抗命可不是好事,但奥莱姆说得有道理。"去吧。"

他等了不到三分钟,奥莱姆回来了。"长官,我们逮着他了。"

他们经过后门走廊和两间仆人房,溜进里卡德办公室的侧门。里卡德坐在办公桌后，外套污秽不堪，胡须杂乱，愤怒地眯着眼睛。维罗拉站在他身后，用枪管抵着他的后脑勺。

看到奥莱姆，里卡德双拳砸在桌上。"这是什么意思？你以为……"他目瞪口呆，试图站起来。但维罗拉一手按着他的肩膀，把他压了回去。"塔玛斯？你还活着？"

"你好像不是很惊讶。"塔玛斯收起手枪，点头示意维罗拉松开他的肩膀。奥莱姆守在门口。

里卡德使劲咽着口水，目光在塔玛斯和奥莱姆之间跳跃。塔玛斯说不清，对方是因为叛变而紧张，还是没料到他会从天而降。"我听说你还活着，但所有消息来源都不可靠。我……"

"我的火药魔法师学校怎么了？我儿子在哪儿？"

"塔涅尔？"

"我还有别的儿子吗？"

"你有吗？"

"没有。"

"我……好吧，我不知道塔涅尔在哪儿。"

"你最好快点解释清楚。"塔玛斯用手指敲打着决斗手枪的象牙枪柄。

"当然，当然！需要我帮你倒酒吗？"

塔玛斯轻轻歪了歪头。里卡德似乎没意识到，他再说错一个字，子弹就会把他的脑壳打开花。"说。"

"说来话长。"

"长话短说。"

"塔涅尔醒了。你去南边不久，蛮子丫头让他恢复了意识。他俩去了前线，塔涅尔帮忙抵挡凯兹军队。但后来，军事法庭指控他不服从命令。他被解除军职，又马上接受了亚多姆之翼的雇佣。不过他为了自保，杀了凯特将军的五个士兵，然后失踪了。"

塔玛斯顿觉天旋地转，脚下不稳。"才三个月，就发生了这么多事？"

里卡德点点头，隔着肩膀瞟了眼维罗拉。

"而你不知道他现在在哪儿？"

"不知道。"

"学校那边怎么回事？"

里卡德皱起眉头。"好几周没收到他们的消息了。估计一切正常。"

塔玛斯仔细端详着里卡德的脸。这家伙靠讨人欢心发财致富——说些漂亮话，哄得大伙团团转——但他并不擅长撒谎。事实上，他没撒谎，反而让塔玛斯更担心了。

奥莱姆的惊呼声提醒了塔玛斯。他转身看到，一个女人踢中奥莱姆的侧膝，让他痛骂一声，跌倒在地。女人手持匕首，扑向塔玛斯，速度快得惊人。塔玛斯企图抓住她的手腕，来个顺手牵羊——可惜未能如愿。她突然退后，凌空抛起匕首，换手接住，直取塔玛斯的咽喉。

刀尖以毫厘之差错失目标，维罗拉从侧面撞上女人，两人双双跌向里卡德的书架，家具轰的一声，倾覆在她俩身上。奥莱姆爬起来，冲过去揪向女人的衣领，结果腹股沟挨了一拳。他弯着腰，靠在墙壁上滑落。

塔玛斯几步跨到女人身后，举起枪，不让她起身。

"菲尔，住手！"里卡德吼道。

女人立刻停止挣扎。

塔玛斯依然用枪指着女人，先后拉起维罗拉和奥莱姆。女人坐在倒塌的书柜中间，神色阴郁地盯着塔玛斯的手枪。

"该死，菲尔，"里卡德说，"你他妈想干吗呀？"

"您有危险，先生。"菲尔说。

"你要杀了陆军元帅吗?"

菲尔的脸微微一红。"抱歉,先生。我从背后没认出他。再说我只想制服他们。"

"你用刀砍我的脸!"塔玛斯说。

"不会很深的。我有分寸。"

塔玛斯看了看维罗拉和奥莱姆。维罗拉脸上有块颜色暗沉的瘀伤,是被书架砸的。奥莱姆则捂着腹股沟,嘴里轻声咒骂。面对三个携带武器的陌生人,这个女人毫无畏惧,还打算制服他们?她转眼间放倒奥莱姆,差点打败塔玛斯,而他正处于轻微的火药迷醉状态。

"你雇了个厉害角色啊。"塔玛斯对里卡德说。

里卡德坐回椅子,双手抱头。"你知道,你可以预约的。"

"不,先生。他不会。"菲尔坐在地上说,"他消失了好几个月。都城落入外人手中。他不知道该相信谁。"

里卡德瞪了她一会儿,怒容消失,换上一副恍然大悟的神情。"哦。你以为我把都城卖给了布鲁达尼亚人,是吧?"

"我只知道,"塔玛斯说,"外国军队占领了我的城市。而只有你、大老板和昂德奥斯有城门的钥匙。"

"是该死的克莱蒙特大人。"

这回轮到塔玛斯变了颜色。"维塔斯的主子?埃达迈没能彻底解决那个杂种?"

"埃达迈出色地完成了任务。"里卡德说,"维塔斯死了,他的爪牙不是死了就是逃了。我们干掉了他,结果他主子带来两个旅的布鲁达尼亚士兵,还有半个布鲁达尼亚王党。"

"没人保卫城市吗?"

里卡德的鼻孔张大了。"我们试过。可是……克莱蒙特不是来攻城的。至少他自己这么声称。他说他带来军队,是为帮我们抵挡凯兹人。他要竞选亚卓的首相。"

火药魔法师

"放屁。"塔玛斯开始踱步。这支军队占领亚多佩斯特,带来了太多问题。如果塔玛斯想找到解决方案,就需要自家军队的支持。第七、第九旅和德利弗盟军还要行军几周才能赶到。

"安排我与克莱蒙特会面。"塔玛斯说。

"这可能不是个好主意。"

"为什么?"

"他带着半个布鲁达尼亚王党!"里卡德说,"你能想象,九国之内还有比王党更恨你的组织吗?他们会毫不犹豫地杀了你,把尸体扔进亚德河。"

塔玛斯脚下不停。他没时间等待。太多敌人。太多事情需要考虑。他急需帮手。"前线有什么消息?"

"他们还在坚持,可是……"

"可是什么?"

"我将近一个月没收到前线的好消息了。"

"你这么长时间都没收到总参谋部的消息?见鬼,凯兹军队可能明天就兵临城下!该死,我……"

"先生,"菲尔对里卡德说,"您有没有告诉他塔涅尔的遭遇?"

塔玛斯转身面对里卡德,揪住他的前襟。"什么?他怎么了?"

"有一些……我是说,我听到流言,那个……"

"什么流言?"

"没什么重要的。"

"告诉我。"

里卡德盯着自己的双手,淡淡地说:"塔涅尔被克雷西米尔抓住,吊在凯兹营地里。不过,"他提高嗓门,"只是流言而已。"

塔玛斯听到剧烈的心跳声在耳畔咚咚作响。凯兹人抓了他儿子?把他吊了起来,就像一块肉、一件可怕的战利品?恐惧油然而生,炽热的怒火随之吞没了他。他不由自主地冲出里卡德的办公室,一路推开众人，闯进工会大厅。

奥莱姆和维罗拉一直追到大街上。

"我们去哪儿，长官？"维罗拉问。

塔玛斯握着枪柄。"我要找到我儿子，如果他死了，我会把克雷西米尔的肠子从他屁眼里扯出来。"

第 3 章

埃达迈还在路上。他要去逮捕一位将军。

他在车厢后部上下颠簸,望着窗外亚卓南部的田地。地里长满金灿灿的秋麦,饱满的穗子压弯了麦秆,随风轻轻摇晃。祥和的景色让他想起了家人——留在家中的妻儿们,还有一个孩子,被对手卖给了奴隶贩子。

这事可能不会顺利。

不,埃达迈纠正自己。这事肯定不会顺利。

你得疯到什么程度,才敢在战争期间逮捕一位将军?政府乱成一团——应该说名存实亡了——地方法院还在运行堪称奇迹。自从曼豪奇被处决,所有国家级案件都暂停审判,他们只好连哄带骗地让里卡德·汤布拉——临时议会的主要成员之一——签署了对凯特将军的逮捕令。他们还胁迫两位地方法官签署了同样的逮捕令。埃达迈希望这些能管用。

车夫吆喝一声,马车突然减速,停了下来,埃达迈随着惯性向前一冲。他望向窗外,乌木堆山取代了原先的麦田和起伏的山丘,远处层峦叠嶂,另一边窗外则是向东南方延伸的亚德海。

"为什么停车?"

一位旅伴从瞌睡中惊醒。奈娜,大概十九岁,一头赭色卷发,姿色足以挤进国王的宫廷。埃达迈记得她是个洗衣工。他不清楚奈娜为何要来,反正尊权者波巴多执意带上她。

埃达迈打开车门，仰头询问车夫。"怎么回事？"

"军士下令停车。"

他缩回脑袋。奥德里奇为何喊停？他们远在亚卓军队北边。距前线的路程不止一天。

马车突然摇晃着前进，但只是驶到路边，让其他车辆通行。一辆公用马车辘辘驶过，带着三节车厢，满载前方所需的补给。

"不对劲儿啊。"埃达迈说。

奈娜揉着惺忪的睡眼。"波。"她戳了戳靠在她肩头睡觉的男人。

曼豪奇王党仅存的硕果、尊权者波巴多动了动，又接着打鼾，声如雷鸣。

"波！"奈娜拍拍波的脸。

"干吗？"波猛地坐直了，两手在面前挥舞。他眨眨眼，驱散眼中的睡意，缓缓放下双手。"该死的丫头。"他说，"我要是戴了手套，你们两个就死了。"

"好吧，幸好你没戴。"奈娜说，"停车了。"

波捋了捋一头红发，戴上一双饰有古老符文的白手套。"为什么？"

"不清楚。"埃达迈说，"我去看看。"他钻出马车，很高兴不用再与尊权者同处一室。眨眼之间，波就能用元素巫力杀死埃达迈、奥德里奇，以及担任护卫的一整队亚卓士兵。埃达迈曾亲眼见过，波手腕一抖，就拧断了曼豪奇刽子手的脖子。波很有魅力，但他终究是个冷血杀手。埃达迈回望一眼马车，爬上一段平缓的斜坡。奥德里奇军士和几个手下正在路边商议。

"侦探，"奥德里奇点头致意，"尊权者呢？"

"从现在开始，你最好称他为'法律顾问'。"埃达迈说。

奥德里奇哼了一声。"好吧。律师在哪儿？我们遇到了意外。"

"嗯？"

"那边高地上有军队。"奥德里奇说。

埃达迈的心提到了嗓子眼。军队?凯兹人终于打进来了?他们攻向了亚多佩斯特?

"亚卓军队。"奥德里奇补充道。

埃达迈松了口气,不过立刻又紧张起来。"他们在这边干吗?"他问,"他们应该在苏尔科夫山道。前线已经退到这么远了?"

"怎么回事?"波抻着懒腰来了。埃达迈再次意识到波有多年轻——也就二十出头,绝对不满三十。尽管尊权者看着年轻,但额头已生出皱纹,还有双苍老的眼睛。

埃达迈凌厉地看向波的手套。"你的角色是律师。"他说。

"我不喜欢不戴手套就出来。"波捏响指关节,"再说也没人看见。军队离得远着呢。"

"并非如此。"奥德里奇朝高地方向歪歪头。

奈娜也来了。"跟着我。"波对她说。他俩爬到坡上,观察高地上的军队。

奥德里奇目送二人走远。"我不相信他们。"等对方听不见他们说话了,他才说道。

"我们必须相信。"埃达迈说。

"为什么?塔玛斯元帅从没借助过尊权者的力量。"

"塔玛斯是火药魔法师,"埃达迈说,"你我可没有他的能耐。波是我们的后援。如果这事办不成——如果凯特将军不愿冷静面对亚多佩斯特的法律监管——我们就需要波的帮助,摆平一些乱子。"

奥德里奇双手揉着太阳穴。"见鬼。真不敢相信我被你牵扯进来了。"

"你要的是公道,对吧?你希望我们赢得战争?"

"是啊。"

"那我们就该逮捕凯特将军。"

波和奈娜回来了。奈娜皱着眉头，波若有所思。

"你觉得那边是什么情况？"波问奥德里奇，"营地应该在南边几十里外才对。"

"有很多可能。"奥德里奇说，"可能是从前线撤下的伤员。可能是增援部队。可能是弟兄们打了败仗，正在撤退。"

波挠着下巴——他已经脱掉了尊权者手套。"现在是下午。如果士兵撤退，他们应该朝亚多佩斯特行军。不知道具体怎么回事，但情况不大正常。那边驻扎的军队不到六个旅。如果是增援部队，兵力太多了；但对作战主力来说，兵力又太少。"

"我们必须搞清是什么状况。"埃达迈说。

"怎么做呢？"波问，"除非我们直接闯过去，不然没法知道。似乎只能闯过去了，如果我想救出塔涅尔——见鬼，假如他还活着的话——如果你希望我帮你救出你儿子，那我们只能往前冲了。"

波大步走向等待的马车。

奈娜却没动，目光在奥德里奇和埃达迈之间来回跳跃。

"如果事情不顺，"奥德里奇问奈娜，"他会帮忙吗？"

奈娜转头望向波。"我想，他会。"

"你'想'？"

奈娜耸耸肩。"也许他会烧死几个连的士兵，杀出一条血路，留给我们一地残骸。"

奥德里奇问："之前你说你是做什么的？"

"我是波——法律顾问——的秘书。"奈娜说。

"之前呢？"

"我是洗衣工。"

"哦。"

他们回去后，马车很快开动，驶向不远处的山丘，那边的景象让埃达迈屏住了呼吸。亚卓军队的帐篷铺满平原，犹如一片白色的海

火药魔法师

洋。蠕动的营地好似蚁穴，成千上万的士兵和随营平民来来往往。

马车行驶了一里，遇到营地的一处岗哨，再次停下。埃达迈听到，一个卫兵在朝奥德里奇喊话。

"援军？"一个女人的声音问道。

"啊？不是。按照临时议会的命令，我们护送一位律师来此。"

"律师？做什么？"

"不知道。我的任务是护送律师过来，请求与总参谋部会面。"

波的脑袋贴着窗户，聚精会神地聆听对话。他又戴上了尊权者手套，双手藏在窗下，手指微微颤动。

"好吧，"卫兵的语气有些不耐烦，"恐怕你们很难如愿了。"

奥德里奇呻吟一声。"又有什么情况？"

"呃，这个嘛……"卫兵清了清嗓子，压低声音说话，埃达迈听不见了。他对面的奈娜一脸专注。

奥德里奇打了声唿哨。"谢谢提醒。"过了一会儿，马车继续上路。埃达迈无声地骂了一句。

"怎么了？"他问波，"你听见了吗？"

波没回答，而是看着奈娜。"你按我教你的听了？"

"听了。"奈娜回答。她捋捋裙子，看向窗外。"听起来，"她对埃达迈说，"他们指控凯特将军叛国。她带走了三个旅，导致军队分裂。目前军队正处于内战中。"

总参谋部的指挥所位于一间临时征用的农舍内，距离大路一里远，坐落在军队正中央，六个旅的白色帐篷向周围辐射开去，井然有序，但也松散得很。

埃达迈和波在马车里干等了大概三个钟头，然后才被带进去。陪同卫兵再三强调，总参谋部的事务非常繁忙，将军只能抽出五分钟接见他们。

农舍只有一间大屋,四面都是石墙,低矮的壁炉倚在墙边,角落里摆着两张整洁但简陋的床铺。屋中间有张桌子,一条腿短了一截,周围没有椅子。桌上有几张地图,用手枪压着当镇纸。埃达迈匆匆瞥了眼地图,铭刻在记忆里。他过目不忘,可以等空闲了再仔细研究。

"埃达迈侦探。"

埃达迈在王宫画廊里见过希兰斯卡将军的肖像,所以立刻认出了对方。将军个头不高,体重超标,那是年轻时失去一只胳膊造成的结果。希兰斯卡年届五十,曾在哥拉战役中指挥炮兵作战,经此一役,英名远扬。据说他是塔玛斯最信赖的将军之一。

埃达迈冲将军点头致意,上前握住对方的独手。"这位是法律顾问马蒂亚斯。"他介绍波,"我们因有要事,一路从亚多佩斯特赶来。"

波摘下帽子,朝将军深鞠一躬,但希兰斯卡只是瞟了他一眼。

"我听说了。"希兰斯卡说,"你应该知道,我们还在打仗。我拒绝了几十个从亚卓来的信使,因为我实在没时间处理国内事务。你之所以能见到我,是因为我知道,塔玛斯元帅死前曾指派你执行特殊任务。我真心希望你有重要的事要告诉我。奥德里奇军士语焉不详,但愿你能……"

不等埃达迈开口,波快步上前。"当然可以,将军。"他从挎在肩头的箱子里抽出一叠文件,翻了好几页,取出一份有里卡德·汤布拉和亚多佩斯特法官签字盖章的文件。"非常抱歉,我们不能向您的手下透露更多细节,因为这事相当敏感。您瞧,这是对凯特将军和她妹妹多萝薇尔少校下达的逮捕令。"

希兰斯卡从波手里接过文件,看了好一会儿才还回去。"亚多佩斯特不知道这边的情况吗?"他问。

"什么情况?"埃达迈问。

火药魔法师

"过去两周,我派回去好几个信使。你们应该知道……"

"我们不知道,长官。"埃达迈说。

"军队陷入内战。凯特将军与军方决裂,带走了三个旅。"

虽然奈娜对埃达迈说过同样的话,他脸上的惊诧依然不用伪装。"怎么回事?为什么?"

"凯特指控我叛国。"希兰斯卡说,"她骂我是叛徒,说我勾结敌军。因为总参谋部其他成员支持我,她就带着自己的队伍离开了。"

听到希兰斯卡的回答,波浑身打个激灵,颤抖的双手摸向口袋——毫无疑问,他想戴上手套。"这个指控有依据吗?有没有证据?"

"当然没有!"希兰斯卡抓过手杖,撑起身子,"她的依据就是一个士兵打的小报告,说亲眼看到我和敌方信使私通密谋。"

"那您有没有呢?"波问。埃达迈瞪他一眼,可惜晚了一步。

希兰斯卡厉声喝道:"当然没有。那家伙是她麾下的挖泥工,是守山人军团的罪犯。人渣中的人渣。她居然相信那种家伙的一面之词,而不相信我……"他悲哀地摇摇头,"凯特认识我几十年了,虽然我们算不上朋友,但也绝不是敌人。没想到她会以莫须有的罪名指控我。除非……"他伸手索取逮捕令,波递过去。他的目光在文件上游移。"除非她是贼喊捉贼。"

埃达迈与波对视一眼。"我们也得出了类似的结论,不过是基于军事法庭审判'双杀'塔涅尔一事。塔涅尔给里卡德·汤布拉写了封信,请他调查凯特的账户,所以我们盯上了她。"

"塔玛斯的儿子?凯特低估了他。说起来真是可怜啊。"

波假装不经意地来到希兰斯卡一侧,一只手插进口袋。"什么可怜?"

"塔涅尔被凯兹人抓了,"希兰斯卡说,"吊在半空中示众。"

"不是吧。"波使劲咽了口口水,他的手离开口袋,但没戴手套。

"全军将士都看到了。据说他想亲手杀死克雷西米尔。"希兰斯卡摇着头说，"我是看着那孩子长大的。我只能庆幸，塔玛斯没能活着目睹那一幕。"

埃达迈集中精神观察希兰斯卡的小动作——他用左手拨弄着右边空荡荡的袖子，目光四处游移。将军围绕事实虚与委蛇。他有所保留，只说了其中一部分。

遗憾的是，埃达迈没法知道希兰斯卡隐瞒了什么。

"他死了吗？"波问。

"他被抓后，很快就被带了出来，之后被示众一天，但毫无疑问是死了。"

埃达迈瞟了波一眼。尊权者脸色惨白。他眨着眼睛，似乎眼里进了沙子，呼吸也变得急促。埃达迈走过去，试图安慰他，但波摆手拒绝，突然冲出门外。

希兰斯卡盯着他的背影。"奇怪的家伙。他认识'双杀'？"

"据我所知，不认识。"埃达迈不假思索地说，"但我听说，他对死亡的话题特别敏感。"

"这样啊。"希兰斯卡若有所思，饱经风霜的脸上掠过一丝疑虑。

"长官，"埃达迈接着说，不让希兰斯卡有时间考虑波的异常举动，"您有没有办法弥合裂缝、共同抵御凯兹军队？"如果"双杀"真的死了，埃达迈必须挽救局面不可。波还会帮他救出儿子吗？如今埃达迈是不是只能靠自己了？不管怎样，国家兴亡，匹夫有责，埃达迈理应尽其所能，让分裂的军队团结起来。

希兰斯卡回到桌前，单手扫开代表军队的标志物，笨拙地卷起一张地图。"我不需要跟你讨论战术问题，侦探。"

"战术？要打仗吗？"亚卓人打亚卓人？凯兹与亚卓兵力悬殊，内战的后果是致命的。凯兹人尚未利用亚卓军队内乱的机会发动进攻，简直不可思议。埃达迈思绪纷乱，一时有些分不清轻重缓急。

"当然不会。我们正在竭尽所能，以图和平解决问题。话说回来，

火药魔法师

有了新的证据,我也许能瓦解凯特的同盟。等那位律师的肠胃好些了,让他把所有文件都交给我。我们可以让军官们知道,凯特企图掩盖自己的罪行。至少这能安抚军心,让他们相信,我们才是正义的一方。"

"当然,"埃达迈说,"可是凯兹……"

"我们自有办法,"希兰斯卡打断他的话,"你无需担心。拜托你们返回亚多佩斯特,告知议会,我们必将弥合裂痕,扭转战局,然后就会回去对付布鲁达尼亚人。"

这是希兰斯卡头一次提到异国军队占领亚多佩斯特一事。埃达迈还想多问几句,但将军抬手示意会面结束,转过身去。

埃达迈找到波时,他正坐在农舍外,背靠石墙,燕尾耷拉在泥地里。埃达迈抓住他的胳膊肘。"起来。"

"别管我。"

"起来,"埃达迈不由分说,把波拉起来,远离希兰斯卡的卫兵。他压低声音,语气激烈,好引起波的注意。"我们还有别的事。"

"去他妈的。你听到他的话了。塔涅尔死了。"波挣脱埃达迈。

"冷静!他不一定死了。"

波仿佛挨了一记耳光。"什么意思?"

埃达迈立刻后悔了。他不该让波怀有虚无的希望。"怎么说呢,在你哀悼之前,我们至少要确认一下,希兰斯卡讲的是否属实。塔涅尔可能被凯兹人俘虏了,也可能逃了,或者……"他说不下去了。波怀疑地盯着他。

"你怎么这么乐观?"波问,"你不是应该希望塔涅尔死了,我们就可以去找你儿子了吗?难道你怕我食言?"

埃达迈的确怕他食言。"我觉得希兰斯卡有点奇怪。他桌上的地图……"埃达迈在脑中调出地图的记忆,摆正之后细细端详,然后说,"我上次接触作战计划还是在学校里,但我敢用养老金打赌,希兰斯卡打算用自己的兵力,同凯兹军队一起,夹击凯特。"

"对他而言,合情合理。"波说。

"可他明明却说,要弥合军队的裂痕。"

波耸耸肩,望向远方,脸色阴沉。

"波,"埃达迈说,"波!"他一把揪住波的前襟,将其拽过来,与自己面对面。波甩开埃达迈的手,退开一步。埃达迈不依不饶,追上去扇了波一记耳光。

他的后背涌起一阵寒意。他刚刚扇了一位尊权者。该死。他都干了什么?"你振作点儿。"他尽可能不要流露出恐惧。

波张大嘴巴,随时准备戴上尊权者手套。"我杀过人,他们犯的错比你更轻。"

"是吗?"

"对,我刚刚动了这个念头。我相信其他尊权者也动过。你最好抓紧时间,替你自己找个理由。"

"因为我们还有重任在肩。比某个人的性命更重。事关我们的亲人、朋友和国家的命运。"

"你不明白我为何而来吗,侦探?"波说,"'双杀'塔涅尔是我唯一的朋友。他是我唯一的亲人。一般而言,无论亲人还是朋友,尊权者都消受不起。而你认为,对我来说,这个国家会胜过一切?那我真是无话可说了。"

埃达迈深吸一口气。波没有立刻杀他,让他感到十分欣慰。他低声道:"如果希兰斯卡抢走了这些诉讼文件,我的孩子们终将成为凯兹的奴隶。我会竭尽全力,避免这种事发生。如果帮你找到你的朋友,也能让我愿望成真,那就这么办吧。但你必须保持冷静,查出塔涅尔到底怎么样了。我负责调查希兰斯卡。"

波眨了好几下眼睛,颤巍巍吸了口气,似乎恢复了些许镇定。"我们忘了雇佣军。"

火药魔法师

话题转得太快,埃达迈一时有些跟不上。对啊。亚多姆之翼,受雇于亚卓的雇佣军。他们应该有几个旅布置在前线。埃达迈再次回忆希兰斯卡的地图,寻找他们的旗帜:带有金翼的圣徒光环。找到了,在上方的角落里。"他们的营地距此十里左右,可能是想避开内战。"

"真聪明。"

波活动着下巴,把尊权者手套收进兜里。"开始打听吧。看看有什么收获,动作要快。不然我就回去,用我的方式询问希兰斯卡。"

"你没事了?"

"脸有点酸。"

"我是说,塔涅尔的事。"

波仿佛咽下一口苦水。"一时失态,仅此而已。我没事。还有,埃达迈……"

"什么?"

"如果你再敢碰我,我就把你这副皮囊翻个面儿。"

第 4 章

奈娜在马车旁边,等着波和埃达迈见完希兰斯卡将军后回来。

坡底有条小溪纵贯营地,岸边的泥土被成百上千双靴子踩得稀烂。奈娜看到一个洗衣妇打起一桶浑水,拎回火堆边,台子上堆着五六套军服。洗衣妇把水倒进锅里,坐着等水烧开,用脏兮兮的手擦了擦额头。

那是她几个月前差点走上的另一条路,奈娜知道,自己很有可能过上同样的生活。她低头看看自己的手。好些年来,为了清洗衣物,这双手深受肥皂、水和碱液的折磨,皮肤皲裂,粗糙不平;如今摸上去却光滑得难以置信。波说,这双手还会有更大的用处。

尊权者。哪怕第一次和后来练习时,她曾亲眼看着火焰从指尖蹿起,但至今依然不敢相信。

尊权者狡猾而强大,绝非寻常之人。他们能操控元素,横扫千军。一个无亲无故、孤苦伶仃的洗衣工突然拥有了这种力量,真是太荒唐了。

她有种受骗上当的感觉。如果早知道体内潜藏着尊权者的力量,她完全可以善加利用,逃离维塔斯,或者协助保王派。奈娜握紧拳头,手背上有了微微的暖意——拳头犹如炉膛,蓝白色的火焰在指间跳跃。她东张西望,担心有人看见,然后晃晃手,熄灭火焰,把手背到身后。

她想起了同保王派在一起的时候。她想起了罗扎利娅,那个为他

火药魔法师

们而战的尊权者。罗扎利娅是否察觉到奈娜的潜力,只是不愿点明呢?不然她为何那么友善?奈娜有一天能像她一样吗——年长、智慧且强大?人们靠近她就会紧张,就像她靠近罗扎利娅也会紧张一样?

"瑞莎拉!"

奈娜回过神来,愣了一会儿才想起,这是她的假名——波伪装成律师,而她伪装成波的秘书。她转过身,看到波穿过营地,迎面走来,脚步匆匆,慌张的举止让她心生忧虑。

"找到塔涅尔了?"

"没有。"波拽着她的胳膊,来到马车后面,好避开其他人。"希兰斯卡将军说,塔涅尔死了。"

说出这番话时,波冷静得吓人,奈娜却惊得后退一步。自从波收留奈娜和雅各布以来,他就对塔涅尔念念不忘。他说塔涅尔是自己唯一的朋友,满怀热忱地寻找塔涅尔数月之久,连奈娜都深受感染。但今天是怎么了?波偶尔也会有些淡漠,甚至冷酷,可他……

"还有什么?"她问。

"我们要查清真假。毕竟那只是希兰斯卡的一面之词。埃达迈认为,他有可能还活着。"

奈娜意识到了,波并非冷静——而是有些不知所措。

"现在具体什么情况?"

"希兰斯卡下了逐客令,但我不能一走了之,我要确认塔涅尔的死活。活要见人,死要见尸,不能单凭希兰斯卡一句话就算了。万不得已的话,凯兹营地我也要闯一闯。埃达迈去找士兵了,看希兰斯卡的话是否可信。我也一样。"他顿了顿,上下打量奈娜,"这次行动很危险。如果希兰斯卡发现我的身份,我会被立刻处死——包括你、埃达迈、奥德里奇和他的手下。"

"就因为你乔装成律师?"

一抹笑意掠过波的脸,但他马上收敛起来。"我没开玩笑。希兰斯卡不喜欢也不信任尊权者。那家伙有所隐瞒，我们到处打听的话，肯定会引起他的怀疑。他跟塔玛斯一样雷厉风行，不惜牺牲许多人的生命。"

"你不是很欣赏这种作风嘛。"

"只要他不知道我的真实身份——还有你的——我当然可以欣赏。"他低头看看奈娜的双手，陷入长久的沉默。他说过，除了神，所有尊权者都必须戴上符文手套才能接触他方，否则会被纯粹的巫力由里烧到外。

显而易见，她是个例外。而她离神可远着呢。

她毫不怀疑，只要开口，波今天就会让她返回亚多佩斯特。她有机会离开。她可以接走雅各布，隐姓埋名，靠波留下来的财产过活。她不需要冒险。

而她一旦离开，她永远都学不会如何操控新获得的力量。她永远找不到跟波一样耐心、体贴、有人性的尊权者了。她永远没机会报答波对她和雅各布的好意。

"我能做什么？"奈娜问。

奈娜等在一间木石搭建的小屋里。有个士兵说，这里曾是马厩。

小屋几乎没有屋顶，用一块牛皮暂时充当门板，看起来还是十二旅的军需官弄来的。地上铺着干草，屋子里堆满板条箱和火药桶。

波叫她打听"双杀"塔涅尔的情况，但又没说怎么打听，只让她见机行事。他真不擅长差遣别人干活。

她不知道怎么找士兵打听他们自己人的生死。而且这种做法太鲁莽，于是她决定从熟悉的方向入手。

尽管被维塔斯软禁的日子不堪回首，但她还是学到了许多宝贵的经验。其中之一便是重视记录的价值，以及如何利用它们对付记录的

火药魔法师

主人。

牛皮被掀起,一个五十来岁的女人,身穿亚卓蓝色军服,领子上佩有代表军需官的徽章,步态从容地进了屋子。她身段苗条,但腰臀丰满,日渐花白的头发在脑后盘成圆髻。

"需要我做什么,亲爱的?"她随便找个火药桶坐下,问道。

"我叫瑞莎拉,"奈娜捋了捋衬衫前襟,"来自亚多佩斯特,是马蒂亚斯律师的秘书。我需要查看军队的相关记录。"

"哦。"军需官吸吸鼻子,"那我得请示希兰斯卡将军。"

奈娜把夹在腋下的公文包搁到腿上,仔细翻找一叠官样文件。她抽出其中一份,递给军需官。"这儿有一份授权书,允许我查看任何档案。如今局面动荡,你觉得这种小事需要劳烦将军吗?"

军需官认认真真读了两遍授权书。奈娜强压内心的不安。授权书正当有效,但波警告过她,军中事务不受民事法庭管辖——无论合不合法。

"好吧。"军需官把文件还给奈娜,"你想看什么?"

奈娜轻松如愿,不禁大喜过望,但她不敢表现出来,也不能暴露其实她根本不知道该找什么。哪些资料有助于寻找塔涅尔呢?追踪他在"死亡"之前的动向?"给我过去两个月所有的申领记录。"

"所有的?"军需官坐在火药桶上,诧异地晃了晃,"有好几百页呢。"

"找个抄写员。我可以等。"

军需官低声嘟囔着,在角落的板条箱里翻找。奈娜尽可能沉住气,不动声色地等待。维塔斯逼她做了很多事——严格说来,并非全都合法——她也很快学到了一点:只要你表现得好像某一类人,大多数人便不会怀疑你的身份。

"你还需要什么?"军需官说话时,双手仍淹没在文件堆里,"我可不想再找一遍。"

"你有单独某个军官的记录吗?"

军需官抬起一摞泛黄的纸张,厚度堪比奈娜的手掌。"那你得找将军的副官了。"

"知道了。"奈娜从军需官手里接过记录,翻了几页。"你需要誊抄副本吗?"

"这些文件都是一式三份,所以签名栏是空的。等有时间了,我再找人誊抄一份。你有明确的目标吗?"

奈娜犹豫片刻。如果她表明目的,很可能会引起对方的怀疑。但一想到要整理这么多记录,她心里就打起了退堂鼓。"你知道'双杀'塔涅尔上尉有没有申领过什么?"

"有。"军需官挠着头,像在努力回忆,一分钟后才接着说,"我记得有几十次。我说不出具体日期,但火药魔法师的申领单上都备注了'火'。"

"你帮了我的大忙。谢谢。介意我在这里查看记录吗?"

军需官耸了耸枯瘦的肩膀。"不介意。请恕我失陪。我去方便一下。"

屋子里只剩奈娜一人。她没多久就搞清了文件的排序方式。页面上做了记号,分成好几栏。姓名、日期、申请内容,以及是否批准。还有五六种不同笔迹的注释——据她推断,来自不同的军需官。等找到第一处"火"——塔涅尔申领火药,被拒绝——接下来也就不难找了。

她刚找到第五张火药申领单,就听到军需官来到背后的响动。

"在这儿。"女人说。奈娜礼貌地抬头一看,发现自己被两个人高马大的士兵夹在中间。两人身穿红色镶边的深蓝色亚卓军服,头戴高高的熊皮帽。他们不是普通士兵。是近卫军。

"女士,"其中一人说,"请跟我们走一趟。"

奈娜的心提到了嗓子眼。"有事吗?"

火药魔法师

"拜托,"他重复道,"请跟我们走一趟。"他扭头张望,似乎有些紧张。"尽量不要引起骚乱,女士。"

奈娜意识到,她能做的也不多。她可以大喊大叫,但波听到的概率小得可怜。即使听到,波又能怎样?他们此行注定不可能得到友善的待遇。"好吧,那我收拾一下东西。"奈娜搜集了所需的申领单,用绳子捆好,塞进公文包,跟着他们离开屋子。

"请跟紧我们。"一人低声说道,抢到前头。奈娜注意到,另一人落在十来步开外。他们似乎不愿意被人发现跟她在一起。

她经过希兰斯卡将军的指挥部,爬上一段缓坡,进入营地的另一片区域。她观察各种军旗,希望记住亚卓军队的旅团,结果失败了。如果不是希兰斯卡将军,那是谁想见她呢?难道他们会把她直接关起来?

前面的士兵突然在一项白色帐篷边停步,似乎转眼就成了卫兵。他伸手指指帐篷帘。"进去。"

另一个士兵已经不见了。奈娜盯着帐篷,观察片刻,既好奇又害怕。她咬紧牙关。现在她是尊权者了。她必须习惯冒险——并敢于冒险。她钻了进去。

一个男人坐在帐篷中央,膝上搁着一本册子,正在奋笔疾书。奈娜进来时,他头都没抬,只是指了指对面的椅子,继续书写。奈娜小心地观望。这里没有危险的迹象,但营地里到处都是士兵,情况随时可能发生变化。她坐在椅子上。

根据帐篷的尺寸,奈娜推测此人身居高位。他块头很大,站起来估计超过六尺,肩宽体阔,臂膀粗壮。他的面孔饱经摧残,歪鼻梁,高颧骨。座椅装有轮子,类似残障人士使用的。

她看到那人的军服挂在角落,肩章图案是一对盘旋于亚卓山顶的山鹰。臂章上有四道杠——奈娜由此确认他是上校。她最近有没有在报纸上读到,某个英勇的上校因伤致残?

他最终写完了，撑起身子坐直。"你就是今天下午，跟律师一起来的姑娘？"他问。

"我是马蒂亚斯律师的秘书。"

"你跟着那位律师多久了？"上校端详她的脸，目光专注。

"我不知道您是什么意思。"

"就是字面意思。"上校说，"你跟着他多久了？他信任你吗？"

奈娜明白，她自己得做决定了。要么背着波赌上一把——可能害他暴露身份，甚至丧命——要么假装自己只是他雇来的秘书。

"有一阵子了。他信任我，长官。"

上校眯起眼睛。"真的？那么，尊权者来这儿干吗？"

奈娜强压住逃出帐篷的冲动。"我不知道……"

"行了。"那人说，"我是看着'双杀'塔涅尔长大的。你以为我认不出他最好的朋友？"

"很抱歉，长官。"奈娜说，"我还不知道您的名字。"

"伊坦上校。"

"伊坦上校。如果您真认识某人，难道不该直接邀请他来您的帐篷吗？"

一抹笑意掠过伊坦的嘴角。"波巴多是来找塔涅尔的？"

奈娜没法避开这么直接的问题。对方号称认识塔涅尔，也许可以趁机从他那里获取有用的情报。当然，这也可能是个陷阱。"对。"她说。

伊坦轻叹一声，闭上眼睛。"感谢亚多姆。"

"什么？"

伊坦睁开眼睛。"最近几周，我一直在调查塔涅尔的遭遇。自从他被吊到凯兹营地上方示众，就再也没人见过他。希兰斯卡不闻不问，甚至不肯找凯兹人要回塔涅尔的遗体。"

奈娜喉咙发干。"这么说，塔涅尔死了？"

火药魔法师

"我不知道。"伊坦说,"他被吊在柱子上时,人还活着。人们最后一次看到他在上面时,他也活着。后来克雷西米尔杀了亚多姆,他……"

"等等,什么?"奈娜忍不住打断他的话,在椅子上凑近些,"克雷西米尔杀了亚多姆?你在说什么?"这人疯了吗?

伊坦挥挥手。"这事说来话长。看来消息还没传回亚多佩斯特。见鬼,希兰斯卡封锁得够严密的。回答你之前的问题,我认为,带波巴多来这儿并不明智。但愿你受到的监视没那个所谓的'律师'多。"

"你要我给他传个口信?"

"对。不要相信希兰斯卡。"

"我觉得,波不相信任何人。"

伊坦瞪着自己的双腿,似乎没听见她说话。"希兰斯卡是上级军官,我不该这么说他,但他近来的行为非常古怪。我刚才说了,他不去寻找塔涅尔的下落,拒不接受塔玛斯还活着的可能。还有,他要求塔玛斯最忠诚的部属返回各自的队伍,只提拔为他效力最久的士兵。他非说凯兹军队将越过南部山脉,发动钳形攻势——他派了整整两支连队进驻西南方的山谷,等凯兹人打过来,他们只能干瞪眼。"

对于军队内政,奈娜不敢冒充行家,但以她的理解,军队跟其他地方一样,充斥着尔虞我诈、争权夺利——正如政变前雇下她的那个贵族家庭。她知道波不关心军队政治,但伊坦正心烦意乱,这件事不提也罢。

"您能帮我们找到塔涅尔吗?"她轻声问道。

伊坦看了眼她手里的公文包。"塔涅尔所有的申领文件我都查过。有几次他填写表格时我也在场。我觉得,那些文件对你没什么用,当然,再过一遍也无妨。我已经尽我所能查找他的下落了——包括留意打探他行踪的人。波可能得去凯兹那边,才会有新的收获。"

"那等于自杀。"奈娜说。但即便如此，恐怕也阻止不了波。

"有可能。很遗憾，我帮不上更多忙了。我明早就要启程回亚多佩斯特。如果有什么需要我协助的，通过十二旅近卫军联系我。"

"谢谢。"奈娜说。

她离开上校的帐篷，调头返回马车所在的方向。现在除了等波回来，转述伊坦的话，她还能做什么？伊坦的建议没什么实际意义，但她希望，波听了能心情好受些，知道营地里有朋友，塔涅尔最后一次被人看见时还活着。

他们的马车已经不在路上，而是停进一条小沟，马匹也卸下了挽具。她坐在车厢里翻看记录，逐页逐行地仔细阅读，唯恐漏掉塔涅尔的申领内容。最让她感兴趣的是军需官对申领的批示。塔涅尔每次申领黑火药都遭到拒绝，理由是"依照总参谋部的命令"。

直到一个月前，他才领到黑火药，注释栏里写道："特许批准，希兰斯卡将军。"奈娜取出这一页，准备拿给波看。

天色渐暗，奈娜终于放下工作。波和埃达迈都没回来。不太对劲儿。另外，她也没看到奥德里奇军士及其手下的士兵。她头靠车厢内壁，琢磨着是该去找他们，还是在这里休息，等他们回来。

奈娜似乎听到，对面的车门传来轻轻的叩击声。她扭头一看，车门关得好好的。

"谁？"她问。无人应答。她伸手摸向门闩，突然想到，营地里有好几万人，却没有一个人靠近这辆马车。

车门突然打开。奈娜瞥见一个蒙面人，身穿黑色大衣，铁器反射着冰冷的月光。那人钻了进来，马车剧烈摇晃，一只手猛然伸向她。

奈娜拼命躲闪，感觉匕首戳进了衣衫。她一拧身子，听见男人低声咒骂，试图从她衣服里抽回刀刃。她翻了个身，压住刀子，一脚踹向对方的肩膀。

那人闷哼一声，退了回去，手上没了匕首，但又纵身扑了上前。

火药魔法师

她抵住对方的肩膀。那人拍打着奈娜的胳膊,使劲下压,同时单手掐住她的脖子。她感到对方逐渐用力,想起维塔斯也有过同样的举动,炙热的呼吸喷在她肩头。

那人突然嘶声叫嚷着,蹦了起来,原来他的衣服着了火。奈娜的喉咙获得自由,指尖火焰飞舞。在愤怒的驱使下,她扑向对方。不速之客一边慌忙招架,一边应付着火的大衣,奈娜趁机钻进他怀里。

她张开燃烧的手指,抓在对方脸上,用力往外推。

皮肉和骨骼仿佛在她手下退缩。对方喊不出声,同时也停止了挣扎。垫子和他的衣物仍在燃烧,她拍打着自己身上的火苗,直至它们全部熄灭。

尸体躺在她脚下,搁在长凳上的脑袋熔化了大半,变成黑糊糊的一团,令人反胃。奈娜慢慢退后,一头撞上车厢顶棚,立刻蹲了下来,目光却离不开那具残骸,它裹身的衣物仍在闷燃。

她低头看着自己的手。手上还有残留的骨头和烤熟的皮肉。

"奈娜,你……"

她刚靠着门板休息一会儿,波猛地拉开车门,瞪着尸体。黑暗中,他的面容模糊不清。

"过来。"他柔声说道,抓起奈娜的手腕,将她拉到外面。波带她离开时,她只注意到刺鼻的烟味,以及皮肉、毛发和羊绒燃烧的焦糊气息。他从兜里掏出一块手帕,轻轻擦拭奈娜的手,又把水壶里所有的水淋在她的手指上。他返回车厢,取出公文包。

"我……"她感觉难以呼吸。心跳剧烈,双手颤抖。

她刚刚杀了一个人,单手就把对方的脑袋烧没了。

"行李不要了。我得烧掉马车,但这很快会引起注意。他们逮捕了奥德里奇和他的手下。我们得去找埃达迈。"

奈娜盯着清洗干净的双手,焦糊的血块不见了,但指间依然残存着黏糊糊的错觉。她勉强抬起头,与波对视。她必须坚强。"如果他也被逮捕了呢?"

"如果可能，我们得救他。不行的话，他就只能靠自己了。"

"奥德里奇的士兵呢?"

波偷偷朝外张望。"我没法带着十五个人离开军营。我们也被抓的话，他们会被处决的。现在该走了。"他拽着奈娜的胳膊说。

"不。"她说。

"你说什么?"

"是你——是我们——带他们来这儿的。我们得把他们救出来。"

"该死，奈娜。"波低声说，"那得找人帮忙，但我们找不到人。"

奈娜歪歪头。"不，我们有人。"她说。

第 5 章

埃达迈只晃悠了三个钟头,宪兵就找上门了。

他正在询问一位年轻的女军士,后者的表亲隶属于凯特将军的第三旅,突然有人拽了拽他的胳膊肘。他以为奈娜或波有什么新消息,扭头一看,目光上移——还得再上移一些——结果发现是一位军官。此人胸膛厚实,说起话来自带回音。

"埃达迈侦探?"

"是我。"

"跟我走一趟。"

埃达迈抓紧手杖顶端,扬起眉毛。"抱歉,我跟人谈话呢。麻烦你等一下。"他转向军士,希望宪兵自觉退开。

"马上。"对方的声音嗡嗡作响。

军士凑近埃达迈。"侦探,你最好跟他走。"

埃达迈轻声叹了口气,双手攥紧帽子,看向宪兵。"什么事?"

"跟我走一趟。"

"行,我听到了。我是亚卓市民,我有权知道,为什么负责维持治安的军官要找我的麻烦。"

宪兵歪歪头。"这里是军事管辖区,你没有这个权力,亚卓宪兵也不给你这个权力。好了,你是跟我走,还是我拖你走?"

真不幸,对方块头大,脑子却不笨。埃达迈冲他点点头。"我跟你走,但我会抗议的。"

"随你怎么抗议。这边。"

穿过营地的路上，埃达迈都在大声抱怨，一副不好惹的模样。其实他的心跳得厉害。他知道宪兵迟早会找上门来。如果希兰斯卡真要保住什么秘密，他当然不希望有人到处打听。只是埃达迈没想到，他们会来得这么快。

希兰斯卡审问过奥德里奇？或者他手下某个士兵认出了波？可能性太多，他们没法做到万无一失。也许那个女孩沉不住气，跑去找希兰斯卡了。

埃达迈否定了这种可能性。无论那个洗衣工是什么人，她都有着坚毅的眼神。

营地的监狱竟然是三辆囚车，靠近骑兵队夜里拴马的地方。埃达迈被带到最近的一辆囚车前，一个卫兵打开车门。

大个子宪兵扳着埃达迈的肩膀，将他推向囚车。埃达迈咬紧牙关，很想斥责对方，但他心里明白，现在不是树敌的时候。三辆囚车都装满了——里面关着奥德里奇和他的士兵。

埃达迈的手杖被收走，他迈进车内。

奥德里奇阴郁地盯着他。"看起来，尊权者的计划开局不错。"等卫兵们巡逻去了，他说道。

"他们什么时候逮捕你们的？"埃达迈问。

"不到半小时前。"

"什么理由？"

奥德里奇摇摇头。"我们刚分开，他们就找来了。有几个小伙子在食堂，两个在茅房。他们从头到尾毫无声息，而且人多势众，三对一。"他凑向囚车的栅栏，啐了一口。"他们居然轻手轻脚地摸过来。而宪兵队一向喜欢炫耀力量。"

"他们这么干，简直把咱们当成了国家公敌。"一个士兵说。见众人纷纷点头，他接着说道，"要是元帅在，谁敢这么对待咱们。"

火药魔法师

奥德里奇扭过头。"元帅不在这里。"他说,"你们记好了——你们只是服从命令。如果有人要背锅,那也是我。"他仔细端详埃达迈,似乎在掂量,值不值得为眼前这人上军事法庭,甚至落到更加悲惨的境地。

众人闷不作声,埃达迈猜测,这样的对话不是第一次发生了。

"他们什么时候会审问我们?"埃达迈问。他不熟悉宪兵的行事风格,只能做最坏的打算:希兰斯卡想掩盖这一切。他会严刑逼供,拷问他们都知道些什么,然后将他们悄悄处决。

"要看他们着不着急,还有你那些问题捅的娄子够不够大。也有可能关我们几天就放人。"但听奥德里奇的语气,他对未来的走向并不乐观。

夜幕降临,埃达迈望着帐篷的方向,等待希兰斯卡的宪兵回来带他们去审讯。时间一分一秒过去。他越想越觉得,奥德里奇说得有道理:希兰斯卡只是不希望事情复杂化。不希望他们添乱,仅此而已。尽管处境不利,但想到这里,埃达迈心里的石头渐渐放下了。

他靠在囚车冰冷的铁壁上,刚开始打瞌睡,耳边传来一声"嘘"。

他回过头,发现波在身后。"你被关进来多久了?"波隔着栅栏问。

埃达迈摇摇头,驱散睡意。"几个钟头吧,我觉得。"

"卫兵昏过去了。巡逻的哨兵回来之前,我们有几分钟时间。得走了。快。"

埃达迈有些犹豫。如果希兰斯卡只想关他们一阵子,逃跑会让事态更加恶化。波绕到囚车前面,舔了舔戴着手套的指尖,指头动了两下,抵在铁锁上。

"这么做好吗?"埃达迈问。

"他们想杀了奈娜。"波说,"不是让我们闭嘴——而是让我们死。奈娜!你负责另一辆囚车。"

埃达迈扭头看到，奈娜应声奔向另一辆囚车。她东张西望，似乎不太自信，然后单手前伸，掌心朝上，好像握着一颗水果。埃达迈不禁皱起眉头。她在干什么？

冰蓝色的火焰在她掌心跳跃。她抓住锁头。铁锁在她手中熔化，嘶嘶作响，滴落在地。一个士兵低声咒骂一句。

这个女孩是尊权者？难怪波非带上她不可！但她的手套呢？埃达迈没时间细想了。嘀嘀咕咕的士兵们将他推出了囚车。

"我们怎么逃出营地？"埃达迈悄声问波。

"有人帮忙。"波低声打个唿哨，立刻有两个人闪出拴马桩附近的阴影。他们的个头都超过六尺，怀抱一大捆蓝红相间的军服。"奥德里奇，"波说，"叫你的人换上衣服。你们现在是十二旅的近卫军士兵了。还有你，埃达迈。直接套在外面，伙计们。我们不能留下任何逃跑的痕迹。"

埃达迈抓起一件军服，直接套上。太不合身了，这件军服的尺码比他大得多。然后是外衣，还有人递来一顶熊皮帽。

奈娜沿着队伍走来，挨个儿替他们整理衣服。她走到埃达迈和波身边，指了指那两名近卫军士兵。"你们现在属于伊坦上校的侍卫队。"她对埃达迈说，"负责护送他返回亚多佩斯特。他本想明早出发，但收到家人生病的消息，只好连夜上路。"

"这个伊坦上校信得过吗？"

波犹豫片刻，点点头。"他是塔涅尔的朋友。"

埃达迈来回看着波和奈娜。他俩都没换上军装。"你们呢？"

"我们自己想办法出去。"波说，没作进一步解释。

"这场内战呢？"埃达迈问。

"与我无关。"

奈娜看了眼埃达迈，面露歉意。

"快，"波说，"卫兵一个钟头后就换班。我们留下，确保上校带

火药魔法师

你们离开之前不会走漏风声,然后我会制造你们前往亚德海方向的假象。他们会以为你们乘船跑了。"

埃达迈真心感谢他,但最终没能说出口。若不是波再三劝说,本来他也不会来这儿。"我儿子呢?"他要找回儿子,波是唯一能指望的帮手。

"我先去找塔涅尔,然后回亚多佩斯特见你。我保证。"

埃达迈朝尊权者生硬地点点头,同奥德里奇等人一起,跟上两名近卫军士兵。他们以急行军的速度穿过营地,埃达迈拼了老命才不至于掉队。奥德里奇的手下都是亚卓士兵,虽然块头不如近卫军,但不用费力就能扮好各自的角色。埃达迈却比他们大了十岁,年纪和家庭的影响更让他的身体大不如前。他更习惯坐马车,而非走路。

他想起上大学时,塔玛斯还是上校,就已经开始在军中提拔非贵族出身的士兵了。埃达迈曾考虑过参军。

但走了三分钟,埃达迈就暗自庆幸,还好当初没做出这个决定。

他们很快来到十二旅近卫军驻扎的区域。埃达迈认出了他们的旗帜,亚卓山脉上空的一对鹰隼,同时尽可能回忆对伊坦上校的印象。

伊坦是职业军人。哥拉战役基本结束之后,他刚三十出头。当时哥拉境内爆发了不少流血事件,而他在某场战斗中表现突出,于是得到晋升。单看他晋升的速度,确实让人瞠目结舌,但考虑到近卫军短暂的职业生涯,这也就不算奇怪了。突击部队存活的概率不高,而大块头也鲜少拥有出众的智慧。

埃达迈还记得,几周前,他在报纸上读到,伊坦在战斗中受了伤。文章里说他瘫痪了。

他的呼吸越来越沉重。营地边有辆马车,一支侍卫队负责看守,大概有十五名近卫军士兵。有的士兵带着步枪和弹药袋。埃达迈和奥德里奇等人也很快分到了装备。

"集合,伙计们!"一位上尉大喊,"一帮懒虫,你们迟到了!你们不配背上校！不配给他洗脚。等你们回来，全都给我去挖茅坑！"他沿着队伍来回跑动，用手中的马鞭抽打他们的膝盖。埃达迈的腿肚子疼得要命，差点骂出声。但他得演好自己的角色。他不敢掉以轻心。

"是，长官！"他们齐声应道。

上尉在他身边停下，弯腰低语："敢给我们上校惹麻烦，我会亲手弄死你。"不等埃达迈回答，他已经走开了。

马车里伸出一只手，敲了敲车厢外壁。埃达迈刚喘过气来，又开始了急行军。

等到马车离开营地坚实的地面，驶上通往亚多佩斯特、铺满鹅卵石的大道，他已经满头大汗。他们在最北边的关卡前放慢脚步。两名哨兵走向马车。

埃达迈距离太远，听不清他们在说什么。他扛着步枪，装备袋顶着脊梁，只希望他们不要注意到，队伍里有个近卫军士兵个头过矮——还有，他的军服已经湿透了，而行军还未正式开始。

一名哨兵耸耸肩，两人都朝后退开，挥手放行。埃达迈小跑着经过哨兵时，他们甚至没看他第二眼。

他们在夜里继续行军，他的腿脚酸痛难忍，肺叶火烧火燎。半年来受过的伤似乎一同发作——鼻子生疼，肚子和肩膀上的割伤开始发痒，长期潜伏的瘀伤也开始造反。他逐渐落到其他士兵后面——不光是伊坦的士兵，还有奥德里奇的手下——然后拼尽全力追赶。

太惨了。谁能忍受这样的折磨？埃达迈全凭一腔怒火驱动自己。这一趟算是白来了。塔涅尔十有八九死了。波可能需要几周、甚至几个月时间，才能回来帮埃达迈寻找约瑟普，或者压根就回不来了。他当初为何要答应呢？

还有希兰斯卡与凯特的纠葛。他毫不怀疑，这有可能导致亚卓毁灭。他越是回想在希兰斯卡指挥所里看到的地图，越是确信，这位将

火药魔法师

军不是要迎敌,而是在找机会挑起战争。

凯特指控希兰斯卡叛国真是贼喊捉贼吗?也许她以为,总参谋部里支持她的人占多数?或者她以为,她能说服亚多姆之翼雇佣军?无论如何,她将被希兰斯卡和凯兹人前后夹击。

她知道三个旅的亚卓士兵即将因她而死吗?她真有这么自私吗?

埃达迈不知何时停下了脚步,等他回过神来,发现马车和侍卫队已在前方四十步开外。他强忍膝盖的刺痛,快步上前,刚刚追上队伍末尾,上尉便命令队伍原地待命。

埃达迈挤过一排排士兵,走向伊坦乘坐的马车,突然被人按住了胸膛。

"我没说可以离队。"上尉告诉他,"归队,不然军法伺候。"

"我有话跟上校说。"埃达迈说。

"不准。归队。"

埃达迈不想跟对方耗下去。他的心跳突然加速,但与刚才的急行军无关。"该死,你心里清楚,我又不是你的手下。"埃达迈说,"我很感谢你的帮助,但你别他妈挡我的路。我肩负着塔玛斯元帅亲自下达的任务。"

"塔玛斯元帅已经……"上尉一愣神,开口说道。

"上尉,"马车里传来一个声音,"冷静。让侦探上车。"

埃达迈拼命憋住胜利的微笑。没必要与对方针锋相对。他从上尉身边挤过,打开车门,钻了进去。

黑暗中,埃达迈看不清伊坦的相貌,只觉得他块头很大。他倚着一根手杖,半撑在座位上——根据他的身体状况推断,可能还绑了皮带。

"你可以脱掉军装了。"伊坦说,"如果有人追来,伪装也没什么意义了。"

埃达迈摘下熊皮帽,脱掉红色镶边外衣,舒了口气。但夜晚的寒气立刻钻进湿透的内衣，冰冷刺骨，让他马上后悔了。"谢谢您帮忙，上校。"埃达迈说。

"至少这个忙我还帮得上。"伊坦敲了敲车厢外壁，车轮随之辘辘滚动。"塔涅尔救过我的命。他有情有义。我知道你们想帮他。希望我能做的不止这些。"

"也许确实不止。"埃达迈立刻接上话头，"不为塔涅尔，为了军队。"

伊坦不置可否地嘟囔一声。

"凯特和希兰斯卡若真爆发冲突，亚卓就完蛋了。"埃达迈说。

"不关我的事了。我要回北方去，安安静静地过退休生活。一个残废的近卫军士兵派不上用场，无论我们能否打赢战争。"

"可是……"

"没有'可是'，侦探。我很高兴帮你们摆脱了老奸巨猾的希兰斯卡，对我而言，一切就到此为止了。"

"我理解。"埃达迈一拳捶在掌心，感到深深的挫败。

伊坦接下来的话有些迟疑。"如果我还能帮上什么忙，请尽管说。"

"那好。"埃达迈重新燃起希望，"我需要一封介绍信。"

"给谁？"

"亚多姆之翼的阿布莱斯准将。我有办法拯救凯特将军的队伍了。"

第 6 章

塔涅尔看着下方远处一队亚卓士兵,他们正在山谷间搜寻。

自从两天前,他们脱离了连队所在的瓦瑞迪山谷,塔涅尔就一直跟着他们。十二个人,身穿亚卓蓝色军服,背负全套装备,挎着步枪,机警地爬上山谷,沿途仔细检查每一串脚印和每一条裂缝,一天都走不出一里地。

但按这个速度,再过两天,他们就能找到卡-珀儿的藏身处。

塔涅尔根不得起身招呼他们。他想冲下山坡,滑过碎石堆,挥舞双手,吸引他们的注意。他已经几个星期没享受过像样的食物和柔软的床铺了。他浑身脏兮兮的,皮肤皲裂,因为被克雷西米尔的卫兵殴打过,伤痛迟迟未消。

他早就闻不到身上的臭味——说明他已经习惯了。

他之所以按下冲动,是因为心中始终萦绕着一团疑云。这些士兵很可能是在找他——亚卓山脉西南部难以通行,山谷纵横交错,无边无际,到处都是毫无价值的蛮荒之地。不然亚卓士兵为何会来这儿呢?真正的问题是:他们为何要寻找自己?

军中将领没有理由派出小队来找他。希兰斯卡将军出卖了塔涅尔,背叛了塔玛斯,离弃了亚卓。这些家伙可能是他的手下。但也可能是塔玛斯回来了,派人来营救塔涅尔。

可他们若怀着好意前来,为何不呼唤他的名字。他犹豫不决,不知如何是好。远隔一里地,他看不清他们的相貌。塔涅尔暗自咒骂。

如果有黑火药，即使相距五里，他也能看得清清楚楚。

他花了好几个钟头下山，步步小心，以免暴露行踪。他的靴子里灌满了砂砾，小腿酸胀难忍。最后，塔涅尔伏在一块巨岩的阴影里，位于搜寻队上方大概一百五十尺，时候已近黄昏。汗水顺着额头滚落，他又暗暗咒骂一句。

士兵们人手一把步枪，刺刀已经装好。从远处观察，你可能会把步枪错认为是燧发枪，但在这里，塔涅尔能看清那流线形枪管和圆形枪托。不是燧发枪。是气步枪——发射子弹不是依靠燃烧黑火药，而是压缩空气。

这种武器容易损坏，不太可靠。只有对付火药魔法师时，士兵们才会携带气步枪。

塔涅尔看着他们搭建营地，在藏身处等到天黑，然后返回陡峭的山坡。

他顺着山羊的足迹翻越山脊，向东步行将近一里，前面出现两块巨大而平坦的岩石，中间形成一道逼仄的缝隙。

卡-珀儿背靠石壁，盘腿坐着，脸上的灰色雀斑被泥土掩盖，黑色长衫破烂褴褛，黑眼圈又大又青。她抬头望向塔涅尔，因为过度疲倦，脑袋轻轻摇晃。

"一队亚卓士兵，"塔涅尔说，"全副武装，带着气步枪。"他弯腰坐到卡-珀儿身边，尽量忽略摆在地上的蜡偶。"绝对是希兰斯卡的人。"他感到身心俱疲。因为缺少黑火药，他浑身疼痛，双手颤抖。这种状况已经算好了。几天前，戒断症状导致他几乎站不起来。"他们一路爬过山谷，很快就将摸上山脊，然后转向这边。最多两天就能到。在他们身上，我感知不到一丁点儿火药。"

他勉强挤出一丝笑意。卡-珀儿靠在他肩头，塔涅尔吃力地坐直些。他不能示弱。这对她不公平。

尤其是卡-珀儿救了他之后。是她的巫力赋予了塔涅尔力量。

火药魔法师

她独自一人,以意志力约束了一个神。

塔涅尔终于低下头,看着躺在尘土里的蜡偶。他认得那张脸,精致的下颚,金色的头发,眼窝位置有个丑陋的黑洞。一块石头,有塔涅尔拳头大小,压在蜡偶的胸口,一根长针穿透了它的头颅。

塔涅尔轻轻推开卡-珀儿的脑袋。"是时候了。"他说。

她抬起头,目光充满疑问。塔涅尔突然好奇,假如她能说话,那会是怎样的嗓音?他亲吻卡-珀儿的额头,站起身子。

"我要去杀我的同胞了。"

午夜刚过,塔涅尔爬下山坡。夜色深沉,云雾如纱,半遮一弯月牙。下山时他极其谨慎,以致全身都在发抖,生怕踢落石子,或者惊扰到暗处的小动物。他始终眯着眼睛,用力观察黑暗,搞得两眼发疼。

他带着火枪,就是逃离凯兹营地时顺走的那把,这也是他唯一的武器。枪上装着刺刀,对他来说只能当作长矛,因为他既没有火药,也没有子弹。他把外套留在了卡-珀儿那里——因为银纽扣可能反射月光,暴露行踪——他连皮带扣都包了起来。

他极度渴望黑火药。只要吸上一鼻子,他的感知就能变得敏锐,在黑暗中看得一清二楚,减轻彻骨的疼痛,缓解后背和腿脚的酸乏,带给他力量和速度,对付十二个人也就……

好吧,算不上轻而易举。但也绝非痴心妄想。

他伏在山腰,观察猎物。

亚卓士兵在一道十尺高的瀑布附近扎营,背对崖壁的一块凹陷处。瀑布顶上有个哨兵。塔涅尔仔细观察几分钟,发现营地下方还有个哨兵,就在山谷底下三十步开外。位置真好,断绝了从侧面包抄的可能。

但塔涅尔没打算包抄。他只有一个人。瀑布的水声将是他唯一的掩护。

虽然失去夜视能力，对他可谓巨大的损失，但他酝酿作战计划已有一周之久。他对地形了然于胸。山谷中有五六处合适扎营之地，这里是其中之一。他算准了对方的一切行动，包括岗哨的方位。

亚卓蓝色军服在黑暗中很难辨认，好在银色纽扣暴露了他们的位置。塔涅尔突然有些不安。他在行伍间长大——也许追杀他的人并不认识自己，但总归是他的同袍，是他的兄弟姐妹。

那他们为何要带着气步枪搜寻他呢？能在亚卓搞到这么多气步枪的，除了希兰斯卡还能有谁？也只有他能召集一帮忠心耿耿的亚卓士兵，命令他们追杀一个火药魔法师。我杀过亚卓士兵，他提醒自己。凯特将军手下那帮败类，企图虐杀他和卡-珀儿。再杀一次又有何妨？

他爬下山坡，溜向瀑布顶端，脚底的碎石咯吱作响。哨兵微微转头，抬起枪管。塔涅尔停下脚步，放缓呼吸。似乎过了很久，她终于放下气步枪，枪口冲着地面，面朝东边，低头扫视山谷。

塔涅尔踏进水流，冰冷的溪水钻进靴子上的破洞。他蹑手蹑脚接近哨兵，单手握住枪管，试图取下刺刀。

冷汗顺着颈背流淌。刺刀纹丝不动。他使劲一扭，依然不行。

他强压内心的恐惧。徒手也能杀人，但没有武器便少了几成把握，反而多了几分亲身的感受。

他把火枪轻轻搁在溪边，跨出三大步，一只胳膊勒住女哨兵的脖子，另一只手抵住她的脊梁底部。他上肢用力，同时收紧臂弯，切断对方大脑的气血供给。

女哨兵发出轻微的窒息声，步枪掉进水里，哗啦作响。塔涅尔心里一惊，目光越过她的肩膀，观察下方的营地有没有被惊动，同时默默读秒。

二十秒，失去意识。四分钟，要人性命。

火药魔法师

仅仅过了八秒,她胡乱挥舞的双手就瘫软下来。塔涅尔接着读秒,见营地里毫无反应,他紧紧闭上双眼。

这些士兵奉命追杀他,为何他还要手下留情?但凡有一人活过今晚,都能带上一支连队返回山谷,然后会有两百多人来追杀自己。以及卡-珀儿。

十八秒后,士兵彻底不动了。塔涅尔没有松手,反而将她抱紧。塔玛斯称之为"致命的拥抱"。

他感觉脸上湿漉漉的。

他想起不久前,远在东边的大山深处,他用步枪瞄准了最好的朋友,夺命的子弹蓄势待发,就因为对方是尊权者巫师。

三十秒后,他放开了女兵,愤怒不足以维持他的力量。女兵软绵绵地躺在他怀里,被他轻轻放在溪边。

塔涅尔试了试女兵的口鼻处,仍有轻浅的呼吸。他暗骂自己心肠太软,然后飞快地跑向下方,绕过营地。他发现一个睡着的士兵动了动,于是停下脚步,但那人只是嘟囔了几句胡话,翻了个身,继续睡觉。

塔涅尔感觉心脏跳得厉害。他原先的计划很简单,解决掉哨兵,将所有人杀死在睡梦中。残忍而有效。

现在他该怎么做?他们一觉醒来,发现有人袭击了营地,就会知道他在附近。那他的夜袭又有什么效果呢?完全没用。

他从背后接近第二个哨兵时,连脚步都乱了。他踢到一块石头,碎石随之滚动,塔涅尔忍不住骂了出声。

对方扭头看见他,张口刚要提问。

塔涅尔疾步上前,一拳打中士兵下颚。他揪住对方军服的前襟,在气步枪掉落时将它接住。那人瘫软在地上。

云层后面的月亮露了会儿脸,塔涅尔打量着脚边的哨兵。他相貌温良,年纪轻轻,尚未沾染常年征战的风尘。他看上去约莫十八岁。

是个新兵吗？

他捡起士兵的气步枪，从上到下摸了一遍。不像火枪，它的枪管里没有膛线，击发装置取代了燧发器，圆形气罐取代了枪托。气步枪堪称火药魔法师的克星，但其造价高昂，性能也不可靠，所以在凯兹军中并不普及。而在亚卓，气步枪更是被塔玛斯彻底禁用。

破坏击发装置并不难。但塔涅尔需要传达一个信息。

他在夜色中举起一只手，看着月光流泻过指缝。他想起杀死那些亚卓士兵——那些挖泥工——时的情景。当时那人要强暴卡-珀儿，于是他把手伸进对方的嘴里，扳住牙齿，使劲一拽。他记得那人的咬合肌被瞬间扯断，下颚永远脱离。

他没用火药就做到了。驱使他的只有愤怒，还有卡-珀儿奇异的巫力。

塔涅尔双手抓住气步枪的枪管，使劲儿一掰。枪管慢慢地屈服了，直至被他弯成直角。因为用力过猛，他的肌肉在激烈地抗议。

他摸回营地，找到一条粗麻袋，搜走了所有气罐，以及他们的补给和装备——他找到一把匕首、一把剑和相当可观的食物，够他和卡-珀儿吃上一个多月。

他们仍缩在铺盖里熟睡。等他们早上醒来——或等哨兵恢复意识——就会发现营地被人洗劫了。

而在他们营地中央，火堆边上，整齐地堆放着十一把气步枪，全被掰成了 L 形。

第 7 章

奈娜在亚卓营地的西北边等待，脚下的草叶浸湿了她的裙摆。星星隐藏在薄薄的云层背后，尽管东南方营地里有成百上千的火堆，波温暖的身体靠在身旁，但她依然有种流落于荒郊野外的孤寂感。

若是白天，她应该看得到，亚多佩斯特南部的平原绵延开去，与乌木堆山脉边缘的黑柏油森林在西边接壤。东边是亚德海。南边的亚卓山脉隔开了亚卓与凯兹。

她曾听说，亚卓人称那片山为亚卓山脉，凯兹人则称其为克雷西姆山脉。她一边搓手取暖，一边琢磨，亚卓和凯兹之外的国家会在地图上怎么称呼它呢？秋日渐凉，不到几周时间，树叶将凋零殆尽。而她所有衣服都在马车顶上的行李里，统统落在了亚卓营地。

还有一具被烧得面目全非的杀手的尸体。

"你还会帮埃达迈找到他儿子吗？"她刚一开口，立刻意识到，如果波对埃达迈撒谎，那他也不会告诉自己实情的。

波在她身边动了动。他们溜出营地时十分顺利，波用巫术耍了些花招，大摇大摆地经过士兵和岗哨，让对方毫无察觉。之后他就没怎么说过话。

"我会守信的。"波说，但言语之间有些犹豫，以及遗憾。他并不愿意。

"你在想，是不是打一开始，就不该带埃达迈和奥德里奇过来。"奈娜轻声说道。

波哼了一声,没答话。

"嗯?"

"我当然会这么想。事实证明,这样只会添乱。当然,我们见到了希兰斯卡,可我差点害死他们,现在我们想干点什么也很难了。如果只有我一个,我可以潜入营地,找几个关键人物,拷问出信息,然后全身而退。"

波刚对危及他人性命表示遗憾,接着又要拷问无辜士兵,听着有些荒唐。奈娜心想,这两者是不是太矛盾了,但她依然觉得波是个好人。所以是她看错人了,还是她想得太简单了?

波不屑地挥挥手,仿佛在回应她心中的疑问。"好在他已经脱离危险了。"

"你确定吗?"

"他们肯定发现囚犯跑了。"波说,"如果希兰斯卡愿意大费周章,那他早该派人到处搜查了,也可能派骑手追赶伊坦上校。结果没有。希兰斯卡懒得管。也许他既没时间、也没人手组织搜寻。"波冲奈娜歪歪头,脸上似乎浮现出一抹笑意,"也许烧掉脑袋的杀手让他们知难而退了。"

奈娜清了清嗓子。她不想谈论这事。见鬼,她真的不想再回忆了。那人的脑壳在她燃烧的手掌下塌缩,恐怕她要做好几个月的噩梦了。她打个寒战。"那我们在这儿观察什么?"

"探子。"他说。

她忍不住嗤笑。"探子?在这儿?这里黑得不见五指!"

"不要盯着营地里的火光看。虽然距离很远,它们仍能损害你的夜视能力。"

她刚才一直盯着火光看来着,希望今晚能有个暖和的地方过夜。她的牙齿开始打架,于是稍稍贴近波。"我们在荒郊野外。怎么会有探子来这边?"

火药魔法师

"为了绕过岗哨。"波说。她依稀看见,他抬起胳膊指了指。"希兰斯卡的营地在那儿。而那边,"他指着正南方,"七里外是凯特的营地。更远处是凯兹人。那儿……"他又指向西北方,"是亚多姆之翼,受雇于亚卓的雇佣军。"

"因为雇主内讧,所以他们刻意保持距离?"

"完全正确。"波语气轻快,"现如今,因为军队内部分裂,希兰斯卡可能不会相信自己人了,所以他的探子不会越过岗哨去南边,而会往北走,扮成返回亚多佩斯特的信使。他们会偏离营地北边的道路几里地,转到这个方向,然后既可以去凯兹营地,也可以去亚卓营地,或者雇佣军营地,与联络人见面。"

"你怎么知道?"

波微微一笑。"我在街头长大,然后才去了陆军元帅塔玛斯家里。我学过战略推演,而大多数尊权者却没学过。好了,别问了。睁开你的第三只眼。"

拥有魔力之人大多可通过第三只眼观察他方。他们能看到巫力在现实世界的印记,以及其他拥有魔力之人。这是波教她的第一课:透过现实,直击幕后的巫力。

她轻浅地呼吸几次,半闭双眼,集中精神控制眼球周围的肌肉。这个动作跟做斗鸡眼没什么区别。一阵恶心感袭来,她差点弯腰呕吐,但好歹忍住了。她完全睁开双眼,望向他方。

眼前的世界一片朦胧,仿佛隔着厚厚的纱帘。她竟能在黑暗中看清地形,但那更像是某个画家,用各种颜色的蜡笔随意涂抹的作品。

她转头望向亚卓营地,火堆的数量似乎翻倍了。那是赋能者在他方的闪烁。整片营地笼罩着一层光晕。

"我要吐了。"她说。

波在她耳边低语,吓了她一跳。"不要退缩。多多练习,恶心感就会减弱。"

"我们就这样在黑暗中寻找探子吗?"

"对啊。"

"你认为探子会是尊权者或赋能者?"

"不是尊权者,"波说,"更有可能是赋能者。很多探子都是。天赋给了他们用武之地。即便不是,也不要紧。"

"怎么说?"

"火药魔法师在他方看不见普通人。赋能者也一样。"

"尊权者可以?"

"对。虽然有些模糊。如果说尊权者是火堆,赋能者是提灯,那普通人就是萤火虫。他们在他方的色彩十分微弱,很可能被忽略掉。"

持续关注他方让奈娜特别难受。她眼睛干涩,太阳穴深处微微胀痛。"这怎么可能?"

"需要敏锐的眼力,"波说,"还有勤加练习。"

"如果是这种练习,我不想练了。"

"我一向痛恨练习。"波温暖的声音传进她的耳朵,"但唯有练习,你才能进步。唯有练习,你才能变得更聪明、更强大,超越那些企图伤害你的人。而你身为尊权者……意味着所有人都会伤害你。"

奈娜的五脏六腑都在翻腾。怎么可能有人长久保持这种状态?光是想想,她就要吐了。

"还记得你有多恨维塔斯吗?"

奈娜差点儿离开他方。她不知如何回答。

"还记得他让你有多无助吗?"波轻声问道,"收起你心中所有的憎恨与愤怒,揉成一团,扔到一边。不要反复咀嚼——那样只能徒增痛苦。扔到一边,时刻提醒自己,不要再次陷入无助的境地。将自身的弱点转化为力量。你会成为强大的尊权者,奈娜。比我认识的所有尊权者都更强大。比我更强大。但你必须努力。"

奈娜强行忍住大笑的冲动,注意力也随之动摇。强大?比波还强

火药魔法师

大？真荒唐。"你有多强？"

"相当强。我有弱点，但我很狡猾。"

"听上去很不诚实。"

"当你命悬一线时，撒谎和欺骗才是公平的游戏法则。而在王党，你每天都朝不保夕。我本来有机会当上王党首领。因为我知道不少……秘密。"

"什么秘密？"

"古老的巫术。比如折叠他方，这样其他尊权者或赋能者就看不见我了。"

"谁教你的？"

他的语气中夹杂着几分愉悦。"一个很老很老的女人。她教了我许多我不该知道的东西，最后砸了她自己的脚。"波顿了顿，"身为尊权者，你还得知道一件事。"

"只有一件吗？"

"这事儿有些……很难启齿。"

奈娜的心跳停了一拍。她早就想过该什么时候谈到这个话题。"哦？"她始终盯着亚卓营地北边的暗处，观察任何风吹草动，同时为波看不见她脸红而暗自庆幸。

"你会有冲动。"

"什么冲动？"愚蠢的问题。她很清楚波在说什么。

波一副公事公办的语气。"你会想跟所有人上床。长期浸淫于他方，会让尊权者像头发情的牡鹿。这种影响不分男女，虽然女性更容易自控。"

"如果我没有呢？"

"你会有的。"

"有水吗？"

"给。"波往她手里塞了一只水壶。"闭上第三只眼。不然你会晕过去的。"

奈娜这才发现,因为聚精会神关注他方,她已经浑身发抖。她闭上第三只眼,感激地拿起水壶。等她喝完,又问波:"你有过很多女人吗?"

"有几个。"

"我听说尊权者……"

"大部分是真的。"波停顿一下。奈娜感觉他在黑暗中注视着自己。"奈娜,如果今明两晚能抓到一个探子,我非得拷问他不可。"

话题转换让她松了口气,但这感觉稍纵即逝。"有必要吗?"

"我需要信息。"

"你不能用巫术逼他说实话吗?"

"我也希望能。"

"没有别的选择吗?"

"我不是好人。尊权者都不是好人。"

奈娜不喜欢这话的言外之意。"我还想当个尊权者呢。"

"你已经是尊权者了。虽然你才刚刚开始接受训练。"

"为了生存,我必须做些很可怕的事?"

"你已经做过了。以后还会再做。"

她想起指间黏糊糊的鲜血,杀手的头骨在她掌下犹如融化的蜡油。"才这么一会儿,你已经两次告诉我,我会成为怎样的人了。你就这么了解我吗,尊权者波巴多?"

她感觉到,波用戴着手套的手指轻轻触碰她的脸,然后收了回去。

二人默不作声,聆听着刮过原野的风声。附近有猫头鹰在黑暗中怪叫。波突然起身,脱掉外衣,搭在奈娜肩上。

"我不冷。"她说。

"我都听到你牙齿打架了。"

火药魔法师

波迈步下山,漆黑的夜色中,那双白色的尊权者手套格外惹眼。她一边与恶心感斗争,一边睁开第三只眼。波有没有触及他方?

波在他方鲜亮的色彩令她叹为观止。他张开双臂,奈娜以为会发生什么,可他停下脚步,伫立不动,任由山风拂过脸面。

"波!"她低声说。

他循声走了回来。"嗯?"

"我看见了!有动静。"

"在哪儿?"

"东南方。沿着丘陵间的低处移动。至少,我觉得我看见了。也许……"

"不。"波冷冷地打断她。她听到他的指关节咔咔作响。"我也看到了。别动。"

波朝奈娜说的方向走去。在他方中,那边闪着极不起眼的微光。波步态从容,仿佛身在白昼,而非黑夜。她紧张地深呼吸几次,在夜风中倍觉孤单。她望向亚卓营地,看着遥远火堆里的火苗,再次渴望起安稳而温暖的铺盖卷。

波会说,身为尊权者,没有所谓的安稳。

他叫奈娜别动,是不想让她看到某个可怜鬼受折磨?还是觉得她软弱无用呢?

也许都有。

她是尊权者,波告诉她的。要在这个世界上生存,她就不能软弱。拥有巫术的力量,随之而来的便是他人的期望。人们期望她使用力量——为国王,为国家,或为财富。人们会试图利用她。她想知道,这种力量会不会让自己饥渴无度。并非波所说的性欲,而是对财富、仆从和权力的欲望。

恐惧感啃噬着她。她该怎么做?逃到天涯海角,希望没人注意到她?还是学会控制巫力,拥抱它带给自己的力量?她不想变成坏人,尽管波说尊权者别无选择。她能感觉到，自己的内心在激烈争战，并最终决定她会成为怎样的人。

她突然想到，波也在同样的争战中苦苦挣扎。

奈娜站起身。波正在翻越附近的山丘，距她越来越远。她睁开第三只眼，却看不见波在他方移动的光影。波刚刚提到过这种手段，他隐匿了行踪。

她闭上第三只眼，跌跌撞撞地跟过去，在黑暗中摸索前行。

她追了大概四分之一里，还扭到了脚踝，最后一瘸一拐地凑近波。波伏在草丛中，凝视着黑暗，在奈娜眼里，他就像头专注地盯着猎物的穴狮。波头也不回，低声问道："怎么了？"

"我应该跟你在一起。"

波迟疑半晌。"你确定？"

"确定。"

"好。他朝这边过来了，不知道是什么人。你不要触碰他方——我要用土把他绊倒，然后用气将他束缚住，即使有赋能者在场，也看不到我施放的巫术。你不知道怎么操作，所以不要动，等我出手。"

奈娜蹲在波旁边，草叶沾湿了她的膝盖。从波面朝的方向判断，探子在两座山丘间的谷地行进。但她什么也看不见，只能等待波采取行动。

她没等太久。波突然高举双臂，在夜色中形成两道黑影。他十指舞动，她似乎看到有火花闪烁。他们下方的谷地有人叫喊一声，但马上，声音戛然而止。波一跃而起。"来！"他们深一脚浅一脚地爬下山坡，波冲向前方。"别动，该死的。你往哪儿跑？"接着是几声闷哼，一束昏黄的光芒照亮了这一带，犹如巡夜人的提灯。光芒发自波的肩头，他正同一个小小的人影厮打。

"是个孩子！"奈娜脱口而出。他们抓错人了？对方是个无知的信使，还是企图逃离营地的年轻鼓手？

火药魔法师

波不快地瞪她一眼,把男孩翻过来,让他仰面朝天躺着。他的双手双腿都被无形的巫力捆绑,倒在地上徒劳地扑腾,活像一条上岸的鱼。他顶多十二岁,窄鼻梁,棕色长发束在脑后,身穿普通的黑色制服,以及配套的及膝长袜、靴子和外衣。

波站起身,一根手指指向男孩,像把一只苍蝇摁在地上似的。男孩挣得筋疲力尽,他却露出怡然自得的神情。

奈娜快步走到波身旁。"他还是个孩子。"她轻声说道。

"我知道。"

"你打算拷问他?"

"如果有必要的话。"

"你也曾是个孩子。"

"我长大时吃过教训。"

他冷漠的语气让奈娜吃了一惊。"让我先问问他。"

他眨了几下眼睛,颇为大度地指指男孩。"请。"

"给我一副备用手套。"

她戴上手套,跪在男孩身边,两手伸到波制造的光芒之下。"知道这是什么吗?"

男孩害怕地点点头。

"你很不幸,落到了两个尊权者手里。老实回答问题,我们就放你自由。你敢撒谎,我们会把你的皮肉从骨头上一点点剔下来,等到早上,你就只剩一副烧焦的骨架。我可以保证,没人会听见你的叫喊。"她凑近男孩的脸,"没人会来救你。听懂了吗?"

男孩张开嘴,却发不出声音。

奈娜转头望着波。"抱歉。"波嘟囔着,动了动手指。

"我再问一遍,"奈娜说,"你听懂了吗?"

"懂!"男孩喘着粗气,"懂了!"

"好。你叫什么?"

"福克烂特。"

"什么破名字。"波低声嘟囔,但只有奈娜能听见。

她抿起嘴唇,强忍笑意。"你出来干吗?"

"我偷跑出来的。"话音未落,波动了动手指,福克烂特惨叫一声。"对不起!我是说,我出来送信。"

奈娜竭力保持镇定。波真能察觉到男孩在撒谎吗?或者他是在试探对方?"替谁送信?"她问。

"希兰斯卡将军。"

"送去哪儿?"

"凯兹前线。我奉命明早到达。"

"你送的信是什么内容?"

"我不知道!信是密封的。我不能打开。"又一声惨叫,福克烂特被无形的巫术纠缠,痛苦地扭动着。"我发誓,是真的!"

奈娜拍拍波的腿,男孩立刻停止挣扎。"信在哪儿?"

"在我衬衫里面。"

奈娜弯腰解开男孩的外衣,拉起他的衬衫。在他肋骨下方、白皙的肚皮上绑着个皮袋。她把它取下来,递给波。

波从她和男孩身边走开几步,打开信,看了几分钟,招手示意奈娜过来。

"是密文。"波说,"该死。对我们没用。"他绕着圈子踱步,好一会儿才停下。"亚多姆之翼雇了几个破译员。他们几乎在全世界所有国家都打过仗。他们营地不远,如果连夜赶路,中午之前就能走到。"

奈娜不喜欢这个主意。她又湿又脏,疲倦不堪,还扭伤了脚踝。在黑暗中步行七里,听着就揪心。"这孩子呢?"

"只能杀了他。"波说。

"不要!"

火药魔法师

"我们别无选择。不能放他走,否则他会跑回去报告希兰斯卡,说信被抢了。我保证杀得干净利落。"

"你是畜生吗?我不会让你滥杀无辜的。"

"那你要怎么阻止我?"波的语气充满挑衅的意味。

奈娜两手僵硬,回想着在指间舞动的蓝色火焰。开什么玩笑?她不能用巫力对付波。他不费吹灰之力就能打倒自己。"他是无辜的。除非你先杀了我。"

波一脸嫌弃,轮流打量着她和男孩,像在考虑怎样才能更好地让她闪到一边。

"我们可以带他去翼军营地,交给雇佣兵。"奈娜说,"我们没必要杀他,他也没法回去汇报了。"

"我不想带个拖油瓶。"

"你让我带上了雅各布。"

"又没带到这儿来。我们把他留在埃达迈家里,免得他拖累我们。"

"我们只需带他去翼军营地。你手上的血还不够多吗?"

波盯着手套,过了一会儿,仓促地点点头。"带上吧。但到翼军营地就别管他了。"

第 8 章

清晨七点左右,草上露珠未消,埃达迈、奥德里奇和十五名士兵来到了亚多姆之翼的营地。

雇佣军驻扎在一个小镇周围,这里叫比利郡,距黑柏油森林不到三十里。他们的军旗以红色打底,绘有圣徒光环和金色羽翼,飘荡在镇里唯一一座教堂的尖塔上,营地周边修了道粗糙的木栅,挖了条六尺深的壕沟。

埃达迈强打精神,迈开脚步,随着黑夜过去、白昼降临,他的倦意反而愈发强烈。他径直走向第一个哨兵,等对方警惕地打量他好一会儿,才开口说话。

"我是埃达迈侦探,求见阿布莱斯准将。"他说。

哨兵是个中年人,手握上了刺刀的步枪,一身红白相间的军服干净且笔挺,金色镶边在晨曦中闪着微光。

"我没收到迎接你的命令。"哨兵说。他望向走在草地上的那队士兵,看着他们越来越近,似乎不知该如何是好。

"我是陆军元帅塔玛斯的代表。"

哨兵的疑虑更深了。"陆军元帅死了。"

"是吗?"埃达迈心中气恼,但尽量不动声色。估计在对方看来,他正一脸不耐烦。"我们连夜赶路,有紧急情况向准将汇报。我有亚卓十二旅近卫军伊坦上校的介绍信。"

哨兵又打量一番埃达迈,然后看向奥德里奇等人。士兵们卸下了

火药魔法师

近卫军的伪装,只留下步枪,尽管一天一夜没睡觉,但个个精神抖擞,确实挺像近卫军的。

"那我陪你们进去。"哨兵说。

没隔几天,埃达迈被第二次带进军营。另一个哨兵接待了他们,然后是一位少校的副官——一个年轻的金发女子,面带平易近人的微笑——她领着他们前往教堂,也就是埃达迈在镇中心看到的那间。

营地刚刚苏醒,炖锅悬在火上,洗衣妇结束了一夜的工作。寂静被打破,尘嚣渐起,士兵们纷纷爬出被窝。

一行人快到教堂时,埃达迈扯了扯副官的袖子。"我一个人面见准将就行。"他说,"不知你能否招待一下护送我的弟兄们?"

副官点点头,朝奥德里奇招招手。"你们去柳树客栈,过了那栋房子就是。那里晚上是军官食堂,不过他们会很乐意为你们提供早餐。告诉他们,记在阿布莱斯准将账上。"

"谢谢。"等士兵们离开,埃达迈说。

"小事一桩。"副官说,"身为友军,理应互相帮衬。何况塔玛斯元帅待我们不薄。"

塔玛斯到底向亚多姆之翼支付了多少报酬,埃达迈并不知情。报纸上倒是有过议论,说都城已经破产好几个月了。

进了教堂,副官请埃达迈在一张长椅上就座,然后人就不见了。埃达迈双手扶膝,默不作声地观察讲道台后面的彩绘玻璃。最大的窗户上描绘着克雷西米尔,他高悬于南派克山巅,双臂展向九国。弟兄姐妹们齐聚在他脚边,帮助他创立了九大国家。埃达迈很想知道,与克雷西米尔本人的战争,会不会改变亚卓的宗教信仰呢?

"侦探?"

喊声唤醒了迷迷糊糊的埃达迈,他发现自己的头抵在前排椅背上。他使劲揉揉脑门,想抹掉十有八九会留下的红印,然后站起身。"怎么样?"

"准将刚开始吃早餐。她邀请你一起。"

提到早餐,埃达迈差点昏过去。他浑身酸痛,一夜未眠,完全没想过吃饭,经人这么一提醒,肚子立刻叫唤起来,仿佛穴狮的怒吼。

他被人领着,过了一条街,走向一栋砖砌的两层小楼,窗棂碧绿,可能属于一位祭司,然后他被带进了餐厅。

埃达迈惊讶地看到,餐桌首席有张熟悉的面孔,正是温斯拉弗夫人,亚多姆之翼的老板。她身穿白色制服,佩戴翼军准将的金色饰带——不过埃达迈猜测,只是形式而已。她并没有实际指挥作战的经验。

阿布莱斯准将坐在末席,同样身披白色制服与金色饰带。埃达迈进来时,她起身迎接。"侦探。"她语气温和,但神色严肃,很难捉摸。

"准将。"埃达迈与她握手,"还有夫人,没想到您也在。"有点麻烦了。阿布莱斯性情刚烈,但埃达迈仍有希望哄她提供帮助。温斯拉弗夫人就未必有那么好说话了。

"侦探,听说你有塔玛斯的消息。"温斯拉弗举起茶杯,递到唇边。

埃达迈咽了口口水,发现没人请他入座。"很遗憾,夫人,没有。"

温斯拉弗脸色一沉。"副官说你有所暗示。"

"我并非有意误导。"埃达迈说,"我只是说,我代表陆军元帅塔玛斯来此办事。"

"明白了。"她又抿一口茶,依然没请埃达迈就座。"那么,已故的元帅有什么命令,让你觉得现在依然有必要执行呢?"

埃达迈在记忆中搜寻塔玛斯的命令,无论是口头还是书面的,只要是他失踪前交代的就行。"呃,没有,夫人。"

温斯拉弗轻叹一声。阿布莱斯眯起眼睛看着他。她俩都没再开口。

"夫人，我……"

"上次我们见面，"温斯拉弗说，"你来调查我是不是叛徒。我知道你有任务在身，但我们依然相处得不大愉快。希望这次你能说点中听的。"

温斯拉弗夫人不会被埃达迈编造的故事愚弄，也不大可能被他激起爱国之心——她已经为国尽力了。他还能说些什么呢？

埃达迈决定迎合她的实用主义。"昨天早上，我到了亚卓营地，同行的有尊权者波巴多和塔玛斯的神枪手。我们打算逮捕凯特将军——因为她在战争中牟取暴利——同时释放被关押的'双杀'塔涅尔。"

"'双杀'失踪好几个星期了。"阿布莱斯说，"看来你没收到消息。"但她没问凯特的罪名，甚至连眉毛都没抬。

"我们知道，塔涅尔遭到指控，说他在自卫时杀了凯特的几名士兵。之后就没有消息了，直到昨天。希兰斯卡将军提到军队分裂，还说塔涅尔被凯兹人俘虏并杀害了。"身在都城，消息闭塞，让埃达迈不止一次感到心头不安，而这绝非偶然，以后他得多加留意了。

温斯拉弗的茶杯在碟子上发出清脆的响声。"你刚才提到尊权者波巴多？"

"是的，夫人。"

"他在哪儿？"

"离开亚卓营地之前，我们就分头行动了。"没必要透露更多细节，不然只能让事情复杂化。

"'双杀'没死。"阿布莱斯说。

"哦？"

"至少，"阿布莱斯续道，"没人见到他的尸体。在……克雷西米尔和米哈利……发生那件事之前，塔涅尔带着他的蛮子巫师摸进了凯兹营地。我方尊权者告诉我,那边发生了特别有趣的巫术。"

波知道这个消息,肯定会喜出望外的。但要如何告诉他呢?据埃达迈所知,尊权者已经去了凯兹营地——或者被希兰斯卡抓到,丢了性命。埃达迈收回思绪。毕竟,目前谈论的事与"双杀"的命运无关。

"有意思。"温斯拉弗咬了一口饼干,嚼了嚼,咽进肚子。"不过,我们还是没搞清,你来这儿有何贵干。"

埃达迈口齿生津。"夫人,我去见希兰斯卡时,无意中看到了他的作战计划。我有理由相信,几天后,他会对凯特发动进攻。我觉得,他没想靠谈判解决冲突。如果他们两边打起来,凯兹只要坐山观虎斗,等他们两败俱伤,这场战役就完蛋了。"

"那你有什么解决方案吗?"阿布莱斯问。

"有。"

"真的?"

"我希望你把凯特的三个旅收编进亚多姆之翼雇佣军。"

阿布莱斯哈哈大笑。"简直荒唐。"

埃达迈双手按在桌上。"这一来就能结束分裂状态,让成千上万人免于牺牲。"

"荒谬。后勤根本跟不上。"阿布莱斯说。

"并非不可能。只是不方便。"

"还有,"阿布莱斯说,"这事必须凯特同意才行。"

"她会答应的。我正好知道她想要什么。"

阿布莱斯刚想开口,但温斯拉弗抬起一只手,制止了她。

"侦探,"温斯拉弗显然来了兴致,"请坐,与我们共进早餐。我想听你接着说。"

第 9 章

塔涅尔爬上山腰,找个地方安顿下来,观察在几百尺下方的营地里睡觉的士兵,直到天亮。

塔涅尔离开营地后不久,天色依然昏暗,一个士兵爬出铺盖卷,晃晃悠悠钻进灌木丛。他很快回来了,一路大喊大叫,塔涅尔知道,他一定是发现了那些气步枪"艺术品"。其他士兵纷纷惊醒。

他们乱作一团。尽管距离很远,塔涅尔仍能听到声嘶力竭的争论与咒骂,以及他们找到第一个昏迷的哨兵时沮丧的叫喊。

大概过了十五分钟,有一个人影——可能是他们的军士——爬到瀑布顶上,找到了第二个哨兵。他们把她抬了下来,然后聚在一起商议。尽管没有武器,他们仍以防御姿态背对着崖壁。

他们拔营时,东方的天空刚刚露出鱼肚白。一行人筋疲力尽、战战兢兢,顺着山谷返回。塔涅尔等到自己继续爬山也不会暴露行踪之后,才踏上漫长的旅程,回到卡-珀儿身边。

他走了两个钟头,终于钻进洞穴。他两腿酸疼,浑身无力。这一路他三次踩空,差点跌落悬崖,掉进山谷。他的指头全是血,衣衫破烂,与乞丐无异。

一看到卡-珀儿,他的心脏立刻蹦到了嗓子眼。她枕着双手,披着塔涅尔的外套,蜷缩在洞穴一角。塔涅尔绕过克雷西米尔的人偶,跪在她旁边。

"棍儿。"他轻轻碰了碰她的肩膀。

有什么东西抵上他的喉咙。他急促地吸着气,眼珠向下转动,瞥见了卡-珀儿手上的长针。

"是我,棍儿。"

一只碧绿的眸子盯着他,随即,长针收了回去。她坐起来,摇头驱散睡意。

"克雷西米尔,"塔涅尔语气焦急,"克雷西米尔怎么样了?"

她扬起一边眉毛,突然满脸放光,指了指被钉在洞穴中央的克雷西米尔人偶。她一只手在空中做出行走的模样,一只手狠狠地砍过来。

塔涅尔哼了一声。"他哪儿都去不了了?"

卡-珀儿点点头,嘴角浮出胜利的微笑。

"怎么做到的?"

她拍拍头,再次指向人偶。

塔涅尔这才发现,她在人偶周围的尘土里画了些符号:一组意义不明的线条,以克雷西米尔为中心向外延伸。他看不明白。"这是什么意思?"

她握成拳头,又指了指。

"我不……"他闭了嘴,皱起眉头。他明白了。那些线条不是什么符号,而是手指。克雷西米尔在掌心里——如果塔涅尔没理解错,是她的掌心。"他在你的掌心里。你不用时时刻刻都盯着他?"

点头。

"你是怎么做到的?"

卡-珀儿转动眼珠,像在观察洞穴一角,打了个含糊的手势。

"这又是什么意思?"

她扬起两边眉毛,神色木然,每次她假装没听懂,都会摆出这副表情。塔涅尔抓住她的胳膊。"棍儿,到底什么意思?"他很难掩饰急切的口吻。她怎么知道,克雷西米尔还在她掌控之中呢?她怎么知

火药魔法师

道这些符号蕴含着什么力量?

她耸耸肩,伸出一根手指,在尘土里写写画画,然后朝克雷西米尔的人偶张开另一只手。

"你在做实验?"

点头。

"对一个神?"

她羞涩地咧开嘴。塔涅尔出去时,卡-珀儿应该睡了一会儿,这对她很有帮助。她眼底的皱纹少了,精神振奋多了。之前一周,她甚至不曾笑过。

塔涅尔松开她的胳膊,捋了捋自己脏到打结的头发。他摸到几根松针,将它们扔到洞穴的角落里。

"你怎么知道哪些有用、哪些没用呢?见鬼,真希望我能理解你的巫术,哪怕一点皮毛也行。"

她指着自己。我也一样。

"你对你自己的巫术也一无所知?"

她耸耸肩膀,张开五指,在尘土里画了一会儿,然后用一根手指划过自己的喉咙。

"我完全看不懂,棍儿。"

她懊恼地哼了一声。

"拿巫术做实验要当心,棍儿。"塔涅尔说,"我听说过,有些尊权者和火药魔法师会自学基础知识。但那些未经正规训练、却想更进一步的家伙全都害死了自己。他们被他方烧焦,或被炸得粉身碎骨,或因火药致盲,或……见鬼,不知道你的巫术会对你产生怎样的影响,但肯定有的。"他揉揉眼睛,"你想控制一个神。你居然还没被自己的力量反噬,我已经很惊讶了。"

她做了个手势,露出抚慰的微笑。我也是。

太棒了。

塔涅尔取出从亚卓士兵那里偷来的军粮，同卡-珀儿一起，狼吞虎咽地吃了起来。饼干又硬又咸，牛肉干柴得像木头，但他好久没尝过如此美味了。他连着吃掉两份才强行闭嘴。他的胃开始强烈痉挛，还有……

硬奶酪的味道让他想起那不堪回首的一幕：克雷西米尔以胜利之姿，昂首挺立于亚多姆——也就是米哈利——之前站立的地方。米哈利死了，士兵们只能吃行军口粮了。塔涅尔踢开一包军粮，突然悲从中来。让他惊讶的是，他脸上竟然滚下一颗泪珠。

他飞快地擦掉了。

卡-珀儿拽着他的胳膊，让他躺在冰冷的地上，枕着她的膝盖，轻轻按摩他的太阳穴。他小心翼翼地伸了个懒腰，生怕碰到克雷西米尔的人偶。手脚的酸痛缓解了，意识逐渐飘忽。

他突然惊醒，睁开眼睛，发现自己依然枕着卡-珀儿的膝盖，她柔软的手抚在自己脸上。阳光照进洞穴，时间刚过正午。

塔涅尔忍住哈欠，告诉自己该起来了。他得出去，寻找亚卓搜查队的痕迹，然而卡-珀儿的怀抱十分温暖，尽管洞里冰寒刺骨，他却感觉浑身舒坦，活像泡了几个钟头的热水澡。

"我得……棍儿，你手上是血吗？"

棍儿的指尖染上一抹猩红。她吸吮着那根手指，低头凝视塔涅尔片刻，神色恍惚。随后，她用手指按住塔涅尔的右脸。他想阻拦，却被她用另一只手抓住，力道大得惊人。她抚过他的右脸，然后是左脸。他感觉到鲜血在自己脸上干涸。

她吮去指尖的残血，又有一滴新血冒了出来。是她的血，没错。她在干吗？施展巫术？还是某种蛮族仪式？

塔涅尔推开她，心情复杂地爬了起来。"棍儿，你干什么呢？"他扯起袖子擦擦脸，低头一看。袖子上什么也没有。真奇怪。

他还想提问，突然打了个哈欠。

火药魔法师

见卡-珀儿只顾盯着克雷西米尔的人偶,塔涅尔只好作罢。他钻出洞穴,爬上山顶,沿着山脊前行。

他在右手边的峡谷偷袭了那队亚卓步兵。他们返回连队驻地需要半天时间。如果急行军,现在应该到了。

但塔涅尔没必要着急。

他继续走,紧贴山脊东侧,免得被眼尖的哨兵发现。山脊越来越窄,危机四伏,无处藏身,但他脚下不停,直到来到一块巍然耸立、表面平坦的山石前。他抬头看了看,发现天空如山中湖泊,平静无波。他手脚并用,匍匐前进,爬到岩石边窥探。

瓦瑞迪山谷夹在两座灰石覆盖的大山之间。谷底在他脚下,深达一千余尺。纵贯其间的河流不足二十尺宽,坚韧的山地灌木遍地丛生。他偷袭亚卓士兵的地方,与西边的瓦瑞迪山谷相连。反方向则是另一片山谷,绵延二十多里后便可通向亚卓平原。

现在谷底少说也有一百顶帐篷——驻扎了整整一个连的亚卓士兵。塔涅尔几乎可以断定,他们是希兰斯卡派来的,可能人人都配备了气步枪。他们从哪儿搞来这么多的?凯兹吗?

他们知道这是叛国行为吗?

有什么动静吸引了塔涅尔的目光。一小群人自山谷中现身,走向亚卓营地。塔涅尔换了个舒服些的姿势,只恨如今眼力不济。如果处于火药迷醉状态,他能看清每一张脸。而按普通人的视力,他连人头都数不清。

现在是关键时刻。他的仁义之举能让他们回心转意吗?他们有没有意识到,追杀战友是被上级蒙骗的错误举动?塔涅尔展示的力量有没有吓到他们?

他等了好久,眯着眼睛观察营地里的动静,却又猜不出他们将如何反应。毫无疑问,那支搜查队要汇报情况,军官将开会讨论。少校会听取上尉们的建议,然后做出决定。

一个个人影离开营地。塔涅尔目送他们上上下下，前往各处崖壁和山谷。

他们召回了其他搜查队。

士兵们在营地里列队。塔涅尔心头一沉。他们统统背着装备袋，挎着气步枪，刺刀在阳光下闪闪发光。

他们没有拔营。

八十到一百人——距离太远，数不太清——缓步离开营地，谨慎地朝塔涅尔所在的山谷行军。

他们的意图再明显不过。

自从发现那支连队爬上瓦瑞迪山谷，塔涅尔就做好了最坏的打算。

他们的脚程当然快不到哪儿去，但因人数优势给了他们信心，速度还是比之前的搜查队快上许多。按照常规行军速度，加上随时派遣斥候、设置岗哨，他们抵达山谷最高处的时间，应该不会超过三四十个钟头。然后，他们在几个小时之内就能找到卡-珀儿藏身的洞穴。

塔涅尔回忆着山谷地形，在脑海中勾画。有三处咽喉要道，都是一夫当关、万夫莫开之地。还有五处陡坡和大量碎石，足以制造一场滑坡的好戏。另有十几个位置适合狙击。

可他们已经在一处咽喉要道朝他开枪射击了，落石也只能暴露方位，他手上还没有步枪。

"卡-珀儿，"他钻进洞穴，"我们得走了。"

她蹲在克雷西米尔的人偶前，眼神如猫一样莫测高深，眉间添了几道皱纹。她轻轻摇头。

"他们追上来了。"他说，"大概八十人，全带着气步枪，还有两天就能找上门来——前提是我们运气足够好。我对付不了这么多人。"

火药魔法师

卡-珀儿用力摇头。

"什么意思?'不行'?"

她指指人偶,两根手指在空中行走。不能动他。

"可我们非动不可。留在这儿只有死路一条。"

卡-珀儿盯着人偶,过了好一会儿,她一屁股坐下,皱紧眉头。她手持长针,针尖在尘土里勾画几下。她把一只手拢成碗状,用一根指头点了点手掌,像在比画一只怀表。

我需要时间。

"好吧,棍儿。"塔涅尔说,"可他们如果逼得太紧,真的追上我们,咱俩就活不成了。"

第 10 章

雇佣军营地出现在眼前时,奈娜估计现在是十点左右。他们的俘虏福克烂特走在前面,疲惫不堪,情绪低落。

昨晚他三次企图逃跑,奔向南边。每次都是奈娜追上去,将他扑倒在地。第三次,波用巫术抓住了他,让他彻底丧失了斗志。

奈娜两脚酸痛,衣裙肮脏,只想找张温暖的床铺。波因为没刮胡子而两颊发青,但缺睡似乎对他没什么影响。

哨兵是个年轻的女人,身穿红白相间的翼军军服,肩挎一把步枪,拦在道路中央——此时既没有行人,也没有车辆。她看上去百无聊赖,目送着他们擦肩而过。

"她怎么不盘问我们?"奈娜问。

"她只负责警戒敌军,"波说,"士兵和骑兵之类。接下来的岗哨就要盘问了。"

"哦。"

"不想知道为什么?"

"我能问吗?"

"当然能。光知道表象可远远不够。尊权者必须明白背后的原因。这将有助于你理解事物的运行规律,有助于你操控他方。"

"好吧。"奈娜说,"为什么?"

"因为接下来的岗哨有个尊权者。"

四个雇佣兵守在路边,奈娜和波靠近时,其中三人平举步枪,刺

火药魔法师

刀在前。

"站住。"第四个人说。那是个年长的女人,与三名哨兵相距不远,两手暴露在身前,故意让人看到那双手套。"我知道你是什么人,小子。立刻说明你们此行的目的。"

波凑近奈娜。"翼军雇了几十个尊权者,但他们实力一般,只会虚张声势,有一些有点能耐,但很少能达到王党的水准。尊权者也有等级之分。如果我时间充裕,可以摆摆架子,耍她一顿,不过现在……"他伸出光溜溜的手,"我来求见阿布莱斯准将。"他对女人说。

看到尊权者,福克烂特吓得连连后退,撞到了奈娜。他转过身,满眼恐惧,要不是被奈娜抓住衣领,他早就跑了。

"什么事?"

"私事。"波说。

四个哨兵凑在一起商量。

"别睁开第三只眼。"波小声道,"她会察觉的。"

"她在他方看不到我吗?"

"看不到。你和他方联系太少,目前没有灵光。再过几个月,也许一年,你就有了。"

奈娜确实想睁开第三只眼。她想看看,除了波之外的另一个尊权者会是什么样子。虽然没敢看,但她有所察觉……这个女人不太寻常。或许是她多心了。

"交出你的手套。"翼军尊权者最后说道,"我们还要搜身,然后才能带你们进营地。阿布莱斯准将不在,但你可以求见温斯拉弗夫人。"

波满脸放光。"夫人也在?太棒了!"

他任由对方搜身,完全没有奈娜想象的恼羞成怒,而且二话没说就交出了三双手套。一个哨兵转向奈娜。

"我没有武器。"看到那人抬起双手,奈娜说。

"那也得搜,女士。"

奈娜扬起下巴,咬着舌头,任对方从腰间拍到后背。那人居然还摸向她两腿之间,她毫不犹豫,一巴掌甩到他脸上。

士兵踉跄后退。"你妈逼!"

波目露凶光,奈娜看到他绷紧了身体。

佣兵尊权者哈哈大笑。"哈,打得好。行了,她没带武器。送他们进去。"

两名带枪的士兵陪同他们,来到镇中心的教堂。刚到门外,就有一个秘书迎了出来。

"温斯拉弗夫人在哪儿?"波问。

秘书瞟了眼路边的屋子。"夫人现在没空。我可以问问她是否约了人……"

波推开秘书。"不用了!"说完他便朝前走去。

"喂!"一名陪同的士兵刚要追,奈娜伸脚使个绊子,让那人一头栽在泥地上。她又马上拽住那人的胳膊。

"真对不起!我这人笨手笨脚的。"

另一名士兵低声暗骂,跑了过去,但波已经钻进了秘书刚才瞟过一眼的屋子。奈娜放开地上的士兵,拉起福克烂特,跟了进去。

奈娜进来时,波刚刚走出餐厅。那名愤怒的卫兵冲过去,举起步枪指着波的脸。

"拿开。"波暴躁地推开眼前的步枪,"夫人!夫人!"

士兵用枪托抵住波的胸膛。"出去!马上!不然我……"

"不然怎么着?"波把双手滑进袖口,熟练地戴上藏在里面的手套。他用一根手指戳戳士兵的喉咙,对方的脸唰地白了。

"你们他妈吵什么?"一个年长的女人走出客厅,白色军服上佩有金色饰带。她看到眼前这一幕,立刻停下脚步。"尊权者波巴多?"

火药魔法师

波迅速转身,摘下手套揣进兜里。"夫人!"

"波!"

奈娜目瞪口呆。两人像老朋友一样热情拥抱,亲吻对方的脸颊。

年长的女人——奈娜估计,她就是温斯拉弗夫人了——后退一步,上下打量着波。"尊权者波巴多,你长大了。"

"您比从前更漂亮了。"波朝温斯拉弗咧开嘴,露出孩子气的大笑。

温斯拉弗夫人喝退了卫兵和急急忙忙跑来的秘书。"过来,坐!我们喝口茶。很高兴看到你还活着。塔玛斯向我保证,你不在他的清洗名单上,可我还是不放心。"

"我差点上了名单,"波说,"好在我大难不死。夫人,这是我的新徒弟,奈娜。奈娜,这位是温斯拉弗夫人,亚多姆之翼雇佣军的老板,再没有比她更好的人了。"

夫人伸出一只手,奈娜吻了她的手背。"很荣幸见到您。"她说。

"哦,她真漂亮。"温斯拉弗说。奈娜敢发誓,她看到老夫人冲波眨了眨眼,让她脸庞燥热。"这个男孩呢?"温斯拉弗问。

"一个无名小卒。"波说。秘书正要离开,但被他扯住袖子。"关这小子两天,然后放了他。让他吃饱,走时给他五块钱。"

一头雾水的秘书带走了福克烂特。

"很抱歉,我得打断这欢聚的时光了。"波在客厅落座后说,"请您马上叫个密码译员来。"他掏出从福克烂特身上搜到的信件,扔到桌上。

"这是什么?"

"一封密信,"波说,"希兰斯卡将军写给凯兹陆军元帅的。"

夫人派人去找密码译员,然后回到座位上。"你是怎么拿到这封信的?你不该堵截希兰斯卡和凯兹间的通信。他们可能在商议和谈条件。"

奈娜开口了。"我们是在凌晨两点左右,从那个男孩身上搜到的。夫人,我不相信他会在那个时间点商议和谈。"

"真的吗?"温斯拉弗问波。

"真的。"

温斯拉弗摇摇头,靠上椅背,转眼间似乎变得老态龙钟。"自从塔玛斯失踪,一切都乱了套。他以一己之力联合各方,结果……"

"也许我能让您松口气。"波说,"我觉得,塔玛斯还没死。"

"你真乐观。他只带了两个旅深入敌后,置身敌国。虽然我不擅长军事,但也相信,他回来的概率概乎为零。"

波淘气地扬扬眉毛,但也没再多说,只是问候起温斯拉弗的健康和孩子们的情况。他们聊天的热乎劲儿让奈娜难以置信。

波是怎么认识这个女人的?毫无疑问是通过塔玛斯,但他们的举止绝不是熟人那么简单。波发自内心地信任她——完全不像尊权者的做派。如今奈娜知道,波处处留情,所以他的嬉笑和恭维并不在她意料之外,但温斯拉弗在他面前居然像个女学生。莫非他……跟她睡过?

"有什么问题吗?"

奈娜过了一会儿才反应过来,波在跟她说话。"嗯?"

"你脸红了。"

她用手扇扇风。"我在想些让人兴奋的事。"

波嘿嘿一乐,露出心照不宣的微笑。该死!他好像猜透了奈娜的心思。

密码译员很快来了,腋下夹着个文件包。波指指那封信,接着同温斯拉弗夫人聊天。奈娜只顾着旁观密码译员干活儿,没仔细听他们说了什么。

那人打开信,在桌子上抻平,然后转向文件包。他翻阅着一沓文件,偶尔停下,将一张纸放到密信旁边,比照一番又塞回去。终于,

火药魔法师

他找到满意的文件,将其留在桌上,又取出一张白纸,单手捋平。"我对比过了,夫人。"他打断滔滔不绝的波,"这种密码并不常见,但我们有记录。"

"继续。"温斯拉弗夫人说,"波,你接着说。"

"要我说,这是战争的诅咒,对吧?一天又一天,一月又一月,指望着发生什么事——什么都行。让人恨不能盼着马上开战。"

"无聊得要死。"温斯拉弗附和道,"但我才不盼着开战呢。听说军队内讧,我马上就来了。而我今早才听说,亚多佩斯特那边完全被蒙在鼓里!"她摇摇头,"真是难以置信。"

"是啊。"波说,"我能问问是谁告诉您的吗?"

"一个侦探,名叫埃达迈。"

奈娜的目光离开密码译员。"埃达迈来过?"

"来过。他还提到你了,波,但亲眼看到你,还是让我特别意外。"

"我们……"奈娜一开口就被打断了。

"夫人!"密码译员站了起来,持信的双手微微颤抖,"破译完了,夫人。此事万分紧急。"

"嗯,接着说!"

密码译员舔舔嘴唇。"希兰斯卡勾结凯兹,夫人。他想消灭凯特的旅团,然后伙同敌军,对付我们。"

"给我。"波从他手中抢过翻译完的信件,飞快地浏览一遍,然后表情严肃地递给温斯拉弗夫人。

夫人已经站起身。"我刚派阿布莱斯带上两支连队,去找凯特将军交涉了。我害了他们。"她的脸微微发白,继而挺起胸膛。"召集所有上校。集合部队。我们一个钟头后出发!"

密码译员吃了一惊。"您要带多少人,夫人?"

温斯拉弗两手握成拳头,咬牙切齿。"所有人。"

奈娜抬着一只手，扶住温斯拉弗夫人的马车内壁，免得自己撞到头。马车在路上颠簸，随行的亚多姆之翼士兵超过两万。

温斯拉弗夫人坐在马车里，眼睛始终盯着窗外。自打夫人下了集结令，波也陷入沉默。马车已经走了两个钟头，车厢内无人交谈。奈娜想知道，还有多久才能到凯特将军的营地。

"要打仗了吗？"奈娜终于开口，打破了沉默。

波瞟了她片刻，默不作声。温斯拉弗夫人冲她微微一笑，隐含着几分盛气凌人的架势。"看来免不了喽。"她说。

"您的士兵集结得真快。"奈娜说，"我不了解军队，但我觉得，行军前的准备时间不可能这么短。"翼军的反应速度让她大为吃惊。温斯拉弗夫人下令后，第一支连队不到十五分钟就出发了。

"我军长期在哥拉执行任务。"温斯拉弗夫人说，"哥拉游牧民在荒漠里神出鬼没，喜欢出其不意地偷袭营地。如果我们反应不够快，不等穿上靴子就会死掉。"她陷入沉默，再次凝望窗外。

"波，"奈娜不想在抵达之前干等着，"你什么时候教我操纵元素？"

"等你准备好。"波说，"你一直在练习观察他方？"

"是啊。"

"很好。"

"你就不能先教我基础吗？"

波扭头看着她，低声嘟囔一句什么，摊开手掌，搁在膝上。"听好了。尊权者会操纵他方的五种元素：气、水、火、土和以太。你的惯用手……"他动动手指，"负责从他方将这些元素召进我们的世界。你的另一只手负责指引它们。"

"如果失去一只手，"奈娜问，"我就不能施放巫术了吗？"

火药魔法师

"单手操纵他方也行,哪怕不是惯用手,只是相当困难。回到正题,你每根手指对应一种元素,同时也决定了你使用每种元素的威力,从最强的食指到最弱的拇指。能听懂吗?"

奈娜点点头。目前为止还能理解。"我怎么知道自己最擅长哪种呢?"

"试验并纠错。没有百试百灵的方法,除非你一刻不停地打响指、到处比画。根据我在你身上感觉到的力量,只要附近有人,你就别试了。我们慢慢会知道的。"

"哦。"奈娜有些失望。她很想知道,现在能做些什么。

"我可以告诉你,"波继续说,"你最强的是火,最弱的是以太。"

"你怎么知道?"

"你握起拳头,火焰能漫过胳膊,因为你在触碰他方的同时,拇指和食指相互摩擦,所以就发生了这种情况。你没有操纵气以运载火,没有操纵水使之流泻,也没用非惯用手调遣元素,所以火像受惊的猫咪,紧贴着你不放。"波因自己的比喻露出微笑。

火。她最擅长火焰。想到这里,她后背发凉。"我明白了,但以太呢?你怎么知道那是我的弱项?"

"几乎所有人的弱项都是以太,它对应我们的拇指。以太能创造或摧毁物质与元素间的联系,你可以想象为点火。它就是你发动巫术的火花。拇指碰上食指,火随之产生,然后照出亮光。"

奈娜试着动动手指,同时避免它们相互触碰。她看着中指,琢磨它有何等力量。"你说,几乎所有人的弱项都是以太?"

"是啊。但也有例外。擅长以太的一般都成了医疗者,他们能接合皮肉与骨骼——甚至血管和脑组织。"

"而我永远都成不了医疗者?"虽然奈娜知道,医疗者极其罕见,但仍抱过这样的希望。毕竟成为医疗者,意味着她可以救死扶伤,而非杀人害命。

波耸耸肩。"你可以精研某些基础的治疗技能，但要花上几十年，不断研究和练习。我就经常磨炼一些技艺，以防万一。我能熟练地灼烧伤口，也能安全地取出子弹。都是些简单的活儿。再复杂的，我怕弄巧成拙。"

"你最擅长哪种？"

波低声笑了。"这种问题不要乱问。说是侮辱对方也不为过。"

"什么？我只是……呃，我真不知道。"为什么是侮辱呢？不过是个问题而已。

"你当然不知道。"波说，"尊权者的秘密可不少。我们会像松鼠储存坚果一样保守秘密，却吝于分享。我们的强项和弱项便是秘密之一。当然，时间久了，医疗者的身份便无法隐瞒了，某个尊权者擅长火也会尽人皆知。但一开始，在你最脆弱的时候，你当然希望这些秘密没人知道。尤其与另一个尊权者决斗时，这些事能决定你的生死。"

"明白了。"奈娜说。其实她不明白。尊权者都这么多疑吗？

波伸出食指。"我最擅长气。然后是水、火、土和以太。"

"等等，"奈娜气不打一处来，"为什么你又告诉我……"

"因为我相信你。"波打断她的话，"我相信我自己的判断。而且我名声在外，大多数尊权者都知道我的强项和弱项。一旦有人听说了你，并且到处打听，秘密就很难保守了。"

"那为何不能直接提问呢？"奈娜问。

"因为，"温斯拉弗夫人突然答话，"你在暗示对方愚不可及，竟会自己揭短，给人以可乘之机。用你那漂亮的小脑瓜想想，小姑娘。"温斯拉弗夫人跷起二郎腿，又望向窗外。

奈娜冲她吐了吐舌头。她扭头看波，后者已经缩进马车的角落里，神游天外去了。

奈娜有意再次挑起话题，可两位同伴毫无聊天的兴致。她看着窗外，只能看到四分之一里外的山坡，于是将注意力转向手上的公

火药魔法师

文包。

她读过了塔涅尔被凯兹俘虏前的大部分申领单,还剩下几份文件。她慢慢浏览着,逐行研究。

她一直以为,军需官的工作一定特别无聊,但没想到,这一串串数字其实挺有吸引力的。她心想,如果有经验的话,她完全可以通过这些数字,准确地推算出一支军队有多少步兵、多少骑兵,甚至某个将军的战术风格。

这页纸上有一行字,吸引了她的注意。她读了一遍又一遍,仔细核对日期。

"波……"她说。

"嗯?"

"塔涅尔被吊在凯兹营地的前一天,有没有人知道他做了什么?"

波挠了挠络腮胡子。"我跟营地里一个厨子聊过——那人曾是米哈利的帮厨。临近傍晚,塔涅尔找过米哈利。"

"有没有提到原因?"

"没有。但我猜得出。他蠢得要命,肯定是想单枪匹马对付克雷西米尔。再说了,那也是他被俘的唯一理由。他很可能会去寻求米哈利的建议。"

"于是他立刻出发,去凯兹营地了?"

"不知道。"波耸耸肩,"怎么了?"

"没什么。"奈娜翻找着文件,查看申领记录和日期,但再也没有塔涅尔的申领单了。她的呼吸变得急促。"波……"

"怎么了?"他不耐烦地摇摇头,似乎思绪被打断了。

"伊坦上校对我说过的话,你还记得吗?希兰斯卡派了两支连队进了山区?"

"啊,记得。接着说。"

她把文件递给波。"你看塔涅尔的申请记录,在中间。"

"我看到了。"他读了好几遍才回答,"没道理啊。塔涅尔申请三百把气步枪干吗?"

奈娜凑近些。"我在塔玛斯那里当洗衣工时,无意中听他说过,亚卓所有气步枪都锁在亚多佩斯特的一间军械库里,他还严格下令,只有火药魔法师可以申请调用。你看时间!"她指着申领单,"凌晨四点。塔涅尔被俘后。申领单冒用了他的名字!"

"哦,见鬼。"波猛敲车顶,"停车!快停车!"

"你要干吗?"马车应声而止,温斯拉弗夫人问道。

"我要两匹马。"波说。

"行。怎么了?"

波跳下马车。"只有叛徒知道塔涅尔被俘了,并且伪造了申领单。"

"那又为了什么?"

"也许他认为,塔玛斯就快回来了。但这不重要。希兰斯卡已经派出手下,带着气步枪,去追杀塔涅尔了。"

"你怎么知道?"奈娜问。

"三百把气步枪足以武装两支连队的亚卓士兵。他们奉希兰斯卡的命令进山去了。如果纯属巧合,我情愿吃了这顶帽子。我得走了。"

"我跟你去。"奈娜说。

"不。你留在夫人身边。我得轻装上阵,往那两支连队头上降下火焰和飞石,谁敢靠近我,我会把他碎尸万段。"

"那你为什么要两匹马?"

波戴上尊权者手套。"如果死了一匹,至少我得有得换。"

第 11 章

在阿布莱斯准将的陪同下,埃达迈在等凯特将军检查他带来的文件。

他们在凯特的私人帐篷里。外面的卫兵已经撤下。凯特缓缓翻看文件,先是里卡德·汤布拉和亚多佩斯特两位法官签署的逮捕令,然后是具体罪名,以及呈交到法庭、针对她姐妹俩的证据。

三十分钟后,她把凌乱的文件整理好,放在面前的桌子上,靠着椅背,目光由埃达迈扫向阿布莱斯,然后转回埃达迈。

"你否认这些指控吗?"埃达迈很高兴能打破沉默。

"不否认。"

真是出人意料。"我是来逮捕你的。"埃达迈说。

"你明白目前的形势吗?"凯特问。

埃达迈身旁的阿布莱斯点点头。"当然。"

"你希望我主动请辞,"凯特说,"把军队指挥权交给希兰斯卡,跟你们回亚多佩斯特?"不等埃达迈回答,她接着说道,"这不可能。希兰斯卡是叛徒。他想把我们所有人出卖给凯兹。不管我犯了什么罪,至少我没叛国。"

他们刚到时,凯特就批判过希兰斯卡,但一直没能给出证据。她说本来有个证人,但被希兰斯卡派人毒死了。

"说实话,"埃达迈说,"我们也没那么想过。"

凯特扬起一边眉毛,埃达迈还是头一次看到她有表情变化。

"哦?"

"我同温斯拉弗夫人谈过你的问题。"埃达迈说,"她觉得,你们姐妹犯下的罪行并不严重,也没有危及亚卓的安全。她是塔玛斯的议会成员之一,经她授权,我会向你提出一个解决方案。"

"怎么说?"

"你立刻卸任。你妹妹也一样。你将被押解到亚卓北部的私宅,有一周时间处理各项事务,然后你的家族会被流放。你将一次性收到一百万卡纳的养老金,其他所有财产充公。"

凯特鼻孔翕张。"这算哪门子解决方案?这是判决。"

"一百万可不少。"阿布莱斯神色冷峻,"你觉得塔玛斯回来后会有这么仁慈吗?"

"塔玛斯死了。"

"他没死。"阿布莱斯从兜里掏出一封信,递给凯特,"我们今早收到消息。塔玛斯带领第七和第九旅,外加六万德利弗步兵,已经翻过乌木堆山脉。再过两周他就到了。"

埃达迈差点惊掉下巴。塔玛斯还活着?真的吗?温斯拉弗夫人为何只字未提?这个消息会改变一切!

凯特面如死灰。她再次拿起逮捕令,手指发抖,从头到尾读了一遍。

"依我看,"埃达迈说,"等他回来,你肯定会被驱逐出境。"

"我的军队呢?谁来指挥?"

"我。"阿布莱斯说。

"这不合法!"

"你现在关心合不合法了?"埃达迈淡淡地问。

凯特转向埃达迈。"没错,我掩盖了我妹妹的罪行。可我仍是亚卓的将军,我忠于祖国,绝不会接受你们的'宽大处理'……"这个字眼如毒液般从她口里喷出,"除非你们能保证我手下的安全。"

火药魔法师

"你的军队将由亚多姆之翼代为指挥。"阿布莱斯说,"我们会马上致信希兰斯卡,表明已解除你的指挥权,你麾下三个旅受到我们的雇佣——以及保护——直到塔玛斯元帅归来。"

凯特用手指敲打着桌面,凌厉的目光越过埃达迈的头顶。

"将军,"埃达迈说,"唯有如此,他们才能活下来。你的斥候应该报告你了,凯兹做好了明早进攻的准备,希兰斯卡将军计划从侧翼迂回。"

"他和凯兹人勾结的又一项铁证。"凯特说。

埃达迈与阿布莱斯不安地对视。"即便真如你所说,只要你的军队归入亚多姆之翼旗下,他就不敢贸然发动进攻。"

凯特突然起身。"好吧!我答应。我交出指挥权,带我妹妹离开。让我对手下最后讲一次话就好。"她言语之间暗含恳求,埃达迈愿意相信她的诚意。

阿布莱斯却神情冷峻,迎上她的目光。"你没有机会挽回名誉了,凯特。你的手下只会认定你是贼,是骗子。"

愤怒和悲伤涌上凯特的脸——埃达迈推断,这两种情绪她都不擅长表达。

阿布莱斯缓缓站起,叹了口气。"我保证让他们相信,你是顾全大局才交出指挥权的。"

凯特唯一的回应是沮丧地点点头。

阿布莱斯双手背在身后,昂首挺胸。"凯特将军,"她说,"现在我宣布,解除你的指挥权。"

清晨时分,彻骨的寒意降临了亚多姆之翼营地。

埃达迈睁着惺忪的睡眼张望,南边几里外出现了凯兹步兵的影子。他们身穿褐绿相间的军装,犹如一亩亩待收的秋麦。凯兹还有多少军队？二十万？三十万？阿布莱斯的斥候报告说，他们连夜从巴德维尔征召来不少新兵。

突如其来的轰鸣吓了他一跳，接着又是几声炮响。埃达迈明白，他应该尽早习惯这种噪音。阿布莱斯用炮击警告凯兹军队不得靠近，但随着时间过去，情况势必愈发严峻，双方前线将有数百门大炮相互对轰。

阿布莱斯在他身边，站在视野开阔的山顶观察战场，凯特的指挥帐篷也设在这里。但她张望的并非凯兹军队，而是东北方向。

"有消息吗？"埃达迈问。

按照希兰斯卡的指示，亚卓的大部队藏在崇山峻岭之间。

"夜里我派出三十多名信使，"阿布莱斯冷冷地说，"至少有十人一露面就挨了枪子。不知道希兰斯卡是怎么交代的，总之他把我们彻底当成了敌人。如果我阻止不了，温斯拉弗夫人就只能自求多福了。"

"夫人目前在哪儿？"埃达迈问。昨日黄昏，夫人带着两万六千翼军步兵与他们会合，还带来了截获的密信，说希兰斯卡早已投敌。埃达迈本指望波也随行，结果只有奈娜来了。一个尚未受训的尊权者能做什么？

"我派了一百名最优秀的骑兵，护送她回亚多佩斯特。"阿布莱斯说，"我不能让她死在战场上。"她沉默良久，望向东北方，续道，"你害了我们所有人，埃达迈。"言语之间没有责备，也没有愤怒。她只是麻木地接受了事实。

埃达迈意识到，夜幕降临之前，他们有可能全都丧命。他感觉胸膛发紧，只能强行做了几次深呼吸。希兰斯卡是叛徒。他必将进攻亚多姆之翼，摧毁他们与接管的三个亚卓步兵旅，然后……他会怎样？命令部属投降凯兹？他们会服从吗？或者等凯兹军队蜂拥而至，再将他们也屠杀殆尽？

亚卓军队完蛋了，等塔玛斯元帅带着德利弗军队抵达时，等待他们的将是以逸待劳的凯兹人。

　　基本没希望了。他们无路可逃。阿布莱斯已经下令挖掘壕沟，建造防线。她决定背水一战，但埃达迈看到她脸上丛生的皱纹、乌黑的眼圈，就知道准将一夜没睡。

　　阿布莱斯歪歪头，埃达迈顺着她的目光望去。在东北方向，遥远的丘陵地带，出现了一个骑手。那人停下脚步，观望他们，随后埃达迈发现，坡顶寒光刺眼，一排排刺刀沐浴着朝阳。

　　"他们来了。"阿布莱斯说。

第 12 章

"人他妈都去哪儿了？"塔玛斯问。

眼前的下士正在吃早饭，他举着勺子，却忘记送进嘴里，目瞪口呆地盯着塔玛斯。

亚卓营地几乎空了，只剩少量卫兵、几千随营人员，以及无数闲置的帐篷。这一幕只能证明一件事：战斗将于今天打响。塔玛斯在风中闻到了火药味，虽然他疲惫不堪、痛入骨髓，但还是不由自主地打了个激灵。

奥莱姆抖动缰绳，来到下士面前。"没听到元帅问你话吗？士兵，快说！"因为彻夜快马加鞭，他们的坐骑热气蒸腾。

"我，我……"下士结结巴巴地说，"对不起，长官。他们……"他抬手指向西南方。"他们去打仗了。"

"该死。"塔玛斯骂道。希兰斯卡为何选择这时开战？凯兹的兵力依然占据绝对优势，在开阔的平原地带，凯兹以多打少，将对亚卓军造成毁灭性的打击。"听到了吗，奥莱姆？是炮声。"

"听到了，长官。"

"长官！"维罗拉奉命寻找总参谋部，这时她跑了过来，气喘吁吁地从奥莱姆手中接过自己坐骑的缰绳，翻身上马。"长官，他们不是去打凯兹的！"

"那他们要去打谁？"塔玛斯问。

"打自己人。凯特将军带兵与大部队决裂，希兰斯卡要去打她！"

火药魔法师

"走!"塔玛斯一声怒吼,猛踢马刺,胯下骏马飞奔向前。

三人策马穿过亚卓营地,沿着军队开拔的足迹,朝西南方向疾驰。尽管冷风呼啸,塔玛斯依然满头大汗。怎么回事?军队为何闹到这种地步?他要找到凯特,用她自己的靴带将她吊死。

他们在大路上骑了好几里,每次翻越坡顶,塔玛斯都能看到在南边排兵布阵的军队,视野越来越清晰。心脏在胸膛间狂跳不止,他抓紧马脖子,不断加快速度。

他们终于追上亚卓军队的尾巴。蹄声如雷,士兵们避之不及。塔玛斯发现了设在高处、能俯瞰火炮部队的指挥帐,立刻调头奔去。士兵们好奇地张望,但他视而不见,只顾扬鞭催马。

他跳下坐骑,把缰绳扔给一个呆若木鸡的步兵,大步闯进指挥帐,一把掀开门帘。"该死的,希兰斯卡,这里什么情况?"

几十双眼睛瞪着他,茫然失措。

"说话呀?"塔玛斯大声道。

在场军官乱成一团。有人呼喊,有人惊叫,有人朝他伸手。他们纷纷起立,不知带翻了多少椅子。所有人都想对他说话,结果却吵得他一句也听不清。

"安静!"奥莱姆怒喝道。

"谢谢,奥莱姆。现在告诉我,到底发生了什么?"塔玛斯在搜寻熟悉的面孔,结果没发现几张,心情不由变得沉重。自从他离开,亚卓军队损失了这么多人吗?

"我们准备与叛徒凯特开战。"站在外围的一位上校说道。

"开个屁。"塔玛斯说,"奥莱姆……不,维罗拉。打面白旗去山谷那边。我要凯特一个钟头之内,亲自过来向我解释。"

"她不会来的。"之前回应的上校说,"她不肯见我们的信使。"

"她会来见我的。我好像在凯特的营地里看到了亚多姆之翼的旗帜?"

一位女将军迟疑地点点头,塔玛斯对她依稀有些印象。

"那就叫上阿布莱斯准将一起,或者谁负责就叫谁来。去吧,上尉。"

维罗拉飞快地敬个礼,冲出了帐篷。

"把我们的炮口转向南边。"塔玛斯下令,"所有骑兵布置到东侧——注意,我说的是所有骑兵。把他们分成三部分,等候我的命令。凯兹人准备进攻了。他们大概十点钟出击,猜错了算我的。我们还是要与凯特的队伍对峙,但一定要向弟兄们交代清楚,自己人不打自己人。如果凯兹以为我们要内战,那就让他们大吃一惊。照我的命令,执行!"

帐篷里一片忙乱。

"希兰斯卡将军,"塔玛斯说,"你要干吗?想从后门偷偷溜出去?过来。"

希兰斯卡贴着帐篷边走过来,警惕地看着塔玛斯。"长官?"他轻轻地说。

"跟我来。"塔玛斯掀开帐帘,"指挥帐往山上移四十步。"他吩咐外面的卫兵,"我要看清那片山谷里的所有情况。"他朝刚刚指定的地点走去,招手示意希兰斯卡跟上。长时间骑马让他浑身酸痛,筋疲力尽,但即将打响的战斗又让他兴奋到手指发抖。

到了坡顶,他转向希兰斯卡,话语却哽在喉咙里。"你没事吧?"他问。

希兰斯卡的眉毛上挂满汗珠,衣领已经湿透,一手神经质地拉扯着外衣纽扣。四名宪兵跟了上来,保持在一定距离开外。

"没事,长官。"希兰斯卡擦擦脸,"您有什么打算?"

塔玛斯转身望向凯兹军队。那边至少有二十六万步兵、两万多骑兵,场面蔚为壮观。但他不能兀自感慨,毕竟还有事情要做。

"希兰斯卡,我要你把最好的炮手安置在那儿,还有那儿。"他

火药魔法师

边指边说,"看到敌军就开火……希兰斯卡,你在听吗,我……"塔玛斯感到肋部一阵剧痛。他皱起眉头,揉了揉痛处。"照我说的,我要他们……"

塔玛斯突然被人往前一推,同时听到一声叫喊。他猛转过身,正要骂人。

奥莱姆在大喊,他拔出佩剑,与跟上来的四名宪兵对峙。希兰斯卡躲在宪兵后面,手握一把匕首。

"这他妈怎么回事?"塔玛斯问。他本能地摸向手枪,指头却滑过枪柄。他抬起手,眨了眨眼,以抵抗突如其来的眩晕感。指尖猩红刺目。

他被捅伤了。

希兰斯卡捅了他。

独臂将军转身跑下山去。

塔玛斯坐在草地上,外套已经脱掉,衬衫浸透鲜血,一时缓不过神来。

一名医生坐在身边架着他,另一名剪开他的衬衫,检查他肋部的刺伤。不到十步外,两名亚卓宪兵的尸体被马车运走,还有一名医生在处理奥莱姆额头上的伤口。

希兰斯卡背叛了他。事实再清楚不过。但背叛到何种程度?背叛了多久?是希兰斯卡导致几个月前巴德维尔城墙失守、塔玛斯被困敌后?而与凯特将军决裂,企图害死亚卓全军的阴谋,一定也是希兰斯卡在幕后操纵喽。

"奥莱姆!"塔玛斯必须搞清楚情况。最重要的问题是,希兰斯卡有没有同谋?

奥莱姆很快过来了,额头上包着绷带。"长官?"

"剑法不错。"塔玛斯说。奥莱姆方才以一敌四,一直等到有人增援。"还有活口吗?"

"谢谢,长官。有两个没死。但其中一个撑不到明早了。弟兄们见您受伤,对他们下了重手。"

"何止是'重手'啊。"塔玛斯说,"看看从他们嘴里还能撬出些什么。"

"要不要我去追捕希兰斯卡,长官?"

塔玛斯犹豫一下。"我不知道还能信任谁。"他淡淡地说,"组织两队人——看能不能找到你的神枪手——派他们追捕希兰斯卡。我要你留在我身边。"

"是,长官。"

一名医生戳了戳塔玛斯的伤口,疼得他低声咒骂。"等包扎好了,给我弄点黑火药。没伤到肺。我死不了的。"他拍开医生,晃晃悠悠地爬起来。肋部疼得厉害,让他想起二十年前在哥拉受过类似的伤。当时他卧床几周,差点因伤口感染而丧命。

可他现在没时间卧床休养。

他看到,山谷里的翼军在凯特营地周围组成环形防御阵,挖了壕沟,类似塔玛斯之前用来对抗贝昂·杰·伊匹利那种——虽然没那么深。他看到维罗拉快马加鞭,白旗在风中猎猎飞舞。她抵达翼军前线,紧张地等待片刻,便被放了进去。

凯兹人仍在列队。他们的队伍一望无际——兵力确实惊人——但庞大的阵线反而不容易调动。塔玛斯调整了看法,敌军不会在十点钟发动进攻了,他们至少得到中午才能列队完毕,也许要到一点钟。到时他们将正面进攻,利用兵力优势,包围并淹没凯特将军的营地。

塔玛斯捏碎一个火药包,往舌头上撒了少许。等火药迷醉感最初的效力过去,他又感到年轻有力,刀伤的疼痛变成了意识深处的瘙痒。

火药魔法师

塔玛斯用眼角余光瞥到，奥莱姆走了过来。

"问出了什么？"塔玛斯问。

"没有，长官。两人都声称，希兰斯卡说您可能会回来，但那是凯兹人的诡计——派一个尊权者伪装成您的模样。他们还说，他没想到伪装您的人几周后就来了。"

塔玛斯冷哼一声。"因为我提前回来，所以他慌忙跑路了？他没准备好，也算我们走运。见鬼，他还散布了什么谣言？"

"我再去查，长官。"

"去吧。"

"能否搜查他的住处？"

"批准。"

奥莱姆再次离开，塔玛斯环顾四周，寻找信得过的面孔。大多数将军仍与所属部队在一起，希兰斯卡的少数支持者跟着他逃走了。

"嘿，你！"塔玛斯大喊，"上校，过来。"年轻人的侧脸相当眼熟，等他转过头，塔玛斯立刻认出来了。"塞巴斯蒂涅上校，很高兴你还活着。"

他本是亚多姆之翼的准将，个子不高，二十五六岁，络腮胡里夹杂着与年龄不符的白丝，脸色阴郁。塔玛斯记得，上次见面时他的胡子没这么灰，估计是染的。他对塔玛斯尊敬地点点头。"我也是，长官。但我不姓塞巴斯蒂涅了，现在姓弗洛恩。我用了母亲的姓氏。希望不要被以前的战友一眼认出。"

塔玛斯表示理解。为了保护塔玛斯，塞巴斯蒂涅开枪打死了一个叛徒，虽然此举既合情又合法，但他仍被翼军开除了，因为叛徒与他同为准将——那人还是温斯拉弗夫人的情人。

"好的，塞巴……弗洛恩。我要拟定作战计划。你隶属哪支部队？"

"我在第二十一火炮部队。"

"有指挥炮兵的经验吗?"

"在翼军有七年。"

"很好。恭喜你,弗洛恩。现在你是将军了。"

上校惊讶地眨眨眼。"长官?"

"第二旅交给你了。带上你的炮兵,绕到南边,命令全体待命。叫你的步兵在东边和西边挖沟。"

"是,长官。谢谢你,长官。"

"先别急着道谢。我不知道希兰斯卡的队伍里还有谁值得信任。也许今晚就会有人在你背后捅刀。如果你有亲信,带在身边。"

"是,长官。"

"还有,将军,派人把米哈利找来,好吗?"

弗洛恩迟疑片刻。"没人告诉您吗?"

"告诉我什么?"

"米哈利死了。两周前,克雷西米尔杀了他。"

塔玛斯扭头望向凯兹军队,浑身直冒冷汗,一种异样感刺得他后颈生疼,震惊与悲痛破坏了火药迷醉感带来的平静。米哈利死了,为何亚卓还没被踏平?没有了米哈利平衡其兄弟的力量,亚多佩斯特和亚卓军队都应该荡然无存才对,可国家和都城依然健在。

是什么牵制住了克雷西米尔?

亚多姆之翼的营地有动静,吸引了他的注意。维罗拉很快策马归来,登上山坡,风驰电掣般经过亚卓的岗哨,毫不停歇地来到塔玛斯面前,翻身下马,把缰绳扔给一个吓呆的信使。

"凯特呢?"塔玛斯问。

"走了。"维罗拉上气不接下气,"昨天,阿布莱斯和埃达迈驱逐了她,罪名是不正当牟利。阿布莱斯认为,这样或许可以弥合军队内部的裂痕,可是……长官,您受伤了?"

"裂痕弥合不了了。"塔玛斯说,"因为希兰斯卡背叛已久。还有,埃达迈来这儿干吗?真他妈该死,我现在最需要的是凯特。除了希兰斯卡,她是这里最能干的指挥官。阿布莱斯呢?"

"在路上。"

"凯兹人进攻之前,我们最多只有几个钟头。召集总参谋部——给你们二十分钟,尽可能多找些高级军官。没来的人,我再派信使传达命令。奥莱姆,你有什么发现?"

奥莱姆冲过来,休息片刻调整呼吸。"他什么都没带走。希兰斯卡早就跟凯兹人勾结了。我找到几十封信。"

"能不能查明,他的同伙还有谁?"

"我没时间全看一遍。"

"时间。该死啊,我们最需要的就是时间。我来不及布置防线,敌人太多了。"

"奥莱姆,"维罗拉说,"你有没有找到希兰斯卡的私人印章?"

"有,跟其他东西一起。"

"给我匹快马!"维罗拉大喊。

塔玛斯问:"你要去哪儿?"

"我要找一个翼军的密码译员,"维罗拉说,"好复写希兰斯卡的密文。如果我们动作快,应该能赢得一天时间。"

塔玛斯模仿希兰斯卡在信件和笔记中常用的语气,口述了一封写给凯兹指挥官的信,然后让翼军的密码译员翻成希兰斯卡的密文。信上说,希兰斯卡有机会派人刺杀阿布莱斯,只要她放松警惕即可,但凯兹军队必须暂时按兵不动,等到明天再发起进攻。

写信花了将近两个钟头,在塔玛斯看来,时间过于仓促了。如果凯兹信以为真,简直就是奇迹。

但若成功,就能争取到宝贵的二十四个钟头,用以防备凯兹人的进攻。为了抓住这一线胜利的希望，时间对他们至关重要。

塔玛斯抬起头，发现奥莱姆候在指挥帐外，心不在焉地摸着手枪。翼军的密码译员用希兰斯卡的热蜡封好信，盖上印戳。塔玛斯从他手中接过，吹凉了封蜡，交给奥莱姆。

奥莱姆立正敬礼。"我找到几个最忠实的神枪手，长官。我会派其中一人，去凯兹那边送信。"

"他们知道这个任务的危险性吗？如果凯兹人怀疑，他们就死定了。甚至生不如死。"

"人选已经定了。他很清楚。"

"好。这是唯一我想传给凯兹人的消息。命令所有岗哨，任何叛逃凯兹之人，格杀勿论。不能让敌人知道我回来了。"

塔玛斯点点头，让奥莱姆离开。他转向密码译员时，感觉十分难受，希兰斯卡留下的刀伤似乎裂开了，让他腹中剧痛难忍。塔玛斯打开一个火药包，往舌头上撒了些火药。他刻意放慢动作，不希望被密码译员看到他手指发抖。火药迷醉感即刻降临，抑制住疼痛。

"干得漂亮，士兵。"塔玛斯说。

"谢谢夸奖，长官。"密码译员说，"容我直言，您回来真是太好了。我知道，阿布莱斯准将一定松了口气。"

塔玛斯勉强笑笑。"很高兴听你这么说。回来了确实很好。你知道的，我们在哥拉战争中缺少专业的密码译员。我只能让头脑最灵光的士兵承担额外的工作。在温斯拉弗大人之前，从未有人将其设为常规岗位。十五年来，我一直在说，亚卓军队需要自己的密码译员，可惜因种种原因，始终未能实现。"

"能为温斯拉弗大人工作，我倍感幸运。"密码译员说，"他睿智过人。"

"我同意。失去他真是一桩憾事。好在你们的夫人比她丈夫更聪明。我一直怀疑，是她提出设立密码译员的岗位，却将功劳让给了她

火药魔法师

丈夫。"

密码译员默不作声，只是低头盯着脚下。

"抱歉，我说多了。你不必回答。"

"谢谢，长官。"

过了一会儿，奥莱姆回来了，他冲塔玛斯点点头，说信使已经出发。"士兵，"塔玛斯告诉密码译员，"你可以去食堂吃早餐，或者午餐。我不知道现在几点了。"

"长官，请允许我返回翼军营地。"

塔玛斯看了眼奥莱姆，后者来到密码译员身边。"抱歉，士兵，请你暂时留下。我们要对塔玛斯元帅归来一事绝对保密，好方便我们瞒过凯兹。"

"我不会告诉任何人，我发誓。"

"我们不能冒险。"奥莱姆说。

密码译员来回看着塔玛斯和奥莱姆。"长官？"

"抱歉，"塔玛斯说，"我们对自己人也得保密，越久越好。我们必须在鼓舞士气和保密之间做出权衡。"

密码译员皱着眉头，深吸一口气，然后挺胸抬头，敬了个礼。"我明白了，长官。"

"好。我会告诉阿布莱斯，你今天干得很棒。"

奥莱姆带他出了帐篷，随后又跟维罗拉回来。她灰头土脸，疲惫不堪，但步伐依然干净利落。塔玛斯凭鼻子就能判断，她整个上午都处于火药迷醉状态。

"翼军营地情况如何？"塔玛斯问。

维罗拉敬个礼，跌坐在塔玛斯对面的一把椅子上。"如果凯兹军队今天进攻，那麻烦就大了。翼军有三个旅面朝我们。阿布莱斯说，如果这招奏效，她就有时间掉转矛头，等到明天上午过半，就能全力对付凯兹了。"

"那我们等着瞧吧。"塔玛斯说。

维罗拉点点头。"只能等了。"她和奥莱姆对视一眼,表情有些复杂。

从德利弗边境到亚多佩斯特这一路上,塔玛斯策马狂奔,始终处于火药迷醉状态,在火药致盲和抑制疼痛间如履薄冰。到了现在,那股劲头似乎松懈了。"我回来的消息传到翼军耳中了吗?"

"阿布莱斯保证,只有她和她手下两个旅知道。她也认为,这个秘密保守得越久越好。有几个军官可能认出我了,但她会负责管好他们的嘴。"

"很好。"

"这边已经有流言传开了。"奥莱姆说。

"没办法。他们看到我们骑马闯进来了。"

"我已经封锁了营地。"奥莱姆又说,"明早之前,没有命令,任何人不得进出。"

"非常好。"

塔玛斯注意到,奥莱姆在拨弄上校领章,那是塔玛斯在阿尔威辛城外给他的。他又要旧事重提了。

"长官。"奥莱姆说。

塔玛斯哼了一声。"我没打算降你的级,奥莱姆。"

"我宁愿降级,长官。"

"这事我说了算,由不得你——这又不是神枪手的内部事务。你是特许晋升的上校。又不是没有先例。"

"可是……"

塔玛斯抬起一只手,表示不想再争论下去,尽管知道这是徒劳。奥莱姆觉得自己不是当上校的料。"我希望你有发号施令的权力。"塔玛斯说,"别闷闷不乐了。我不会给你太大权力,直到你准备好为止。记住我的话,你以后会当将军——你完全可以胜任——用不了十年。"

奥莱姆差点当着塔玛斯的面笑出声,但他忍住了。"我不会刮胡子的,长官。当了将军也不刮。"

"我喜欢胡子。"维罗拉说,"当兵的也应该蓄起来。"

"嘿,你别得寸进尺。"塔玛斯指着她说,"我能忍他,因为他是保护我生命的最后一道防线。至于你,想都别想。"

"希兰斯卡那事儿,他干得不赖。"

奥莱姆闻言一凛,拉长了脸,有些恼羞成怒。塔玛斯看着维罗拉。这话有些刻薄——她明知道奥莱姆当时奉命离开了。奥莱姆一向尽忠职守。塔玛斯正要训斥她,但看到维罗拉的表情就闭嘴了。她脸色发白,垂下目光。她已经为刚才的话后悔了。

"长官,还有吩咐吗?"奥莱姆生硬地问。

"你留下。"塔玛斯说,"不过,说到希兰斯卡……"

"我派了一整支连队去追捕他。他们会抓住他和他的爪牙,把他们用锁链拷回来。"

"干得好,奥莱姆。我这点小伤……"他示意掩在外套内的刀伤,"很快就能恢复。"虽然处于火药迷醉状态,但他动弹时仍能感到阵阵刺痛。

"是,长官。"语气依旧生硬。

塔玛斯揉揉眼睛。他一般会在开战前召见前线军官,制订备用计划,可现在,该下达的命令都已经下达了,一切取决于凯兹如何回应那封伪造信。如果敌军上当了,他们就多了一天时间筹划。如果没有,战斗将在一个钟头后打响。

他知道自己应该做点什么,可就是没法动弹。他想说服自己,只是旅途劳顿而已——稍事休息,他就能整装上路了。但疲倦并非全部原因。疼痛钻进了骨子里,新伤旧伤同时爆发,睡意难以抗拒。历经数月辛劳,年龄终究没能饶过他。

而他难以集中精神应付手边的任务时，忘记更重要的事也就不奇怪了。

"长官，"维罗拉轻声问，"塔涅尔怎么办？我们知道希兰斯卡派人去了哪儿。也许……"她停了下来。

还是眼前的战事更重要。虽然塔涅尔是他儿子，但也只是一个人而已。而今天将决定整个国家的生死存亡。"我知道我的职责所在，上尉。"塔玛斯说。

维罗拉似乎还想说些什么，但最终没能张嘴。她来到奥莱姆站立的门口。奥莱姆看着她，她从他的外套里掏出烟叶和卷烟纸，目光始终不离他的脸，同时慢悠悠地卷好一根香烟，擦了根火柴将其点燃。她深深吸了一口，烟从鼻孔喷出，然后把香烟递给奥莱姆。

塔玛斯在琢磨，要不要告诉他们别在帐篷里抽烟，但他想看看这事如何收场。香烟是讲和的信物，维罗拉在为刚才的话赔罪。

奥莱姆接过香烟，叼在嘴里。塔玛斯松了口气，他发现自己屏住了呼吸。

有人掀开帐帘，对奥莱姆耳语几句。"失陪一下，长官。"奥莱姆钻出帐篷。

塔玛斯发现，帐篷里只剩了他和维罗拉。他知道，维罗拉想说塔涅尔的事。他盯着对方，希望脸上的表情足以表明，此事不容辩驳。而当沉默滋长，他又有些盼望维罗拉能说点什么。他愿意承受对方的责难与不满。他能应付。

他只是没法面对自己。

奥莱姆又回到帐篷，带进来一股烟味。"长官，"他说，"我们的人回来了。凯兹没回信，但他们的队伍正在离开战场。我们可以等到明天了。"

塔玛斯站起身，捂着嘴咳嗽几声，掩饰住痛苦的表情。"但愿在我们缺席这段时间，凯兹人的脑瓜没有长进。你的神枪手找到多

火药魔法师

少人?"

"希兰斯卡打发他们回了各自的连队。我找到大概两百名精兵强将。"

"叫他们集合。我们该干活儿了。"

第 13 章

克雷西米尔——或者说,用来控制他的蜡偶——暂时还不能移动。

塔涅尔整夜都在对抗愈来愈强的恐惧感。他睡不着,吃不下。黎明的到来让他更加焦虑。

"我们真得走了。"塔涅尔说。

卡-珀儿固执地摇摇头。她蹲在一个盒子前面,那东西用树枝和干草编成,准备用来盛放神的蜡偶,大小跟士兵的装备箱差不多。

"他们中午就会找过来。"塔涅尔说。

卡-珀儿不作声。几个钟头前她编好了盒子,然后从帆布包里取出一把马鬃刷子,聚精会神地在盒子外面画上一道道细细的直线。颜料是她自己的血,干涸后红得耀眼,而一般情况下,那应该是暗沉的铁锈色。

整个过程让塔涅尔不舒服——比平时更不舒服。

"半支连队的亚卓步兵,配备了气步枪,扎营处离这儿不到二里地。"他说,"他们起床了,正在拔营,准备继续搜索。中午他们就能找到我们,那还算我们走运。我们对付不了这么多人。他们会杀了我们,释放克雷西米尔。我们真得走了。"

卡-珀儿似乎并不赞同。她依然握着刷子,不紧不慢地画线,好像什么也没听到。

塔涅尔碰碰她的肩膀。"棍儿……"

火药魔法师

她突然转身，把刷子扔过洞穴，随后猛然蹦起，逼得塔涅尔连连后退。她五官扭曲，脸色阴沉，握紧双拳，一直将塔涅尔逼至洞壁，尽管个头娇小，阴影却气势汹汹地笼罩在他身上。她拍拍自己的胸口，然后是侧脑，打了个否定的手势。她又重复两遍，指着盒子。

我不知道自己在做什么。

塔涅尔这才注意到，她的头发和衬衫浸透汗水，两肩颤抖，眼角的泪水闪闪发亮，终于明白她有多拼。他知道骨眼可以创造魔法效果。在法崔思特殖民地，他们制造了名为红纹弹的附魔子弹，卡-珀儿也给他做过一次——尽管他没看到制作过程，但应该跟眼下差不多。

他看向盒子，立刻想起环绕子弹的细长红线，红纹弹因此得名。

没错。这就是红纹。卡-珀儿在用自己的血施展魔法。

那天她往塔涅尔脸上涂抹鲜血，也是同样的道理吗？为他附魔？她消耗了多少精力呢？塔涅尔重新审视她，看到了极度的疲倦，深深凹陷的眼眶和脸颊。她松松垮垮地披着外衣，活像裁缝店里展示用的模特。

为了困住克雷西米尔，她不惜以生命为代价，还为塔涅尔消耗了额外的力量。

卡-珀儿回去接着忙活，安静一如往常。

塔涅尔收好两把匕首和一把刺刀——几天前，他从亚卓士兵手上弄来了这些。他后悔没能偷一把气步枪，至少可以装上刺刀当长矛用。当时他毁了营地里所有的气步枪，现在想来还是有些自大了。

他亲了亲卡-珀儿的脸，后者却扭过头，想躲开他。随后他出了洞穴，爬上坡上，翻过山脊，一路朝东奔向亚卓营地。

不到一个钟头，他就发现了亚卓步兵连队的前锋。一行六人慢慢爬上山谷，动作谨慎，两手握着步枪，仰望耸立在两边的山脊。

他在距谷底三百码处找个位置，伏身等待。

前锋领先大部队五十步远。连队主力只能单人成排行进，而且跟前锋不同，他们没太关注周围的情况。他们缺乏经验，自信过头。有人说说笑笑，谈话声在山谷崖壁间回荡。塔涅尔原本以为，他之前的举动能警告对方，但看起来没什么效果。

毕竟他们的目标只有一个人而已，眼下还是光天化日。

塔涅尔知道自己没法对付八十人。他根本没有胜算。

他在等。全部人马进入视野，在谷底排成一字长蛇，队伍的中部正好处于他下方。他一脚踹开身边的原木，随即躲开，二十吨石头轰隆隆地顺着崖壁滚落。

他赢不了。但他会尽可能多拉些人，给自己陪葬。

落石的轰鸣声终于平息，山谷间回荡着垂死的惨嚎和幸存者的呼救声。

塔涅尔心里难受。他不愿杀害自己的同胞。他们也有朋友、家人、妻儿和丈夫。他本该与他们并肩作战。他甚至可能与他们同场操练过。

这跟上阵杀敌没什么区别，他提醒自己。这是战争。要么杀人，要么被杀。

塔涅尔从藏身处悄悄探出头，观察伏击的效果。

落石将亚卓连队斩为两截。至少十人被石头掩埋，还有十几人受伤。一名上尉的腿被巨石压住，躺在谷底，动弹不得，塔涅尔听到他大声哀号。一名中尉站在他身边，指挥众人防御并救援。士兵们分散开来，就地寻找掩护，所有人都盯着崖壁上方。

他们开始在石堆里营救伤员，因为没有立刻遭到袭击，两支小队继续爬上山谷。

这情况也好也不好。好处是，塔涅尔分割了对方的兵力。坏处

火药魔法师

是，两支小队前进的方向正是卡-珀儿所在的洞穴。

他贴着山脊线狂奔，故意让下面的士兵看得一清二楚。没过一会儿，他听到背后传来一声大喊，然后是气步枪轻柔的啪啪声。距离太远，他们很难打中塔涅尔，但他依然躲到一块岩石后，张望片刻。

中尉指着他，朝两支小队高喊。带队的两名军士商量一下。一支小队爬上陡坡，直接奔向塔涅尔，另一支则试图寻找一条羊肠小道，好能包抄他。

这就对了，塔涅尔完全吸引了他们的注意。

他逗引两支小队，沿着山脊追了他一里多地。二十四人中，只有三个跟得上他的脚步，他们冲在战友前面，紧追他不放。只要拉近到一定距离，他们就能一枪放倒塔涅尔。希兰斯卡肯定悬赏了他的人头。正常情况下，普通士兵不会这么积极。

想到这里，塔涅尔硬下心肠，打消了不愿杀害同胞的念头。他们会毫不犹豫地射杀他。在他们眼里，他不过是条待宰的野狗。

他冒险冲上开阔地带，气步枪啪啪开火，弹丸溅射在他身后的石块上，吓得他直缩脖子。他们的射程依然不够，但把弹道抬高一些，还是有可能打中他。他跳过一条裂缝，跑出三十来步，闯进一片乱石堆，藏起身形。

等到脱离了追兵的视野，他转回来路，猫着腰绕过一块巨石，蹲进他刚才跳过的裂缝。

如果父亲看到，他手下的士兵没头没脑地闯进显而易见的陷阱，他会如何评价呢？

也许这帮蠢货活该送命。

塔涅尔就位后不久，打头的追兵就从裂缝上方飞身跃过。第二个追兵在他头顶跨开双腿时，他伸手抓住对方一只靴子，猛地一拽。那人气步枪脱手,正面撞上裂缝边缘,溅出一摊血迹。

第三个追兵刹住脚步,跪在战友身边。塔涅尔助跑几步,一跃而起,揪住对方的衣襟,将其拉进裂缝。士兵发出一声沉闷的惨叫,塔涅尔把他的脸一下下撞上石头,让他彻底闭了嘴,随后从死者手上抢过气步枪,检查是否损坏。

众所周知,气步枪不如常见的火枪和步枪可靠。它的机械结构容易损坏,气罐容易泄漏。但这把似乎还能用,塔涅尔检查过枪膛,把枪托抵在肩上。

"格洛斯特?"最前面的人发现同伴不见了,终于转了回来。"格洛斯特,你没事吧?阿利尔好像伤得很重。见鬼,格洛斯特,说话啊!"

年轻人惊慌的语气让塔涅尔心痛。恐惧已植入他的心,盖过了激涌的肾上腺素。他不敢相信自己的眼睛。塔涅尔不是消失在前方的乱石堆里了吗?怎么又钻进了那条漆黑的石缝?

步兵出现在视野里,他用肩膀抵住气步枪,眯着眼睛瞄着石缝。

塔涅尔一枪打在他胸口上。

他取下死者备用的弹药和气罐,沿着隐蔽的小道返回乱石堆。其他追兵随时可能赶到,他们不会都跟那三个死者一样蠢。

他在乱石堆里伏击了两个步兵,接着又干掉三人。乱石堆里空间逼仄,他们全副武装,行动不便,刺刀也失去了用武之地。

过了一会儿,他又用缴来的气步枪打死一人,可惜天杀的机械装置坏了,他没法再次射击,只好弃枪逃跑,剩下的追兵紧跟不放。

他们排成密集队形,免得再被塔涅尔各个击破。

塔涅尔知道自己不能再逃了。顺着山脊再往前几里地,山势会缓缓下降,通向数以千计的山谷之一。他必须摆脱追兵,原路返回,再对付峡谷里的大部队。附近还有一条裂缝,能让他迂回到敌人背后……

火药魔法师

塔涅尔绕过一块岩石，眼前却是一望无际的天空。脚下的悬崖深达两百尺，如刀削斧砍一般，荒芜的河床卧于崖底。他想另外找条出路，可除了裸露的石壁，其他一无所有。他右边布满山岩，还有段突出的窄坡，对追兵来说，那可是绝佳的射击点。

他不知怎么拐错了弯，进了条死胡同。

他又绕过岩石，回望来时的路。也许在追兵赶到之前，他还有时间回到正路上。

蓝色的亚卓军服一闪而过，他立刻退到岩石后面。追兵的喊声已清晰可闻。

"他从这边下去了。"

"当心，看不到人。他藏在哪儿都有可能。"

"到上面掩护我。"

"好，你们三个跟着我。弟兄们，从那边绕过去。"

塔涅尔偷偷瞄了一眼，四名士兵顺着他刚刚经过的羊肠小道追来，与他相距不到二十步，很快就能追到面前。其他追兵迟早也会发现那段石坡，到那时他就死定了。

如果这把天杀的气步枪没坏，他还能在远处自保。

一把刺刀伸出岩石边缘，塔涅尔立刻抓住枪管，压上全身的重量，把持枪者挑了起来。对方毫无防备，被掀翻在地，滚出几尺远，直直地坠下山谷，惨叫声直到谷底才戛然而止。

"该死的，他在那儿！"

"保持队形。"

"他把哈温扔下去了！看到没有？他要……"

塔涅尔不等步兵说完自己的猜测，立刻绕过拐角，像用长矛一样握住损坏的气步枪，将刺刀插进对方的胸膛。士兵痛呼一声，跌落山崖时一把抓住背后战友的装备箱，结果二人双双滚下悬崖。

塔涅尔与最后一名士兵大眼瞪小眼。片刻后，那人飞快地从肩头取下气步枪，扣动扳机。

咔嗒。

"太他妈不靠谱了，对吧?"塔涅尔问。

那人叫骂着抬起刺刀，冲向塔涅尔。塔涅尔往后一跳，避开刺刀，结果脚下打个趔趄。他本能地扔掉气步枪，两手乱挥。听到唯一的武器落进峡谷的脆响，他使劲咽了口口水。

他手脚并用地朝后退去，搞得砂石吱嘎作响。士兵端着刺刀，步步紧逼。塔涅尔绕过岩石，摸向匕首。在刺刀面前，匕首根本不值一提，但他只能放手一搏。士兵绕过来时，他终于拔出了匕首。可他来不及起身了。他不可能……

士兵口吐鲜血，喉咙间有异物突起，仿佛破土而出的庄稼。他脚步踉跄，然后被卡-珀儿狠狠一推，掉下了悬崖。

她手握刺刀的环形部位，破烂的衣服上血迹斑斑，绝不可能是刚才那家伙一人的贡献。

塔涅尔松了口气，浑身瘫软。卡-珀儿救了他的命。不是第一次了。他爬起来，却说不出话，只能感激地点点头。激增的肾上腺素，死亡边缘的挣扎，让不在火药迷醉状态的他太难承受。

一颗子弹在卡-珀儿头顶的岩石上弹飞。塔涅尔揪住她的前襟，把她揽入怀中。他本能地相信，子弹是从背后射来的。果然，他瞥见两名士兵守在突起的石坡上。第二把枪正准备射击。塔涅尔无能为力，只能用身体护住卡-珀儿，希望对方枪法不准。

轰——!

塔涅尔一阵耳鸣。等他放开卡-珀儿，才发现石坡上的士兵不见了，只剩一顶帽子落在原地。他匆匆扫了眼谷底，发现又多了两具尸体。

怎么回事?

靴子踩在石头上的声响让他心惊胆战。还有追兵?

火药魔法师

一个熟悉的身影登上狭窄的石坡尽头。他蓄着红色络腮胡,身穿华服。要不是因旅途跋涉而风尘仆仆,这身衣服换匹良驹都绰绰有余。

尊权者波巴多踢开步兵的帽子,目送它飞旋着掉下山谷。他转过身,朝塔涅尔招招手。

"嗨,小塔。抱歉,我来晚啦。"他大声喊道。

第 14 章

奈娜快死了。

半年来发生了不少事,在这期间,她不知道脑子里有没有闪过这种念头。肯定有过。她跟保王派在一起时,或被维塔斯囚禁时,甚至第一次遇见波时。她可能有十几次直接面对过死亡。

但都不如眼下这么确凿无疑。

不知发生了什么,亚卓军队赢得了一天时间。昨天下午,她看到一个信使从希兰斯卡将军的营地里跑出来,穿过凯兹前线,本该开始的进攻随之取消。阿布莱斯准将有了更多时间制订计划、挖掘战壕。

此时此刻,随着亚德海上旭日东升,凯兹与亚卓的战幕再次拉开。十万凯兹步兵在南边列队,刺刀在晨光下闪闪发亮。东北方向,希兰斯卡将军的人马已摆好阵势,只待开战。奈娜站在亚多姆之翼的指挥帐附近,看着传令官来来去去,听到阿布莱斯低沉而严厉的喝令。

亚多姆之翼和凯特移交的三个亚卓旅将被敌军两面夹击。

他们根本无路可逃。

亚多姆之翼流言四起。一名上尉声称,他们看到了陆军元帅塔玛斯手下的一个火药魔法师。一名士兵说,德利弗人已经参战,他们派出了增援部队,但还有几周才能赶到。还有人说,这些都是希兰斯卡的计谋,等凯兹军队进攻,希兰斯卡将带兵迂回,攻其侧翼。

看起来,为了提升士气,士兵们什么话都说得出来。

火药魔法师

即便所有流言都是真的,他们依然免不了被凯兹军队碾压的命运。敌我兵力过于悬殊,凯兹军队能把亚多姆之翼吃掉五回都不止。虽然翼军的步兵阵线丝毫不动,令人叹服,但士兵和军官们很难掩饰眼神中的恐惧。

他们的生命将于今日上午终结。

"女士。"身旁传来一个声音,吓了奈娜一跳。

她恢复镇定,扭头面对年轻的中尉。他的年纪不比奈娜大多少,头戴双角帽,乌黑顺滑的长发束在脑后,绑了个结,面带紧张的微笑。

"什么?"

"阿布莱斯准将请你过去。"

奈娜皱着眉头望向阿布莱斯。准将已经出了帐篷,站在三十步外,恶狠狠地瞪着凯兹军队。她自己干吗不过来?"好的。"

奈娜走向指挥帐,站到阿布莱斯身边。"您要见我,女士?"

"你的尊权者身份还要保密吗?"

奈娜眨眨眼。"我……呃,算是吧。波说我太嫩了,在他方看不到灵光,所以敌军的赋能者和尊权者不知道我在这儿。"

"敌军没有尊权者。或者说,"阿布莱斯纠正自己,"他们的人数少得可怜。没有能呼风唤雨的王党。"她突然问奈娜,"你对别人提过吗?"

"没有。"

"继续保密。你是我们的王牌。"

奈娜忍不住笑了。她竭力克制住,但还是发出了咯咯的笑声。

"有什么好笑的,尊权者?"

尊权者。听到这个称呼,奈娜打个激灵,立刻清醒过来。"因为我还在受训。我还没法熟练地窥探他方,更别提操纵元素了。我在战斗中帮不上什么忙。"

"你一点儿巫术都不会吗?"阿布莱斯半信半疑。

"我手上能着火。但只在受到惊吓和生气的时候。"

阿布莱斯扭过头,脸色不太好看。"我们有几个尊权者,但他们太弱了,造成的伤害还不如摆对位置的野战炮,而且不如野战炮禁打。波巴多说你力量强大。我本以为你能帮上忙。"

波对阿布莱斯这么说过?为什么?奈娜未经训练,波比任何人都清楚这一点。

"很遗憾。"奈娜壮着胆子说。

"我没想到你毫无经验。去辎重队吧。你上了前线也只能碍事。随便你做什么,只要别胡乱施展巫术就行。你有可能害死周围的人。很不幸,你那遭天谴的老师丢下我们不管了。如果他在,也许能扭转战局。"阿布莱斯说完,大踏步离开,大声发布命令。

奈娜目送阿布莱斯走远,愤懑与无力感充满心胸。波抛下了她。她也知道,再训练几个月,起码她能自保。而如今,她在这里毫无用处,跟辎重队里的随营人员没什么两样。她又要与洗衣妇之流为伍了。

叫阿布莱斯去死吧。如果凯兹军队攻破了防线,到时奈娜非参战不可。她才不管会不会殃及辎重车队呢。

辎重队及其营地距离前线大概四分之一里。周围是匆忙挖掘的堑壕,还有亚多姆之翼雇佣军的一个旅,在奈娜看来,他们的防线过于松散了。

翼军前去援助凯特将军的队伍时,随营人员被留在后方,即便如此,辎重队的人数依然多达几千,包括车夫、军需官等后勤人员。

"你不去前线吗?"

奈娜闻声发现了埃达迈。他坐在地上,浑身疲态,似乎比几天前

火药魔法师

苍老了许多。

"阿布莱斯叫我过来的。我没经过训练,派不上用场。"

"啊。我想也是。"他讪讪地一笑,可能是为让刚才的话没那么刺耳,"我也老了,派不上用场了。"

"我看到有的士兵比你还老十多岁。"

"自从在学校操练过,我再没列过队、端过枪。我要是参战,端起刺刀,更有可能捅死身边的同伴。"

奈娜半信半疑。她知道,对付维塔斯的爪牙时,埃达迈可是一马当先。他很有能耐,也许只是以年龄为借口不去前线罢了。奈娜不会责怪他。波说过,"勇敢"一词常被世人抬得过高。

埃达迈脸上毫无惧色,只有倦意。他低头沉默片刻,又抬起头。"他们留守后方的兵力不够。"

"我听说有一整个旅。"

"凯兹人将从西边攻击我们的侧翼,与此同时,希兰斯卡将军会从东北方攻来。我估计,这里最多能挺到……"他看看怀表,"一点钟。幸运的话,我们会当场被杀。"他把玩着手杖,似乎在琢磨,心中还残存着多少斗志。

"幸运?被俘总比被杀强吧。"

埃达迈怀疑地看她一眼。"也是。"

如果活下来,他会被送进凯兹的战俘营。而我将在士兵间转手,最后也会被送进去。除非一开始就落到某个军官手里,像个奴隶一样,任其摆布。

这真比当场被杀强吗?

埃达迈爬起来。翼军的大炮开火了,虽然相隔四分之一里,轰鸣声依然震耳欲聋。奈娜想起流亡时的无数个不眠之夜,塔玛斯的军队和保王派在亚多佩斯特激烈交火。如今的情况比当时恶劣得多。

"我也害怕。"埃达迈说,"当兵的也许习惯了,但我们只是平民。炮火声很吓人。"

"就像尊权者。"

"对。就像尊权者。"埃达迈斜着眼睛观察她。

奈娜假装没看见。是啊,她想说,我是尊权者。可我现在什么都做不了。

远远地,奈娜听到一个声音,在炮火轰鸣中若隐若现。等她望向凯兹军队,立刻就明白了。那是军鼓的敲打声。凯兹数万步兵排成纵队,向前推进。

奈娜的嗓子堵得厉害,活像吞下了一驾马车。哪怕面对维塔斯的淫威时,她也从未如此害怕过。

她想知道,雅各布同埃达迈的孩子们能不能合得来。他是个好孩子,只是年龄太小,还不能独立生活。"如果我死了,法耶会照顾雅各布吗?"她问。

"你不会死的。"埃达迈随口答道,顿了顿又接着说,"她也不会抛下那个孩子。"

奈娜松了口气。"我想也是,虽然我不太了解她。"

他们盯着凯兹军队,半晌无言。后者在炮火猛攻下继续推进。"我最后会怎么死呢?"埃达迈喃喃道。

奈娜觉得,那不是他的心里话。老侦探的脑袋里到底在想什么?想念他的孩子?或在盘算怎么逃跑?奈娜明白,其实她也该这么打算。她望向西北方的无人之地。也许她可以跑过去,躲在某块麦田里,等待夜幕降临,然后溜回亚多佩斯特。

值得一试,对吧?

平原上的异动打断了她的胡思乱想。

"那边有士兵。"奈娜说。埃达迈扭头望向西北方,眯起眼睛。

"骑兵。"他往地上啐了一口,回头寻找附近的翼军军官,不过他们显然已经发现了敌人。留守营地的队伍惊慌失措,军官们大喊大

火药魔法师

叫,试图维持秩序。

是亚卓骑兵。奈娜数不清他们的数量,但已无法呼吸。少说也有几千。他们的胸甲熠熠生辉,在黄褐色的麦田里,亚卓蓝色军服和红纹军裤格外醒目。他们应该从北边绕了一大圈过来,封锁了唯一的退路。

一名翼军女上校派人到前线送信。她面无血色,发白的指关节抓在腰带上。

埃达迈认命地长叹一声。"也在意料之中。"他说,"看来至少有三个营的胸甲骑兵。"

"胸甲骑兵?"

"就是重骑兵。你看,他们都穿着厚厚的胸甲。亚卓胸甲骑兵的战马也有盔甲。"埃达迈指着翼军的步兵说,齐腰高的护墙是他们唯一的防御工事。"这么单薄的刺刀阵,他们轻而易举就能撕破。"

埃达迈走向营地后方,翼军步兵已在那边做好迎敌准备。奈娜迟疑片刻,也跟了上去。

翼军女上校看了看走近的埃达迈。"平民不要靠近前线。"她说。

"前线在那个方向。"埃达迈指指身后。

"管好你的人,克罗宁。"女上校大喊,"有一个人敢跑,我会亲手掏出他的肠子!"她又看了眼埃达迈和奈娜,但没再说话。

亚卓的胸甲骑兵逼近了。他们在半英外不慌不忙地停下,奈娜猜测,他们在等希兰斯卡将军的信号。凯兹人进攻正面时,他们会对后方发起冲锋。

她再次望向南方,看到凯兹军队依然缓慢而有序地推进。翼军的炮火虽然撕开了一道道口子,但如隔靴搔痒一般,无法阻止敌军的攻势。

东北方向的丘陵上,希兰斯卡将军的步兵突然涌来,前进的步伐比凯兹人稍快一些。

在西北方向，将近三千胸甲骑兵开始慢跑。

奈娜仿佛看到死神步步逼近，穿过战场。如果不用考虑自己的生命安危，胸甲骑兵的阵势真可谓壮观。他们步调一致，马首上的羽毛和铁盔上的翎子在风中飘扬。不知地动山摇的感觉是真实的，还是她的想象。

"那儿，"埃达迈的声音又干又哑，"西边。看样子是一个营的亚卓枪骑兵。"

她知道枪骑兵。他们会轻装上阵。骑兵中的骑兵。

"他们将从西边迂回，进攻我们的前线。"翼军女上校说。第一个信使回来时，她正派人去前线汇报。

信使敬了个礼。"阿布莱斯准将命令你部按兵不动。"

"按兵……"上校满脸通红，"按兵不动？这他妈什么意思？那些胸甲骑兵会碾碎我们！"她脸色愠怒，让信使返回前线。

奈娜的目光离开了前进的胸甲骑兵。西北方向，亚卓的炮兵阵地突然冒起烟火，他们的炮筒直指翼军营地。奈娜闭紧双眼，想起了炮火轰击保王派街垒时那恐怖的咆哮，等待着骇人的响声降临。

可是，没有。她睁开眼睛，看到远处的亚卓炮手正忙着装弹。"他们在瞄哪儿？"她问。

埃达迈皱着眉头。"我不知道。"

又一轮炮击接踵而至，奈娜紧张地观察炮弹落下的位置。炮管似乎冲着她们这边。她不清楚炮弹能飞多远，但他们若没有攻击目标，又何必开火呢？

"我觉得，他们并没有瞄准。"翼军女上校突然说道，听语气，连她自己都很吃惊。"离得这么近，他们不可能打不到我们，而且……"更多大炮再次开火，打断了她的话。

奈娜猛转过头。那是火枪的声音？在南边，一团黑烟低矮地悬在战场上方，她突然听到了战吼——十万凯兹大军山呼海啸，发起

火药魔法师

冲锋。

战斗开始了。

可对她而言,很快便会结束。胸甲骑兵依然慢跑着前进,但随时可以冲锋。他们的距离已不到几百码。她低头看着右手,试图召唤火焰。她必须参战。她不能像平民一样死去。今天不行。经历了这么多波折,她可不想坐以待毙。

手掌开始发热,但什么也没发生。她集中注意力。波说过,她力量强大。她肯定能做些什么。什么都行!

翼军发出一声惊呼。奈娜的注意力被打断,循声望去,只见胸甲骑兵突然改变了方向,整支队伍转向西边。他们的前进路线与翼军阵线平行,正好在步枪射程之外。翼军女上校目瞪口呆,随即高声下令,部署防守营地侧面。

亚卓的胸甲骑兵继续前进,绕到营地侧面,很快又绕向翼军前线。

奈娜看不明白。他们是要从侧翼袭击翼军的前线吗?那埃达迈刚才看到的枪骑兵有何意图?这帮骑兵到底要去哪儿?

亚卓炮兵的动向解释了她的疑问。轰向翼军营地上空的大炮偃旗息鼓,炮筒朝南,对准了凯兹的阵线。希兰斯卡将军麾下的亚卓步兵随之转向,移动到翼军前线的侧面,与之并肩,面向凯兹人。

一名信使驾马狂奔而来,在女上校身边拉紧缰绳。

"阿布莱斯准将有令!"信使气喘吁吁,"你部立即调头,准备支援前线。亚卓军刚才是佯攻。他们不受希兰斯卡将军的指挥,他们会跟我们并肩作战!"

女上校对附近一名上尉下达命令,然后一把抓住信使的缰绳。"那到底是谁在指挥?"

"啊,是塔玛斯元帅。他回来了。"

奈娜脚下一晃,顿觉浑身无力。塔玛斯还活着?他在坐镇指挥?

也许，只是也许，她能活过今天了。

"奈娜，"埃达迈轻心提醒，"你的胳膊着火了。"

她低下头，发现一团泛蓝的火焰吞没了右手，已经蔓延到肘部。她立刻挥舞胳膊，扑灭火焰，然后试探性地捏起大拇指和食指。火焰立刻收回到拳头周围。

南边金铁轰鸣，盖过了炮声和枪响。她看到，三个营的亚卓胸甲骑兵冲进了凯兹人的侧翼。

第 15 章

埃达迈不敢相信刚才听到的话。陆军元帅塔玛斯不但没死,人也已经回来了?

塔玛斯一定接过了希兰斯卡的指挥权。也就是说,亚卓军队,包括亚多姆之翼,终于可以团结一致对付凯兹人了。

但埃达迈依然心情沉重。凯兹的兵力至少是亚卓的四倍,在开阔的平原上作战,凯兹人可以发挥数量优势,轻而易举吃掉对手。

这时的战场上弥漫着低垂的火枪黑烟,南边的地平线模糊难辨,仿佛一座城市在燃烧。在西南方向,埃达迈看到,亚卓的胸甲骑兵已成功冲进凯兹军侧翼,正在奋力拼杀,以求脱身。凯兹的后备军紧随而至,企图堵死胸甲骑兵的退路。

埃达迈有些惊慌。凯兹后备军不断散开,其阵线之长,竟然远超翼军前线的宽度。凯兹人本指望希兰斯卡负责进攻翼军的侧翼,结果被打了个冷不防,只好派出几个旅执行这一任务。

而他们很容易实现这个目标。即使后备军缺乏训练、装备落后,但他们人数众多,仅凭兵力优势就能压垮翼军的右翼。

在埃达迈旁边,奈娜打了个响指,施放尊权者的巫术引燃手臂,随后又熄灭了火焰。她已不再关心战场,似乎完全忘我地沉浸在巫术实验中。他发现翼军女上校迈开一大步,远离奈娜,自己也跟着照做。奈娜曾亲口承认,不知道自己在做什么,至于尊权者为搞清这个问题会烧焦多少尸体,埃达迈没兴趣知道。

亚卓的胸甲骑兵最终摆脱了凯兹人的纠缠,在后备军合围之前逃出生天。他们在凯兹的阵列一侧撕开了巨大的缺口,但自己也伤亡惨重,只能撤回西北方重整旗鼓。

后备军自知追不上胸甲骑兵,于是放慢脚步,转而逼近翼军的侧翼。埃达迈虽然缺乏从军经验,却也看得出,灾难即将降临。他希望塔玛斯会朝这边派来更多援军,不然情况就糟了。

埃达迈暗自咒骂。他为何有这种想法?这还不是最糟的情况。

最糟的情况就要发生了。

凯兹后备军的一个旅脱离大部队,径直杀向营地,很快又跟来一个旅。而埃达迈发现,防守营地的只剩那位翼军女上校麾下的一个旅,还都是新兵。

即使他们拼死抵抗,依然免不了一场屠杀。不到最后一刻,凯兹步兵不可能撤走。他们将如潮水般淹没营地,杀死所有随营人员,洗劫一切,放火烧营,然后从后方攻击翼军。

翼军女上校飞快地下达一串命令。信使冲向前线,奔向北边的士兵转头面对新的威胁。

埃达迈抽出杖中剑,紧紧握在手中,但马上觉得自己很傻。面对装配刺刀的火枪兵,杖中剑能有什么用?他想问问女上校有没有多余的步枪,不料她匆忙离开,朝附近的一名上尉高声下令。

现场只剩埃达迈和奈娜两人。尊权者女孩仍在打响指,胳膊上闪动着蓝色火焰。

"你到底在干吗?"

"搞清楚这招怎么用。"她头也不抬地回答。又一下响指,蓝色火焰围绕在她手边。她甩甩手,沮丧地熄灭火焰。

"你不觉得时机不对吗?"

他注意到,奈娜在打响指时格外关注手势。每次她都稍作调整,然后飞快地做出一系列动作,拇指依次摩擦食指和中指。

火药魔法师

"以后可能没机会了。"

"好了，听我说。"埃达迈说。他明白奈娜的心思。使用巫术。用刚刚觉醒的巫力挽救众人。但她绝不可能在短时间内学会施法，这种临时抱佛脚的行为简直荒唐可笑。跟他拿杖中剑迎敌一样荒唐。"我们得躲到营地后方，越远越好。等战斗开始，我们就跑向亚卓军的阵地。那样我们才能……啊！"

一束火焰从奈娜手上射出，在二十步外的泥土间留下一道焦迹，差点烧到旁边的一名下士。

奈娜尖叫一声——半是受惊，半是欢呼。"我学会了！"

"什么？你学会什么了？"埃达迈说，"你知道自己在做什么吗？"

奈娜小心地抬起另一只手，指向两顶帐篷间的空地。拇指摩擦食指，然后轻触小指。火焰从惯用手喷射而出——这次不是稀疏的一条，而是巨大的一簇，犹如雨后冒头的春笋，蹿起五六尺高，引燃了野草，从她站立之处射向她指着的方位，似有一道灯油引路。

"好吧，"埃达迈说，"了不起。"或许他该说"真吓人"，但埃达迈觉得，女孩不会喜欢这种评价。她不知道自己在做什么。谁又知道一个未经训练的尊权者能做些什么？她没准儿能烧死万千敌军，可对自己人不也一样危险吗？

他掂量着要不要去亚卓军阵地。既然塔玛斯回来了，埃达迈有必要向他汇报这几个月的情况。可眼下正在打仗，不是谈事的时候。

至少不要离凯兹后备军这么近。

"奈娜，我们应该……"他没能说完。女孩不见了。他左右张望，发现奈娜两手提着裙摆，跑向了翼军后卫，以及他们前方的凯兹后备军。

她要干吗？不是以为自己能帮上忙吧。她这是自寻死路。

埃达迈望向亚卓军阵地。他可以跑过去。亚卓军的指挥帐距此不到两里地。他完全可以当面向塔玛斯汇报，说不定还能请来援军。

他不需要负责那女孩的安危。她的主人是波，埃达迈不欠波的人情。

但他骂了一句，转身去追奈娜。

奈娜拼命挤过防守营地的翼军队列，不顾士兵们的大呼小叫，翻过掩体，跑向敌军。

脑海中有个微小的声音，尖叫着催促她回去。她到底在干吗？这分明是送死。即使她能操控火焰，也没法消灭一整个旅。也许她能烧死少量敌兵，但他们会开枪打死她，她的尸体会倒在泥地间，被他们肆意践踏。她不会有好下场的。

但她没理会那个声音。她迎向敌军，继续奔跑。

脑海里的声音换了个说法。

你是去杀人。终结他人的性命。你不是战士。你是个洗衣工。他们将死于地狱烈火，被活活烧死，而你一辈子都会听到他们的惨叫。

可是，她反驳道，如果我袖手旁观，翼军就死定了。士兵们寡不敌众，所有随营平民都将死于刀剑之下。

他们收了钱，他们活该。

奈娜放慢脚步。她真有能力做些什么吗？现在她有些动摇了。波会怎么说？会不会叫她不要胆怯，要有点尊权者的样子？但他不是也说，勇敢一词常被世人抬得过高了？这个自相矛盾的杂种。

在当前形势下，她怀疑波只会说她是个缺乏历练、自寻死路的傻瓜。

奈娜停下了，站在翼军阵线前方五十码左右，敌军如一台巨大的绞肉机迎面碾来。她听到对方军士的叫喊，隆隆的步伐伴随着军鼓的节奏。

"奈娜！"埃达迈一把抓住她的胳膊，把她拽回翼军阵地的方向，

火药魔法师

"我们得走了。"

她甩开埃达迈,胃里一阵阵发沉。太迟了。凯兹军队离他们不到一百码了。尽管她挡在前面,翼军也必将开火迎敌。她和埃达迈会倒在枪林弹雨之下。两人都将因此丧命。

"退后,侦探。"她松开提在手上的裙摆,上前几步。按照波的示范,她试着向他方敞开,好顺利地导引巫力。她抬起剧烈颤抖的双手,左手指向凯兹军队,右手举过头顶。这姿势太夸张了,而且没什么必要。

波会同意的。

她用拇指擦过食指,命令他方按她的指示涌进现实世界。

没有动静。

她搞砸了。她的双手抖得失去了控制。她没有修正的机会了。身体背叛了她。她和埃达迈死定了。

她突然感觉无法呼吸,仿佛被一柄长矛洞穿了肠胃和肺叶。奈娜吐出一口气,晕眩感接踵而至,当疼痛达到难以忍受的程度时,火焰如暴雨般降临了。

火雨以她为中心,呈扇形铺开,所到之处只剩一片灰烬。她目送火焰扑向敌军,不知何时,黑暗笼罩了她的视野。

埃达迈冲上前去,及时扶住跌倒的奈娜。

他目瞪口呆地看着火墙滚滚向前,淹没了凯兹军队。过了一会儿,他才听到惨叫,但等火焰吞噬了前进中的凯兹步兵,惨叫声也就平息了。焦枯的骨架散落一地,被烧得扭曲骇人。火焰熄灭时,那个旅已有超过四分之三人化成灰烬。

埃达迈扭头不看那恐怖的景象,双手拉起奈娜。她身材娇小,如果埃达迈年轻十岁,就能轻松地将她带回翼军阵地。可如今,他只能吃力地拖着她，感觉浑身的旧伤都在抗议。

几个士兵跑过来，帮他翻过掩体。有人从他手中接过奈娜。

"带上她，尽量远离战场。"埃达迈跟着那名士兵返回营地。他们穿过一顶顶帐篷，来到营地最东边、最接近亚卓阵地的位置。那人把奈娜放到地上，马上跑了回去。

埃达迈伸出一只手，试了试女孩的呼吸，又用一根手指按按她的脖子。过了许久，他终于找到了脉搏——尽管它很微弱。

他从附近的军用帐篷里找来褥子和毛毯，好让女孩躺得舒服些。他不想闷坏了奈娜，不过盖起来会更隐蔽些，万一凯兹军队真的冲破了防线呢。等安排妥当，他又找了把军官的椅子，站上去远远眺望战场。

南边笼罩着一团黑烟，经久不散，导致他什么也看不见。亚卓的火炮不停射击，非正规军正在就位。情况不妙，不然非正规军不至于过早出动。看起来，有几支亚卓连队脱离了距离翼军最近的阵地，正火速赶来支援。

埃达迈看了看昏迷不醒的奈娜，继而望向西边，也就是奈娜用巫术烧灼过的土地。不知道他还有没有力气，把她安全带回亚卓阵地。

侥幸未被火焰吞噬的残兵抱头鼠窜。从他所在的位置，依然能看到逃兵的身影，敌方军官开枪警告，迫使他们重新回到战场。

真能振奋士气，埃达迈心想。

凯兹第二旅也受到了影响。他们龟速前进，似乎不愿踩上战友被烧焦的残骸。

一群巨大的身影——身披黑衣、肌肉虬结的庞然大物——杀出凯兹的队列，越过焦黑的土地，冲向翼军步兵。它们挥舞着手枪和尺寸堪比前臂的大匕首，招呼凯兹后备军跟上。是守护者，至少二十个。单凭它们就能撕开翼军的新兵防线。

一整个旅的凯兹后备军端着刺刀，发起冲锋，焦黑的枯骨在他们

火药魔法师

脚下践踏成灰。

埃达迈有些心疼挡在他们路上的可怜人。

翼军的第一排步兵开火了,打死了几个守护者,伤了十来个。第二轮射击依然未能阻止怪物们的攻势,它们翻过用泥土堆砌的防御工事,杀进翼军当中。不到十几下心跳之后,四千多凯兹士兵随后跟上。褐色的浪潮涌上掩体,撞向红白相间的人墙。

场面一片混乱。

翼军士兵奋力迎战,挡住了敌军第一波攻势,然而他们的军官已经被守护者解决了。防线千疮百孔,他们很快就将无力招架。

亚卓援军正从南边迅速赶来,但兵力明显不够,时间也来不及了。

埃达迈在附近找到一辆马车,车夫早已不知所踪。他用几张毛毯严严实实地裹住奈娜,把她塞到车厢底下,又搬来两个空箱子挡在外边。希望马车不会被人点着。虽然不够隐蔽,但在这鸟不拉屎的平地间,他没别的办法可想了。

翼军后卫部队抵抗的时间比埃达迈预计的更久,等亚卓援军抵达时,他们已伤亡惨重。凯兹后备军进攻受挫,阵线有些动荡,但很快倚仗兵力优势,乱哄哄地转过头,迎接新的威胁。

埃达迈躲在马车后面观察战场——对一个老侦探来说,他没必要逞英雄——他还时不时看看奈娜,希望她能早点清醒。

战斗进入白热化。翼军后卫部队作战英勇,但太过年轻,而且他们已承受了凯兹人的第一波冲击。亚卓援军则是经验丰富的老兵,他们以寡敌众,毫不留情地杀进凯兹后备军的队伍,在混乱的营地间三五成群,紧密协作,用刺刀对付守护者。

浓烟遮天蔽日,空气中充满硫黄、浮土、鲜血和屎尿的味道。战吼逐渐变成伤员的哀鸣,令埃达迈直想钻到车底,跟奈娜待在一起。

亚卓军队一茬接一茬地收割凯兹后备军,守护者也在瓦解亚卓军队的阵线,战斗异常激烈。埃达迈的藏身处变得越来越不安全,危险突然降临。

一名亚卓士兵不断后退,经过了埃达迈隐蔽的马车,三名凯兹士兵端着刺刀、紧追不放。那个可怜鬼被帐篷绳子绊倒了,四仰八叉跌在地上。三人立刻紧逼过去,他们很快就能发现埃达迈了。

埃达迈骂了一句,拧动杖头,抽出藏在杖中的短刃。他迈出十五步,接近三名凯兹士兵,将剑刃插进其中一人的后背,继而刺中另一人的脖子。

埃达迈偷袭第二人时,第三名士兵已将亚卓步兵开膛破肚。他一脸惊讶地转向埃达迈,含混地喊了一声,冲了上来,刺刀上鲜血淋漓。

这下轮到埃达迈撤退了。他慌忙后退,担心重蹈先前那个亚卓步兵的覆辙。他打个趔趄,转身狂奔,希望没人看到他的狼狈相。

他只有一把杖中剑,没法与装备刺刀的士兵正面交锋。

那人绕着马车追了他两圈,最后被一队排着紧密阵型的亚卓步兵吓跑了。

"老头子!"有人大喊,"离开战场!"

说什么蠢话呢!现在哪儿不是战场?埃达迈正想开口驳斥,却本能地大叫一声。

一个守护者如炮弹一般撞上他们。五人瞬间倒地,其他人立刻转头面对怪物,刺刀轮番戳刺,然而守护者毫不在意,仿佛那不过是蚊虫叮咬。它夺过一名士兵的步枪,抡转枪托,砸向另一人的脸,打得碎牙和鲜血飞溅。它又扼住一名士兵的喉咙,轻而易举地捏碎了气管,令其窒息而死。

这头怪物干掉了将近半支小队,才被其他人合力放倒。

埃达迈看到,两名士兵将刺刀分别插进怪物的双眼,将其钉在地上,直至停止挣扎。他从未真正见识过这种怪物的厉害。虽然死了一

火药魔法师

段时间，它的肌肉仍在皮肤下反常地抽搐，嘴巴一张一合，舌头乌黑肿胀，耷拉在嘴角。

目睹这场战斗，埃达迈的心跳得厉害，虽然他并不曾与这怪物直接交手。这是何等的怪力！何等的力量！难以想象，制造这种怪物的巫术有多变态。

一声令人毛骨悚然的号叫打断了他的思绪。埃达迈立刻转身，发现一个黑衣守护者跃过马车，足足高过车顶两尺，落在队形已乱的亚卓士兵中间。

它抓起一人的脚踝，像抡棍子一样，打翻了两名士兵，然后将那人随手扔向身后。

若不是埃达迈闪避及时，他就被尸体砸中了。他吃力地爬起来，一手摸索杖中剑，一手扶着马车，站稳脚跟。等他回过神，发现守护者已用一把断裂的刺刀杀了所有士兵。

怪物转过头，埃达迈头一次看得如此真切。许多年前，他在旅行马戏团里见过一头没毛的熊。这只野兽就更像熊，而不像人。它有着黑色短发，脸颊上赫然可见一道深深的割伤，牵引嘴角上扬，像在冷笑。它就像大猩猩那样，一对粗重的拳头砸在地上，逼近埃达迈。

埃达迈绝望地摸向杖中剑，什么都行，只要能当兵器使。

其实有了也没用。

它靠近的速度非常缓慢，似乎有些犹豫，同时眯起眼睛，疑虑重重地端详着埃达迈，浓眉拧成一团。为何它迟迟不动手？埃达迈找不到武器。他的双手剧烈颤抖，就算找到了可能也握不住。

来吧，你这丑八怪。

野兽伸手抓向埃达迈的喉咙，他的目光落在那只厚实而怪异的大手上。右手无名指没了。这个细节吸引了埃达迈的注意。不过话说回来，人类直面死亡时，行为常常不可理喻。埃达迈的手似乎碰到了什么——杖中剑的剑柄。原来在马车上。他将其抓在手中，准备拼尽全力,一剑刺进守护者的脸。这是他唯一的机会。

他聚精会神,蓄势待发。

他的心突然一沉。对面那双无神的眼睛和被巫术扭曲的面孔似乎很眼熟。

"约瑟普?"埃达迈嗓音嘶哑。

怪物如同被火烫到,往后一跳,两手捶打着地面,冲埃达迈龇牙咧嘴。

"约瑟普,是你吗?"

无论怪物会不会回应,埃达迈都失去了询问的机会。三名亚卓士兵绕过马车,端着刺刀,哇哇大叫着杀向守护者。它转身面对他们,又看了眼埃达迈,神色茫然。它跨出两大步,纵身跃过士兵们的头顶,向凯兹军队的方向狂奔而去。

士兵们冲着守护者的背影一通叫骂,但埃达迈读懂了他们如释重负的眼神。真打起来,他们赢不了。

埃达迈听到马车下传来一声闷响,接着有人骂了句极不淑女的脏话。他从逃跑的守护者身上收回目光,弯腰问道:"奈娜?你还好吧?"

"还好。"她躺在地上,使劲揉着额头,"我在哪儿?"

"你昏过去了,我把你藏了起来。"

"哦。抱歉,我昏过去了。我不知道发生了什么。"

"你可能挽救了整场该死的战斗。"埃达迈说。

奈娜沉默许久。"我杀了人吗?"

"你救了很多人。"埃达迈说。无论怎样回答都不好。女孩确实救了很多人的命。但相应的代价也不少,无论身体还是精神上的。她没听到惨叫声就昏迷过去,已经很幸运了。

"谢谢。"她轻声说,"现在怎么样?"

埃达迈直起身子,环顾四周。营地里乱糟糟的,不见守护者的影

火药魔法师

子。战斗已经结束,依然站着的人全都身穿亚卓的蓝色军服。"看样子,我们打退了敌人。"

"太好了。"

"是啊。"埃达迈一边说,一边靠着马车,跌坐在地上,"是啊。"

他刚才看到了什么?那头怪物可能——也应该——毫不迟疑地杀了他。但它没有。仅仅是巧合吗?缺失的手指,熟悉的面部线条,还有下巴的轮廓,完全符合法耶父亲的特征。埃达迈闭上眼睛,调取过目不忘的记忆,仔细观察怪物的容貌。

正是约瑟普。

第 16 章

奈娜浑身刺痛。

感觉就像乘坐没有减震的马车,在路上颠簸了很长时间。她两腿无力,下腹燥热,不管碰到什么都有种轻微的碎裂感。她的脑子乱成一团,仿佛塞满了羊毛。

埃达迈帮她从马车下钻出,她甩甩胳膊,试图减轻那种刺痛感。

"你真的没事吗?"埃达迈问。

"我身体里好像有一大群蜜蜂。这种情况正常吗?"

"不……不,我觉得不正常。"埃达迈机械地回答。他望着撤退的凯兹后备军,面容松弛。

"我们赢了?"

埃达迈刚想点头就顿住了,似乎在思考更准确的说法。"赢了一场战斗而已。还是惨胜。"他指着南边,一团团浓烟悬在战场上方,大炮仍在不断轰击。"要不是你的巫术,我们早就丢了营地。波会为你骄傲的。"

奈娜隐约觉得,埃达迈不太对劲儿。但听到刚才那番话,还是让她心里一阵激动,同时却又有种说不清的滋味哽在喉头。波会感到骄傲?她差点送命。施展那种巫术是有生命危险的。波可能会大发雷霆。留得青山在,不愁没柴烧,他会这么说才对。所以不要拿命冒险。

可波的看法很重要吗?她害怕受罚,还是担心与他意见不合?

火药魔法师

如今这些都不重要了。战斗的狂热逐渐消退,她听见伤兵撕心裂肺的呻吟,还有人大声求救。"埃达迈,我们该去搭把手。"

"嗯?"

奈娜仔细观察老侦探。埃达迈救了她的命,带她离开战场,却不求她感谢。他神情恍惚,甚至可以说是木然。

"你撞到头了?"她问。

"没有。应该没有。"

"真的?我们可以找医生给你看看。"

埃达迈拍拍胸脯和胳膊。"我没事。一点都没受伤,真的。"

"你在这儿休息。"奈娜说,"我去帮忙。"

"还是别去了。"埃达迈摇摇头,神色恢复了正常。

"到处都是伤员,"奈娜说,"帮忙的人越多越好。"她环顾营地四周。西边一些帐篷着火了,亚卓士兵正在尽力扑灭,以免火势蔓延。车夫们奋力牵拉受惊的驮马和公牛,只要是手里没有武器的人,都被医生们找去搬尸体。

奈娜走向翼军第五旅与凯兹后备军遭遇的战场。随着距离缩短,混乱和喧嚣也在加剧。她穿过一顶顶帐篷,前往泥土堆建的掩体,一路上随处可见双方的伤员和死者。眼前的景象触目惊心,但最可怕的是味道——来自鲜血、硫黄、屎尿,以及干涸的血块。她曾去过一家屠宰场,当时艾尔达明西家的厨子生病了。当时她以为,那是天底下最难闻的味道。

今天这个更糟。

各种臭味混在一起已经很可怕了,焦煳皮肉的气息更是雪上加霜,透过遮掩口鼻的丝帕,钻进她的鼻孔,赶都赶不走。

埃达迈来到她身边。他的眼神少了几分茫然,忧虑地看她一眼。

"很难接受,对吧?"他说。

"活下来的人呢?翼军第五旅的人呢?"奈娜匆匆跑向一名求救

的士兵,但刚赶到,那人就吐出了最后一口气。她退开几步。

"那边。"埃达迈指向一小群士兵,他们大多相互倚靠,彼此支撑。军官们则绕着圈,隔开伤员,要求没受伤的士兵归队。埃达迈又指向另一群人,他们更加邋遢,犹如一盘散沙。"还有那边。在亚卓援军赶到之前,凯兹军队就吞没了整个第五旅。还能战斗的士兵超过一千就算走运。"

伤亡三千人。这还只是翼军而已。奈娜十分震惊。艾尔达明西家所有仆从加起来,也只有这个数字的百分之一。

奈娜瞥见了翼军第五旅女上校的身影,不禁感到庆幸。她的军帽没了,一手握着军刀,一手按着大腿,还在高声下达命令。士兵们开始响应军官的号召,队伍慢慢地重新集结。

"他们在干什么?"奈娜问,"不去救助伤员吗?"

埃达迈疲惫地倚着手杖。"他们要把凯兹战俘赶到一起,派卫兵看守,其他人准备迎接下一次进攻。战斗远没有结束。"他望向浓烟弥漫的南边,"我觉得没有。"

想到这样的屠杀和毁灭将再次发生,奈娜胃里翻江倒海——第一次战斗中,她大半时间不省人事。她拼了命别把早饭吐出来。"克雷西米尔在上,这是什么味道啊?"

"战争的味道。"埃达迈说。

"可是……很像烤肉味!"

埃达迈冲她扬起眉毛。"你不至于……"

奈娜的目光落在西南边焦黑的土地上。满眼都是焚烧的痕迹,只有灰烬和泥土,以及……那是骨头吗?她慢慢眨眨眼,想起了自己跑向凯兹军队的情形。她想起了火焰的高热,力量充盈身体带来的痛苦和愉悦,最后,整个世界陷入漆黑。

奈娜脚步踉跄,差点跌倒。皮肉焦煳的味道原来是她造成的。她抓住埃达迈的胳膊肘。"我杀了多少人?"

火药魔法师

"奈娜,你救了很多人……"

"我杀了多少人,侦探?"她问,"多少?"

埃达迈同情地看着她,但那眼神让她感觉更糟了。"我不知道。"

"估计一下。"

"你不该纠结这个,奈娜。"他嗓音干涩。

奈娜低下头,看到自己正死死抓着埃达迈的胳膊,猛地收回手。"对不起。拜托了,告诉我,我到底杀了多少人。"

"三千五。也许不止。也许不到。但看上去,你烧掉了大半个旅。"

奈娜弯腰吐了出来,一股脑清空了肠胃。她发现那摊污物都堆在一具死尸的腿上,于是又开始作呕。她感觉到,埃达迈拍拍她的肩膀,扶她直起身。

"我做不到……我都……"

"别说话。"埃达迈说。他们缓步而行,奈娜不知过了多久,也不知身在何方,直到他们远离战场和翼军营地,走在前往亚卓营地的路上。

她用袖子擦擦脸。"我们去哪儿?"她吸着鼻子问。

埃达迈死死盯着脚下的路,过了好一会儿才回答。"去见塔玛斯元帅。"

"我们应该回去帮忙。"

"你现在不要看那些为好。"他的语气不容反驳。

她想抗议。她想转身跑回去,回翼军营地照料死者和伤兵。她应该直面自己造成的后果。否则,她岂不成了懦夫?

"为什么去见陆军元帅?"奈娜问。

"因为我要向他汇报情况,不管这一仗我们是输是赢。"

"你不用管我了。我不是小孩子。我能帮上忙。"

埃达迈停下脚步,转脸看着她。他抓住奈娜的肩膀,直到她终于抬起头，与他对视。埃达迈眼中有种不可动摇的慈爱，刺痛了她的心。难道他没看到她的所作所为吗？他没被吓到吗？

她自己已经吓坏了。

"奈娜，等翼军营地恢复秩序，他们会来找你的。他们要么希望你回前线，帮他们打仗，要么觉得你还不能很好地掌握力量，从而想控制你。无论哪种情况，我都不能把你一个人留下。"埃达迈拽着她的胳膊，继续走向亚卓营地。

奈娜任由老侦探拖着自己。她深深地呼吸着——这里介于两军之间，空气相对清新些，硫黄味几乎被北风吹得一干二净。但那股血肉焦煳的味道仿佛涂在她的嘴唇上，一个劲儿地钻进她的鼻孔。

埃达迈从外套里取出几份证件，递给亚卓哨兵，两人很快绕过正在待命的两个连队，爬上一段陡坡，来到指挥帐前。埃达迈再次出示证件，求见陆军元帅塔玛斯。一名卫兵钻进帐篷，很快出来，点头向他们示意。

"进去吧，侦探。还有女士。"

奈娜跟着埃达迈钻进帐篷，这才回过神来。那可是塔玛斯元帅！她给元帅洗过几个月的衣服，元帅的保镖甚至追求过她。她还认真考虑过谋杀元帅。他们不知道这事，对吧？万一奥莱姆也在呢？她该如何解释自己出现的缘由？

她想找个借口留在外面，结果没等开口，就被领了进去。

发现塔玛斯元帅和奥莱姆上尉都不在帐篷里，她如释重负。五六个信使在篷壁边立正，一张大桌上铺着地图、文件和笔记。尺寸最大的地图上摆着数百枚军用棋子，大小形状各不相同。一个年轻女人站在桌前，身穿亚卓蓝色军服，一头黑发，胸前佩戴火药桶徽章——她是个火药魔法师，从肩章判断，还是个上尉。

一名信使从奈娜身边挤过去，向火药魔法师敬礼。"两个连的凯兹骑兵，冲破了第十七旅的防线，正朝一零二火炮队推进！"

火药魔法师

年轻女人移动地图上的一枚棋子,飞快地翻查面前一沓笔记,最后满意地得出结论。"派第七十八旅非正规军增强我军东侧兵力,同时传令法罗将军,全力攻击敌军左翼。那些骑兵是我们夺取目标高地的唯一障碍。"

信使飞速离去。女人整理好笔记,跌坐在椅子上,颤悠悠叹了口气。她眉头紧锁,脸色苍白,奈娜似乎听到她在轻声骂人。

"你是维罗拉上尉?"埃达迈问。

火药魔法师略微点头。"埃达迈侦探?元帅料到今天你会现身。"

"我来汇报情况。"埃达迈说,"元帅呢?"

"不在这儿。"她回答得干净利索。

奈娜一开始还有些高兴,随后才悟出言外之意。"他在哪儿?"她脱口问道。

维罗拉端详着她。"你是波的学徒?我们是不是该感谢你烧了凯兹的后备军?"

"是我。"奈娜勉强笑笑,但感觉自己像死鱼一样冰冷无力,于是收敛了笑意。

维罗拉的目光已经回到埃达迈身上。"元帅离开了。顺利的话,几天后就能回来。"

"可我们听说……"埃达迈欲言又止,表情疑惑,"我以为他在这儿。"

"之前在。"

"然后又走了?"

"对。"

"可眼下在打仗。看起来我们赢面不小。"

"是啊。"维罗拉有些犹豫,但依然承认了。

"既然塔玛斯元帅不在,那是谁在指挥战斗?谁在下命令?"

"塔玛斯仍在指挥。"维罗拉示意铺满地图和笔记的桌子,"他昨天在纸上谋划推演了一整天,然后因为些私事进山了。"

"你在开玩笑。"埃达迈说。

"完全没有。对了,元帅希望你——你们两个——等他回来。"

第 17 章

发现波没对亚卓士兵赶尽杀绝，塔涅尔有些惊讶。

三十七个士兵正在落石堆里搬运死者和伤员。距离堆放尸体处几十尺远，有一堆闪闪发亮的废铁，很是吸人眼球。塔涅尔依稀辨认出气步枪、刺刀和匕首的影子，它们被一种奇怪的力量熔在了一起。

"你对他们留手了。"塔涅尔说。

"我好言好语请求过了。"波回应道。

"真希望我也能做到。"塔涅尔发现，波斜着眼睛看着他。

"怎么说呢，"波吸吸鼻子，"我的说服力比你强了一点点。喂！那边的，加把劲儿！那块大石头可不会自己动啊。"

两个士兵试图搬开一块巨石，压在底下的人已血肉模糊。目睹这番景象，塔涅尔心中五味杂陈。他们是来杀他的。这点毫无疑问。他们知道自己在追杀谁。他很想让波把这帮家伙跟他们被砸死的战友埋在一起。但想到自己的双手已沾满鲜血，他的愤怒失去了锋芒。

"你可以帮他们一把。"

"没门。"波说。

"我想也是。波？"

"嗯？"

"那是什么玩意儿？"塔涅尔指指峡谷石壁上一抹棕红色的污迹。好像有人泼了一小桶油漆，任其被太阳晒干。

波轻轻扯了扯手套。"有人想用刺刀捅我，于是我拿他做了个榜样。"

就像一颗被捏爆的葡萄。塔涅尔直犯恶心。"难怪他们这么听话。有点脏,你不觉得吗?"

"根据我的经验,脏东西就像农田里的肥料,有益于你培植恐惧。"

典型的尊权者思维。"确实。"塔涅尔看着那群俘虏清理尸体,无意中发现,波又在扯手套。"你很紧张。"

"哪有。"

波经常扯手套——大多尊权者都一样。可他一条腿跷在石头上抖个不停。他确实紧张,只是不想承认罢了。"你有。怎么了?"

"没事,没事。别瞎操心。"

塔涅尔欲言又止,因为他知道,说了也没用。他争不赢波。"我去帮卡-珀儿。"他说完,匆匆走过石壁间的羊肠小道,回到他和卡-珀儿生活了两周之久的洞穴,正好撞见她出来。她斜挎着背包,还用士兵的打包带把装着克雷西米尔人偶的盒子吊在身后。

"有什么需要,我来帮你拿。"塔涅尔说。

卡-珀儿把从士兵身上搜刮来的剩余口粮递给他。

"别的呢?"

她护着帆布背包,眉头紧锁。过了一会儿,眉头舒展开来,她摇摇头。

"棍儿,我……"塔涅尔不知该说什么。她救了他的命。又一次。尽管山里的生活清苦而艰险,但他再清楚不过,一旦回归文明社会,两人独处的机会将少之又少。他们有仗要打,有事要汇报。

还要杀几个将军。

他突然意识到,除了能帮助战斗,他并不怎么迷恋火药。

太奇怪了。

他们回来找到波和那帮俘虏。波躺在平整的岩石上,用戴着手套

火药魔法师

的手抛接一块鹅卵石。他似乎放松下来了,但仍警惕地盯着那些士兵。

"我给你带了这个。"等二人到了,波一边说,一边从外套里掏出一只火药筒递过来。"刚才忘给你了。但你敢在我面前打开这鬼东西,我向克雷西米尔发誓,保证一拳打爆你的脸。我光是带在身上就要起疹子了。"

塔涅尔接过火药筒,翻来覆去地把玩。他感觉到里面的火药——还有其中蕴藏的力量。火药能抚平他的伤痛,帮他补足下山的气力。"哪儿弄的?"

"来找你的路上,从一个翼军步兵手上抢的。"

"谢了。"塔涅尔把它拷在肩上。尊权者讨厌黑火药。这玩意儿能把战场变成人间炼狱,他们对它过敏。"真的,波。我希望能报答你。"

"你父亲下了命令,可你没开枪打爆我的脑袋。我觉得我也该回报你。"波坐起来,用大拇指戳向那群士兵。"该走了。我狠狠训斥过他们。他们会干完活儿,把尸体运回亚多佩斯特。"

"训斥?你威胁他们了?换成我,四个小队的士兵不可能听我使唤。"

"因为你没法把他们的血管从身体里一寸一寸地扯出来。如果有人敢跑,他们永远都要担心,我会在下一个拐角等着他们。"他大笑一声,"这是我能想到的最好的惩罚了,真的。"

"啊。"

波的目光移向卡-珀儿。"很高兴又见到你,小妹妹。塔涅尔把你折腾坏没?"

"你个王八蛋!"塔涅尔假装挥拳,波立刻躲开。

"嘿,少给我假正经了。你去南派克山找我那天,我就知道你爱上她了。小妹妹,你又有……哦,亲爱的克雷西米尔在上!"波突然从卡-珀儿面前跳开，灵活得出乎塔涅尔的意料。

"怎么了？"塔涅尔问。

波缩到一块山石后面，过了好一会儿才探头问道："她背上的盒子里装着什么鬼东西？"

塔涅尔该怎么解释呢？波不可能理解的。他张开嘴，却见卡-珀儿飞快地打出一连串手势，指指波，然后摸摸自己的喉咙，最后又指向波。

波看着她又打了一遍手势，舔了舔嘴唇。"你问我刚才说了什么？"

卡-珀儿点点头。

"'你又有……'？"

卡-珀儿示意他说下去。

"'亲爱的克雷西米尔在上'？"波说。

卡-珀儿再次点头。

"'克雷西米尔'？"波问道。

点头。

"你的盒子里装着克雷西米尔？"

卡-珀儿生硬地笑笑。令塔涅尔惊讶的是，波似乎相信了。尊权者犹犹豫豫地绕过石头，脸色苍白地来到塔涅尔身边，与卡-珀儿保持距离。

"我有个好姑娘可以介绍给你，"波说，"来自东亚多佩斯特。她不会把神装在盒子里招摇过市。"

塔涅尔牵着卡-珀儿的手。"没兴趣。"

"好吧。"波悻悻地说，扯了扯手套背面。"话说回来，现在可以走了？"

"你很着急吗？"

"不着急。"波脚步仓促地上路。"好吧。"他转头叫道，"对。有

火药魔法师

点急。"

塔涅尔追上去。"什么事?"

"什么都没有。那姑娘能快点吗?"

"她叫卡-珀儿。"

"小妹妹能快点吗?我今晚需要休息。我要离开这该死的峡谷,去那片山谷睡觉。"

"你多久没睡觉了?"

波用戴着手套的手指数算一下。"五天?"

"老天啊,波,你……"

"这不重要。"

"那什么重要?"

"我可能把新收的学徒丢在战场上了。为了及时救你,我跑死了两匹马。"

"等等。你新收了学徒?"

"一个好姑娘。本想撮合你们。她拥有非常独特的力量,而且我越来越喜欢她了。说实话,你的位置是她推断出来的。我不该丢下她不管,可是……"

"明白,明白。你要来救我。"

"对。"

几乎整个下午,他们都默不作声地行进。一路上,塔涅尔不断逼迫波放慢脚步,好让卡-珀儿跟上。太阳隐于山后,峡谷转眼被阴影笼罩,一个钟头后,他们终于停下来休息。卡-珀儿把装有克雷西米尔的盒子随随便便丢在地上,惊得波面无人色。

"说说你那个学徒。"吃军粮时,塔涅尔提议道。

波正在啃一块硬饼干,不小心磕了牙,痛得眉头一皱。"你们是怎么吃下这种东西的?硬得像铁板。我的学徒?没什么好说的,真的。又一个放巫术的。你懂的。"

"你说你喜欢她。"

"我说过吗？"波啃着硬如砖块的饼干，表情十分夸张。

"你睡过她了，对吧？难道没什么规矩禁止这种事吗？"

波一开始瞪着塔涅尔，然后转眼看向卡-珀儿。她坐在地上，摆弄着背包上的搭扣。

"棍儿又不是我的学徒！"塔涅尔反驳道。

波翻了个白眼。"我没睡奈娜。"

"哦，她叫这个名字啊？你还指望我相信，你没哄她上床？"

"……暂时没有。"

"明白了。"

"我想，以后也不会。"

"好吧，太意外了。"塔涅尔说。

"没开玩笑。我确实很喜欢她。她聪明得很，足智多谋，日后会比我强大得多。"

"是吗？"塔涅尔深表怀疑。波曾吹嘘过，虽然他是亚卓王党最年轻的尊权者，但也是最强者之一。塔玛斯调查过，他没吹牛。至于波刚才的话……"你被她吓住了？"

"没有。"波说，"朱利恩吓人吧，我还不是睡了她。只是奈娜……"

"你被她吓住了，因为她比你厉害。"

"你去死吧。"波说。

塔涅尔脸色一沉。他的眼角刚刚闪过什么东西。他呼吸急促，微微转头，试图看向左边，但又担心打草惊蛇。

"好了，别玩突然沉默的把戏了。"波说，"我闹着玩的。"

"安静。"塔涅尔把手伸进衣服里，弹开火药筒的盖子。波见到这个动作，神色一凛，低头整理手套。

"怎么了？"波低声问道。

火药魔法师

"我瞥见有蓝色一晃而过。是亚卓军装。"塔涅尔说,"在峡谷底下。大概三十码。"

"你确定?"

塔涅尔释放感知力。"对。我确定。"他直起身子。波也迅速照做,转头俯视峡谷。

一块石头从他们上方五十尺处滚落,接着是峡谷对面。一顶军便帽出现了,塔涅尔看到了步枪的枪管。然后,一群人接二连三地现身。

两人周围的石壁上,到处都是士兵。塔涅尔数到二十五就放弃了。"之前那个连队,"他问,"在山谷里扎营的。你也碰到他们了?"

"我不知道有这么多人。"波说,"我路过的营地也就十来人。"

塔涅尔感到波碰触了他方,巫力渗进现实世界。一股轻风——裹挟巫力——绕着塔涅尔的双腿,掀动了他的外套。与此同时,十几名士兵绕过谷底转角,抬起枪口。"他们带着火药。"他说,"再靠近一些,我就能引爆了。"

"没必要。"波说。

"什么意思?"

"认得那个标志吗?"

每个士兵肩上都有特别的标志——缝在臂章底下的火药筒图案。他记得自己从昏迷中醒来时,看守他的士兵肩上也有同样的标志。有人告诉过他,他们隶属一支特殊部队,名叫神枪手。

"他们的枪口没对着你。"波说。

神枪手。这支特殊部队听命于陆军元帅塔玛斯的保镖。

"尊权者波巴多,"有人喊道,"请你摘下手套。"

波的手指在抽搐。塔涅尔感觉到他的巫力渐渐收拢,就像肌肉一样在皮肤下起伏。内心的争斗写在波的脸上,终于,他从塔涅尔身边慢慢走开。从山脊到谷底,每一支枪管都随着他移动。塔涅尔想起,波的心智曾被盖斯控制，他可能会不由自主地杀死陆军元帅塔玛斯。

"别这样，波。"塔涅尔说。他发现波的手臂绷紧了，指头微微弹动。塔涅尔不清楚波要做什么，但如果他施放巫术，流血伤亡将不可避免。

卡-珀儿突然起身，把装有克雷西米尔的盒子搁在地上。塔涅尔来不及阻止，只见她已大步流星地绕到波面前，伸出一只手。

"跟我站在一起，你会后悔的，小妹妹。"

卡-珀儿强调似的伸出手，掌心朝上。

"给她手套，波。我不会让他们杀你的。"塔涅尔说。他当然不会。如果他们敢对波不利，他杀死一百个同胞也在所不惜，哪怕最后死在朋友身边。他死死盯着波，直到尊权者难以察觉地点点头，表示明白了塔涅尔的意思。

波放下胳膊，两眼望着谷底，摘下手套，放在卡-珀儿的手掌上。她带着尊权者手套下到谷底，与亚卓士兵碰头。其中一人检查了手套，干脆地点点头，放她过去。

很快她又出现了，还带来一个人。

陆军元帅塔玛斯吃力地爬上峡谷，来到塔涅尔面前。几个月过去，他仿佛老了十岁，虚弱无力的模样令塔涅尔难以置信。从步态判断，他受了伤，而且不轻。

"你简直没个人样儿，爸。"塔涅尔说。

"你比我强到哪儿去吗？"塔玛斯说。他腰背僵硬，用眼角余光审视着波，仿佛那是一头蹲在家门口的穴狮，然后又看着塔涅尔。塔涅尔深吸一口气，试图恢复平静。起初，他听说父亲疑似阵亡，虽然仍有理由相信他还活着，却没时间悲伤或高兴。但这时，情绪如山洪暴发，他只能拼尽全力将其压住，抹去脸上的一切表情。

"很高兴你还活着。"塔涅尔说。

火药魔法师

　　老人面无表情。真是职业军人的最高境界。

　　不过自打母亲去世,塔涅尔还是头一次看到,父亲眼中有泪光闪烁。"我也是,上尉。"

第 18 章

塔玛斯下令，在山谷里扎营过夜。

他安排奥莱姆负责搭建营地，自己一个人到处巡视，在帐篷间缓步徐行。他不断摆手，示意众人免礼，提醒他们注意休息，因为明日路途漫长，必须早起。嘱咐完了，他又去视察俘虏和岗哨。

"你需要休息，长官。"

塔玛斯吓了一跳。在他背后，塔涅尔站在流经山谷中央的溪水边。

"我没事。"塔玛斯说。

"自从扎营，你就在到处晃悠。即使你不睡觉，也没法让我们更早返回前线。"

塔玛斯打量着儿子。塔涅尔更成熟了。他忍饥挨饿好长日子，虽然面颊消瘦，但体魄依然强健。比起塔玛斯派他上南派克山杀波那一天，他又长了更多肌肉。想起来恍若隔世啊。究竟过了多久？六个月？可能不到。

"我们应该连夜行军。"塔玛斯强忍住一个哈欠，"我是在非常关键的时期离开战场的。"

塔涅尔将重心换了条腿。"抱歉，给你添麻烦了。"

"我不是……"塔玛斯看向儿子，压下一声沮丧的叹息，"不是这个意思。打仗嘛。叫别人代为指挥，风险很大。"

"你不用来找我的。"

火药魔法师

"好吧,现在我知道了。"塔玛斯轻声笑了。他自己都觉得,笑声有些勉强。"我应该留在前线,一切都交给波好了。"

"优柔寡断不是你的风格。"塔涅尔把一块石头踢进水里。

塔玛斯不知该说什么。他心里清楚,自己一直不是个称职的父亲。但此时此刻,他能察觉出塔涅尔的变化。具体是什么,塔玛斯说不上来。尽管极为隐蔽,可他不用睁开第三只眼,就能感觉到儿子身上附着的巫力。恐怕是塔涅尔心仪的蛮子干的。塔玛斯对那丫头有些疑虑。

"波对你没有威胁了。"塔涅尔说,"你没必要绑着他,还派人看守。把手套还给他吧。"

塔玛斯揉了揉太阳穴。"等我们回去再说。"

"等我们回去,"塔涅尔说,"我们需要波帮忙对付凯兹军队——他愿意帮忙。多一点信任,对我们都有好处。"

"现在我最缺的就是信任。"塔玛斯挠了挠掩在衣服下发痒的伤口。持续的火药迷醉感压抑了疼痛,但效果毕竟有限。

"希兰斯卡。"塔涅尔说。

塔玛斯清了清嗓子,以掩饰内心的惊讶。"你怎么知道?"

"克雷西米尔抓住我时,曾叫来希兰斯卡辨认我的身份。我知道,也是他派来了那帮杂种。"他扬起下巴,示意营地中央的临时监狱,那里关押着希兰斯卡的一百五十名手下。

塔玛斯沉吟片刻,解开衣服扣子,撩起衬衫,夜晚的寒意浸透皮肤。"他还一刀捅在我肋骨中间。"

"挺严重的。"塔涅尔不敢靠得太近,他明白父亲自揭伤疤的含义。

"我还算幸运。伤口干净利落,脏器没有受损。"他松开衣角,慢慢扣上外套。

"你应该找个尊权者看看。"

"德利弗国王带了几个医疗者。等他们到了我就处理伤口。在这之前,我死不了。希兰斯卡。天杀的混蛋。我们是几十年的老朋友。我结婚时他是伴郎。我发动政变的一切行动,他都参与了。"

"有些伤无药可治。"塔涅尔轻声说道。

塔玛斯担心说错话,于是点点头。沉默了几分钟,塔玛斯又说:"我本来能指望米哈利。哈。我竟然说出这种话。那个疯子厨神。没了他,真不知如何是好。"塔玛斯感觉眼角湿了。一定是因为夜风太冷。

"米哈利,"塔涅尔说,"他……"

"你们见过面?"塔玛斯转念一想,又觉得没什么好惊讶的。米哈利什么事都要掺一脚。

"是啊。他说我跟以前不一样了。一部分是因为卡-珀儿的巫术,一部分是因为我与克雷西米尔的联系。"

塔玛斯默不作声。如果塔涅尔愿意说,他自然会讲下去。即使催促也没用。

又过一会儿,塔涅尔说:"米哈利觉得,我现在跟朱利恩差不多。或者说,我就像火药魔法师里的普瑞德伊。"

提起朱利恩,塔玛斯恨得咬牙切齿。太多叛徒。太多背叛。塔涅尔怎么可能像她?"你不能把米哈利的话全都当真。"

"我觉得他没说错。"塔涅尔说,"我在山里没怎么吃东西,但也不太饿。我没有火药,却能看清一百码外的细节——比不上用过火药之后,但我的夜视能力、听力,还有嗅觉,都比以前强了。"他迎上塔玛斯的目光,眼睛突然发红。"我扯掉了一个人的下巴,没用火药!我扯出守护者的一根肋骨,把它杀了,好吧,那次我用了火药。"

"该死。"塔玛斯轻声道。

塔涅尔哼了一声。"是啊。而且我很难被杀死。虽然免不了流血,可我强壮得很,速度也快。克雷西米尔命令手下折断我的胳膊,可他

火药魔法师

们做不到。我变了,爸,真叫人害怕。米哈利死了,卡-珀儿不会说话,我都不知道我到底怎么了。"塔涅尔盯着自己的双手,嗓音干涩。

"塔涅尔,"塔玛斯单手抓住儿子的胳膊,"听我说。不论你发生什么变化,你都能活下去。你是战士。"你是我的儿子,他默默添上一句。

"如果不值得活下去呢?"

一时间,塔涅尔不再是成年人,他变回了艾瑞卡死后被塔玛斯抱在怀里的小男孩,又变得惊恐无助。塔玛斯一把拽过塔涅尔,将他用力抱在怀中。"永远都值得活下去,儿子。"

他们拥抱许久。最后,塔涅尔挣脱开来,用袖子擦过鼻子。塔玛斯颤巍巍吁了口气,希望塔涅尔没注意到自己的泪水。

"爸。"

"嗯?"

"我射瞎了克雷西米尔的眼睛。后来,他在旧要塞逮到我时,我又一拳打在他脸上。"

塔玛斯听呆了,他瞪着儿子,半晌不作声。一开始他肚子绞痛,接着仰天大笑。很快,塔涅尔陪着他一起大笑。父子俩笑得泪如泉涌。最后,塔玛斯的伤口疼得厉害,只好停下。等他们恢复平静,二人四目相对,注视良久。

"我为过去的事道歉。"塔玛斯说。这话让他心里一阵阵刺痛,同时又觉得卸下了千钧重担。他端详着塔涅尔的侧脸,观察对方的反应,不料塔涅尔突然戒备起来。他转过身时,塔玛斯甚至担心他会走开。

"你有很多孩子,"塔涅尔朝营地挥挥手,"所有士兵都是。"

"只有一个最重要。"

"他们都很重要。爸,能帮我个忙吗?"

"当然。"

"原谅维罗拉。"

塔玛斯扬起眉毛。他不知道塔涅尔会说什么,更没想到会是这件事。他捋了捋头发,摸索着在克雷西米尔之指一役中留下的弹痕。"这需要一点时间。"

"尽量试试。"

"好吧。"

"谢谢。还有,爸,卡-珀儿背着克雷西米尔的蜡偶。我们所有人能免遭神的毒手,全是因为她。"

"你说她?"

"另外,"塔涅尔哆哆嗦嗦地吸了口气,"我爱上她了。"

一天后,塔玛斯偷偷溜回亚卓军主营地,活像丢了自家大门钥匙的倒霉蛋。

这种进门方式真不光彩,他心想。奥莱姆正向哨兵出示一沓文件,塔玛斯压低帽檐,竖起衣领挡住脸。好在塔玛斯并不需要华丽的入场。他要的正好相反。

女哨兵在暗淡的晨光下眯起眼睛,翻看文件,嘴唇无声地翕动。命令是塔玛斯亲自下发的,底下有他的签名。等哨兵看完,她将文件还给奥莱姆,怀疑地看了眼塔玛斯。"好像没什么问题。"她挥手放行。

塔玛斯轻叹一声,一行人进了营地,在无数帐篷间胡乱穿行,好摆脱可能跟上来的尾巴。他当然希望自家岗哨严格盘查陌生人——他们接受过训练,不能容许心怀不轨的人混进来,而出身贵族的军官大多不爱守规矩。不过另一方面,塔玛斯也暗自庆幸能顺利通过岗哨。

营地逐渐苏醒,人们纷纷爬出帐篷,在炭火上煮咖啡,洗衣妇忙着归还熨帖干净的军服。距指挥帐还有一百码左右,他和奥莱姆脱了大衣。路上人不多,认出他的士兵无不精神一振,立正敬礼。

"早上好,长官。"

"早上好。"

"昨天打得真漂亮,长官。我本想早些向您致敬,但一直没见到您。"

"谢谢。继续。"塔玛斯示意中尉继续吃早饭。他凑近奥莱姆,低声说:"你瞧,军队安然无恙,估计我们打赢了。"

一名上尉向他敬礼,用一句"早上好"打断了他的话。"恭喜获胜,长官。"女军官说,"派遣一零一团直捣敌营要害,简直是神来之笔。"

塔玛斯点头回礼,等与那位上尉擦肩而过,他接着说:"而且没人发现。"

"真棒,长官。"奥莱姆咧嘴一笑。听说塔玛斯要离开战场去救塔涅尔,奥莱姆几乎崩溃,要不是维罗拉大吼着叫他闭嘴,也许塔玛斯就去不成了。"我猜您要说'早告诉你了'。"

"听完伤亡统计再说。"塔玛斯停下脚步,与正在拨弄炭火做早饭的两名士兵握手。不一会儿,他和奥莱姆抵达指挥帐,卫兵们立正行礼,其中一人掀起帐帘。

天光透过白色的帆布,塔玛斯发现帐篷里有好几个人。当然有维罗拉,她躺在几把拼起来的椅子上,轻轻打鼾,靴子丢在一边。其他人则出乎塔玛斯的意料。阿布莱斯准将坐在门边的椅子上打盹,帽子蒙在脸上,下巴抵着胸口。埃达迈侦探睡在地上,嘴里含糊不清地嘟囔着什么。还有一人蜷缩在角落,毛毯外散落着赭色卷发。

"上尉。"塔玛斯说。维罗拉没反应。

奥莱姆俯下身子。"维罗拉。"他推推她的膝盖,轻拍她的脸。维罗拉猛然惊醒,迷迷糊糊地冲奥莱姆眨眨眼,转而瞪着塔玛斯。

"长官。"她起身应道,歪歪扭扭地敬了个礼。

"稍息,上尉。"塔玛斯说完,看着阿布莱斯。也许该让他们离开帐篷。但塔玛斯不想吵醒她。事情最好一样样来。"情况如何?"

维罗拉揉了揉惺忪的睡眼。"好极了,长官。凯兹人中计了,被我们打了个措手不及,翼军也挡住了他们的攻势。我们大获全胜。几乎都被您说中了。"

"几乎?"

"有几次我只能随机应变。我写了详细的战况报告,放在您桌上了。"

"我很想看看。"如果把这出戏演下去,假装从始至终都是我在下达命令,那我最好马上看。"伤亡人数?"

"一万五千一百七十四人。"

塔玛斯惊呆了。这么多吗?占了军队四分之一,还不包括非正规军。"该死。"他骂道。

"各级的损耗情况也在您桌上。"

"凯兹人呢?"

"他们一直撤到芬戴尔。"

"损失?"

"目前还不能确定,长官,但我们估计在九万左右。我们俘虏了两万五千人。"

塔玛斯顿时轻松不少。"战果惊人。"

"是啊,长官。恭喜您。"

塔玛斯做了一次深呼吸,对这场战争又多了几分希望。"辛苦你代我指挥。"

维罗拉低头盯着地板。"为了您能安心去救塔涅尔,我留下来不算什么。我尽力了。"

"我认为你可堪大任。"

"只是服从您的命令而已。长官呢?"

火药魔法师

"我的任务圆满完成,上尉,如果你是问这个。"

维罗拉明显松了口气,如释重负。塔玛斯不禁好奇,塔涅尔说他爱上了蛮子卡-珀儿,她对此会怎么想。他建议儿子暂时保密,不过老实说,塔玛斯也不清楚自己该怎么想。目前他没有多余的时间。他望向桌上堆成小山的文件。他必须全都过目,了解这场战斗的所有细节。如果维罗拉犯了错,那也是他的错,因为留下维罗拉是他的决定。

"你这自私的蠢货!"

一声怒吼打断了塔玛斯的思绪。他转过身,看到睡醒的阿布莱斯站起身子,迎面走来,停在一臂开外,一根手指直指塔玛斯,让他不禁有些退缩。这个女人的块头并不大,但因为怒气冲冲,竟有副凛然不可侵犯的架势。她用手指戳着塔玛斯的胸脯。

"你脑子进水了吗,塔玛斯?你对得起我们吗?对得起我?对得起你的军队吗?"

"我怎么了?"他淡淡地反问。

她气急败坏。"你在决战前夕抛弃了我们。你让一个上尉指挥军队,你自己却带着一个连的精锐跑了——为什么?"

"为我儿子。"

"就为了一个人的性命!我视你为统帅,塔玛斯。"

"除了保家卫国,我还有别的责任。"塔玛斯说。他最初的敬畏转化为愤怒。他能理解阿布莱斯的怒火,可当着手下人的面训斥他,是可忍孰不可忍!他这辈子头一次以好父亲的标准要求自己,难道还要受人批评?

"国家安危是你唯一的责任,塔玛斯。你没有余力再当一个父亲了。几年前,当你决定推翻国王时,你就放弃了这个角色。"

塔玛斯两手发抖,紧紧咬住牙关。帐篷里的人全都盯着塔玛斯和翼军准将。维罗拉被阿布莱斯的爆发惊得目瞪口呆,奥莱姆扶着剑柄左右徘徊。"我从没放弃。"他咆哮道。

阿布莱斯嗤之以鼻。"你早就放弃了。"

"我们打赢了这场战斗。你还发什么飙?"

"我发飙,是因为你在拿所有人冒险。战斗一打响,我就散布消息说你回来了。我亲口告诉我的军官,你将带领我们获胜,所以才会士气高涨。他们以为你在战场上亲自发号施令。因为你,我成了个骗子。"

"国家兴亡甚至需要更大的谎言。"塔玛斯说,"而且那些命令确实是我下达的。我回来了,也实实在在地给你带来了胜利。"

"狡辩!"阿布莱斯啐道。

塔玛斯指着帐篷中央的桌子,上面铺满了他的地图和笔记。"开战前一天,我就推演了整场战斗。而我们确实赢了。"塔玛斯感觉汗水流下脊背,惟愿维罗拉刚才没夸大他预测的准确性。"我花了整个下午制订战略。我在该死的凯兹历经千辛万苦,背叛和死亡都没能阻止我回到祖国。"塔玛斯一时哽咽,想起那天夜里,他以为失去了加夫里尔,在阿尔威辛南部高原上纵马狂奔。"要不是被叛徒出卖,我早就打赢了这场战争。"

"你他妈真是个天才,"阿布莱斯的嘴唇因厌恶而扭曲,"那接下来的仗,你自己打好了。我会建议温斯拉弗夫人废止亚多姆之翼签署的合约,我们撤了。反正剩下的兵力也不多了。"不等塔玛斯回应,阿布莱斯擦过他的肩膀,气冲冲地离开了帐篷。

塔玛斯哑口无言,一时缓不过神来。奥莱姆扶住他的肩膀。"长官?"

"我没事。"他蹒跚走向一把椅子,坐了下来。几个月风餐露宿、浴血奋战的疲倦,还有绝望和焦虑同时袭来,他终于撑不住了,眼皮像灌了铅一样沉重。他做了什么?如果翼军此时离他而去,他还能打赢这场战争吗?

火药魔法师

有人清了清喉咙。

塔玛斯抬头看到,埃达迈侦探抓着帽子,目睹他和阿布莱斯的争吵,让侦探脸色尴尬。

"稍等片刻,侦探。维罗拉,亚多姆之翼损失了多少人?"

维罗拉倒了下脚。塔玛斯这才发现,她还没穿靴子。"差不多两万。"

"啊,见鬼。难怪阿布莱斯气成这样。他们几乎伤亡了一半。"

"他们承受了敌人的正面进攻,长官。正如您的计划。"

"正如我的计划。是啊。"他本来就想让雇佣军做出与佣金等价的贡献。看来他们不仅做到了,还远远超出。他们不是他的手下。他们属于阿布莱斯,塔玛斯把他们送进绞肉机,她当然有发火的资格。"侦探。维塔斯的事如何了?你家人安全了吗?"

"维塔斯死了。"埃达迈说,"感谢您惦记,长官。我们救了不少人,除了……"他清了清喉咙,"除了我的长子。"埃达迈看起来跟塔玛斯一样疲倦。他的眼袋又大又黑,头发本就稀疏,因为在地上睡了一觉,更是显得乱糟糟的。

"我深表遗憾。"

"谢谢,长官。关于维塔斯的任务,我们完成了,还缴获了很多文件,逮捕了他的爪牙,可我担心,一切都毫无意义。您有没有听说,克莱蒙特控制了亚多佩斯特?"

"听说了。不过事情得一件一件地解决。我们先要捍卫国土,驱逐凯兹人。写份报告给我……"

"已经写了。"

"很好。我会读的,今天我们还会再谈一次。你可以在营地里自由活动,但我希望你待在附近,我需要知道克莱蒙特的情况。"

"恐怕我帮不上多少忙,长官。"

"多少都行。现在我要……"塔玛斯顿了顿,"那位小姐,请你过来一下。"

一头赭色卷发的女孩慢慢挪步,走出角落。乍看之下,她似乎相当害羞,但仔细观察,塔玛斯发现她警惕性很高,就像动物正通过气味分辨敌我。

"奈娜?"奥莱姆惊呼道。

"你好,上尉。"女孩冲奥莱姆微微一笑。

"你在这里做什么?"

"你是那个洗衣工!"塔玛斯突然想起,"当时你和艾尔达明西家的小子一起失踪了。"他眯起眼睛。"你到底去哪儿了?来这里做什么?"

奈娜行完屈膝礼,双手背在身后。"元帅,"她说,"不是我偷偷带走了艾尔达明西家的男孩。不是。我们都被维塔斯抓了。埃达迈捣毁维塔斯的老巢时,我们趁机逃了出来。侦探可以替我作证。"

"是这样吗,侦探?"

埃达迈略为迟疑地点点头。"我不清楚来龙去脉,长官。不过,她是个诚实的姑娘。"

塔玛斯靠在椅背上,脑袋里每根血管似乎都在悸动,肋部伤口的疼痛突破了火药迷醉感的压制。太多事要做了。他能允许自己休息吗?他斜着眼睛,偷偷观察维罗拉和奥莱姆。奥莱姆皱着眉头,维罗拉则始终一脸疑惑。几个月前,奥莱姆追求过那个女孩,不知维罗拉是否知情。不过话说回来,他俩之间结束了,不是吗?

"所以是你带她来的?"他问埃达迈。

"不是,长官。"埃达迈捂着嘴,咳了几声。

塔玛斯冲曾经的洗衣工扬起眉头。"怎么说?"

"我是尊权者波巴多的学徒,长官。"奈娜又行了个屈膝礼。

"你是尊权者?"奥莱姆问。

"是的。元帅,恕我冒昧,波巴多在哪儿?"

火药魔法师

"啊,"塔玛斯强行起身,"这件事也很重要。埃达迈,我听说,你亲眼见到尊权者波巴多摆脱了盖斯——也就是强迫他刺杀我的东西?"

"千真万确。我亲眼看他取下了宝石。"

塔玛斯感觉肩上的重担又减轻了些。"好。谢谢你,侦探。奥莱姆,你带奈娜去见她的老师,释放波。他们自由了,当然我很希望,波巴多离开前能来见见我。"

奥莱姆陪同奈娜出了帐篷,塔玛斯点头示意,埃达迈也随之离开。塔玛斯又找了把椅子,叹息着坐下。

"长官,"维罗拉说,"您需要休息。"

塔玛斯靠着椅背,手掌按住肋部的伤口,闭上眼睛。"我们还有事要做。"

"休息时间是您赢来的,长官。我这么说,希望您不要介意。"

"还不能休息。"

"您要做什么?"

塔玛斯睁开一只眼睛。维罗拉正在系靴带。"我要把凯兹人彻底赶出我的国家。我要击溃他们的大军,干掉他们的国王。到时再料理占领亚多佩斯特的那支军队。"

第 19 章

奈娜与奥莱姆一路无话。奥莱姆不断跟人打招呼,向军官敬礼,朝士兵点头。奈娜依然晕晕乎乎的,一位军官的早餐——如果她没搞错,是火腿和鸡蛋的香味——惹得她肚子咕咕直叫。这两天她都没睡安稳,梦里满是垂死的惨叫、炮火的轰鸣,还有皮肉烧焦的味道。

"一定要让大伙以为,塔玛斯亲自指挥了整场战斗,你懂吧?"奥莱姆压低声音说。

出了帐篷之后,这是他对奈娜说的第一句话。她的戒备心立刻加重,回答也很迅速:"当然。我不会走漏风声。"他们刚才讨论了什么?哦,对,塔玛斯的缺席。既然打了胜仗,就算塔玛斯没有坐镇指挥又有什么关系?那位雇佣军准将干吗那么生气?

"谢谢。"快到营地边缘时,奥莱姆停下脚步,盯着黎明前的黑暗,附近的哨兵听不见他们说话。"他们随时会回来。"

"谁?"

"远征队。我们带了两百人去找元帅的儿子。我们找到了他、尊权者波巴多,还俘虏了一百多人。等我们安顿好俘虏,确认塔涅尔平安无恙,我和元帅先行潜回营地,制造我们始终都在的假象。其他人随后就到。"

"消息不会走漏吗?只要有两个人知道秘密,那所有人都会知道。"奈娜想起,在艾尔达明西家里时,一个女仆跟总管有染,结果被总管的老婆捉奸在床。他们约好绝不声张,以防流言扩散,可惜女仆管不住嘴,总管最终被解雇了。

奥莱姆从外套里掏出一张卷烟纸,开始卷香烟。"当然。流言自己会长脚。不过我们打了胜仗,这些就不重要了。只要翼军不大做文章,那就只是流言而已。"

他卷好一根香烟,递给奈娜。

"不了,谢谢。"

他点点头,划根火柴点燃,默默地抽烟。奈娜端详着他的侧脸,对他近来的经历充满好奇。听说陆军元帅深陷敌阵,她以为奥莱姆牺牲了。可他就在眼前,看样子也没因饱受摧残而落魄不堪——只是一只眼睛上添了新伤,胡子长了些而已。

想到奥莱姆追求过自己,奈娜有种奇怪的感觉。若不是命运作祟,他们真有可能相爱。

她把那一点旧情当成救命稻草,以掩盖脑海深处的声响——人们死于火焰的叫喊,而凶手正是她。

"这几个月,你的人生发生了翻天覆地的变化。"奥莱姆突然开口。

奈娜低下头。"你也是。我听到有人喊你上校。恭喜你。"

"临时的。"奥莱姆说。

"嗯?还有临时提拔一说?"

"不是。元帅希望我留任上校。我只是……"

"你觉得自己不能胜任?"

奥莱姆掸掉烟灰,用脚跟踩灭余烬。"我不适合。可你?尊权者!太不可思议了。我始终觉得,你不是个寻常的洗衣工。"他露出微笑,同时暴露出深沉的倦意。

"洗衣服也挺好的。"奈娜的语气比她预想的生硬,还有几分戒备。她清了清嗓子。"所以你才追求我吗?因为你觉得我没那么简单?你怀疑我是探子?"当时他是逢场作戏吗?她觉得自己应该生气,但却提不起劲头。

奥莱姆吸了口香烟，迎上她的目光。"不是探子。"他清清嗓子，接着说，"我很高兴你是尊权者。战争结束之前，我们需要你的帮助。"

言外之意是说，她还得继续杀人。奈娜感到一阵恶心。她的眼睛还能看见焦黑的枯骨，鼻子里还残留着遗骸焚烧的气息。

"啊。他们来了。"奥莱姆说，省却了奈娜费心回答的必要。一队人马举着火把和提灯，翻过山坡，映入眼帘。他们在岗哨前停步，然后继续前行，十分钟后来到奈娜和奥莱姆近前。

奥莱姆高声询问任务进展。一位少校回答，他们成功了，队伍中有人振臂高呼。奈娜听到一个哨兵对战友大喊：

"'双杀'塔涅尔还活着！他回来啦！"

消息如野火般蔓延，后面的营地很快爆出阵阵欢呼，奈娜不禁笑了。看来塔涅尔深受爱戴。

一个男人策马来到奥莱姆面前。他的头发乱糟糟的，胡须掩盖了疲惫而痛苦的面容，浑身都是淤青和伤疤。他披着亚卓军服，佩有一枚火药桶图案的徽章。奈娜推测，他就是"双杀"塔涅尔了。他身后的马鞍上坐着个女孩，奈娜的眼球立刻被她吸引。

她是个蛮子，苍白的皮肤上布满灰色雀斑，剪裁不齐的红发宛如火焰——比奈娜的赭色卷发更为鲜亮夺目。男人好奇地看了奈娜一眼，继而望向奥莱姆。女孩则攫住她的目光，注视片刻，眨眨眼，面露狡黠的微笑。

男人冲奥莱姆点点头。奥莱姆说："你最好去见你父亲。他已经下令释放波了。"

塔涅尔吁了口气，抖动缰绳。他的同伴在马鞍上转过身，回望奈娜。奈娜也望着她，直到他们的身影消失在营地里。

"那就是元帅的儿子？"她问。

火药魔法师

奥莱姆吸着香烟。"对。"

"女孩呢?"

"卡-珀儿。"

"她是个蛮子巫师?我听说过她的传言。"

"没错。"奥莱姆踩灭烟头,"按元帅的说法,她已经脱胎换骨了。"

奈娜顺着队伍望去,找到了波。他被士兵团团围住,衣服皱巴巴,头发乱糟糟。她很想跑过去看看他的情况,但被抛弃的痛苦——还是在战场上——让她的脚底仿佛生了根。

"你好啊,奈娜。"波策马过来,语调轻快,双手抓着鞍角,奈娜很快发现,他的手腕被绑在一起。两个人高马大的士兵寸步不离,死死盯着他。"你好,奥莱姆。"

"尊权者。"奥莱姆颔首致意。

"现在能放了我吗?"

奥莱姆点头示意看守,他立刻被放下马,松了绑。他揉着手腕,一名看守递过手套,他一声不响地接过。不一会儿,波和奈娜周围就没人了。

"好了。"波把手套塞进口袋,自顾自点点头。"结束了就好。我们去哪儿睡觉?我饿得要命,先去……"

奈娜抡圆了胳膊,一巴掌甩过去。冲击力沿着她的肩膀直达全身,波则被扇得转了半圈。十几名士兵看到这一幕,不约而同吸了口气。

波捂着脸瞪着她。一想到刚才使出吃奶的力气抽了一个尊权者,她就膝盖发软。但她轻声提醒自己,如今她也是尊权者。管她能力强弱呢。

"你他妈想干吗?"波喝问道。

"谁叫你把我丢在战场上。"

他气急败坏地揉着半边脸。"我发誓,谁再敢打我,我就宰了谁。你看上去好好的!冲我发什么疯?"

"我……"奈娜的嗓子突然哽咽了。她眼前浮现出焦黑的骨肉,指尖刺痛难忍——不光因为刚才那一巴掌。她感觉到巫力在体内奔涌,毁天灭地的能量经由她释放时的喜悦与惊狂。她脑袋一晕。

她摇摇欲坠,波赶紧上前扶住。他拽着奈娜的胳膊,远离那群正在下马的士兵,再说话时,愤怒已不复存在,换成了关切的口吻。

"怎么了?"

她摇摇头,知道自己一定像个傻瓜。她脸颊绯红,泪珠止不住滑落,哪还有个尊权者的模样。波双手捧起她的脸,强迫奈娜与之对视。"怎么了?"他又问一遍。

"我杀了他们。"她的声音听来那么可怜。她痛恨自己这样。

"接着说。"波拉着她的手,穿过一顶顶帐篷,一路揽着奈娜,就像哥哥护着伤心的妹妹,隔开外人好奇的目光。奈娜只记得他不停追问,而她不停地哭诉,很快回到她的帐篷。波点亮一盏提灯,挂在横梁上。"再跟我讲讲。"他说。

奈娜做了几次深呼吸,尽量恢复平静。"我当时在后方的辎重车队,凯兹人发动突然袭击。他们人好多——比我们看守辎重的人多几倍。我很生气自己什么都做不了,所以我不断尝试,希望连接他方。"她模仿打响指的动作,但不敢让指头相互触碰。"我想的是,如果我点着火就能帮忙了,突然,我成功了。动作做对了,巫力自然而然发生。我冲到防线前面,然后释放。"

"火?"波轻声问道。

她点点头。"就像一道席卷平原的波浪。我想控制,可火势越来越大,后来我昏过去了。"奈娜又涌出泪水,"等我醒来,侦探已经把我转移到安全的地方。他不肯告诉我真相,但我看到远处烧焦的平原。我杀了他们。"

火药魔法师

波从包里掏出个酒壶,递给奈娜。她感激地灌了几口。

"当你消耗太多力量,且没能控制得当时,昏过去也正常。"波说,"那是身体的自我保护机制,免得你被他方摧毁。有多少?"

"什么多少?"

"你杀了多少。"

奈娜移开目光。"几千。"再抬头时,她以为波的脸上也会写满厌恶,就像她自己一样。毕竟她是个杀人魔头,不是吗?区区几个手势,她就夺走了那么多性命。

出人意料的是,波扬起眉毛。"真他妈漂亮,丫头!"

奈娜朝他的肩膀就是一拳。

"嗷。别,我说真的。太厉害了。你救了翼军的辎重营地。可能好几千人,全凭你一己之力。"

她难以置信地瞪着波。"你不觉得吓人吗?一眨眼死了那么多人!他们连自保的机会都没有!"

"奈娜,"波表情严肃,"你做了件伟大的事。你不该自责。"

"不应该吗?你是冷血动物吗?你就这么铁石心肠,不知道我们握着这么可怕的力量?"奈娜冲他伸出双手,恨不得被他砍掉才好。她的脸上沾满泪水,冷冰冰的,寒意突然袭来,让她浑身发抖。

波皱着眉头看着她,过了好一会儿,他叹了口气,从床上拿起毯子,披在她肩头。他靠拢些,拉起奈娜的手,一边抚弄她的手指,一边柔声说话。

"第一次被迫杀人时,我十四岁。"他说,"他们特意带来一个奴隶——我当然知道,那是违法的,但王党从不把法律放在眼里。她大概十七岁,有着哥拉人的橄榄色皮肤,一只眼睛毫无生气。"波吸吸鼻子,"我四次拒绝杀她,每次都被他们狠揍一顿。到第五次,他们说,不杀了她,我就死定了。我依然拒绝,他们又说,如果我不杀她,他们就杀了塔涅尔、塔玛斯和维罗拉。他们是我仅有的朋友。我当时蠢得要命，居然相信了他们。我害怕他们真的动手，所以他们再次要求时，我杀了那个奴隶女孩，尽可能干净利索。"

一滴泪珠滑过波的脸。他发现奈娜在看，于是顺手擦去泪痕。

"他们为什么逼你？"她问。这种惨无人道的行径简直不可理喻。强迫一个十四岁的男孩硬起心肠杀人？

"为了让我变得冷酷。让我明白王党的真实生活。我逃了七次，也可能八次。他们每次都狠狠揍我。我是大师的亲传弟子，他说，不能因我意志薄弱而浪费天赋。妈的，我恨死了那个家伙。我想方设法让他的日子不好过：我公然给他难堪，十六岁开始睡他的情妇。我甚至在他床上拉过屎。"波嘿嘿一笑，"他给我的每一道伤痕，每一下巫力的折磨，都会加深我的仇恨。我发誓要杀了他，最终，塔玛斯替我做到了。"

奈娜的心仿佛被掏空了，她浑身无力，不知所措。"我也会变成这样吗？生活的动力就是仇恨与自责？"

"嘿，"波说，"我从不以自责为动力。我把它藏得很深。"

奈娜忍不住抽起嘴角，笑了一下。

"不，"波接着说，"我不希望你变成这样。我希望你学会使用巫力，遵从自己的良心。不过有些时候，良心也要你去杀人。这就是尊权者的生活。有了强大的力量，就要担负起保护朋友与同胞的责任。"

奈娜无言以对，只能点点头。

"慢慢就习惯了。"波安抚地抱紧她，"但别麻木。别像我。要做到这一点，你必须竭尽全力。"

她感觉波搂紧了自己的腰。"你说的都是真心话？"

"什么？"

"还是为了掀开我的裙子？"

波猛地一缩。奈娜立刻知道自己说错话了。他是真心的。每个字都发自肺腑。她却甩回到他脸上——即便是用刚才开玩笑的口吻。

火药魔法师

"对不起,"她说,"我不是有意的……"

他勉强一笑。"算了。你也没说错。我该回我的帐篷了。"

"别走。"

波皱起眉头,又一次抱紧她。

奈娜把头靠在他胸前,听着他心跳的节奏,沉沉睡去。等她进入梦乡,脑海里的惨叫没那么刺耳了。

但直觉告诉她,未来还会有更多。

第 20 章

　　塔玛斯仔细翻阅堆积如山的战况报告,这次大获全胜为他赢得了荣誉。
　　由于战场中央有条小河叫内德溪,所以此战又名"内德溪之战"。塔玛斯消失了四天,但营地里谁也没提,看来阿布莱斯虽然生气,但也没把这事捅出去,而奥莱姆也想办法封住了神枪手的嘴。当然只是暂时的。知道他去救塔涅尔的已有数百人。流言迟早会散开,不过还是越晚越好。
　　塔玛斯把维罗拉的报告读了三遍。他还看了三位将军、五位上校、两位上尉和一位军士的报告。其中还属维罗拉的报告最全面,但其他人补充了她不曾留意或故意忽略的细节。
　　他揉揉眼睛,舒了口气。真想来一碗米哈利炖的南瓜汤啊。或者跟他聊上几分钟也好。米哈利有不少毛病,但总能抚慰塔玛斯的身心,可惜他意识到这一点时,神已经不在了。
　　也许他太多愁善感了。
　　"奥莱姆!"他喊道,"奥莱姆!"
　　帐帘被掀开,一名卫兵探头进来,提灯的光影在他脸上跳跃。"抱歉,长官,奥莱姆轮休去了。您有什么吩咐?"
　　"啊,没有。算了。我可以……等等,现在几点?"
　　"我估计,十一点左右吧,长官。"
　　"谢谢。帮我去找埃达迈侦探。如果他没睡,叫他半个钟头后来

火药魔法师

见我。睡了就不用喊醒了。"

塔玛斯也读了侦探的报告。那家伙理应睡个好觉。

他起身伸个懒腰,结果抻得腹中剧痛。塔玛斯单手按住伤口,在桌子上搜寻,终于找到一盘晚餐。面包干硬,奶酪发霉,牛肉生涩。他吃力地咽下一半,剩下的全扔了,又从桌上拿起一对金色军衔装进兜里,走进夜幕之中。

附近有个女兵在拉小提琴,和着旋律低吟浅唱,歌声飘荡在寂静的营地里。塔玛斯的卫兵"啪"地一声立正。"稍息。"他说,"我出去走走。你们可以跟来,但不要打扰我。"

他踱着步子,卫兵不远不近地跟着。只要看到试图起身敬礼的士兵,他便摆摆手。不一会儿,女兵的歌声已遥不可闻,只剩北边的哭喊和呻吟,那是一间战地医院。开战以来,缺胳膊断腿的有一千四百人,重伤不治的数以百计。对于后者,医生们无力回天,只能给他们提供些马拉烟。

等肾上腺素消耗殆尽,勋章颁发完毕,荣誉各归其位,唯有苦难在战后长存。

"为了他们,我应该留在这里。率领他们战斗。"塔玛斯喃喃道。

"长官?"一名卫兵问。

"没什么。你俩知道维罗拉上尉在哪儿休息吗?"

"不知道,长官。"两人回答。

奥莱姆的帐篷离得不远,塔玛斯很快就找到了。几个神枪手坐在火旁,其中一人借着灯光读书,一人削着木头。塔玛斯走近时,他们全都站了起来。

"稍息。"他叹了一声,指指奥莱姆的帐篷,"我来找上校。"

有两人互望一眼。第三个神枪手是个女的,大概三十来岁,一头金发剪得很短,清了清嗓子。"他应该睡了。"她说。

塔玛斯眯起眼睛看她。"他是赋能者。他不需要睡觉。"谁都知道奥莱姆的天赋。她这话是什么意思？

"我……好像看到他去别处了。"另一人说。

塔玛斯往舌头上撒了少许火药，走向奥莱姆的帐篷。"奥莱姆，你在……"尽管不是白天，也没有灯光，火药迷醉感仍能让他看清帐篷里的状况。塔玛斯听到吃吃的笑，然后有人骂了一句。奥莱姆从床上坐起来，上身赤裸。

"长官？"

塔玛斯发现他身边鼓起一大团，不禁笑了笑。奥莱姆很可能跟那个漂亮的洗衣工复合了。"抱歉，我没想打扰你。"

"没关系，长官。"

"其实我在找维罗拉。"

奥莱姆清了清喉咙。"呃……"

"我在这儿。"维罗拉在奥莱姆身边坐起来，一只手撩开脸上的头发。

"啊，"塔玛斯说，"我，呃，我在外面等。"

他回到火堆边，神枪手都有意避开他的视线。塔玛斯用脚尖轻磕地面，考虑着该怎么评价维罗拉在"军中的亲密关系"。

"对不起，长官。"一个神枪手嘟囔道。另一人踹了他一脚。

"没事。"塔玛斯有点想笑，"要是我有什么情况，"他伸出大拇指，示意自己带来的卫兵，"希望他们也能打好掩护。"刚才道歉的士兵扑哧一笑，结果又挨了一脚。

少顷，维罗拉钻出奥莱姆的帐篷，披着外套，衬衫半敞，靴子尚未系上。塔玛斯等她收拾整齐，两人一前一后离开。

"我不会道歉的，长官。"等他们远离奥莱姆和神枪手，她开口道。

"嗯？道什么歉？"

维罗拉愣住了，塔玛斯转身面对她，叹道："这是我们的选择，

火药魔法师

维罗拉。你亲口对我说的。你们能在彼此的怀抱里找到温暖,我为你们高兴。真希望我也有同样的福分。"

"长官?"维罗拉张大嘴巴瞪着他。塔玛斯强忍笑意。语出惊人的感觉真不错。维罗拉续道,"您的意思是……"

"我不是来批判你的。我找你有别的事。你要知道,亲密关系在军中依然是禁忌,但目前我没时间计较。"

"谢谢,长官。"维罗拉眼神警惕,似乎在等待另一只靴子落地。"但您说得模棱两可,长官。"

"我知道。抱歉。我也希望事情能简单些。上次谈完这个话题之后,我已经转过弯了。"

维罗拉歪着头。"奥莱姆觉得,您提拔他是为了拆散我们。"

"是吗?哈。那我真该考虑一下,可惜不是。我提拔他是形势所需。他是为数不多的、我能倚仗的人之一。"他想顺势借题发挥一番,但终究还是叹息着摆摆手。他依然不赞成两人的关系,但又觉得轮不到自己说三道四。"说到这个,我也想提拔你。"

维罗拉眨眨眼。"什么?"

"我说我要提拔你。说得清楚些,你晋升为上校了。你暂时执行特殊任务,跟奥莱姆一样,不过我打算,在战争结束前让你执掌军务。"

"我不明白。我又没立什么大功。"

"没有吗?上尉——我是说,上校——我这两天详读了战况报告和你的指挥记录。一言以蔽之,干得漂亮。"

"我只是遵照您的指示而已。"维罗拉嘟囔道。

"完美无缺的作战计划并不存在,哪怕是我制订的。有不少突发状况需要你随机应变,而你每一次的处置方式都与我不谋而合。另外,派出两个连队,以解翼军营地之围,这件事你比我做得更好。我会考虑放任其不管,最后再去收拾残局,而这是不对的。"

塔玛斯不想再说下去,但话又涌到了嘴边。"当然,现在情况特殊。几个月来,我们损失了不少军官,并非全部因为阵亡或受伤。"希兰斯卡的背叛,凯特的贪污和逃逸,都让他如鲠在喉。"下周将有上百人受提拔,连升几级的不止你一个。我以前一直希望火药魔法师甘当射手和普通士兵,现在我明白了,有才华的人就该受到提拔。"

"还有安德里亚。"

"他也会的,等他和德利弗国王来了之后。不过安德里亚性子太急,复仇心切。他更适合带领一支小队,所以才会接替萨伯恩指挥火药党。但你眼界更高,那天你证明了自己。"

"谢谢夸奖,长官。"

塔玛斯点点头。"我们还没打赢这场战争,上校。到时候再谢我也不迟。"

两人一时无言。最后,维罗拉开口打破了沉默。

"长官?"

"嗯?"

"我可以走了吗?"

"哦哦,可以!去吧。等等,拿着这个。"塔玛斯把金色军衔放到她掌中,合拢她的手指。他突然很想低头亲吻维罗拉的额头,送上父亲对女儿的祝福,没想到她往前一冲,猛地抱住了他。塔玛斯也紧紧抱住她。然后她离开了,塔玛斯目送她远去。

"咳,长官。"有人说。

塔玛斯扭过头,发现有个书记官候在不远处。"什么事?"

"埃达迈侦探在等您。"

"啊。好的。当然。我这就去。"他又朝维罗拉的方向看了一眼,但她已经不见了。

埃达迈倒了倒脚,强行忍住一个哈欠。临近午夜,陆军元帅连个

火药魔法师

影子都没有。现在他该走还是该留呢?

毫无疑问,塔玛斯想询问维塔斯牵涉的一系列事件。虽然他都写在报告里了,不过报告与实际情况多少有些出入。塔玛斯喜欢刨根问底。埃达迈希望他不要挖得太深。

埃达迈决定,只要涉及约瑟普,他都尽可能避而不谈。

埃达迈捋着头发,挠了挠秃顶的部分。他在脑子里无数次观察过那个守护者,结论是,过目不忘绝对是种诅咒。若没有超强的记忆力,他还能说服自己,当时只是看花了眼——那个守护者一点都不像他儿子,缺失的无名指也纯属巧合。

但埃达迈越是回忆那畸形的后背、扭曲但依然稚嫩的下巴,以及光滑的脸颊,他就越是相信,儿子被转化成了守护者。

他们对他可怜的儿子做了什么?先是人质,然后把他当成火药魔法师卖给奴隶贩子,如今又是这个。埃达迈努力回忆有关守护者的知识。它们原本都是普通人,被凯兹人用巫术扭曲成怪物,除了原始的智力,一切都被抹去,唯独听命于凯兹军官。最近出现的黑守护者则来源于火药魔法师。有传言说,它们是克雷西米尔亲手创造的,因为普通的尊权者没有足够的力量转化火药魔法师。

这是何等的煎熬?邪神给埃达迈的儿子施加了怎样的痛苦?他在脑子里一遍又一遍重演当时的画面,观察怪物的眼睛。他以为仔细看,就能发现其中的愤怒,以及被巫力驱使的狂暴。

然而,那双眼睛里只有恐惧,就像一头被赶进屠宰场的愚笨的公牛。

"侦探?"

帐篷帘沙沙作响,埃达迈急忙揉揉眼睛,捋平外衣。"长官,我在。"

"侦探,你怎么不点灯?"塔玛斯问。埃达迈听见陆军元帅在桌上翻找,擦燃火柴,点亮提灯。

"我在等您。不想打扰到别人。"

"我们点得起灯,老兄。很抱歉让你跑一趟。希望没吵醒你。"

塔玛斯凑近观察埃达迈的脸,侦探下意识地躲开。"没有。"

"见鬼,你的脸色不比我的好。你睡过觉吗?他们有没有提供舒适的帐篷和床铺?"

"有。谢谢关心。"

"很抱歉还把你留在营地里。你也知道,我有很多事需要了解。"

"当然。我确实希望早日回到家人身边。"真的吗?约瑟普变成这样,我该如何向法耶解释?埃达迈突然意识到,在他内心深处,约瑟普已经死了。不然他还能怎么想?他在记忆中凝视过那双眼睛,他知道,挚爱的约瑟普已经不在了。

"你真没事,侦探?"

"没事。"

塔玛斯慢慢坐到椅子上,显得憔悴不堪。埃达迈收回思绪,端详着陆军元帅。看起来,塔玛斯身上至少有十几处伤,三个月来仿佛苍老了十岁,胡须里的黑丝已经不多了。他的动作格外谨慎,充满痛苦,重心始终偏右。

早年间,埃达迈在亚卓警局见过类似的情况。塔玛斯中了一刀——伤在肋骨之间,还好并不致命,但疼得难以想象,伤口还有可能溃烂。有传言说,希兰斯卡逃跑时刺伤了塔玛斯。看来是真的。

"侦探?"

埃达迈猛地回过神。塔玛斯刚才说话了。"非常抱歉,长官。您能再说一遍吗?"

塔玛斯歪着头,脸上掠过一丝怒气。"我刚才问你,在你承认背叛我之后,我却没逮捕你,你是否明白原因。"

"不明白。"埃达迈感觉额头直冒冷汗,外衣似乎扣得太紧了。他确实想过这个问题,但没仔细琢磨过。当时事情太多,他无暇

火药魔法师

旁骛。

"我没逮捕你,因为这会中了敌人的诡计。"塔玛斯起身走向桌子,倒了杯水,但没给埃达迈。"我虚晃一枪,骗他放过了你。你在报告里也提到,维塔斯以为你进了牢房。"

"对,"埃达迈口干舌燥,"确实骗到他了。"

塔玛斯抿了口水,看着埃达迈,像在考虑是否要弄死一条瘸腿的狗。"是啊。"

"那么现在?"

"萨伯恩的死,我还是算到了你头上,侦探。"塔玛斯说,"当时我告诉自己,等一切结束,你将接受审判。你要为这后果承担责任。"

埃达迈升起一股无名火。后果?是你把我拉进这摊浑水的,你还好意思跟我提什么后果?半年来,我承担后果何止一百次。埃达迈必须咬住舌头,才能保持冷静。

"我是这么告诉自己的——直到我陷入两难的境地,是选择带军打仗,还是远赴荒野,追杀叛徒,救出我的儿子。你是个好人,埃达迈,你尽力了。如今,世上的好人已屈指可数,我不会把他们送上断头台的。但我需要你的帮助。"

埃达迈大气都不敢喘。"我的帮助?"

"还有很多事要做。"

埃达迈感觉胸口闷得慌。原来如此。永远都有做不完的事。如果法耶在这儿,她会怎么回应?她会叫元帅把所谓的后果塞进他自己的屁眼,跳进地狱再也别出来了。

"很好笑吗,侦探?"

"我是在想,要是我妻子在这儿会怎么说?"

"哦?怎么说?"

"她会问:'我能帮什么忙,元帅?'所以,我能帮什么忙?"还能说什么呢?除了顺从,塔玛斯不会接受其他回应。埃达迈为贵族老爷们效力了几十年，这种人见得多了。"

塔玛斯愣了片刻。"那好。首先我得结束这场战争，然后再回去对付强占亚多佩斯特的布鲁达尼亚军队。这样我们双方就需要接触。你可以当我与克莱蒙特之间的联络人。搞清他的意图。他有什么目的？怎样才能让他离开？如果以我们的能力难以实现，就查出他的秘密和弱点，向我汇报，帮我摧毁他，建立一个理想的共和制国家。"

埃达迈感觉五脏六腑都在翻腾，难受得几近绝望。他与身为仆从的维塔斯打过交道，如今还要面对邪恶百倍的主人？他会死无葬身之地的。"我不能再让我的家人陷入危险，元帅。这辈子都不能了。"

"你的祖国需要你。"

埃达迈有些好奇，塔玛斯知道这话听起来有多空洞吗？"您不能委托我做这种事。绝对不行。克莱蒙特曾指使他的爪牙，拿我家人的性命威胁我，他当然还能再做一次。如果这样，我还会背叛您的，我向您保证。"

"你的家人不会受到牵连。拿他们做人质，对克莱蒙特没有任何好处。这次你将是个政客。"

"他会逼我向您提供错误的情报。"

"我会保证你家人的安全。"

埃达迈不自觉地站了起来。"您保证不了！那家伙是个魔鬼，为了赢下他那变态的游戏，他根本不择手段。他的阴谋诡计我已经见识过了！"

"所以，侦探，我太需要你了。你是唯一对他有所了解的人。你是唯一恨他入骨、可以毫不犹豫摧毁他的人。你的家人不会有危险，埃达迈。我发誓。克莱蒙特控制了都城，你在别处得不到这样的保证了。"塔玛斯又喝了一口水。

"抱歉，元帅，恕我不能从命。"

"你刚才说……"

火药魔法师

"我是问,我能帮什么忙。我不能再让自己和家人陷入危险。不,长官,我不要跟克莱蒙特打交道。因为这些事,我已经害家人吃够了苦头。我失去了一个儿子!"而真相远比死亡更残酷。

塔玛斯眉头紧锁,盯着杯子。"好吧。"

埃达迈的心怦怦直跳。他也不想谈到这一步并大呼小叫,可他必须画出一条底线。塔玛斯掌握着士兵们的生死,但他用愧疚来对付埃达迈就太可恶了。

"你要回亚多佩斯特吗?"塔玛斯问。

"天亮就回。"埃达迈跌坐在椅子里,感觉一下子苍老了许多。

"能不能答应我一个简单的请求?"

埃达迈扬起一边眉毛,疑心陡生。塔玛斯这种人果然不会轻易让步。"什么?"他清清喉咙,压低嗓音,"我能帮上什么忙,长官?"

"帮助里卡德竞选。他太需要帮手了——尤其是他信得过的人。你俩是朋友,对吧?"

"里卡德的竞争对手是克莱蒙特。"埃达迈说。那个家伙,他避之唯恐不及。

塔玛斯做个手势,示意他不要激动。"不用你抛头露面。只是帮帮他,鼓鼓劲。发挥你的记忆天赋。尽你所能就好。"

"我尽力而为吧。"埃达迈思考片刻,应道,"可我没法承诺什么。我不想招惹克莱蒙特。"

塔玛斯严肃地点点头,正要说些什么,却被轻敲帐篷杆的声音打断。一个信使探头进来。"长官?"

"什么事?"

"国王派了个信使来。"

"什么国王?德利弗?他们到了?"

"不,长官。是凯兹国王。伊匹利求和了。他希望谈判。"

从信使通报凯兹有意和谈的那一刻起,埃达迈就失去了存在感。信使们披着夜色,来来去去,紧急会议接连召开。他则趁机溜回帐篷,半睡半醒地躺了几个钟头,准备乘马车返回亚多佩斯特。

清晨的营地乱哄哄的,他请车夫多等一会儿,然后离开陆军元帅的保镖管辖的区域,在无数帐篷间搜寻。

等到发现尊权者波巴多坐在不见烟气的火堆边,嘴里咬着一根长烟斗,他终于不用尴尬地在一顶顶帐篷间探头探脑了。波巴多的外衣熨帖齐整,胡子经过精心修剪,活像一个衣冠楚楚的官员,手下有五六个打杂的可供使唤。埃达迈正在好奇,巫术还能帮他在早上梳洗打扮?这才发现火堆里没有柴火。

"早上好,侦探。"波轻声说道,举起一根手指贴着嘴唇,又指了指身后的帐篷。

"早上好,尊权者。"埃达迈双手抓着帽子,尽可能不要显得太过紧张。

尊权者的目光离开巫力之火,落到他身上。"有什么需要帮忙的?"

"我⋯⋯"埃达迈清清喉咙。也许不是什么好主意。也许他不该再计较。

"怎么?"

"这事不太好开口。"

波从嘴边拿下烟斗,瞪着空空如也的斗钵。"没时间去找烟丝了。你不会正巧带在身上吧?"

埃达迈摸索着,从兜里掏出自己的烟斗和烟草袋。"不多了。"他把烟草袋递过去。波颔首致谢,耐心地装填斗钵,用指尖腾起的一团火焰点燃烟丝,然后抬起头,与埃达迈对视。

火药魔法师

埃达迈刚来时,尊权者似乎有什么心事,但这时已经抛到了脑后。波等着他说话,埃达迈却有些犹豫。

"跟你儿子有关吗?"波问。

"对。"

"我答应过你把他找回来。但塔玛斯想招募我,这就难办了。不过我还是会信守诺言。"

"我要回亚多佩斯特了。"埃达迈说。

波端详着他,眼神柔和。"放弃了?"他的语气并不刻薄。

"情况变了。"

"怎么说?"

埃达迈舔了舔嘴唇。他应该坚强起来。为了自己。为了法耶。为了约瑟普。"我儿子被转化成了守护者。黑守护者。我在战场上看到他。他本可以杀了我,但我喊出他的名字,他跑了。"

"你确定?"

"千真万确。"

波若有所思。"这我就无能为力了。转化守护者的过程无法逆转。亚卓王党试过。那些黑守护者,连尸体都散发着克雷西米尔巫力的恶臭。我要硬来,很可能会死。"

"我知道。我是说,我读过一本书,这里提到过守护者。其实只有几章,但我知道这个过程无法逆转。"

"那你来干什么?"

"我想改一改我们之前的约定。"埃达迈做好了被波一口回绝的准备。毕竟协议已经商量好了。他估计波只愿逐字逐句地照办。

"我在听。"波说。

"我希望你找到我儿子。然后杀了他。"

第 21 章

谈判的准备工作花了四天时间。虽然处于停战期,信使有来有往,但双方还是增添了兵力,搞得剑拔弩张。敲定完谈判日程的两天后,塔玛斯来到芬戴尔北边十五里处、位于南大路上的一个镇子。

说是镇子有点抬举它。这里的房屋少得可怜,最高大的建筑是座克雷西姆小教堂,也是本次和谈的地点。镇子里不见居民的踪影,他们要么几个月前就跑了,要么被凯兹人奴役,下落无人知晓,不过这个问题不在塔玛斯质问凯兹国王的清单前列。

几乎整个上午,骑手们来来回回,塔玛斯则把心思放在镇子另一头。伊匹利的随行人员就驻扎在一里开外,可惜能看到的帐篷并不多——伊匹利躲在一片窄浅的峡谷里,位于上风处。

好避开火药魔法师的视线。

塔玛斯对奥莱姆说了自己的看法,后者正举着望远镜,观察远处的山丘。伊匹利的侍卫守在那里,可以俯瞰凯兹营地。

"他不信任您,长官。"奥莱姆说。

"不全怪他。有一次我差点杀了他。"

奥莱姆放下望远镜,从嘴角取下香烟。"保守地说,他想杀您也有十几回了。"

"的确。"塔玛斯怅然若失,"但我那次已经掐住了他的喉咙。两者还是有区别的。"

"啊。您愿意讲讲吗?"

火药魔法师

"等我哪天喝醉了再说。"

"您不喝酒,长官。"

"没错。"

奥莱姆的一名神枪手打马过来汇报,很快,奥莱姆又转告给塔玛斯。"长官,弟兄们说一切正常。除了伊匹利的几个侍卫,镇子里再没别人,方圆五六里他们都排查了。如果伊匹利还能玩什么花招,那只能说明我们低估了他。"

"我们确实低估了伊匹利。算我们运气好,他不懂得任贤举能,所以他手下的将军和元帅都很平庸。你让那几个赋能者搜寻过尊权者和守护者了?"

"没有守护者。只有一个五级尊权者。她有可能是眼下的王党首领,厉害的都死了。"

"告诉维罗拉,务必盯紧尊权者,以防她有什么企图。"

"您也知道,长官,"奥莱姆沉吟道,"伊匹利带在身边的多半是侍从,而我们带的是战士。我们的实力占上风,完全可以……"他用食指和拇指比画出手枪的形状。

"别引诱我。"塔玛斯也这么想过。不止一次。"我们处在结束战争的节骨眼。这时候杀了伊匹利,他那些蠢得要命的儿子当中,肯定有一个要找我们报仇,甚至赚取九国的同情。塔涅尔!"塔玛斯招手示意儿子。塔涅尔正与一名神枪手谈话,闻言抬起头,挥挥手,又说了几句才过来。

塔涅尔在山里尝尽了苦头,如今已打理干净。他刮了胡子,洗了澡,换上崭新的军装。比起塔玛斯派他去南派克山时,他身上多了不少伤疤,右耳附近生出一撮白发,塔玛斯之前还未留意。他胸前佩戴着火药桶徽章,代表了火药魔法师的身份,但没有军衔。

塔玛斯用手指敲着鞍角。"我提拔你了,你知道的。"他盯着塔涅尔空荡荡的衣领说道。

"严格地说,"塔涅尔回答,"现在我不是你的士兵。"

"胡说八道,你心里清楚。"

塔涅尔把重心移到后面那条腿上,单手扶住手枪柄。即使周围都是战友,他依然摆出随时动手的架势。这一点跟奥莱姆很像,只是缺了保镖特有的警惕。塔涅尔杀人不考虑必要性。只是为了……杀人。

"我早跟阿布莱斯准将达成了协议。我现在是亚多姆之翼的一员。"

"我也告诉过你,你永远为我所用。你被军队除名,是因为一个叛徒和一个发战争财的奸商内斗,你不幸成了他们的牺牲品。任何法庭,不论军事还是民事的,都不会认可那次判决。"

"当然,父亲。"塔涅尔淡淡地说。

塔玛斯火冒三丈。就这个话题,他们已经谈了十几次,每次塔涅尔都装模作样地让步。可他就是不肯把少校徽章戴在衣领上。

"这可能是陷阱。"塔涅尔说。

塔玛斯摇摇头。"我们检查过了。"

"真的吗?伊匹利想要和平?"

"他们希望我们这么认为。"

"我们可以直接杀了他。"塔涅尔说。

奥莱姆重重地点头。"我也是这个意思。"

塔玛斯叹了口气。正面回答反而有失威仪。他渴望把伊匹利的首级插在刺刀尖上,但同时,他也以政治家的身份自居。办事要讲规矩。何况他看到了,几百码外有一队骑手出现在大路上,他提醒自己,今日之事不可独断专行。

"夫人。"温斯拉弗夫人走近时,塔玛斯问候道。

夫人身穿醒目的红色骑装,脚蹬黑色靴子,马鞍上横着一把卡宾枪。她在塔玛斯身边扯住缰绳,上下打量他。

"阿布莱斯很生你的气。"

火药魔法师

"我知道。"

"我也一样。"

"我想也是。"

"你太傻了。你差点害我们输掉战争。"她语气平淡,扬起一边眉毛,似乎有些茫然。不论她表情如何,两人相识多年,塔玛斯知道她正在气头上。

"但我没有。"他说。

"你真是无可救药。你好,奥莱姆。你好,塔涅尔。"

奥莱姆颔首致意。塔涅尔来到夫人面前,亲吻她的手。"下午好,夫人。"

"很高兴你还活着。反正不是这家伙的功劳。"她抬起下巴示意塔玛斯,气得他差点出言不逊。"你确定还要为亚卓军效力吗?"她接着说,"无论他们付你多少薪饷,我出双倍。"

塔玛斯盯着儿子。长久的沉默令人忐忑,塔涅尔似乎颇为享受,最后他终于开口。"我属于这里,夫人。起码目前是。"

"太遗憾了。"

"借一步说话,夫人?"塔玛斯说。

两人催马走到一边,塔玛斯凑近她。"亚多姆之翼还愿意参战吗?"

"我对亚卓元帅的意志产生了严重的怀疑。"温斯拉弗夫人上下看看他。

"哦?你最近的决定又比我好到哪儿呢?用不用我提醒你,几个月前你那位准将爆出的丑闻?"

温斯拉弗夫人抿紧嘴唇。"告诉我,你睡过的年轻女人,一只手数得过来吗?或者两只手?再加上脚趾头?"

"争吵这些成何体统?"塔玛斯朝她生硬地笑笑。

"你就这点水平?你将她们收入囊中的招牌微笑去哪儿了?"不

等他回答,温斯拉弗夫人摇摇头,"我现在的身份是你的议会成员,而不是亚多姆之翼的老板。我们上周蒙受了重大损失,还未决定下一步行动。"塔玛斯刚想张嘴,温斯拉弗凑近些低声道,"我们打算撤军。但我这两天不会对外宣布。至于谈判,我们保证同你一致对外。"

塔玛斯喉咙发干。"谢谢。"他轻声回答,随后提高音量,"好吧。那我等你的答复。"听了温斯拉弗的话,他心里很不是滋味。如果伊匹利拒绝停战,他对雇佣军的需求将更甚于从前。但他此时此刻不能公然计较。

塔玛斯注意到,又有人骑马来到温斯拉弗夫人的卫兵身后。他皱起眉头,一抖缰绳,靠近那人。

"奈娜,对吧?"

曾经的洗衣工、如今的尊权者点点头。她提心吊胆地盯着身下的杂色马,抓紧鞍角的手指几无血色。

"骑了很久?"

"没有。这是我第三次骑马。"

"看出来了。这么说吧,你骑得相当不错。"

"谢谢夸奖。"

"奈娜,我能问问你为什么来吗?"

"是尊权者奈娜,长官。当然可以。是尊权者波巴多派我来的。"

"现在是尊权者奈娜了?"

"是。"

"你来做什么?"

"啊,来出席谈判。"

塔玛斯有些惊讶。"我无意冒犯,可你是个洗衣工,最近才成为尊权者学徒。波凭什么认为你可以出席两国间的谈判?"

"他说我该见见世面。"

"是吗?那好,你可以回去了,告诉波,这样不合适。"

女孩的笑容僵住了，但并未退缩。有勇气。"我不会走的，长官。"

"你不听我的命令？"

"恕我直言，我不归您指挥，长官。"

塔玛斯看得出来，她的眼神相当紧张，拉着缰绳的手微微发抖。这是波对她的某种考验？好杀杀塔玛斯元帅的威风？

"我有权禁止你出席谈判。"

"您无权禁止，长官。作为亚卓新党的代表，我出席谈判合情合理。"

"什么？塔涅尔！"塔玛斯调转马头，焦躁地打着手势招呼儿子。很快，塔涅尔过来了。"你朋友在玩什么把戏？"

"什么朋友？"

"少给我装模作样。我说波巴多。这个所谓的亚卓新党是怎么回事？"

塔涅尔看看奈娜，又看看塔玛斯，强忍笑意。"他没玩把戏，长官。他是亚卓仅有的经验丰富的尊权者，所以您请他帮忙打仗。奈娜是他的学徒，但按波的说法，她的力量比他还强。他俩现在属于亚卓的尊权者组织，既然我们要建立共和国，他认为，继续称为王党有些说不过去。"

塔玛斯张开嘴，但又闭上了。他要找个反对的理由，而不是以"我说了算"结束对话。但他实在想不出。严格地说，波确实是政府授权的尊权者。

"那就别多嘴。"塔玛斯指着奈娜，吩咐道，"上周你在战场上的表现让我感激不尽，也赢得了我的好感。但我不能容忍曾经的洗衣工与该死的凯兹国王争论国家大事。"

奈娜换回迷人的微笑。"当然，元帅。我只是作为代表出席而已。"

塔玛斯策马回到奥莱姆身边。"那个洗衣工跟我们一起。"

"是,长官。快到约定时间了。"

塔玛斯暗自庆幸,奥莱姆二话不说就接受了新的状况。"派人先行一步。维罗拉,我回来之前由你指挥。如有异样,先杀了伊匹利的尊权者,然后是伊匹利。"

"是,长官。"

塔玛斯带着代表团,越过孤寂的原野,来到镇子边上等候。信使回来告诉他们,伊匹利已经进了小教堂。他们下了马,将坐骑拴在附近的小屋子旁边,步行走过最后一段。

两名凯兹的御前侍卫守在小教堂前面。塔玛斯打量着他们——军服为黑底缀金,带灰色条纹,平顶羽毛帽斜向前方,带子系在下巴上。他们用阴郁而沉稳的目光回敬塔玛斯。他后悔没把火药党带在身边。凯兹的御前侍卫不容小觑,恐怕奥莱姆的神枪手也很难匹敌。

"我来见你们的国王。"塔玛斯说。

其中一人迅速点头,旋踵转身,打开小教堂的门。奥莱姆留下两个人,各自盯住一名凯兹侍卫,然后带头进门,温斯拉弗夫人和奈娜紧随其后。塔玛斯麾下的三位将军、两位上校,以及陪同温斯拉弗夫人的一名律师鱼贯而入。

塔涅尔迟迟未动,表情苦涩,好像吞下了一整颗酸橙子。

塔玛斯耐心地等塔涅尔下定决心。"是时候做个了结了。"塔玛斯说。

塔涅尔下颚的一块肌肉抖了抖。一时间,塔玛斯以为儿子要做什么出格的事。但塔涅尔毕竟是个军人,他用力点点头,迈步进门。塔玛斯独自整理了一下情绪,跟上他带来的代表团。

小教堂里暗淡无光,唯独东墙有一扇窗户。内部仅有一间大厅,不过二十尺宽、三十尺长。座椅全都靠墙堆放,一张大桌置于其间,铺着金色桌布,摆放着少量水果和甜点。大烛台已经点亮,墙上挂着

火药魔法师

艺术品——毫无疑问,是伊匹利的随从添置的,使大厅多了几分宫廷气息。

几位政要占据了大桌远端。陆军元帅古特里特坐在一边,身边是两位将军,塔玛斯不认识。另一边坐着个纤瘦的女人,五官精致,宛如鸟雀,身穿凯兹王党的褐绿色长袍。她身边的人脸色苍白,貌似手无缚鸡之力,是瑞加李希公爵——伊匹利的心腹顾问。还有几位贵族站在后墙边。

伊匹利本人安坐于首席。

他比塔玛斯印象中胖了许多。上一次见面,还是塔玛斯试图刺杀他的那个晚上。这个男人曾如精悍的雄狮,如今却塞满了整把椅子,而那椅子足能容纳两名近卫军士兵。他穿戴着大块的布料,厚实且蓬松的毛皮镶着金边,披在肩头,手指上的几颗红宝石能让大主教也无比眼馋。

"塔玛斯。"伊匹利的嗓音仿佛闷在鼓里,说话时脸颊颤抖。

"伊匹利。"

伴着椅子与石头地板的摩擦声,瑞加李希公爵拍案而起。"你该称呼国王为'尊贵的陛下'。他贵为国王,而你是贱民,理应讲究礼数。"

"要我剁了这条狗吗?"奥莱姆手扶短剑柄问道。

塔玛斯以沉默回应对方,瑞加李希气得浑身发抖,伊匹利扭头对他的顾问说:"坐下,我的好公爵。你的抱怨对塔玛斯没用。他是铁打的汉子,宁碎也不折弯。"

塔玛斯双手背在身后,十指相扣,试图克服肋部的疼痛,集中精神。

伊匹利用肥胖的手指重重叩打橡木桌面,奥莱姆不声不响地转过大厅。他俯身提起桌布,又绕着桌子踱步,仔细观察每位顾问,毫不理会他们凶狠的目光。

"这是干什么,塔玛斯?"

"以防万一。"

"我们是打着休战旗来的,不是吗?"

"得了吧,行将就木的陛下。你先来不就是为了以防万一嘛。现在轮到我了。"

伊匹利沉声轻笑,阻止了瑞加李希的又一次爆发。

奥莱姆检查完毕,冲塔玛斯点点头。塔玛斯抬手示意近前的一排椅子。"伊匹利,容我介绍温斯拉弗夫人——我相信你们见过面。我儿子,'双杀'塔涅尔少校。亚卓新党的尊权者奈娜。还有我的高级将领们。"

"好得很。"国王说,"你认识瑞加李希,我记得你杀了他叔叔。后面几位是我的顾问。"他随意地挥挥手,"古特里特元帅。扬娜大师。"伊匹利又沉声轻笑,"说到尊权者,我们两边的家底都没剩多少,对吧?可悲可叹啊。"

塔玛斯示意同伴们落座,自己坐到伊匹利正对面。"真打起来,我押我们这边。"

"是吗?我的探子告诉我,她只是个未经训练的学徒。"

他的探子?国王的傲慢暴露无遗。当然了,我知道他在我军安插了耳目。但他亲口承认……也太可恶了。"那他们有没有告诉你,她烤熟了贵国整整一个旅?"塔玛斯用眼角余光看见,奈娜微微挺起胸,希望增添几分威仪。她是个引人瞩目的姑娘——尽管绯红的脸有些美中不足。只要一点点技巧和信心,她就能应付这种谈判。波叫她来并非轻慢之举,塔玛斯这才明白,是为了锻炼她。

"然后昏迷不醒!"伊匹利打了个轻蔑的手势,"后备军罢了。我们的人取之不尽。而我估计,你已经消耗得差不多了。对不对啊,温斯拉弗夫人?"

温斯拉弗夫人冲国王勉强笑笑,抖开一把扇子,轻轻扇起风。

火药魔法师

"不管对谁,战争都一样残酷,陛下。"

"尤其是对兵微将寡那一方。好了,塔玛斯,我们是坐在这里继续冷嘲热讽,还是谈正事呢?"

"你有何提议?"

伊匹利点头示意瑞加李希,那位顾问站起身,清清嗓子。"这场战争使我们两国消耗甚巨。承蒙我主克雷西米尔与凯兹国王伊匹利二世福泽,我们愿与贵方和平谈判。"他顿了顿,又清清嗓子,"我们将撤至巴德维尔,该城纳入凯兹统治。凯兹承认亚卓的自治权,作为交换,亚卓需支付一亿卡纳战争赔款。"

瑞加李希又花了五分钟阐述条款内容,并就某个细节,两次查阅一份貌似官方颁发的文件。等说完了,他再次清清嗓子,重新落座。

塔玛斯单臂撑在桌上,托着下巴,冲伊匹利挑起一边眉毛。

"你们太有意思了。"温斯拉弗夫人说。

"你毫无胜算,塔玛斯。"伊匹利沉声道,"我承担得起六个月来的损失。对我国人口而言,那不过是九牛一毛。而你承担不起。说白了,我们必将打赢这场消耗战。"

"你已经知道德利弗对你们宣战了,对吧?死掉的尼克劳斯公爵犯了个严重的错误,他袭击阿尔威辛,还打算栽赃到亚卓头上。据我所知,他们从北边进攻贵国,还派来六万援军,几日内便将抵达这边的战场。而他们的王党依然完整无缺。"

伊匹利不动声色。瑞加李希凑到他耳边说着什么。

"你那位独眼的神呢,国王?"塔涅尔突然开口,打断了瑞加李希的耳语。"你强大的尊权者和无敌的大军呢?你拿金子和信仰收买的探子和叛徒呢?"

伊匹利赶开瑞加李希。"你要跟我正面交锋吗,小子?你以弑神者之名为荣?告诉我,亲眼见到克雷西米尔时,你吓尿裤子没有?"

"没有。我开枪打瞎了他一只眼睛。"

"克雷西米尔还活着。"

"当然,每天都睡得很舒服。"塔涅尔冷笑道。

塔玛斯闻言一惊。当心,塔涅尔,他心想。伊匹利在用激将法,引诱你泄露我们的秘密。"够了,少校。"塔玛斯对伊匹利自鸣得意的笑容深恶痛绝。他从兜里掏出一张纸,将其展开。

"我们的条件可以说相当慷慨了。贵国要撤出亚卓全境,放弃所有无理侵占的资源。在九国见证下,承认我们的共和国。割让安珀平原一万亩土地给我国。同样在九国见证下,承诺百年和平,归还战俘,并提供人质,以确保贵国遵守约定。"

"回报呢?"

"我保证不会像宰杀疯牛一样把你的军队消灭干净。"

瑞加李希又站了起来。"你太过分了!"

"坐下,你这毒蛇。我在跟你的国王交涉,走狗没资格插话。除此之外,你们还要交出克雷西米尔。"

"克雷西米尔不在谈判桌上。"伊匹利说。

"那是在桌子底下喽。"塔涅尔嘟囔道。

塔玛斯示意他儿子安静。"这就是我们的条件。"

"真大方。"伊匹利冷哼一声,"我要不要交出长子呢?"

"贝昂已经在我手里了。不过我知道,他是你第三个儿子。"

凯兹的尊权者差点笑出声,结果被伊匹利瞪了一眼。"我还要砍下一条腿给你吗,塔玛斯?"伊匹利接着说,"再封你为公爵?你真是贪得无厌。"

"这就是我们的条件。"塔玛斯说。

"这么没诚意?"

"怎么说呢,谈判就是这样。"

凯兹代表团缩在另一头,塔玛斯一方的顾问则靠近小教堂的门,各自商量对策。

火药魔法师

"你真不会谈判。"温斯拉弗夫人低声说,"'谈判就是这样?'"她模仿塔玛斯的口吻,"你还不如告诉他,你愿意割让土地。"

"人一老就会失去耐心。"

"克雷西米尔这件事,我们不同意。"

"塔涅尔已经透露了我们知道克雷西米尔沉睡不醒的事实。"塔玛斯严厉地瞪了儿子一眼。"还有,即使我们相信凯兹的承诺,一旦克雷西米尔苏醒,他也会直接摧毁我们。对他而言,凯兹的保证什么都不是。"

"那把他弄来又有什么好处?"

"让我们死得更快。"奥莱姆说。

塔玛斯瞪着保镖。"我们可以搞清如何制约他。或者杀了他。"

"他不会交出克雷西米尔。"奈娜说。年轻女孩的声音把塔玛斯吓了一跳。

"你有治国经验吗,年轻的尊权者?"塔玛斯难掩内心的恼怒。他的肋部隐隐作痛,早上建立起来的信心正在逐渐流失。政治本是老人们的智力游戏,却比战争更让塔玛斯疲惫不堪。他喜欢战场上的金戈铁马和直来直去,讨厌傲慢君臣的鬼蜮伎俩。

"我同意她的观点。"塔涅尔说。

当然了。"好吧。那他们的要求呢?"

"我们一个子儿都不付。"温斯拉弗夫人说。

"也不割让一寸土地。"奈娜又说。

"当然,当然。"

争论持续了一个下午。凯兹人开出条件,塔玛斯也开出条件,结果都被对方拒绝。双方你来我往几个钟头,仅在自家营地提供午饭和晚饭时休息片刻。

夜幕降临两个钟头,他们终于结束了当天的谈判,约定三日后再碰头。

"我必须同顾问深入协商，"伊匹利说，"为我国人民争取最大的利益。"

"你很看重他们的生命和福祉吗？"塔玛斯问。

伊匹利冲塔玛斯微微一笑。"王冠的分量可不轻。"

不一会儿，塔玛斯翻身上马，准备出发。

"今晚在附近扎营吗？"奥莱姆问。

塔玛斯摇摇头。"我宁可回军队。"

"有八里远呢。"

塔玛斯看看温斯拉弗，又看看塔涅尔，然后是奈娜。"你们觉得呢？"

"如果你们在这儿扎营，我就先走了。"塔涅尔说。

"我可不想被在附近晃悠的凯兹侍卫抓住。"温斯拉弗夫人说。

他们接近亚卓营地时已过半夜。塔玛斯累得瘫软在马鞍上，肋部疼痛，头重脚轻。这种谈判向来时间漫长，容易让人筋疲力尽。他们唯一的优势是，伊匹利应该希望在德利弗军队抵达前敲定协议，否则形势必将逆转。等到德利弗人也要求加入谈判，那对就凯兹相当不利了。

看到塔涅尔依然端坐在马鞍上，塔玛斯有些吃惊。毫无疑问，他想回到爱人身边，或许也想远离杀害他母亲的罪魁祸首。塔玛斯一整天都在克制对艾瑞卡的思念，唯恐自己情不自禁地冲过去，掐住伊匹利的喉咙，实现多年来的夙愿。为此他忍得好苦。

"长官，"奥莱姆打断了塔玛斯的思绪，"好像不对劲儿。"

塔玛斯摇摇头驱散睡意。"怎么了？"

奥莱姆指着北边。地平线上火光熊熊，天上不见一丝云彩，月明如镜，可见滚滚浓烟。

篝火燃不出这么大的火焰与浓烟。而且风中还夹杂着……惨

火药魔法师

叫声？

"塔涅尔，等等！"塔玛斯大喊。但塔涅尔已经冲到前面，纵马疾驰而去。

第 22 章

塔涅尔策马奔进亚卓营地,急速掠过士兵和随营人员。

夜色中充满恐慌的喊叫,时不时夹杂着伤者的哀号,空气寒冷,浓烟刺鼻。他在远处看到的火光已越烧越旺,从一顶帐篷蔓延到另一顶,引燃了惨遭践踏的野草及途中一切可燃之物。成群的士兵忙着从附近的溪流打水救火,而他很快在浓烟中找到了第十一旅的驻地。

他和卡-珀儿的帐篷就在这里。

他叫一个士兵帮忙照顾坐骑,独自跑进混乱之中。人群就像没头苍蝇,满脸都是血和灰。塔涅尔拽住其中一人。

"出什么事了?"

"突然袭击,"那人拿开捂住口鼻的手帕,大喊道,"他们从西边杀来,至少有五千人和十几个尊权者。"

"谁?"

"凯兹人!"

塔涅尔推开他,跌跌撞撞摸向记忆中帐篷的位置。五千人?十几个尊权者?残余的凯兹尊权者实力平平,他们是怎么接近营地、发动突袭的?浓烟遮蔽了他的感官,黑暗让他辨不清方向。这一带的帐篷全都没了,化为灰烬,但他不肯放弃。他知道,想找到卡-珀儿,除了相信记忆,还得依靠运气。

他发现草地上仰卧着一个人影,身穿亚卓蓝色军服,纹丝不动,五指张开,一掌外有把步枪。黑暗中,他看到一具又一具尸体。全是

火药魔法师

亚卓士兵。有的只剩焦黑的枯骨，有的好像睡着了一样。

塔涅尔的头皮突突狂跳，他拉起衬衫遮住口鼻，以免吸进浓烟，眼睛止不住地流泪。他睁开第三只眼，结果吓了一跳——铺天盖地全是绚烂的色彩。想来定是巫术干的好事。

或许是波反击时残留的痕迹？但塔涅尔否定了这种侥幸心理。波虽然很强，也不可能在一场战斗中，从他方释放出如此规模的巫力。色彩无处不在，与在草地上蔓延的火焰交相呼应，像被打翻的颜料，泼溅到亚卓士兵身上。

波在哪儿？卡-珀儿在哪儿？恐惧攫住了塔涅尔的心脏，让他呼吸沉重。他抓住一个亚卓士兵的胳膊。"波呢？"

那人摇摇头。

"尊权者波巴多在哪儿？"

"我不知道，长官。"

塔涅尔继续搜寻，发现这一带仿佛遭到敌人的炮击，周围七零八落的尸体更多了，血肉仍在闷燃。死掉的凯兹士兵也越来越多，看来亚卓士兵在临死前抵抗得相当顽强。有五十人站成一排，被烧得面目全非，只能通过握在手里的赫鲁施步枪残骸，才能辨认出他们是亚卓人。

"波！卡-珀儿！"

塔涅尔绊了一跤，单膝跪在地上，灰尘染黑了崭新的军服，可他毫不在意。他强行站起，一瘸一拐地往前走，呼唤着卡-珀儿和波的名字。救火队很快来到他身边，扑灭余火，检查尸体。

"你们看到尊权者波巴多没有？骨眼蛮子呢？"

所有人都摇头。

塔涅尔像个步履蹒跚的醉鬼，在乱哄哄的亚卓营地间穿行。士兵们与他擦肩而过，有人差点将他撞翻在地。他脚步凌乱，神志恍惚，直到看见父亲带着第三旅，面对眼前的混乱依然有些茫然失措。

"快救火！"塔玛斯大喊，"奥莱姆，我需要伤亡报告。谁他妈袭击了我们？有多少人？"

"是凯兹人。"塔涅尔说，"我看到尸体了。到处都是巫力的痕迹。有不少尊权者来过。有人说，敌方有五千人和十几个尊权者。"

塔玛斯回答："我们损失不少，但也不至于太过严重。该死。我还以为凯兹没有尊权者了。奥莱姆！"

"是，长官。我这就去，长官！"

"我找不到卡-珀儿。"塔涅尔说。

塔玛斯扭头高喊："奥莱姆！去找卡-珀儿。多派几个人去找她。塔涅尔，波呢？"

"也找不到。"恐惧感汹涌袭来，塔涅尔竭力抵挡。他呼吸急促，因惊骇过度而腹部绞痛。他眼前还残留着巫力的色彩，又想起塔玛斯非要他参加谈判时的情形。波调皮地揉乱了卡-珀儿的头发。"我来照顾小妹妹，"波说，"你安心扮演政客吧。"

塔涅尔止不住地喘气。他感到胸口憋闷。在这世界上，除了塔玛斯，波和卡-珀儿是他最亲密的人了。同时失去他们两个……

"塔涅尔，"塔玛斯在发号施令，仍不忘扶住他的肩膀，"我们会找到她的。"

"如果她死了，我——我不知道。我不能……波。她应该跟波在一起。"

"如果她死了，我们麻烦就大了。"塔玛斯语气平静，"如果克雷西米尔摆脱了她的魔法，我们全都会死。"

塔涅尔揪住塔玛斯的衣领，将毫无防备的父亲一把拽了过来，两人的脸几乎贴在一起。"卡-珀儿比那该死的神重要得多！"

塔玛斯一巴掌扇在他脸上，塔涅尔还沉浸在恐慌中，只感觉微微刺痛。"冷静点，小子！"

塔涅尔上前一步，气得两眼发黑。他刚刚扬起拳头，立刻有人推

火药魔法师

开了他和塔玛斯。

波的学徒挡在二人中间。"你们两个,都住手!"她说,"去找卡-珀儿!还有波!我们可是一伙儿的!"她怒容满面,尽管比二人矮上一头,依然昂首挺胸,"今晚流的血还不够多吗?"

"你给我……"塔玛斯刚要大吼,奈娜伸手指着他,双臂突然裹满火焰,让他闭了嘴。她用另一只手指着塔涅尔,目光在二人之间流转,两眼圆睁,狂野异常,犹如一头愤怒的母狮。

"克雷西米尔在上,你俩再不住手,我就烧了你们的靴子。"她厉声喝道。

"长官!"黑暗中有人大喊,"我们找到尊权者波巴多了!快过来!"

奈娜来不及后怕,就挡在了世上最强大、也最危险的两名火药魔法师中间。她也来不及考虑突如其来的火焰和怒气。甚至没考虑到,跟在她身后的人随时可能送命。

波也可能会死的。

塔玛斯和塔涅尔被人拉开,一名士兵高举火把,带着他们穿过黑暗与浓烟。奈娜跌跌撞撞地跑过去,两手不住发抖。烧焦的草地很快到了尽头,泥块拖住了她早已迟滞的脚步。火把勾勒出浓烟的轮廓,随后又描画出漆黑的夜色。

塔玛斯被人叫到一边,他吩咐他们继续找波,自己跟着一个信使匆匆跑开。

浓烟渐渐散去,泥土气息毫无征兆地钻进她的鼻孔,让她仿佛身在潮湿的地窖。他们周围全是土堆,好像有个巨人在这里挖过坑。她没睁开第三只眼——她不敢,因为担心自己承受不了。其实也没这个必要。她能感觉到残留在空气中的巫力。强大的巫术掀起了泥土,就像铁犁在田里翻土一样轻松,奈娜被想象中的场景吓坏了。

波称他们为土系尊权者。他们能操控土元素,塑造出独特的地形。

奈娜被塔涅尔蛮横地挤开。"波?该死的,他在哪儿?波!"

他感觉不到释放在这里的力量吗?对奈娜来说,脚下的土地随时可能掩埋她——一不小心就会坠入陷阱。她靠在一个土堆上,用力喘息。因为恐惧,她的全身抖个不停。

"波!"

塔涅尔的喊声惊醒了奈娜,她想都不想就朝前跑去,唯恐自己再次被恐惧征服。

波有半截身子埋在土里。一根根乌黑的棍子,手腕一般粗细,三四尺长,斜斜地插在他周围,俨然形成一片小树林,其中蕴含着惊人的力量。巫术的气息过于浓厚,奈娜几乎很难接近,只能眼看着那些棍子在寒夜中冒着热气。

"别碰!"波声嘶力竭地警告道,但还是迟了片刻。一个倒霉的士兵两手抓住一根棍子,立刻惨叫着跳开,棍身上留下几块烧焦的皮肤。"该死。"波有气无力地说。他浑身发抖,满脸是汗。"上面都施加了巫术。火和土混杂在一起,让它们变得滚烫。不知道能保持多久,可我在里面已经快热死了。"

棍子聚拢在波周围,形成一圈栅栏,将他困在其中,动弹不得。奈娜从一个士兵手中接过火把,探到波面前,以验证自己的怀疑。波的两手全是血,尊权者手套破烂不堪。

"这些棍子,"奈娜叫道,"非拔出来不可!他自己做不到。牵马来,还有锁链。"

没人动弹,塔涅尔扭头冲士兵们大喊:"你们听见尊权者的话了。快去!"

奈娜独自凑近棍子,顿觉热浪逼人。"呼吸,波,呼吸!坚持住。

火药魔法师

"我能帮你什么?"

波低低地呜咽一声,然后说:"快去牵马。"

"发生了什么?"塔涅尔问,"卡-珀儿呢?"

"哦,抱歉。我以为挺明显呢,我们遭到了袭击!"波突然抬高嗓门。

"你的手能动吗?"奈娜问。

"很难。不知道那女人是谁,她害得我好惨。"

"我应该留下来的。"

"那你就死了。"

"找医生来。"塔涅尔大喊,"马呢?你们,去拿铲子,从那边坡上开挖。看能不能把棍子挖出来。"

奈娜痛恨自己没用。她不了解操纵气和土的巫术,否则就能直接移除这些棍子。她数了数,一共七根,然后集中精神观察,巫术是如何产生高热的。她稍稍试了一下,不禁有些懊恼,若能熟练使用力量,或许她就可以拆开这囚笼了。"棍子有多长?"

"那婊子动手时,我没看清。"波说,"当时我一心想从背后杀了她。克雷西米尔啊,好疼……"他抬头朝一个士兵喊道,那人正往下方挖土,"停下!泥土一松动,插在我身上的棍子就磨来磨去,疼得要命。"

"有一根戳到你了?"奈娜问。

"啊,是啊。就在这儿。"波摆摆下巴。他热得满脸通红,血和汗流下脸颊。"在我膝盖的位置。"

奈娜的胃里突然直犯恶心。她以为棍子只是困住了波,并没有直接攻击到他。可他的下半身埋在土里,不知他两腿是什么情况……

"马呢?"塔涅尔催促道,"快啊,伙计们!他都快死了。"

"死不了。"波咳嗽几声,染得嘴唇血迹斑斑,"就是快被烤熟了。有那么点区别。"虽然这玩笑并不可笑。

奈娜从棍子中间伸过手去,握住他的手,感觉到对方手指合拢。"给你戴上备用手套,你自己出得来吗?"

"我没力气了,而且左手好像断了几根手指。我没法触到他方自救了。"波突然大口喘气,不再说话,刺进膝盖的棍子随之一动。

"别挖了!"塔涅尔吼道。

奈娜听到马具和锁链的响声。"马来了。"她对波低语,"很快你就能出来了。"

几匹马被拉到指定位置,锁链一头拴在马具上,一头缠住滚烫的棍子。第一根被拔了出来,惹得波惨叫几声。第二根拔出来后,奈娜可以接近他了。她弯下腰,用袖子擦拭波额头上的污迹。

波突然冲她一笑。"谈判怎么样?"

"什么?"

"谈判?你们不是刚谈完吗?"

"他神志不清了。"塔涅尔说,"该死的医生呢?"

"还好,很顺利。"奈娜安慰波,"你应该参加的。"

"我得保护小妹妹啊。"波望向塔涅尔,目光涣散,"是吧?她人呢?"

"我不知道!"塔涅尔说。

"敌人是冲她来的。太明显了。他们一路杀过来。她用一根长针刺中了一个掷弹兵的眼睛。天哪,那丫头真有种。"

几匹马又拽出一根棍子。泥土松动,波和围着他的四根棍子同时滑出几寸远。

"谁冲她来的?凯兹人吗?"塔涅尔问。奈娜正想叫他退开,波的瞳孔突然聚焦,恢复了神智,猛地点点头。"那些尊权者我一个都不认识。唉,袭击我的家伙我也没看清,但她的灵光有点眼熟。现在我想不起来。另一个被我杀了。我觉得还有两个。被我杀的应该在那边。"他吃力地打个手势,"太强了。我记得你说,凯兹的尊权者都

火药魔法师

死绝了。"

"应该死绝了才对。"塔涅尔吼道,"听我说,波,一定坚持住。我得去找塔玛斯。我们得搞清发生了什么。"

"去吧,伙计。"波无力地挥出拳头,打向塔涅尔的下巴,可惜没碰到。

塔涅尔站起来,很快离开。第四根棍子也已经拔出,士兵们正在刨开波腿边的泥土。他歪歪地躺在土里,仰着头,神色还算平和。奈娜鼓足勇气,看了眼他的膝盖。

膝盖彻底毁了。棍子刺穿了皮肉和骨头,犹如刀子插进黄油。大腿以下的裤子全被烧光,膝盖及附近的皮肉焦黑皲裂。那味道让奈娜想起了被她焚烧的战场,但她强行驱散了那幅画面。她不能害怕。现在不行。

"他死了吗?"一个士兵问。

"没有,还没死,"奈娜心里一沉。确实没死,对吧?"波?"

"嗯,我在。"波突然抬头,"那些该死的工程师不来帮忙吗?"

"他们还在灭火。"一个士兵说。

"哦,哦,知道了。我就躺在这儿被慢慢烤熟好了。叫他们别着急。"

"有马就够了。"奈娜说。

"它们应付不了插进我腿里那根。"波说,"那根不一样。他们得用到杠杆,还要计算角度什么的。"

"去找工程师。"奈娜吩咐两名下士,"快!"等他们离开,她又回到波面前。"波。波?坚持住!"

"我只是闭目养神。"

她伏在波身边,叹道:"求你别死。"

"没打算死。"

"大多数人都没这个打算。"

波若有所思。"你有着超越年龄的智慧。"

"闭嘴。"

"好吧。"他沉默片刻,又可怜巴巴地说,"真的很疼。"

奈娜再次探身观察波的膝盖。她伸手从他方引来一团火焰照明。棍子依然炙热,而他皮开肉绽,活像一块在火上烤了几个钟头的肉。士兵们牵着马,拔出第五根长棍时,波痛苦地呻吟着。

"其实没你想象的那么疼。"波说,"毕竟神经都烧死了。可我还是觉得火烧火燎,像被文火慢烤。该死,要是这条腿还能用,就算我走运了。"

走运?奈娜对战场上的手术没什么经验,不过在她看来,这条腿怕是保不住了。"我们给你找个医疗者。"

"这活儿不好干。"

"我们找个最好的。"

"既然你坚持的话。告诉他们,给我留块黑疤。这才有男人味。也容易打开话题。"

"嘘,别说了。"奈娜说。

"听着,如果不说话,我就要哭了。我发过誓,不能在女人面前哭。尤其是我还指望哪天带上床的女人。"

"是吗?"奈娜爬了起来。

"是啊。哭是软弱的表现。女人能察觉到软弱。哦,当然,有些女人说她们喜欢感性的男人。可没人说过喜欢软弱的。"

只剩两根了。第六根很容易拔出,但如波所言,还属第七根最棘手。它角度刁钻,没法用几匹马用力拔出。那样会拉断他的腿,甚至要了他的命。棍子必须不偏不倚地抽出来。她仔细观察一番。不知棍子是用什么材料做的——看上去像是某种金属——还散发着巫力。毫无疑问是土系巫术。然后用火使其灼热,再用气抛出来。

波一直在自言自语。"克雷西米尔啊,这样很容易打开话题。我

火药魔法师

现在就能想象。酒馆里一个花花公子,一身老掉牙的装扮,向一群女人展示身上的伤疤,就说是跟一个大块头拼刀子留下的。然后,来!我掀起裤腿,告诉她们,我见过最强的尊权者,她用一根加持过巫术的棍子刺穿了我的膝盖骨。"

"你就不提你疼哭了?"

"我没哭,我……你他妈要干吗?"

奈娜的双手燃起火焰。她动个念头,捻动手指就实现了,但没时间考虑其中的奥妙。她小心翼翼地碰碰棍子,发现自己没被灼伤,于是改用双手握住,一脚踩在波腿边的地上,往外一拉。

波的惨叫差点让奈娜失去勇气,但她反而更加用力,棍子如刺透布料的长针,在波的膝盖间滑动。长矛脱离的瞬间,她朝后摔倒,同时猛地松手,脸上差点被长棍砸到。

波浑身痉挛,泣不成声。他一边抽搐一边尖叫,身子缩成一团,抱紧焦黑的残肢。奈娜扑过去抱住他。"对不起,对不起!拔出来了!"

波控制不住地哭了好久。"好吧,"他哽咽着说,"我就不说我疼哭了。"他无力地倚在奈娜身上。

奈娜摸摸他的脉搏,然后也跌坐在地上。他还活着。

内疚塞满心胸。如果她留下,说不定就能帮上忙。她可以把那个尊权者烧成焦炭……开什么玩笑?她只是个学徒。她只可能当场被杀。波力量强大,脑子灵活,训练有素,都差点丢了性命。

该死的医生呢?塔涅尔怎么不来帮忙?他去哪儿了?很可能去找那个蛮子丫头了。波现在半死不活,塔涅尔竟不愿意留下来陪着朋友?

她低头看着波。他轻声呜咽着,任由奈娜将他的胳膊从伤口挪开。她要看看膝盖的状况。

她的胃顿时翻江倒海。波以后还能走路吗?她听说医疗者能让人长出腿脚,但那只是传说罢了。波伤得太重了,任谁都不可能妙手回春,无论那人的技艺有多高超。

内德溪之战时,她疯狂地摩擦手指,希望找到正确的施法方式,干掉那些士兵。

她成功了。举手之间就烧死几千人。

也像传说一样。

波说医疗者极其罕见。他们的技艺出神入化。可是……也许她不仅仅是个杀手。

奈娜咬着嘴唇,晃动拇指。以太。她需要这种元素。她触向他方。

"你他妈又想干吗?"波虚弱地拍开她的手,"想害死我吗?"

"我什么也没做。"

"我都感觉到了。你疯了吗?我……啊,该死,疼。不知道你脑子里在想啥。"

"我想,也许我可以……"她耸耸肩。

"你可以治好我?你他妈真疯了,女人,这事免谈。记住了,以太是很微妙的东西,可以建立或摧毁物质间的联系。你想治好我,但更有可能让我粉身碎骨。"波皱起脸,长长地呜咽一声。"好了,答应我,永远别拿我做实验。永远。"

"我答应。"奈娜觉得自己像个挨训的女学生。

"好。"波的脑袋又落回地面。

士兵们牵走了马。波自由了,只剩最后一根棍子戳在土里。有三个人,举着火把走出夜色。其中两个是士兵,之前帮过忙,另一个是医生。

"工程师马上就到。"一个士兵说。

"别管工程师了。"奈娜对他说,"帮帮他。"

"我们得把他弄出来。"医生说,"送去干净的帐篷。还要冷热水,以及我的工具。"

士兵们把波抬上一副帆布担架。奈娜陪在波身边,握着他的手,走了一路。他们刚刚离开损毁严重的区域,陆军元帅塔玛斯就从黑暗中现身。

"波,你没事吧?"

波看着塔玛斯,眼神就像一个人刚刚呕吐完又看到一顿大餐。他疼得面无人色,但两眼依旧清亮。"没这么惨过。"

"他们抓走了卡-珀儿。还有她的包裹。"

"啊,该死。"波叹了口气。

奈娜皱起眉头。她不明白卡-珀儿的失踪意味着什么,但波脸上残存的血色一下子就没了。

塔玛斯说:"我们会重新开战。伊匹利假装求和,然后偷袭我们。我得到消息,我们的盟军提前赶到了。第七和第九旅很快便会抵达,德利弗人在他们后面。明天一早我们就向南进军,把凯兹人赶出边境。我要彻底打垮出尔反尔的伊匹利。"

"听着不错。塔涅尔呢?"

"他要——他必须去找卡-珀儿。如果他们知道她身上带着什么,我们就死定了。"

"波,他在说什么?"奈娜问。

塔玛斯看着她。他累得提不起精神,脸上的皱纹写满了忧虑和恐惧。"此事不宜公开谈论,小姑娘。"

奈娜气不打一处来。这话什么意思?塔玛斯信不过她?也信不过波?她发现波拽了拽自己的胳膊,低声说:"等会儿再告诉你。"他吸了口气,突然在奈娜怀里痛苦地扭动起来。

"我给你马拉烟止疼。"医生在袋子里翻找着。

"看到这个没?"波指着烧焦的腿,"我什么都不抽!"

"你已经神志不清了。"

"我快被烤熟了,就是这样。给我威士忌。越多越好。"

医生望向奈娜,似乎在征求她的许可。她不知道还能怎样,于是点点头。

"德利弗的医疗者一两天后就到。"塔玛斯面无表情。

"我觉得不能让他等那么久。"

"去找辆马车。"塔玛斯对一个手下喝道,"我们送他过去。"

"我跟他一起。"奈娜说。

波突然冲塔玛斯凶狠地一咧嘴。"给我包扎一下,我和小塔去找蛮子女孩。"

"你去跟德利弗军队碰头。"塔玛斯的语气不容辩驳,"塔涅尔早就走了。奥莱姆会召集一支小队去帮他。至于你,小姑娘……"他的目光落在奈娜身上,"你留下。"

"什么意思?我不能丢下波。"

"他不是小孩子了。"塔玛斯眼中的精光让奈娜心惊胆战。"而你,"他接着说,"我要让凯兹人知道你的厉害。"

第 23 章

塔涅尔独自在夜色中骑行。

他快马加鞭,但又不敢过度——他得靠骑马追上抓卡-珀儿那帮人,万万不能累垮了它。他频频停下来饮马,还有一次耐着性子让它吃草。东方的天空由黑转蓝,预示着黎明到来。

他带了两把步枪、四个火药筒、三把手枪,还有够吃两周的军粮。

凯兹人比他先行七个钟头,前往西北边的黑柏油森林。这条路线有些奇怪,因为他们的大部队在南边,不过塔涅尔认为,他们会顺路进入森林,然后转向南,这一来就能避开塔玛斯驻扎在平原上的军队。

追捕他们绝非易事。他们可是精心谋划过的——不足两百掷弹兵和四个尊权者冲进军营,一路烧过去,抓住卡-珀儿后立刻撤退。他们在附近肯定有营地,备着马匹,甚至有人接应。

希兰斯卡叛逃之后,亚卓军队的指挥系统仍有些混乱,没能立刻组织人手追踪。他们也没法这么做。少了火药魔法师的援助,他们很难对付敌人。

而现在,凯兹人逃跑时也一定心怀恐惧,因为他们知道,陆军元帅塔玛斯和他的火药党绝不会善罢甘休。

天色发白,塔涅尔继续追赶,在微弱的火药迷醉感影响下,他没有丝毫睡意。临近山区,地形越发崎岖,气温随着黎明到来而回暖,他担心疲倦的坐骑难以为继,于是在路边一个农场歇歇脚。睡眼惺忪的农场主表示,午夜时分听见一大群人骑马路过。

虽然跟对了路,但每前进一里,塔涅尔的担忧便增加一分。卡-珀儿还活着吗?如果他们知道她和克雷西米尔的秘密,为何不当场杀了她?他们又是怎么知道的?等他追上他们该怎么做?

疑虑在滋长、蔓延。他们人数太多。尽管波对他们造成了伤害——在亚卓营地发现一个尊权者,一定出乎他们的意料——但他们至少还有三个尊权者和五十人。一个尊权者加上一两支小队,塔涅尔还能应付。该死,兴许他能干掉两个尊权者。可三个就太多了。

更糟心的是,他明明知道最好的朋友危在旦夕,却没法陪在他身边。受了那么重的伤,谁都有可能死掉,哪怕火药魔法师都不行。波也许比大多数尊权者强,但他活不过一两天,塔涅尔甚至没机会向他告别。为了救回卡-珀儿,塔涅尔匆忙离开,但他知道自己必将抱憾终生。

他驱散脑子里的念头。现在他别无选择。他必须救回卡-珀儿。

塔玛斯答应派帮手过来,但塔涅尔清楚,无论他派谁来,他们的动作都已经太迟了。

塔涅尔策马穿过亚卓的农田,一个钟头过去,太阳终于从他身后的亚德海上升起,照亮了前面的乌木堆山脉和覆盖山麓的黑柏油森林。在一处视野极好的高地,他吸了些火药,眯起眼睛眺望远方。

远处有动静。

他又吸了些火药,强化眼力,增加火药迷醉感的强度。他看到远处一大群骑手拖起烟尘,距此少说也有十五里,再过一个钟头就将钻进森林。

塔涅尔不明白,他们为何不穿过平原。但他最初的猜测应该没错。一旦进了森林,他们就将转向南边的对角路,返回苏尔科夫山道,得到凯兹军队的庇护。即使绕道,他们也能在两天后进入凯兹人

火药魔法师

控制的区域。

塔涅尔考虑由西南方向穿过农田，但那边路况不好。而钻林子势必会拖慢他的速度，还有可能跟丢。他最好紧紧跟上敌人，远距离挨个儿解决。即便如此，他能在对方与大部队会合之前完成任务吗？

绝望压在他的胸口，重逾千钧。他救不了卡-珀儿。他们会杀了她，释放克雷西米尔，然后亚卓将迎来末日。米哈利——亚多姆——不在了，没法保护他们。

几里外的动静吸引了他的注意力。他眨眨眼睛，重新聚焦，仔细观察地平线。他看到一所老旧的农庄，矮墩墩的，有着石头墙壁和茅草屋顶。他可能看见了早上巡视的农场主。没什么有价值的目标。

塔涅尔正要转开视线，突然有了新的发现。农舍附近有个身穿褐绿色军装的人，头戴黑红相间的高帽。那人伏在农舍侧面，直直地盯向塔涅尔这边。但没有火药迷醉感的效力，他不可能看到塔涅尔。

有埋伏。塔涅尔不知道对方有多少人，但估计至少得十几个。他睁开第三只眼，再次搜寻，但农庄周围没有尊权者的痕迹。他们带没带气步枪？他后悔没在离开亚卓营地前问清楚。

他必须靠近了才知道。

他明白，以后休息的时间只少不多，于是打开铺盖卷，争分夺秒地睡了一个钟头。等再回到鞍上，他缓辔徐行将近三里，接近目的地时，太阳刚刚越过他的肩头。

距目标还有半里地，他再次睁开第三只眼。没有尊权者和赋能者。但那些人应该是掷弹兵——同亚卓的近卫军士兵一样，他们虎背熊腰，强壮有力，也比普通士兵训练有素。

距离四分之一里，塔涅尔滑下马鞍，拴好马，步行接近。他的两把手枪插在腰带里，步枪上了刺刀，握在胸前。

他释放感知力，搜寻火药，很快有了发现——有火药筒、火药包和弹药充足的武器。他默默估算，根据每人携带的军械数量，现场可能有六名掷弹兵。

一次蹩脚的埋伏。似乎只想拖慢追兵的速度，而非拦住他们。

不管怎样，他们没做好迎接火药魔法师的准备，注定将大吃一惊……除非有人带了气步枪，那就轮到塔涅尔大吃一惊了。不过他只能听天由命。

他感觉到最近的掷弹兵躲在一堆干草后，距离一百五十码。塔涅尔深吸一口气，步枪抵着肩膀，扣动扳机。他引燃少许火药推动子弹，确保其射穿草堆。枪响后传来一声尖叫。

两名掷弹兵立刻绕过农舍拐角。他们的火枪响了，火药燃烧的烟云飘上头顶，但隔得太远，什么都打不着。塔涅尔已往枪膛里压进一颗子弹，没有火药，然后端起枪，抵着肩膀。他引燃兜里一个火药包，子弹飞速向前，击中一个掷弹兵的眼睛。另一人慌忙闪到农舍后面。

塔涅尔冲了过去。一个掷弹兵从附近的水沟里现身。他就地一滚。对方手中的火枪冒烟了，塔涅尔听到子弹飕飕作响。距离不够引燃那人的火药，但够……

他起身时扔掉步枪，拔出手枪，开火，同时用意念调整子弹的轨迹。不过眨眼工夫，子弹就钻进对方的心脏。掷弹兵倒下了。

死了三个，还剩三个。塔涅尔心跳加速，血脉偾张，胸中奏响战鼓的节奏。一颗子弹射在他脚边，他循着弹道发现了躲在农舍屋顶的掷弹兵。塔涅尔犹豫了一下，不知该装填步枪还是拔出备用手枪，最后决定贴近农舍寻求掩护。塔涅尔刚到，又一个掷弹兵正好绕过来。对方端起火枪。

塔涅尔引燃了他的火药筒，然后用意念扭曲爆炸的冲击波，免得炸伤自己。

上方动静很轻，但足以警告塔涅尔了。掷弹兵手持匕首，从屋顶跳下。

火药魔法师

塔涅尔用枪托挡住掷弹兵刺来的一刀。他猛地一推,想推开对方,再用刺刀反击。不料掷弹兵单手抓住他的步枪,又是一刀挥来。塔涅尔急忙靠在农舍的石墙上,勉强避开。

掷弹兵不肯罢休,他怒容满面,一脚踩上塔涅尔的刺刀,挥刀再刺。塔涅尔松开步枪,抓住掷弹兵的手腕,一拳打向对方的膝盖。

掷弹兵惨叫一声。塔涅尔猛拧他的手腕,将他摔倒在地,然后翻身骑到他身上。塔涅尔夺过掷弹兵的匕首,握紧刀柄,砸在掷弹兵脸上。

"卡-珀儿在哪儿?那个蛮子丫头!你们对她做了什么?"塔涅尔稍等片刻,又砸一下,"说!"他这么做有意义吗?他早知道没用。这个杂种能告诉他什么?塔涅尔拔出备用手枪,抵住掷弹兵的额头。"她还活着吗?快说!"

掷弹兵一口血啐到他脸上。

塔涅尔感觉到手枪剧烈震动,枪声在耳边炸响,掷弹兵浑身绷紧,随后松弛下来。他缓缓起身,把手枪扔到一边。

他渴望答案。他渴望证实内心的担忧。

塔涅尔看向一旁,发现第六个人——也就是最后一名掷弹兵——端起火枪,冲出了藏身处。塔涅尔倒吸一口凉气。该死。他过于激动,竟然忘了还有一个敌人。双方距离不远不近,他没法引燃掷弹兵的火药,对方的子弹却不可能打偏。

一个愚蠢的错误,足能害死他。

掷弹兵突然身子一颤,跌倒在地,吓了塔涅尔一跳。他的火枪"哐啷"一声落在踩实的路面上,鲜血自他头上涌出,在地上汇成一汪血池。塔涅尔颤悠悠吸了口气,眯起眼睛张望,然而阳光刺眼,他什么都看不清。一定是他的援军到了。刚才那一枪并非来自附近,否则他一定能察觉到。

毫无疑问,塔玛斯又派来一个火药魔法师。会是谁呢?其他火药党已经追上塔玛斯了,还是塔玛斯亲自来了?塔涅尔有些担心,因为他隐隐猜到了来者是谁。

不用迎着阳光张望,搞清是谁开枪击中掷弹兵了。塔涅尔仔细检查尸体,确认掷弹兵是真死了还是奄奄一息。他用刀子结果了其中两人的性命。没必要让他们受罪,他们已经没法回答他的问题了。

他检查完毕,确保周围没有遗漏的掷弹兵,然后收拾并重新装填武器,最后回到拴马的地方。等他翻上马鞍,尾随而来的队伍已经出现在最近的高地上。他伏在马鞍上闭目养神,等待对方过来。

"你来这里干吗,上尉?"听到马蹄声来到附近,他睁开眼睛问道。

维罗拉扯住缰绳,示意众人停步。"准确地说,是'上校'。"

"升得真快啊。"塔涅尔其实知道。她心里也明白。他是故意喊她"上尉"的。

维罗拉脸红了,但她扬起下巴。"我来帮忙。我们得追上那帮混蛋。"

"我不能向上校发号施令,"塔涅尔说,"但我也觉得,这次行动不该由你指挥。"这话比塔涅尔想象得更刺耳,但他确实希望刺痛对方。不到七个月前,维罗拉还是他的未婚妻,结果他发现她躺在另一个男人怀里。卡-珀儿的遭遇让他紧张。他现在无暇应对维罗拉。

"你也晋升了,上校。"她伸出一只手。

他接过上校徽章,举到天光下。"先是少校,然后是这个?我配不上。"

"元帅不这么认为。他需要有人填补伤亡军官的空缺,所以……"她顿了顿,"你负责指挥,上校。"

塔涅尔勉为其难地将徽章戴上衣领。

他把维罗拉的事抛到脑后,巡视队伍里的其他人。守山人司令加夫里尔确实出乎他的意料。自从离开南派克山的守山人军团,追击朱

火药魔法师

利恩和凯兹王党之后,塔涅尔就再没见过他。除了加夫里尔,还有三位火药魔法师、十几名戴着奥莱姆神枪手徽章的士兵。看样子,第七和第九旅已经到了,就在塔涅尔离开后不久。塔玛斯派出了精锐中的精锐。

绝望的坚冰开始消融,塔涅尔感觉踏实了。

那不再是无望的目标。他可以——他一定能——救出卡-珀儿。

第 24 章

塔玛斯脸色铁青。

他在亚卓营地策马缓行，对奥莱姆的晨间汇报左耳听右耳冒。

伊匹利打出白旗，却又出尔反尔。在塔玛斯看来，有些战争规则愚不可及，有些则极度自负，有时他会公然嘲笑这些规则，但打着白旗谈判是神圣不可侵犯的。事关和平大业，伊匹利却在与塔玛斯握手言和时偷袭他的营地……

他不知该如何表达心中的愤怒。

塔涅尔离开一个钟头后，第七和第九旅的余众安然穿越凯兹国境，终于抵达。阿柏上校——他一到营地就被晋升为将军——整个下午乃至大半夜都在急行军，将计划的到达时间大大提前。塔玛斯立刻从他最优秀的部下中挑选了一批志愿者和火药魔法师，派他们去帮塔涅尔。眼下，战力最强的两个旅历经长途跋涉，正在休息，而他要决定如何使用这把利剑。

塔玛斯勒紧缰绳。奥莱姆不再说话。"继续。"他说。

奥莱姆从兜里掏出一根香烟，叼在嘴里。"您又这样了，长官。"他摸出一根火柴，点燃香烟。

"哪样了？"

"您假装在听，心思却在别处。"

"没有。"

奥莱姆吸了口香烟。"您说没有就没有吧，长官。"

"就冲你这语气,总有一天我要枪毙你,奥莱姆。"

"当然,长官。"

"见鬼,你真叫人心烦。"

"是您任命我为上校的。"

"这有什么联系?"

"我见过很多上校,长官。他们都叫人心烦。"

塔玛斯挥手驱散眼前的烟雾。"阿柏呢?他之前也是上校,你好像很喜欢他。"

"您跟阿柏将军打过牌吗,长官?"

"没有。"

"他也叫人心烦。招人喜欢,但也叫人心烦。"

"既喜欢又心烦?"

"没错。"

"见鬼。我没时间听你扯这个。刚才你跟我说什么?"

"我们的火药存量,长官。"

"够不够接下来对凯兹作战?"

"够。勉勉强强。虽然布鲁达尼亚人控制了亚卓,但我们仍能收到里卡德运来的货物。没有凯特将军揩油,现在的数量比之前更多。"

"好。先别汇报了。今早还有什么重要事项?"

奥莱姆低头看着手里的一摞便签,一边翻阅,一边自言自语。"贝昂·杰·伊匹利跟第七和第九旅同时抵达。他希望在您方便时见见您。"

"不着急。现在去见伊匹利的小崽子,十有八九我会开枪射穿他的心脏。其实我挺喜欢贝昂的。我提拔的军官都到位了?"

"大部分。"奥莱姆说,"全体高级军官将于八点在您帐篷里集合。"

塔玛斯看看怀表。"那我们得赶紧处理完。"

"当然，长官。"奥莱姆翻动便签，又清了清嗓子。

"还有吗？"塔玛斯的思绪已经飘到了伊匹利那里。他喉咙发苦，恨不得一刺刀捅穿伊匹利滚圆的肚皮。

"还有一件，长官。"

"快说！"

"我，长官。"

"九国在上，你到底要说什么？"

奥莱姆把便签塞进鞍囊。"情况有点乱，长官。"

"你是我的保镖，对吧？"

"是，长官。所以乱了套。"奥莱姆在马鞍上转过身，又清了清嗓子。

塔玛斯的耐心已经耗尽。"直说。"

"您任命我为上校。按规矩，上校不能担任保镖和副官的工作。"

这件事真有这么重要，非得让你奥莱姆在这个时候提出来？一般人不可能在八个月内从军士升到上校，但塔玛斯提拔奥莱姆完全是形势所需。"的确。"他说。

"我觉得，我不配当上校，长官。我希望您降我的职。"

塔玛斯瞪着奥莱姆。"就这事儿？还提？"

"对，长官。我没有指挥军队。我身为上校，同时担任您的保镖和副官，于情于理都说不过去。我一点儿都不介意降职。"

"你不介意……该死，奥莱姆。你该介意什么由我决定。你要指挥权？那你现在有了。"

"长官？"

"第七旅归你了。"

奥莱姆的香烟从口中掉落。"可是，长官！第七旅您是打算给阿柏上校的——我是说，将军。"

"阿柏将军有第一和第三旅。他们因凯特和希兰斯卡的背叛而蒙羞，重塑他们的任务就交给阿柏将军了。你负责从第七和第九旅挑选精兵强将，组成新的第七旅，就叫元帅亲卫神枪旅。"

奥莱姆挺起胸膛。

塔玛斯接着说："你没多少指挥经验，但你有识人的眼光。我让你自行挑选军官。务必仔细挑选，因为你大多数时间还要留在我身边。"

"您确定，长官？"

"当然。"

"您需要新的保镖。"

"不，我不需要。"

"啊，长官？"

塔玛斯俯身凑近奥莱姆，拍拍他的肩膀。"你还是我的保镖，整个天杀的第七旅都是。除了你，别人我都信不过。"

这一次，奥莱姆不再针锋相对。"谢谢，长官。我很荣幸。"

"别荣幸了。好好干。现在，我们去见高级军官。我们要计划进攻了。"

在营地中央的指挥帐里，塔玛斯会见了麾下的高级军官。

大概二十五人挤在帐篷里，大多是来自各旅的将军与上校。其中多半是新面孔，最近才提拔的，而塔玛斯知道，今天他还要提拔十几人。亚多姆之翼无人出席。温斯拉弗夫人说到做到，已经全军撤退，只是象征性地在前线留了一部分兵力。

少了雇佣军，新晋升的军官又缺乏经验，塔玛斯明白，这次会议必须早点开。军官及其部属需要知道目前的情况。

塔玛斯钻过帐篷后部的裂口，竭力掩饰跛脚和肋部的疼痛，默不作声地来到众人前面。奥莱姆候在一旁。他往塔玛斯桌上放了几张纸：有伤亡人数、军团战力、新晋升的高级军官的名字。塔玛斯早前已经过目了，但有些提示终归是好的。

他站在桌前，反背双手，目光停留在帐篷入口。

时间一秒秒流逝，然后是好几分钟。不知是谁朝人群后方清了清喉咙，塔玛斯听到，一个军需官的喊声压过了营地里日常的喧嚣。

五分钟过去，一位新晋升的将军举起手，一副假牙攥在他手中。

"什么事？"塔玛斯问。

阿柏将军放下手。"我们在等人吗，长官？"

"是啊。"塔玛斯说，"奥莱姆，你去看看我们的客人到了没？"

奥莱姆从后面钻出去。又过几分钟，塔玛斯察觉到，军官们开始躁动不安。他们一定在好奇自己想干吗。为什么让他们百忙之中来这儿干等，像普通士兵一样列队立正？

塔玛斯决定晾着他们不管。最多也就再等几分钟。

不知他的神枪手有没有追上塔涅尔。第七和第九旅半夜抵达，大大超出他的预料，可谓意外之喜。他现在最需要那些经验丰富的老兵，还有……

急促的马蹄声打断了他的思绪。外面的士兵大呼小叫——只是惊讶，而非恐慌。塔玛斯发现，他的高级军官都紧张起来；他也很高兴地看到，其中一些人在效仿他，一脸漠然，不为所动。

帐帘掀开时，所有人都回过头。奥莱姆走进来宣布："德利弗国王、苏拉姆九世陛下驾到。"

德利弗国王踏进指挥帐，军官们立刻停下窃窃私语。他的羽毛双角帽夹在腋下，一身黄绿色军官服，胸前满是徽章。国王容貌英俊，卷曲的灰发紧贴头皮，乌木色皮肤衬得牙齿洁白闪亮。

塔玛斯深吸一口气，缓缓呼出，平复紧张的心绪。上次与苏拉姆谈过话后，形势发生了变化。不知这次，德利弗人得知详情后，是否会改变心意。

火药魔法师

德利弗国王走过来，冲塔玛斯略一点头。塔玛斯回过礼，苏拉姆立刻转身，扫视一番在场的军官。

塔玛斯一直好奇，不知他的军官们看到国王会是怎样的反应，如今发现，他们同他一样颔首致敬，不禁颇为欣慰。苏拉姆虽是盟军，但塔玛斯希望能向他——以及九国的其他国王——表明态度：亚卓人绝不在王公贵族面前卑躬屈膝。不知为何，苏拉姆似乎兴致颇高，虽然他并没有还礼。

苏拉姆在塔玛斯身边就座，面对着军官们。

奥莱姆走过来，俯身在塔玛斯耳边低语："贝昂在外面。他对当前的情况有所耳闻，要求见您。"

"看住他。动作轻点儿。"

奥莱姆从帐篷后面悄无声息地出去，不一会儿又进来。"行了。"

塔玛斯清清嗓子，引起军官们的注意。"感谢您的出席，陛下。"塔玛斯顿了顿，再次扫视众军官。他们都是好样的。他可以信赖他们，倚仗他们对抗全世界。他的喉咙突然有些哽咽，视线模糊了，只好强行压住激动的情绪。

"五天前，凯兹国王伊匹利请求停战。鉴于我们在内德溪大败敌军，讲和也在情理之中。"嗤笑声随之响起，塔玛斯任其自行平息。"就在昨天，我们见面开始和谈，目标是结束这场战争。和谈进展比我预期得还更顺利些。昨晚我返回营地，五个月来，头一次产生了乐观的想法，以为流血牺牲即将结束。

"直到我看到那场大火。在场诸位肯定都知道了，我们遭到一队凯兹尊权者和掷弹兵的袭击。十三旅伤亡惨重，试图切断他们退路的龙骑兵七十五团也一样。我们……"塔玛斯咬着腮帮子，沉默片刻，强压怒火。"好吧，你们都收到了这次袭击的报告，最后一句话是这样的：'我们在停战期间遭到进攻。'"

周围怒声四起，塔玛斯接着说："我绝不原谅他们的罪行。这场战争和内德溪、休德克朗、苏尔科夫山道、巴德维尔一样,都是防卫战。我们遭到背叛和贪腐的侵蚀。我们面对的是个病态而小气的神。今天,我的朋友们,我的兄弟姐妹们,我们要主动进攻了。"

塔玛斯顿了顿,想到异国军队还控制着亚卓,心里明白,接下来要发动的进攻战绝对不止一场。"今天我们要向芬戴尔的敌军营地进军。我们要全面进攻凯兹军队,就像猛犬撕咬耗子一样,为国除害。我们将一鼓作气,将所有凯兹杂种驱逐出境。他们侵犯我们的国家已经太久了。"

塔玛斯深吸一口气,在背后握紧颤抖的双手。"诸位愿同我一道进军吗?"

沉默片刻,阿柏将军率先发声。"第一和第三旅随时待命,长官。"

"第七旅听您指挥。"奥莱姆说。

"第十九旅与您同在。"斯拉伦将军在后面高喊。

喊声此起彼伏,每一位高级军官都表态支持。最后,热烈的欢呼声平息了,苏拉姆国王走上前来。他的目光掠过在场军官,然后猛地转身,面对塔玛斯,拔出佩剑。

奥莱姆上前半步。塔玛斯的心提到了嗓子眼。

苏拉姆手捧剑刃,深深鞠躬,剑柄朝向塔玛斯。"我的剑归你驱使。我的手枪归你驱使。我的尊权者和炮兵队归你驱使。我的六万军队归你驱使。我们的联军必将震慑伊匹利,凯兹必须为他们的罪行付出代价。"

塔玛斯掩饰不住内心的惊愕。他见识过王族的行事方式。他曾被亚卓铁王奉为上宾,也赢得过诺威国王的尊敬。但他第一次受到这种待遇。他伸手接过苏拉姆的佩剑,举过头顶。

"我愿意为祖国献身,但我更愿意为她而战。全军集结,我们——出发!"

第 25 章

埃达迈的马车接近了亚多佩斯特,而他带着凯特将军的逮捕令,跟随尊权者波巴多南下,已经是十五天前的事了。

远眺都城,似乎有些异样。红色的秋叶和金色的田野仿佛盖住了工厂区的砖砌烟囱和库房,亚多佩斯特的气势也大不如前。等他进入都城南部,换过视角,才明白其中缘由:如灯塔般鹤立鸡群、坐镇中央的克雷西姆大教堂不见了。

埃达迈的马车在南部城郊七拐八绕,进了工厂区,然后朝他家所在的北边驶去。一路上,他看到十几座教堂的废墟。到了四点钟,秋日西沉,他终于来到家门前,心中满是愤怒——克莱蒙特竟然派人摧毁了亚多佩斯特所有的教堂。

凭什么?这又不是他们的城市、他们的国家。可他们把神职人员从教堂里拖出,当街杀害时,当克莱蒙特的尊权者施展巫术、摧毁教堂,将其夷为平地时,没人站出来反对。

埃达迈只觉得恶心,他后悔当时没能接受塔玛斯的任务,将克莱蒙特赶出城去。必须有人对付那个混账才行。

埃达迈拿着手杖和帽子,拎着行李,上了台阶,搁在门口。他低下头。不能再惹事了。克莱蒙特已成过去。维塔斯已成过去。现如今,他得把约瑟普的事告诉给法耶。

他待了好一会儿,搜肠刮肚地组织语句,突然感觉有些不对劲儿——屋子里没有动静。悄无声息。没有孩子的叫喊和玩耍声。没有木地板上的脚步声。他抬起头，张望前面的窗户，但窗叶紧闭。他的家人呢？

他哆哆嗦嗦地转动门把手，发现门锁上了。他从兜里掏钥匙，结果手指不听使唤，钥匙掉在地上。

他弯腰捡钥匙，听到门锁哗啦作响，门开了。他抬起头。

"埃达迈？你回来了，太好了！"

埃达迈松了口气，这才发觉膝盖在打战。"你好，玛吉。"

亚卓最大纺织厂的女工头年过四十，身强力壮，头发灰白，一副眼镜架在细瘦的鼻梁上。"快进来，我就是下午来陪陪法耶。她以为你不会……呃，最近不会回来。"

"谁啊？"埃达迈听到法耶在起居室里问道。

"是我。"埃达迈有气无力地回答。

"啊，进来啊！"

埃达迈进门放下行李，挂好帽子，把手杖靠在门边。法耶从起居室出来，双手搭在埃达迈肩上。他俯身亲吻妻子笑靥如花的脸，不忍迎接她期盼的目光，等他关上身后的门，法耶脸上顿时阴云密布。

埃达迈微微摇摇头。

"玛吉，"法耶说，"我很抱歉，那个……"

"哦，好了，别这样。反正我也要回家照顾女儿了。你们两口子应该好好聚聚。"

"我去叫马车。"埃达迈回到街上，招呼刚才坐过的马车调头。几分钟后，玛吉拿着伞爬上车。

埃达迈强颜欢笑，挥手送马车离开，身边的法耶也一样。他不禁惊讶于妻子昂首挺胸面对现实的勇气，毕竟她经历了那么多痛苦折磨。随后，他们回到屋里。

"玛吉告诉我，她要参加秋天的新一轮选举，竞选她那个区的司库。"

"孩子呢?"埃达迈问。

法耶无力地靠在门厅的墙上。埃达迈摸了摸她身边的墙面,发现其中一片与周围的颜色不搭。她找人修补过墙上的洞,当时苏史密斯把一个杀手的脑袋按到这里,撞破了灰泥和砖块。

"里卡德提出,为孩子们雇一位专职女教师。"法耶说,"我答应了。他们现在去公园散步了,过一会儿回来吃晚饭。"

"安全吗?"

法耶没有回答,发出的声音既像叹息,又像啜泣。

"他真好心。"埃达迈续道。他们站在门厅里,沉默许久。"要是当初不接受传召,"他终于开口,"我也不会被卷进这些破事……"

"约瑟普死了吗?"法耶问。

埃达迈试图润湿干燥的唇舌。可他做不到,只能微微点头。最好别告诉她。否则她会心碎的。接受约瑟普的死讯是一回事,而得知他被可怕的巫术扭曲成某种……怪物……

最好别告诉任何人。

法耶盯着地板不作声。她回到起居室,很快传来捂嘴抽泣的声音。埃达迈闭上眼睛。他的生活怎么变成了这样?

他提着行李,上了两级台阶,转身又回到起居室。法耶趴在椅子边,桌上有杯喝剩一半的茶。埃达迈跪在她身后,双手搭着她的胳膊。他很快也哭了。

埃达迈哭到衬衫领子都被打湿,最后泪水似乎已经干涸。他两腿麻木,而法耶不知何时恢复了镇静,正呆呆地望着对面的墙壁。埃达迈亲吻妻子的额头,挣脱她绝望的怀抱,扯起袖子擦擦湿润的脸,清了清嗓子。

法耶抬头看着他,唇边含着悲伤的微笑,他又一次惊讶于妻子直面苦难的勇气。她藏起了泪水、悲伤和愤怒,为他和孩子们换上一张快活的面孔。考虑到几周前她才逃出魔窟,确实有些不可思议。

"我很担心你。"他说。

"我比你想象的坚强。"

"我知道。可我还是担心。"

法耶拉起他一只手,吻了吻指节。"担心你自己吧。"

"塔玛斯元帅回来了,还大败凯兹军队。"而且他没亲自坐镇,不过我觉得,塔玛斯不愿意公开此事。

法耶脸色一沉。"他又找你帮忙,是不是?"

"是啊。"埃达迈承认。

"不!你跟他,还有他的革命事业都没关系了!"

"冷静。"埃达迈说,"我说了,不会再帮他。"

"很好。"

"我答应……"

"你答应了什么?你这傻瓜!"

"我答应协助里卡德竞选。不做太多。我不会牵涉其中。而且我不是为了塔玛斯。我是为了里卡德。他帮了我救你回来,我欠他的人情。"

法耶冲他扬起下巴。"不管欠不欠,只要你进了他的办公室,你就出不来了。我了解他。我也了解你。"

"可我什么都不做……"

"你应该陪着家人。里卡德会理解你的。"法耶再次亲吻他的手,"暂时什么活儿也别接。我们出国去。我们可以带着孩子去诺威。我们有波巴多留的钱。"

埃达迈也想离开。真心诚意地想。可他知道,临阵脱逃,远走高飞,那是懦夫的行径。不过他同时也明白,那才是明智的选择。对家人最好的选择。"我不能丢下里卡德不管。"他说。

"难道你可以丢下家人不管?"

"我不……我……"她怎么就不理解呢?她和孩子们是他的一

切,可他肩上还有责任。对里卡德。也对亚卓。

法耶推开他的手。"好吧。你想怎样就怎样吧。你总以为自己最懂。"

后面的话被一阵敲门声淹没。"约了人吗?"他问。

法耶摇摇头。"孩子们会从后门进来,而且还有一个钟头才会回家。"

埃达迈缓步接近前窗,轻轻撩起窗帘。看到来人的模样,他立刻跑过去开门。

苏史密斯站在前门台阶,帽子拿在手里,伤痕累累的面孔布满愁云。老拳手冲埃达迈点点头,又对法耶说:"下午好,太太。"

"进来,进来。"埃达迈说,"我刚到家,准备明天去看你。"

苏史密斯却直摇头。

"怎么了?"埃达迈问。

"爆炸了。"他嘟囔道。

埃达迈的心跳漏了一拍,手心开始冒汗。"什么?哪里?"

"荣耀劳力工会。"

里卡德的总部。埃达迈的脑子里冒出一堆问题,纠缠如乱麻,令他瞠目结舌。他望向法耶。

"快去。"法耶催促。

埃达迈抓起帽子和手杖,跟着苏史密斯出了门,爬上等在外面的马车。

埃达迈望着人车稀少的街道,默默催促马车再跑快些。"里卡德受伤没?"他问。

苏史密斯耸耸肩。

"他的秘书呢,菲尔?"

又一次耸肩。

"见鬼,老兄,你到底知道什么?"

苏史密斯摇摇头。"我听说时还在佛斯维奇。"

"这么说你不在现场?"

"我估摸你关心这事儿。我正要过去。"

"嗯,谢谢。"埃达迈说,"你在佛斯维奇做什么?"

"帮我兄弟的忙。"

"那个屠夫?"

苏史密斯点点头,然后盯着窗外,捏响指关节。"搬肉。大猪,一边肩膀扛一头。"

"最近打拳了吗?"

苏史密斯依然盯着窗外的街道,唯一的回应是微微摇头。

埃达迈皱起眉头。九周前,他们攻进维塔斯的老巢,抓住维塔斯,救出了法耶。危险过去几天后,他就让苏史密斯回家了。奇怪,苏史密斯怎么不打比赛了?他确实年纪大了,可雄风不减,尚有余威。大老板怎么不让他重返赛场了?莫非……

"大老板叫停了拳赛?"

"是啊。"

"因为太监死了?"这是抓捕维塔斯时发生的意外。正是维塔斯杀死了太监。

"还在找新的二当家。"苏史密斯说。

"明白了。"大老板是亚卓黑道的头目,太监替他管事至少有十八年了。他的死肯定让许多事乱了套。毕竟,算上大老板本人,这个世界只有五个人知道大老板的真实身份。

其中包括埃达迈。

埃达迈清了清嗓子。"也许我很快又需要你帮忙了。"不过话一出口,他就后悔了。雇佣苏史密斯,意味着他需要保镖。需要保镖,

火药魔法师

意味着他将卷入明知不该卷入的麻烦。可是,有人想杀里卡德……

苏史密斯扬起眉毛。"嗯。"

对一个沉默寡言的拳手来说,已经算是热情的回应了。

夜幕降临,街灯点亮,他们接近里卡德的总部时,多数店铺已经关门。傍晚交通拥堵,埃达迈付了车钱,同苏史密斯走过剩下的路。埃达迈在夜色中睁大眼睛,试图看清里卡德的旧仓库损伤是否严重。

二楼两扇窗户炸烂了,前门被拆掉,方便担架进出。砖砌的墙体并未受损,而新近绘在仓库一侧的壁画——里卡德的肖像及竞选标语"团结与劳动"——几乎也完好无伤。一辆空的监狱马车拦在路中间,十几个警官四处走动,或找围观群众问话,或彼此交谈。火把熊熊,为街灯助势。

一位警官追上埃达迈。"抱歉,先生,按照局长的命令,这里禁止出入。"

"我是埃达迈侦探。里卡德还好吗?"

另一位警官正向一个衣着暴露的女孩——里卡德的女服务员——问话,闻声抬起头。"嗨,皮卡道尔,放埃达迈过去。局长肯定愿意见见他。"

"局长来了?"

"是啊。她说这次袭击备受关注,毕竟里卡德是首相候选人。"

埃达迈被放行。他转向苏史密斯,发现大块头拳头落在后面。"来啊。"埃达迈说。

"我在这儿等。"

"怎么了?哦,算了。随你便。"埃达迈走到前面,驻足观察一会儿,用完美的记忆力捕捉仓库里的每一个细节,有备无患。

早先,里卡德清空了这间旧仓库,用油漆、红窗帘、金色大烛台、水晶吊灯和哲人的半身像做了装饰。荣耀劳力工会总部里的金饰堪比公爵豪宅。一间大厅占去大部分面积,谈生意的办公室位于最里边。

哪怕经验不够丰富的调查人员也能看出，爆炸发生在仓库后方。首先，办公区域已不复存在，只剩焦黑的残骸。而且，仓库后面的墙壁大多被毁。没有直接被炸的部分也被随之而来的大火烧毁。只有大厅最靠前的区域逃过一劫。

埃达迈被眼前的景象惊呆了。毫无疑问，只有一整桶火药藏在某间房的内部或下方，才能造成如此大的破坏。而这里每天都人来人往，想瞒天过海并不容易。

在一些工会成员的陪同下，警察们四处搜索，抢救重要的文件和家具，却不见里卡德的影子。埃达迈强压心头的恐惧，询问一位警察。

"有没有看到里卡德·汤布拉？"

"绕过去就是。"

有一扇侧门通向走廊，尽管其他地方损毁严重，但它依旧完好。看到里卡德坐在走廊里，背对相邻的仓库，埃达迈松了口气。工会老板两手抱头。不远处，菲尔正轻声对局长说着什么。侧门外有两盏大灯，照亮了整条走廊。

"里卡德。"埃达迈蹲到朋友身边，轻声道。

里卡德抬起头，双眼有些失神。"啊？"他的嗓门大得惊人，"哦，埃达迈，感谢亚多姆，你来了。"

"你还好吗？"

"什么？哦，我这只耳朵什么都听不见。过来，来这边。"

埃达迈挪到里卡德另一边。"你还好吗？"

"还好，还好。就是有点累，别的没什么。"他朝仓库胡乱打个手势，"我失去了……好吧，失去了一切。成千上万的文件没了。数百万的钞票。还有达瑞洛。"

"别说你没投保。"

"投了一部分。差远了。"

"工会文件没了。"

"是啊。"

"有备份吧？别说你没备份。"

"有，有。"

"所以你没失去一切。达瑞洛是谁？"

"我的酒保。真可怜。我叫他去我办公室，给凯丽丝拿件外套，结果……"他茫然地盯着仓库墙壁，"他跟了我十几年。我出席过他的婚礼。我得通知他老婆。明天我亲自登门吧。"他终于看看埃达迈，"只有十四人死于爆炸，真他妈算是奇迹了。我们有将近两百人在里面聚会。金匠和磨坊主的工会头儿都死了。我们说话这会儿，清道夫的工会头儿正在截肢。凯丽丝被弹射的碎片打中肩膀。真是……"他说不下去了。

"你还活着。这是最重要的。"

"可是竞选……"

"你能缓过来的。"

里卡德第一次直视埃达迈的眼睛，埃达迈发现他依然惊魂未定。"我几个朋友都在里面。人脉。金钱。时间。资源。全没了，就因为这该死的炸弹。到底是他妈谁干的？"

答案很可能就是克莱蒙特。里卡德的竞选对手不容小觑。为达目的，他能毫不犹豫地杀死上百人，甚至上千。埃达迈与他的爪牙维塔斯较量过，所以他知道。

"警察会查出来的。"

里卡德突然揪住埃达迈的衣领。"我要你查出来。叫警察去死吧。他们屁事都干不好。"

"嘘！"埃达迈意味深长地瞟了眼不远处的局长。里卡德的声音太大了。

"别嘘我！我全都给你，埃达迈。快去查，是谁干的！"

"冷静，里卡德。我会帮忙的。我当然会。"他别无选择。这些年来，里卡德帮过他和法耶太多。如今，埃达迈虽不情愿，但也难逃这场斗争。

第 26 章

第二天傍晚，借着夜色的掩护，塔涅尔带着神枪手和火药魔法师摸进了黑柏油森林。为防敌军埋伏，始终有两人在前方探路，时刻保持警惕。

塔涅尔心急如焚，停不下脚步。他们尚未发现一具瘦小枯干、布满雀斑的尸体被丢于路边。也许卡-珀儿还活着。她应该活着。不然他们偷袭亚卓营地、杀人放火时就该要了她的命。他们需要卡-珀儿活着，但想到这儿，塔涅尔就更害怕了，甚至不亚于发现她的尸体。

等追上凯兹的走狗，他要把子弹射进每个尊权者的脑袋。他要用掷弹兵的鞋带活活勒死他们。愤怒不断驱使他的脚步，尽管意识深处有个声音，警告他不要操之过急。

他没理它。如果尊权者杀不了她呢？也许她能用巫术保护自己，就像保护他一样，他们只能俘虏她，想办法解除她的防护咒。

但她免不了受苦。他们会怎样折磨她？

他必须救出卡-珀儿。

"塔涅尔！"

维罗拉的声音突然扎进他的意识，就像黄蜂的尾针。

"怎么了？"

"我们必须停下。"

"到点了？"他眨眨眼。一路迎风骑行，让他眼球干燥。"加夫里尔，叫队伍停下。该换班了。"这两天他们都派出人，在大部队前面远远地探路,两人一组,每两个钟头换一次班。加夫里尔把手指伸进嘴里,打了声唿哨,唤回前锋。

"不是。"维罗拉策马靠近,压低声音,"我们必须停下来过夜。黑暗中没有马失足,已经算是奇迹了。弟兄们累坏了。"

"黑?还能看清路啊。"

加夫里尔交代几句,也打马过来。"你处于该死的火药迷醉状态,"他说,"而且时间太长,你都分不清白天黑夜了。"

"你说什么?"塔涅尔揉揉眼睛,这才发觉肩膀酸胀,两腿发疼。也许已经天黑了。"太阳应该刚落下不久。"

"已经午夜了。"维罗拉柔声道。

她关切的眼神让塔涅尔恼火。她很在意吗?塔涅尔想叫她走开,全队继续前进,但他扫了一眼,发现弟兄们都昏昏欲睡,手脚僵硬。"就地扎营。"他说,"诺玲和弗莱瑞守第一班。我第二班。维罗拉、多尔,你们第三班。我们天亮出发。"他下了马,故意让坐骑隔在他和维罗拉中间,听到她策马离开,心里才舒服了些。守夜的全是火药魔法师,这是他在父亲手下学来的经验,专用于小规模行动。虽然火药魔法师都是军官,但他们需要的睡眠时间比普通士兵少。

二十分钟后,他洗刷好坐骑。他选择的扎营地离其他人稍远些。塔涅尔用少许火药引燃一堆干树枝,烤着火,试图缓解手指的酸痛,悔不该三天三夜紧握着缰绳不放。

他的胸膛里仿佛有团火,犹如渴望自由的笼中困兽。肉体的疲惫隐于意识深处,他怀疑自己在救回卡-珀儿之前根本睡不着。

"诺玲和多尔检查过了。"加夫里尔自树林的阴影间悄然现身,坐到塔涅尔身边,"路上没有埋伏。很安全,可以生火。"他冷冷地看了一眼塔涅尔正在暖手的火堆。

塔涅尔突然喉咙发干。该死,要是塔玛斯会怎么说?发号施令是塔涅尔的责任。他应该找斥候和哨兵确认情况,然后告诉弟兄们可以各自生火。"谢了。"他哑着嗓子说。

"没什么。"加夫里尔挪挪身子,找个舒服的姿势,背靠树干,从背心口袋里拿出个酒壶。"喝点儿?"

"不用。"

加夫里尔呷了一口。"今天吃东西了?"

"当然。"其实塔涅尔想不起来。刚刚过去的一天恍若梦境,很难回忆细节。

加夫里尔掏出个纸包,扔到塔涅尔腿上。看样子是军粮。

"我不饿。"塔涅尔说着递还回去。

"吃,你这顽固的小畜生。亚多姆在上,你他妈以为你是谁?你爹吗?"

塔涅尔忍住了没回嘴,打开纸包里的牛肉干和小面包,吃了一半才意识到,大个子守山人司令利用对塔玛斯的评价,得到了他希望的结果。塔涅尔吸吸鼻子,试图表明他并没有受人摆布。"你对我父亲一无所知。"

加夫里尔被呛到了,扭头一阵咳嗽。"见鬼,我鼻子里吸进了法崔思特朗姆酒。"

"怎么?"塔涅尔问。他依稀记得有人提过,加夫里尔和塔玛斯曾是战友。那次谈话就发生在不久前,但对他恍若隔世。

"我说,我不小心吸进了朗姆酒。"

"不,我是说我刚才的话,'你对我父亲一无所知。'"

"没啥,没啥。改天再说。"

加夫里尔陷入沉默。塔涅尔吃着军粮。硬面包味同嚼蜡,他只能机械地咽下去。加夫里尔看着他吃,表情让他很不自在,尤其对方块头还那么大。"你也吃点?"塔涅尔问。

"吃过了。"加夫里尔又灌了口酒,目光转向小火堆。

塔涅尔吃完了,到处找水壶。加夫里尔又递一次酒壶,塔涅尔接了过去。朗姆酒在喉咙深处灼烧,留下一丝甘甜。"你那道疤哪儿来的?"

加夫里尔扬起眉毛,低头看看裸露的手腕。一条粉红的线从他粗壮的前臂延伸到手背。他甩甩袖子,将其遮住。"你对你家老头太无情了。"他说。

"你说什么?"

"那老家伙又臭又硬,但他很想做个好父亲。"

"这事他妈的跟你无关。"塔涅尔感到一股血气涌上脸颊。

加夫里尔举起双手,表示不愿争吵。"抱歉,抱歉。局外人的观察罢了。"

他们默不作声地坐了一会儿,塔涅尔的怒火平息了。填饱肚子的愉悦感让他的眼皮耷拉下来,他甚至希望能休息一会儿。

"你跟他一同远征?"塔涅尔问,"在凯兹?被困在敌后?"

"是啊。"加夫里尔说。

"情况很糟?"

加夫里尔沉默良久。塔涅尔看着他的侧脸,这才发现,他比早先在南派克山上至少轻了两石。他的右脸上有道新鲜的伤疤,残留着巫术治疗的痕迹,两眼周围也有瘀伤愈合的迹象。

"是啊。"加夫里尔终于开口,"杀马吃肉。被凯兹的胸甲骑兵咬住不放。我们从弟兄们手中收回火药和军粮,重新配给。有个家伙偷了两周的军粮,我只好枪毙了他。"

在塔涅尔听来,这些事迹很像父亲讲过的哥拉战役。不过那是几十年前的老黄历了,远隔半个世界。而这些事刚刚发生在九国。"塔玛斯让你带队?"

加夫里尔耸耸结实的肩膀。"当然。他需要我这种人。你在守山人军团见过最卑劣的货色。罪犯、欠债破产的、盗贼、蠢货。该死,你当然记得。长年不见亚卓的精英。我能管住那帮货色,就能一只手

火药魔法师

指挥塔玛斯的步兵,另一只手调动斥候和骑兵。"

"这个牛皮,以前你可没吹过。"塔涅尔嗤之以鼻。

"吹牛也要有拳头作保证。"加夫里尔举起一只巨手,"瞧,我能让事实说话。"他的袖子垂落下来,再次露出那道长长的伤疤。加夫里尔端详它片刻。"这是凯兹人送我的纪念。他们穿着亚卓蓝色军服,我侦察时跑太远了。他们逮住了我,把我揍得半死,然后带去阿尔威辛。在那里,他们对我动了真格的。"

他掀起衬衫,露出肚子上另外几道伤疤。"我不肯交代,他们就折断了我的手腕。骨头都龇了出来。神啊,自从小时候被马车从腿上碾过,我就没叫过那么惨。"

"在阿尔威辛?"塔涅尔问。在去谈判的路上,他和塔玛斯的保镖奥莱姆交流过。奥莱姆提到了第七和第九旅在凯兹和德利弗的悲惨遭遇。"发生了这种事?"

"德利弗的医疗者技艺精湛。我叮嘱他们留下伤疤,日后好讲故事。"他顿了顿,"我听说了波的事。若能及时送他去见德利弗的医疗者,他可以恢复如初。"

一条腿几乎烧断,他不可能恢复如初的。何况前面还有大大的"若能"二字。塔涅尔的嗓子有些哽咽。"你不怪塔玛斯?"

"为什么怪他?"加夫里尔响亮地打个嗝,又举起酒壶灌了一口。

"害你被凯兹人俘虏,受尽折磨。"

"有一说一,"加夫里尔脸上掠过一抹阴影,"被凯兹人俘虏,只能怪我自己。我被抓后,塔玛斯跑来救我。为了救我,他带人历尽艰险,还找到个旧情人做交易。小子,我也是过来人,告诉你吧,找旧情人打交道比登天还难。何况塔玛斯心高气傲,一向不肯低头。"

对方突然发了通感慨,大大出乎塔涅尔的意料。他张开嘴,但被加夫里尔打断了。

"我这辈子对塔玛斯的不满多了去了。有些事确实怪他,但要说最让我不爽的——好吧，那也不是他的责任。而且被凯兹人抓住，反倒成全了我一桩心愿。我本以为永远没机会实现的。"

"是什么？"

"我朝杀害我妹妹的凶手脸上吐了口水。"

树枝折断的声音惊动了塔涅尔，黑暗中有个人影接近。他眯起眼睛，发现火药迷醉感已开始消退。过了一会儿，维罗拉走进火光。

"能回避一下吗，加夫里尔？"她轻声问道。

加夫里尔重重叹了口气，站起身。"反正也要去撒尿。"他嘟囔着，沉重地挪进夜色。

维罗拉没坐到加夫里尔的位置，而是隔着火堆，坐在塔涅尔对面。塔涅尔盯着火焰。他能感觉到，对方的目光就像第六感一样挑动他的神经。回忆随之而来，薄薄的毯子和阴暗的卧室浮现在眼前，他感到脸颊发烧。

他捡起一根树枝拨弄火堆。"你来干什么？"

"谈谈。"她轻声回答。

"好啊。"他哼了一声，"谈吧。"

"我……"

"你为什么要来？"塔涅尔打断她的话。渴望出发、快马加鞭追赶卡-珀儿的冲动终于找到了发泄口，但他没想到话一出口，嗓门竟然这么大。火堆边的许多脑袋纷纷抬起。"为什么？"他压低声音问道，"你还要缠着我不成？"

"缠着你？"维罗拉吃了一惊，"我是来帮你的。"

"为什么？塔玛斯派你来的？不，不太可能。他应该把你留在身边，参加接下来对凯兹的战斗。你和我是他最好的枪手，他不会在这种关键时刻派你出来。"

"我自己要来的。"

塔涅尔俯身向前，火焰的热度扑面而来。"为什么？"她眼中是

火药魔法师

不是噙着泪水？无所谓。他需要答案。突然间，在他的个人世界里，一切都不重要了。"你我从小青梅竹马。我们相爱过。你却挖出我的心，扔到地上。"他激烈地做着手势，"撒上盐，放在火上烤！"他似乎听到，树林里传来一声轻笑，但他毫不在意。"为什么这么对我？"

维罗拉的五官好似融化了又重组一般，悲伤滴落殆尽，坚强取而代之。她下巴紧绷，脸颊内收，塔涅尔感觉到了她的斗志，就像老水手感觉到即将来临的风暴。

"你以为我愿意苦等两年空窗？在你找到我那晚之前，我只有你一个爱人。波亲过我一次，但那时我们还小，我也没让他进一步得逞。"

"他干了什么？"塔涅尔好像骑着一匹丢了蹄铁的马。

她一带而过，继续说下去。"我没别的爱人，但我听到了流言。'双杀'塔涅尔。法崔思特独立战争的英雄。击杀凯兹尊权者如探囊取物。到处拈花惹草。有个年轻的蛮子巫师日夜贴身照顾你。"

"我没背叛过你。"

"但跟我听说的不一样。"

"撒谎！我倒是看见你躺在别人怀里。我亲眼所见！"

"对不起！"

塔涅尔激动不已，愤怒驱使他半边身子越过火堆，僵在那里。"你说什么？"

维罗拉鼻孔翕张。"这是我第三次向你解释了。那是个天大的错误。你去了法崔思特。我带了个公子哥上床。导致一错再错。"

塔涅尔慢慢坐回铺盖。他很想冲过去，把维罗拉搂进怀里，安慰她。但他知道，这一来事情……只会变得更加复杂。他俩已经结束了，破镜不能重圆。他有了卡-珀儿。如果她还活着的话。

她以为我在撒谎。这个想法如晴空霹雳。她以为我和卡-珀儿已经相爱了两年之久。"维罗拉。"塔涅尔说。许久不愿提她的名字，此刻说出来感觉十分陌生。"我和卡-珀儿,最近才开始。我……"他欲言又止,"我要救她回来。"

"我们会救她回来的。"维罗拉说。

这就是她表达歉意的方式?一种自我牺牲?"为什么?"他想不通。

"因为她还爱着你,你这傻小子。"加夫里尔的声音从塔涅尔左边的黑暗中传来,之前听到的笑声应该也是他。塔涅尔一跃而起,伸手摸剑,誓要将这大汉劈成两半。

维罗拉反应更快。她冲进黑暗,把加夫里尔拽到火堆边,摔到地上,就像对待一个小孩子,尽管对方的块头有她两倍。她气得咬牙切齿。

加夫里尔在地上扭来扭去,过了半晌,塔涅尔才发现他在笑,眼泪都流了出来。维罗拉一脚踩在他肋旁,引来一声"哎哟"和又一阵大笑。"有什么好笑的,死胖子?"她揪着加夫里尔的头发,将他提得跪了起来,他突然收敛笑声,双眼闪出凶光。

"维罗拉……"塔涅尔上前一步,准备拦在他俩中间。

"你很喜欢管别人的闲事,对不对?"维罗拉凑到加夫里尔耳边,"好啊。听好了,塔涅尔,这头大毛驴是你舅舅。在南派克山上,他没告诉你,因为他是个醉鬼守山人,他觉得丢人。现在他不告诉你是因为……好吧,我不知道。"她往加夫里尔的后腰踹了一脚,然后冲进黑暗之中。

加夫里尔跌在火堆前,灵巧地翻身站起,擦去眼角笑出来的泪水,目送维罗拉离去,然后迎上塔涅尔的目光。他羞怯地笑笑,递来酒壶。"喝点儿?"

"你他妈是我舅舅?"塔涅尔问。

加夫里尔深鞠一躬。"潘斯布鲁克的贾寇拉为你效劳,我的外甥。"

第 27 章

一想到上次来天际宫的情景,埃达迈就浑身发抖。那是六个多月前的深夜,陆军元帅塔玛斯召见了他,命他调查亚卓王党成员的遗言。当时大宫殿的花园漆黑一片,无人值守,令他深感不安。此时此刻,他又有了同样的感觉。

不过他心里清楚,今早的不安完全是另一回事。

克莱蒙特是维塔斯的雇主。雇佣那种怪物的人,本身也是怪物。埃达迈的理智时时刻刻都在催促他转身逃跑,回到家去,锁好房门,永远别接城里的活儿——不管是里卡德、塔玛斯,还是克莱蒙特,叫所有卷入这场死亡之舞的人都去死吧。

可他答应过里卡德,于是他捋平外套,掸了掸帽檐。

由于整个夏天无人修剪,花园里的植物大都长得过于茂盛。几十个哨兵,身穿布鲁士尼亚-哥拉贸易公司的制服,在庭院各处站岗。埃达迈乘坐的马车驶上车道,经过高耸的镀银大门,进了宫殿后,拐了个弯,直抵仆人的入口。

埃达迈刚下马车,就见局长带着三名警察从他们的马车上下来。局长冲埃达迈压压帽檐,来到一扇式样普通的双开门前,敲了两下。

大门开了一道缝。三言两语之后,局长带头进门,警官们紧随其后。埃达迈也跟了上去。

"跟上。"苏史密斯也下了马车,埃达迈叮嘱他,"我一点儿都不相信克莱蒙特。"他快走几步,追上局长。"克莱蒙特到底在这儿干吗？"他问。

"竞选首相。"茜维局长面无表情地回答。这个女人眼神犀利，说话轻言细语，一身宽松的常服，既舒适又优雅，浅棕色头发紧致地盘在小帽子里。铁王驾崩前不久曾亲自任命她担任警察局长，有流言说，她是最早得知政变的人之一。听说铁王的儿子将被处决，她的一句名言是："终于他妈的到时候了。"

"我是说，在这儿。在王宫里。"

"他租下了这里。"茜维说，"安置他的军队和尊权者。"

"说租就租了？"

"据我所知，大司库同意了。"茜维说，"总好过闲置。克莱蒙特为此付了笔巨款，都城维护也需要钱。"

"塔玛斯当初没烧掉宫殿，真叫我意外。"埃达迈说。

"我不意外。这里是我们的文化遗产，有四百多年历史。许多墙壁和天花板上都有艺术品，它们本身也是艺术品。我认为，塔玛斯不会为了泄愤就毁掉它们。"

埃达迈承认，局长说的有道理。他注意到，即使是路过的厨房，墙上都绘有色彩艳丽的壁画。

"不过，"茜维继续说，"塔玛斯把大部分艺术品和家具搬去了国家美术馆。据我所知，有一部分被卖了以清偿债务。其余的将公开展出。我觉得这事功德无量。"

"不过，还是毁了所有贵族遗存才最保险。"

"是啊。看来塔玛斯不是单纯的实用主义者。谁能想到呢？"

他们离开厨房，从仆人专用的楼梯爬上主楼。埃达迈听说，宫殿内部的廊道有如迷宫，这次他终于可以亲自体会了。他们转了无数个弯，幸好有克莱蒙特的一个仆人带路，埃达迈估计，若没有此人的天赋，无论是谁都很容易迷路。他不断催促苏史密斯跟上，免得那些艺术品迷了拳手的眼。

火药魔法师

他们经过几十间房,房屋的面积似乎越来越大,华丽的金饰和鲜艳的壁画也越来越多。有的房间里,镶嵌大理石的壁炉占据了整面墙壁。大多数房间窗帘紧闭,幽深晦暗,所剩无几的家具罩着防灰的白布。

仆人突然闪到一处门廊旁边,示意他们进去。

茜维和警官们进去了。埃达迈停留片刻。克莱蒙特让他们走仆人的通道和入口,而非空旷的厅堂和高大的门楣,会不会有别的用意。为了贬低他们的身份?

埃达迈瞥了眼苏史密斯,得到稍许安慰,然后走了进去。

"欢迎,欢迎!"克莱蒙特的声音在拱顶上回响。这间房约有三十尺宽、四十尺长。与他们路过的那些不同,房间里的装饰全是银色——墙壁漆银,边角包银。就连双壁炉都选用了深灰与浅灰色大理石,与墙壁的颜色相协调。天花板上绘有古代英雄与双面神做交易的壁画。

是布鲁德。布鲁达尼亚的双面守护圣徒。克莱蒙特挑选这间房再合适不过。

此时已过上午九点,克莱蒙特依然穿着丝绸睡衣,披了条质地优良的长袍。他慵懒地坐在窗边一张靠背椅上——从那儿可以俯瞰花园——一手端着杯子,一手拿着报纸。他们进来时,他起身迎接,反复说了几次"欢迎"。

"很抱歉我没更衣,局长。昨天睡得太晚,忙着整理今天下午到城市花园协会的竞选演讲。"

茜维伸出一只手。"事发突然,感谢你允许我们登门拜访。"

"哪儿的话。嗨,埃达迈侦探。早上好,先生。"

"早上好。"埃达迈生硬地说,感到一颗汗珠顺着后颈滚落。

"你可爱的妻子和孩子们都好吗?"

埃达迈抿紧嘴唇,强挤出一丝微笑。此行绝对是个可怕的错误。

"没想到你认识侦探。"茜维说,"更没想到你还见过他家人!"

"我抵达这座城市时,迎接我的人中就有这位侦探。"克莱蒙特面带宽和的笑容,"至于他妻子,我只是有所耳闻。"

在别人看来,克莱蒙特的笑容或许称得上亲切。但在埃达迈看来,其中满是嘲弄。克莱蒙特对埃达迈伸出手。

"请原谅,我不跟人握手。"埃达迈说。

"当然。"他满意地说,"茜维——我能叫你茜维吗?茜维,你这次来,我只能想到一件事,就是昨天里卡德·汤布拉不幸的遭遇。"

"没错。"局长说。

"我希望你相信,我与此案毫无瓜葛。"克莱蒙特回到窗边的椅子,姿态优雅地坐下,长袍随之舞动。"有人想吃早餐吗?鸡蛋?咖啡?小面包?"

"不了,谢谢。"茜维说,"我们要调阅你的日程记录,你能理解吧?本案备受关注,而在亚卓首相的竞选中,你和汤布拉先生是竞争对手。你既有作案手段,又有作案动机。"

"我理解。你们可以调阅我的记录,询问我的雇员。只要,当然了,别妨碍我竞选。"

"我们会竭尽全力,谨慎行事。"

"万分感谢。"

埃达迈的目光再次扫过房间,试图寻找刚才错过的细节——同时调整好情绪。优秀的侦探不能被情绪支配。

除了克莱蒙特坐的椅子,另外还有三把,但他没请客人落座。阳光透过窗户,在地板和内墙上投下长长的影子,让人难以直视克莱蒙特。这是有意为之,还是纯属巧合?

有哪里让埃达迈感觉不对劲儿。但他一时说不上来。

埃达迈判断,那是有意为之。克莱蒙特这种人不会随意行事。睡衣可能有所指代。代表置身事外的立场,还是不尊重客人?

火药魔法师

"克莱蒙特大人,"埃达迈打断了克莱蒙特的话,"你能说说不希望里卡德死的理由吗?"

克莱蒙特似乎吃了一惊。"哎呀,有好多呢。首先,谋杀汤布拉先生却又未遂,只能增加公众对他的同情。"

"或是暴露你对手的弱点。"

"也许吧,可他备受拥戴。其次,如果他被杀,他的副手会立刻接替他的位置。我不想跟'双杀'塔涅尔那种战斗英雄竞争。更别提还有传言说,他杀了个神,类似的浑话还有不少呢。他得到民众狂热的崇拜,几乎跟他父亲一样。"

但他愿不愿意接手是个问题,埃达迈心想。他决定把疑问藏在心里,以免启发克莱蒙特。"所以你有把握,赢过活的里卡德?"

"没错。活的,完整无缺的。"克雷蒙特悲伤地摇摇头,"不管凶手是谁,有些民众肯定会怪到我头上。我更希望这场悲剧不要发生。眼下我的形势一片大好——公众认知度很高,支持者蜂拥而来。我刚刚落实了来自某人的背书,简直难以置信。选举就在一个月之后,这种恐怖事件势必会动摇公众的认知,对我有害而无利。"

"我能问问,是谁将为您背书吗?"

"几周后,你和全国人民就将知晓了。要我说,他可是我的王牌。我不想太早泄密。"

"明白了。抱歉打断你的问话,局长。"埃达迈说完,陷入了沉默。

茜维打量一番埃达迈,目光又转回克莱蒙特,问了些程式化的问题。发现她如今的办案态度比曼豪奇下台前严肃一些,埃达迈很是高兴。他听还在当警察的朋友说,现在做调查工作容易多了,因为不用再对贵族卑躬屈膝。

埃达迈听了一会儿,从前面溜了出去,进了天际宫北翼的宽阔走廊。他需要整理一下头绪。会客室的气氛令他不安。他似乎察觉到某些问题,但总是抓不到头绪。

他沿着走廊漫步,聆听手杖敲地和苏史密斯亦步亦趋的沉重脚步声。除此之外,走廊里安静得吓人。奇怪,克莱蒙特的五千手下大多都已登陆,不该只有这么点动静吧。

一个微弱的声音吸引了他的注意。他侧着头,循声走去,经过三间无人的客厅,走进第四间,发现五十支笔在同时书写,笔与纸的刮擦声窸窸窣窣,连绵不绝。曾经的沙龙改成了文员的办公室。数十人坐在桌前,聚精会神地工作,一个领头的来回走动,偶尔弯腰对某个职员耳语。

埃达迈继续探索王宫北翼。他又发现两间房,里面坐满克莱蒙特的雇员,还有一间配备了印刷机。机器都冷冰冰的,也不见纸张,不过近期肯定使用过,房间里还堆着棉絮以隔绝噪声。上千份报纸一排排地挂在拱顶上晾干。

自己印刷报纸,加上他从里卡德的竞争对手那里买来的报社。真聪明。"克莱蒙特很自信啊。"埃达迈说道,声音在走廊间回荡。

"是啊,"苏史密斯沉声说,"太自信了。"

"我不喜欢。你有没有听说谁为他背书?"

苏史密斯摇摇头。"很多人议论。有人喜欢他。有人讨厌他。不好说。"

好吧,看来没什么有用的。埃达迈用手指敲着手杖顶端。"克莱蒙特有什么奇怪的地方吗?"

苏史密斯耸耸肩。"看着还不错。"他捏响指关节,咔咔声在走廊里回荡,脸上阴云密布。维塔斯杀了苏史密斯的侄子,他还记得这笔血债。埃达迈突然意识到,也许不该带大个子拳手来这儿。

当然喽,如果他把克莱蒙特的脑袋按进墙里,所有人的日子都会好过得多。

"就是觉得……"埃达迈欲言又止,两人回到银色客厅。克莱蒙

火药魔法师

特的仆人疑虑重重地审视着他和苏史密斯,但没问他们去了哪儿。

"啊,你回来了。"茜维说,"我们刚准备走,侦探。"她拿着帽子,不耐烦地示意房门。

"请原谅,局长。"克莱蒙特说,"我能跟埃达迈单独聊聊吗?"

茜维点点头,出了门。埃达迈的心跳突然加速。单独谈话?跟克莱蒙特?他满脑子都是怎么用手杖砸出对方的脑浆。他点头示意苏史密斯,不一会儿,房间里只剩下他和克莱蒙特。

"侦探,"克莱蒙特说,"你可能还记得我们之间的种种不愉快,过去的就让它过去好了。"

埃达迈咬着舌头。你的爪牙绑架了我妻子和孩子!非人地折磨他们!你害死了我儿子!我要你死。"如您所愿。"他想起与贵族谈话冷场时常用的措辞。

"别在我身上浪费时间,侦探。我没有杀害汤布拉先生的意图。我不知道是谁干的。我愿意协助你调查,但我估计你不肯接受。"

"那行,"埃达迈模仿克莱蒙特居高临下的口气,"谢谢你的建议。"

克莱蒙特飞快地起身离座,来到埃达迈身边。阳光正好从他身后射来,为克莱蒙特罩上一层耀眼的光晕,逼得埃达迈移开视线。"如果我真想要汤布拉先生的命,埃达迈,"克莱蒙特的声音低得近乎耳语,"那他早就死了。"

"或者你的手下搞砸了。"

克莱蒙特冷哼一声。"也有可能。你疑心太重,侦探。别害得自己早早进了坟墓。"克莱蒙特转过身,背对埃达迈。埃达迈恨不得一杖打过去。看准了打,一下即可放倒——埃达迈自信能在有人回来之前勒死他。

不过,他想的是如何针锋相对地回击对方。既然想不出来,他便离开了克莱蒙特,来到苏史密斯、茜维及其带来的警官身边。

"他说了什么？"茜维问。

"不重要。"埃达迈嘟囔道。

他们穿过迷宫般的走廊，最后从王宫侧面仆人使用的门口出来，埃达迈又回到自己的马车。苏史密斯紧跟着爬上来，马车剧烈摇晃。埃达迈用手杖敲敲车厢顶，但马车纹丝不动。

"侦探，"茜维来到车窗前，"你最好不要招惹克莱蒙特。"

当然。可我做不到。"我有活儿要干，局长。恕我直言。"

"那也恕我直言，别招惹他。克莱蒙特不是我们要找的人。"

"你怎么知道？"

茜维推推帽檐，凑近马车。她瞟了眼苏史密斯，示意埃达迈下车。他跟着茜维走出十几步。"我们有个警官是赋能者，"她低声说，"这事我们没张扬，即使你睁开第三只眼，也很难在他方看见他。"

"他有什么能力？"埃达迈问。

"发誓保密？"

埃达迈点点头。

"他能分辨谎言。他知道一个人说的是真话还是假话。他是我们的秘密武器，万一暴露了，大老板毫无疑问会把他弄死。"

埃达迈吹了声口哨。"的确如此。"他听说过这种赋能者。堪称世界上最有价值的赋能者之一，极其罕见。埃达迈很想问问，这种人为何甘心在亚多佩斯特当警察，他完全可以当国王的鉴谎师，过上，嗯……国王一样的生活。不过这事不急。

"你是说，克莱蒙特没撒谎？"

"句句都是实话。他说我们可以调查他所有的雇员时有些遮掩，不过这也正常。这种人肯定藏着见不得光的秘密。但他确实没派人谋杀里卡德。"

埃达迈辞别局长，回到马车里，叹息一声，跌坐在座位上。

"什么事？很重要？"苏史密斯问。

"克雷蒙特不是我们要找的人。"

"唔。"

"跟我想的一样。但如果不是克莱蒙特,我都不知从哪儿入手。"马车很快开动,埃达迈在脑海中仔细筛选里卡德的对手。"我们还得去见见里卡德。我必须搞清,克莱蒙特是否如他所想,真有机会赢得选举。也许我们……"埃达迈闭上嘴巴,脑子里闪过一个念头。

"什么?"

"我们还要去趟图书馆。只能明天再去了,可是……见鬼!"

苏史密斯冲他挑起一边眉毛。"嗯?"

"我刚想明白房间里有什么不对劲儿。克莱蒙特坐在窗前,清晨的阳光照在他后背上。"

"所以?"

"他没有影子。"

第 28 章

"塔玛斯元帅!"

喊声顺着队列传来,塔玛斯肩膀一紧。有节奏的马蹄声越来越近,夹杂着步兵的咒骂,因为骑手离队列太近了。他扭头看了一眼,发现奥莱姆在马鞍上转过身——并非如某些人以为的望向骑手,而是在观察,今晚要抽哪些士兵的耳光。

军人不可无礼,哪怕对方是亚卓的敌人。

"下午好,贝昂。"等到两人并驾齐驱,塔玛斯招呼骑手。

"元帅。"贝昂应道。凯兹王座的第三顺位继承人看上去气色不错。多亏德利弗的尊权者,他的伤已然痊愈,面颊也饱满多了,毕竟他很长时间没怎么活动,又享受了苏拉姆的盛情款待。"我必须跟您谈谈。"

"这不已经开始谈了。"塔玛斯说。他肋部的伤口仍在发痒,虽经苏拉姆的医疗者处理过,但他仍能感觉到血肉深处的剧痛。到底是伤口尚未痊愈,还是出于老朋友的背叛,他很难说清。

贝昂的五官尚有几分稚气,尽管他已年近三十——专为王家服务的凯兹王党真是驻颜有术——塔玛斯倒觉得,他在克雷西米尔之指一役中留下的苍白疤痕,替他平添了几分沧桑。贝昂摘下帽子,擦了擦额头。"可以的话,我希望私下谈谈。"

塔玛斯与奥莱姆对视一眼。保镖假惺惺地笑了笑。

"行军路上可没法讲究隐私,王子殿下。"塔玛斯说。

"事关重大,"贝昂不依不饶,"我……"他欲言又止,瞟了眼身边正在行军的步兵,压低嗓门,"我听说,您赶走了我父亲派来的信使,甚至不给他们说话的机会!"

"有些人就是管不住嘴巴,奥莱姆。"

"我去处理,长官。"奥莱姆严肃地说。

贝昂一愣。"我没找人打探,但我有耳朵,阁下!您的手下聊天时,只要我竖起耳朵,就能知道营地里发生了什么。"

"你觉得不好?我发现,允许弟兄们说些闲话,在治军效果上要好过凯兹——你们是用恐惧堵住他们的嘴。这样有利于提振士气。"

"您回避了我的问题。"

"信使吗?这事不假。我对他们没什么好说的,也不想听他们废话。你知道你父亲干了什么。"

"可那真是他干的吗?"贝昂问,"您确定吗?"

"我有三十七具掷弹兵的尸体,他们穿着凯兹军服,携带凯兹火枪、刺刀、剑和火药。他们的钱包里有凯兹钱币,靴子也是凯兹南方制造的。这些证据还他妈不够?"

"我同意,阁下,可是……"

"可是什么?"塔玛斯有些冒火。他尊重贝昂,甚至可以说是喜欢,考虑到对方是凯兹国王的儿子,这一点尤其可贵。作为胸甲骑兵,贝昂智勇双全,但塔玛斯没想到他会如此天真。

不等塔玛斯继续说下去,贝昂立刻接话:"可我认为,我父亲不会这么做。他们为何向西、而非向南逃窜?如果他们真是我父亲的部属,在冒天下之大不韪发动突袭之后,理应直接返回凯兹前线。"

"向西是因为,他们偷袭的是营地后方。还有,取道西边,路更好走,可以快速绕开大部队,否则只能杀回去。你认为他不会?是你父亲授意洗劫阿尔威辛,挑拨德利弗与亚卓为敌的。你自己也承认,因为惨败在我手上,没能阻止我回国,你父亲很可能会处死你这个亲生儿子。"塔玛斯摇摇头，"请你解释一下吧。别扯那些冠冕堂皇的大道理，在这种事上，我的脑子不如你们好使。"

贝昂狠狠地瞪着塔玛斯，令他想起了伊匹利家族臭名昭著的坏脾气。贝昂会不会动手打他？动手瞬间，奥莱姆会不会开枪？他很想知道答案，但现在不是时候。"这里不是凯兹。"塔玛斯轻声说，"你自愿与我同行，而不是跟着德利弗人。你能获得应有的对待，但你的贵族身份在这儿毫无意义，伊匹利之子。"

"即使是我父亲，也不会破坏和谈规则。"贝昂沉默良久才开口，他咬牙切齿，似乎是要说服自己相信这话。

"我认为他会。我相信是他干的。如果你愿意，去看看那些掷弹兵的尸体吧。他们在队伍后头的几辆马车上。我打算把他们扔到你父亲脚边，再把他扔进地牢，让你们该死的国家花光所有卡纳把他赎回去。"

贝昂打了个激灵，五指攥紧，然而腰间并没有骑兵军刀。"您太过分了。"

"长官。"奥莱姆轻声道。塔玛斯的视线从贝昂身上移开，投向保镖。奥莱姆一手夹着嘴里的香烟，目光越过指尖，平静地望着塔玛斯。

塔玛斯的怒气消散了。"也许你说得对。"他对贝昂说。

"那就见见他的信使！"贝昂说，"您可以避免继续流血。"

"不，不。你对你父亲的判断是错的。但我确实说得过分了，为此我愿意道歉。你父亲破坏了和谈规则，袭击了我们——他可能不知道德利弗人快来了。他将为他的罪行付出代价，但我怀疑，付出代价的可能不是他本人，而是他的人民。流血牺牲将在所难免。"

塔玛斯突然有些不解。伊匹利应该知道，德利弗军队在路上。他应该知道，德利弗人正从西北方向攻打凯兹。那他为何还敢对亚卓营地发动突袭？

火药魔法师

他每次考虑这个问题,都会得出同样的结论:伊匹利知道了卡-珀儿的存在,知道她压制了克雷西米尔,所以不顾一切要抓到她。也许他现在已经知道了如何唤醒克雷西米尔,借助神力摧毁一切障碍。伊匹利已经疯到了这种地步?塔涅尔讲过偷盗克雷西米尔染血床单那晚的经历,让塔玛斯浑身起了层鸡皮疙瘩。伊匹利真的愿意招惹那个疯神?

塔玛斯闪过一个念头。面对疯神,不知德利弗王党有没有一战之力。

这事塔玛斯不想告诉贝昂。他说:"你父亲派信使是为了拖延时间。他企图骗我按兵不动,与此同时,他好从凯兹国内调来援军。我不会上他的当。"

贝昂不再争辩,而是低头盯着鞍角沉思。塔玛斯心满意足,希望贝昂保持沉默,同时他也好奇,塔涅尔对他派维罗拉和加夫里尔去帮忙有何反应。这是个艰难的决定——可能导致塔涅尔心浮气躁。但塔玛斯认为,只要塔涅尔想救回他的蛮子爱人,就必须跟维罗拉合作。火药党里再没有比他俩更致命的搭档了,除了塔涅尔和塔玛斯自己。

也许加夫里尔能让他俩冷静下来。

奥莱姆做个手势,塔玛斯望向一个策马疾驰的信使。她穿着银蓝相间的亚卓龙骑兵军服,满身都是汗水和灰尘,塔玛斯还注意到,她的银色衣领上有血。她在塔玛斯前面勒马、敬礼。

"第七十九团龙骑兵萨莉下士报告,长官。请容我喘口气,长官!"

"批准。"塔玛斯与奥莱姆交换一下眼神。第七十九团应该在西部平原侦察敌情。那天晚上,凯兹尊权者越过平原,撞上了他的龙骑兵?"贝昂将军,请回避一下。"塔玛斯等凯兹王子退到远处才开口,"你受伤了,士兵?"

她一脸茫然,摸摸衣领。"哦,您说这个?不是我的血,长官。

是凯兹胸甲骑兵的。"

奥莱姆催马过来，递上一只水壶。她感激地接过，一口气喝掉大半，又往脸和脖子上洒了些水，然后还给奥莱姆。"谢谢，长官。"

"你要报告什么？"奥莱姆问。

"我们在吉尔法罗偏北方遇到凯兹胸甲骑兵袭击。我方兵力是敌人的两倍，但他们打了我们一个措手不及。后来我们回过神，最终获胜，让他们付出了代价。"

"你们损失多少？"塔玛斯问。

"死亡一百二十七人，负伤三百一十二人。我方杀敌一百七十一人，俘虏数量是其两倍，大多是伤兵。"

"情况有些严重啊。"

"是的，长官。戴维斯上校阵亡了。"

塔玛斯骂了句脏话。戴维斯上校是个能干的骑兵指挥官，只是有时比较短视。"吉尔法罗在北边。见鬼，他们怎么跑到我们身后去了？他们在北边那么远做什么？"

萨莉下士摇摇头。"不清楚，长官。我来送信的路上，遇到我军两个团的龙骑兵。第三十六团损失惨重，他们的少校损失了所有信使，所以我代他们送来报告。"她把报告交到奥莱姆手中，"我还发现，远处有凯兹军队的踪影，西北方向，大概八里开外。看样子是龙骑兵，至少有一个团。"

塔玛斯接过报告，匆匆扫了眼，又还给奥莱姆。"稍事休息，下士。一刻钟后，我会传达命令给第七十九团。"

信使敬个礼，策马离开了。塔玛斯暗暗咒骂。"我再也损失不起高级军官了。查一下，第七十九团有没有值得提拔的人才。如果没有，从我之前给你的名单里挑一个。"

"是，长官。"奥莱姆说。

"还有，派人联系我方龙骑兵部队。通知他们，伊匹利企图利用

火药魔法师

平原优势打击我军。他可能在谈判的第二天,将残余骑兵全都派去了北边。他们得保持警惕,提防埋伏。他想玩声东击西,我绝不能让他得逞。派个信使去见苏拉姆,请他调遣两千龙骑兵支援我们。"塔玛斯试图理清头绪。战斗可能在南边不远处打响,也就是塔涅尔追击那帮凯兹尊权者的方向。也许凯兹骑兵是在掩护撤退的掷弹兵。

"我们的胸甲骑兵呢,长官?"

"他们在开阔地带速度太慢。我会让他们待命,等到与凯兹正面交锋时出击。如果伊匹利为了夺取平原,派出了所有骑兵,那等正式开战,他将无力抵挡我们的骑兵。"

"可他们会从背后袭击我们,长官。"

"并与大部队失联。我们可以利用这一点。看苏拉姆有没有能骑马的尊权者。"

"哦,到时准叫伊匹利的骑兵大吃一惊。高明,长官。那边,好像又来了一个,长官。"奥莱姆点头示意,一名骑手越过坡顶,沿着道路迎向他们。

"该死。又有什么情况?"

信使是塔玛斯自己的人——来自先头部队的游骑兵。"长官。"他尚未停步就开口了。

"是不是我们接近敌营了?"

信使做个苦脸。"是啊,长官。不到四里。"

"可是?"

"可他们撤了,长官。起床就跑了。他们是今早离开的,急行军。"

塔玛斯感觉一只冰冷的手在胃里搅和。他让信使退下,坐在马鞍上沉思。

"长官?这是好事吗?"奥莱姆问。

"不是。"塔玛斯说,"正如我怀疑的:伊匹利在撤退,好拖延时间。他需要时间唤醒克雷西米尔，然后杀了我们所有人。"

"那我们怎么办，长官？"

"全力发起进攻。同时希望，塔涅尔能及时追上他的蛮子骨眼。"

"如果他来不及呢？"

"那我们死定了。到时我会拉上伊匹利垫背。"

第 29 章

"为什么不告诉我?"塔涅尔问。

他和加夫里尔并肩骑行,一路向西,尽量不去想维罗拉。维罗拉还爱着他,加夫里尔如此宣称,而她并没有当场否认。这让塔涅尔很震惊——他从未考虑过这种可能性。她跟别人上了床,对吧?也就是说,她不需要塔涅尔了,对吧?他强压了半年的情绪突然又爆发了。直到昨晚,整件事都已尘埃落定。结束了,翻篇了。结果他发现,自己打一开始就搞错了方向。

他心乱如麻,恨不得朝什么东西开枪,好能发泄一下。

身边的大汉佝偻着背,似乎昏昏欲睡,随时可能掉落马鞍。其实不然。他在探路,观察马蹄踩在泥地上的痕迹,仿佛学者正在阅读消亡已久的古代文字。

"嗯?"他声音低沉,"哦,你是说,在南派克山上?"

"对啊。"

"我喝醉了。"

"你很快就清醒了。"

"哦,那就奇怪了。我以为你知道。"

塔涅尔瞪着膀大腰圆的守山人司令。"什么?"

"我压根没想到,塔玛斯居然没告诉你,我是你舅舅。后来等我发现,情况也不允许我们再谈这个话题了。我们当时在打一场激烈的围城战。而且我觉得,你舅舅竟是个守山人醉鬼,也难怪你父亲不想告诉你。"

塔涅尔能听出他言语间的愤懑。"所以你也不想说了？这么多年来，我以为塔玛斯是我唯一的亲人。"

"真的？"加夫里尔在马鞍上坐直了，"知道吗，每次我觉得可以接受你父亲干的那些破事了，他总能给我新的惊喜。他一直没提过我？"

"大概提过，"塔涅尔说，"我知道我有几个舅舅。仅此而已。但不知道名字。"

加夫里尔嘟囔一句，轻轻拽着缰绳。"你母亲死后，我喝酒喝到人神共愤的地步。也许塔玛斯不希望我们见面。也许想起另一个亲人让他很难承受。"说完，他毫不掩饰地哼了一声。

"很难承受？我以为那家伙是铁石心肠呢。"

"这你就不知道了吧。你还有个舅舅，叫卡梅尼尔，是我弟弟。我们去暗杀伊匹利时，他还是个孩子，比你大不了多少。后来他被埋葬在凯兹。"加夫里尔抬起一只手，示意停下，指指地面。"骑手。六十人左右，昨天经过这里。他们曾在这儿休息。如果我没记错，现在我们非常接近南北通途的对角路。我们得放慢速度，做好应战准备。如果说敌人又有埋伏，那我们就快碰上了。"

维罗拉朝他们疾驰而来。塔涅尔还有一大堆问题想问加夫里尔，现在只能放到一边，同时压下困惑的冲动。维罗拉曾带一名神枪手到前面侦察。看到她压低身子伏在马鞍上，塔涅尔就知道她发现了敌情。

"再有半里地就到路口。"她一来就说，"掷弹兵在前面设了埋伏。"

"你怎么知道？"不等塔涅尔开口，加夫里尔抢先问道。

"他们守在南边不到二里外的路边。我接近时感知到了火药，预估了他们的兵力部署，然后就回来了。"

火药魔法师

塔涅尔问:"有没有尊权者?"

"我睁开第三只眼,但没看到。"

"很好。应该是尊权者派他们拦截我们。知道了他们的部署,我们就占了优势。正好可以利用他们的埋伏,反将一军。"

"还有更好的办法。"维罗拉说,"我可以直接引爆他们的所有火药。一次解决所有人。那么远的距离,很少有火药魔法师能做到。"

"很少?只有你一个。"

维罗拉冲他一笑。"所以他们想不到。"

"他们也许带着卡-珀儿。"

"既然尊权者不在,应该不会。"加夫里尔说,"既然他们知道她带着什么,肯定会押着她先走一步。"

的确。他们一路上会紧紧看着她。可是……可是万一没带上她呢?维罗拉引燃全部火药,会把她跟掷弹兵一起炸死。"我不能冒这个险。"

"在他方能看到她吗?"维罗拉问。

"她有灵光。但大多数人看不到。"

"你能?"

"能。"

"那你跟着我。我们俩可以悄悄摸过去,确认她在不在。如果有尊权者,你负责解决,我来引燃火药。叫神枪手在半里外待命,准备收拾残局。"

塔涅尔检查一遍手枪,确认它们都上了膛。"就这么办。"

他们继续骑行,来到丁字路口,对角路横在眼前。维罗拉带着斥候走在前面,塔涅尔和加夫里尔尾随其后。他很想问问守山人司令关于母亲的事,但又开不了口。维罗拉依然爱着他,而他的爱人却在凯兹人手里,他们即将迎战半个连队的掷弹兵。

"塔涅尔,"加夫里尔的声音拽回了他的思绪,"坏消息。"

"什么？"

"有骑手朝北去了，就在路口。"

"什么意思？"

加夫里尔翻身下马，仔细检查路口的地面，同时含糊不清地喃喃自语。"八个，也可能十个，脱离了大部队，往北去了。其他人往南。"

"你确定？"塔涅尔突然有些担心。万一凯兹人留了后手呢？如果塔涅尔带队转向南边，应对敌人的埋伏，结果他们从背后杀来，那可怎么办？他把感知力释放到极限，试图搜寻卡-珀儿、尊权者或火药的痕迹，但什么都没有。

"不能百分之百确定。"加夫里尔说，"也可能是行人。或者亚卓的巡逻队尚未发现深入亚卓的凯兹人。该死，还有可能是守山人，从山上下来伐木或采购补给。"

他们确实不该向北。没意义啊。除了几百里外的亚卓，北方什么都没有。他们可以越过高地关隘去德利弗，但在阿尔威辛事件之后，德利弗已经参战。凯兹人在他们的领土只有死路一条。

"诺玲。"塔涅尔说。

火药魔法师策马来到塔涅尔面前，敬礼。"长官？"

"在我们当中，数你骑术最精，眼力最好。你跟着加夫里尔，去北边看看凯兹人有没有设下陷阱。我和维罗拉去南边解决掷弹兵。你俩负责告诉我们，凯兹人有没有可能出现在我们身后。弗莱瑞、多尔和神枪手守在路上，保护我们后方。"

"是，长官。"

加夫里尔缓缓点头。"分头行动有风险。但这是最好的办法了，以防他们突然袭击。"

"那就行动吧。"塔涅尔扫视周围的士兵和火药魔法师，"我们去杀凯兹人。"

火药魔法师

塔涅尔下了马,把缰绳交给一名神枪手,收拾好手枪、步枪和剑。维罗拉跟在他后面,轻手轻脚钻进树林,往东边几百码处迂回。这样他们就能避开凯兹人的埋伏,从侧面接近掷弹兵——对方绝对想不到,穷追不舍的火药魔法师会放慢速度,另作他图。

其实也没怎么放慢速度。很少有人能像他和维罗拉一样悄无声息地钻进林子,而且他们都进入了火药迷醉状态,行动能力和反应速度都大为提高。塔涅尔能听到两百步外枝条断裂和林木摇曳的响动。这些信息噪声也是火药魔法师的训练内容,以区分森林里哪些声音来自动物,哪些来自人。

想到他们必须在林中保持静默,心无旁骛地悄然前进,塔涅尔顿感释然。此时此刻,他不能因维罗拉而分心。杂念如阴影般萦绕在心头,但被他强行驱散。

他知道,它们还会回来的。

他让维罗拉带路。不到半个钟头,她举起一只拳头,伏在灌木丛中。塔涅尔爬到她身边。

"还有半里地。"她说。

"很近了。"

"我最远能在这里引爆,我能明确感知到所有人的位置。他们在路两边,占据了高地。"她按着太阳穴,沉默片刻,双眼恍惚。"大概有六十人。"

"不错。"塔涅尔说,"有尊权者吗?"

"没有。我感觉不到你的蛮子丫头。你最好搜索一下。"

塔涅尔吸了些火药,故意忽略维罗拉那句"你的蛮子丫头"和她责难的语气。他睁开第三只眼,扶着粗糙的树皮,稳住脚步,观察凯兹人的陷阱。

他仔细感知黑火药所在的区域,同时眯起眼睛张望,在他方搜寻熟悉的、色彩柔和的暗淡光芒,也就是卡-珀儿的灵光。她的光芒强度介于赋能者和尊权者之间，但颜色暗沉不少，所以不容易发现。

几分钟后，他闭上第三只眼，额头抵着手背休息片刻，克服恶心感。恢复正常后，他说："没发现她的踪迹。他们中间没有赋能者，你有没有觉得奇怪？"

"既然你提了，确实……"维罗拉盯着凯兹人所在的方位，"可能有一两个，但在突袭我们营地时被打死了。"

塔涅尔掩藏住内心深处的疑虑。"也许吧。你准备好了？"

"好了。"维罗拉往前移动几尺，蹲在一棵倒伏的树后，背靠中空的树干，步枪横在膝盖上，闭上双眼。塔涅尔看到她嘴角浮出笑意，察觉到她释放出感知力。

凭借火药魔法师的感知力，他感应到一连串爆炸。紧接着，他听到一声巨响，犹如战场上炮火齐鸣。

"冲。"维罗拉说。

塔涅尔跃过倒伏的树干，向前狂奔，步枪在手，两眼睁大，寻找身穿褐绿军服的凯兹掷弹兵。他听到维罗拉在右后方。干燥的树叶在他脚下吱嘎作响，树枝抽打着他的脸和胳膊。这时没必要偷偷摸摸了，而要在幸存者反应过来之前了结他们。

爆炸一定会让他们晕头转向、茫然失措——而不仅仅是受伤——他们会以为对方足有一整个旅。塔涅尔必须尽快，在他们发现敌人只有两个火药魔法师之前，将他们俘虏或击杀。

他跑到一座山丘顶上，停下来张望。"哪边？"他气喘吁吁地问。

"前面！"维罗拉迅疾如风，飞快地越过塔涅尔。她已经装上了刺刀。塔涅尔骂了一句，装好刺刀，追了上去。

接近另一座山丘顶端时，他刹住脚步，躲在一棵树后。他看到维罗拉在前面，正把步枪挎到肩上，拔出手枪，缓缓起身。

塔涅尔等她打出继续前进的手势，同时倾听受伤的哀号和垂死的呜咽。然而，什么都没有。在他超常敏锐的耳朵听来，树林里静得可

火药魔法师

怕。没有飞禽,没有走兽。维罗拉引燃火药,直接干掉了所有掷弹兵?似乎不太可能。

维罗拉默不作声,塔涅尔等了很久,终于耗尽了耐心。他端着步枪,冲到维罗拉身旁。

下方的景象让他目瞪口呆。他从这里能看见大路,他们所在的山丘和道路对面的山坡上全是火药爆炸的痕迹。树木焦黑,叶片枯萎,落在地上的枝条仍在燃烧,火药的烟云弥漫在空中。地面坑坑洼洼。

受害的只是些树木,还有几只倒霉的松鼠。

塔涅尔端着步枪,原地转圈,目光在周围的树林间逡巡,寻找陷阱中的陷阱。但没有一丝活物的迹象。

"我不明白。"维罗拉说,"他们是要迷惑我们?拖慢我们的速度?"

附近有什么动静,吸引了塔涅尔的眼球。他凑近些观察,是火药筒的皮带,末端被烧掉了,但皮带竟然完好无损,悬在一根树枝上轻轻摇晃,像在嘲笑他们。塔涅尔的心在胸腔间咚咚直跳,他想搞清的不是他们怎么中的计,而是为什么。

"听到什么没?"维罗拉问。

塔涅尔歪着头捕捉微风,等待声音传入耳中。很快,来了。

"是惨叫声。"塔涅尔回答。说话时,他已经冲向大路。惨叫是从北边传来的。来自待命的神枪手。

陷阱不止这一处。

塔涅尔踩着坚实的泥土,在大路上狂奔。

他听到身后传来维罗拉沉重的脚步声,顺手从腰袋里掏出个火药包,塞进嘴里,嚼着粗糙的黑火药。匆忙中,他掉了几个火药包,但此时已顾不上了。

敌人的把戏很简单。简直一目了然。他们料到塔玛斯会派火药魔法师追来。火药魔法师察觉到埋伏，便不会贸然接近，这时他们再从后方偷袭。或者就像现在这样，他与弟兄们分头行动。而他毫不犹豫地踏进了陷阱！

不到两分钟，他和维罗拉就回到先前的位置，可惜已经晚了。

他绕过一个弯，立刻发现：六十多名凯兹掷弹兵，手持长矛和厚重的军刀，没用黑火药，朝神枪手发起了疯狂的进攻。人和马的尸体散落在路边和周围的树林里。虽然还活着的凯兹掷弹兵不到十五人，但神枪手已全军覆没，包括多尔和弗莱瑞。

塔涅尔加快脚步，冲向依然存活的凯兹人，但有人抱住他的腰，把他从路上扔进了干涸的河床。

他重重地倒地，维罗拉压在他身上。

"你……"他刚张开嘴。

"嘘。"

他半晌没说话，等维罗拉从河床里探出头去。"你他妈干吗？"他轻声问。

"弟兄们都完了。"她说，"直接冲过去等于送死。"

塔涅尔抓过帽子。"要不了多久，他们会发现队伍里不止有两个火药魔法师，然后会来找我们。"

"给我点时间，让我想想。"

塔涅尔端起步枪。"没时间了。加夫里尔和诺玲，还记得他俩吧？跟我们一样，他们也听到了惨叫。"

"该死。"

塔涅尔拍拍她的肩膀。"去吧。到大路对面，占据那边的高地，看到我的信号就射杀他们。"

"好。"维罗拉顺着河床，撤到大路转弯处，然后冲到对面。塔涅尔数了三十秒，猫着腰跑出去。

火药魔法师

路边四十步外有个山包，他绕到后面。他的眼睛早在法崔思特森林里受过锻炼，这时立刻发现了掷弹兵留下的痕迹。他们曾躲在山包后面，等待神枪手经过，然后发动突袭——可能是两面夹击，因为他们用不了火枪，也就不用担心交叉火力会误伤同伴。

他来到山包顶上，伏在一棵树边，下方的大路尽收眼底。掷弹兵围着三名浑身是血的神枪手，盛气凌人地审问他们，其他人则在处理各自的伤口。

塔涅尔往步枪里塞了两颗子弹，观察着掷弹兵军官的肩章——那是个上尉，正在负责审问。塔涅尔眼看着他弯下腰，若无其事地割开一个士兵的喉咙。

塔涅尔射出子弹，分别击中掷弹兵上尉的右太阳穴和一名军士的肚子——后者可能是上尉的副手。不等塔涅尔再次装填子弹，掷弹兵已经做出反应。他们抓过长矛，踢开身边的步枪和火药筒。这帮家伙训练有素，知道怎么对付火药魔法师。

但一个掷弹兵没找好时机，火药瞬间引爆，炸断了他一条腿。塔涅尔冷笑着装好子弹，凯兹人则忙乱地寻找掩护。他又射出两颗子弹，却只命中一个目标，一个女兵腹部中弹。他听到一个掷弹兵大喊，用的绝对不是凯兹语。

是布鲁达尼亚语？凯兹士兵为何用布鲁达尼亚语喊话？塔涅尔没空思考这个问题。十个膀大腰圆的凯兹士兵离开掩体，冲向塔涅尔所在的山包。只是谁都没注意到，其中一人的后背挨了枪子。

塔涅尔来不及装弹并射击了。他一跃而起，又往嘴里丢了个火药包，用枪管架住刺来的长矛。他连连后退，因林木茂密而难以反击，眼看着掷弹兵围了上来。

他扔掉步枪，闪向一旁，一个士兵刹不住脚，撞了上来。塔涅尔拔出匕首，刺进掷弹兵的肋部，然后将其推开，顺势夺过对方的长矛，转身格挡一把刺来的军刀。

他又干掉两人，但额头被严重割伤，喷涌的鲜血流进了眼睛。这时，维罗拉也加入战斗。她手持短剑，在掷弹兵中间闪转腾挪，火药迷醉状态让她在近距离作战中占得极大优势，很快就解决了剩下的敌人。等塔涅尔擦掉脸上的血，战斗已经结束。

路上传来马蹄声，塔涅尔气喘吁吁，循声望去，视野却一片模糊。他捡起步枪，上好子弹，准备迎敌。

加夫里尔和诺玲的坐骑在屠场前止步，不肯继续靠近。塔涅尔听到，加夫里尔在林子里破口大骂。

"塔涅尔！"加夫里尔大喊道。

"在这儿。"他一边高喊，一边迎过去。

"我们中计了。"塔涅尔说，"他们在一里外的路边布下火药，假装有人埋伏，实际上掷弹兵躲在这边的树林里。"

加夫里尔飞身下马。维罗拉跑去解救两名幸存的神枪手。

"抱歉，长官。"其中一人对塔涅尔说。维罗拉扶起他时，他疼得五官扭曲。"他们像鬼一样钻出林子。弗莱瑞和多尔奋力还击，但我们第一轮齐射后就撑不住了。他们用长矛轻松解决了我们的坐骑。"

加夫里尔开枪打死一匹惊马。诺玲帮塔涅尔缝合额上的伤口。"把他们的活口弄过来。"塔涅尔下令，"我要查清他们都知道些什么。"他头晕目眩，但还是想知道前因后果。那个陷阱太完美了，他没有丝毫怀疑。看到亚卓士兵——他的同袍——横七竖八死在路上，让他怒不可遏。但他怨不得别人，只能怪自己。

幸存的掷弹兵有二十三人，塔涅尔一眼看出，大部分人伤势过重，活不到天亮了。两个幸存的神枪手各有十来处轻伤，只要伤口不感染，应该能活下来。神枪手的坐骑——包括塔涅尔和维罗拉的——不是死了，就是抛下骑手，跑得无影无踪。

等诺玲缝好了，塔涅尔站起身。他利用刚才的时间缓过劲儿来，暂时压住疼痛和愤怒。他必须做个打算。他们耽误了宝贵的时间，还

火药魔法师

丧失了五位火药魔法师的优势。

诺玲跪在一个凯兹掷弹兵身边，取出她的针线。

"不，等等。"塔涅尔说，"他们只有老实交代，才能得到救治。"他沿着掷弹兵的队列来回走动——他们的外衣都被脱下，双手被自己的腰带捆在身后。加夫里尔站在他们面前，抱着双臂，牙关紧咬，一副不好惹的架势。

"这样如何？"塔涅尔说，"谁第一个告诉我，你们的尊权者主子还剩多少手下，谁就能第一个得到治疗。"

有几个士兵看着地面。其他人默不作声地盯着他。有些人疼得直哼哼。还有一个捂着血肉模糊的肋部低声抽泣。

塔涅尔又用凯兹语重复一遍。士兵们面面相觑，没人答话。"你们谁会说布鲁达尼亚语？我只能说几个词。"

"我会。"加夫里尔说完，嘴里叽里呱啦蹦出几个句子。俘虏们立刻来了精神，其中一人回答了问题。加夫里尔换回亚卓语。"他说只剩三个尊权者、六个掷弹兵，还有那个蛮子。"

"他们为什么说布鲁达尼亚语？"塔涅尔问，其实他心里已经有了答案。

"因为他们是布鲁达尼亚人。"维罗拉说，"跟如今占领亚多佩斯特的军队一样。"

加夫里尔说："我和诺玲追踪到新的足迹，九匹马，朝北去了。我们听见战斗声才调头。他们带着你的丫头去亚多佩斯特了。"

"我们全军都被那帮杂种骗了。"塔涅尔说，"塔玛斯打错仗了。"

第 30 章

奈娜从亚卓营地走到德利弗那边。她慢慢鼓起勇气,朝德利弗王党靠近。

没想到他们来得这么快。塔玛斯一直不让她离开,以防发生意外,需要她使用巫术——尽管她还不能稳定地从他方借用巫力,但毕竟聊胜于无嘛——也不让她陪波去找医疗者。他说波一时半会儿不能归队,万一战斗打响,两个尊权者同时缺席,代价太大了。

然而仅仅两天过后,德利弗王党就到了。塔玛斯是不是故意分开她与波?或者只是巧合?

也许是她谨慎过头了。

但波会为她骄傲的。

她经过一群又一群德利弗士兵,他们围着她打量,又保持一定距离。她身穿蓝色衣裙,布料精良,不是洗衣妇的行头,但款式又没时尚到淑女小姐的程度,她还对着借来的镜子梳理过头发。她正在好奇为何无人盘查,不知何时,一个肤色暗沉的德利弗人已凑到她身旁。

根据军衔,她认出对方是个上尉。这人面貌英俊,身材高挑,体格精瘦。他冲奈娜粲然一笑。"小姐在找路?"

"是啊,谢谢。"她察觉到,对方的手在往她腰间移动。

"要不要我带你去?"他的手轻轻扫过她的臀部。奈娜笑盈盈地转过身,一拳打中他的鼻子。

他惊叫一声,踉跄着后退,往脸上乱揉一气。"啊!妈的,臭娘

火药魔法师

们!"他恼羞成怒,扯起袖子擦擦鼻子,看到染血的袖口,立刻伸手摸向腰间。"你惹祸了,丫头。"

就在奈娜的指节撞上对方鼻梁的瞬间,她意识到自己不该冲动。她身处异国军营——没有同伴,无人引领,她对德利弗的习俗也一无所知。何况这人的衣领上佩戴着上尉军衔。他们跟亚卓军队不一样——他很可能是贵族,可以变着法找奈娜的麻烦。

"不。"她一边胡思乱想,一边迈步上前。现在只能硬着头皮撑下去了。"是我要教训你才对,你这厚脸皮。我来找德利弗王党。你再敢碰我,我就把你那只手塞进你的屁眼,从你的鼻孔里戳出来。"

德利弗上尉后退几步,露骨地上下打量奈娜,目光几度落在她裸露的双手上,像在琢磨她是不是尊权者。她能看出他在转动脑筋。权衡许久后,他终于瓮声瓮气地开口。"他们在东边的偏僻处。"

"谢谢。"

虽然直觉告诉她,不该背对那个上尉,但她还是转过身去,走向东边。如今她要扮演另一种角色,她提醒自己。好在不如她为维塔斯扮演的角色危险。她是个淑女,是尊权者,她理应得到尊重。

"你要当心,小姑娘。"德利弗人冲她大喊。

她想比划一个粗俗的手势,但又觉得有失尊权者的体面。

实际上,德利弗王党并不难找。越过一处高地,她就看到许多白色和黄绿色的大帐篷。虽然它们不如德利弗国王的帐篷高,但要宽敞许多,数量上也更多。几十顶帐篷用内部通道相互连接,可让尊权者们来去自如,免遭外人窥探。一条精美的绿色缎带缠绕在高大的木桩上,将这片区域与主营地隔开。每根木桩上都有德利弗文字和神秘符号,根据波的教导,奈娜判断这是守护咒——同时也能起到警示作用。

她沿着缎带绕到南边,找到入口。德利弗王党的卫兵全都虎背熊腰,披挂锃亮的胸甲,戴着尖刺头盔,肩扛火枪,昂身而立。

她朝卫兵中间迈出一步，立刻被火枪拦住。

"退后。"一个卫兵操着口音浓重的亚卓语，口吻里带着威胁。

她照做了。

谁都没看她第二眼。她的目光掠过一个又一个卫兵，偷偷伸出一只脚，结果又被枪管拦了回去。简直就像滑稽戏里的场景。

"我来找尊权者波巴多。"她说着收回脚。

无人回应。

"他是亚卓尊权者，两天前被人送来见你们的医疗者。"

依然沉默。

"是塔玛斯元帅派我来的。我有重要的事。"奈娜试探着说，不知塔玛斯的名号能否对王党卫兵产生影响，但他们依然面不改色。"我该找谁？"奈娜的后颈冒出一滴冷汗。这些卫兵知道波吗？波来找德利弗王党时是死是活？想到他有可能死在路上，让奈娜深感不安。

怎样才能进去呢？她需要答案。也许放火烧他们的靴子，他们就不会无视她的请求了。

奈娜扫了眼他们明晃晃的刺刀，意识到烧靴子只能害自己死于乱刀之下。她举起双手，露出规规矩矩的模样。她也做不了别的。她还不知道如何施展巫力。没有了波，也许她还不如回去，老老实实当个洗衣工。

"你有什么事？"

奈娜吓得魂飞魄散。一个女人从卫兵身后走出。她的肤色近似焦糖，比大多数德利弗人更浅，生了张长脸，但五官精致，高颧骨，窄下巴。她昂首挺胸，脊背笔直，十指扣于腰间，戴着饰有符文的尊权者手套。

"快说。"不等奈娜回答，女人不耐烦地催促道。她都没拿正眼瞧奈娜，目光越过头顶，似乎奈娜不值得她看第二眼。

"我叫奈娜。我来找尊权者波巴多。"

"他谁都不见。"

奈娜嗓子发干,咽了口口水。"我……"她闭上嘴巴,突然想起一句警告。"对待尊权者可要小心。"波说这话时,就在发现奈娜不用手套即可施展巫术后不久。"他们讨厌变化。任何变化都会影响他们在九国的至高权力。如果敌对方的王党成员发现了你独特的能力,而你还没学会保护自己,你最后的下场可能是在某个黑暗的房间,被一群尊权者医师解剖。"

"我要见他。"奈娜说。

"你是他的妓女?"

她差点呛到。"你说什么?"

女人眯起眼睛,像在重新审视奈娜。"波真是没救了。你肤色太白,个头太矮。克雷西米尔在上,他的口味越来越差了。"

"是塔玛斯元帅派我来的。"奈娜咬着舌头说,"我要知道尊权者波巴多的状况。"

"别撒谎了,村妇。一个钟头前,塔玛斯的手下来过。见鬼,你肯定没跟他多久。波就爱找些黏人的,真不应该。他还活着,你想问的就是这个吧。如果他还要你,一两周后自然会去找你。如果他不要了,你就死了这条心吧。我建议你还是朝别的亚卓军官张开大腿吧,免得耽误时间。"

奈娜差点爆发。这个女人虽然贵为尊权者,但凭什么这样对她讲话?即使她还是个卑微的洗衣工时,宅子里的夫人老爷们也从未如此无礼,哪怕是反感她的艾尔达明西夫人。

尊权者挥手驱赶她。"你要再来,我保证他永远不会见你了。"她的语气不带威胁与恶意,就像厨子谈到杀鸡一样自然。她不再说话,转身大步走开。奈娜愣在那里,不知该冲她的背影说些什么。

奈娜把双手背在背后,握紧又松开,然后慌忙滑到身边,生怕火焰点燃裙子。她往前迈出一步，结果又被两把火枪拦住。

"你该走了。"一个卫兵说道，语气里竟然带着几分同情。

奈娜转身就走，琢磨着要不要把整片该死的王党帐篷都点着，叫他们尝尝厉害。那个尊权者居然骂她是"妓女"！找个亚卓贵族张开大腿？她感觉到蓝色火焰在指尖跳跃，双手紧握成拳。

守护咒就是应对这些的，傻瓜。波的声音在她脑中响起。从他方召来一簇火焰，射向王党营地，那样倒霉的只能是她。她的脑袋会被炸碎的。

奈娜临时改变路线，绕着王党营地转圈。也许她该告诉那个女人，她是波的学徒——她是尊权者，不是可以随便打发的普通人。那样的话，也许她能得到些许尊重。

但话说回来，那个女人对任何人都不该这么无礼。

奈娜在尊权者的帐篷之间瞥见一条缝隙，里面的火塘里跃动着无烟的火焰。她踮脚张望，寻找波的身影，一个卫兵好奇地瞟了她几眼，但什么也没说。有几个尊权者，还有不少王党士兵，个个身披厚铠，手持笨重的长矛和军刀。她怀疑是因为火枪不够，但马上想起，波提过的，大多数尊权者对黑火药过敏，避之唯恐不及。

一抹笑意爬上奈娜的嘴角——在深深浅浅的黑色和棕色皮肤中间，她看到一个白皮肤的人影。波坐在火堆边，眼睛直勾勾地盯着火焰。他的面色格外苍白，除此别无异常。奈娜吸了口气，喊声却哽在喉咙里，因为一位德利弗尊权者——正是驱赶她的女人——走出相邻的帐篷，来到波身边。

波对她说了什么。她摇摇头，上前一步，两人的嘴唇贴在一起。他脸色发红，既不拒绝，也不矜持，很快回吻对方。她的手指顺着波的胸膛滑落，继续往下……

奈娜转身返回亚卓营地，走到半路才恢复冷静。一直来到塔玛斯的指挥帐前，她才意识到，这里就是自己的目的地。

火药魔法师

塔玛斯元帅站在指挥帐外,手搭凉棚,查看地上的两张地图,几块拳头大小的石头压着地图的边边角角。她走过去时,有几个军官嘀嘀咕咕,但没人拦她。

"裙子怎么了?"奥莱姆问。

她低头一看,发现自己像从煤堆里钻出来似的。裙裾处沾着两团黑色污迹,像被手上滴落的墨水染了色,她能闻到了棉布烧焦的味道。"没什么。"她说,"我们什么时候出发?"

塔玛斯哼了一声,弯腰看着地图,一言不发。

"我们在这儿扎营过夜,"奥莱姆说,"明早出发。"

"哦。好。我们什么时候跟凯兹人打仗?"

"比你希望的快。"塔玛斯嘟囔道,声音不大,她勉强才能听清。

"什么意思?"

"奈娜。"奥莱姆带着一丝警告的意味。

"没关系,奥莱姆。"塔玛斯头也不抬地说,"她还在学习成为真正的尊权者,以及他们的傲慢与清高。意思就是,尊权者奈娜,对于我想让你做的事,你还远远没做好准备。"

"什么事?"

"屠杀无数凯兹士兵。像烧纸一样烧死他们。听他们惨叫,让他们在你的巫术下化成灰。"

奈娜打了个激灵。"您为何说我没准备好?我干过一次,对吧?"奈娜确实没准备好。她埋葬了关于那场战斗的记忆,就快忘得一干二净了,此时突然想起,胃里顿时翻江倒海。

"因为这是波说的。"奥莱姆插嘴。

"你见过他?"

"一个钟头前。他还活着,但没法参战。他叮嘱我警告你——离德利弗王党远点儿。不到万不得已,我们不能暴露你的身份。"

奈娜想起那个德利弗女尊权者亲吻波,还把手探到波两腿之间。

"他当然会这么说。"

塔玛斯终于抬起头,与奥莱姆交换一个眼神。

"又来了一个信使,长官。"奥莱姆说。

"好吧。"塔玛斯疲惫地叹道。

一个身穿黄绿色军服的德利弗人骑马绕过帐篷,直到坐骑差点踩上塔玛斯的地图,他才勒住缰绳。"长官,"信使上气不接下气,"我们遭到攻击!"

"德利弗营地?"

"辎重车队。"他说。

塔玛斯冲进帐篷,冲出来时还在整理佩剑。"叫醒弟兄们!"他吩咐奥莱姆。

"长官,他们已经走了。"信使说。

"你说什么?"

"在我们组织防御之前,他们就撤了。"

"你说辎重车队?"奈娜问道。塔玛斯警告地看她一眼。不能让德利弗人知道她的存在。她深吸一口气,对抗着愤怒和汹涌而来的无力感。

"是的,女士。"信使说。

"凯兹龙骑兵是怎么到我们身后的?"塔玛斯问,"他们不可能……见鬼,是巫术干的好事?"

奈娜顺着塔玛斯的视线望去。在他们西北方,地平线上光芒闪烁,犹如十几面镜子反射着阳光。她睁开第三只眼,速度很慢,以免犯恶心。她看到绚烂的色彩在远处旋转,像在对抗什么东西——某种奇怪的黑影,在他方前所未见。黑影吸收了所有与它接触的光,就像一团乌云在地平线上移动。

不知为何,黑影触动了奈娜的潜意识,一阵恐惧袭来,让她感到恶心。

火药魔法师

塔玛斯脸上掠过一丝疑虑。他也看到了?

"我们已经派人追击了,长官。"信使说,"苏拉姆国王请您过去。"

"他最好给我个像样的解释。你们早就答应支援我方龙骑兵,就为防止这种事发生。"

塔玛斯飞快地瞟了眼奈娜。"待在这儿。"他轻声说,"做好一切准备。"说完他就离开了,招呼手下备马,奥莱姆紧随其后。

他刚才说,做好一切准备。

这话的意思不太明确。她望向西北方。光芒消失了。想起与之激战的黑影,一股寒意涌上她的脊梁。

第 31 章

来到苏拉姆国王的帐篷边,塔玛斯的怒火才渐渐熄灭。

送信的德利弗信使陪他来到御林侍卫面前便告退了,直接返回营地,塔玛斯和奥莱姆很快也被放行。塔玛斯停下脚步,望向西边,那里曾有巫力闪烁的光辉,现在战斗的痕迹已消失不见。不过在他方吞噬巫力的黑影似乎还在,令他如鲠在喉。

苏拉姆国王的帐篷与塔玛斯的区别不大,可能更宽敞些。这位国王不太讲究排场。他的奢侈品仅限于上好的毛皮、硬木椅子,以及角落里一张雕饰精美的桌子。用来睡觉和更衣的房间与客厅隔开,无论帐篷内外,角落里都有手握刺刀的保镖。

苏拉姆盘腿坐在客厅正中央的地上,屁股下是漂亮的软垫,鼻梁上架着眼镜,正在阅读一份文件。塔玛斯注意到,客厅里有两位尊权者——其中一位是苏拉姆王党的首领多兰斯大师,他体格魁伟,比塔玛斯高出一头,肤色乌黑如夜,手上戴着玉戒指,黑发在颈后盘成发髻。他站在国王身边,抱起双臂,瞪着塔玛斯。

尊权者薇薇娅则与多兰斯完全相反。她的肤色近乎咖啡与奶油的混合,眸子湛蓝,祖上显然不是纯粹的德利弗人。她脸形瘦长,颇有几分高贵,懒洋洋地坐在角落里的硬木椅上。以塔玛斯对德利弗王党的了解,这二人便是王党的核心——只是他们彼此厌恶,有些势不两立。

"薇薇娅,"奥莱姆在塔玛斯耳边低语,"照顾波的就是她。他俩

火药魔法师

是老相识。"

塔玛斯鞠了一躬。"苏拉姆国王。尊权者。"他向对方致意。

"请称呼大师。"多兰斯声音低沉。

"大师不是尊权者吗?"塔玛斯问。

"你有元帅的头衔。难道你希望我称你为'弑君者'?"

"哦,得了。"苏拉姆冲王党首领挥挥手,"用什么敬语能讨论一整天。我们有麻烦了。"

"我听说了。"塔玛斯说。没人请他坐下,于是他背着双手,俯视德利弗君王,后者似乎并不在意塔玛斯居高临下的架势。有人开口说话,但不是国王。

"这两天,凯兹龙骑兵多次劫掠我军辎重车队。"薇薇娅说。她咬字清晰,投向塔玛斯的目光不像多兰斯那么充满敌意,但也高度戒备。

塔玛斯暗骂一句。德利弗的辎重车队不仅供给德利弗人,还为亚卓军队运送粮食、药品和弹药——而亚卓军队的存货已捉襟见肘。"我已派骑兵去了平原,据我所知,贵国也派出三千骑兵支援。他们没能完成任务?"塔玛斯已有十二个钟头没接到报告了。放在平时他不会在意,现在却特别紧张。他以为,弟兄们能轻松解决从北边摸过来的凯兹骑兵。

"我们损失了一些人手。"多兰斯说。

"一些?"听口气,薇薇娅不敢相信他的用词,"你对'一些'的概念还真挺奇怪,大师。"

多兰斯冲薇薇娅龇牙咧嘴。"没问你,你就别出声。"

"不,我要出声。"薇薇娅起身离座,将平德利弗军服的前襟,"不能眼看你毁了王党。"她转向塔玛斯,"两天前,我们派出六千龙骑兵和胸甲骑兵,现在只剩不到两千七百人了。"

塔玛斯感觉天旋地转。德利弗最著名的不是骑兵,而是训练有素的步兵。但这不代表他们的骑兵不堪一击。绝对不是。他们的损失为何如此严重？

"另外，"多兰斯喝令她闭嘴，但她毫不理会，反而抬高嗓门，"我们两天就损失了八个尊权者。"

"八个尊权者！"塔玛斯直接爆发了，"怎么回事？"

"这个火药魔法师管不着。"多兰斯快步逼近薇薇娅。薇薇娅做了个防御的手势，虽说两人都没戴手套。

"坐下！"苏拉姆断喝一声。薇薇娅和多兰斯各回各位。国王叹了口气，像个为不守规矩的学生操碎了心的老师。"凯兹龙骑兵带了个破魔者。那人非常、非常强大，甚至能远距离让我方尊权者的巫术失效。他带的龙骑兵，比我方将领在哥拉面对的任何骑兵都厉害。他们连续两晚突袭我方大本营，每次至少都能杀死一位尊权者。"

"破魔者没这么厉害。"塔玛斯说。

"他还带着要命的黑守护者。"

塔玛斯似乎察觉到，多兰斯的语气里带着一丝绝望。他没想到黑守护者能对尊权者造成致命的威胁，但这也说得通。守护者是凯兹王党制造的，专门用于猎杀火药魔法师。而黑守护者则由火药魔法师转化而来。情况真是糟透了。

"那就干掉他。"塔玛斯说，"我带上我们的胸甲骑兵，你我双方合力，扫荡西部平原，彻底打垮他。"话虽如此，但他心中不免沮丧。伊匹利技高一等。他在谈判期间出尔反尔，在乱局中调遣骑兵。现在他什么都不用做，只等唤醒克雷西米尔就行。干得真他妈漂亮。

苏拉姆缓缓起身，把文件放在桌上，摘下眼镜，意味深长地看着多兰斯。德利弗王党首领扬起下巴，两人似在无声地交流。"出去。"苏拉姆终于开口。

"陛下……"

"出去。"苏拉姆重复道。

火药魔法师

多兰斯转身离开,结实的肩膀撞上塔玛斯。

"你也出去。"苏拉姆对薇薇娅说。女尊权者鞠躬告退,尾随王党首领出了帐篷。

塔玛斯端详着苏拉姆的脸。暗流汹涌,节外生枝。对他和他的军队来说,恐怕不是好事。

"我的将领们都怕了。"苏拉姆说,"那支幽灵龙骑兵吓得他们草木皆兵。他们从未在短短两天内损失这么多骑兵。他速度快,时机准,还能让我方尊权者的巫术失效,所有人都心惊胆战。他们称他为'凯兹狼'。"

塔玛斯吃不准自己更介意哪件事,是神秘的凯兹破魔者,还是德利弗人对他隐瞒了两天的信息。他们理应通力合作,协助塔玛斯。但在当前的形势下,他必须信赖德利弗人。

"仅仅两天,这个破魔者就粉碎了我方骑兵的信心。"

"损失大半兵力,倒也情有可原。"奥莱姆低声应道。

国王打量着奥莱姆,似乎在琢磨,一届平民为何敢在国王面前不卑不亢地发言。随后他嗤笑一声。"我的尊权者不肯再派骑手了。他们拒不从命。你有没有看到地平线上那场战斗?"

"看到了。"塔玛斯说。

"那是我方五个尊权者迎击凯兹狼,他们勉强才保护下我们的辎重。"

"该死。"

"跟我想说的一样。"国王敲着桌子说,"五个尊权者,杀了不到六十个凯兹龙骑兵。其余的跑了。我的将军们不敢追击。他们担心敌人设伏。"

塔玛斯盯了苏拉姆好一阵儿。德利弗国王平时从容不迫,此时却一反常态,显得焦虑不安。"我们不能被他分心。"他说,"我们必须去巴德维尔。不能拖延。"

"任凭这条野狗追着我们咬?"

塔玛斯差点说出卡-珀儿和克雷西米尔的事。苏拉姆有必要知道,塔玛斯为何迫不及待地要去巴德维尔。但他不想解释,因为这事听着就像天方夜谭。"我来解决凯兹龙骑兵。"

"我……"苏拉姆摊开双手。

"我来解决。"塔玛斯明白,苏拉姆不愿称自己人为胆小鬼。苏拉姆的将军们太依赖尊权者的力量,鲜有独立作战的经验。而在几十年前,塔玛斯和他的军队就已经适应了——即使当时还有亚卓王党。

塔玛斯离开国王的帐篷。正午已过,军队准备开拔,他知道这时应该当机立断。"奥莱姆,我……"他停了下来。多兰斯站在不远处,抱着胳膊,脸色铁青。

塔玛斯发现自己不想忍声吞气了。他迎向那位德利弗大师。"你们法力无边,却对付不了区区一个破魔者?"

多兰斯张开嘴。

"别,"塔玛斯说,"别找借口。这是战争,不是该死的政治游戏。如果你手里的家伙打不赢,那就换别的上。你们这些该死的尊权者永远不懂。"

"你是个蠢货。"

"那你就是胆小鬼。"

多兰斯放开胳膊,露出已经戴好的手套。他张开双臂,低声咆哮,像头愤怒的熊。

塔玛斯逼到多兰斯面前,与此同时,奥莱姆也拔出手枪。他抬头盯着高大的尊权者。"别犯傻。"他说,"这样不好。我老了,可我现在的火药迷醉感强得很,不等你动动手指,我就能掏了你的卵蛋。也许你完蛋之前可以杀了我,但你也将惨叫着死去。别忘了我是怎么对付亚卓王党的。"

多兰斯气得双臂发抖。时间一分一秒过去,塔玛斯感觉到汗水在

火药魔法师

背后流淌,同时心不在焉地琢磨,他是否真有能力与这位大师同归于尽。他越来越老了,反应大不如前。

多兰斯放下胳膊,扯掉手套。"我早晚会杀了你,火药魔法师。"

"等你找到机会,恐怕我早就死了。"塔玛斯迈开脚步,"走吧,奥莱姆。"

直到他们离开德利弗营地,塔玛斯才松了口气。"该死,"塔玛斯擦擦额头,"我不该威胁盟军的尊权者。"

"我以为,您在故意耍什么花招。"奥莱姆说。

"我以为,你有责任阻止我干傻事。"

"在我看来,一切都在您掌控之中。"

"那你拔枪干吗?"

奥莱姆耸耸肩。"以防万一。"

"你很会激励人嘛。"

"我尽力而为。"

一个计划在塔玛斯脑中成形。"把贝昂·杰·伊匹利找来。还有那个尊权者小姑娘。二十分钟后来我帐篷。"

"他的名字,"贝昂说,"是塞萨哈姆。"

塔玛斯眯着眼睛观察贝昂。外面凉风习习,帐篷里却温暖如春,甚至有些闷热,他只能敞着外套。疼痛深入骨髓,他记不得上次喝酒是多少年前的事了。"哥拉人的名字。"

"因为他是哥拉人。"贝昂回答。

"一个哥拉骑兵,替凯兹打仗?说不过去啊。"塔玛斯瞥了眼奥莱姆,后者怀疑地扬起一边眉毛。奈娜站在他身边,一副手足无措的模样。她换掉了那条有焦痕的裙子,此刻身穿白色便服,戴着紫色围巾。

"他在第三次战役期间换了效忠对象——正因为他变节,我们才夺下德尔菲斯。当时我还年幼,都是听父亲说的。"

"我一直对德尔菲斯的细节很好奇。这么说他是破魔者?"

贝昂捋捋军服前襟。"说真的,我不想泄露国家机密,但您已经知道了——对,这就是他变节的条件。他在哥拉是位非常强大的尊权者,但我父亲不想让异国尊权者指挥他的军队。按他的说法,塞萨哈姆当时一口答应下来。他放弃了尊权者的力量,成了破魔者。"

"破魔者以前都是尊权者,能让巫术失效。"塔玛斯见奈娜一脸茫然,解释道,"大多数破魔者一开始都没什么力量,这会影响他们破坏巫术的距离远近。我雇过一个。他太弱了,只能在极近的距离发挥作用。而力量强大的尊权者转化为破魔者之后,攻击范围会相当可观。"

贝昂看了她一眼。"能问问这位小姐是谁吗?"

"所以他是哥拉狼,而不是凯兹狼。我怎么没听说过他?"塔玛斯不理他的问题。

贝昂的视线停留在奈娜身上。"因为他加入凯兹后改了名字。"

"那他之前是谁?"哥拉战争中有不少血腥战役,牵涉到九国大多数国家。塔玛斯知道,有几个厉害的哥拉尊权者要么死亡,要么神秘失踪。

贝昂笑而不语,还在看着奈娜。塔玛斯摇摇头,他不想用奈娜的身份交换答案。仅仅为了满足自己的好奇心,不值得这么做。"总之,"贝昂接着说,"十五年来,他一直生活在某个边陲小镇等死。他是个相当厉害的骑兵,或许比我更强——而且擅长游击战。我觉得,您要抓他难度很大。"

塔玛斯没时间耽搁了。就在几个钟头前,他下达了夜间行军令,争取在奥伯戴追上凯兹军队。结果他发现,盟军——五万人之多,包括三分之一的王党——竟被一个凯兹骑兵团吓得屁滚尿流。

火药魔法师

"谢谢你,贝昂。"

凯兹王子明知自己该离开了,却仍留在原地,搓着手打量奈娜。奈娜与他对视,塔玛斯心里暗自发笑。他知道,亚卓的尊权者组织必有重建的一天。他暗暗希望会在自己死去很久之后。不过,有波巴多和奈娜作为重建的基石倒也不错。

等贝昂走了,塔玛斯起身扣好外套。"奥莱姆,你的神枪手有骑兵团吗?"

"有,长官。六百龙骑兵和三百胸甲骑兵。"

"很好。再带上五百胸甲骑兵——反正第十五旅用不着——我们去追击那个哥拉破魔者。"

奥莱姆闻言立正。"遵命,长官!"

"你想要带兵打仗的机会,奥莱姆,现在有了。别让我失望。"

"不会的,长官!"奥莱姆骄傲地挺起胸膛,笑道。

"尊权者奈娜。"

奈娜使劲咽着口水,但没回避塔玛斯的目光。他始终背着双手,让她看不出他心中的忐忑。她还很好奇,不知他的决定是否正确。

"你跟奥莱姆一起去。烧死这帮畜生。"

看到奈娜瞪圆了双眼,塔玛斯一瞬间十分满意。他跨到帐外的阳光里,通知手下,明日天亮出发。

第 32 章

骑行几个小时,奈娜的两腿开始抽筋,屁股前所未有地疼。她想知道,如果拒绝这个任务,不知塔玛斯会不会同意。

如果她真拒绝的话,也许他会同意。但她也有些疑虑。几乎没人敢对塔玛斯说不。这人将亚卓王党屠杀于睡梦之中,又把国王送上了断头台。谁敢对这种人说不呢?所以她没拒绝这个任务,尽管它听上去极其危险。她匆忙写了张字条,请他转交给尊权者波巴多。塔玛斯似乎不大愿意,但奈娜在营地里找不到别人帮忙了,最后塔玛斯还是答应了。

她越来越觉得,这次讨伐纯属找死,最后她的下场一定是横尸荒野。地平线上那团巫力难以穿透的黑影让她反胃,那就是破魔者,而她正朝他奔去。

"他到底要我做什么?"她强忍疼痛,尽可能以正常的语气说话。挺直腰板。举手投足要有尊权者的风范。

奥莱姆站在马镫上远眺,轻松的姿态让人羡慕。"计划是一剑封喉。"他说,"我们找到破魔者并杀了他,然后你对他的骑兵施放巫术。"

在他们身后,一千三百多亚卓骑兵扬起漫天烟尘。她必须承认,太壮观了。因为长途奔波,龙骑兵的军服皱皱巴巴、脏乱不整,但他们手握长剑,卡宾枪横于鞍角,胸甲骑兵的胸甲在落日的余晖下闪闪发光。她也穿着龙骑兵的军服——以亚卓蓝为底色,饰有银边,袖口

火药魔法师

为红色,长裤比裙子更方便骑马。

"德利弗人没想到吗?"

"应该想到了。"奥莱姆说。

"可他们失败了。"

"所以我们更要成功。"

"你会害我送命吗?"

奥莱姆捻着胡须,坐回马鞍。奈娜突然好奇,如果当初接受他的追求,放弃保护雅各布·艾尔达明西的执念,后来她的生活又会怎样?她会不会仍是个洗衣工,身为士兵的家属,同随营人员一起辛勤干活?或在巴德维尔沦陷时被俘,如今不是死了,就是沦为奴隶?

"尽量不会。"奥莱姆开始卷一根香烟。"如果……等我们追上那帮畜生,我要你待在队伍中间,那里最安全。"他顿了顿,舔湿烟纸,"老实说,骑兵交战时,哪儿都不安全,但在中间总要强些。破魔者应该听说过内德溪之战,幸运的话,他不会料到我们带着尊权者。"

而且我能力有限,在他方,他看不到我的灵光,奈娜默默补充道。"如果我放不出巫术呢?"

"那就缩起头。"

"说着容易。你带了剑。"

"还有手枪和卡宾枪。"奥莱姆说。

"你真会安慰人。"

"奇怪,塔玛斯说过同样的话。"

"塔玛斯?你对元帅就直呼其名吗?"

奥莱姆嘟囔一声。"这样当然不好。抱歉。多少有点紧张。我跟着骑兵行过军,甚至参加过几次小规模战斗,但我还是第一次指挥军队。"

"哦,那我更放心了。"

奥莱姆瑟缩一下。奈娜后悔不该这么说话。"你能做到的。"

"谢谢,老妈。"他说,"别担心。重担压在我手下军官们的肩上。要说我会干吗,就是挑人的眼力好。即使我不行,他们也能做好。"

"你该给自己一点信心。"

"是吗?"奥莱姆把卷好的香烟塞进嘴里,开始检查马鞍上的卡宾枪。

"是啊。"

"你当时没给我。"

奈娜一惊。这话什么意思?"等等。"

他举起一只手。"陈年旧事了。"他说,"当我没说。"

奈娜沉着脸,看着他招来一名军官,下令扎营。等军官离开,奥莱姆掸掉烟灰。

"我不想伤害你,"奈娜说。

"哦?"

"那是有原因的。"她接着说。雅各布需要她的保护。那时她不信任塔玛斯,随后又被维塔斯抓去,继而卷入波的战斗。她希望能把一切都告诉奥莱姆,但不知从何说起。"我当时真的喜欢你。"

"哇哦,真会安慰人。"

"别像个傻瓜。"奈娜大声说,"我当时想跟你在一起。我拒绝你,是因为我必须保护雅各布。"她突然闭上嘴巴,冲奥莱姆不断眨眼,难以相信自己刚才说的话。

"哦。"奥莱姆闻言扬起眉毛,吃惊地歪着头。

奈娜拍掉军服上的少许灰尘。"真的……我很抱歉。我也希望当初答应你,但你也说——都是陈年旧事了。"

奥莱姆沉默良久,看着弟兄们纷纷下马,钉下拴马桩,为扎营做准备。沉默快把奈娜逼疯了,他终于在鞍角按灭香烟,把烟头弹进茂密的草丛。"我找个弟兄,帮你弄些石头,扔到火里烤热。能缓解屁

火药魔法师

股疼。"

"什么?"

"热乎乎的石头,裹上皮子,夹在两腿之间。等明天一早,你底下的零件就没那么疼了。"

奈娜更喜欢在亚多佩斯特时那个腼腆的奥莱姆。现在的他……好像太油滑了。"谢谢。"

奥莱姆点点头作为回应,两眼望着地平线。

"怎么了?"她问。

奥莱姆从鞍包里取出望远镜,举到眼前。奈娜若有所思地眯着眼睛,望向西边,在落日的余晖下,她看到一个骑手的身影。她听到急促的吸气声,奥莱姆放下望远镜。

"停下,弟兄们!"他转头大喊,"凯兹人在西边!"

全员上马的速度让奈娜头晕。五分钟之内,所有人都回到马鞍上,蹄声如雷,在奈娜耳边炸响,肾上腺素驱散了整日骑马的痛楚。

奥莱姆点了十几个斥候,安排胸甲骑兵居中,龙骑兵位于两翼,在渐暗的暮色中登上高地。

奈娜看到,远处有个黑点,是一名凯兹骑手在平原上奔驰。

"你能不能做些什么?"奥莱姆问。

"什么?当然不能。我能做什么?对尊权者的巫术来说,他离得太远,即使我有信心打中他。"

他僵硬地点点头,下达前进的指令,目不转睛地盯着斥候们在前方的平原散开。他的眼神里含着犹豫——这是机会还是陷阱?

他们追逐那个凯兹骑手。奈娜发现,右翼的龙骑兵翻过山丘,朝北边去了,消失在视野之外,左翼则以相同的弧形阵线越过远处一片麦田。她浑身发冷,为不见踪影的五百骑兵担忧。如果是陷阱呢?他们能及时撤回来吗?

胸甲骑兵翻上低矮的土丘时,太阳几乎落山,眼前突然出现一道坡度陡峭的山谷。不到一里外,奈娜看到篝火点点,还有拴在木桩上的马群。

"我们找到了敌人的营地!"一个斥候气喘吁吁地向奥莱姆报告。

"看到了。"奥莱姆通过望远镜观察,一脸愕然。

"是陷阱吗?"奈娜问。

"他们乱得像被踢散的蚁丘。"奥莱姆说,"很可能是陷阱……但也可能是我们走运。列队!"他吼道,"三列,中央突破,两边夹击!"

胸甲骑兵一分为三。其中一队前往山谷北边,第二队直取中路。奈娜所在的队伍以奥莱姆为首,贴着南边前进。随着距离越来越近,奈娜看到一群又一群凯兹人骑马离开营地——并非慌张地逃跑,而是有组织地撤退。

"快,该死的!"奥莱姆大喊。他歪着头捕捉风声,奈娜听到北边和南边传来军号。"前面一马平川,我们能追上那帮畜生!"

万马奔腾,奈娜强压恐惧。冲进山谷时,她看到居中的队伍已经踏过凯兹营地。

山谷不长,不到半里后有道狭窄而陡峭的斜坡。凯兹骑兵爬上斜坡,前方便是平原。奈娜以为坡地会降低他们的速度,结果吃了一惊,敌军竟然毫不停顿地冲了上去。

奥莱姆的胸甲骑兵紧追不舍,距凯兹骑兵还有四分之一里,但奈娜看得出来,他们不可能追上敌人。盔甲和重武器拖慢了胸甲骑兵的速度,而凯兹骑兵没穿盔甲,武器更加轻便,逃离营地时还丢下了铺盖卷和补给。

前方的平原起伏平缓,太阳快要落山了,一览无余的麦田即将消失在无数丘陵投下的阴影间。凯兹人马上就要进入丘陵地带了,未知

火药魔法师

的黑暗让她打了个寒战。

她听到奥莱姆声嘶力竭地咒骂。他压低身子，快马加鞭。奈娜闪过一个念头，万一哪匹马失了前蹄，被绊倒在地，后面的根本躲闪不及。前面有东西吸引了她的目光，她差点欢呼起来，一支亚卓龙骑兵突然从北边冲进视野。

他们几乎处在凯兹骑兵最打头的位置。手枪开火的"砰砰"声随之传来。奈娜估计，亚卓军和凯兹人会绞缠在一起，发生一场激战。不料龙骑兵来了个急转弯，继续追击——他们竟然没能切断凯兹人的退路。

奥莱姆突然拽住奈娜的缰绳，两人脱离了胸甲骑兵的队首。"火，"他大喊，"快！"

火？巫术！奈娜的脑子一片空白，波教的课程全忘了，指头一阵麻木。凯兹人离得太远了！她怎么可能烧到他们？

她抬起双手，翻起眼球，将意识集中在他方，用两根手指扯来一道火焰，顺风引向凯兹骑兵。出乎意料的是，火焰出现在数百码外的空中，在凯兹人头顶上方盘旋。而她另一只手动作过大，火焰猛烈坠地，一时间火花如雨。她的两手抖得厉害，注意力也涣散了。

慢慢地，她掌控了火焰，驱使其向前推进。奥莱姆的龙骑兵分成两路，为火焰让开通道。她的心脏在胸腔间狂跳，火焰逼近猎物，犹如从深渊汹涌而出的巨浪。她成功了！她有能力追上去，阻击敌人。她拼命保持专注，让火浪不断推进。

一团浓如墨的黑影从丘陵暗处飘来，奈娜的火浪骤然熄灭。她猝不及防，差点摔落马下。仿佛有只冰冷的手掠过她的意识边缘，然后消失不见。

"喊他们回来！"奥莱姆说。

军号疯狂吹响，她看到龙骑兵逐渐放慢脚步。她扯着缰绳，与激动过头的坐骑角力，最后还是奥莱姆帮了她一把，马儿才恢复平静。

"为什么喊他们回来?"奈娜问,试图驱散黑影带来的恐惧感。

"我不想深更半夜,跟着那头哥拉狼进入布鲁德藏身地。"

"我的火……"

"破魔者在那边。我看到他在他方施加影响。"

奈娜颤巍巍吸了口气。"布鲁德藏身地是什么?"

"就是迷宫般的丘陵与山谷,从这里开始,穿过西边的森林,直到乌木堆山。"奥莱姆弯腰啐了一口。"妈的!我们本有大好的机会——他们没发现我们——结果搞砸了。"

奈娜看了他一会儿,胸甲骑兵的咒骂也传到她耳里。眼前的局面谁都高兴不起来。"我们要追进去,是吗?"

奥莱姆点点头。"是啊,但要等到天亮。"

奈娜很想告诉他,这个选择极不明智。她听了贝昂·杰·伊匹利对哥拉狼的描述。奥莱姆也提到了他们与德利弗大师的谈话。深入这片丘陵,对付破魔者,会让他们全军覆没。

她又想起,波叮嘱过她,要表现得像个尊权者,于是打消了劝阻的念头。她回忆起德利弗女尊权者俯身亲吻波,一股醋意涌上心头。最后她说:"那就等到天亮吧。我们决不能放过那个杂种。"

第 33 章

爆炸发生两天后,里卡德把竞选大本营从炸毁的荣耀劳力工会总部,搬到了亚多佩斯特城中心的一家豪华酒店。

金南酒店距选举广场只有几个街区,却接连逃过曼豪奇被处决后引发的暴乱、保王派叛乱造成的破坏,还有春天发生的那场大地震。在城中心,这样的建筑并不多。酒店只有三层楼,但占据了整整一个街区。

酒店也属于里卡德·汤布拉,埃达迈认为,这正是它在暴乱中完好无损的原因之一 ——工会曾派人严防死守,保护它的平安。

如今,酒店更是守备森严。每个入口都有不少于四名工会成员看守。楼顶安排了枪手,街上有武装工人巡逻。埃达迈三次出示证件,才得以进入酒店华丽的大堂。走向二楼东翼时,他仍能感觉到背后有人盯着。

他再次出示证件,终于见到了里卡德。

工会老板两脚搭在桌子上,椅背后仰,嘴里咬了根雪茄,左边太阳穴敷着块湿布。"不,我不计较成本。"里卡德对一个职员说,嗓门有点大,"给我买下城里每一匹丝绸,然后……哦,埃达迈!"里卡德驱散面前的烟气,扬了扬下巴,职员识趣地退下。

"这个节骨眼,你还买丝绸?"

"小小的经济战。"里卡德享受着雪茄烟的香气,"我们收到消息,克莱蒙特已经许诺纺织工会,一旦他成功当选,就降低生丝的进口价格。只要我控制了城内所有存货,同时盯着他从山外带了什么东西,他就兑现不了诺言。"

"纺织工会?"埃达迈缩进一把椅子,年纪大了,能坐下来真是再好不过。"那不是你的地盘吗?"

"工会的头儿在上次爆炸中死了。"里卡德说,"选择继任者需要争论几个月,克莱蒙特肯定会利用这段时间,从中作梗。没错,那是我的地盘。我决不能让他夺走。"

"我还是觉得,你该立刻行使紧急处置权,指定新任纺织工会的头儿。"突如其来的说话声吓了埃达迈一跳。他起身离座,循声望去——那边有扇窗户,一个女人倚着窗帘,左臂吊着绷带,右手端一杯酒,俯视着窗外的街道。

她年约五十,身穿镶黑边的紫色裙子,脸颊丰满,一双杏眼,目光如电。她飞快地打量一番埃达迈。

"抱歉,女士,我没看到你。"他在记忆里对照名字和面相。

她微微抬起酒杯。"我叫凯丽丝,是……"

"银行工会的头儿。"埃达迈接过话茬,"几个月前,我们见过。"

"抱歉,我不记得了。"她放下酒杯,整理一下绷带,又端了起来。

"我是侦探埃达迈。"

"哦,对!过目不忘的赋能者。这些年来,里卡德经常提起你。我不该忘记。十分抱歉。这段时间,你经历了……"她难过地咂着舌头,没再说下去。

埃达迈瞪了里卡德一眼。他干吗把朋友的遭遇告诉这个女人——告诉别人?

里卡德耸耸肩以示歉意。"上次爆炸你有线索了?"

"要不要私下谈?"

"凯丽丝当时也在。爆炸发生后,一根横梁掉下来,砸坏了她的胳膊。她跟我一样,想知道内情。"

"可我们能相信她吗?""大难不死,你的状态看着真不错。"

凯丽丝脸色微红。"不妨告诉你,我今天吸了些马拉烟——为了止疼——还喝了不少酒。"她响亮地咯咯笑了,一点没有埃达迈想象中的矜持。

"当然。情理之中。"埃达迈坐回椅子。

"昨天你跟警察去了一趟?"里卡德问。

"是啊。"

"结果呢?你觉得是克莱蒙特干的吗?就是他,对吧?那个杂种。我要扯碎他的四肢,我要……"

"不是克莱蒙特。"埃达迈说。

里卡德蹦了起来,开始踱步。"什么意思?你确定吗?"

"百分之百确定。"埃达迈说。

凯丽丝插嘴问道:"怎么确定的?"

"相信我,女士。不是克莱蒙特干的。"

"等你解释完如何确定之后,我才会相信你。"凯丽丝说,"他有手段,有动机。十有八九就是他下的命令。"

"呸。"里卡德停下脚步,又拿了根雪茄,点燃。"既然埃达迈说不是克莱蒙特,那就不是他。到底是谁呢?"

"还不知道。我刚开始调查。你有不少敌人,对吧?"

"哪有。"里卡德似乎被冒犯了,"我朋友遍天下。我最擅长交朋友。朋友远比敌人有用。"

埃达迈意味深长地看着里卡德。

"好吧,也许有。对,有。我有敌人,但不算多。"

"他们当中有人希望你死吗?"

"我不知道有人会恨我恨到那种地步。也许某个工会的头儿恨我。近年来,有一两个人觊觎我的位置。"

"谁？"

"炼铁工会的头儿，贾科·朗。清道夫工会的头儿，海瑟夫人。"

"她被炸死了。"凯丽丝平静地说。

"哦。对。"里卡德伸出一根手指，"赫鲁施街的枪匠有嫌疑。他们熟悉火药。之前我想把他们收编进工会，惹得他们很不高兴。"

"你有纺织工会新任头目的候选人名单吗？"埃达迈突然想到一个问题，不等它溜走就说了出来。

"当然有。但我一个都看不上。"

"而你有权直接指任一个？"

"严格意义上说，可以。紧急情况下。不过那会得罪很多人。"

"葡萄藤街外的纺织厂有个工头，名叫玛吉，脑子相当灵活。如果你指任她，兴许能改善局面。"

"不认识。"凯丽丝说，"有意思。"

"只是我的个人意见。她政治上偏保守，喜欢表达政治见解，但不惹事。她对塔玛斯和议会都没有好感，但绝对不会支持克莱蒙特。毕竟他推倒了城内所有教堂。"

"菲尔！"里卡德大喊，"菲尔，人呢，该死！"

话音未落，那个女人就出现在门口，微微鞠躬。"您找我，先生？"

"查一个叫玛吉的女人。看她能否胜任纺织工会的头儿。她是一家纺织厂的工头，在……"

"葡萄藤街。"埃达迈接道。

"对。葡萄藤街。"

"是，先生。下午好，侦探。"

"下午好，菲尔。"

"我这就派人过去，先生。"菲尔对里卡德说。

"要神不知鬼不觉。我不希望任何人听到风声。"

火药魔法师

房间另一头的落地钟突然敲了两下。凯丽丝从裙子里掏出一只怀表,看看时间,然后走到里卡德面前,轻吻他的脸颊。"我得走了。"
"今晚还来?"
"当然。"
她向埃达迈道别,迅速离开了。里卡德走到窗边,就是她刚才站的位置,拳头撑着下巴。"怎么回事?"埃达迈问。
"什么怎么回事?"
"她亲了你。你俩……"
里卡德掠过一抹生硬的微笑。"可能有点儿。"
"我记得你说过,她讨厌你。"
"我俩是强强联手,互有所需。"
"所以,她并不讨厌你?"
"哦,她讨厌我。我也讨厌她。我俩相恋十五年了,有分有合。你懂的。激情,政治。"
"你都不告诉我?"
"谁都有点儿秘密。"
"这些年,你结过好几次婚。"
里卡德不置可否地耸耸肩。"凯丽丝很聪明,有野心。这一点很吸引我。我的金钱和野心也能吸引她。我俩是天造地设的一对。但等一切结束,我俩的关系又会回到你死我活的状态。"
"用词真有趣。"
"什么?哦,我知道你在想什么。"里卡德说,"凯丽丝没有杀我的动机。她得不到任何好处。我的遗嘱里没她的份儿,其他工会的头儿大多讨厌她。没有我的支持,她不用一年就得离开工会。"
"明白了。"埃达迈的疑虑并未打消。稍后他要仔细回忆一番,检索他对凯丽丝的印象——以及从里卡德口里听说的。如果他俩真的相恋多年,那也掩饰得太好了。埃达迈突然意识到,里卡德既能干些惊天动地的大事，也有心细如发的一面，而大多数人往往忽视了后者。

"克莱蒙特的介入也带来了一些好处。"里卡德说。

"哦？"

"现在我得到了宗教势力的支持。"

埃达迈忍不住大笑一声。"太阳打西边出来了？"

"来根雪茄？"里卡德轻轻一笑，问道，"还是酒？"不等埃达迈回答，他又招呼菲尔。

副会长再次出现在门口，一手拿着一瓶酒，一手捏着两只杯子。"早就想到了，先生。"

"埃达迈，我有没有说过，离了这个女人，我简直活不下去？"

菲尔斟了两杯酒，递给埃达迈一杯。他晃晃酒杯，喝了一小口，端详这位副会长。助理、政治联络员、美女、保镖、杀手。在全世界最特别的精修学校受过训，里卡德是这么说的。菲尔是里卡德手下——好吧，可以说是有史以来——最得力的干将，身份介于奴隶与佣人之间。

她会背叛里卡德吗？

埃达迈否定了这个想法。里卡德完全信任菲尔。如果她想杀里卡德，办法何止千万。最近几个月，菲尔就有好几次杀死或摧毁他的机会。除非她在放长线钓大鱼……

"里卡德。"

"什么？"

"克莱蒙特真有可能赢吗？"

"什么？当然不可能。他是外国人。他破坏了历史悠久的公共财产。他是恐怖分子。"

"认真点儿，里卡德。"

里卡德夹着雪茄，端着酒杯，继续踱步。他停在房间另一头，一口气喝完杯里的酒。

看来他不想回答。埃达迈转向菲尔，后者已在对面墙边的椅子上就座，单脚压在屁股底下，另一边的膝盖抵着前胸——对一个穿黑色正装的人而言，这个姿势并不容易。"克莱蒙特可能赢吗？"他问她。

她瞥了眼里卡德。"赢面很大。最近几周，支持他的人数量相当可观——其中不少已被中间人打通了关节。"

"维塔斯？"仅仅说出这个名字，就让埃达迈起了鸡皮疙瘩。

"有些是的。"菲尔承认，"他在城里专门干这种事，为克莱蒙特铺路。维塔斯被抓后，我们得到了被他贿赂、引诱、威胁，从而支持克莱蒙特的人员名单。有些已被我们争取过来。有些还在他控制之下。"

"形势比我们想象的更糟。"

"糟糕透顶。"菲尔说，"有几个名声在外的枪匠支持他，巧合的是，布鲁达尼亚-哥拉贸易公司签下了无数购买赫鲁施步枪的合同。几十个大商人为他的竞选助力，甚至不肯接见我们派去的人。我们认为，他们畏惧贸易公司及其在航运上的实力。他的民众认可度也很高，公认是他保护了都城。"

"有一天，我在报纸上看到，"埃达迈说，"他声称，自从他的军队抵达都城，凯兹人就不敢进攻了。只字没提塔玛斯元帅和亚卓军队。"

"当然，"里卡德说，"这就是政治。"

埃达迈半信半疑地叹口气。"要是他赢了……一个外国人就成了我国的最高领导者。你知道的，塔玛斯不会允许这种事发生。"

"他阻止不了。"

"你见过塔玛斯吗？到时他会攻进城来，亲手杀了克莱蒙特。我不知道谁能阻止他。"

"这是亚卓历史上的第一次选举。"菲尔说，"如果塔玛斯强行干涉，他就破坏了我们为之付出的一切努力。"

里卡德说："真到那一步，我们也只能面对了。与此同时，我们还要抓住凶手。"

"你担心他再次下手？"埃达迈问，"你已经加强了安保。"

"当然。因为那家伙的炸弹，我有只耳朵听不见了，好几个工会的头儿非死即伤。他们肯定还会下手，不然我改当修鞋匠算了。"里卡德的脸上写满忧虑，埃达迈意识到，这位朋友已绝望到极点。他看上去若无其事，但生命安全受到威胁，已然深深动摇了他的意志。而且他真的担心，克莱蒙特最终会赢得选举。

"还有个问题。"里卡德轻声说。

"还有？"埃达迈尽力掩饰疲惫的声线，可惜没成功。

里卡德迟疑片刻。

"说。"埃达迈说，"告诉我。"

"查理蒙德跑了。"

"什么？"亚卓的前任大主教不但是叛徒，更是可怕的杀手。"我以为他还在昏迷中。"

"之前是。"菲尔说，"我们认为，为了唤醒塔涅尔，'双杀'的蛮子骨眼让查理蒙德陷入了昏睡。某种魔法交换的把戏。但最后，它失效了。我们把查理蒙德捆起来关住，派人全天候看守，可他还是逃了，消失得无影无踪。我们至今不知，他是怎么做到的。"

"亲爱的克雷西米尔啊。"埃达迈赌咒道。

"他是三周前逃掉的。"里卡德说，"割断绳索，打晕看守，不翼而飞。我的人一直在城里悄悄排查。"

"毫无踪迹？"

"完全没有。就像人间蒸发了。"

埃达迈疲惫地点点头。"我会留意的。我打算去一趟你的总部。那里还封锁着，对吧？"

火药魔法师

"对。"菲尔说,"我们请警察禁止任何人入内,还派了个把人盯着。"

"好。我去看看警方有没有什么遗漏。能不能借用你几个钟头,菲尔?"

菲尔望向里卡德,后者点点头。"去吧。希望你有所发现。"

"你也是。"

"谢谢你帮忙。"里卡德说,"你不知道,有信得过的人跑腿,对我有多重要。我可以派菲尔出去,但我的竞选工作全指望她一人。而调查凶手可能会持续好几个月。"

"那你确定真能离开她?"

"几个钟头,可以。我们总得找到凶手。"

"我负责调查,"埃达迈说,"你专心竞选。如果你没能当选,塔玛斯元帅势必发动另一场战争,战场就在亚多佩斯特。"

第 34 章

在天光下，工会总部的废墟更是显得惨不忍睹。那天夜里，墙壁貌似完整，其实已烟熏火燎，灰泥剥落。不知何时，残缺的屋顶又塌落了不少。

一位便衣警官守在街上，埃达迈冲他点头致意，从幸存的前门走进废墟。

里卡德早就派人保护了这里的财物，同时回收所有对工会有用的东西。文件、艺术品、家具，除了建筑材料，剩下的一切都被转移。里卡德说，那些建筑材料也将拆除，要么扔掉，要么回收利用，以便近期开始重建工作。

"真狼狈。"苏史密斯在埃达迈身后说道。

埃达迈使劲推了推一块垮掉的屋顶，发现推不动，于是手脚并用地爬过去，等到接近大厅中央才站起身。这里的喷泉水泵没被关掉，让他颇有些意外。喷泉完好无损，仍在喷水，在残垣断壁间营造出一副诡异的氛围。

苏史密斯停下脚步，从喷泉里捞出一枚十卡纳的银币，放在粗大的拇指上，弹向空中，又用另一只手接住。"不知道你在找什么。"他沉声道。

"我也不知道。"埃达迈回答。他开始怀疑，此行是不是浪费时间。爆炸已过去两天，现场都被里卡德的手下和警察破坏光了。即使有罪犯的蛛丝马迹，如今也找不到了。他完全是凭直觉留在现场勘

火药魔法师

察,都没找个地方吃早饭。

他迈过碎石堆,走向建筑后方。"伤亡人数不多,还真挺意外。"他说。

"多少?"苏史密斯问。

"十三人死亡,"埃达迈说,"二十七人受伤。当晚有三百多人在这儿。后果本可能严重得多。"在建筑后方,埃达迈走进通往里卡德办公室的走廊。办公室已面目全非。谁都看得出来,这里就是爆炸的中心。四面墙全塌了,办公桌炸成碎片,地板凹陷得厉害。

埃达迈听到靴子踩过碎石的响动,扭头一看,菲尔沿着他们刚才的路线走来。苏史密斯冲副会长压了压帽檐,但一言不发,疑虑重重地盯着对方。

"警察说,火药桶就放在他办公桌底下。"她说。

埃达迈再次扫视房间。是啊,应该没错。他小心翼翼踏进房间,每一步都如履薄冰,担心地板在脚下垮塌。破碎的瓷砖下,他看到黑糊糊的地窖。他来到房间中央,想象周围的陈设,睁开意识的眼睛,观察记忆中里卡德的办公室。他比划着不存在的办公桌,仿佛坐在桌前。

哪里不对劲儿。

"他们还对你说了什么?"埃达迈问。他还没找局长谈过,不过已经约好在午餐时见面。从不同的角度看问题十分有用。

菲尔心不在焉地踢开一块石头,从兜里掏出一只烟斗,叼在嘴角,划了根火柴。她嘬燃烟斗,开口说道:"有两桶炸药。"

"两桶?"太意外了。"第二桶在哪儿?"

"地窖。"

他们来到通往地窖的楼梯前,才发现第二桶炸药爆炸的痕迹。地窖门没了,楼梯所剩无几,比里卡德的办公室还"干净"。大理石地板布满裂痕,随时可能在他们脚下粉碎。里卡德的人留了架梯子,好方便下去。埃达迈爬进黑暗之中。

这间地窖有着厚实的石制拱顶,很像老旧的庄园里的那种。埃达迈感觉脚下踩到了碎玻璃。看得出,原先的楼梯后面有间石室,墙上布满焦黑的灼痕。

"需要我们下去吗?"菲尔问。

埃达迈没答话,而是爬了上来,回到她和苏史密斯身边。"引爆炸药的是速燃导火索,对吧?"

"警察也这么觉得。"菲尔说,"他们推测,罪犯等办公室没人了,从后门进来,迅速放下两个黑火药桶,将导火索拉到总部后面的巷子里,点火,然后跑路。"

菲尔的烟斗里冒出烟气,埃达迈深吸一口,指头在肚子上轮番敲打。"如果一个人没有影子,你会怎么想?"

"跟这次调查有关系吗?"

"没有。纯属好奇。"

菲尔思考片刻。"没听说过。"

"遗憾。"他叹了口气,回到手头的问题。"我对凶手有三个简单的假设。不管谁干的,凶手一定是受人委托。雇主熟悉里卡德。还有,他们不想杀死所有人。"

"何以见得?"

"第一,想杀里卡德的人,不想弄脏自己的手;第二,他们把一个火药桶藏在里卡德的办公桌下面。里卡德喜欢聚会,但也喜欢半夜溜出来,跟某位刚刚对上眼的年轻女士厮混。"

菲尔略微点头,嘴角微微上扬。"可是,第二桶炸药怎么解释?"她问,"按照里卡德的要求,那边的地面进行过加固。他们得把桶放在地窖中间,才能炸死上面的人。"

"里卡德为什么修地窖?"

"他要'有个理想的地方,方便带客人选酒。'"菲尔只用一句

火药魔法师

话，就形象地勾勒出了里卡德的做派。她没多解释，但埃达迈马上会意。

"他喜欢炫耀藏酒。"埃达迈说，"类似当晚的聚会，凶手在里卡德的办公室或地窖里撞见他的可能性很大。要杀里卡德，而不伤及他人，这两处是最佳的作案地点。"

苏史密斯把银币弹到空中，然后接住。"没什么帮助。"

"是没有，"埃达迈说，"但也有点用。那人应该很熟悉里卡德，知道这两处作案地点。不然就是得到了内部消息。不管怎样，我们把凶手的范围，缩小到了最熟悉里卡德的十几人当中，不用费时费力摸排整个亚多佩斯特了。"

埃达迈的脑子还有疑惑，但又说不清。这次爆炸……有他很难理解的反常之处。

他离开苏史密斯和菲尔所在的地窖口，回到里卡德的办公室。他在办公室里轻手轻脚地绕圈，沿着地板和断墙上的爆炸痕迹进了走廊。检查完毕，他又从街上的警察手里借来一盏提灯，下到地窖，沿着爆炸痕迹仔细观察墙壁。

全部过程花了将近一个钟头。菲尔在里卡德的办公室里搜寻文件残片。苏史密斯无所事事地把玩着银币。埃达迈忙完了，回到里卡德的办公室，清了清嗓子。

菲尔的目光离开地板，扬起眉毛。

"对火药桶的尺寸来说，爆炸范围太大了。"埃达迈宣布。

菲尔嗤笑一声。"你不能靠肉眼判断。"

埃达迈拍拍头。"依靠完美无缺的记忆，我能轻松目测尺寸。我亲眼见过的爆炸现场不在少数。不用成为专家，我也能断定，楼下和里卡德桌下的火药桶造成的破坏力，远远超过这两个爆炸点所能辐射的范围。"

"那就是火药魔法师干的？"

"有可能。这也解释了我的另一个疑点。"

"是什么?"

"我以为火药桶藏在地窖的楼梯底下。其实不是。火药桶在地窖正中间,谁都有可能绊倒它。"

"如果他们想快点办完,倒也说得通。"

"那也……太快了。里卡德有很多仆人。聚会当晚有五六十人。他的办公室和地窖都没人的概率少得可怜。"说完,他又检查了办公室的外墙,然后回到地窖楼梯,观察通向地窖的狭长廊道。他默默地计算着,来到菲尔和苏史密斯面前。"可能有人把爆炸物扔了过去。这就需要两人合作,但也不成问题。"

"手榴弹。"苏史密斯说。

"比如手榴弹,对。但威力更大。"

"又回到了火药魔法师身上。"菲尔说,"里卡德的某个敌人可能从外国雇了火药魔法师。我听说过火药魔法师雇佣兵。"

"我也听说过。但不是,我觉得不是。据我了解,火药魔法师受限于黑火药的威力。他们可以稍微调整爆炸的方向,多杀几个人,但没法对整座建筑造成巨大的破坏。"

"某种精制黑火药可以做到。它比传统火药威力更大。"

"是啊。"埃达迈缓缓地说,"我觉得,这是最有价值的线索了。告诉里卡德,我要调查几个地方。"

"祝你好运。"菲尔说,"千万注意安全。"

亚多佩斯特大学已今非昔比了。

埃达迈用手杖敲着鹅卵石,经过一座座石制建筑。半年前,他走的也是这条路,就在陆军元帅塔玛斯发动政变并决定处决曼豪奇那天。此时此刻,树上满是秋天涂抹的褐色和橙色,世界仿佛又衰老了几分。但这不是唯一的区别。

大学中央犹如战场。巴那舍礼堂西面的外墙不见了,曾经高耸入云的古老钟楼,如今成了低矮的废墟,在秋日下显得格外荒凉。它在两位尊权者的巫术大战中被毁,坠落时砸中了显赫风光的玻璃中庭——这里曾是大学的骄傲。闲置的建筑周围拉起隔离绳,大学还在筹集重建的资金。

眼前这一幕的视觉冲击,立刻让他想到被炸毁的工会总部,还有四个月前的地震。埃达迈知道,塔玛斯发动政变并非恶意,造成的破坏也不能完全归咎于他。但那一天确实改变了命运,在那之后,亚多佩斯特不断遭到沉重的打击。

埃达迈登上行政大楼后门的台阶,发现只剩自己一个,于是停下了脚步。

他折回去,看到苏史密斯正盯着巴那舍礼堂外的院子发呆。院子的地面像被巨人犁过,土堆如山,沟壑纵横,足要上百人花几周时间才能填平。埃达迈不明白,为何大学至今仍不修复地面,很快又想到他们缺少资金。

"怎么了?"埃达迈问。

苏史密斯捏着从工会总部捡来的银币,将其弹到空中又接住。"在想事儿。"

"想什么?"

老拳手默不作声,又接连弹了几次银币,看也不看地接住。"想我揍过的尊权者。"

"是你小时候的事吧?"

他点点头,叹了口气。

"幸好他没这样……"埃达迈比划着周围的废墟,"搅烂你的内脏。"

"是啊。"

"而且证明，他们也会受伤，会犯错。谁都不完美，即便是破坏力如此强大之人。"

"更可怕了。"苏史密斯嘟囔道。他把两手插进兜里，慢吞吞走向埃达迈。

埃达迈听说，在尊权者大战中，行政大楼损毁严重。看来他们着力于从内部开始重建。北边的墙壁和屋顶都是全新的。曾经挂满大厅的艺术品——也就是大学历任校长的画像——不是取了下来，就是毁掉了。

他经过普赖姆·莱克托校长的办公室，在那儿停留片刻，发现门把手上全是灰。他敲了敲旁边的房门。

"进来。"一个模糊的声音回应道。

埃达迈走进校长助理整洁的办公室。乌斯坎坐在桌后，面前有本翻开的书，眼镜架在鼻尖上。他从正在阅读的书上抬起头，冲埃达迈露出生硬的微笑。"下午好。"

"你好，老朋友。"埃达迈说，"感谢你同意见我。"

"应该的。"乌斯坎站起身，撩开额前的头发，"谁能拒绝政府官员的要求呢。"

"我不是。"埃达迈的心跳漏了一拍。乌斯坎没请他坐下，态度很不自然，眼神更是拒人于千里之外。埃达迈知道，这位朋友在政治上是保守派，可是……

"不是吗？他们没称你为塔玛斯的猎犬？"

"反正没当我的面叫过。"埃达迈说，"我以为你知道，我在为塔玛斯干活儿。"

"塔玛斯的统治只给大学带来了灭顶之灾。"乌斯坎说，"上次来时，你说你牵涉其中，但你没说你在给新上位的独裁者卖命。"

"他不是独裁者。"埃达迈说。

"哦？"

埃达迈坐在乌斯坎对面的椅子上。他无力与之争论。"不管怎样，

火药魔法师

据说塔玛斯死了。"他看着乌斯坎，观察对方的反应，判断塔玛斯回归的消息有没有传到这里。"一切都过去了。"

"拜他所赐，我们已经没有未来了。"

"我不想跟你谈政治。我只希望你回答几个问题。"

"我说了，谁能拒绝政府密探的要求呢。"

"乌斯坎！"

"埃达迈，我可以帮你，但我并不情愿！"

埃达迈用指头敲打着乌斯坎的书桌。"校长在哪儿？"

"走了。南派克山爆发后，塔玛斯让他负责东面的阵线。哈，我也搞不懂。他是学者，又不是战士。况且大学的重建非常需要他。塔玛斯——死前——说会承担亚多佩斯特大学被毁的责任，还有……"

埃达迈打断了他。"派你们校长去前线，因为他是尊权者。"

"你开玩笑呢。"乌斯坎似乎真心觉得好笑，但很快就收敛了干巴巴的笑声。

"圣亚多姆日那天，我看到了他的手套。"埃达迈说，"他是尊权者，即便你两耳不闻窗外事，也该知道他是塔玛斯的议员之一。你相信他，对吧？"

"当然！我认识普赖姆·莱克托有大半辈子了。"

"从夏至到如今，荣耀劳力工会给大学捐了多少钱？"

"这有什么联系……"

"回答我。"

"几百万卡纳。只有他们真正伸出援手。"

"很好，我现在办的正是工会会长里卡德·汤布拉的案子，他也是塔玛斯的议员之一。对塔玛斯多一些信任吧。他也是为我们大家好。别把所有责任都推到他身上。你不能只盯着书本，乌斯坎。如果当时，塔玛斯没被敌人抓住，我相信他会留意到大学发生的灾难。"

埃达迈只能往好的方面想。这番话到底是为安慰乌斯坎，还是他的一厢情愿呢?

乌斯坎愤怒地扬起鼻子。"你说得好像他还活着。"

"他是活着。我亲眼见到他了。"

"你刚才说他死了。现在又说他活着。我到底该信哪句?"

"我说的是,'据说'他死了。"

"你骗我……"乌斯坎停了下来,沮丧地叹了口气。"没必要搞成这样。你想知道什么?"

"你知不知道,为什么有人没有影子?"

乌斯坎眨着眼睛,半晌没作声。"什么?呃,不知道。我从没听说过有这种事。"

"太糟糕了。"埃达迈竭力掩饰心中的失望。又一条死胡同。埃达迈最大的希望就是乌斯坎,希望他的学识能有所发现。"有没有可能是赋能者或尊权者的附加效果?我知道,你喜欢研究巫术。"

乌斯坎手托下巴,目光越过埃达迈头顶,许久才开口。"不。完全没有。"

但愿他的老朋友不是因怨恨而故意隐瞒。"图书馆里那些介绍巫术的书也没提过?"

"你上次来调查神秘事件之前,这类书籍大多被损毁或破坏了。你可以去看,但我估计你什么也找不到。让你进图书馆没问题,但我没时间帮你找。"

"谢谢,不过说实话,我此行肩负着更重要的任务。不知你有没有听说,有人拿黑火药做实验的事。"

"哪方面的实验?"

"改良。制造品质更好、破坏力更强的火药。爆炸威力更大的。"

乌斯坎用手指轻敲下巴。"这个嘛,我能帮上忙。"

埃达迈精神一振。有线索了?"哦?"

"城西有家化学品公司,为亚卓军队研制并进口火药,他们雇了

火药魔法师

好几个化学家,制造相容性和燃点各异的火药。这对大炮和炸弹之类的武器非常重要。初夏时,我听说他们在研制什么东西,好像叫'爆炸油'。他们希望在采矿时用上。"

"你知道它的名字吗?"

"弗莱林火药公司。"

"太好了。"埃达迈立刻起身。这正是他要找的。

"还有。"乌斯坎说。

埃达迈一愣,发现乌斯坎的语气急转而下,充满了绝望。"怎么了,我的朋友?"

乌斯坎盯着手指,沉默半响才回答。"校长——普赖姆·莱克托——逃出国了。"

"什么?"

"他跑了。三周前,我在这里撞见他,他正在办公室收拾东西。他全都安排好了,乡下的房子卖了,人跑了。他说我也该跑路。"

"他为什么要跑?"

"他说,亚多姆死了。克雷西米尔即将回归,还有更可怕的事要发生。因为塔玛斯的错误,我们都难逃一死。"乌斯坎抬手擦擦眼睛,"他是我的榜样,埃达迈。我认识他几十年了,普赖姆向来镇定自若,不慌不忙。但那晚我见到他时,他像个快要犯病的疯子。他丢下了我。他说,如果我愿意,我就是新任校长。但他还说,如果我决定留下,那我肯定活不了几个月。"

"乌斯坎,我很遗憾。"

乌斯坎吸吸鼻子,又擦擦眼睛,坐直身体。"没什么遗憾的。你说得没错。我不能老盯着书本。自从校园里那场战斗之后,我每天都忧心忡忡,但又觉得我们能重建校园。我以为普赖姆能带我们从头开始,可他走了。"

"我能帮你什么忙吗?"

"既然塔玛斯还活着……那就,替这大学说点好话吧。"

"包在我身上。"

埃达迈绕过书桌,一只手搭在乌斯坎的肩膀。"知道吗,当初你说得对。我不该牵扯进这些破事,还连累了我的亲人和朋友。"

"不是你的错。"乌斯坎说。

"谢谢。"

这间办公室很窄,苏史密斯一直靠在门边,这会儿清了清嗓子。

"好吧,"埃达迈说,"我该走了。"

"等等。"

埃达迈在门外停步,转身看着乌斯坎。

"你该去私人藏书室找找。"乌斯坎说,"有人专门收藏我们和公共档案馆搞不到的书。"

"推荐一下。"

"查理蒙德的庄园。"乌斯坎说,"大主教被捕之前有间超大的藏书室。按计划,亚多佩斯特大学、公共档案馆和吉勒曼大学将分到他的藏书,但我们还没时间整理。"

"还在他的庄园里?"

"应该有人看守。不过你上头有人,那里就不算禁地。"乌斯坎露出促狭的微笑。

"我会去调查的。太感谢你了。"

在走廊里,苏史密斯来到埃达迈身边,两人一起走回马车。"有收获?"他问。

"现在我有了两条线索。"埃达迈说,"我们可以追查到底。没问题。"

"校长怎么了?"

"看来他逃出国了。"埃达迈摆弄着手杖头,"有些事他知道,而我们还蒙在鼓里。"

第 35 章

塔玛斯坐在一把折叠布椅上沉思,身后是士兵为方便他吃午饭而搭建的帐篷。

他最后一次收到奥莱姆的汇报是二十四小时前。汇报上说,他们即将挺进布鲁德藏身地,追捕哥拉破魔者和凯兹骑兵。塔玛斯忍不住望向西北方,盼着奥莱姆送来晨间报告。当时他的命令是一天汇报两次。他要面对南边的凯兹军队,实时掌握西部平原的情况也至关重要。

也许信使的马掉了蹄铁,或者晚出发了几个钟头。塔玛斯咬着腮帮子。以他的经验,奥莱姆可能战败了。但无论形势好坏,他都不希望通讯受阻。

"奥莱姆!"他叫道。

"奥莱姆不在,长官。"安德里亚——塔玛斯的火药魔法师之一——从帐篷里钻出。他人高马大,一头稀疏的金发,脸上布满痘疮。

"真他妈见鬼。"塔玛斯揉着太阳穴,"多少次了?"

"四天,十七次。"

"抱歉,喊顺口了。该死的保镖跟我不到一年,我就养成了习惯。"

安德里亚用指甲剔着牙齿,扭头吐到地上。"有意思,长官,森卡死后,奥莱姆刚刚代替他时,您从没喊错他的名字。"

"我当然喊错过。"

安德里亚耸耸肩。"也许吧。无所谓了,反正我也不喜欢森卡。"

"你谁都不喜欢。"

"我喜欢艾瑞卡。"安德里亚沉吟半晌,说道。

"我的亡妻从凯兹刽子手的绞索下救了你。对我来说,你喜欢她合情合理。"

"不光如此,"安德里亚说,"她身上……"他做了个波浪起伏般的手势,"有种特质。"

"我知道。"塔玛斯轻声说。

也许安德里亚察觉到了塔玛斯的不安,但他不动声色,依然倚着步枪,又开始清理指甲。"信使到了,长官。"

塔玛斯站起来,伸个懒腰,假装不慌不忙。奥莱姆的人终于到了?塔玛斯需要知道军队侧翼的情况。如果哥拉狼紧咬不放,他就没法放开手脚迎战凯兹步兵。

塔玛斯心一沉。来人不是奥莱姆的信使。他是游骑兵,是来自第二旅的斥候,负责在南边观察凯兹军队的行动。斥候还带来一个人。等他们走近,塔玛斯发现,那个女人身穿灰色羊毛裙,腰系褐色围裙。塔玛斯认识这套行头。凯兹军队的随营人员都是这种装束。

斥候对那女人说了句什么,她停下脚步,斥候继续上前,敬了个礼。"长官。今天一大早就发现这女人来到我们营地。她说有消息转告,十万火急。"

"所以你就带她来见我了?"这支军队的指挥系统都去哪儿了?

"她不愿意告诉别人。她还对上了口令。"

"口令?"

"我是你的探子,蠢货。"女人用凯兹语说道。她声音沙哑,语气相当不耐烦。

安德里亚笑出了声。塔玛斯瞪他一眼,让他闭嘴,又看看周围的保镖。除了塔玛斯,似乎只有安德里亚懂凯兹语。其他人一脸茫然。

火药魔法师

"让她过来。"

女人走到近前。她看上去三十岁左右,头发乌黑,棕色眼睛,脸颊凹陷——这样的容貌在凯兹乡间随处可见。她的裙子还算完好,但污迹斑斑,膝盖和胳膊肘沾着泥土,可能是逃离凯兹营地时,蹲在草丛中蹭上的。

"你要不要清理一下?"

"没时间了,但我要喝的,渴死了。"她换成地道的亚卓语。塔玛斯不禁怀疑,刚才那句凯兹语是自己听错了。

"给她水。"他吩咐安德里亚。

"酒。"

塔玛斯翻个白眼,但还是点点头。"好吧。我都不知道,我们在凯兹军中还有探子。"

"没几个了。"她说,"大概七周前有一次大清洗。就像有人给了他们一张该死的名单。我没落网全凭运气。传递情报的常规渠道全都失灵了——您有好几周没收到我的情报了,对此我很遗憾。"

塔玛斯背着双手,干脆地点点头。"很高兴你还活着。"他怒火中烧。毫无疑问,是希兰斯卡将军干的好事。等这一切结束,他要把希兰斯卡扔到亚德海最深的海域,看那家伙一只胳膊能游多久。"是什么重大情报,让你不惜暴露身份?"

女人接过安德里亚递来的酒囊,喝了一半才开口。"除了我整整一个月没能传递情报的危险局势吗?昨晚我跟福里寇特将军上了床。您知道他是谁吗?"

塔玛斯点点头。伊匹利为数众多的步兵指挥官之一。就凯兹的作战方式而言,他的指挥水平还不错。二十年前,他在哥拉战役中指挥过一个旅。

"那您也该知道,他滴酒不沾,就像您。不过他昨晚醉成了烂泥。"

"为什么?"

"伊匹利下令,全军在苏尔科夫山道入口死战到底。"

"那又如何?听起来没什么不对的。"

"那又如何?"女人反问道,一口气喝光了酒囊里的残酒。"这说明伊匹利认输了。两个月来,他一直跟军队在一起,现在他调头跑回凯兹了。福里寇特将军等人得到的命令,在他们看来无异于自杀。伊匹利告诉他们,谁敢当逃兵,被抓到后将剥皮示众。"

"你有证据吗?"

女人从胸衣里取出一封信,贴着裙子捋平,交给塔玛斯。信纸上有凯兹国王的封印,在匆忙打开时碎掉了。塔玛斯展开信纸,看看内容。伊匹利命令全军死战到底,结尾处的威胁暴露了这个命令的言外之意。正如福里寇特将军和密探察觉到的:凯兹军队就是炮灰,唯一的作用是拖慢塔玛斯和德利弗人追击的速度。

塔玛斯坐回椅子,陷入沉思。"他这么做有什么好处?"他喃喃道。

"自从您在谈判后发起进攻,凯兹人也问过同样的问题,不过他们问的是您。"

塔玛斯再次起身。"那是伊匹利干的好事。他破坏了谈判。"

"他的军官不这么想。后来我想办法睡了四个凯兹高级军官,他们都认为,破坏谈判的不是伊匹利。他们相信,是您和德利弗人捏造事实,方便您顺理成章地攻打凯兹并废黜伊匹利。"

"我才不会做这种事。"塔玛斯摇摇头。他为何要在一个探子面前争辩?他的脑子里掠过一丝疑虑。如果谈判期间,突袭亚卓军队、绑架卡-珀儿的不是伊匹利,那又会是谁呢?

他没时间乱猜了。既然伊匹利抛弃大军,调头逃跑,那就说明他已有了安排。要么他会强迫卡-珀儿,唤醒克雷西米尔,要么他打算撤回都城,开始冬季征兵,在九国拉拢盟友。无所谓了。塔玛斯会迅

火药魔法师

速结束这场战争。

"去找阿柏将军报到,他会给你安排休息的地方。"他扭头吩咐,"安德里亚,备马!"他跑进自己的帐篷,在一堆地图里翻找,终于找到一张亚卓南部的地图。

三十分钟后,他跨进苏拉姆的指挥帐。六位王党成员和五位将军围着德利弗国王。"我们得谈谈。"塔玛斯说。

苏拉姆抬手止住将军和王党成员的低声抗议。"全都出去。"他说。

很快,帐篷里只剩他俩。"你懂凯兹语吗?"塔玛斯问。

"懂。"

塔玛斯把伊匹利下达的命令递给他。苏拉姆读了两遍,又检查了封印。"能不能让我的尊权者确认一下真伪?"

"当然可以。"

"薇薇娅!"苏拉姆大声道。焦糖肤色的尊权者随即现身,接下命令和信件后离开了。

塔玛斯在帐篷里踱步,任凭思绪驰骋。王家封印隐约带有巫力的触感,类似守护咒,以便将军在战场上分辨真伪。塔玛斯能察觉到,不过苏拉姆需要亲自确认。

"他的言辞间透露着绝望。"苏拉姆说,"你应该高兴才对。"

"他在拖延时间。他知道,一旦降雪,我们就进不去凯兹了。"

"知道又怎样?我的军队已扫荡了安珀平原。他们将返回阿尔威辛过冬,厉兵秣马。来年春天,我们会彻底摧毁凯兹。"

塔玛斯停下脚步。他依然不愿意对苏拉姆解释克雷西米尔和卡-珀儿的事。他觉得,苏拉姆也不会在乎布鲁达尼亚军队占领亚多佩斯特的事实。"也许他能拉到盟友。如果斯塔兰或诺威决定参战,那战争一时半会结束不了。"

"诺威不敢。"苏拉姆挥挥手。

薇薇娅掀开帐帘，把信递给苏拉姆。"是伊匹利的。"她说完便原路回去了。

塔玛斯走到帐篷中央，推开桌上的几张地图和一堆信件，把带来的亚卓南部地图放上去，捋平。"我不能让这场战争再拖延下去了。"

"你有计划了？"苏拉姆好奇地凑过来。

"凯兹军队很可能会在这里迎接我们。"塔玛斯指指苏尔科夫山道的北边入口，"他们比我们少半天路程。我建议，今晚和明天不间断急行军，出其不意，追上他们。"

德利弗国王皱起眉头。"你打算，不等他们在苏尔科夫山道摆开架势，就先下手为强？"

塔玛斯微微一笑。"我的打算远不止这些。"

第 36 章

埃达迈吩咐车夫,带他去亚多佩斯特西边的弗莱林火药公司。结果没想到,他们出城跑了老远,进了郊区。

这是拜访乌斯坎的第二天下午,三点左右。他和苏史密斯下了马车,观察周围的环境。这家化学品公司位于一条土路尽头,离大路有几里远。宽广的田野上,坐落着大大小小几十间房屋。一条小溪从中间流过,为一间磨坊提供动力。

埃达迈发现,溪边有块焦黑的土地,离最近的房屋也有几百码远,看上去像是一栋建筑的地基。

制造火药时引发的事故。

埃达迈走向最大的房子。

他没能进去。一个女人手持短枪,拦住了他。她比埃达迈还高半个头,肩膀宽阔,身材酷似拳手。她靠在门外,一头棕色长发几乎遮住眼睛,枪筒懒洋洋地指向埃达迈的脚。

"干什么?"

埃达迈注意到,她腰间挂着棍子,莫非只有她一个看门的?他觉得不大可能。这种公司需要人手保护商业秘密,以防竞争对手刺探。

"我找老弗莱林。"埃达迈说。

"预约了吗?"

"没有。"

"你有什么事?"

"我有急事找他。"

"具体什么事?"

"我想跟弗莱林面谈。"

女人歪歪头。"得看他有空没空。怎么称呼?"

"埃达迈侦探。"

"公事?"

"对。"

"那就滚吧,等预约了再来。不然你就多带几个打手。我们才不鸟你们那些白痴规定。"

白痴规定?"你以为我是政府派来的?"

"刚才你自己说的。"

埃达迈轻笑一声,捋捋外套前襟。"不,不。我不是那种侦探。我来调查一桩谋杀未遂案。"

"你觉得说说就能进来?"女人疑虑重重地打量他,枪筒往上抬高半寸。

"咱们没能开个好头啊。"埃达迈摊开双手,示意她冷静,"我要找弗莱林谈谈爆炸油的事。"

枪筒继续抬升,直至对准埃达迈的胸膛。"好啊,那我更不能放你进来了。"

苏史密斯突然上前,挡在埃达迈和枪筒之间。"放下武器。"他沉声道。

"我不管你块头多大,我不……"

"放、下、武、器。"苏史密斯逼近一步。

"苏史密斯,没事。别搞得太僵。"

女人突然放下短枪。"你刚才说,苏史密斯?那个拳手?"

"是我。"苏史密斯近乎咆哮,"有问题吗?"

她咧嘴一笑。"苏史密斯叔叔!是我啊,小弗莱林。我爸是'拳

火药魔法师

头'弗莱林。"

苏史密斯的拳头慢慢松开。"是那个弗莱林?"他哼哼道,"你长大了,小不点。"

她满脸堆笑。"多少年了?十年?这么久,谁都会长大嘛。自从我爸带我们搬到这儿,开办了火药公司,当年的老伙计我一个都没见了。"

"真没想到,弗莱林成了化学家。"苏史密斯说。

"我妈负责大部分脑力活儿。我爸负责调配——好吧,现在不行了。两年前一次爆炸,他两只手都没了。现在他管着十来个调配师傅,我妈去法崔思特时,这里由他管理。"

埃达迈绕到苏史密斯旁边,倚着自己的手杖。"你觉得,我们能见你父亲吗?"

"你不会给我们找麻烦吧,苏史密斯?"

苏史密斯看着埃达迈,埃达迈用手指敲着手杖。不好说。如果弗莱林制作了爆炸油,那他就有参与谋杀里卡德的重大嫌疑。不过他们没必要知道。埃达迈摇摇头。"调查一条线索而已。可能今天过后就不用找你们了。"

弗莱林点点头,打开通往屋里的半扇门。"当心,别乱碰。"她说,"主楼里没存放太多黑火药,但小心驶得万年船嘛。"

他们进的屋子,以前可能是间马厩,大到能容纳一百匹马。隔栏里堆满了制造火药的原料,门板上用白粉笔作了标注。他们经过几十间隔栏,里面的木桶和木箱里装着硫黄、硝石、木炭、甘油和硝酸。包装用的锯屑和稻草散得满地都是。

"看着很不安全啊。"埃达迈说。

"所有原料都隔离存放。"小弗莱林说,"单独的原料不存在危险。"

"这么多稻草,很容易着火吧。"

"屋子五十尺内不准生火。我们只在白天干活。"

埃达迈注意到,她的短枪留在了外面。他们确实很小心。"能跟我讲讲爆炸油吗?"

"让我爸解释吧。"她在一处隔栏前停步,指着里面的临时办公室。

角落里有个老人,坐在一张小桌前,弯腰驼背,头发花白,肩膀却比苏史密斯还要宽上一掌。隔栏的外墙上开了扇大窗户,老人借着天光俯身读书。埃达迈立刻注意到这人的双手——准确地说,没有双手——粗壮的胳膊末端安着铁帽子,一边配备一对钩子便于抓取,另一边装着船桨形的铁片。

"爸,有客人找。"小弗莱林大声喊道,"爸!"她抱歉地看了眼苏史密斯和埃达迈,"他耳朵不灵了。"

"啊?"大汉扭头看见陌生人,立刻起身,埃达迈惊得差点后退一步。老弗莱林——"拳头"弗莱林——块头太大了。他昂然站在埃达迈面前,让苏史密斯都相形见绌。他左边脸留着烧伤的疤痕,导致笑容有些扭曲。"是苏史密斯吗?"他嚷嚷道。

"拳头。"苏史密斯点头致意。

"拳头?"弗莱林冲苏史密斯晃晃残缺的胳膊,"没啦!"他纵声长笑,笑声有几分单调。

两个壮汉彼此问候,埃达迈也作了自我介绍。老弗莱林领着大家拐了个弯,埃达迈发现,马厩有一部分隔栏被移除,布置成舒适的休息区,有沙发和扶手椅,以及通往冰窖的入口。小弗莱林钻进去,很快拿了个瓶子出来。父亲说话时,她为众人斟上冰镇的葡萄酒。

"爆炸油,"大汉摇着头说,"是我们第一项大发明。这些年我们生意不错,为亚卓军队和布鲁达尼亚-哥拉贸易公司生产特制火药,但爆炸油能让我们赚得更多。"

听到克莱蒙特的公司,埃达迈立刻坐直了。"你跟贸易公司做

火药魔法师

生意?"

"所有人都一样。"弗莱林说,"你可别太天真了。贸易公司是我们最大的硝石来源。当然,我们也有别的来源,但他们几乎控制了所有进口额。我说到哪儿了?哦,对。爆炸油。"

"你能详细讲讲吗?"

"啊?"

埃达迈大声重复一遍。

"它混合了……"弗莱林闭上嘴巴,"那个,我不想泄露我们的商业机密。"

"我懂,"埃达迈表示理解,"在不泄露太多的前提下,你能告诉我什么?爆炸油的效果跟火药类似吗?"

"它属于高速爆炸。比火药的破坏力强很多。而且用量不大。一圆瓶,或者一根不比我胳膊粗的管子……"弗莱林晃晃残肢,"就能炸碎石头。我们本来计划用它实现采矿业的革命。可惜最后没成。"

谁都能看出"赚得更多"和"最后没成"之间的巨大差异。"怎么了?"埃达迈问。

"我们雇了个化学家,名叫波林,"弗莱林说,"好孩子,很聪明。我本打算让他娶我家的小不点。"

小弗莱林扮个鬼脸,递给父亲一杯酒。"那不可能,爸,你知道的。"

"我说了,'本打算'而已,亲爱的。"他熟练地钩起酒杯,喝了一口,"不管怎样,大概两年前,波林研究出了爆炸油的配方。后来,我们没日没夜地解决它的稳定性问题。真的,它太不稳定了。在一次事故中,我们损失了两位调配师傅。比起火烧,震动更容易让它爆炸,这也让它几乎不可能运输。"

震动。这个细节很有意思。埃达迈想到有人把爆炸物扔进里卡德总部的推测。"这么说来,你还没卖过?"

"当然没有！你以为我会做炸死客人的生意？我已经在爆炸中吃了教训。"弗莱林用左臂上的铁桨指着疤痕累累的脸，"事实上，我们开除了波林。他希望爆炸油能用于实际操作，所以卖了几份样品给一家矿业公司。"

"他真卖了！"

"是啊。小不点发现的，我们一致认定，不能再相信他。我们签了份合约，如果他把配方卖给其他公司，我们将获得一定比例的收益，然后我们和平分手了。那是两周前的事。"

埃达迈的屁股挪到椅子边上。有收获。调查可以继续了。如果波林依然握有配方，并将它卖给了企图谋杀里卡德的凶手，那便有了线索。"能把他介绍给我吗？我要找波林谈谈。"

弗莱林和女儿对视一眼。"他在那边。"他朝右边挥挥钩子，"那边。还有那边。"

小弗莱林假装生气地笑了一下。"这样不好，爸。"

"听着，我告诉过调配师傅和化学家，如果他们把自己炸死了，那可不关我的事。"

"别拿死人开玩笑，爸。"

埃达迈心里一沉。"波林死了？"

"死透了。就像那些惹恼了尊权者的人一样，死得可惨了。我们只能猜测，他在打包爆炸油的样品时，有一个掉到了地上。你们过来时，看到河边那块焦地了吧？"

"看到了。"

"那里曾有一间非常结实的石屋。我们的化学家会在里面干活。按我们的设计，石屋能承受任何规模的爆炸，即使被炮轰也不会倒塌。结果波林把我们的实验室全给毁了。爆炸发生后，波林连一点残渣都没剩下，直到现在，周围还到处都是碎石子。"

埃达迈靠在椅背上，叹息一声。"你们的损失，我很遗憾。"

弗莱林耸耸肩。"是个沉重的打击,好在我们还有详细的笔记。爆炸毁掉了所有存货,但我觉得太她妈棒了。"

"爸……"

"别没完没了地叫我。"弗莱林冲女儿摇摇头,又转向埃达迈,"我叫停了对爆炸油的研究。烧了所有笔记,只留下一份,只有我知道笔记藏在哪儿。只要我活着,我就不能放任这恶魔屠杀我们。等我死了,如果我女儿愿意,她随便什么时候想把自己炸碎都行。但我死之前,免谈。"

死胡同。跟波林一样死透了。没有化学家作证,就没法证实弗莱林的一面之词。也许弗莱林杀了波林以掩盖自己的罪行。埃达迈可以带十几个警察,把这儿翻个底朝天,但时间上不允许。苏史密斯也不会原谅他。

"你知不知道波林把货卖给谁了?"

弗莱林用钩子挠挠头。"只知道是家矿业公司。你知道吗,亲爱的?"

"有张收据来着。"小弗莱林说,"我看看能不能找到。"

她离开期间,弗莱林和苏史密斯聊起他们打拳的日子。尽管已伤痕累累,但这位曾经的拳手、现在的火药商人精力之旺盛,依然让埃达迈感到惊讶。

他女儿回来了,递给埃达迈一张纸条。"山下矿业联盟。"她说。

埃达迈正要接纸条,手却停在半空,然后落了下来。"你确定?"

"确定。"

"我记住了,谢谢。"

小弗莱林耸耸肩,把纸条塞进兜里。

"这家矿业公司,你们见没见过他们的代表?"埃达迈心跳加速。

"没有。波林是背着我们跟他们交易的。我们不同意他的做法。"

"波林有没有提到,他们为什么需要爆炸油?"

"他们想提高爆炸的威力。"小弗莱林说,似乎答案显而易见。

但这等于没说。"是他们来找的他,还是他去找的他们?"

"嗯,他们来找他。"

"就问这么多吧。谢谢你们。"埃达迈站起身,"我们该走了。谢谢你们帮了大忙。"

"怕也没帮上什么。"小弗莱林说,"如果你们追查到波林出售的样品,麻烦告诉我一声。我们宁愿毁掉它们。"

"你们确实帮了大忙。放心,我查到会告诉你们的。"埃达迈与小弗莱林握手,然后试探性地抓住"拳头"递来的钩子。几分钟后,他和苏史密斯回到马车,返回亚多佩斯特。

"真高兴再见到他。"苏史密斯低声道。

埃达迈陷入沉思,似乎没听到他的话。"是啊,当然。"

"好久没见。小姑娘长大了。"

"哦?你想成家了,苏史密斯?"

苏史密斯噗嗤一笑。"对我太年轻了。"他顿了顿,"为什么急着走?"

埃达迈用手指兴奋地敲着手杖头。"因为山下矿业联盟不是矿业公司。"他说。

"不明白。"

"那是一家俱乐部。一群盗贼和走私贩,号称自己是生意人。他们在亚多佩斯特有个专门的聚会点,很隐蔽,在那儿喝酒、打牌。大多数人只知道他们是'山下社团',而我正好跟他们的一个成员是朋友。"

"谁?"

"里卡德·汤布拉。"

整整三天,奈娜和奥莱姆仍在布鲁德藏身地的峡谷和丘陵间追踪

火药魔法师

凯兹骑兵。第一天,低矮的云层笼罩在头顶,西边乌木堆山脉的峰峦已消失在云端。第二天浓雾弥漫,不知雾气是不是某种巫术使然,不过奈娜和奥莱姆都没察觉到他方有什么异样。

也许只是运气不好。

骑兵部队蜿蜒走在高地的山脊和弯道上,奈娜一眼都看不到尽头。太阳不知所踪,整个世界灰蒙蒙的。

第三天,她站在马镫上,理解不了那些男男女女是怎么在马鞍上一坐就是几个钟头,甚至好几天的。她腰以下哪儿都疼,腰以上也好不了多少。她抓着缰绳的指关节酸胀难忍,坐骑颠来颠去让她脊椎刺痛。因长时间窥探他方,还得在浓雾中瞪大眼睛,她的头都晕了。奥莱姆提醒她多喝点水。

奥莱姆在她身边,他们正在一座低矮的丘陵顶上,面朝南边——也可能朝北,没有参照物,她已经失去了方向感。他们脚下的裂口是白色的,雾气淹没了大地,她不知道那是寻常的草地,还是长达一里的峡谷。

"好消息是,"奥莱姆抽着香烟,"雾气影响了我们,也影响了他们。他们只能观察地形,竖起耳朵仔细听,跟我们一样。"

奈娜吸了吸鼻子。随着时间流逝,奥莱姆变得越来越乐观。他坚持认为,他们在浓雾中与哥拉狼周旋的每一分钟,都为塔玛斯的军队牵制了敌人。奈娜觉得,只要哥拉狼没从他们眼皮子底下溜走,早已返回平原袭击亚卓军队,他的话倒也不假。

"可他们有个优势。"奈娜说。

"哦?"

"在我们看到他们之前,他们就能闻到你的烟味。"

奥莱姆从嘴里取下香烟,闷闷不乐地盯了一会儿,在脏兮兮的鞍角上摁灭,扔进潮湿的草丛。"该死。"

他们沉默半响,奈娜说:"这种情况下,他们如何沟通呢?"

"我知道才怪。自从浓雾降临,就没听到军号声,所以肯定不是用军号。"

"也许他们有赋能者?"

"也许吧。"奥莱姆沉吟道,"有人听力超常。几年前,我听说过一对双胞胎赋能者的故事,据说他俩隔着一百里都能用意识交流。我怀疑这种人比医疗者还罕见。"他从胸前口袋掏出烟草和卷烟纸,呆呆地看了一会儿,然后叹息着收了回去。"不,我估计他们做了聪明的选择,潜伏在某处山谷,等浓雾散去。"

奈娜观察着脚下的土地,那边的泥地上有马蹄铁的痕迹——凯兹铁匠打造的马蹄铁。痕迹伸向底下的溪谷。三天前,凯兹人逃离营地,随即兵分多路。他们的踪迹朝四面八方延伸,来回交错,没有清晰的路线可循。

奥莱姆耐心地追踪每一条路线,犹如跟着气味的猎犬。他下令保持紧密队形,广派斥候,但绝不轻率地闯进任何一道浓雾弥漫的山谷。

奈娜纯属外行看内行,若不是奥莱姆这一路都在解释如此安排的原因,她根本没什么想法。

"你学得很快。"奥莱姆说。

"学什么?"

"所有。"他拍拍装烟草的口袋,"烟味。我都没想到,但确实可能被凯兹骑兵发现。很好。"

奈娜低下头。"谢谢夸奖。"

"能打仗的尊权者。"奥莱姆说,"要是六个月前,让我猜你将来的成就,我肯定猜不中。"

奈娜知道他在称赞自己,但又忍不住挑刺。"你觉得我不能胜任?"

"你已经证明了自己。"

火药魔法师

"可你不相信。"

"我不是这个意思。"

"那你是什么意思,奥莱姆上校?"

奥莱姆从口袋里摸出卷烟纸,准备加上烟草,然后扮个鬼脸,又收了回去。"尊权者天生就是尊权者。你曾是洗衣工。无意冒犯,但洗衣工不太可能成为尊权者。"

奈娜张开嘴,试图接着辩驳,突然又放弃了。她在干什么?逞一时口舌之快?奥莱姆说得对。尊权者?就她?太可笑了。

"希望你不介意我的判断,"奥莱姆说,"你一直很紧张。不光是屁股疼。"

奈娜本想嗤笑一声,结果笑得近乎歇斯底里。"随你怎么说吧。"

"元帅一向喜欢用烈火淬炼软铁。"奥莱姆说,"但我不确定他该不该派你来。"

"我是软铁,对吗?不。我可不是。好吧,也对。但远远不止。我以前没骑过马,现在我浑身都疼,随时能掉眼泪。我未经考验,训练也太少。还有这天杀的雾!"她嗓门有点大,不远处有名胸甲骑兵看了她一眼。

奥莱姆一动不动地捕捉可疑的声响,过了一会儿才应道:"至少你知道自己的弱点。"

"哦,谢谢。"

"真的。我不是随口说说。我见过许多军官,他们自以为有撮漂亮胡子就能征服世界。不知道自身的弱点会害死人的。"

奈娜摇摇头,哈哈一笑。笑声没那么绝望,让她松了口气。"他们不知道,漂亮胡子本身就是代价啊。"

奥莱姆冲她咧嘴笑了。"太对了。"他收回摸向卷烟纸的手,无声地骂了一句。

"现在你有伴儿了?"奈娜来不及思考,脱口而出。

奥莱姆惊讶地抬头看她一眼。"啊?这个……"他摸着后脖颈,"算有吧。不好说。"

奈娜听了居然有些伤心,连她自己都没想到。说起来,几个月前正是她拒绝了对方。或许她希望奥莱姆更长情一点儿?"也是当兵的?"

"对。"

"她什么样?"

"长腿。黑发。在她的领域是个行家。"

"哦?她是做什么的?"发现奥莱姆脸颊发红,她不由笑了。

"她是火药魔法师。"

奈娜低声吹了个口哨。"没定下来,对吧?"

"从来没有。"奥莱姆说完,多看了她一眼。她刚张开嘴,但看到奥莱姆抬起手,立刻忘了要说什么。"你听到了?"他低声说。

队伍上下,骑兵们全都警惕起来。奈娜竖起耳朵,但什么也没听见。"怎么了?"

奥莱姆单手按着枪托。"我好像听到,下面有匹马。"

他们沉默许久,奈娜连大气都不敢出。紧张和焦虑又回来了,她感觉心脏在胸膛里咚咚直跳,犹如在笼中扑腾的鸟儿。

溪谷里的浓雾中出现一道影子。奈娜的心脏大有冲破胸膛的架势,直到她发现,奥莱姆放松下来,手指离开了卡宾枪的扳机。

"是我们的人,"一个胸甲骑兵说,"好像是甘利。"

一匹马驮着蓝衣骑手走出浓雾。奥莱姆招呼他的同时,奈娜坐回马鞍,想找个舒服的姿势。可惜没用。她闭上眼睛,试图进入波教她的冥想状态——介于现实世界和他方之间的所在,以驱散心头的忧虑。

依然失败。

再次睁开眼睛,她发现自己错失了目标,不小心进入了他方——

火药魔法师

她暗暗叹了口气,至少雾气渗不进这里。远处丘陵起伏,前面的溪谷有三十多尺深,底下是浓密的灌木丛。千百颗火星在她眼前摇曳,犹如一大群萤火虫。

好几件事同时发生。第一,她放声尖叫。第二,归队的斥候甘利从马背上跌落,喉咙开了个血淋淋的口子。第三,数以千计的萤火虫突然扑来,震天动地的马蹄声将奈娜从他方带回了现实。马群在浓雾中现身,驮载着身穿褐绿色军服的凯兹骑兵。

奥莱姆的卡宾枪开火了,震得奈娜的耳朵嗡嗡直响。一连串枪声响起,凯兹骑兵猛冲上来。

一个凯兹骑兵撞上奈娜的坐骑,马儿踉跄着歪向一边。她急忙拽住缰绳,差点从马鞍上跌落,与此同时,一把剑从她眼前掠过。蓝色衣袖随之一闪,奥莱姆挡住了直取她咽喉的一击。她听到奥莱姆的喘息和咒骂,然后,他不见了。

一个凯兹龙骑兵从侧面杀来,用军刀护手砸向她的侧脑。奈娜勉强举手招架。虽然视野不清,她依然抓到龙骑兵的胳膊,将他拉近,五指掐中他的喉咙。

奈娜从他方召唤火焰,将愤怒和力量倾注其中,等待敌人的头如烤焦的蘑菇一样枯萎。

但什么也没发生。

恐惧攫住了她。她压向龙骑兵,感觉对方的呼吸喷在自己脖子上,同时搜索他方。他方还在,指尖有感觉,但没有回应。

军刀护手再次砸在她身上。她头晕目眩,无法再发动巫力,但她心里清楚,一旦放手,脑袋肯定会被砸碎。她的指甲抠进对方的喉咙,拼命撕扯。龙骑兵猛地挣脱,捂着血淋淋的喉咙,用凯兹语破口大骂。

奈娜想起了奥莱姆给她的手枪。她慌忙抓住枪柄,颤巍巍地端起来，对准龙骑兵。

对方脸上露出一丝狞笑。她记得的最后一件事，是后脑勺被猛地一拉，天地随之翻转。

第 37 章

"三天,"埃达迈终于被带进里卡德设在金南酒店的办公室,"我花了三天才预约上,还不是见到你,而是你的副会长!到底怎么回事,里卡德?你不是叫我加紧调查吗?"

埃达迈突然闭了嘴。里卡德瘫坐在办公桌后,发丝蓬乱,鼻梁上架着眼镜,单手拿着一份报纸,外套扔在角落里。

"见鬼,"埃达迈说,"你好像三天没睡觉了。"

里卡德忍住哈欠。"五天吧,我估计。我打过几次盹。随便找个地方。菲尔。"他大喊道。

"在,先生。"埃达迈与菲尔对视一眼,后者就站在他身边。

里卡德眯着眼睛,透过眼镜张望。"你在啊。菲尔,告诉外面那帮小子,只要是埃达迈,随时放他进来,无论什么情况。"

菲尔清了清喉咙。"无论什么情况,先生?"

"除非我不方便。克雷西米尔的卵蛋啊,这不明摆着吗?听着,埃达迈,我很抱歉。爆炸之后,我把安保力量翻到四倍,你也明白这会造成什么状况。指令混乱,谁都见不着我。简直是噩梦。你应该去我家。"

"我去了好几次。可你不在。"

"先生,"菲尔说,"您两天没离开这办公室了。爆炸之前您就没回过家。"

里卡德挠挠头。"是哦。好吧。酒?"

"现在是上午九点。"埃达迈在里卡德对面坐下。

"咖啡?"

"好,麻烦了。"

"菲尔,找人冲两杯咖啡。我那杯加点威士忌。"

"你也太惨了,里卡德。"埃达迈说。

"还不算惨。"里卡德打个嗝,用拳头捶了两下胸口。"好了,关于爆炸,你有什么新情况要告诉我?"

"那是一种叫'爆炸油'的东西引发的。"埃达迈说,"查起来有点费事,但我还是想办法找到了制造商。"

"是谁?"

"弗莱林火药公司。"

"没听说过。"里卡德吼道,"等我料理了他们,没人会再知道这家公司。我要叫他们再也做不了生意!我要摧毁他们的一切……"

埃达迈打断他的话。"没这个必要。"

"什么意思?"

"我拜访了老板和他女儿。爆炸油并非销售产品。性能也不稳定。他们雇的一个化学家背着他们卖出了样品,为此,他们解雇了他。"

"这样啊。那个化学家呢?"

"就在他被解雇的第二天,他把自己炸死了。"

"这么巧。"

"也许吧。不管是不是意外,弗莱林坚称绝不出售那东西,我相信他。"

"那不就查不下去了?老板宣称自己是无辜的,化学家死了?我不喜欢这消息。"

"他们告诉我,化学家把样品卖给谁了。"

一个年轻人进了办公室,银托盘上有两只杯子和一壶咖啡。等年轻人奉上咖啡离开后,里卡德凑了过来。"谁买的?"

"山下矿业联盟。"

里卡德差点呛到,把咖啡喷到了衬衫上。"你说什么?"

"山下矿业联盟。"埃达迈重复道,"也就是,如果我没记错的话,山下社团对外使用的名号。如果社团成员想动用资金买什么东西,又不希望被人轻易查到,就会使用这个名号。"

"如果你没记错。"里卡德揉着脸,尖声尖气地模仿埃达迈,"该死的赋能者,该死的记忆力。你当然不确定。"

"这是我唯一的线索。"

"也许你搞错了爆炸物。可能是别的什么玩意儿。"

"约见菲尔期间,我也没闲着。"埃达迈从兜里掏出一张纸,"我雇了弗莱林火药公司的继承人小弗莱林做我的调查顾问。她到工会总部检查了现场,写下了证词,证明那场爆炸确实是爆炸油所致,而爆炸油的买家正是山下矿业联盟。"

"你是怎么让她签名作证的?"

埃达迈捂着嘴咳嗽几声。"我发誓,我们不会起诉她和她的公司。"

"你这混蛋。"

"如果要找替罪羊,死掉的化学家再合适不过。但我们不需要。我们只需要山下社团的地址。"

里卡德蹦了起来。"绝对不行。"

"为什么?"

"如果一个秘密社团暴露了,那还算什么秘密社团?"

"他们要杀你。"

"他们?也就一两个成员吧。"里卡德小声骂了一句,"我就是在他们中间发家的。二十年了,我跟他们一直是朋友。我帮他们谋到了好差事,提供了生意机会。妈的,我还帮三个人免除了牢狱之灾。"

"他们有多少成员?"

"有……"里卡德突然闭嘴,"我就不该谈论这个话题。这是个秘密社团,还记得吗?"

"我觉得,当他们以社团的名义谋杀你时,就失去了保密的资格。他们当中有谁特别蠢吗?"

"没你以为的那么蠢。在亚多佩斯特,知道山下社团的人绝对不超过五十。把这个名号亮给一家小小的火药公司说明不了什么,而且老实说——只有你提到了爆炸油。警方没发现爆炸有什么不一样。"里卡德又跌回椅子,喝光了杯里的咖啡。他突然弯下腰,五官挤到一起。

"你没事吧?"

"咖啡太烫了。"里卡德恢复正常后,又接着说,"不行。我不能背叛他们。"

"他们背叛了你。"

"有可能。但也只是一两个人而已!该死。"

"我能理解你的难处,里卡德。"埃达迈凑近他说,"但他们还会动手的。"

"你怎么知道?你说他们只有一份样品。"

"检查完现场,小弗莱林相信,两次爆炸没用上所有的爆炸油。他们剩余的存量还能制造好几次爆炸。"

"好吧,妈的。"

"如果你能给我一两个有嫌疑的成员的名字,我就能调查他们。我需要人手,说不定能找到他们存放爆炸油的地点,或者他们的下一个目标。"

"我知道他们会放在哪里。"里卡德悲哀地说。

"哪里?"

"社团大楼。"

"把极不稳定的爆炸物放在山下社团?他们有这么蠢吗?"

火药魔法师

"没你以为的那么蠢。"

"你必须告诉我地址。"

里卡德没理他,转头招呼菲尔。等她进来,里卡德说:"去找五个最可靠的手下。"

"什么时候需要?"

"越快越好。一个钟头内。"

"是,先生。您要做什么,先生?"

"我们要在这酒店的地下室里,搜寻一种威力强大的爆炸物。"

菲尔效率之高,让埃达迈无比震惊。

在菲尔的坚持下,里卡德离开了酒店——对外宣称去跟凯丽丝共进午餐——好几个得力的助理也被叫走了。不到半个钟头,二男三女被召进一间客房。埃达迈推测,他们都是工会成员,深受里卡德信任,但还不足以委派重要的工作。

埃达迈站在客房窗边。两个女人坐在床上,另一个靠近房门,两个男人背靠着墙。所有人都盯着菲尔,她走进客房,关上门。

她声音很低。"这次开会的内容不得外传,听懂没?"

众人交换着眼神,表示同意。有人偷瞟埃达迈,他们可能还不知道他的身份。他记得其中三人的长相,但所有人的名字都不知道。

"这家酒店下面可能被人放了炸弹,可能性相当高。"菲尔说。值得称赞的是,没有一人夺路而逃。"凶手不知道我们已经知情。我们得马上搜寻爆炸物,动作要快,但不能打草惊蛇。先从地下室开始,一路往上找。丑话说在前头,这次任务可不是自愿的。如果有人不经我允许就离开,那人以后就别想在国内找活儿了。"

埃达迈注意到,有个男的额头冒出冷汗。是怕了,还是心里有鬼?门边的女人使劲儿咽着口水。

"我还没讲完。"菲尔接着说,嘴角浮现一丝笑意,"等我们找到并处理了炸弹,你们每人都将获得丰厚的奖励。除了升职,还有一大笔钱。这次搜查由我和埃达迈侦探带队。有问题吗?你说,德瑞丽。"

门边的女人放下手。"我对炸弹一窍不通,该怎么帮忙呢?"

不等菲尔开口,埃达迈抢先答道:"没人了解这种炸弹。"他说,"它不是火药,而是一种叫'爆炸油'的危险品。引爆它不用点火,靠震动就够了,所以我们在搜查时必须万分小心。所有物品轻拿轻放,亚多姆在上,千万不要摔到什么东西!"

"我们到底要找什么?"冒冷汗的男人问道,他的嗓音在发颤。

"我不知道。"埃达迈承认,"也许是某种容器。爆炸油被卖掉时,原本装在十个有软木塞的透明玻璃瓶里。嫌犯可能换了新的容器,也可能还用旧的。我们要彻底检查酒店里的液体。"

"这事跟工会总部爆炸案有关吗?"坐在床上的一个女人问道。

"可能有。"埃达迈说。他们不需要知道太多内情。"还有问题吗?"

几人纷纷摇头。

"好,"菲尔说,"再强调一遍,千万小心!如果你们发现任何可疑品,立刻通知埃达迈侦探。不要大呼小叫。我们要尽可能低调处理。好了,所有人去地下室。"

众人鱼贯而出。埃达迈来到菲尔旁边。"深肤色那个。"埃达迈说。

"小威尔?"

"对。不知为什么,他紧张得要死。把他抓起来,派人看着。"

菲尔飞快地点点头,跟着威尔离开客房。埃达迈绕过他们时,看到菲尔的手搭在威尔肩上,威尔的衣领已被汗水湿透。埃达迈跟着其他人赶往地下室。他们很快分发完提灯,交谈时都压低声音。埃达迈举起提灯,抓紧手杖。地下室里潮气逼人,让他的后背直打激灵。

火药魔法师

到了底层,四名工会员工都看着他,他才发现菲尔没下来。他突然起了疑心。如果其中有人参与了炸弹阴谋,他们有可能杀人灭口。他打量着每一个人,同时盘算如何保护自己。

过了好一会儿,他才注意到,几人依然看着他。

"那就,开始吧。"

"呃,先生,"德瑞丽说,"你看。"

埃达迈驱散脑中的疑虑,迈开脚。他们在一条长长的拱道里,两边均是石壁,拱道右侧依次排列着十几个壁龛,尽头是一扇低矮厚实的门。

德瑞丽指着第一个壁龛。埃达迈把提灯伸进去,眯起眼睛。"没什么,是酒。"他说。

她翻了个白眼。"是吗?"

"哦。"他恍然大悟。这些酒瓶就有可能是他要找的炸弹。这可是藏匿液体爆炸物的最佳容器——光明正大藏在他眼皮子底下。埃达迈用手指敲着肚皮,然后说:"你们去查别的。这些酒交给我。"

其他人走向别的壁龛,埃达迈开始检查。粗略估计,这里至少有两千瓶,不知道是里卡德的一部分收藏,还是酒店的存货。

埃达迈脱掉外衣,挂在墙上一根钉子上,卷起袖子。他从最上排入手,挨个儿检查酒瓶。酒瓶各式各样——有的通身细瘦,呈深棕色;有的瓶颈细长,瓶肚丰满,呈绿色。

他仔细观察瓶中液体的黏稠度、瓶外积灰的厚度和标签摆放,以及酒瓶本身的尺寸和形状。他越检查越绝望——如果爆炸油藏在酒瓶里,也许他根本找不出来。这样的酒店,酒水消耗的速度相当惊人。根据积灰的厚度判断,有些酒瓶已经存放了数月甚至数年,但也有至少八十瓶酒,最近刚被人碰过。

"你认为凶手有这么阴险吗?"菲尔的声音在廊道间响起。

埃达迈没抬头。"有机会不用,那他们纯属傻瓜。"他说,"有几十个酒瓶很可疑,除了开瓶检查,我想不出更好的办法。"

"我觉得,那只能是最后一步。"菲尔说,"你也知道里卡德有多看重他的酒。"

"那他愿意喝下一杯爆炸油吗?"

"到时我会问问他。"她顿了顿,"你确定在这里?"

"里卡德确定。"埃达迈说,"所以我只能查清楚。"

"他可能搞错了。"

"当然有可能,"埃达迈说,"但如果他是对的……"

"那也不值得冒险。你怀疑威尔,对吧?"

"有收获吗?"埃达迈停了下来,满怀希望地看着菲尔。如果他们碰巧发现了同谋,那可真是撞大运了。侦探工作很大程度上取决于运气。

"只是紧张。"菲尔说,"他父亲曾为一家火药公司干活,两年前死于一场爆炸。威尔担心爆炸。我早该考虑到这一点。我禁止他离开酒店时,那个可怜鬼都吓尿了。"

埃达迈接着检查酒瓶。"真遗憾。"

他听到钥匙叮当作响,菲尔开口道:"你查到哪儿了,先做个记号,然后跟我走。我会派个人来,确保酒瓶别被弄乱。咱们先去检查山下厅。"

"哦?"埃达迈记下了酒窖的状态,跟着菲尔走向廊道尽头那扇厚门。她打开锁,拉开门,两肩吃力,看来门板相当沉重。

令埃达迈惊讶的是,里面又是一条长长的走廊。他高举提灯,扭头看着菲尔。

"进去吧。"

他慢慢走了进去,始终攥紧手杖,同时飞快地琢磨菲尔有多可信。在合同期内,她应该忠于里卡德。但如果一切都是骗局呢?会不会是她策划了爆炸?她能轻易杀了埃达迈,藏好尸体,然后告诉里卡

火药魔法师

德他离开了。埃达迈想到了十多种可能性,但哪一种都有可能错了。到了走廊尽头,他依然高度戒备。不过他也知道,真打起来,恐怕他毫无胜算。

廊道尽头有间宽敞的方形大厅,他手中的提灯投下怪异的影子。菲尔从他身边挤过去,点亮四面墙上的烛台,整个大厅逐渐亮堂起来。这里同亚多佩斯特任意一家绅士俱乐部一样——墙上覆盖天鹅绒,黄铜烛台光彩照人。沙发和长椅可同时容纳十几人就座。大厅中央有张牌桌,铺着天鹅绒,周围能坐六个人。

角落里有台传菜的升降机,可能直通上面的厨房,还有小型私人酒柜和一只没开封的酒桶。大厅两端各有一架壁炉,仔细一看,都是石砌的,可烧木柴供暖。

"这就是山下社团?"

烛台全部点亮,菲尔熄灭了手里的提灯。"对。"

"一直都在这里?"埃达迈想起,大概十三年前,他第一次听说山下社团,那它的历史肯定更加悠久。而里卡德是在六年前买下这家酒店的。

"从里卡德买下酒店开始。他们之前在哪儿见面,他没告诉我。"

埃达迈指着外面的廊道。"那他们……"

"他们可以进来检查。用不了多久。只是别提……呃,你懂的。"

菲尔那几个手下检查完了各自负责的壁龛,来到大厅。他们什么也没问,就开始检查每一处角落和缝隙。埃达迈回到酒窖,继续检查酒瓶。

挫败感越来越强。直觉告诉他,爆炸油应该就藏在这里。就算干脏活的人脑子不好使,也会发现这是绝佳的藏匿点;如果那人脑子好使,更会将爆炸油小心翼翼地装瓶,混在经年存放的酒瓶当中。埃达迈暗暗咒骂,试着回忆里卡德的朋友和合伙人最近中意哪种酒——这些可以首先排除。

其他人上楼了，他们经过时，埃达迈几乎没注意到。

等他听到有人下楼，至少已经过了一个钟头。他认出了菲尔轻柔的脚步声。

"楼上有进展吗？"他问。

菲尔把提灯放到角落一个酒桶上。"没有。这间酒店大得很，只有四个人，没法更快了。你这边怎么样？"

"我把范围缩小到三十多瓶了。"埃达迈说。

"你确定没找错地方？说实话，如果酒瓶被人开过，我一眼就看得出来。"

"的确。但他们可以在外面处理好，然后再带进来。"埃达迈叹了口气，把一只酒瓶放回原处。"我该问问里卡德，最近有没有客人带酒给他。"

"人人都会带。"菲尔说。

埃达迈看着酒架，那边搁着他分拣出来、嫌疑最大的一批酒瓶。"叫他列张单子给我。唯一能确定的办法是打开所有酒瓶。或者，更安全的做法是运到城外，找个高高的悬崖扔下去。"

"里卡德会……气疯的。他已经损失了工会总部里的藏酒。你知道他对酒有看多重。"

"酒店管事的估计会杀了我，这儿全被我搞乱了。弄不好还会惹毛里卡德。找人帮我搬上去。"他揉揉太阳穴，"该死，怎么把酒瓶运到城外呢？按弗莱林的说法，用马车运爆炸油太危险了。路上会很颠簸。"

"女士？"楼梯上传来喊声。

菲尔赶到廊道里。"什么事？"

"我们有发现了。"

埃达迈立刻站起，跟着菲尔上楼。德瑞丽等在那里，带着他俩进了厨房，来到银器柜边。"我只能找管事的帮忙打开。"她拉开一边

火药魔法师

柜门,跪下来。"你们看看。我真不想伸手。"

埃达迈趴在银器柜边的木地板上,接过菲尔递来的提灯。

在最底层的架子上,银托盘后面,搁着一只木匣。木匣最上层有几只玻璃瓶,用软木塞封着口,瓶中盛着清澈的液体。埃达迈的心突然狂跳不止。

"真他妈见鬼。"他说。

"是它?"

"对。"

菲尔重重地松了口气。

"去找小弗莱林。"埃达迈说,"最好叫她找个专家处理这玩意儿。严加看守房间,但不要走漏风声。另外,把炊事团队叫来。今晚我要一个不漏地审讯他们。"

菲尔大声命令手下。埃达迈感觉她的手搭上自己的胳膊。"干得漂亮,侦探。"

"别急着夸我。"埃达迈依然趴在地上,目不转睛地盯着那些貌似无害的爆炸油。

"怎么?"

"少了两瓶。"

第 38 章

塔玛斯悄然爬过河畔,亚德荡冰冷的河水没过了他的膝盖。

一把手枪插在他腰带上,另一把的枪管指向天空,佩剑划过水面,留下一线波纹。夜色如水,被火药增强的感官能看到自己呼出的热气。在他左边某处,一条鱼跃出水面,惊动了跟在后面的安德里亚。

"嘘,"塔玛斯轻声说,"别搞得我紧张兮兮的。"

塔玛斯以为,安德里亚会习惯性地回嘴,甚至做好了训斥他的准备,好在他并没有吱声。他们继续前进,这一路上,连青蛙都没叫唤,高耸在前方的要塞也没拉响警报。

塔玛斯边爬边琢磨,这座石头要塞占地不小,虽然只有两层,却有一堵十二尺高的城墙,从河边到大路绵延一百尺。所谓要塞,其实是间检查站,政府官员可同时查验路上的货车和河里的驳船,打击亚多佩斯特与巴德维尔之间的走私贩和逃税者。

革命爆发前,只有八到十人驻扎在要塞,为国王效力。凯兹人占领这里后加强了防御工事。一排小口径火炮架在城墙上,石头码头末端还有一门十六磅大炮,炮口悬于亚德荡河上方。塔玛斯估计,留守的驻军不到四十人。

塔玛斯接近码头下方,目光始终不离检查站顶部。火把的光芒照亮了城墙,还有把刺刀晃来晃去,说明那儿有个哨兵。

有人碰了碰塔玛斯的胳膊,他立刻停下,回过头。安德里亚指指

火药魔法师

水面,不一会儿,塔玛斯看到一个鸟窝,一只成年野雁正生气地瞪着他。

他涉到河水深处,避开雁巢,把手枪插进腰带,紧了紧贴着大腿的佩剑。他抬起手,摸到上方的石块边缘,一个纵身跃上码头。

塔玛斯拔出匕首,轻手轻脚摸向安放在码头末端的大炮。一个凯兹哨兵靠在炮管上,轻柔的鼾声传进塔玛斯耳中。塔玛斯一刀刺进哨兵肋骨之间,他身子一僵,很快被放倒在炮台旁边。塔玛斯回头张望检查站,正好看到安德里亚翻过第二层城垛,安静得如同滑翔的猫头鹰。塔玛斯听到痛苦的呻吟,顿时心跳加快,他只能安慰自己,他的听力比要塞里的卫兵敏锐得多。

他悄悄溜进检查站的大门。如果他记得没错,守军应该在第二层。他在楼梯井下方停留片刻,听到什么声音,立刻回到门外,来到码头上。

四个凯兹士兵正在小餐厅里玩骰子,只有一盏提灯照明。塔玛斯透过门板间的缝隙观察,他们个个专心致志,似乎带着几分醉意。他决定,先去解决在楼上睡觉的敌人。

他正要离开,门板突然被推开,差点撞上他的脸。他往后一跳,发现第五个卫兵一脸诧异地瞪着他。

塔玛斯将匕首猛地插进对方的喉咙,把他推进房间,撞上牌桌。四个卫兵同时蹦了起来,一边大喊大叫,一边慌忙地寻找武器。塔玛斯的速度就快多了。他抽回匕首,割开第二个卫兵的喉咙,然后插进第三个卫兵的心脏。他轻轻一跳,飞过牌桌,火药迷醉感在血管里歌唱。他两脚踩上对面的凳子,结果来不及骂人,凳子便突然翻倒。

他狼狈落地,顺势打了个滚,来到餐厅另一头。他在第四个卫兵身前跳起,对方举起手枪瞄准。塔玛斯释放感知力,在击锤落下之时熄灭了火药。他夺过手枪,用枪柄猛砸卫兵的脸,力道之大,面骨应声碎裂。

第五个卫兵跑向门外。塔玛斯拔出靴子里的匕首，扔了出去。匕首正中女兵的肩胛骨下方。她惨叫一声，脚下一绊，伸手去够刀柄。塔玛斯冲过去，扭断了她的脖子。

他匆忙收回自己的两把匕首，守在门边。一片寂静。援军呢？睡着的卫兵呢？

石头楼梯井那边传来一串脚步声。塔玛斯飞快地看了一眼，发现是安德里亚。他浑身是血，但看表情就知道，不是他的。"您的动静太大了。"安德里亚说。

塔玛斯轻声吁了口气，擦净匕首，带着安德里亚上楼。他们经过宿舍时，塔玛斯听到一声垂死的哽咽。

"解决掉。"他说。

楼顶上，两个哨兵躺在血泊中，塔玛斯抬手遮挡火把的光芒，眺望南边的苏尔科夫山道。出乎意料的是，他什么都看不到——不见火光，不见凯兹后备军的营地。远处的中途堡有火把晃动，更远处是巴德维尔的微光。

整支凯兹军队就在他北边。

他抓起一根火把，来回挥舞两次。不一会儿，检查站北边出现了亚卓士兵的身影，他们如潮水般涌来。安德里亚很快来到他身边。

"我们以前是不是干过一次？"安德里亚问，"深入敌后？我记得不太顺利。"

塔玛斯瞥了安德里亚一眼。他身上的血污更多了。塔玛斯心想，在杀人方面，奥莱姆不如安德里亚，但作为同伴就顺心多了。"你的制服该换了。"

"没带备用的。"

"没远见。"

安德里亚舔舔指尖上的血，嘴角现出一抹非人的微笑。"明天，我们就要爬上巴德维尔的城墙了。希望该死的凯兹人看到我时，就知

火药魔法师

道他们要玩儿完了。"

"随你吧。"一旦安德里亚血气上涌,他就忘了称呼"长官"。杀凯兹人是他这辈子最爱干的事。"别站在我上风处就行。"

军队在黑暗中源源不断,塔玛斯转头望向他们。先头部队已包围了检查站,路上的军队则如黑色长蛇,蜿蜒而行。右边的河面上,几艘货船驶入视野,安静地劈开水波,船上载有重型火炮。

"凯兹军队完蛋了。"塔玛斯说,"现在,谁也别想阻挡我。"

奈娜醒来后的第一反应就是尖叫。

为了克制尖叫的冲动,她差点咬断自己的舌头。她的双手被捆在背后,眼前一片漆黑。恐惧吞噬了她的全部身心,肾上腺素在血管里激涌,淹没了四肢的僵硬和骑马导致的疼痛。

她几乎本能地躲进现实世界与他方之间——事实上,过了几分钟,她才意识到自己做了什么。她的呼吸稳定下来,心脏不再狂跳。眼前的世界蒙着一层薄雾。波说,这是恢复平静和思考问题的好地方,但也告诫过她,在这里,她的大脑接收不到必要的信息,没法分析当前的处境。万籁俱寂,就连地面的触感也渐渐消失。

她小心翼翼地离开那里,回到现实世界。随之而来的,是活着就能感受到的一切疼痛,她不禁呜咽了一声。

夜间的营地映入她眼帘。她听到低沉的响声,附近火堆"噼啪"燃烧的动静,马匹在黑暗中轻柔的嘶鸣。她侧身躺着,左臂已经麻木,呕吐物的味道刺激着鼻孔。她的嘴角处有一层硬壳,说明吐的人是她。

她眨掉因疼痛流出的泪水,发现眼前有张满是淤青和血污的脸。那人也侧身躺着,面朝奈娜,上半身被剥光,赤裸的肩臂捆着粗厚的黑色布条——他遭到鞭笞和殴打,已经皮开肉绽。他的两手也被捆在身后。这残忍的一幕吓得奈娜直想缩成一团。

可她不敢。一旦动了,他们就知道她醒了,就会以同样的方式对待她——如果她运气好的话。

她的心脏再次剧烈跳动,难能可贵的平静如沙子般从指间溜走。她的双臂在发抖,然后……

她认出了躺在身边的人。

是奥莱姆。

她忍住骂人的冲动。他还活着吗?"奥莱姆,"她忘了身上的疼痛,轻声道,"奥莱姆!"

他睁眼的速度太慢,让奈娜心里一沉。过了许久,那双眼睛才认出她。他的短胡子浸了血,粘在脸上,但嘴角微微提起。

"很高兴你醒了。"他咳嗽着说。

"他们对你干了什么?"她轻声说。

"提了些问题。"

"他们把你打昏了!"

"他们不喜欢我的回答。"

她本来想问,接下来是不是该轮到她了,但又觉得多此一举。"野蛮人。"

"是啊。"奥莱姆微微一动,疼得直叫唤,"见鬼,疼啊。"

"他们得给你上药。我要喊他们。他们怎么能这样对待战俘?"

"嘘。"他说,"别喊。尽可能别动。他们大多睡着了,天亮前不会来理你。"

她已经失去了冷静。"如果我喊醒他们呢?"

"我不知道。指挥官是哥拉狼。他什么事都干得出。其他人也好不到哪儿去。"

"我要烧掉整个营地。"

奥莱姆微微摇头,痛苦写在脸上。"他们不知道你是尊权者。"

火药魔法师

"真的?"

"你没戴手套,还记得吧?我说你是我的书记员。"

奈娜再次寻找现实与他方间的区域,但没能成功。她很难相信,悲剧来得太过突然。前一刻四下无人,下一刻凯兹人就从浓雾中现身,把他们赶尽杀绝。"我们完了。我们都被干掉了吗?"

奥莱姆闭上眼睛,奈娜一度以为他昏了过去,然后他又开口了。"没有。他们没想到我们队形紧密。当时战斗异常激烈,我和大部队分开了。听好。他们抓了我们十五到二十人,杀了几十个,不过其他弟兄还在外面。"

"就是说,还有希望?"

奥莱姆没有正面回答。"听好,"他重复道,"他们打算把我的人头交给塔玛斯。有可能会让你带回去。这是你最好的脱身机会。"

"不!"她的嗓门有点大。发现没人留意,她接着说,"他们不能这样!"

"他们要散播恐惧和怀疑。想阻止塔玛斯与伊匹利和谈。我的头应该保不住了。"

"我们得逃走。"奈娜说,"趁着半夜溜掉。我们可以……"

奥莱姆再次摇头。"太危险了。他们也会杀了你的。这是最好的办法。也是我向他们透露身份的原因。"

"奥莱姆。"她声音嘶哑,清了清喉咙,"奥莱姆,别这么说。"

"没事。"他含糊不清地应道,脑袋耷拉下去。他昏了过去。

"奥莱姆,醒醒!"

没有回答。奈娜又喊了几次。除了泼他一桶冷水,她不知道该怎么叫醒奥莱姆。她默默祈祷,希望他不要当场死掉。

她翻身躺平,观察周围的环境。附近的火堆边,人人都在铺盖卷里打鼾,听不到任何交谈声。奇怪,似乎没人看守她和奥莱姆。她琢磨了一会儿,终于明白他们不用严加防范。奥莱姆被打得只剩一口气,而她只是个不省人事的书记员。

奈娜触及他方。她能感觉到,被磨破的手腕有火焰的灼烧感,巫力熔断了她的绑绳。一股麻绳燃烧的味道钻进鼻孔,她自由了。

她小心地、慢慢地爬起来,试了试奥莱姆的脉搏——感谢亚多姆,人还活着。然后她快步穿过营地。没人注意到她。所有人都睡着了,即使有人醒着,依然弥漫的浓雾也遮挡了他们的视线。几分钟后,她跨过最后一个火堆。

她被一个哨兵绊倒了。那人躺在草丛中,步枪搁在胸前,正在轻轻地打盹,结果被她踢了一脚。他一下子惊醒,差点喊出声。黑暗中,奈娜能看到他的面部轮廓。对方瞪着她的蓝色军服,张开嘴巴,准备大喊。

她猛地伸手,掐住对方的喉咙。

她不能让奥莱姆为保护她而死。她不能让自己被异国蛮子殴打、羞辱和发泄。

蓝火闪耀,她感觉到皮肉在她手下萎缩。她加了把劲儿,皮肉消熔,滚烫的鲜血在指间嗞嗞作响。她攥住对方的颈椎,然后颈椎也消失了,那人的头颅从坡上滚落,最后钻进更远处的草丛。

很快,奈娜爬起来狂奔。她没时间考虑刚才杀了人。最近死在她手上的人何止千百,不过又一条人命罢了。她必须跑。凯兹破魔者可能察觉到了她的巫力,很快就会来追杀她。

她借助第三只眼,在丘陵间穿行,强忍着随之而来的眩晕感。在黑暗和浓雾之间,正常的视力失去了用处。她不断奔跑,逼迫自己一次次迈步,尽管每一步都疼得钻心。她的大腿因骑马而疼,双臂因整晚被缚而疼,疼得泪水滚落脸颊,胃里翻江倒海,如在海上漂泊了许久。

几个钟头过去。奈娜经常在坡顶停步,聆听追兵的动静,但身后始终静悄悄的。她漫无目的地奔跑——雾气弥漫的夜色中,她分不清

火药魔法师

方向。此时此刻,她只知道,必须尽可能远离凯兹人。尽管以他方的视角看来,每个坡顶都大同小异,她仍竭力记住它们,或者扯几把杂草,堆几块石头。她希望等到白天,能带着亚卓骑兵原路返回。

这是奥莱姆唯一的机会。

第一缕曙光晕染了雾气。奈娜睁不开第三只眼了。倦意侵袭了她的所有感官,她唯一能做的,就是在缀满露珠的草丛中踉跄前行。破烂的军服湿透了,靴子里灌满了水。她抱着双臂,剧烈发抖。

她在一道山沟里停下歇脚——类似的山沟不计其数。她活动着僵硬的手指,用仅存的力气从他方引来微弱的火焰。去他妈的凯兹追兵,她需要取暖!火焰裹着双手,蔓延到胳膊,暖意浸入她的骨髓。慢慢地,她不再颤抖。衣服蒸汽腾腾,火焰已席卷全身,吓得她一声惊叫。

火焰熄灭了,她孤零零地站在沟底,寒冷和潮湿再度袭来。她想躺在淤泥中睡一觉。去他妈的凯兹人。去他妈的塔玛斯元帅。

奥莱姆的脸,染血的胡子,皮开肉绽的身体,突然在她眼前浮现。她又有了爬上山沟的力气。

旭日东升,逐渐驱散雾气。只要雾散了,她就能分辨方向。到时她会朝东走,但愿神枪手也在寻找凯兹营地,试图解救奥莱姆。但反过来说,如果凯兹人也在找她,那就危险了。不过她别无选择。

休息后不久,她听到一阵声音随风而来。也许是马匹的嘶鸣?布鲁德藏身地的峰峦和峡谷在捉弄她的耳朵。她挣扎着爬上下一个坡顶,驻足聆听,凝望着正在消散的晨雾。

她似乎听到了喊声。但不知是凯兹人还是亚卓人。仅凭声音没法辨别方向。拜托了,她心想,千万是亚卓人。她的心提到了嗓子眼。她歪着头,又听到一声叫喊。

声音从身后传来。她又迈开脚步,小心翼翼地前行。亚卓的斥候可能在她后面。不过她现在分不清东西南北,往哪个方向都有可能。

又一声叫喊。奈娜一惊,后背冒起一阵寒意。听不清喊的是什么,但应该是凯兹语。

马蹄踩踏石头的声音传进她的耳朵。她刚刚经过一片平坦的石地,对吧?马蹄声是冲她来的,叫喊也越来越近。

她往前狂奔,调起浑身每一丝气力拼命地跑。他们追来了,如果被发现,他们会直接踩死她,就像踩死街上的狗。她回头看了一眼,马背上的骑手距她不到两百码。

她跨过干涸的河床,攀上陡峭的山坡,翻过坡顶,从另一面山坡滚了下去。过了一会儿,她爬起来,准备接着跑,一个骑马的人影让她停了下来。

那人离她不到十步,静静地坐在鞍上,雾气似乎难以近身。骑手披着防风斗篷,马鼻子里喷出白雾,证明它刚才跑得很辛苦。

她绝望了。凯兹人逮到她了。奈娜浑身僵硬,等着对方拔枪开火。

"你跑什么?"

她惊讶得差点跌倒。是亚卓语。一个男人的声音。"什么?"

那人生气地拍着鞍角。"你跑什么?"他又问道。

奈娜左边三十步外,一队人马绕过山坡。十几个骑手渐渐逼近,她看到卡宾枪抬起枪口,准备开火。

"波?"她有些喘不上气。

"你又不是狐狸,还怕什么猎犬!在这群蝼蚁面前,你明明是火焰女神。"

波来干什么?他怎么找来的?"破魔者在追……"奈娜朝他跑去。两人都骑上马的话,兴许逃得掉。

"他不在这儿。你早该停下,仔细观察。转过去,保护你自己。让他们知道你是谁!"最后一句已几近咆哮。奈娜瞪着波,惊得无法动弹。

火药魔法师

　　一把卡宾枪开火了,枪声打断了她的思绪,让她本能地转过身。非惯用手往前一甩,火焰如流金般从指间喷出。眨眼间,火焰跃过三十步远,轻而易举地击穿了人与马。黑火药刚一接触火焰就发生爆炸,伴着一阵惊慌的叫喊,整支队伍不见了,化作一摊乌黑的焦油,溶进嗞嗞作响的泥土。

　　奈娜呆呆地看着,试图回忆自己都干了什么。她来不及思考,来不及集中精力。仅凭本能反应,她就杀了整整一队人马。空气中弥漫着刺鼻的黑色浓烟,以及皮肉烧焦的煳味。

　　"漂亮。"

　　"我……"她扭过头,立刻发现波不太对劲。他无力地瘫坐在马鞍上,脸色苍白,满头大汗。波前后晃悠着,发白的指节抓着鞍角。"能打赢就不要跑。圣徒在上,你会变得无比强大。我从未见过如此的……美景。"他喘着粗气,说不上话。

　　"你来干什么?你没事吧?"奈娜冲到他身边,刚刚摸到他的腿,却立刻收手。她摸到了某种细长的硬物,撩起裤腿一看,不见皮肉,竟是一根木头假腿。

　　他仿佛什么都没看见。"我收到了……你的纸条。"他在外套口袋里摸索,取出一张揉皱的纸。纸条从他指尖飘走,他无力地伸手,结果抓了个空。

　　奈娜一把捞回纸条。她都忘了,跟奥莱姆出发之前,她曾草草写下几句气话。她忘记了身后那些焦枯的遗骸。忘记了德利弗女尊权者的侮辱。"波,你怎么了?"

　　"没什么,没什么。"他冲奈娜的纸条皱起眉头,"我……就是觉得……不应该……让我的学徒……单独行动。"他吞吞吐吐,都快语无伦次了。

　　"波?"

　　他不屑地挥挥手,突然从马鞍上滑落。她冲过去扶他,两人一起摔在地上。她惊恐地抬起头,看看卡在马镫上的义肢,又看看他膝盖以下空荡荡的裤管。

"抱歉,"他说,"有点头晕。"

奈娜满眼是泪。波是她脱困的唯一希望,如今他来了,却少了条腿,虚弱无力。他们该如何找到亚卓骑兵、营救奥莱姆呢?她突然想到,可以把波留在这里,自己骑马,但这一来,他可能会死。绝对不行。尤其是在他一路奔波、找到自己之后。

波闭上眼睛,胸膛缓慢地上下起伏。此情此景让奈娜无比心痛,波为她牺牲了这么多,眼下竟然如此虚弱。她强忍泪水,深深地自责。他一直瞧不起这种软弱,对吧?

"可以了。"波轻声说道,眼睛依然闭着。"你安全了。"

"可你没有,你这该死的傻瓜!"

"哦,我会……好起来的。"

奈娜紧紧抱着他,心里明白自己必须马上行动。她只能救一个——波,或者奥莱姆。奥莱姆可能已经死了。

"亚卓骑兵在哪儿?"她问。

"在我后面不远。"似乎只有轻言细语,波才能完整地说句话。"我在他方发现你的巫力,就快马加鞭地赶来了。"

"后面不远?"

"他们会沿着……啊,来了。"

奈娜抬起头。马鞍的嘎吱声和兵器的撞击声突然钻进耳朵,雾气中出现了数百骑兵,他们的胸甲上缀满朝露,卡宾枪横置于鞍前。

波呻吟着挣脱她的怀抱,从马镫上取下义肢,卷起裤腿。她看到断腿已经处理过,但依然惨不忍睹,有个皮套固定在末端。他将义肢绑在皮套上。奈娜爬起来,擦干脸上的泪水,扶起波。他坚持回到马鞍上。

一名胸甲骑兵策马上前,牵着奈娜的坐骑。"尊权者奈娜,"在寂静的清晨中,他的声音显得格外响亮,"感谢亚多姆,我们找到您了。"

"是啊。"她不知该如何回应。她的膝盖绵软无力,但她知道,今天才刚刚开始。她接过缰绳,头一次在看到坐骑时感到如释重负。她抬高嗓门说道:"他们抓了奥莱姆上校,差点把他打死,所以他没能跟我一起逃出来。"

骑兵队伍中响起愤怒的低语。"你能带我们去他们的营地吗?"有人问。

奈娜闭上眼睛,回忆逃命时匆忙跑过的每一处高地和峡谷。记忆纷繁凌乱,但她知道,追赶她的凯兹骑兵一定会留下痕迹,原路摸回去并不难。

"能。我们出发。"

第 39 章

"我从没想过有一天,要攻打我们自己的城市。"

塔玛斯盯着巴德维尔的城墙。这座城市坐落于苏尔科夫山道的咽喉位置,巨大而陡峭的岩壁分立两侧,又称瓦萨尔山门。进城别无他路,唯有翻越令人望而生畏的花岗岩城墙,那里的每块石头,都被如城市本身一样古老的巫术保护着。若不是希兰斯卡叛变,南边同样的城墙足能抵挡凯兹军队几个月的炮击。

而眼下,塔玛斯必须在一天之内夺回巴德维尔。

阿柏将军也望向巴德维尔,身子倚着厚重的骑兵军刀,活像绅士倚着手杖。年迈的将军似乎更老了,但眼中精光四射。他活动着下巴,将假牙吐到手上。"是啊。这一仗可有得打。"

"伊匹利在城墙上布置了御林卫兵,"塔玛斯说,"他们会为国王拼死而战。即使我们突破城墙,每条街巷都将血流成河。"

"说到这个,我有好消息告诉您。"阿柏说,"我截获了凯特与希兰斯卡的秘密情报,如果消息属实,我们在城里的同胞被凯兹人祸害得差不多了。多数人一开始就遭到屠杀,其余的被卖作奴隶。"

"最坏的消息也莫过于此。"塔玛斯很想吐口水,但他知道,也这摆脱不了嘴里的苦涩滋味。

阿柏咧开没牙的嘴,冲他笑了。"我只想说,我们可以毫无顾忌地攻城了!凡事都要看好的一面,长官。"

"这么说也没法安慰我。"

火药魔法师

塔玛斯的脑子里充满怀疑。塔涅尔在哪儿？一直没他的消息和踪迹。如果他成功救出卡-珀儿，塔玛斯应该能收到消息。他不愿考虑其他可能性。

塔玛斯周围的营地里，人们都在忙碌。顺着亚德荡河南下的火炮已运输到位，土木工事也修造齐整。攻城梯、钩爪、备用弹药和崭新的步枪都卸下驳船。帐篷已经扎好，在进攻开始前，疲惫的士兵们轮流休息了一两个钟头。

昨晚他们拿下了中途堡，闹出不小的动静，吸引伊匹利的御林卫兵离开巴德维尔，并在清晨时分发生了几场小规模战斗。御林卫兵跟他们纠缠了几个钟头，然后撤回城里，此时此刻，城墙上有三排圆锥形的银色头盔。

城墙上空腾起一团青烟，不一会儿，塔玛斯听见了炮声。炮弹飞向塔玛斯的火炮，砸在阵地前方几百码处。

阿柏阴郁地笑了笑。"那些城墙装不了重型火炮。他们最多只能用六磅短距火炮反击我们。"

"我更担心进攻城墙时要面对的霰弹。"塔玛斯回答，"更遗憾的是，我们没时间等他们出来。我们要迎难而上，直捣黄龙。"

"真的?"阿柏把假牙拿远些，从牙缝里剔出什么东西。"冲锋陷阵我不反对，但不能指望今天就挠开城墙，除非再多五十门火炮。还有，呃，恕我直言，长官，派两万人直接攻城，您以前可没做过这么愚蠢的决定。"

"我要拼命了，阿柏。"他扭过头，抻着脖子，望向背后的苏尔科夫山道。不知凯兹的大部队有没有变聪明，识破他的计划，迅速追上来。昨天下午，苏拉姆应该加入了战斗，阻止他们调头，免得妨碍塔玛斯攻打巴德维尔。如果凯兹军队摆脱了德利弗人，后果不堪设想。"跟我来。"

阿柏跟着他，从他们所在的制高点走向最大的一座炮台，安德里亚也如影子般跟上。塔玛斯的新保镖浑身都是干涸的血迹,一股屠宰场的味道。他若不是火药魔法师,塔玛斯肯定会强制他洗澡。不过今天下午,他需要安德里亚的枪和刀。

"西尔维娅上校,"塔玛斯招呼一名炮手。西尔维娅中等年纪,棕色短发,长了张耗子脸,脸上沾着黑火药,制服袖口几乎跟火药一样黑。塔玛斯要找个经验丰富的炮手,且绝不能是希兰斯卡将军的朋友或徒弟,最后挑中了西尔维娅上尉。于是她在一天之内升为上校,负责指挥塔玛斯的火炮队。

"长官!"她立正敬礼。

"准备好了?"

"快了,长官。还有几门迫击炮到位后,就可以按您的命令发起炮击。我们会用迫击炮扫射城墙和敌人后方,同时集中火力,轰炸城门。"

"计划取消。你有望远镜吗?"

"有,长官。"她从装备袋里取出望远镜,"啪"的一声打开,等待塔玛斯的指示。

"城门往东三百码,看没看到一个图案,由褪色的石头组成?就像一张脸。很模糊。"

"我没……等等,看到了。亚多姆在上,像个笑嘻嘻的骷髅头。"

"对准它的鼻子,有节奏地开炮。开一炮,数七下,开一炮,数两下,开一炮,再数四下。你可能需要多试几次。"

西尔维娅放下望远镜,好奇地看着塔玛斯。"长官?"

"什么玩意儿?"阿柏将军问,"某种暗号?"

"算是吧。几百年前,王党在城墙上施加了守护咒,同时也留了后手,以防巴德维尔落入凯兹人之手,导致我们被迫攻城。按我说的做,那截城墙就能被炮火攻破。"

"您怎么知道的?"阿柏问。

塔玛斯冷哼一声。"我曾是铁王的宠臣，阿柏。待遇当然不一样。"万一不管用，他暗暗提醒自己，我可就成了笑柄。

"您希望我什么时候开火，长官？"西尔维娅问。

"你准备好了就炮轰城门。留一部分火炮待命，等我发信号，就朝那个目标开火。我们至少需要一个钟头，才能做好进攻准备。"

塔玛斯返回指挥帐，阿柏跟在他身边。"长官，如果伊匹利已经逃往都城怎么办？"阿柏问。

"我们会像该死的猎犬一样，紧追不放。"塔玛斯这话说得毫无底气。伊匹利也许两天前就跑了，现在可能已经跑远，根本追不上了。但塔玛斯愿意试试。

"所有人都别闲着，"到了帐篷前面，塔玛斯说，"保持松散队形。我希望凯兹人直到最后一刻才发现，我们今天就要攻城。"他拍拍阿柏的肩膀。将军敬个礼，假牙还握在手中。

塔玛斯钻进帐篷，靠着承力的柱子瘫软下去，两眼紧闭。他浑身都疼，虚弱无力，因为火药使用过量，睡眠极度缺乏，还得在众人面前装作若无其事，消耗的精力就更大了。"还有一天，塔玛斯。"他喃喃自语，"要么今晚做个了断，要么你就死在巴德维尔城墙下算了。"

"所以大多数指挥官才不会亲自冲锋。"

塔玛斯拔出佩剑，循声转过身。加夫里尔坐在塔玛斯的行军床上，满身风尘，一边袖子破破烂烂，沾满干涸的血迹。

"见鬼，"塔玛斯收剑入鞘，"差点被你活活吓死。你他妈在这儿干吗？塔涅尔呢？从我床上滚下来。"

加夫里尔举起双手，但没有挪窝的意思。"我在休息。我从对角路一路骑行，还要躲避凯兹巡逻队。抵达德利弗营地时，很不凑巧，你刚离开了几个钟头。我又征用一条小船，沿着亚德荡河划到这里。"

塔玛斯在帐篷里踱步。他本打算用蜡塞住耳朵，在进攻前睡上一会儿,与此同时,他的火炮队会清理城墙上伊匹利的士兵。现在不行了。"塔涅尔呢?那丫头呢?他们在哪儿?快说呀,老兄!"

"塔涅尔活着,维罗拉和诺玲也活着。其他人死于敌人的埋伏。"

"蛮子丫头呢?"

"没见着卡-珀儿。我返回时,我们还没追上尊权者。"

"那你回来干吗?"莫非塔涅尔跟着凯兹尊权者也来了这儿,溜进了巴德维尔?他被凯兹巡逻队抓住了?加夫里尔越是不说,塔玛斯就越紧张。

"你应该坐下。"加夫里尔说。

"我他妈想坐自然会坐!"

"不是凯兹人破坏了谈判。是布鲁德尼亚人伪装的。"

塔玛斯脚步踉跄,跌坐在椅子上。"不是吧。"他吐出几个字,听来与喘息无异。

"恐怕是的。我们在战斗中抓到两个掷弹兵。他们连一句凯兹话都不会说,你想想吧。还有,他们是往北边跑的,远远绕了一大圈,就为避开亚多佩斯特和军队之间的我方士兵。维罗拉和塔涅尔还在追。我们怀疑,他们打算跟在亚卓的布鲁达尼亚人会合。你没事吧?"

塔玛斯死死盯着内兄,嘴巴一直合不上。竟有这种事?他被人耍得团团转。不是凯兹人破坏了谈判。而是他。当时他怒火中烧,以致蒙蔽了双眼,毫不理会伊匹利再次会面的请求,也拒不接见凯兹信使。

他太老了。太骄傲,太愤怒。当年他犯过错——最优秀的军官也会犯错——但错到这种程度……

"你又不知道。"加夫里尔轻声说。

"不。"塔玛斯悲哀地笑笑,"我成了自己最瞧不起的人。加夫里尔,我成了个战争狂人!又一个手握兵权、心怀怨恨的独裁者!你知道的,据说克雷西米尔降临之前,九国就是这样。群雄割据,互相征伐。"

"不是的。"

塔玛斯接着说:"我已经看到了未来,革命之火越烧越旺,各国百姓推翻他们的君主。最强大的那群人——并非圣徒或诸神亲选之人——爬上高位,建立属于他们的小小帝国。数百万男男女女死去,我们一千年来孕育的文明遗失在历史的尘埃。全都因为我。"

塔玛斯把双手伸到面前,微微颤抖。

"你太看得起你自己了。"

塔玛斯眼前的幻象渐渐消散,他仿佛历经了无数沧桑。每块肌肉都在喊疼,每根骨头都记起了往日的冲撞和断裂之苦。

炮火的轰鸣声唤醒了塔玛斯。"你受伤了?"

加夫里尔瞥了眼血迹斑斑的袖子。"一道割伤而已。我骑马时给自己缝好了。"

"你该找人重新处理一下。简直像只瞎眼的猴子给你缝的。"

"是有几次戳到肉了,但缝得整整齐齐,伤口干干净净。你忘了,我在马鞍上的经验比你丰富得多。"

"还不是被人家老公捉奸追的。"

"有些家伙确实惹不起。哦,忘了告诉你。德利弗人缠住了凯兹的大部队,但我半夜时路过了一队人马。"

"凯兹人?"

"是啊。冲你来的。差不多几千人——他们不敢撞见德利弗步兵——但也足够把你逼上绝路了。"

"多远?"

"两个钟头的路程。"

"这事你该早点说。"

加夫里尔打个哈欠。"昨晚难熬啊。"

"有没有听到奥莱姆的消息?"

"没有。"加夫里尔说,"怎么了?"

"他在北边,追击骚扰我军后方的凯兹骑兵。算了,没事。安德里亚!"塔玛斯大喊。

火药魔法师的脑袋探进帐篷。"长官?"

"告诉阿柏,我们背面很快有人来了。他还有四十五分钟,然后我们就攻城,时间只够我们进攻一次。"

"是,长官!"安德里亚去找阿柏,看上去像个还在上学的小孩。

"那小子是不是有点毛病?"加夫里尔说。

"你知道的,当初是艾瑞卡救下了他们。一年后,她就……"

"那也不能解释他浑身是血。"

"他还沉浸在杀死昔日同胞的快感中。也许有点过了,但这种人自有用处。比方说吧,当我们杀进城墙缺口或翻过城墙时,替我开路的士兵当然越多越好。"

加夫里尔轻轻按住他的肩膀。"我觉得,你不该参加进攻。"他说。

"我一向如此。"

"你不年轻了。"

"我又不是不知道。"塔玛斯摇摇头,"有些人躲在后方指挥。我更喜欢待在前线。"

"只要一颗不长眼的子弹,或是一把要命的刺刀……"

"我从未因此退缩过。"

"你的运气什么时候耗光?"

塔玛斯伸出一只手。"也许就在今天。也许永远不会。拉我起来。我要再去杀个国王。"

"我还以为你想活捉他。"加夫里尔帮塔玛斯站起来。

塔玛斯扮个鬼脸。"我想。但有点一厢情愿。我马上出去。"

加夫里尔先走了。没了外人,塔玛斯弯下腰,双手撑着膝盖,做

火药魔法师

了好几次深呼吸。他犯了个可怕的错误。回头来看,在这场并不漫长的战争中,他犯过好多次错误。太多了。错信他人。错过时机。以及这次对凯兹的错误判断——他不能再犯错了。等战争结束,他必须放下手枪,悄然离开。否则,他为之战斗的一切将变得毫无意义,幻象必将成真。

塔玛斯直起身子,整了整佩剑,确认兜里的火药包够用,然后迈步走到阳光下。

是时候了。

第40章

埃达迈讯问过炊事团队，知道了两件重要的事：

第一，里卡德的安保远没有他声称的那么严密。第二，半个多月前，有人把爆炸油放到了银器后面。此人号称若迪加斯的登尼，他对一个洗碗女工说，瓶子里装着进口伏特加，是为里卡德庆生准备的，还给了她一张五十卡纳的钞票，叫她千万别破坏了这份"惊喜"。

当菲尔告诉那可怜的姑娘，瓶子里装了什么时，她哇的一声哭了。埃达迈相信她不是同谋，但还是叫菲尔多观察她几天。

埃达迈知道登尼，但只是听说过。他是个万金油——骗子、干粗活的、小贼、走私贩。他没什么野心和远见，虽曾帮助里卡德建起第一家工会，却不愿承担任何职责。

"他真不是个坏人。"三个钟头内，里卡德就重复了三遍。

山下社团的秘室里，埃达迈靠着冰冷的砖墙，一只手抓着手杖，杖头已经旋开，方便他迅速拔剑。烛台点亮，一副牌搁在桌上，冷饮就位。一切都按社团惯例准备妥当。此外，里卡德的两个打手躲在地下室的壁龛里，苏史密斯若无其事地守在酒店大门附近。

"他想杀你。"埃达迈回答。

里卡德坐在牌桌前，把玩着一只开瓶器。"也许他不知道真相。"

"哦？"埃达迈翻个白眼，"他朝你的办公室扔炸弹时，不知道你，一届工会会长，正在总部召人开会？兴许第二颗也是他扔的，就落在你的酒窖边上，而你总喜欢往那边溜达。"

"也许不是他扔的炸弹。"里卡德说,"也许他买炸弹是为了做掉别人。"

菲尔坐在里卡德旁边,抓着一把腰果,一边思考一边咀嚼。"这事我们得查清楚。"

埃达迈同情里卡德。真的同情。二十多年来,山下社团的成员是他最贴心的朋友和后台,而保密是他们这个神秘的商业团体必须遵循的准则。叫他们泄密真的很难。

但这事必须查清楚。

"他迟到了。"埃达迈看看怀表。

"他经常迟到。"里卡德回答。

"你叫其他人晚点到了?"唯一能让登尼自投罗网的机会,就是照常举办里卡德每周例行的聚会。至少表面要一切如常,所以他们还邀请了社团的其他成员。

"是啊。"菲尔说,"他们至少会晚到半个钟头。而登尼通常不会迟过十分钟。"

"你确定他会来?"

"确定。"里卡德说,"最近他没什么活儿干,有大把的时间。"

"除非他起疑心了。"埃达迈嘟囔道。

"上周他来了。"菲尔说。

里卡德摩挲着裸露的头皮,问道:"真有必要吗?我可以直接问他。"

"你太天真了,里卡德。"埃达迈说。

里卡德用开瓶器清理着手指甲,恼怒地叹了口气。"好吧,好吧。也许我确实太天真了。那就来吧,该死的。瞧瞧我,被自己的雇员欺负成什么样了。"

"如果我也算雇员,我才不会接你的活儿。"埃达迈毫不客气地反驳,"我来这儿,因为我是你朋友。懂了吗?"事已至此,里卡德居然还不情不愿，让他大为光火。他还想发作，楼梯传来脚步声，吸引了他的注意。步伐沉稳，毫不犹豫。他抓紧了手杖。

论个头，若迪加斯的登尼比埃达迈稍矮一些，身材却壮如保险箱。他宽肩膀，粗胳膊，赘肉极少，一头齐耳的乌黑卷发，身穿棕色西服，一手拿着大礼帽，一手抓着手杖。他在里卡德身边落座，目光投向菲尔，皱起眉头，然后看到了墙边的埃达迈。

"登尼，"埃达迈说，"我们有些问题要问你。"

登尼往前一跳，手杖像警棍一样挥来，埃达迈立刻躲开。他也举起手杖，准备招架对方接下来的进攻，但那一下只是虚招。登尼跑了，飞快地冲进廊道。

"上！"埃达迈大喊。他紧追登尼，菲尔跟在后面。地下室廊道里光线昏暗，他依稀看到有人在厮打。"当心！"他喊道，"他可能有……"亮光一闪，封闭空间内，突如其来的枪声炸得他暂时失聪。

里卡德的一个打手倒在地上。等埃达迈跑到那里，另一个打手已被登尼用枪柄砸中脑袋。他踉跄后退，跌进酒店的藏酒室。上百只玻璃瓶稀里哗啦滚落到地上，在失聪的埃达迈听来，声音有些遥不可及。

埃达迈抡起手杖，结果打空了，登尼跑上楼梯。菲尔推开埃达迈，拼命追了上去。

埃达迈在酒店的走廊间奔跑，经过厨房和储藏室，从后门出去，来到酒店背后的巷子，只瞥到一眼菲尔追赶登尼的背影。他又路过里卡德的一个打手，后者躺在背街小巷里，捂着身上一处新鲜的刀伤。埃达迈跑上大街，已经呼吸急促，心跳加速。

夜晚这个时间段，街上人不多，但也有几个行人，埃达迈担心登尼带着爆炸油。他边跑边回忆登尼走进密室时的模样。外衣口袋似乎有一处凸起？腰间好像也有？可能是手枪，但另一处凸起可以是任何东西——小刀、另一把手枪，或者装有爆炸油的瓶子。

火药魔法师

他发现登尼攥着手杖,在大街上狂奔,礼帽不知何时丢了。菲尔紧随其后,但速度不够快。

登尼钻进一条小巷,埃达迈选了与他平行的路线,横穿大街,然后跑上另一条街道。不一会儿,他拐过街角,转进一条小巷,肺部的灼烧感愈发强烈。

登尼很快出现在小巷里,迅速调头,朝埃达迈迎面冲来。

"站住!"埃达迈大喊。他拔出杖中剑,拦在登尼面前。

登尼冲劲儿不减,高举手杖,晃动强有力的肩膀,手杖随之砸落。埃达迈只能招架,不然脑袋就被砸裂了。杖中剑脱离他的手掌,"当啷"一声落在鹅卵石路面上。登尼侧身撞上埃达迈的胸膛,他感觉像被一匹奔驰的烈马迎面撞到,人也飞了起来,摔在地上,骨头咯咯作响。

他翻了个身,四肢撑地,吐出一口鲜血,嘴里不断咒骂。他抬起头,以为登尼已经不见了。

但登尼停在二十步外,转身面对埃达迈。看到登尼从兜里掏出一只塞好的玻璃瓶子,埃达迈的心提到了嗓子眼。他来不及思考,登尼就把瓶子扔了过来,然后玩命地跑开。

埃达迈抬手挡住脸。时间一下子变慢了,爆炸油飞向他时,所有遗憾和失误都在他眼前闪过。他清楚这玩意儿的威力。留在街上的残骸应该很少。与此同时,他怀着一丝冷冰冰的希望,惟愿登尼算错距离,跑不出爆炸的范围。

千钧一发之际,菲尔掠过他身边,伸出一只手,凌空接过爆炸油。然后她以单腿为轴,旋身跪地,小心翼翼地把爆炸油放在埃达迈眼前的地上。很快她又继续跑,追赶登尼。

埃达迈两手发抖,一把抓起爆炸油,生怕被路人无意中踢翻。他一边好奇,在扭打和奔跑的过程中,这玩意儿为何没爆炸,一边责骂自己老是怀疑菲尔。

"我记得你说,他不会带武器来!"里卡德上气不接下气地出现在街角,埃达迈问他。

里卡德气喘吁吁。"他不该带武器的。"

"他要么听到了风声,要么计划今晚了结。拿着。"埃达迈把瓶子塞进里卡德手中,"别掉地上了!"他抓起杖中剑,尾随菲尔追去,希望另一个失踪的瓶子不在登尼身上。

他跑过大街,除了自己粗重的喘息声,还随时留意其他响动。瞥见菲尔的身影掠过巷子,他也跟了上去,过了一条街,跑进一家鞋店。鞋子散落一地,鞋架被慌不择路的登尼撞翻。一个老鞋匠蜷缩在柜台后面。看到埃达迈闯进来,穿过鞋店,又进了背街小巷,老人吓得一声低呼。

埃达迈跑进昏暗的小巷,刚好看见菲尔把登尼逼进了死胡同。登尼转身面对她,手里攥着空枪的枪管。看到埃达迈出现,他立刻冲向菲尔,似乎想在埃达迈帮忙之前先制服她。

第一下动作幅度太大。菲尔像猫一样跳到一边,顺势一拳打中登尼的咽喉。换成别人,挨了这下就完蛋了,气管必然被打断,但登尼很快缓过劲儿来,再次挥舞手枪。

"我们需要他招供!"埃达迈的喊声在巷子里回荡。

菲尔单手抓住砸落的枪柄,对方力道之大,逼得她单膝跪地。她同时出拳,狠狠打中登尼的下体,然后起身往前一扑,手如鹰爪,掐住对方的喉咙。她矮身钻过登尼腋下,溜到他背后,手中的细短剑顶在他眼睛下方的脸颊上。

登尼立刻不敢动弹了。

埃达迈过来时,他们刚刚打完。他放缓脚步,感觉心脏几乎跳出胸腔,只好伸出一只手,扶着墙壁,撑住身体。

等恢复过来,他直起身子,整了整外套,握着杖中剑走向登尼。"我有很多问题等着你解释。最后一瓶爆炸油在哪儿?"埃达迈问。

火药魔法师

"我不知道。不在我身上。"

"谁拿了?谁雇你去炸工会总部?"

登尼吸了吸鼻子,换上一副宁死不屈的表情。

"要软的,就把你扔进监狱。来硬的,她会剜出你一颗眼珠,我们再砸碎你的膝盖。"

登尼哽咽一声,轻轻吸了口气,菲尔的细短剑紧贴他的脸颊。"是凯丽丝!"

"什么?"埃达迈放低杖中剑。

"凯丽丝,银行工会的头儿!是她让我买爆炸油。是她让我雇人,把炸弹扔进里卡德的办公室。是她叫我今晚在社团开会时杀了他。"

"真乖。"菲尔说。刀尖始终不离登尼的脸。

"该死的!带上他!里卡德,"看到工会老板从鞋匠铺的后门来到巷子里,埃达迈说,"去找警察。我们动作要快。"

第 41 章

奈娜疲惫不堪。她垂着头,只能把缰绳缠在手上,免得骑马时从僵硬的指间滑落。因为长时间奔跑和骑马,她浑身都疼,恨不得躺进草丛睡上一觉,哪怕草叶上缀满了清晨的露水。

但她知道,如果她睡了,奥莱姆必死无疑。

假如他还活着的话。

波的情况似乎比她还糟。他恢复了些元气,抬着头,眼神警惕,但她看得出,他挂着大大的黑眼圈,在鞍上晃动时竭力掩饰着痛苦。

"你的腿。"她轻声说。他俩骑行在神枪手的前锋骑兵后面,斥候则在前方追踪凯兹骑手的痕迹。

波低头看了一眼。"腿怎么了?"

"他们不能……"

"不能,他们做不到。膝盖处的骨肉已严重损毁。医疗者号称妙手回春,但能力也有极限。即使他们做得到,我的左腿也会短两寸,而且没法屈膝。"

奈娜想象波摇摇晃晃走在街上,像个提线木偶,却又装成若无其事的样子,差点笑出声。她赶紧捂住嘴,想在波的注视下掩饰过去。最后他移开视线。

"是啊,确实很滑稽。"

"对不起,波。"

"不用。膝盖以上还在,算我走运。等完成任务,我就能摆脱这

火药魔法师

该死的马鞍了。快到了吗?"

奈娜环顾四周。"在雾里,看着都一样。"她说完,指向土坡顶部一处痕迹,"那是我做的记号。"

"好。"波从兜里掏出酒壶,灌了一大口。

"战斗前你能喝酒吗?"

"最好现在就喝,免得打到一半疼昏过去。"

众人默默骑行,直到有人悄声传话,让他们停下。一个斥候靠近奈娜和波,压压帽檐。"找到他们了,尊权者。再翻过一座山丘,他们就在山谷里扎营。"

"上吧。"波说。

"要不要我待在你身边?"奈娜问。

"换个场合,我会说要。"波露出疲惫而暧昧的笑,"但这次不行。破魔者可能知道你的身份了,也可能不知道。无论如何,他会以为跟着骑兵来的尊权者只有一个。如果我们离得较远,也许他没法让我们的巫术同时失效。记住,用身前的气挡住子弹。火焰施放范围不要太大,免得误伤自己人。战斗考验的是技术,而不是蛮力。"

骑兵队伍一分为二,呈马蹄状接近凯兹人扎营的山谷。奈娜闻到了炊烟,似乎听见雾气中有隐隐的说话声。她带领的骑兵队伍严阵以待,另有两名披挂重铠的胸甲骑兵保护她的安全。

等待信号时,奈娜试着平复呼吸。她从未接受过这种战斗训练。任何战斗训练都没有。她只知道如何释放本能,尽管有时只会事倍功半。

留给她忐忑的时间并不多。号角声吹响,骑兵立刻发起冲锋,杀向凯兹营地。他们手握长剑,涌下山谷,如滚滚惊雷,奔驰在帐篷和火堆之间。

奈娜强行压住召唤火焰的冲动——她不想烧断缰绳,更希望出其不意,发挥出最大的优势。

她听到刀剑交击的铮鸣、火枪和卡宾枪开火的炸响。她所在的骑兵队伍急速前进，如入无人之境。身边有人质疑，敌军为何不抵抗，但前方的声响催使他们继续快马加鞭。

这片营地很眼熟。她想起来了，昨晚逃跑时经过这里。被她烧断脖子的倒霉哨兵就躺在附近。

她看到泥地里有具亚卓士兵的尸体。"奥莱姆！"她大喊着猛夹马肚子，坐骑往前一蹿，差点把她掀下去。等靠近了，她才发现那不是奥莱姆。士兵的脑袋几乎脱离身体，脖子汩汩流血。她注意到另一具尸体，也是同样状况，然后又是一具。凯兹人正在屠杀俘虏。

一个凯兹士兵在雾气中出现，一个亚卓士兵跪在他身边。奈娜看到，士兵的肩膀满是鞭痕，胡子上鲜血淋漓。

凯兹士兵刀光一闪。

惊慌之下，奈娜本能地弯曲手指，火焰如炮弹般烧穿了凯兹士兵的人头。他的身体缓慢而无力地瘫软下去。奥莱姆抬起头。

奈娜拼命安抚受惊的坐骑，护卫她的胸甲骑兵与几个步行的凯兹人厮杀起来。等马匹平静下来，她滑下马鞍，冲到奥莱姆身边。他侧身倒在地上，奈娜割断绳索，好让他自行拽出塞口布。

"背后，笨蛋！"他吼道。

亚卓骑兵一边与少数徒步的凯兹人缠斗，一边急着调头，迎接突然从背后杀来的敌人。大批凯兹龙骑兵攻向他们侧翼，蹄声如雷，亚卓的胸甲骑兵队伍被拦腰斩断，转眼落至下风。

奈娜伸出一只手，火焰吞噬了迎面而来的一人一马，目标之精准，出乎她的意料。她转过身，重复刚才的动作，烧焦了另一个凯兹龙骑兵。

"剑！"奥莱姆喊道。他有只胳膊无力地垂在身侧，另一只手接住胸甲骑兵扔来的剑，转身挡开一个凯兹龙骑兵的袭击。龙骑兵咆哮着冲过去，调头又冲了回来，眼看奥莱姆就要葬身于铁蹄之下，奈娜

火药魔法师

的一名护卫从他背后发起突袭,干净利落地斩断了他的脖子。

奈娜扶奥莱姆起身。

"别管我。"他说,"接着放火!"

她甩出一团大如公牛的火球,吞噬了最近的凯兹龙骑兵,突然感觉一道黑影触到她的意识深处。

指尖的火焰熄灭了,恐惧攫住了她的心。

破魔者。

奈娜感觉到,他的影响在她周围迅速增强。她再次试探他方,结果一无所获。她慌了神,意志濒临崩溃。她不会用剑和手枪作战,唯一的优势已荡然无存。

她不知道破魔者在哪儿,超常的感知力失去了作用。于是她拼命跑向坐骑,爬上马鞍。她别无选择,只能逃跑。

身后的空气中掠过一道闪电,她回过头时,雾气间传来两声巨响。她忘了波也在。既然破魔者在附近,只要奈娜能吸引他的注意,或许波一个人就能力挽狂澜。

有人在雾气中大吼一声,在她看来,那人的坐骑高大迅猛,简直无与伦比。他裹着黑色兽毛和棕色皮革,挥舞一把巨型弯刀,朝奈娜疾驰而来,寒光闪闪的刀刃划过一个护卫的喉咙,然后,人不见了。

奈娜抬起双手,这才想起自己已无法施展巫术。"他去找波了!"她喊道,"快追!"

她来不及确认奥莱姆的胸甲骑兵是否跟上,策马朝巫术闪光处奔去。

凯兹营地里到处都是死人和伤员,有凯兹人,也有亚卓人。失去骑手的战马在雾气中乱跑,失去坐骑的胸甲骑兵和龙骑兵脚步蹒跚,打个照面就开始捉对厮杀。

在迷雾中,奈娜毫无安全感,又一次意识到自己的无助。她该去帮波吗?或者她只是去送死?

再考虑也晚了。她钻出浓雾,看到一大堆死于巫术的尸体。人和马都死了,凶器是些湿淋淋的冰锥。

她看到了波。他依然跨在马上,缰绳咬在嘴里好解放双手,双鬓沾满冰霜。他转身迎向一群冲来的凯兹龙骑兵,顿时狂风骤起,人仰马翻,统统被刮进飞旋的浓雾。

波身后的雾气中似乎有什么东西。一开始,她以为是失去骑手的马受了惊,正在乱跑。但那东西大步向前,一副穷追不舍的架势,现出了人的轮廓。它体形巨大,姿态扭曲,悄悄接近目标时,破损的脸上满是狂暴的怒气。之前她只是远远见过守护者。近距离看,才发现那东西更加恐怖。

"波!"奈娜大喊。

守护者一跃而起。波猛转过身,手指一抖,怪物突然被长矛般的冰锥刺穿。守护者折断胸前的冰锥,猛扑上来,似乎没受影响,污血和水珠四下喷溅。波又一抖手,怪物朝后飞去,轻如一片树叶,在巫术召唤的狂风中不停地咆哮。

它挣扎着落到地上,准备再次扑向波。奈娜还在等他结果那个怪物,可波的注意力转向了突然涌来的凯兹龙骑兵。他们打算从侧面偷袭波,但在巫术的影响下,坐骑有些不听使唤。波在马鞍上坐得也不稳当,随时可能跌落。他太累了,恐怕已难以为继,与此同时,奈娜感觉到,破魔者的黑影又出现了。波的巫术随时可能失效。

奈娜抓起一块石头,砸向狂奔的守护者。石头在它肩上弹飞,它突然停步,硕大而畸形的脑袋转向她。看到那对凶光四射、恶意满满的眼睛,她顿时屏住了呼吸。守护者咆哮着,埋头朝她猛冲,仿佛一头愤怒的公牛。

奈娜退开几步,拨马就跑。她能怎么办?那怪物会把她撕成碎片的。等杀了她,它还会杀死波,她所付出的一切都将化为泡影。守护者沉重的脚步声随后追来,她转身面对死亡。

火药魔法师

他方中有道黑影,那是破魔者施加的影响,恐惧、愤怒和绝望充斥其间。奈娜使出吃奶的力气,强行将一团微弱的火球拽进现实世界,如钉子般扎进守护者的眼睛。

守护者打个趔趄,翻身倒地,头上的黑洞冒出烟。

奈娜突然飞了起来,肺里的空气被瞬间挤出。她重重地摔在地上,翻滚着,缓解了一些冲击力,但感觉有条手臂以不正常的角度压在身下。破魔者从她身边掠过,冲向波。波抬起双手,面目狰狞,然而巫力只有雷声却不见雨点。他猛扯缰绳,堪堪避开破魔者厚重的弯刀。哥拉骑手转瞬消失在雾气之中。

奈娜挣扎着爬起,试了试手臂,还好没断。然后她跑向波。"快,"她说,"赶紧走。我们打不过他。"

波似乎也同意。他催促坐骑跑过来,朝奈娜伸出手。

奈娜用眼角余光瞥见,破魔者再度发起冲锋。哥拉狼挥舞弯刀,胯下战马蹄声如雷,直取奈娜,而她毫无招架之力,只能张嘴尖叫。

波的坐骑从侧面撞上高大威猛的哥拉战马。双方战马皆跃起,扬起前蹄,甩翻了各自的骑手,惊慌地嘶鸣着,胡乱踢打。

奈娜跑过去,波正拼命爬起来,她看到他的义肢仍卡在马镫上。这时,破魔者已站稳脚跟,扬起弯刀,扑向还在翻身的波。

奈娜的眼角满是泪水。面对截断巫力的黑影,她绷紧身子,探进他方深不可测的黑渊。刚才她勉强成功了,现在必须再试一次。

在那儿。她感觉到了,却可望而不可即。她伸手乱抓,他方似乎就在指尖之外。

破魔者的衣服突然着了火。他立刻倒在地上,翻滚着灭火,一脸的困惑和恼怒。奈娜向前迈步。他方从指尖溜走,她停下来,急忙伸手去抓。破魔者转身面对她,双手持刀,而她仍在慌乱地摸索他方。

奈娜闪身躲过一刀。火焰从掌心喷出,烧焦了破魔者的双臂。破魔者退出老远,她趁机狼狈地逃窜,但一转眼,对方又追了过来。

她用眼角瞥见，波朝自己爬来。他的义肢仍挂在马镫上，仅凭一条腿很难起身。

　　破魔者挥刀猛砍，刀刃只差几寸，掠过奈娜的脸。慌乱中，她跌在地上，再次向他方求助。但他方没有回应。十几步外突然炸起一声枪响，吓了她一跳。

　　破魔者身子一歪，瘫倒在地。他挣扎片刻，鲜血从口鼻中涌出，终于不动了。

　　波坐在地上，头发凌乱，衣服肮脏，空荡荡的裤管缠着那条健全的腿。"妈的，我讨厌火药。"他嘟囔着，把冒烟的手枪扔到一边，"你有没有注意到，那个守护者少了根无名指？"

第 42 章

"这是自杀,你心里清楚。"

塔玛斯横了他内兄一眼。加夫里尔匆匆整理过,身穿胸甲骑兵外衣,翻领上的星章是中校军衔。他晋升时连句"谢谢"都没说,塔玛斯怀疑,等战争结束,加夫里尔就会回到守山人军团,从此消失不见。"你的信心不够。"

"才不是。"加夫里尔往腰间挂了把厚重的军刀,"我只是觉得,你该找别人带头冲锋。"

亚卓的迫击炮弹如雨点般降下,泼向城墙,大炮则在轰击城门。迫击炮每打下伊匹利一个御林卫兵,似乎就有两个填上缺口,塔玛斯怀疑,伊匹利的兵力无穷无尽。

"你担心我?"塔玛斯问。

"更担心我自己。我没以前那么敏捷了。"

"你不用来。"塔玛斯说。

"你死了,艾瑞卡会回来找我,让我余生都不得安宁。我深信这一点。"

"我不知道你还怕鬼。"

加夫里尔耸耸肩。"城门好像不是原装的。"他指着巴德维尔说。

厚实的黑木门板已在猛烈的炮火中碎裂,透过城门的残骸,塔玛斯看到,铁闸门的情况也好不到哪儿去。看来城门更换后,保护城墙的古老巫术仍未失效。他听到火炮队的指挥官要求,以间隔更长、打击力道更强的炮火完成任务。"城门一开,我们就上。"塔玛斯说。

战鼓敲得震天响,周围的士兵以连队为单位集结。军官们骑在马上,来回巡视,大声呼喝,军刀在人们头上挥舞。

"胸甲!"塔玛斯说。两个小伙子应声而来,帮他穿戴骑兵胸甲。还有一个牵来他的马,送上头盔,塔玛斯接过来,换下双角帽。"我很久没攻城了。"

加夫里尔点点头,脸色阴郁。"我都不记得你上次披盔戴甲是什么时候了。我那副早就穿不进去了。"

塔玛斯戳戳加夫里尔的肚子。"下次打仗前减减肥。"老实说,塔玛斯也只能勉强穿进去。但他不想让加夫里尔知道。

"下次打仗,我才不参加。"

愿亚多姆保佑,让我也不用参加,塔玛斯心想。

小伙子们干完了活儿,塔玛斯爬上马背,接过那象牙握柄的手枪,插进腰带,塔涅尔的面孔浮现在眼前。佩剑和卡宾枪依次递到他手中。"阿柏将军!"

阿柏将军在塔玛斯身边勒马止步,吐出假牙,放进鞍包,举手敬礼。阿柏比塔玛斯大十岁,虽不是火药魔法师,但很有活力。塔玛斯不知道他是如何做到的。"在,长官!弟兄们准备好了,长官。"他的嗓门盖过了炮火的轰鸣。

"好。"他望向巴德维尔的城门。刚刚承受了一轮炮火,城门几乎崩塌,铁闸门也成了一堆废铁。伊匹利的士兵毫无修补城门的意愿。"两分钟!"

加夫里尔翻身上马,低头看着安德里亚。这位火药魔法师握着上了刺刀的步枪,另一只手随随便便抓着腰带。"他不骑马?"

"马讨厌我,我也讨厌马。"安德里亚从前胸口袋里捏了撮火药,吸进鼻子。

"你洗个澡就行。"加夫里尔说。

火药魔法师

安德里亚摸摸军服上干涸的血迹,哈哈大笑。

"他会跟上来的。"塔玛斯说。

"你说了算。嘿,小子,旗子给我!"

一个马倌跑上前,送来亚卓的军旗——旗面深红,亚德海呈泪珠状,以群山为背景——递给加夫里尔。

"贝昂呢?"塔玛斯问,"安德里亚,知道贝昂在哪儿吗?"

安德里亚抬手指向塔玛斯指挥帐的后方。伊匹利最宠爱的儿子盯着巴德维尔,正在观察战场形势,身边有两个卫兵。他的帽子遮住眼睛,下巴咬得很紧。塔玛斯骑马朝他靠近。

"带我来做什么,元帅?"贝昂问,"您到底有什么计划?"

"怎么,以为我要胁迫你?"

贝昂没有回答。

"说真的,"塔玛斯说,"如果我给你套上绞索,命令你父亲弃剑投降,否则就绞死你,他会听话吗?"

"不会。"

"我想也不会。带你来这儿,是因为你父亲的御林卫兵绝不投降,除非国王的儿子下令。"

"您认为他们会听我的命令?您认为我会命令他们投降?"贝昂扬起下巴问道。

"如果伊匹利死了,他们就会听你的命令了。"

贝昂面色苍白。

"或者他逃跑了,"塔玛斯接着说,"他们也会听的。如果我今天打了胜仗——如果我真的夺回了巴德维尔,接着打下去对凯兹没好处——我希望你命令他们停战。你愿意吗?"

贝昂一声不吭。

塔玛斯轻扯缰绳,策马凑近贝昂。"何必再洒这么多血?打进城内,沿着街巷厮杀,对谁都没有好处。如果我输了,你可能会获救,那你可以踩着我的尸体跳舞。"

"我不愿意。我尊重您,绝不会做那种事。"

"我相信你。"

"很好,元帅。如果您今天赢了,我会命令他们停战——但我不能保证他们会听我的指挥。不过,您还有时间吗?后面的大军还有多久追上来呢?要夺取城墙,您不可能只发动一次攻击就成功。"

"但愿可以。"塔玛斯喃喃道,示意卫兵带走贝昂。他把佩剑高举过头,然后指向阿柏将军。将军偏爱步行作战,让一个小伙子牵走了他的马。他跑到步兵阵列前方,挥舞佩剑,高声咆哮。他们也以咆哮回应,刺刀一次又一次捅向苍穹。

鼓声换了种节奏,亚卓军队脚下的大地开始震颤。

一万七千步兵朝巴德维尔城墙前进。不到三分钟,他们便进入了凯兹左侧阵地的炮火攻击范围,那里布置了少量轻型火炮,塔玛斯看到队列中出现了第一条缝隙。没人动摇,他们继续前进,刺刀在阳光下闪闪发亮。

"太美了。"加夫里尔说。

"可不是嘛。"

"长官!"有人喊道。是西尔维娅,炮队指挥官。"我还需要一点时间。那个铁闸门会碍您的事。"

"没时间了。"塔玛斯说,"给我炸个口子出来!等弟兄们离城墙还有两百码,我要那边门户大开。"

塔玛斯以为她会争辩,结果她回到炮手中间,连喊带骂地叫嚷着。

塔玛斯在马鞍上扭过头。在他身后,三百胸甲骑兵脚踩马镫,严阵以待。他们胸甲锃亮,头盔端正,荷枪实弹,人手一柄长矛,攻击范围远超凯兹步兵的刺刀。他们的战马披挂胸甲和护身甲,这可是亚卓军现役最厚重的铠甲了。

火药魔法师

"三十七团的弟兄们！"他高喊道，"那道城门乃地狱的入口。我将舍身前往。你们是否愿与我同行？"

震天动地的怒吼回应了他，长剑纷纷出鞘，敲打胸甲，宛如雷鸣。塔玛斯露出微笑。"出发！"

骑兵们收剑入鞘，抓起长矛，在塔玛斯的指挥下向前冲去。塔玛斯只在营地里留了不到一千人——炮手、马倌和后勤人员。此时此刻，他倾尽全力，攻向巴德维尔的城墙。

他默默祈祷这支队伍不要崩溃。

挟着长矛的洪流，塔玛斯骑马穿过行进中的蓝衣步兵，视线始终落在某段城墙上——正是他告诉西尔维娅的那一段。第一颗炮弹击中褪色的石块，他的心随着鼓声怦怦直跳。他估算着时间，第二颗炮弹打在目标上，然后是第三颗，震得他心里一沉。

什么都没有发生。"真他妈该死！"他喊道。

城墙上的凯兹人压低枪管，他看到一位军官站在胸墙上，高举佩剑。

在塔玛斯身边，安德里亚毫不费力就跟上了战马的速度，眼中闪着火药迷醉感带来的异彩。他熟练地举起步枪，脚下不停，扣动扳机。塔玛斯望向城墙，寻找安德里亚的目标——看到那位军官从护墙上栽落，他不禁哈哈大笑。

不一会儿，城墙上腾起一团青烟，御林卫兵开火了。一排排亚卓士兵倒在枪林弹雨之下。

塔玛斯离城墙越来越近。第二轮炮火击中城墙的薄弱处，然而一切如常。在先头部队损失惨重的情况下，士兵们抵达城墙底部，正在准备攻城用的钩爪和长梯。残存的黑木门板已成碎片，铁闸门仅剩参差不齐的边框，城门如张开的大嘴，满口都是乌黑破烂的断牙。塔玛斯盯着那里。战争机器已然开动，无论胜利或毁灭，他都无法回头，只能随波逐流了。

一阵劲风迎面袭来，塔玛斯抬手遮挡，吃力地吸着气。他收剑入鞘，抄起卡宾枪，正要寻找城墙上的尊权者，忽觉他方有股力量在压迫自己。

敌人在耍诈？伊匹利又有阴谋？塔玛斯睁开第三只眼，立刻感觉到，强大的冲击力由指尖直灌体内。

他方五彩斑斓，守护城墙的古老巫术在翻滚扭曲。它们如被拉直的弹簧，渐渐绷紧，又突然崩断，继而猛烈地炸开，震得他几乎从马鞍上跌落。

他闭上第三只眼，以为现实世界已成废墟，城墙垮塌为碎石，士兵们被炸得四分五裂，然而没人受到影响，城墙依旧完整无缺。

"你感觉到没？"他冲加夫里尔喊道。

"感觉到什么？你差点落马了。"

塔玛斯望向一群赋能者士兵，发现有几个脚步踉跄——其中一人甚至摔倒了。刚才的爆炸只影响到有巫力的人。他看看在身边疾行的安德里亚，这位火药魔法师摇头晃脑，好似一头精神恍惚的野兽。

又一轮炮火轰击城墙，塔玛斯望过去，只见古老的石块化成齑粉，裹着褐绿色军服的尸体从高空坠落，碎石砸翻了前排的亚卓士兵。失去巫术的保护，在先进的火炮面前，城墙与瓷器无异。西尔维娅的炮弹集中轰击那一处城墙，转眼就炸开一条堆满碎石的通道。

亚卓步兵冲向城墙缺口，塔玛斯的目光随即被吸引到高耸的守卫楼上。

"长矛准备！"他高喊道。

长矛如林，一群胸甲骑兵绕过他，纷纷就位。身边的加夫里尔拔剑出鞘，骑兵们以整齐划一的步伐杀进破烂的城门，迎接凯兹人的刺刀阵。

塔玛斯周围顿时一片混乱，耳边充斥着战马的嘶叫、惊恐的呼喊，以及刀剑交击的铮鸣。凯兹人的第一排刺刀刚刚倒下，就有一排

火药魔法师

上前填补缺口。守卫楼前方的小广场成了刺刀和长矛的屠宰场。一把刺刀砍在塔玛斯的胸甲上,他转身端起卡宾枪,打中一个凯兹士兵的面门。他熟练地收起卡宾枪,拔出佩剑。

刺刀组成的铜墙铁壁有了道豁口。塔玛斯趁虚而入,然后调头杀个回马枪。一个又一个凯兹士兵被迫迎向他,不一会儿,刺刀阵乱成一团。

塔玛斯继续推进——后面跟着数百骑兵,他们在小广场里发挥不出实力。随着刺刀阵的溃散,他顺利向前,很快来到街上。

城墙后的街道间挤满了凯兹士兵。他们蜂拥而来,增援城墙上的守军,企图稳住阵线。数十人扑向塔玛斯。他释放感知力,放任巫力大发神威,引爆了前排士兵携带的火药,将他们炸得粉身碎骨。

但敌人太多了,一浪推着一浪朝前涌来。依靠他的巫术和骑兵,也不可能为后面的步兵开出一条通道。

"长官,"一个胸甲骑兵喊道,"我们的阵线动摇了!"

塔玛斯收起佩剑。"该死!加夫里尔,把旗子给我!"

加夫里尔的长剑早就裹满血浆,他在马鞍上解开旗帜,扔了过来。塔玛斯一把接住,翻身下马。"安德里亚,替我开路!"

安德里亚将一个凯兹步兵开了膛,疾步奔上城墙边的一段石阶。他的步枪已经开过火,而且蘸饱鲜血,几乎没法用了,但他把刺刀当成长矛,在石阶上奋力冲杀。

塔玛斯跟上安德里亚,踢开被他留在身后的死者和伤员。他们闯进守卫楼的第二层,在敌军中间杀出一条血路,很快又沐浴在阳光之下。

眼前这一幕让塔玛斯倒吸一口凉气。他的士兵们奋勇向前,刺刀林立,而城墙上全是身穿褐绿色军服的凯兹步兵。数以百计的亚卓士兵翻上城墙,但墙下的队伍已有所动摇。若不提振士气,军队有溃乱的危险。

塔玛斯从城门上方的旗架上扯下凯兹旗帜，高高地扔了下去。它在半空中划出一道弧线，犹如一杆长矛，飞向困守的敌军。他看着旗帜坠落，直到一个凯兹掷弹兵——块头有他两倍——猛冲过来，嘴里喊着他听不懂的字句。塔玛斯端起旗杆，深深地戳进掷弹兵的下巴，将其掀翻，然后举起旗帜，高高挥舞。地面上的亚卓步兵顿时山呼海啸，重振旗鼓，争先恐后地发起冲锋。

"拿好了！"塔玛斯吩咐一名爬上城墙的亚卓步兵，"人在旗在。"

"是，长官！"

塔玛斯扑向倒地不起的掷弹兵，抓着他的头发，将他拖进守卫楼的第二层。

"伊匹利在哪儿？"塔玛斯用凯兹语大喊。

掷弹兵啐了他一脸，拔出靴子里的匕首。借着火药迷醉感，塔玛斯单手拎起掷弹兵，另一只手握住他的手腕，折断了他的骨头。塔玛斯把掷弹兵狠狠摔在墙上，震落了房梁上的积灰。

"你的国王在哪儿？"

掷弹兵号叫着挥拳打来。塔玛斯接住拳头，顺势一拧，将他从楼梯上扔了下去。他回到阳光下，看到旗帜依然迎风飘扬，亚卓士兵源源不断地翻过城墙。

还不够。

"安德里亚，去找伊匹利！"塔玛斯三步并作两步跳下楼梯，翻身上马。"长矛随我来！"

大多数胸甲骑兵已杀过庭院，来到街上。塔玛斯看到，有十几匹战马失去了骑手，但仍在马上的人不在少数。与骑兵会合的同时，塔玛斯始终在观察战场形势。他发现凯兹步兵如潮水般起起落落，凭借丰富的经验，他看出了规律。凯兹步兵前进，后退，然后继续前进。

"列队！"

趁着凯兹步兵后退的当口，他的骑兵重新列队，阵容紧密，平举

火药魔法师

长矛。加夫里尔来到塔玛斯身边。"我们得俘虏伊匹利。我们攻不下城墙。"

"我们能攻下城墙,哪怕只剩我一人。长矛准备,向左转!"

只剩三分之一骑兵还手持长矛。他们移到队列中部,其他人守在两翼,挥起厚重的军刀,抵挡凯兹步兵。

"冲!"

全队策马狂奔,撞进混乱的步兵当中。即使没有长矛,在开阔的街道上,骑兵也大有作为。塔玛斯的披甲战马撂倒了不少步兵,他在鞍上猫着腰,军刀挥舞如风。

一颗子弹飞来,塔玛斯右边的胸甲骑兵跌落马鞍。又有一名骑兵被刺刀扎中要害,伴着沉闷的叫喊声落马。推进一百步左右,冲锋的势头慢了下来,但塔玛斯的目的已经达到了。

城墙那边的缺口处,蓝色制服浪潮汹涌。亚卓步兵杀了进来,身披重铠的近卫军士兵一马当先。塔玛斯带领骑兵冲锋,吸引了凯兹人的注意力,亚卓军队得以突破城墙缺口,如同水坝出现裂痕,战斗的潮汐随之转向。

塔玛斯突然感觉胸甲遭到重击,一时天旋地转。他迅速跳下跌倒的战马,就地一滚,躲开另一匹战马的铁蹄,然后挣扎着爬起,一条腿已近乎麻木。

他及时举剑,挡开一个凯兹军官的劈砍。他又招架两次,突然刺出一剑,试图夺取对方的性命,结果腿上无力,整个人向前栽倒,敌人的剑敲在他的头盔上。他抬剑抵挡接下来的攻击,结果一把刺刀从对方肚子里戳出,尸体随即被推到一边。

"起来,长官!"安德里亚拽着塔玛斯的胳膊,扶他起身,"还有好多人要杀呢!"

塔玛斯抓紧时间检查伤势。左大腿上有道深深的割伤——可能很严重——胸甲上至少有五道深深的划痕,若没有铁甲防护,他已经死掉好几回了。

"您穿这一身，动作太慢了。"安德里亚说。

"因为我老了。国王呢？"

"他在克雷西姆大教堂里举行朝会。有人说，他还在那儿。"

塔玛斯穿过战场，一边由安德里亚护卫，另一边是街上的店铺。他跛着脚，找到一处高高的门廊，爬上去观察战况。胜败皆有可能——更多凯兹人从背街小巷里涌出，他们依然控制着几段至关重要的城墙。塔玛斯的人每前进一步，都将付出鲜血的代价。

加夫里尔带领几个胸甲骑兵，找到了他。"你能骑马吗？"加夫里尔问。他和战马身上都有二十来道伤口，小腿鲜血淋漓，但没有一点怯战的意思。

"能。"塔玛斯伸出一只手，加夫里尔将他拉到身后的马鞍上。"克雷西姆大教堂。"塔玛斯在加夫里尔耳边喊道，"我们去做个了结！"

"走大路？"

"不，走那边。"塔玛斯指着街边一条小路，藏在里面的凯兹援军似乎已倾巢出动。他挥起佩剑。"长矛随我来！"

前往城中心的路上，他们闯过两道尚未完工的路障，好在这两处的守备力量明显不足，仅供凯兹步兵撤退时休整使用。塔玛斯的骑兵已不到三十人，每损失一个，他与伊匹利决战时都将少一分力。

他们从一条小路进入教堂广场。论规模，巴德维尔的大教堂远不及亚多佩斯特最近被毁的兄弟建筑，但依然气势恢宏，摄人心魄。四座尖顶凌绝于城市上空，青铜穹顶，高墙厚壁，壮美非凡。

广场上空无一人。塔玛斯怀疑有诈，叫停了队伍。

他从加夫里尔背后滑下马鞍，把一整个火药包扔进嘴里，任其在舌头上融化。他从腰间抽出手枪，检查过弹药，做个手势，示意众人谨慎前行。

火药魔法师

马蹄声在石板上回荡,犹如敲响的小军鼓,城墙那边的战斗仿佛发生在另一个世界。塔玛斯以为会在这里遇到最激烈的抵抗,他们将迎战伊匹利手下最精良、最勇敢的士兵,然而大教堂周围一片荒凉。塔玛斯睁开第三只眼,扫视一番,没发现有尊权者和赋能者埋伏。

"不对劲儿。"加夫里尔说。空荡荡的广场上,他的声音尤其响亮。

塔玛斯检查了第二把手枪。他的伤腿疼得厉害,即使处于深度火药迷醉状态,走路依然一瘸一拐。"他们可能逃了。"

众人接近大门,其中一扇门板虚掩着。塔玛斯透过缝隙窥探,只能看到大教堂门厅里的石墙。骑兵们纷纷下马,安顿坐骑,塔玛斯点头示意安德里亚。"带五个人。"他说。

安德里亚喊了几个名字。士兵们在门边就位,然后一脚踹开门,闯了进去。他们冲过门厅,进入中殿,脚步声远远地回荡。塔玛斯屏住呼吸,等待枪声和战斗的呼号。他绷紧神经,领着其余的士兵进了门。

一片寂静。

"那个杂种跑了。"塔玛斯说着,把手枪插回腰间。

"好像是。"加夫里尔表示同意。

"他都不敢告诉自家卫兵。"塔玛斯冲墙壁踹了一脚,立刻后悔了。他一边暗骂,一边聆听胸甲骑兵的脚步声,他们仍在里面搜索。"我们进去。"

他跛着脚进了门厅,差点跟安德里亚撞个满怀。

"长官,"安德里亚脸色发白,"您最好过来看看。"

塔玛斯与加夫里尔对视一眼。能惊动安德里亚的,肯定不是什么好事。

他绕过转角,看到了第一具尸体。这个女人是伊匹利的精英战士——褐绿色军服镶着金边、内衬为灰色。她的长剑断成两截,心口被近距离射了一枪。几尺外还有两具尸体，也是伊匹利的精英战士，两人缠斗在一起，匕首双双插进对方的身体。

塔玛斯进入中殿，目光扫过殿宇中央支撑穹顶的一根根巨柱，观察着眼前的战场。一百多名伊匹利的精英战士倒在地上，有的死了，有的半死不活。他甚至发现了两个断气的守护者。他睁开第三只眼，但没发现巫力的痕迹。

"到底什么情况？"加夫里尔问。

塔玛斯指着中殿前部。"他肯定知道。"

塔玛斯一只手用剑鞘撑地，一只手端着手枪，一瘸一拐走向主教的坐席。伊匹利坐在椅子上，肥硕的身躯盖过了扶手。一把短剑，手柄上镶有宝石，将他钉在那里，椅子周围的大理石地板上洒满了他的血。诵经台下坐着个男人，面容憔悴，四十出头，一只手撑着下巴，眼神空洞地盯着塔玛斯。

他穿着凯兹将军的制服，相貌与椅子上那具肥胖的尸体颇有几分相似。毫无疑问，他是伊匹利的长子。

看着塔玛斯越来越近，王子站起身，剑柄朝前，递上自己的佩剑。塔玛斯停下脚步，目光落在剑上。他突然感到疲惫不堪。"弗洛瑞安·杰·伊匹利，看来你发动了政变。"

弗洛瑞安似乎对身后的尸体畏缩了一下。"我尽到了王储的责任。我解放了我的人民，他们不用再打一场赢不了的战争了。我代表凯兹，向塔玛斯元帅献上我的宝剑。"

塔玛斯放下手枪，接过弗洛瑞安的剑，迎着光举起来。"这是伊匹利的剑。"

"是国王的剑。现在我就是国王。"

塔玛斯不知道凯兹的律法会如何裁断。弗洛瑞安的弟弟贝昂也有继承权。他不清楚凯兹对继承权是怎么规定的，尤其这还涉及到政变。但不管怎么说，这都属于凯兹的内战，也就不关塔玛斯的事了。

火药魔法师

"你有什么条件?"

"在兄弟国家的法庭上,凯兹人民理应得到公正的对待。亚卓和德利弗立刻停止对凯兹军队的攻击,无论边界内外。"

"我方有条件接受你的投降,其中两个需要你们立刻执行。"

"请讲。"

"命令你方士兵退出战斗。"

"罗芮丽娅!"弗洛瑞安喊道,"你还活着吗?"有人走出中殿深处,那是个黑发鹰眼的凯兹女人,身穿凯兹上校的制服。她捂着一只胳膊,腿脚明显不太利索。

"我在,陛下。"

"传话给我们的军官。我方士兵立刻退出战斗。"

罗芮丽娅看着塔玛斯。他相信自己在她眼中看到了挑衅的火花。"遵命,陛下。"她拖着脚离开了。

塔玛斯盼咐加夫里尔。"派一名骑兵返回前线。告诉弟兄们,立刻接受凯兹的投降,退到城外——除了第七步兵旅,他们负责收缴凯兹军队的武器。"塔玛斯瞥了眼弗洛瑞安,看到他嘴角浮出一抹笑意。他怀疑,除了结束战争,这场政变另有别的含义。"还有,"他压低声音,"把贝昂送去安全的地方。增加护卫,保护好他。我不希望他被人背后捅刀子。该死,你最好亲自去安排。"

加夫里尔带着几个胸甲骑兵,离开了中殿。

"还有呢?"弗洛瑞安问。

"交出克雷西米尔的躯壳。"

弗洛瑞安扬起眉毛。"呸。在那边,主教的房间里。交给你了。他给我们带来的,只有无尽的懊悔。"

"看紧他的身体,安德里亚。"塔玛斯下令,"但别碰他。"

"就这些?"

塔玛斯挺起胸膛,将弗洛瑞安的剑横在身前。"弗洛瑞安·杰·伊匹利,我代表亚卓和德利弗盟军,接受你的投降。亚多姆可以瞑目了,这场该死的战争结束了。"

第 43 章

塔涅尔和维罗拉离开对角路，朝东边的亚多佩斯特进发，一路追踪布鲁达尼亚尊权者，两人各自累垮了三匹马。

他们拼命赶路，塔涅尔知道，随着城市越来越近，他们与目标间的距离也在缩短。因过度疲劳，他浑身发抖，脑子里乱成一团，混杂了恐惧、愤怒和希望。剩下的路程不多了，如果真如维罗拉所说，亚多佩斯特落入布鲁达尼亚人之手，他们就必须在卡-珀儿及其绑架者进城之前追上对方。

二人快马加鞭，一路无话，直到他们翻上山岗，远眺位于亚德海一角的亚多佩斯特。火药迷醉感让塔涅尔意识模糊，连日缺觉更让他浑身乏力。

当时他们只能抛下加夫里尔和诺玲。加夫里尔朝南去了，要向塔玛斯警告布鲁达尼亚人的诡计，诺玲和几个伤兵负责看守布鲁达尼亚俘虏。塔涅尔不愿意丢下她，但也知道，他和维罗拉追敌的速度会更快。

"那边。"维罗拉说。

塔涅尔摇摇头，集中视力，仔细观察已到城外的那队人马。他们一共九人，虽然相距甚远，他仍凭大衣、帽子和瘦小的身影辨认出了卡-珀儿。他们策马奔入城中街巷，只留下一片尘烟，塔涅尔想在他们进城前追上去的希望破灭了。

他没回应维罗拉，而是俯身贴着马脖子，催它快跑。

不到一个钟头,他们来到亚多佩斯特西部的高塔利安区边缘。上午过半,周围人潮汹涌,塔涅尔心头的恐慌迅速滋长。他的坐骑口吐白沫,腰腹打颤。布鲁达尼亚人不见了,救回卡-珀儿的希望也消失了。

"塔涅尔。"他听到维罗拉的声音像从远处传来,"塔涅尔,我们找不到他们了。"

他断然否定。"我能。我一定要找到他们,那帮杂种。即使杀了路上每一个布鲁达尼亚人,我也要救回卡-珀儿。"

"那好,现在你就可以动手了。"

塔涅尔张开嘴,但不知如何回答。所有人都盯着他俩,还有他们半死不活的坐骑。他顺着维罗拉的目光望向左边。布鲁达尼亚士兵冲上他们前面的街道,大喊大叫,指指点点。

"弃马。"塔涅尔滑下马鞍,解开鞍包,挎在肩上,取下手枪和步枪。维罗拉也一样。

他们溜进旁边的小巷,丢下坐骑不管,又转进另一条街道。塔涅尔发现,士兵在包抄他俩,对方跟得很急,大有抄到前面的架势。他一只手摸向手枪,准备开战。

"不能在这儿打巷战。"维罗拉警告他,"人太多了。"

"让他们下地狱。他们敢靠近,我会先下手为强。"其实塔涅尔知道,他们必须离开这里。维罗拉说得对。在城中心开火只能吸引更多关注,召来更多士兵。他们没有后援。亚多佩斯特现在是敌占区。真打起来,对方迟早会叫来一个尊权者。

塔涅尔曾在亚多佩斯特跟一个尊权者打过。过程很不愉快。

"你还认得这片城区吧?"维罗拉问。

"我们在赫鲁施街附近,对吧?"

"这是我们的老家。"

"我不怎么逛街。"塔涅尔说。

火药魔法师

"我常逛。"维罗拉回答,"还有街下面。前面有家旧澡堂。我们可以溜进下水道。"

他们又过了两条街,警惕地盯着继续包抄、却又不打算上前的士兵。

"他们在等什么?"维罗拉问。

塔涅尔也在考虑同样的问题。他们人多势众。即使维罗拉引燃他们身上的火药——事实上,她不会这么干,因为周围人太多——也会有些漏网之鱼,到时他们会拎着刺刀和长剑杀过来,甚至更可怕的气步枪。

旧澡堂在街道尽头,有三层楼,早已废弃。门窗都用木板封死,以警告附近的孩子不得入内玩耍。塔涅尔发现,前面有人穿着布鲁达尼亚军服。

"他们绕到前面了。"他吼道。

"不止。"维罗拉脸色惨白。她不用把话说完了。塔涅尔感觉到尊权者在移动,一个在前,一个在后。那些士兵就是在等他们。为什么两个尊权者来得这么快?不是他和维罗拉倒霉透顶,就是布鲁达尼亚指挥官算准了,等他们绑回卡-珀儿时,需要尊权者提供协助。

"快!"他说。

他们绕到澡堂后面的小巷。后门被木板封死了,塔涅尔将刺刀插进去,使劲撬开。

枪响了,子弹打到墙壁上,惊得塔涅尔一缩手。他又撬掉一块木板,与此同时,维罗拉开枪射击,撂倒了巷子另一头的士兵。塔涅尔用肩膀狠撞上锁的后门,撞了两下才成功,二人冲了进去。

"尊权者来了。"维罗拉说。

"我知道!该死的下水道在哪儿?"

"在地下室。快进走廊。快,快!"

塔涅尔冲进阴暗潮湿的走廊,经过昏暗无光、满是烂泥的洗澡间。他们身后传来一个声音，用的是口音浓重的亚卓语。

"亚卓士兵，立刻投降!"

塔涅尔放慢脚步，把维罗拉推到前面，自己端起步枪。他潜伏在门廊的阴影里，等待一名士兵把脑袋伸进澡堂后门。

子弹命中对方的眉心。有人大喊大叫，塔涅尔感觉到巫力涌进现实世界的强大压力。他跟着维罗拉飞跑，下了台阶，钻进黑糊糊的地下室。他又吸了些火药，增强眼力。他看到维罗拉在距台阶最远的房间里，已经撬开下水道的格栅，把鞍包扔了下去。

塔涅尔听到，楼上传来沉重的脚步声。"尊权者怎么还没动手?"他问。

"安静!"她说，"你快下去!"塔涅尔感觉到，她正用意念触碰士兵身上的火药，选择性地引燃一部分，好迷惑敌人。爆炸声在建筑里回荡。

塔涅尔钻进下水道，墙壁上嵌着铁梯。他的双手在生锈的铁管上滑动，一路爬下去，直至脚底碰到水面，他便放开手，落在下水道里。

"下来!"他抬头催促维罗拉。

维罗拉仍在下水道上方，歪着头，像在聆听什么声音。"等等，"她轻声说，"有……"

一阵突如其来的震颤打断了她的话。澡堂地基发出巨大的声响，塔涅尔下意识地举起一只手，心脏跳到了嗓子眼。上方传来一声沉闷的惊呼。他擦掉脸上的水，被灰尘呛得说不出话。

"快啊!"他大喊。

没有回音。黑暗中，除了石头，上面他什么也看不见。

崩塌的建筑掩埋了维罗拉。

第 44 章

埃达迈陪同茜维警长和六名警察,一起去逮捕凯丽丝夫人。

她那漂亮的庄园位于亚多佩斯特的劳茨区郊外,距大司库昂德奥斯家不远。大宅有三层楼高,坐拥城内最大的私人花园。两名警察与管家交谈时,埃达迈在门厅等候,大门敞开着,凉爽的秋风灌了进来,吹得他甚是惬意。

"此事非比寻常,"管家抬高嗓门,"凯丽丝夫人是诚实正直的社会公民,你们不能以普通嫌犯的方式对待她。"

茜维局长清清喉咙,打断一位下属的回答。"这位好先生,我是亚卓的警察局长。我亲自上门,就代表凯丽丝夫人不是普通嫌犯。好了,告诉我,她在哪儿,不然你将在貂刺塔蹲上半年班房。"

管家似乎还想争辩,但见警察们都摆着扑克脸,于是改了态度,像只泄了气的皮球。"她在客厅。不过局长,她正在会客。不如换个时间吧。"

茜维用手杖把他推到一边,迈开大步。埃达迈跟了上去。

一名警察推开客厅门,茜维神情自若地走了进去。两个男人坐在窗边的扶手椅上,四个女人占据了两张沙发,凯丽丝夫人也在其中。谈话声戛然而止,惊讶的目光投向茜维局长。埃达迈抓着帽子,站到角落里。

这次抓捕,他不想亲自动手。种种迹象——包括里卡德说过的话——都表明,凯丽丝夫人老奸巨猾,很难对付。

"茜维局长!"凯丽丝夫人起身说道,"没想到今天你会大驾光临。请允许我介绍诺威国家银行的埃尔默大人。在座其他客人,想必你都认识。"

"幸会,埃尔默大人。凯丽丝夫人,你是希望我当着所有人的面说呢,还是先请客人回避一下?"

凯丽丝脸上阴云密布,飞快地眨眨眼。"这话什么意思?"

埃达迈清了清嗓子,意味深长地看了眼守在门口的警察,虽然他知道,凯丽丝是在装傻。

"啊。"凯丽丝使劲咽了口口水,"埃尔默大人。朋友们。我们明天再接着谈好吗?"

在座的男男女女相继起身,埃尔默大人握着凯丽丝的手,恶狠狠地看了局长几眼。"当然可以。有什么需要我们帮忙的,请尽管开口。"他们先后出了门,埃达迈仔细聆听,确定他们都离开了大宅。等他们一走,凯丽丝夫人就坐到沙发上。

"你到底想干什么,茜维?"她问。

"是'茜维局长',夫人。还有,请起立。你被捕了,罪名是谋杀里卡德·汤布拉未遂。只要你配合我们执法,我觉得,你可以不用戴手铐。"

凯丽丝七窍生烟。"谋杀未遂?我差点在那场爆炸中送了命!你到底在说什么?"

"我们有充足的理由相信,是你一手策划了荣耀劳力工会总部的爆炸案。"

何止充足的理由,埃达迈心想。在茜维局长的赋能者面前——那人能识别谎言——若迪加斯的登尼供认不讳。雇凶杀人者正是凯丽丝夫人。

"我?一根房梁掉下来,砸断了我的胳膊!"凯丽丝晃了晃依然吊着的胳膊,"你发什么神经,竟然指控是我干的。"

茜维叹道："铁证如山啊，夫人。"

"铁证？什么铁证？没有任何证据，能把我跟这种罪行扯上关系！我今晚还约了里卡德共进晚餐呢。我要想杀他，你觉得我还会跟他同桌吃饭？你，先生，埃达迈侦探，你说呢？你和里卡德是朋友。他相信是我干的？"

埃达迈看了茜维一眼，对方冲他微微点头，幅度小得很难察觉。"他相信，夫人。我也一样。"

凯丽丝昂首挺胸地站起。"我要求你们出示证据。"

埃达迈暗自冷笑。她认定他们拿不出证据？

"我不能，夫人。"茜维说。

"不能？还是拿不出？你手上什么都没有。如果你有，你会告诉我。我知道法院是怎么运作的。即使我打通人脉，至少也要两周时间，我才能到法官面前证明自己的清白。而在那之前，我会在貂刺塔，跟下水道里的老鼠一起腐烂，我会名声扫地，我……"

"我们有若迪加斯的登尼的口供，你雇他从弗莱林的化学品公司弄来爆炸油，"茜维厌恶地撇撇嘴，"策划了荣耀劳力工会总部的爆炸案。"

"那个满嘴谎话的白痴？哈？我跟他能有什么关系？我还希望你能有些靠得住的证据。"

"你从个人账户划了总计十二万卡纳，转给若迪加斯的登尼。"埃达迈插嘴，"我们已经逮捕并审问了你的私人银行经理。"

凯丽丝目瞪口呆，过了一会儿才轻声说道："政府无权查看个人账户，更不能将其作为呈堂证供。"

"现在可以了。"埃达迈说，"一个月前修改了法律。身为银行工会的头儿，你居然不知道这事。局长？"

茜维安排一名警察，从侧门押走凯丽丝，把她送上一辆无牌的警局专用马车。埃达迈在马车旁边等局长过来。"谢谢你能来，长官。"

他对茜维说。

"不,应该是我谢谢你,侦探。即使我还能布置一千名警察在城里明察暗访,人手依然不够。我们不可能查个水落石出。你的办案能力确实是顶尖的。"

"很高兴听您这么说,长官。我提到的法律……"

"现在应该能查了。当然,要改日期。我通常不会采用这种手段,不过登尼接受过我们赋能者的测谎讯问,总得掩饰过去。"

"谢谢,长官。"

"你真要跟她一起坐车?"茜维问。

"对。我最好单独讯问她。"

"问出来也不能写进官方记录。"

"当然。我只求个心安理得。"

埃达迈与局长道别,钻进马车。凯丽丝在对面座位上望着窗外。之前那个迷茫、愤怒的女商人换了副面孔,只剩疲惫和隐约的烦忧。马车开动了。开口之前,埃达迈观察她许久。

"为什么?"埃达迈问。

凯丽丝瞥了他一眼,仿佛刚刚注意到他进来了。"因为里卡德是个傻瓜。"她说,"你可以原话转告他。当然了,他有远见,算是个优点。但他太傻,当不好首相。"

"所以,你承认了?"

"听你的口气,你已经知道了真相,那我还不如爽快承认。"她叹息道,"我的资源捉襟见肘了,侦探。找登尼这种人办事,我也不愿意。你最好相信我的话,我的私人银行经理这辈子都别想在九国找到工作了。"

"这事败露之后,你还觉得自己能有这么大的权力?"

"不出一年,就没人记得我这事了。登尼会上断头台,我会付出巨额罚金,失去在工会的职位,但我还会卷土重来。"

火药魔法师

"然后报复你的敌人?"

"我不是寻常的杀人犯,侦探。除非迫不得已,否则我不想打打杀杀。但你说得没错,我会报复他们。只要我愿意,我会让他们身败名裂。如果你调查过我,应该清楚我的个性。"

埃达迈最多只调查了五六个钟头,也就是从逮捕登尼到抵达凯丽丝家门口之前。他含混不清地嘟囔一声。

"说实话,"凯丽丝又说,"你不怕让我知道你也有份儿,让我很是惊讶。"

"我处理过更糟的情况。"埃达迈隐隐有丝疑虑,担心其中潜藏着危险。也许局长有过暗示,但被埃达迈忽略了。没有任何迹象表明,凯丽丝是维塔斯那种怪物,不过防人之心不可无。

凯丽丝的嘴角浮出一抹心照不宣的笑。埃达迈眯起眼睛,怀疑凯丽丝知道维塔斯的事。也许她确实知道。以她跟里卡德的关系,绝对有可能。

马车开进选举广场,貂刺塔监狱的黑色尖顶越来越近。监狱里关满了异己分子,尤以公开身份的保王派居多。但在里卡德的坚持下,狱警仍为凯丽丝腾了间条件相对不错的牢房。埃达迈不太明白。莫非是旧情难断?

凯丽丝被押下马车。埃达迈也下了车,目送她走进貂刺塔,同时考虑是不是又该雇苏史密斯了。凯丽丝突然回过头,甩来一个恶毒的笑。

"这段时间,照顾好你自己,侦探。我们很快会再见面的。"

作为亚卓克雷西姆教会的前任大主教,查理蒙德曾经的住所已一片荒凉。

埃达迈想起第一次登门时的情景。葡萄园里满是劳工,跑马场上有人驯马，炫富的做派让人恶心。不过比起杂乱的树篱、丛生的野草、荒芜的果园和大庄园死气沉沉的门脸，埃达迈宁可忍受前者。

现在留守庄园的只有十来个警卫，都是都城分配来的，以防居心不良之人劫掠财物、霸占房屋，政府也需要一段时间处理查理蒙德的财产。他的藏书将归大学和公共档案馆所有。他的艺术品将卖给私人收藏家，或捐给城里的博物馆。宅子有可能卖给某位富商——埃达迈甚至听说，里卡德有些兴趣——或者拆除，石料将用于城中心的重建工作。

"你要找什么？"苏史密斯问。

埃达迈捋捋外衣前襟。"我想搞清，什么人没有影子。"他说。

在距庄园几百码的临时岗亭，埃达迈出示证件，得以放行。到了前门，他又想起第二次造访庄园时的情景：当时塔玛斯带着士兵，攻打并抓捕查理蒙德。烧毁的马车依然丢弃在铺有砂砾的车道边，地上还残留着尊权者用巫术犁开泥土的一道道深沟。

两名警卫懒洋洋地坐在门廊玩骰子。埃达迈下了马车，带着苏史密斯走过去，警卫们爬了起来。

"他们说，你们有钥匙。"埃达迈说。

"对，我们有。"一名警卫说。她年纪轻轻，顶多二十五岁，手持一把火枪，身穿都城警察的浅蓝色制服。"证件？"

埃达迈再次出示证件。"我好像看到，有根烟囱在冒烟？"

"有可能。"另一名警卫回答。他上了年纪，胡子花白，大拇指在帽檐底下摩挲。

"没想到庄园里还有人住。"

"政府没空清理房产，就找了几个原来的雇员负责卫生。"女警卫把证件还给埃达迈，"不用担心他们，他们都躲起来了。藏书室在南翼，走到头就是。进去后上一段楼梯，左转，最里面就是藏书室。"

"非常感谢。"埃达迈说。警卫打开门锁，他走了进去，苏史密

火药魔法师

斯紧随其后。

门厅里仍有几个月前那场战斗的痕迹。埃达迈记忆中的烂摊子被人收拾过，但大理石上的弹痕难以遮掩，曾经放置查理蒙德胸像的基座更不可能修复如初。

苏史密斯停下脚步，低声吹了下口哨。"他一个人住在这儿？"

埃达迈差点忘了，每次登门，苏史密斯都被挡在门外。"有点不爽？"

苏史密斯用粗大的拇指抚过大理石栏杆上的裂痕。"没有。不过，担任神职真是不赖。"

他们经过门厅，沿着警卫指示的方向前往藏书室。

"你说查理蒙德逃跑了。"苏史密斯说。

"里卡德告诉我的。"

"你觉得他在这儿？"

"什么？藏在这里？"

"是啊。"

"这儿有警卫和仆人。他会被人发现的。"

苏史密斯突然停步，上下观察。走廊长近两百多码，天花板高约二十尺，少说也有三十扇房门。他冲埃达迈挑起眉毛。

"好吧，这里很大。"埃达迈承认，"不过查理蒙德……怎么说呢……你见过他。他习惯颐指气使，骄奢淫逸。我觉得，要不是性命攸关，他不可能'藏'在任何地方。我猜他逃去了凯兹或诺威，甚至更远的地方。应该很快就会有他的消息了。"

他们的声音传得老远，荡起诡异的回音，让埃达迈脊背发凉，他将这归咎于秋日的寒意。

走廊尽头有扇闭合的双开门。埃达迈扭动把手，发现没锁，于是推开门。里面的景象让他大为震惊。

查理蒙德的藏书室呈长方形，比埃达迈的家还大好几倍。每面墙上都有书,分门别类、整整齐齐地摆放在樱桃木书架上。木梯底部装有滑轮,以便从高层取书。每个角落都有通往二楼的螺旋铁梯。前后各有一架大理石镶边的豪华壁炉。

这里的藏书不如公共档案馆和大学图书馆多,但在规模上并不亚于先王的藏书室。埃达迈很难理解,一个人怎么能弄到这么多书。查理蒙德也远不算一个"好学之人"。

"我都不知该从哪儿找起。"

苏史密斯走到靠近房门的壁炉边,炉子当然是冷的,但那儿有几张皮革靠背椅,他哼哼着一屁股坐下。"完事了叫醒我。"他说。

"你又帮不上忙。"

等埃达迈搞清了查理蒙德的书籍索引,苏史密斯果然大声打起了呼噜。

乌斯坎曾给他一份清单,列出了十几本他可能感兴趣的书。埃达迈按图索骥,找到那些书,一一抽出来,堆在藏书室中间的桌子上。等他搜集完毕,开始飞快地浏览,把每一页内容都刻在脑海里待查,暂时只留意"影子"和"阴影"这样的关键词。

等他翻完第一批书,已经下午一点钟了。他回到书架前,面对偌大的藏书室,不禁有些气馁。

在大多数人看来,埃达迈的天赋能让他迅速翻遍整间藏书室,但他自己却感觉慢得泄气。这里的藏书按作者名字排序,对他却没有任何帮助。他必须寻找与宗教有关的书名,或他有所了解的学者。他又取下一摞书,大概十多本,开始浏览。

等他看完第三摞,已经四点了。苏史密斯醒了又睡。周围的影子逐渐拉长,埃达迈知道,借着天光读书的时间不多了。

"苏史密斯。"他推推拳手的肩膀。

苏史密斯睁开一只眼。"啊?"

"你有火柴吗?我要点灯。或者打火石之类。"

火药魔法师

"没有。"他闭上眼睛。

埃达迈叹了口气。苏史密斯在这儿帮不上什么忙。埃达迈请他再当一周的保镖,但真正的危险已经过去了,苏史密斯也知道这一点。他还知道是里卡德付的账单。所以埃达迈没法责怪他放松了警惕。

"我去找个仆人来。"他宣布。

苏史密斯嘟囔一句什么。

埃达迈想起,北翼有根烟囱冒过烟。他在脑海里勾勒宅子的结构,回忆与查理蒙德打完后那次仓促的搜查。北翼有宴会厅、瞭望台、餐厅、厨房和仆人的住处。

他最有可能在那边搞到火柴。也许他们还能帮他点燃藏书室的壁炉。

他抓起帽子和手杖,进了走廊。他登上门厅台阶,经过二楼大厅,来到仆人的住处。这一片暖和多了,他更加期盼壁炉里生起的火焰。秋日的寒意比他预料中还要冷。

他敲了好几扇房门,没人答应。有三扇门没锁,里面有人居住的迹象,但他没看到仆人的影子。

他沮丧地走下仆人用的楼梯,前往厨房。回到一楼,他听到了人声。终于找到了!

他从后门进了厨房。厨房面积很大,宽约三十步,他惊讶地发现,虽然这里没几个仆人,但食物存量却相当充足。屋顶上吊着香草,架子上堆着肉罐头——虽然积了灰——还有成袋的粮食,看来老鼠并不曾光顾。厨房对面有个人影,系着白色围裙,头戴白色高帽,在唯一生了火的烤箱前自顾自地唱歌。

"打扰了。"埃达迈招呼道。

对方转过身,等埃达迈看清他的容貌,双脚顿时仿佛灌了铅。他慌忙抓起手杖,两手一拧,拔出杖中剑。他嘴巴发干,用剑尖指向逃亡的大主教——查理蒙德。

"是你。"埃达迈嘶声说道。

查理蒙德扬起眉毛。他的围裙沾满面粉,两手抓着生面团。"啊,怎么了?"

埃达迈的嘴唇动了动,却不知该说什么。大主教是叛国贼、臭名昭著的恶棍,上次狭路相逢,他在埃达迈身上留下两道伤痕。而他现在似乎手无寸铁。虽说埃达迈被他吓了一跳,但埃达迈的出现应该更让他吃惊才对。

"放下面团。"

"好的。"

"等等!当我没说。拿着它。两手放在我能看见的地方。"

"好。"查理蒙德开始慢慢地揉面团。

"停下。"

"我不想毁了这份面包。"查理蒙德说。

"我他妈才不管呢!"这句话是喊出来的。埃达迈的后背冒出了冷汗。

查理蒙德斜着眼睛看他,但没停下揉面团的动作。"我们见过吗?"

"你装什么傻?我们见过好几次。"埃达迈的心在胸膛里狂跳,愤怒逐渐掩盖了紧张。他确实是查理蒙德,对吧?比起上次见面时,他胖了差不多两石——仅仅几个月,增重的速度有些惊人——但除此之外,就是同一个人。莫非查理蒙德雇了个亲戚在厨房干活?

他还在独自唱歌?

查理蒙德若有所思,目光越过埃达迈的肩头。"哦,对。见过。"他扮个鬼脸,"话说回来,我还没完全适应这具身体。真的很抱歉。我来帮你吧。"

"帮我?"

"帮你找东西。你在找一本书。我觉得应该是《神祇与圣徒概

火药魔法师

略》。内容大多是些迷信和废话,但能解答你的疑问。它在藏书室的西北角,说具体点儿,距苏史密斯的胳膊肘大概三尺远。"

埃达迈的持剑手在发抖。"你怎么知道?"

查理蒙德咧嘴一笑。"略尽地主之谊嘛。要不要给你上点什么?"

"上什么?"

"吃的。我昨晚做了些南瓜汤。也许还有剩的。"

塔玛斯站在巴德维尔饱经炮火摧残的城墙上,直面正午的阳光。他浑身酸疼,伤腿一阵阵抽痛,缝线的皮肤绷得紧紧的。脸颊上有道砍伤痒得难受,他强行忍住抓挠的冲动,不然这该死的伤口永远都不会愈合了。

德利弗军队越来越近了,犹如一条黄绿色的长蛇在大道上蜿蜒,钻进城外一望无际的亚卓营地。塔玛斯的士兵在路边列队,身穿阅兵礼服,欢迎德利弗盟军。苏拉姆和他的王党骑在最前面——不需要火药迷醉感,塔玛斯也能看到他们的旗帜——远处的军鼓敲打出行军的节拍。

"长官。"

塔玛斯瞥见一名年轻下士爬上城墙,来到他面前。"什么事?"

"奥莱姆上校来见您。"

"让他马上来。"等下士离开,他无力地靠着城垛,吁了口气。奥莱姆活着回来了。很好。这段时间,他损失了太多优秀的人才。

没多久,塔玛斯听到身后的石阶传来蹒跚的脚步声,奥莱姆来到身边。他的脸青一块紫一块,脖子和手上有好几处刺眼的伤口。奥莱姆微微驼背,肩膀内收,塔玛斯知道他在忍受极大的痛苦。漫长的从军生涯里,他见过太多这样的姿态,知道对方恐怕挨过严重的鞭打。塔玛斯不敢想象,在军服底下,奥莱姆的后背成了什么样子。

沉默许久，塔玛斯听到一声脆响，仿佛硬币轻轻落地。他低下头，看到奥莱姆的上校徽章搁在石头上。

"任务失败了？"塔玛斯问。

"不太顺利，长官。"

"你失败了？"

"破魔者死了。他的手下要么被杀，要么被俘。"

塔玛斯捡起上校徽章，拍在奥莱姆胸前。"你再敢还回来，我就把它塞进你的屁眼。"

"可是……"

"最后一次警告。"

奥莱姆把徽章默默戴回衣领。塔玛斯用眼角余光看着他笨拙的动作。他吊着一只胳膊，脸上有一大块瘀伤，从眉毛到嘴唇之间缝了十几针，耳垂也缺了一小块。

"你看起来糟透了。"但塔玛斯并无责备的意思。

奥莱姆终于单手戴好徽章，苍白无力地笑了笑。"您也好不到哪儿去，长官。"

"早就习惯了。"塔玛斯对战斗的回忆不外乎刀光剑影、血肉横飞，身上半数伤痕都忘了来历，但他仍记得死在眼前的数百张面孔。每次他都有一段时间睡不好觉。

"请允许我晚些提交报告，长官。我不会左手写字。"

"不急。"

"如果您同意，现在我可以口述。"

"再说吧。等等。尊权者小姑娘干得如何？"

"非常漂亮。"奥莱姆犹豫不定，"我不太懂巫术，长官，但尊权者波巴多说，她将成为亚卓六百年来最强的尊权者。"

"波一向喜欢夸张。"

"她把破魔者烧死了，长官。用巫术。至少波是这么说的。"

火药魔法师

"那还真是……了不起。"塔玛斯想起塔涅尔的汇报,说破魔者戈森被一个普瑞德伊杀了。塔玛斯当时不太相信,现在也很难相信,但他太累了,无力质疑奥莱姆的说法。话说回来,最近十个月发生的事,已经严重动摇了九国的根基。

他突然发现,奥莱姆还在汇报,于是摆摆手。"够了。剩下的以后再说。"

"好的。恭喜您获胜,长官。"

"还没完呢。"

"长官?"

塔玛斯压低声音。"伊匹利破坏了和谈?其实不是。是克莱蒙特的人搞的鬼。"

"那我们得让他尝尝苦头,长官。"奥莱姆目光坚定,没受伤的手握成拳头。

塔玛斯扭头望向亚卓营地和行进中的德利弗军队。这时队伍前面多了个号手,号声刺激着他的神经。"我正有这个打算。"

他们望着队伍接近。塔玛斯估计,苏拉姆只带来五千人,其余的和凯兹战俘一起在北边扎营。不知德利弗在战斗中损失了多少人。

"他们就像凯旋的英雄。"奥莱姆酸溜溜地说。

"确实是。他们在北边与凯兹大部队作战。你回来时应该路过了战场。"

"我从远处看到了。"

"他们牵制了敌人,我们才得以夺回巴德维尔。"

"但我猜,他们打得要容易得多。凯兹大部队不可能像伊匹利的御林卫兵一样躲在城墙后面。"

塔玛斯不想争辩。"我需要他们,奥莱姆。需要他的士兵和尊权者。"

"长官?"

"我们那天俘虏了将近七千凯兹士兵。现在还有六千多人活着。我维持不了秩序,即使军纪最好的部队也做不到。凯兹人在巴德维尔的暴行传开后,每天晚上都有人找他们报仇泄愤。我打算把俘虏尽快移交给苏拉姆,不然人都得死光了。"

"我会尽力维持秩序,长官。"

"省点力气吧。我们上午就出发,回亚多佩斯特。"

"您不留下来谈判吗?"

"我得搞清亚多佩斯特的状况。克莱蒙特在下一盘大棋,我得知道他的意图。我要让他为破坏和谈的袭击负责,但又必须谨慎行事。他控制着我们的都城——刀子抵在我们的喉咙上。我不知道是否要靠打仗拆了他的台,还是说他另有所图。"塔玛斯摇摇头,"我会留下阿柏将军负责这里。谈判可能会持续几个月。如果里卡德·汤布拉成立了班子,我会让他派代表团来参加谈判。"

"很好,长官。德利弗人会帮我们收复亚多佩斯特吗?"

"苏拉姆不想跟布鲁达尼亚人开战。只能靠我们自己。"

"真遗憾。"

"我也这么想。"

"还有什么吩咐吗,长官?"

"找个德利弗尊权者,治好你的伤。我需要你在我身边。在这一切结束之前,或许我们还要再大开杀戒。"

第 45 章

城北的拉夫林广场上，埃达迈正在聚集的人群中穿行。

这是个晴朗的秋日，万里无云，虽然起风了，但克莱蒙特的尊权者用巫术为广场提供了屏障。这是克莱蒙特进城后规模最大的公开露面，埃达迈估计，有五千多人来看他演讲——他曾答应，会在当天公布一位最近拉到的、据说最具决定意义的支持者。

埃达迈赶到时，他已经讲了一个钟头。根据观众的投入程度和不时响起的欢呼声，埃达迈判断，布鲁达尼亚-哥拉贸易公司老板的演讲相当成功。

克莱蒙特站在广场南端搭建的木台上，手舞足蹈、绘声绘色地承诺，他将改革遗产税，建立公共设施，在天际宫成立国家博物馆。埃达迈必须承认，裁剪得体的燕尾服给他加了不少分。

埃达迈想挤到前面，结果肋部被周围人的手肘撞了几十下。二十分钟后，他放弃了，只好退而求其次——广场东边的步道地势较高，聚在那儿的大多是学生和购物者，他们忘了身后的店铺，全都目不转睛地盯着克莱蒙特。

在那里，埃达迈能看清讲台，更棒的是，还能看清讲台后面的帐篷。毫无疑问，克莱蒙特最有分量的支持者们就待在那里，主题演讲结束后，他们也将发表讲话。克莱蒙特的神秘后台也藏在其中。

埃达迈琢磨着，能不能伺机绕到后面看看，但马上打消了念头。克莱蒙特的安保相当严密——布鲁达尼亚士兵把守着所有通道。

他看到一名士兵正在严厉训斥一个接近帐篷的小男孩,看来后者动了跟埃达迈一样的心思。

几周前,克莱蒙特承诺有人会帮他背书,这事已传得满城风雨。

埃达迈对演讲兴趣不大。他漫不经心地听着慷慨激昂的台词,目光在人群中逡巡,希望对克莱蒙特的支持者有个初步印象。狂热的信徒位于前排,恨不得每句话都要鼓掌。他们可能是花钱雇来的托儿,也可能是真心实意的。

一些富有的金主则租下了克莱蒙特身后、广场北边的阳台房。观众多为男性工人和各行各业的女人。

埃达迈判断,克莱蒙特在各个阶层都有广泛的支持者,光是普通群众就不在少数。有些麻烦了。这说明,卡德虽然控制着工会,但他的号召力并没有想象中那么大。

埃达迈看到好些熟悉的面孔。政府雇员。几个士兵。逃过塔玛斯屠刀的小贵族,人数还不少。他的目光继续移动,最后落在一个极其特殊的人身上。

那是个黑发女人,黑衣黑裤,面颊清瘦,态度冷漠,周围的观众欢呼时,她依然背着双手,不为所动。她叫瑞普拉丝,自从几个月前太监死后,她就成了大老板的二当家。有传言说,她的位置还没坐稳。暂时没有。

一阵掌声响起,经久不息,埃达迈还没想明白,她为何会到场,克莱蒙特就示意人群安静,然后他说:"女士们,先生们,我很高兴——不,我很荣幸——能得到亚卓一位领导人物、同时也是新政府成员的支持,他就是亚多佩斯特的大司库:昂德奥斯!"

有些观众猛吸一口气。埃达迈惊得张大了嘴巴。果然,大司库昂德奥斯走出克莱蒙特身后的帐篷。他身穿华服,胸前的口袋外挂着一根金链子,登上讲台。克莱蒙特让到一边,抬起双手,示意众人保持安静。

火药魔法师

昂德奥斯从口袋里掏出眼镜,把夹在腋下、账簿模样的本子放到讲台上,久久地扫视着人群。

埃达迈的脑子转得飞快。昂德奥斯要干吗?他是塔玛斯议会仅剩的议员了——不是两个,就是一个。难道他不清楚,塔玛斯收到消息后会拧断他的脖子?埃达迈张望人群,又看到瑞普拉丝。在九国上下,知道昂德奥斯就是大老板的人并不多,他便是其中一个,可他搞不懂当前的形势了。

到底什么情况?

昂德奥斯清清喉咙,尊权者的巫术增强了他的音量。"朋友们,乡亲们。今天我来告诉各位,我支持克莱蒙特大人担任亚卓的首相。想必各位都清楚,我这人从不抛头露面,但我认为,这次竞选至关重要,我不仅要站出来,还要为克莱蒙特大声疾呼。"

埃达迈目瞪口呆。昂德奥斯从不抛头露面,这个说法太保守了。即便他是亚卓最富有和最有权势的人之一,他的肖像也从未出现在任何一张报纸上。埃达迈明白,这是因为,他的另一个身份是犯罪界的头号人物,但绝大多数人以为他只是习惯隐居。要让克莱蒙特的竞选博人眼球,这果然是一招好棋。

里卡德会气疯的。

"我做过计算,"昂德奥斯说,"我预估了亚卓未来的经济状况,克莱蒙特大人提议的改革和律法将是我国最好的决策,相信我,我对金融兴衰再熟悉不过。"在昂德奥斯身后,克莱蒙特容光焕发,高举双手,带领观众鼓掌。

他在玩什么把戏?埃达迈在心中自问。昂德奥斯真在竞选中换了边?

人群中突然一阵骚动,埃达迈探头张望,却只看到人们为昂德奥斯的讲话热烈鼓掌。

"如果克莱蒙特大人当选,我敢保证……"

有人跳上讲台，打断了昂德奥斯的讲话。那人刚一站稳，就突然亮出把手枪，引得台下一阵惊呼，几名士兵冲上前去。

三件事同时发生：第一，枪响了，子弹划过昂德奥斯和克莱蒙特的头，打中了讲台后面的屋子；第二，克莱蒙特的一个尊权者纵身而起，挥动手指，用巫术撕碎了刺客；第三，埃达迈头顶某处传来一声枪响。

克莱蒙特应声倒地，鲜血喷溅。尖叫声此起彼伏。巫力激射而出，摧毁了埃达迈身后的屋顶，他被迫跳下高高的步道，躲避雨点般的木屑和碎石。

埃达迈抱着头，两眼望天地往前跑，强行穿过人群。受惊的观众四下逃窜。他被人流不断推挤、冲撞，中间还停下扶起了一个老妇人，然后继续逆着人流穿行。

所有人都在尖叫。现场乱成一团。枪声不绝于耳。埃达迈还听到了巫术爆发的冲击波，但没法判断，那是杀手在袭击讲台，还是克莱蒙特的手下在还击。

他想赶到瑞普拉丝之前所在的位置。他在人群中挤来挤去，一边叫骂一边挥肘。她在哪儿？跑了吗？往哪个方向去了？埃达迈有种直觉，这一定是大老板指使的。如果瑞普拉丝跟着人流跑了，那她应该在前面。

他挤过人群，终于来到大街，然后拐进最近的小巷，好避开混乱的人潮。他喘了口气，转到一条过道，突然看到了熟悉的黑大衣。过街并不容易，但他很快就穿了过去。瑞普拉丝信步溜达着，任凭慌乱的人流涌过身边。

埃达迈一把抓住她的胳膊，结果马上被抵在一家店铺的橱窗前。瑞普拉丝用前臂压着他的喉咙，某种尖锐的物体戳在他肋旁。

她看着埃达迈的眼睛。

"瑞普拉丝，"他说，"是我，埃达迈侦探。"

火药魔法师

"我知道你是谁,侦探。"瑞普拉丝慢慢松开他。

埃达迈拍了拍外衣前襟。瑞普拉丝又往前走,他跟跄地追过去。"我要见他。"他说。

"他?"瑞普拉丝无辜地问道。

"他。"埃达迈重复道。

"那个,"她挠了挠下巴,"没你想的那么简单。这几天,大人忙得不可开交……"

"得了,瑞普拉丝!事关国家安全!难道他想让我找上门去?"

瑞普拉丝突然停步,转身。"说话当心,侦探。"

"我很当心了。我要告诉他的事,他会很感兴趣。以你对我的了解,也该知道我不是那种小题大做的人。"

"希望你别后悔。跟我来。"

大老板的两个打手用马车拉着埃达迈,在城里绕了将近两个钟头,还不准他摘下眼罩,直到他站在大老板总部的前厅里。

松绑后,他活动着胳膊,摘掉眼罩扔给其中一人。"生意不是这么做的。"他说。

"抱歉,侦探。是瑞普拉丝的命令。"

"谁来都得蒙眼吗?"他问,"你们这里是怎么办事的?"

"不是所有人,"对方回答,"但你例外,因为你是侦探。没用乙醚你就知足吧。"

"是啊,谢谢你。上次用过了。现在我必须见到你家主人。"

其中一人点头示意,另一人走进大厅的一条廊道。根据埃达迈上次的印象,作为黑恶势力的大本营,这里不像贼窝,更像做生意的地方。大理石地板光可鉴人,墙壁刷得雪白,烛台擦得锃亮。记账员匆忙进出,一脸严肃的壮汉守在各个角落。

他正要第三次看表，消失的打手又出现了，做了个"过来"的手势。埃达迈跟着他进了廊道，转向右边一扇平凡无奇的房门。那人背靠房门，将其顶开，目不斜视，埃达迈进去后，他关上了门。

与埃达迈上次拜访时一样，房间里配有上好的木镶板，装饰品依然少得可怜。只是地毯换了——他饶有兴味地琢磨着这个细节。书桌依然半掩在屏风里，当时坐着大老板"翻译"的椅子是空的。

大司库昂德奥斯从屏风里走出，坐在"翻译"的椅子上，示意埃达迈在对面落座。"我觉得，我们可以省掉常规程序，对吧，侦探？"

"我想也是。"

"好。当然了，还是必须保密，但我承认，与知晓我身份的人谈话算是种安慰。可怜的太监死后，就只剩你们三个了。"

"我猜，瑞普拉丝也知道吧？"

"是啊。只有她和我的翻译知道。"虽然他没有威胁的意思，但埃达迈已经有所觉悟，如果昂德奥斯想注销自己的另一个身份——亚卓黑恶势力的头号人物——他要灭口的人并不多。"好了，"昂德奥斯接着说，"你有什么事急着找我？"

"今天，我去听了克莱蒙特的演讲。"

"是吗？"昂德奥斯上身前倾，十指相抵，托着下巴，"你怎么想？"

"我觉得，塔玛斯就快回来了，你的政治选择真的很有趣。"

昂德奥斯翻个白眼。"你以为我傻？你来就为说这个？你就不好奇，我为何支持已故的克莱蒙特大人？我对你的好感只剩这么一点点了，埃达迈。尤其你还害死了我的太监。"说出"已故"二字时，昂德奥斯颇有几分得意，埃达迈突然意识到了什么。

"你说'已故'？他死了？"

"你看到有人刺杀他，对吧？"

火药魔法师

"考虑到你支持他,你好像并不难过。"

"当然,因为是我下令杀他的。"

埃达迈哈哈大笑。"是你?那又何必再给他站台呢?"

"哦,我亲爱的侦探。你也太天真了。我不仅是为他站台而已。克莱蒙特已任命我当他的副首相。演讲时,也许我们还没提到这事。我布置的人提前动手了。但所有书面工作都已完成。已经板上钉钉了。"

"现在他完蛋了,你便可以取而代之。"

"估计明早就能见报了。"

"塔玛斯元帅会怎么说?我看新闻里写,他明早就能回来。"

"没错。我觉得,等他听说里卡德是跟我竞争,而不是跟克莱蒙特,他应该特别高兴。"

埃达迈哼了一声。"我想也是。可你从不抛头露面。为什么竞选首相?为什么现在出山?"

"形势变了。你该明白的。我当上首相,就能为大老板提供更多利益。或者我玩得开心,大老板便可以销声匿迹。"大司库耸耸肩,"谁知道呢?"

埃达迈从外衣口袋里掏出一本书。"我觉得,你可能遇到麻烦了。"

"什么麻烦?"

他举起书。"这本是《神祇与圣徒概略》。是本古书。据推测,可能著于荒冷时期,克雷西米尔第一次离开我们的世界之后。我听说,里面的内容大多是迷信,但有一段话吸引了我的眼球。"他清清嗓子,念道,"'布鲁德大人,布鲁达尼亚人的圣徒与神祇,有样特质异于他的弟兄姊妹:即,没有影子。据说,他的影子便是他的另一张脸,这是他拥有两副身体而出现的特殊现象。也就是说,他并非一位,而是两位截然不同的神。'"埃达迈合上书。

昂德奥斯一脸不耐烦。"这跟我有什么关系？"

"克莱蒙特没有影子。"

"哈！你说他是神祇布鲁德？"

"对。"

"我注意到了，这段时间发生了许多稀奇古怪的事，很多不可能变成了可能，但你的想法也太天马行空了，侦探。"

"谈不上天马行空。是一位神告诉我的。"

"哦？"昂德奥斯翻了个白眼。

"神祇亚多姆。"

昂德奥斯半信半疑。"他好像死了，对吧？据说是克雷西米尔杀了他。"

"他活得好好的。"埃达迈凑近些，"我认为，想杀神并不那么容易。"

昂德奥斯嗤之以鼻。"如果真是那样，克莱蒙特应该还活着。我已经派人去医院调查了。估计很快就能知道答案。"敲门声突然响起，一声高一声低。"进来。"昂德奥斯说。

埃达迈认出，是大老板的翻译。她相貌严厉，面无表情，针线活儿夹在腋下，关上身后的门。

"有什么消息？"昂德奥斯问。

"您得走了。"

"什么？"

女人依然面无表情。"街上有尊权者。还有布鲁达尼亚士兵。您只剩不到半分钟时间。"

昂德奥斯一跃而起，动作之灵活丝毫不逊于年轻人。"离开这里，快！"女人走了，留下埃达迈和昂德奥斯。"你，侦探。跟我来。"昂德奥斯大步走向书桌后的壁炉，把一盏烛台扭动半圈，抬起貌似结实的壁炉架。"啪"的一声，壁炉边的一块木镶板弹开了。"进去。"

火药魔法师

埃达迈听从他的指示,钻进一条经常使用的低矮通道。昂德奥斯关上木镶板,通道一下子陷入黑暗。"快!"昂德奥斯喝道,"尊权者能看到我们移动。要是耽搁久了,他们会怀疑我们的身份。小心台阶。"

尽管有昂德奥斯的警告,埃达迈还是一脚踩空,差点从台阶上摔下去。他走了三十来步,空气渐渐变得寒冷、沉闷和潮湿。他们加快脚步,踩得水花四溅,埃达迈听到头顶传来一声清晰的尖叫。响亮的撞击和碎裂声响起,尖叫和枪声随之而来。

"快!"昂德奥斯用力戳戳埃达迈的后背,催促他猫着腰跑出一百多码。通道用石块砌成,积水约有一寸深,黑暗中,埃达迈看不到尽头。

"上去。"昂德奥斯突然下令。

很快,埃达迈的脚踢到了台阶,他凭着本能爬了上去,直到眼前现出一线光亮。

"头。"昂德奥斯说。

"什么——嗷!"埃达迈的头撞上木板,他抬手推开一扇活板门。他们似乎进了一处地窖,闻起来有干草,以及浓郁的马粪的味道。他们爬上一段木头楼梯,进了一间马厩。

"上我的马车。"昂德奥斯飞快地说,"车夫!"他大喊道。

没多久,昂德奥斯的马车来到天光下,驶入亚多佩斯特的街道,混进车水马龙。

埃达迈靠着车厢,吁了口气,心脏依然跳得厉害。

"转弯!"昂德奥斯大喊。

马车拐了个弯,经过一条街道,最里面是个完善的小庭院,还有栋三层的砖石小楼。院子里全是士兵,小楼已被巫力破坏,火焰跃出屋顶,直取天空。楼里的尸体正被人拖出——有些是布鲁达尼亚士兵,但大多是大老板的打手。

"你备了架马车随时待命?"埃达迈问。时值正午,他们驶过大老板的总部,转进一条不知名的街道。

"事实上,是三架。"昂德奥斯说。他死死盯着窗外,咬牙切齿。"那破地方是我几十年的心血。他们一定抓了我的某个副手。"

"我们在银行区。"埃达迈惊讶地说,他认出了马车刚才经过的大街。

"当然了。我——我是说,大司库昂德奥斯——在这儿工作。我怎么可能两地奔波。"昂德奥斯敲了两下车顶,马车停在路边。车夫跳下来,打开车门。"明天四点,塔玛斯元帅将召集议员开会。你也来。准备一下,向塔玛斯解释你对克莱蒙特真实身份的推测。要比你对我讲的更有说服力。"

埃达迈下了车,车门在身后关上。他转过身,还想说些什么,马车已经驶远了。

他等了一会儿,叫了辆出租马车。他有种预感,比起昂德奥斯,塔玛斯更愿意相信报纸上的说法。

第 46 章

在亚多佩斯特城墙外，塔玛斯士兵搭建的营地绵延出去二里地。

塔玛斯强打精神，眺望都城，发现克雷西姆大教堂高耸的尖顶已不复存在。貂刺塔监狱的黑牙指向苍穹，似乎比去年春天地震后倾斜得更加严重。他默默记下，到时得在议会上提一句。也许该拆了貂刺塔，不能等它倒了。

"有时我们出征打仗，"塔玛斯说，"背井离乡，却忘了我们为何而战。"他指着泪珠状的亚德海，安详宁静的都城坐落在它的尖角上，"而回家总能让我想起来。"

"景色很美，长官。"奥莱姆说。多亏了德利弗尊权者，奥莱姆恢复得不错，但塔玛斯知道，他还需要点时间，才能轻快地迈开脚步。"您对弟兄们还有什么命令吗？"

"扩大营地面积。我不希望他们的尊权者一次突袭，就干掉我们一个多旅。"

奥莱姆把望远镜举到一只眼睛前。"他们不像要打仗。虽说城墙上的人越来越多，但只有少量布鲁达尼亚士兵。"

"这说明不了什么。扩大营地面积，安排火药魔法师站岗。任何尊权者敢闯进一里范围，只要不打白旗，就射穿他们的眉心。给我组织一支护卫队。我们进城。"

"是，长官。"

三十分钟后，塔玛斯骑马离开营地，奔向亚多佩斯特的西南城门。他的护卫队有六十人：奥莱姆最精锐的神枪手，还有奈娜、波和加夫里尔。他无论去哪儿都爱带上火药魔法师，但今天，留下他们保护军队才是最佳选择。

"你派了信使？"看到城门是开的，他问奥莱姆。聚在城墙上的人看着他，孩子们挥舞着旗子。一里外他就听到了欢呼声。

"是啊，长官。让他们做好迎接的准备。"

"很好。"

他们骑马经过拱门，塔玛斯发现民众在街边列队，高喊他的名字。他的信使只负责通知议会成员，所以他们应该一大早就来了。这个欢迎仪式还不错，他心想。

他们穿过工厂区，跨过亚德河，在桥上能清晰地看到克雷西姆大教堂的废墟——除了巨大的基石和外墙的痕迹，其他已被彻底清除。他进城的消息传开后，市民们纷纷出门，挥手致意，但塔玛斯不关心他们。他始终盯着屋顶和小巷，防备布鲁达尼亚尊权者和士兵。

然而，除了在旧城墙上站岗的少数卫兵，其他一个人影都没有，卫兵也只是目送他经过。

"奥莱姆，我……"

"长官。"奥莱姆突然开口，拍拍塔玛斯的肩膀。他指着街边一条小巷，扯了扯缰绳，一手持枪，转到塔玛斯背后。

一人一马走出小巷，来到塔玛斯身边。塔玛斯打量着一身亚卓蓝色军服的骑手。"很高兴见到你，儿子。"

塔涅尔点点头作为回应。他面容憔悴，疲惫不堪，军服脏兮兮、皱巴巴的，但他尽可能刷掉了污渍，靴子也擦过。塔玛斯注意到，他惯常携带的赫鲁施步枪不见了，腰间别着两把手枪。

"你去哪儿了？"塔玛斯问。

"躲躲藏藏。加夫里尔追上你了？"

"是啊。他在队伍后面。"

火药魔法师

塔涅尔松了口气。"维罗拉死了。"

"什么?"塔玛斯顿觉头晕目眩,一把抓住鞍角。"不。不可能。"

"是真的。至少我觉得,她活不成了。我们一路追踪尊权者和卡-珀儿,回到都城,在高塔利安区打了一仗。我说不清,是尊权者带着帮手以逸待劳,还是我们太倒霉。我们打算逃进城里的下水道,结果房子塌了,她被埋在了里面。"

"哦,该死。"这句话轻不可闻。塔玛斯在马鞍上摇摇晃晃。又一个火药魔法师。又一个朋友。该死,维罗拉是家人。他差点哭出声,但又强行忍住,表面上不为所动。克莱蒙特的爪牙盯着他们呢。他能感受到充满敌意的目光,他不能——也绝不会——露出软弱的一面。

"提拔我不是明智的选择。"

塔玛斯用眼角余光打量着他。塔涅尔下巴抖动,两眼充血,他也在拼命控制着情绪。"不对。不……听我说,你追了他们这么远。我为你骄傲。"

塔涅尔似乎不相信他的话,塔玛斯也承认自己心口不一。塔涅尔害维罗拉、两个火药魔法师和十几个神枪手丧了命。他早该料到的!结果却踩进陷阱,还……

不。不,不,不行。塔玛斯察觉到,自己的悲伤变成了愤怒,他撇起嘴角,露出了怒容。他不能这样。现在不行。不能这样对塔涅尔。

"找到卡-珀儿没有?"塔玛斯问。

"克莱蒙特的老巢在天际宫。他租下来的。里面到处都是士兵和尊权者。我在他方好像看到了她的灵光,但距离太远,不能肯定。她应该还活着。"

"我想也是,不然克雷西米尔已经杀了我们所有人。"

塔涅尔投来异样的眼神。"战争结束了?"

"是啊。目前正在谈判。"

"克雷西米尔的身体在你手上?"

"对。"

塔涅尔自顾自地点点头。"很好。怎么对付克莱蒙特?"

"我打算走一步看一步。你来参加议会吗?"

"里卡德去吗?"

"应该会去。"

"那我不想去了。"

"你不能逃避副首相的责任。"塔玛斯说,"你答应过的。"

"我那是逼不得已。"

塔玛斯咬咬牙,强压怒火。"你当时想尽办法要逃脱困境,现在你得兑现诺言。"

"不然呢?"塔涅尔眼里闪着叛逆的光。

"不然,以后谁都不会尊敬你。"

塔涅尔扭开头。

"这就是游戏规则。"塔玛斯尽量放缓语气,"生命的规则。你以为我愿意当铁王的哈巴狗?当时我比你大不了几岁。真的。但为生存,我不得不做。我们到了。上楼。"

他们抵达了人民法院的西入口,选举广场对面的貂刺塔巍然耸立。塔玛斯下了马,在加夫里尔的指挥下,士兵们在门口就位,少数人跟着他进了法院。

上次他来雄伟的人民法院是几个月前,如今却恍若隔世。路上遇到不少工作人员,大多他都不认识,走廊也显得有些陌生,仿佛头一次踏足。

他们登上六楼,走向曼豪奇曾经的办公室。隔着一百来步,塔玛斯就听见有人在大喊大叫。他加快脚步。

塔玛斯推开门,看到昂德奥斯戴着眼镜,坐在角落的一把扶手椅

火药魔法师

里，怒气冲冲地瞪着里卡德·汤布拉。里卡德面红耳赤，在昂德奥斯面前挥舞着拳头，胡须乱蓬蓬的。温斯拉弗夫人站在里卡德身后，一手拿着扇子，尽量保持端庄。

"你这败类，无耻的叛徒！"里卡德叫道，"盗贼！恶棍！我要亲手宰了你！"温斯拉弗夫人冲过去，抓住里卡德的胳膊，把他从昂德奥斯面前拉开。

"怎么回事？"塔玛斯问。

温斯拉弗夫人正要回答，里卡德却指着昂德奥斯，抢先开口。"他换边了！他支持克莱蒙特。他要当克莱蒙特的副首相，参加竞选！"

"我相信，他会有个合理的解释。"温斯拉弗夫人说。

里卡德转身面对她。"你自己的问题还没说清呢，夫人。战争还没结束，你们就抛下了军队。你知道公众怎么想吗？我们应该一致对外！"

"我自有道理。"温斯拉弗挺起胸膛，"我的顾问们相信，塔玛斯元帅不顾大局，他的一系列错误导致我们……抱歉，塔玛斯，我不是针对你个人。"

塔玛斯走向曼豪奇巨大的办公桌，坐下，朝三人露出冷笑。"不，没事。请继续。"

"我觉得，我们的损失……"

"你害怕了，所以撤离了战斗！"里卡德斥责道，"我以为我们会团结一心，没想到这发疯的老笨蛋当了克莱蒙特的傀儡！"

昂德奥斯直起腰板。"现在，听我说……"

"不，你们听我说！"温斯拉弗夫人提高嗓门，近乎叫喊，"我们都有理由做出自己的选择！我没觉得……"

一时间，房间内七嘴八舌，指指点点，沸反盈天。塔玛斯撑着下巴听了一会儿，冲奥莱姆打个响指。奥莱姆取出手枪，小心翼翼地灌进火药,但没装填子弹。他从门口走进来,把手枪递给塔玛斯。

枪声突然炸响,世界清静了。三对眼睛瞪着他,几位成员呆若木鸡。

塔玛斯深深吸了口枪管冒出的青烟,将手枪放到桌上。"你能赢得选举吗?"

里卡德暴躁地扯着胡子,开始踱步,同时疑虑重重地盯着大司库。

"回答我的问题。"塔玛斯说。

"我有九国上下最优秀的竞选团队,可他们说,有点难。竞选日快到了,克莱蒙特在贿赂、威胁和哄骗上花了多少,我也跟着花了多少。我快没钱了。可他还有。"

"真不让人省心。"塔玛斯嘟囔道,然后提高嗓门,"你怎样才能获胜?"

里卡德瞥了眼塔涅尔,后者站在阳台的窗边,望着外面的选举广场。"竞选日定在秋季的最后一天,没多少日子了。我的竞选伙伴出面站台会有些帮助。如果你表态支持我,也将大有助益。"

"明早的报纸交给我了。"塔玛斯说。虽然从各个方面讲,他都不喜欢里卡德,但这人很有商业头脑。如果他治理国家能有治理工会一半的水平,那在十几年内,亚卓就会成为九国的明珠。"我猜,杀了克莱蒙特不在考虑范围之内?"他淡淡地问。

里卡德身子一僵。"绝对不行。我们为这次竞选铆足了劲儿。我们制定了规则,就必须按规则执行,不然我们什么都得不到。"

"我同意。"温斯拉弗夫人说。

"好吧,至少还有选择。"塔玛斯望着仍在冒烟的手枪。世道变了,再过几天,他将失去曾经的权力——让敌人闭嘴的权力。他只能心甘情愿地放弃。

"况且,大老板已经试过了。"昂德奥斯说,"没用。"

火药魔法师

里卡德一拳砸在沙发背上。"我就知道是他干的!他妈的!"

"话说,太监呢?"塔玛斯问,"还有普赖姆·莱克托呢?"

"太监死了。"昂德奥斯简短地回答,"大老板尚未指定参加议会的代表。"

"没机会了。我们等不到大老板的代表了。反正选举完毕,这个议会就将解散。就像,"塔玛斯高声说道,同时抬起一只手,制止了他们的抗议,"我们一开始说好的。普赖姆到底怎么了?"

"普赖姆跑了。"一个声音回答。

塔玛斯扭头发现,埃达迈站在门口,因为爬楼的缘故,他脸色发红,呼吸急促。

"抱歉,我来晚了。"他说着关上门。

"有人邀请你来吗?"塔玛斯问。

"我请他来的。"里卡德说。

塔玛斯用手帕擦擦额头。"感谢亚多姆让你请了他。议会需要理智的声音。"

"恐怕我也提供不了多少。"埃达迈说。

"奥莱姆,看好门。侦探,你接着说。"

"等等!"里卡德指着昂德奥斯,"他不再是我们的人了。他不能留在这里。"

埃达迈沉重地倚着手杖,扫视一圈房间。"他已经知道了。"

"哦。"

塔玛斯点点头。"侦探。"

"普赖姆·莱克托逃出国了。甚至可能逃出了九国。他的助理说,普赖姆离开之前曾念念有词,说更可怕的灾难已然降临,然后连夜出逃了。"

塔玛斯歪着头。"他这话是什么意思?克雷西米尔来敲门时,他都敢跟我们站在一边。还有什么能把他吓成这样?"

"我记得,他是个古老的尊权者。"温斯拉弗夫人说,"难道是骗人的?难道他只是个迂腐的学者?"

"我相信他没骗我们,夫人。"埃达迈说,"我怀疑,普赖姆发现了真相,所以逃跑了。"

"拜托你快说,真相是什么?"里卡德问。

"克莱蒙特是布鲁达尼亚的双面神、布鲁德本人。"

众人沉默许久,塔玛斯单手撑着下巴,琢磨其中的意味。

"你一定在开玩笑。"温斯拉弗夫人说。

塔玛斯说:"我们已经见过两位神了。如今世道癫狂,再来几位也不奇怪。克莱蒙特在幕后操盘也有些时日了。倒也说得通。"他嘴上虽然这么说,心里却不愿相信。又一个神降临在亚多佩斯特,把凡人当棋子摆弄?这个念头让他鲜血沸腾。"你有证据吗?"

"这事我最好跟您单独谈,元帅。"埃达迈说。

里卡德站起身。"哦,得了吧。我们都是一伙的!有什么不能……"敲门声传来,里卡德话立刻打住。"什么事?"他大喊。

奥莱姆探头进来,看着塔玛斯。"长官,"他说,"有人求见。"

"谁?"塔玛斯厉声问道。

"克莱蒙特大人,长官。"

埃达迈突然有股强烈的冲动,想躲到沙发底下。他看向塔玛斯,打心眼里佩服,元帅竟然不动声色。

"他有什么事?"塔玛斯问。

"他想跟议会成员聊一会儿。"

塔玛斯冲保镖举起一根手指,保镖立刻进来,凑到他身边。塔玛斯跟他耳语几句,他点点头,摸着手枪柄,回到走廊。

"不是个好主意。"埃达迈不假思索地说。他瞟了眼昂德奥斯,

火药魔法师

就在昨天,老人差点被克莱蒙特的手下杀掉。昂德奥斯浑身僵硬,抓着椅子扶手,死死地盯着门口,犹如兔子盯着盘旋的猎鹰。埃达迈记起,他怀疑有个副手被抓了,那他的另一个身份就有暴露的可能。克莱蒙特要他的人头也在情理之中。

塔玛斯没回应埃达迈,只交代一句。"我们应该耐心且有礼貌地招待客人。听懂了吗,塔涅尔?"

埃达迈差点忘了,元帅的儿子也在。他看了塔涅尔一眼,不禁吓了一跳。"双杀"的两手握成拳头,脚尖踮地,就像一只想要挣脱束缚的猎犬,眼里闪着饥渴和愤怒的凶光。埃达迈看向元帅,希望他能约束住他儿子,结果发现,塔玛斯眼里也是同样的饥渴和愤怒。他们掩饰得很好,其他议员可能注意不到,但埃达迈却看得清清楚楚。

他看看沙发底下,琢磨能不能钻进去,又东张西望地寻找壁橱。真希望有什么地方——任何地方都行——能容他避避风头。

迟了。门开了,塔玛斯的保镖走了进来。"克莱蒙特大人到。"他宣布。不一会儿,克莱蒙特也进来了,把帽子和手杖交给奥莱姆。

"先生们,还有夫人,"克莱蒙特一脸谄媚的笑,"感谢你们百忙中愿意见我。很高兴……"

奥莱姆把克莱蒙特的帽子和手杖扔到沙发上。

"……很高兴见到诸位。昂德奥斯,我的朋友!今天还要共进午餐吗?"

"当然。"昂德奥斯声音沙哑。

别搞得心里有鬼似的,埃达迈心想,凌厉的眼神投向昂德奥斯。还好,年迈的大司库换了个舒服的姿势,从容不迫地重复了一遍。

"好极了!温斯拉弗夫人,很荣幸见到您!可怕的战争已经结束,贵军部署哥拉一事也可以提上议程了。贸易公司十分需要贵军士兵。还有里卡德,我尊敬的对手!"克莱蒙特深鞠一躬,姿态优雅又饱含讽刺。

克莱蒙特的目光掠过"双杀"塔涅尔。埃达迈似乎觉察到一丝犹疑。随后,克莱蒙特来到桌前,朝塔玛斯伸出手。"元帅,我非常仰慕您。很高兴看到,您在凯兹历经艰苦的远征,终于胜利归来,彻底结束了这场战争。这让我们都深感安慰。"

"尊敬的布鲁德大人。"塔玛斯握住克莱蒙特的手,好一会儿才松开。

克莱蒙特笑得愈发灿烂,埃达迈敢打赌,他的眼睛在发亮。"别告诉我是埃达迈发现的。"他说,"我早就告诉维塔斯了,这位好侦探比他预计的聪明得多。"他转身面对埃达迈,做了个脱帽致敬的姿势,"干得漂亮,侦探。我是怎么暴露的?不!等等。别告诉我。不揭穿更有神秘感。"

埃达迈咬牙切齿。他还是不接茬为妙。所有担忧和恐惧都消失了,愤怒取而代之。克莱蒙特只是提了一句维塔斯的名字,家人的痛苦遭遇便立刻浮现在埃达迈眼前。

放松,他提醒自己。这正是克莱蒙特的目的。挑衅在场所有人。而且起效了。温斯拉弗夫人惴惴不安,"双杀"塔涅尔杀气腾腾,昂德奥斯魂不守舍,至于里卡德,他想战还是想逃,现在还不好说。

只有塔玛斯镇定自若,不卑不亢。如果说,克莱蒙特眼睛发亮是被逗乐了,那塔玛斯眼睛发亮便是另有所图,仿佛他要用极其缓慢、痛苦的方式杀死克莱蒙特。

"好了,"克莱蒙特响亮地拍拍手,惊得里卡德差点跳起来,"说正事。"他迈开大步,走到塔玛斯对面的扶手椅前,坐下,看了塔涅尔一会儿。"我是九国之内硕果仅存的神。克雷西米尔被制住了。亚多姆死了。我可以保证,其他弟兄姊妹都不想参与。

"我猜,你们都以为我会虚张声势,威胁你们,但这想法对我不公平。与那位兄长不同,我不是个守旧的神。我知道,强扭的瓜不甜。我可以杀了你们所有人,奴役九国,但那就没意思了。过不了几

火药魔法师

年又会叛乱蜂起，强大的尊权者带头造反，挑战我的地位，坦白地说，我应付不了这些。我不喜欢与人冲突。如果亚多姆在，他会证明我没说谎。"

"可惜他不在。"塔玛斯说。

"你该说，'很遗憾'他不在。"克莱蒙特严肃地纠正道，"我一直很喜欢亚多姆。只有他会真心待我。还有，他做的食物好吃死了。"说"死"这个字时，他故意拖长了尾音，还装模作样地歪着脑袋。

"你重点想说什么？"塔玛斯问，"你知道的，我们跟你不一样，没法长生不死。"

克莱蒙特哈哈大笑。"厉害，你很有骨气。我就喜欢你这一点。还记得克雷西米尔的时代，有个将军叫——见鬼，想不起来了，总之是个凡人，甚至不是赋能者。但他觉得克雷西米尔干了蠢事时，只有他敢直言相告。诺威说，他的胆子比南派克山还大。你让我想起了他。"克莱蒙特面带哀伤，"最后，克雷西米尔活剥了他的皮。真是浪费。那个，我刚才说到哪儿了？"

"你的重点。"塔玛斯说。

"啊，我的重点！正如我所说，我不是个守旧的神，我喜欢公平竞争。我向你们保证，这场战争结束了。还有，我只为竞选而来。作为友好的表示，明早我就从亚多佩斯特撤军。三天后，选举将如期举行。我绝不会暗箱操作。如果我当选亚卓首相，我将带领这个国家，进入繁荣富强的新时代，那将是九国前所未有的盛世。"

"如果你输了呢？"埃达迈缓了过来，试着开口提问。他的声音微微发抖。

"如果我输了，我的好侦探，我会回到布鲁达尼亚和我的贸易公司，老老实实继续当个凡人，专心经营生意，绝不会妨碍你们。"

"我们凭什么相信你？"埃达迈问道。

克莱蒙特扭头看着他，一脸无辜地扬起眉毛。"因为你们别无选择。也因为我刚刚许下了承诺。神的诺言神圣不可侵犯。"

"是你暗中策划了这一切。"埃达迈怒不可遏,一股怨气充塞心间,"克雷西米尔的回归。凯兹与亚卓开战。你从一开始就插手了。我看过维塔斯的笔记。你别想否认。"

"我干吗要否认?我当然插手了。但你说得不太公平。是朱利恩,那个误入歧途的傻孩子,还有凯兹王党,一同召回了克雷西米尔。你以为我希望这位兄长归来,凡事都对我指指点点?他只会把我们送回青铜时代!不,我之所以插手,只为减轻他造成的伤害。我一直以来利用的人,可能也包括你的家人,都是战争中不幸的牺牲品——你们身处其间却不自知的战争。"

"你说我的家人是'不幸的牺牲品'。"埃达迈咬牙咆哮道。他握紧手杖,力道之大,他都担心杖柄会被折断。就算克莱蒙特注意到了埃达迈的怒火,他也没表现出来。

"你袭击了我的军队。"塔玛斯依然十指相抵,托着下巴,"你耍了我,害我破坏了和谈。你还抢走了不属于你的东西。"

"啊。确实……很不幸。"克莱蒙特说,"只是有些事,我非做不可。我的探子提到了那个蛮子丫头,说她制住了克雷西米尔——顺便一说,真让我刮目相看——但我不知道该怎么办。若她稍有不慎,一切就都完了。我觉得有必要采取行动,立刻抓到她。我发誓,下达命令时,我不知道你跟伊匹利休战了。"

"你一直说什么'不幸',"塔涅尔突然开口,众人纷纷转头看向他,"曲意奉迎的做派真叫人恶心。"

"我是个商人,孩子。曲意奉迎是我的工作。不信你问里卡德。"

"你到底来这儿干吗?"埃达迈问,"即使你不来发表一通感慨,日子也将照过,一切都将照旧。"

"我希望诸位议员能明白我的身份和立场。我们别再像大老板一样打打杀杀了。那种做法实在不可取。包括你赤手空拳打我,'双

火药魔法师

杀'先生。"克莱蒙特的目光闪向塔涅尔,后者正在摩拳擦掌。

"对克雷西米尔挺管用的。"塔涅尔激动地说,"你以为,我是怎么帮卡-珀儿搞到他的血的?"

克莱蒙特脸色发白。"我还是不知道为好。要不我们做个交易。我用女孩交换克雷西米尔的身体。"

"成交。"塔涅尔说。

塔玛斯站起身,瞪了塔涅尔一眼。"你凭什么认为我们有?"

克莱蒙特看他一眼。"得了,省省口水吧。"

"你必须毫发无损地送卡-珀儿回来。"塔涅尔说。

"塔涅尔,够了。"塔玛斯喝道。

"我没说这个女孩。"克莱蒙特说,"我需要她。另一个我可以还给你们。"

"谁?"塔玛斯皱着眉头。

"维罗拉。"

"她还活着?"塔涅尔问。

"闭嘴!"塔玛斯咆哮道,"塔涅尔,出去。这是命令!"

一时间,埃达迈以为塔涅尔会违抗他的父亲,但他只是瞪了克莱蒙特一眼,昂首阔步地走了出去。

"这个交易不公平。"等他儿子走了,塔玛斯说。

"你的火药魔法师杀了我好些尊权者。维罗拉还活着,证明了我的宽宏大量。"

"没让塔涅尔揍得你到下周都爬不起来,也证明了我的宽宏大量。"

克莱蒙特翻个白眼。"别再相互威胁了,元帅。我们又不是小孩子。"

塔玛斯用指头在桌上轮流敲打,目光攫住克莱蒙特。"你们必须交还维罗拉和卡-珀儿,并把你的人全都撤出亚多佩斯特,交易才有得谈。"

"那可不行。"温斯拉弗抗议,"我们不知道,他会用克雷西米尔的身体做什么。"

"如果我想放了他,只要杀了那女孩就行。"克莱蒙特说,"不信就让'双杀'先生进来。他可以告诉你。"他摇摇头,"我已经答应了撤军,但蛮子不能还给你。她是唯一能控制克雷西米尔的人,我得盯着她。等把克雷西米尔埋进最深的海沟,让海水的重量压得他没法翻身,我就把蛮子还给你。我可以保证。"

塔玛斯考虑时,众人默不作声。埃达迈不明白,昂德奥斯和里卡德为何不表示抗议。简直疯了!如果塔玛斯真有克雷西米尔的身体,他根本不应该交出去。

"温斯拉弗夫人说得有理。"埃达迈轻声说。

塔玛斯看了他一眼,叹道:"同意。我不能答应,克莱蒙特。"

"哦。"克莱蒙特站起身,在沙发上拿起帽子和手杖,"最不幸的事莫过于此。不过,我仍会信守承诺。我的军队明天撤离,然后我们可以等待选举结果。再见了,祝你们好运。"他轮流对众人鞠躬,然后离开了。

接下来的会议气氛沉闷。克莱蒙特走后,吵闹持续了好一阵子,主要是因为,塔涅尔得知他父亲不肯交易。过了一个钟头,昂德奥斯走了,可能要去赴约,与克莱蒙特共进午餐。又过一个钟头,房间里只剩下了埃达迈和元帅。

"书上说,布鲁德有两副面孔。"埃达迈说,"不是某种比喻,而是真实的描述。"

"就是说,克莱蒙特不是我们唯一要对付的敌人?"

"对。不是。我正在找另一个。"

"任何人都有可能?"

"是啊。"

塔玛斯垂着头，双手捂脸。"这日子没法过了，侦探。"

"抱歉，长官。您相信克莱蒙特吗？"

"完全不信。除非他自愿离开，再过十年，我才能相信他。"塔玛斯双手抱头，盯着桌子。"如果你有什么消息能改变局势，请尽快告诉我。"

"实际上，我还真有。"

塔玛斯抬起头，一脸疑惑。"哦？"

"没错。听着，克莱蒙特说他是九国之内硕果仅存的神，这话并不准确。亚多姆还活着。"

第 47 章

塔玛斯抬头看看庄园大门,又低头看看穿着制服的警卫,两人刚才还在前门台阶打盹,这会儿已在他面前立正。他们属于都城的警察部队,自然知道他的身份。

"不用拘礼。"他说,"我来不是为公事。"

两名警卫对视一眼,似乎松了口气。

"过来转转而已。"塔玛斯下了马,把缰绳交给其中一名警卫,奥莱姆也递过缰绳。"最好别告诉别人我来过。"

"是,长官。"一名警卫说。

塔玛斯悄悄进门,站在门厅里,周围静得可怕。奥莱姆举着一盏提灯,来到他身后,在大理石地板上投下长长的影子。

"您好像有点感慨,长官。"奥莱姆说。

"上次来时,我差点送了命。这种事总会让人感慨。话说回来,你就不感慨吗?"

"我只是觉得,这里的品位太差劲儿了。"

"宅子属于查理蒙德。"塔玛斯说,"他的心思都在敛财上,哪儿还顾得上品位。至少他那尊该死的胸像没再盯着我的脸。"

"被您打烂了,长官。"

"啊。对哦。走吧。"

根据埃达迈的介绍,他们出了门厅,右转,沿着一条宽敞的走廊前往厨房。等他们靠近,塔玛斯听到有人在哼唱小曲,顿时觉得脚步

火药魔法师

也变得轻快了。来到走廊尽头,他示意奥莱姆在原地等待,一个人进了厨房。

庄园其他区域空荡而冷清,唯有厨房温暖明亮。两个烤箱烧得正旺,塔玛斯闻到了热面包、烤羊肉和南瓜汤的香味。他不禁满怀期待,口舌生津,食指大动。

烘烤台的一端清理得干干净净,摆着两套银质餐具。

"早上好,元帅。"

看到查理蒙德系着大厨围裙、头戴白色高帽,塔玛斯还是吃了一惊,下意识地伸手摸剑。当初塔玛斯开枪打中查理蒙德的腹部,将他关押起来,留到以后处置。一晃到现在,大主教至少胖了两石。他的脸盘更宽了,脸上挂着塔玛斯从未见过的灿烂微笑。

塔玛斯松开剑柄。"真是你吗?米哈利?"

"米哈利死了。"笑容凝固片刻,"很遗憾。我是亚多姆,最纯粹的形态。"他低头看看自己。"好吧,我长得不是这副模样。必须承认,查理蒙德比我原本的身体英俊一点点。"

"怎么做到的?"塔玛斯问。

亚多姆扯开围裙带子,甩到一旁。"来!我请你。我在这儿都能听见你的肚子咕咕直叫,我也几个钟头没吃东西了。"

没有椅子,对他俩来说,烘烤台又太高,于是塔玛斯站到亚多姆对面,看着神用长勺盛了碗南瓜汤。很快,塔玛斯又要了一碗,亚多姆高兴地替他满上,然后端来主菜——羊羔肉切成薄片,放在烤好的面包上。

"你儿子。"亚多姆终于说道,打破了沉默。

塔玛斯停下咀嚼,他都忘了自己刚才提过的问题。"他怎么了?"

"他开枪打中克雷西米尔之后,差点遭到反杀。换成别人就死定了,但卡-珀儿的守护相当严密,挡住了克雷西米尔狂暴的力量。他濒临死亡,就算我也救不了他。但那可爱的姑娘啊,"亚多姆摇摇头,

"我从没见过有谁能学那么快。即使克雷西米尔也做不到。"

"这跟你也有关系?"

"就快说到了。她发现,唤醒昏迷的塔涅尔需要献祭活人的生命。于是她取走了查理蒙德的。她剥离了他的灵魂,只剩一副空壳。"

"真可怕。"

"是啊。真可怕。几千年来,我活了几百辈子。我知道什么叫可怕。"

"你是怎么知道这些的?"

"她告诉我的。当时你在凯兹。"

"她不会说话。"

"她很擅长沟通。总之,我窃取了这具身体。克雷西米尔杀了米哈利,我就转移到这儿了。"他快活地拍拍肚子,"这次转移有些粗暴。我通常进入的身体,都是尚在母体里发育的婴儿,那些命中注定的死胎。没想到,这种方式也成功了!"

塔玛斯低下头,发现自己那份食物快吃光了。他去够中间的大盘,亚多姆动作很快,切了几片羊肉,放进塔玛斯的盘子。

"那你为什么不回来?"塔玛斯问。

亚多姆笑道:"怎么说呢,我这具身体,在亚卓的公共场合不招人待见,没办法抛头露面。"

"布鲁德。"塔玛斯说。

亚多姆脸色一变。"布鲁德。"他点点头。

"你知道他插手了吗?"

"之前不知道。克雷西米尔杀了我之后,有那么一瞬,在转念之间,我比寄居肉身时更加清醒。当时我察觉到了他的影响。这也能解释很多疑惑。比如他千方百计把米哈利困在疯人院里。他在提防我。想把我排除在外。"亚多姆神色阴郁。

塔玛斯凑近些。"他到底想干什么?他声称……"

火药魔法师

"我知道他声称什么。"亚多姆挥挥手,"我都看到了。至于他说的是真是假,我判断不了。"

"你这样可帮不上多少忙。"

亚多姆发出洪亮的大笑,塔玛斯忍俊不禁。这笑声完全属于米哈利。

"布鲁德。布鲁德,布鲁德,布鲁德。"亚多姆摇摇头,擦去笑出的眼泪。"你知道的,他在我们当中年纪最小。就是个淘气鬼。他有堪比克雷西米尔的野心,但又活在克雷西米尔的阴影之下。他跟所有人都吵过架。就连我都跟他闹过不愉快,虽然不像其他人那么僵。"亚多姆往嘴里塞了一片面包,"我洞察不了他的心思,但我可以告诉你,他现在的实力,比在克雷西米尔的时代强大得多。我有点怕他。"

"我们一起对付他。"塔玛斯说,"我们可以动武。搞清他的意图。"

"不不不。动武才是天大的错误。我打不过布鲁德。"

塔玛斯直起身子,嘴里的食物似乎变味了。"那我们怎么办?"

"你得搞清他会不会信守承诺。在我们当中,属布鲁德最有远见。他说的可能是真话。但我要警告你:他的言行永远有两面,正如布鲁德本人也有两面。"

"如果他说话不算话呢?"

亚多姆从盘子里拿起一颗栗子,丢进嘴里,抬头与塔玛斯对视。"如果他说话不算话,那我们也做不了什么。"

"你就打算躲在这里?"

"我是这么打算的。老实说,最好别让他知道我还活着。"

塔玛斯厌恶地扔下叉子。"跟我们并肩战斗又能如何?你不是亚卓的守护圣徒吗?"

亚多姆捡起叉子,用围裙一角擦拭干净,轻轻放回塔玛斯的盘子。"布鲁德有些地方吓到我了,塔玛斯。我们年轻时,他可不是这样。具体我说不上来。有种超越年龄和巫力的直觉告诉我,最好离他远点儿。"

"为了这个国家,我艰苦奋战了好长时间,结果却便宜了别人。虽说他是个神。"塔玛斯用餐巾擦擦脸,离开烘烤台。"真不知道我来干吗。"

"寻求建议。"

"结果却白跑一趟。"

亚多姆露出悲伤的笑容。"很高兴你来找我。我很担心你。"

"但你并不愿意帮忙。"

"船到桥头自然直,而你太缺少信心了,塔玛斯。给。"他递来一个圆形的铁罐。

"这是什么?"

亚多姆眨眨眼。"给奥莱姆的晚餐。我可能是个胆小的胖子,但还不至于忘记礼数。"

"我这么做对吗,奥莱姆?"

天黑不过一两个钟头,皎洁的满月已悬在他们头顶,塔玛斯隐隐闻到奥莱姆的烟味。这里距亚多佩斯特城区有好几里,他们藏在两块农田间的树林里,繁茂的枝叶挡住了行人的视线。天气寒冷,塔玛斯只好扯紧领口。

"轮不到我来评价,长官。"

"你跟亚多姆一样没用。"

"这么说不太公平,长官。他给了我们吃的。天哪,我真怀念他的手艺。"

塔玛斯摇摇头。"他不肯帮忙,气得我都忘了寻求建议。"

"您觉得,问了就能改变您的想法?"

塔玛斯犹豫一下。"不能。"

"我想也是。"

"闭嘴,抽你的破烟吧。别摆出一副自以为是的臭脸。波呢?"

"那边。"

塔玛斯来到树林边缘,波巴多和他的学徒在一起,监视着通向亚多佩斯特的道路。

"他们迟到了。"塔玛斯说。

波正在摆弄假腿的绑带,闻言抬起头。"他们在一里外。我们观察他们,他们也在观察我们。"

"有诈吗?"塔玛斯问。

"人太少了,不像有诈。"波说,"除非他们带上了布鲁德。"

塔玛斯看了看奈娜,她默默地注视着黑暗。他又看看波,凑得近些。"我很抱歉。"他说。

"嗯?"

"当时派塔涅尔去杀你,我很抱歉。"

波吃了一惊,然后有些哭笑不得。"别。这是人的天性。如果咱们换个位置,我也会做同样的事。嗷!"

奈娜朝他完好的小腿踢了一脚。

"怎么了,"波说,"我说的是实话。"

"太没礼貌了。"奈娜责备他。

"你俩谁是谁的学徒?"塔玛斯问。

波吸了吸鼻子。"少废话,老头子。"

塔玛斯看着波。"你十五岁之后就没这么喊过我。"

"现在喊更合适。"

"你还是那个自大的臭小子。"

"是啊。"波笑了笑,"我尽力了。"

"还是要谢谢你,你说服塔涅尔别去找卡-珀儿。"

"他已经忍不住了。"波望着北边,塔涅尔潜伏在那边的树林里,步枪瞄准了等在路上的克莱蒙特代表团。"希望他今晚不要开枪打他们。"

"我也是。"

"顺便说一句,他们带了尊权者。"

"几个?"

"六个。看起来,克莱蒙特不太相信你。"

"我也不相信他。所以我带上了你和奈娜。还有林子里的塔涅尔、诺玲和安德里亚。"

波拍了拍木头假腿。塔玛斯顿时有种不祥的预感。"别告诉我你想报仇。"

"我真怀念我的腿。而她就在那边。那个罪魁祸首。我能感觉到她。现在我认出她了。她叫劳瑞。我们算是冤家了。"

"九国王党里,哪个女人不是你的冤家?"奈娜问。

"有些不是。"波回答。

塔玛斯骂了一声。"你可搞砸了行动计划。"

波做个手势,让他安心。"当然不会。谢谢你的提醒,我能控制我自己。他们来了。"

塔玛斯往舌头上撒了些火药,略微增强火药迷醉感。他发现,路上的队伍一分为二,人数较少的那些穿过农田,朝他们藏身处赶来。塔玛斯轻声呼唤奥莱姆,二人走出树林。

带队的尊权者是个他没见过的女人,肤色苍白,金发浅淡如雪,一双大眼睛。她戴着手套,疑虑重重地打量着塔玛斯。

"火药魔法师。"她说。

"尊权者。"

"东西带来了?"

"是啊。"

火药魔法师

"我们也是。"女人抬起一只手,一个人影被带了过来。看到维罗拉,塔玛斯暗暗松了口气。她的制服又脏又烂,一边脸破了皮,一只眼眶乌青,但人还活着。

"你拿什么交换?"她问道。

"急着脱手的东西。"塔玛斯说。奥莱姆来到维罗拉身边,扶着她离开尊权者,走向树林。

布鲁达尼亚尊权者举起一只手。"你的东西呢?"

"奥莱姆!带出来。"

奥莱姆和维罗拉钻进树林,很快,他一个人出来了。

"怎么?"塔玛斯问。

"她强烈反对这次交易。"

"她宁愿跟他们回去?"

"她是这么说。"

"真想有个她这样的女儿。奥莱姆,你可以原话转告给她。"

"我快失去耐心了,火药魔法师。"布鲁达尼亚尊权者吼道。

"我又没走,急什么?奥莱姆,带出来。"

奥莱姆返回树林。过了一会儿,塔玛斯听到木头轮子碾压泥土的响动。稍倾,一辆货车在树林另一边出现。两头公牛拉着车,车上载有一具石棺。奥莱姆停车后跳了下来。

"归你了。"塔玛斯说。

一个布鲁达尼亚士兵跳上货车,揭开石棺。不一会儿,他合上棺盖,冲领队严肃地点点头。

"你的赋能者能在黑暗中视物,"塔玛斯说,"很管用。"

布鲁达尼亚尊权者抿着嘴,生硬地笑了笑。"现在我该杀了你。"

"你的老板会怎么说?"

"我相信,他内心深处能原谅我。"

塔玛斯迈出一大步,凑近尊权者,二人的胸膛几乎贴在一起。

"试试啊。"他轻声说。

布鲁达尼亚尊权者嗤笑一声。"你以为我害怕躲在远处的火药魔法师?还有你藏在树林里的宠物尊权者?我跟他打过一次。要不是我有些匆忙,心肠又软,他早就死了。告诉波巴多,他欠我一条命。"

"你就是怕了。不然你早就动手了。滚吧,你这尊权狗。带着克雷西米尔,回去见你主子。提醒他说话算数。"

一个士兵拉起货车的缰绳,尊权者转身离开。"他会得到他想要的东西,包括这个可悲的国家。"

塔玛斯看着尊权者走远,转身回到树林。

"您不该这么做。"维罗拉说。

"我做了很多不该做的事。但不包括这件。"塔玛斯俯身亲吻她的额头,"很值得。波,那个尊权者问候你了。"

"我猜就是。"

"波。"塔玛斯又说。

"什么?"

"要开战了。我能感觉到。下次再见面,务必要打败她。"

波动动手指,咬了咬牙,与奈娜对视一眼。"乐意之至。"

埃达迈坐在亚多佩斯特旧城墙北段,双脚距地面三十尺高。

他在暮色下观察布鲁达尼亚军队的运兵船,嘴里嚼着苹果,任凭果汁顺着下巴流淌。最大的远洋船已驶入亚德河,每艘船由二十头公牛拉着,逆流而上,开始了前往山中船闸的漫长旅行,而驳船尚未装载完毕。

"我承认,"他忍不住说出了声,"我真没想到他会走。"

苏史密斯靠着城垛,没有作声。他穿着屠夫裤和白衬衫,血迹斑斑的袖子卷到胳膊肘。他从衬衫口袋里掏出一只烟斗,用火柴点燃,

火药魔法师

吸得火光闪闪。不一会儿,空气中弥漫着樱桃味烟草的甜香。

"他没走。"苏史密斯终于开口。

"对,对。他本人还在。但他遵守了撤军的承诺,真是不可思议。"

"你觉得他别有用心?"

"那当然。他是个商人兼政客。他要不是别有用心,我情愿吃了我的靴子。"埃达迈摸了半天口袋,终于想起自己的烟斗忘在家里了。看到布鲁达尼亚人依次登船,他又望向亚德河南边。从他所在的位置,看不到克雷西姆大教堂的旧址,但他自然而然想到了大教堂被毁掉的一幕。

"他留下了难以磨灭的印记。"苏史密斯说。

"是啊。确实。"以及无数难以回答的疑问。克莱蒙特宣称,他所做的一切,都是为了减轻克雷西米尔可能造成的伤害。听上去不像彻头彻尾的谎言,但傻瓜也看得出来,克莱蒙特只在乎一己之私。对神来说,亚卓的首相职位根本不值一提。他还想要什么?还有什么更大的目标?

布鲁德的另一面在哪儿?他的另一面是谁?他从一开始就看穿了塔玛斯的意图,说不定他的另一面就潜伏在议会里。这个念头吓得埃达迈直冒冷汗。温斯拉弗夫人?大司库?或者就是塔玛斯本人!他确实吓得不轻,但又知道,他必须深挖不可。

维塔斯的意图与塔玛斯及议会背道而驰。他是怎么说的来着?一只手不知道另一只手在干吗?据埃达迈所知,维塔斯不曾采取任何行动阻止克雷西米尔的回归。相反,他与查理蒙德合作,而查理蒙德是克雷西米尔回归的知情者。这是偶然,还是故意的?

"我有个预感。"埃达迈说。

"啊?"

"今晚跟我去一趟貂刺塔。你有时间吗?"

苏史密斯低头看看身上的衣服。

"去换一身。"埃达迈说,"两个钟头后,貂刺塔见。"

苏史密斯下了城墙,只剩埃达迈一人。

埃达迈用脚后跟踢着石头城墙,一边目送第一批运兵船离开,一边思考手头的选项。他必须排除议会核心成员的嫌疑。如果布鲁德的另一面是某个议员,他造成的破坏肯定比现在更严重。

等最后一批运兵船离开,他才起身来到大街,拦了辆出租马车。三十分钟后,到了貂刺塔,阳光还照在他肩头。他进了大门,来到一楼守卫室。苏史密斯坐在石砌门厅里,后背靠墙,帽子遮着脸。

"我来见凯丽丝夫人。"埃达迈对当班狱卒说道。

苏史密斯爬起来,狱卒查过埃达迈的证件,放他们进去。

"我认为,克莱蒙特在城里还有个代理人。"

"你认为?"

"他当然有,我可不是傻瓜。但我说的代理人,跟维塔斯是同一级别,甚至更高。这人能自主行动,不用跟维塔斯和克莱蒙特产生联系。"神的另一面,埃达迈心想。

"为什么?"

"我们去见克莱蒙特时,带上了一个能辨别谎言的赋能者。针对里卡德总部发起的袭击,克莱蒙特确实不知情。但里卡德死了,他会是最大的受益人。如果在都城,克莱蒙特还有一个能独立行动的代理人,就能解释他为何会老老实实地说自己不是幕后黑手。"

"凯丽丝夫人?"

"我认为,凯丽丝可能知道那人是谁。"

快到塔顶了,埃达迈停下来喘气,狱卒打开一扇包铁门。他们进了一间狭小但舒适的牢房,里面有一架壁炉、两盏灯、一张床、一把椅子和一张茶几。

凯丽丝站在窗边,眺望选举广场。她好奇地瞟了眼埃达迈,却一

火药魔法师

声不吭。狱卒点亮灯后出去了。

"凯丽丝夫人。"埃达迈说。

她摆摆手,头也不回地望向窗外。"你想从我嘴里知道的,我全都告诉你了。"她说。

"我觉得不是全部。你为谁办事?"埃达迈问。

"我?为谁办事?哈!看来你不了解我,侦探。我谁的傀儡都不是。"

"所以,扳倒里卡德是你的个人意愿?"

她没作声。

"如果你愿意帮我,也许我能保你不上断头台。"埃达迈说。

"我相信,他们不会送我上断头台的,侦探。如果他们打定主意,你也没有保我的权力。"

埃达迈的额头冒了一层冷汗。他眨眨眼,又擦擦眉头。"你敢不敢赌一把?"

"我赌上了一切,结果输了。谈话到此为止。"

埃达迈喉咙发干。他盯了凯丽丝好久,对方扭过头。

"怎么了,侦探?不知道说什么了?在我这儿撞墙了?请原谅,我一点都不同情你。你可以转告里卡德,我一定会让他垮台的。"

埃达迈恢复了正常,他挺起胸膛,匆匆鞠了一躬。"很抱歉,浪费了你所剩不多的时间,夫人。"

埃达迈回到走廊,示意狱卒锁上门。他靠着墙,抖如筛糠。

"埃达迈?"苏史密斯问。

埃达迈把狱卒拉到一边,给了他一百卡纳。"我直说了。你绝不能放凯丽丝出来。但如果她真出来了,你也不要拦她。这关乎你的生死。告诉元帅,这是我说的。"

埃达迈飞快地跑下楼梯,苏史密斯匆忙跟上。到了外面,埃达迈跳上出租马车。"回家去,苏史密斯。"他说,"这里的事都办完了。

你帮了很大的忙。"他狠砸车顶，"去广场那边。"他喊道，马车随即开动，留下苏史密斯一脸茫然地站在貂刺塔外。

进了人民法院，埃达迈接连跑上五段楼梯。等他爬到顶楼，肺都快跑炸了。他向塔玛斯的士兵出示证件，秘书叫他稍等片刻，但他毫不理会，直接冲进塔玛斯的办公室。他的胸口憋得厉害，突如其来的恐惧让他不顾一切了。

塔玛斯正借着灯光阅读文件，听到响动，他抬起头。"侦探？"

"凯丽丝，"埃达迈上气不接下气，"没有影子。她就是布鲁德的另一面。还有一件事。"

塔玛斯迅速站起身。"说。"

"克莱蒙特的运兵船吃水很浅。他至少留下了五百人。"

第 48 章

选举于秋季最后一天的清晨举行。

金南酒店里,埃达迈站在里卡德办公室的窗边。望着街上源源不绝的人流,他竟然有些慌张,不断地搓着手。今天是国庆双休假期的第二天。投票从前一日早晨六点开始,直到午夜才关闭。来自诺威的代表团担任计票工作,通宵达旦地计算选票。等到中午,选举结果就该出来了。

到时就能知道,神是否会信守承诺了。

太多疑问没有解答,而埃达迈不喜欢悬案。克莱蒙特为何介入凯兹与亚卓的战争?凯丽丝为何心甘情愿去坐牢?克莱蒙特为何从一开始就盯上了亚卓的选举?

这些都让他心惊肉跳。

他听到背后的门开了,里卡德竞选集会上的声音飘了进来。埃达迈回过头,来者是尊权者波巴多。自从回到亚多佩斯特,埃达迈还是第一次见到他。他拄着一根手杖,尽管左腿是假肢,步态却从容不迫;衣着之华丽,连银行家也要自愧不如。尽管——或者说正因为——竞选集会上人很多,他戴上了尊权者手套。

二人目光交汇,波收起了在竞选集会上清高又凶狠的笑,换上一副阴郁的面孔。"我们的交易完成了。"

埃达迈咽了口口水。"你确定吗?"

"奈娜在布鲁德藏身地杀了个黑守护者。它没有无名指,被转化时也就十五岁上下,就是个半大孩子。我觉得八九不离十。"

"你亲眼所见?"

"当时我在场。"

"那……"

"很痛快。"

"谢谢。"

波略微点头,出了门。埃达迈深吸一口气,稳住心神。约瑟普得到了安息。埃达迈也可以安心了。至少有这个可能。

他没时间沉浸在悲伤中。他听到波在门外跟人说话,声音有些熟悉。然后门又开了,是菲尔。她上下打量着埃达迈,退到门外。"他在这儿!"她喊道。

不久,里卡德进了办公室,拿着手帕擦拭额头。"妈的,太多人要握手了。埃达迈,你在这儿做什么?你妻子到处找你呢,阿斯特丽特从保姆身边溜走了,吓坏了后厨那帮人。"

埃达迈驱散愁绪。"太抱歉了,里卡德,我这就去。"

"我开玩笑,开玩笑呢!你的孩子都是天使。除了那个孤儿,他叫什么来着?"

"雅各布。"

"雅各布非要跑去地窖,玩我剩下的藏酒。"

"他是个好孩子。"

"也许吧。不过,叫他离我的藏酒远点儿。"

"你不止雇了一个保姆吧?"

"当然。但还不够。你都有那么多孩子了,干吗还要收养一个孤儿?"

"法耶想收养他。"埃达迈脱口而出。他不知道,法耶是真心喜欢小艾尔达明西,还是想弥补约瑟普死去的缺憾。他们说好以后再谈这事。知道雅各布真实身份的人寥寥无几,但埃达迈担心,收养一个

火药魔法师

亚卓王位继承人可能会带来麻烦。

"法耶在忙什么？"埃达迈问。

"她在跟纺织工会新上任的头儿聊天。我又忘了她的名字。玛琪？"

"玛吉。很高兴你选了她。"

"我真搞不懂你选人的口味。她可讨厌我了。"

"有人站在对立面是件好事。"埃达迈说，"我相信她会理解你的。"

"想得美。话说回来，正好没外人，我有事找你商量。"

"哦？"

"想不想接份工作？"

埃达迈一愣。"里卡德，你知道的，我愿意为你做任何事。可我太累了，年纪也越来越大，不能再满城跑来跑去了。你和尊权者波巴多给的钱够我们生活一段时间了。如果我告诉法耶，我又接了一份调查工作，她会活剥了我的皮。"

"调查？别说傻话，埃达迈。我要你做我的行政人员。"

埃达迈感觉这是个圈套。"那也是你赢得竞选之后的事吧？"

"呃，对。"

"好吧。"埃达迈犹豫一下，"我得问问法耶。"

"她肯定会虚伪地说'不行'。"

"什么意思？"

"我也请她来做我的行政人员，她答应了。这份工作的福利是，你们会有大量出国旅行的机会，孩子们会有专职保姆照顾。如果你俩都接受，可以一起旅行。"

埃达迈眨眨眼，精神为之一振。"她答应了？我……那个……我觉得行。"

"你觉得？"里卡德一拳捶在桌子上，"积极点行不行？我不准你拒绝。"

"你对获胜似乎很有信心。"

"呸,当然不是。我觉得我快输了,埃达迈。说实话,我觉得输定了。现在我脑子有点晕,但我已经尽全力了,再怎么担心也没用。咱们楼下见吧。"

埃达迈冲朋友微微一笑,目送他晃晃悠悠地出了门。菲尔没立刻跟上去。

"菲尔。"她正要动身,埃达迈说话了。

"什么事,先生?"

"谢谢你照顾他。"

"职责所在,先生。"

"让他清醒一点。"

"马上。对于竞选,我比他有信心。"

埃达迈独处片刻,又听见有人进来。他带着笑意转过身,以为是法耶找他来了,结果发现"双杀"塔涅尔背靠着门,眼中满是惊骇。

埃达迈皱起眉头,聆听楼下的可疑情况。集会依然吵闹,他立刻明白了。"你还不太适应,对吧?"

"谁再来找我握手,看我不揍扁他。"

"你好像很累。"

"是啊。"塔涅尔穿着崭新的制服,上校徽章别在衣领上,帽子夹在腋下。"差不多六天没睡了。"

"真要命。"埃达迈迎上前去。也许该叫菲尔来。还有不到一个钟头的时间,也许塔涅尔就将成为亚多佩斯特的新任副首相,然而他的眼睛瞪得老大,目光游移不定,仿佛表明,若不能跑去找他心爱的人,他随时可能昏死过去。

塔涅尔挥了挥手。"我做不来。我没法一直握手,跟人嬉皮笑脸。压力太大了。选举刚一结束,也许下一场战争就会打响,但没人关心这个。这次我们没有神的支持。克莱蒙特手里还有卡-珀儿。"

"没人知道布鲁德的事,"埃达迈说,"除了我们。"

"里卡德知道。这场闹剧他是怎么玩下去的?"

"出于习惯?"

塔涅尔向他投去犀利的目光。"你觉得这事完了吗?跟克莱蒙特的恩怨?他真愿意一走了之?"

"我不知道。"

有人轻轻敲门。塔涅尔迅速跳开,把一根手指抵在嘴唇上,拼命摇头。

埃达迈翻了个白眼。他把门打开一条缝。是菲尔。

"时间快到了。"菲尔说,"里卡德要'双杀'塔涅尔过去。"

埃达迈点点头,关上门。他上前一步,架住塔涅尔的胳膊。"走吧。"

塔涅尔任由埃达迈侦探拖着自己下楼,前往楼下的酒店大堂。

他考虑过强行脱身,找个壁橱躲起来,但他明白,别人会说这是"不成熟"的表现。所以他勉强接受了波的建议,一路上强颜欢笑。

笑容背后,他的脑筋转得飞快。卡-珀儿还在克莱蒙特手里。如果克莱蒙特输了选举,他会杀了她,还是放了她?如果他赢了又会怎样?塔涅尔不知道答案,他快疯了。他必须做点什么。

埃达迈悄悄去了里卡德所在的餐厅,留下塔涅尔独自应对那些蜂拥而至、预祝他们竞选获胜的家伙。这些人他谁都不认识,好在只要跟他握握手,听他紧咬牙关憋出声"谢谢",他们似乎就心满意足了。

"我见过这种表情。你就像只被一群猎犬逼进角落的野兔。"背后有人说道。

"很高兴看到你生龙活虎。"塔涅尔说。

维罗拉来到他身边，冲一位经过的商人微笑。"我也一样。郑重声明，我觉得塔玛斯不该做这笔交易。"她挽起塔涅尔的胳膊，他很不自在，但仍随她进了酒店一间会客厅。在里面，地方官员们端着杯子，轻声交谈，避开喧闹的人群。

"我觉得应该。"

"那你俩都是傻瓜。"

"他们对你很好吗？"

维罗拉横了他一眼。"别转开话题。"

塔涅尔耸耸肩。"克雷西米尔的命运不在我掌控之中。移交他的身体是塔玛斯的意思。我插不上嘴。"

"我知道。"维罗拉叹了口气，与他四目相对，沉默良久。"我想你。"

塔涅尔犹豫片刻。"我也想你。"

"我们还有没有可能回到从前？"

塔涅尔必须承认，他常常想起同样的问题，想起他们青梅竹马、相亲相爱、一同受训的日子，想起他们偷偷逃课、共同度过的时光。但维系二人的细线已然绷断，破镜没法重圆了。"我觉得没可能。卡-珀儿。我和她……"

"是啊。"

如果卡-珀儿死了呢？维罗拉没大声问出来，但塔涅尔知道她想过。而他压根不愿意考虑这种可能性。

"我见到你的蛮子了。"维罗拉说。

塔涅尔打个激灵。"她还好吗？"内心的恐惧迅速滋长，他奋力将其压住。塔玛斯跟他解释过陪克莱蒙特玩下去有多么重要；但为阻止他跑去救卡-珀儿，塔玛斯只下了一道简单粗暴的命令，并且承诺会应对一些紧急状况而已。

"据我所知，还好。"维罗拉悲哀地笑笑，"如有机会，我一定帮

火药魔法师

你救她回来。"

"谢了。"塔涅尔伸手按了按她的肩膀。他想过要不要抱抱她,相信她不会拒绝。但他摇摇头,驱散了这个念头。"维罗拉,我……"

她抬起一只手。塔涅尔立刻闭嘴,皱起眉头。维罗拉歪着头,他却过了一会儿才发觉异样。门厅和会客厅里的交谈声消失了。"结果出来了?"她问。

他们走出会客厅,发现门厅里的人都涌到餐厅门口,塔涅尔必须挤进去才行。他来到餐厅中央,看到一个信使站在里卡德和菲尔中间,头戴涂粉假发,身穿白色双排扣长礼服、长裤和黑色骑马靴。塔涅尔想躲进人群,却被里卡德发现。他热情地招手,塔涅尔身不由己地被推了过去。

汤布拉额头冒汗,眼神露出疲态。他拽着塔涅尔的胳膊,把他拉到自己右手边。

酒店后厨有个小伙子搬来木箱,信使站了上去,菲尔用勺子敲了敲玻璃杯。

"女士们,先生们!"信使说,"我很荣幸代表计票团队,宣布亚卓首相的人选。"他顿了顿,从上衣口袋取出一个信封,揭开封印。

塔涅尔舔着嘴唇,嗓子渴得冒烟,不停地在裤子上擦手。

"我非常高兴地宣布,亚卓的首相是……尊敬的里卡德·汤布拉!"

欢呼声骤然响起,比炮火的轰鸣还要震耳欲聋。里卡德猛地抱住塔涅尔,吓了他一跳。无数人抓住他的手,拼命摇晃,他怀疑胳膊都快脱臼了。他听到软木塞迸出瓶口的声响,一杯香槟酒塞进他手中,转眼又被夺走,好方便他跟人握手。众人纷纷在他耳边大声道喜,他被推来拉去,情绪随时可能失控。

沉默突然降临,像在塔涅尔的肚子上打了一拳。有人来不及收敛大笑,只能尴尬地噎回去。塔涅尔眨眨眼睛,看到欢乐的人群已然散开,克莱蒙特迈步跨进餐厅。

他穿着引人注目的黑色燕尾服,礼帽拿在手中,目光徐徐扫过周围的宾客,举起双手轻轻鼓掌。"看起来,信使通知我的时间要更早些。"

里卡德警惕地看着克莱蒙特。塔涅尔单手按住短剑的握柄,牙关紧咬。塔玛斯命令他冷静的严厉口吻,在他脑中一遍遍滑过。

"你知道结果了?"里卡德问。

"即使我刚才不知道,现在也知道了。我在街上都能听到这里的欢呼声。"

除了自己的心跳,塔涅尔什么都听不见。餐厅里死一般寂静,虽然宾客们不清楚克莱蒙特的真实身份,但他浑身散发着危险的气息,明显来者不善。塔涅尔与维罗拉交换个眼神,知道她随时准备拔枪。

"还有,"克莱蒙特接着说,"我认为你当之无愧。"他单脚后退,优雅地鞠了一躬。"恭喜你,首相先生,还有你,副首相。热烈祝贺你们成功就任!"他突然上前,握住里卡德·汤布拉的手,惊得后者有些回不过神。

"所以你要离开都城了?"塔涅尔压低声音问道。

克莱蒙特与他对视,嘴角微微上扬。"我说话算话。等我处理完几件事就走。干得漂亮,'双杀'先生。享受你们的胜利果实吧。"

不等塔涅尔回应,克莱蒙特转身离开了。他颇为大度地祝贺里卡德的竞选团队,出门之前不停地挥手。交谈声逐渐恢复正常,塔涅尔从人群里抽身,走向维罗拉。等他快到了,又听见软木塞脱离瓶口的响声,扭头一看,里卡德手里拿着冒泡的酒瓶。

"菲尔,"里卡德大喊,"告诉塔玛斯,开始游行!"

塔涅尔握着剑柄,回头吩咐维罗拉。"就位。"

战马在长长的队伍前焦躁地踏步,塔玛斯抚摸马颈以示安慰。衣着光鲜的亚卓士兵组成一支仪仗队,蜿蜒在通向亚多佩斯特的大道上,周围人潮汹涌。

他能感觉到士兵们的兴奋。虽然人人跨步而立,眼望前方,上了刺刀的步枪收在身边,但他们散发的能量形成了一股气场。亚卓市民聚在前方的街道上,欢声笑语不断,孩子们则沿着队伍跑前跑后,扔出鲜花编成的花环,希望能套在刺刀上。

"塔玛斯元帅!"喧闹声中,有人喊道。

塔玛斯抬起头。是奥莱姆,顺着他指的方向,塔玛斯看到,里卡德的信使骑着马,正在大道上飞驰而来。那人张着嘴巴,话语却被嘈杂的人声淹没。

"大点声!"奥莱姆高喊。

信使在十几步外勒马停步。"我们赢了!里卡德·汤布拉当上了亚卓首相!克莱蒙特认输了。"塔玛斯听到,街上的市民奔走相告,有人欢呼,有人咒骂。消息传开后引发轰动,各种声音此起彼伏,还爆发了一场斗殴,但很快就被周围的人制止。

塔玛斯与奥莱姆对视一眼,两人都喜不自禁。"好。那就尘埃落定了。"

"希望如此。"奥莱姆说。

"希望如此。"塔玛斯重复道,"上校,开始吧。"

奥莱姆示意身边一个敲鼓的小伙子,一段又长又稳的节奏陡然响起。沿路的人群安静下来。

"阿柏将军,仪仗队听你指挥。"

阿柏将军调转马头,面朝队伍。"仪仗队!"他大吼,"立正!"命令发出,五千双靴子同时并拢。"齐步走!"鼓手敲响四次边鼓,富有节奏的敲打声随之而起,队伍迈步前进。

他们开进城内人山人海的街道,前方人群纷纷让路,塔玛斯挺起胸膛,佩剑扛在右肩上。他听见欢乐的呼喊,看到花环从屋顶扔下,落在行进中的士兵身上。

仪仗队经过工厂区和新城区，穿梭在大街小巷，沿途人群挥手欢呼。面对眼前的一排排士兵，女人们热情伸手，男人们高声庆贺。塔玛斯看到，不止一个酒馆老板在队伍前后跑来跑去，邀请士兵们今晚到自家酒馆免费喝酒。

塔玛斯始终挺直脊梁，举止庄重，同时又满心忧虑地观察着人群、店铺门窗和屋顶。每当他觉得无所畏惧、可以放松下来时，都觉得背后有充满敌意的目光。他劝说自己，这只是军人的职业本能在作祟，一切都结束了。

仪仗队朝横跨亚德河的大桥前进，看到眼前的景象，塔玛斯立刻举起拳头。

"立定！"阿柏将军大喊。

仪仗队齐刷刷地停步。距离跨河大桥不远处，有辆马车停在路中间。他缓缓摸向枪柄，看到奥莱姆的佩剑也拔出了一半。

"有何指示，长官？"奥莱姆说。

"等等看。"塔玛斯扫视周围的建筑，没有伏击的迹象，窗户里也没有布鲁达尼亚军服的影子。

突然，一群人冲到街心，围住马车。他们齐心协力，把马车推到路边。一个年轻姑娘爬到车顶，挥舞着一面亚卓旗帜，仿佛攻占敌军阵地的英雄。

"前进！"阿柏大喊。

他们过了河，开进选举广场。塔玛斯原来的办公室——如今是亚卓首相的办公室——阳台上悬挂着代表亚卓的红蓝双色横幅，上面印着亚德海的泪滴状图案，掩盖了半边大楼。

广场上的人群纷纷避让，仪仗队顺利地在人民法院门前列队。塔玛斯抬头张望，里卡德·汤布拉站在阳台，已经换上了最得体的行头，身边的塔涅尔一袭戎装，脸色阴郁。

451

火药魔法师

塔玛斯绷紧的脸上露出笑意。

"长官?"奥莱姆问道。

"我儿子。亚卓的副首相。天意难测啊。"

"他看起来不太高兴。"

"当然。他很不高兴。但他会信守承诺。"最好信守承诺,塔玛斯心想。

士兵们集合在一起,广场上肃穆无声,比塔玛斯在阳台宣布曼豪奇统治终结那天还要安静。塔玛斯缓缓吁了口气,打消疑虑,意识到自己完成了使命。酝酿多年的计划终于实现了。

"结束了吗,奥莱姆?"他的语气并不平静,"真的结束了?"

奥莱姆没有回答。里卡德高举双手。"亚卓的人民!朋友们!兄弟们!姐妹们!今天我肩负诸位的重托,以新首相的身份站在大家面前。"欢呼声持续了很久才平息,里卡德接着说道,"我的朋友们,国王的暴政结束了。那场惨痛的战争,充满怀疑与希望的八个月结束了。今天,秋季的最后一天,我们建立了真正的共和国。我作为同侪之首,深感光荣。

"朋友们,若没有亚卓的守护者塔玛斯元帅,没有他的火药魔法师和众多将士的拼死奋战,今天这一切便不会实现。你们的自由、生命,都是他们给的。他们值得你们爱戴。"

欢呼声震耳欲聋。塔玛斯感到一颗泪珠滚落脸颊,但他没有抬手擦拭。他始终盯着里卡德。

"朋友们!我……"

一阵奇怪的声音在广场上空回荡,打断了里卡德的讲话,引发了一阵骚动。

"朋友们。"里卡德再次开口。

吱嘎声还在继续,塔玛斯扭头一看,人们不安地窃窃私语,一团乌云投下巨大的阴影。塔玛斯摘下帽子,四处张望。哪儿来的声音?

吱嘎声越来越大,渐渐变成石头相互摩擦的声响。有什么动静吸引了塔玛斯的眼睛。

"散开!"他突然大吼。

貂刺塔,修建于铁王时代的恐怖监狱,像木陀螺一样歪歪扭扭地颤动着,继而猛烈倾斜,朝广场倒塌下来。他在马背上呆住了,眼看着那庞然大物砸落,似乎连时间都放慢了脚步。他嘴巴大张,愣愣地瞧了一会儿,接着身子一歪,胯下坐骑拔腿飞奔,奥莱姆冲在前头,手里拽着他那匹战马的缰绳。

他在马鞍上回头望去,貂刺塔在倒塌的同时粉身碎骨。巨型黑色石块在选举广场上翻滚。塔尖砸烂了人民法院的阳台,墙体四分五裂。

塔玛斯从奥莱姆手中夺回缰绳,勒马止步,调头面对灾难现场。"塔涅尔!"

滚滚尘云扑面而来,他急忙用双臂护住了头。

第 49 章

"进去,进去!"塔涅尔一边大喊,一边扒拉着里卡德的代表和顾问们,把他们从阳台门推进办公室,"快跑!"

一个女人惊声尖叫:"里卡德!"塔涅尔扭头看到,亚卓的新任首相目瞪口呆,直勾勾地盯着当头砸下的黑色巨塔。塔涅尔冲上阳台,一把搂住里卡德的肩膀,将他抱起来,两人撞碎阳台的玻璃窗,跳进办公室。他们摔在地上,碎玻璃如雨点般洒落。塔涅尔带着里卡德原地翻滚,远离窗边,抬眼看见乌黑的石头砸上阳台,正好就在他们刚才所站的位置。一时间,灰尘如波涛翻涌。

塔涅尔感觉后颈发痒,一波巫力在近距离施放。他推开里卡德,一跃而起,拔剑在手,却发现波站在办公室的壁炉边,以假腿做支撑,双手向前伸展。

"塔涅尔,"奈娜说,"躲开。"

塔涅尔看看四周,然后抬起头,发现天花板已被貂刺塔的压顶石撞烂,一块硕大的黑石悬在他头顶。里卡德已经爬了起来,塔涅尔推着他,两人转移到安全处。

波闷哼一声,手指翻飞。巨石升起,被甩向选举广场。

里卡德拍拍身上的灰。"那边有人!"

"这边也有,我可不想一直举着那玩意儿。"波说。

里卡德似乎不愿与波争执。他叫来菲尔。"大家还好吗?"

"还好。"埃达迈的声音从弥漫的灰尘中传来。

"下楼，快。"里卡德说，"肯定有人被压在碎石底下了。亲爱的亚多姆啊，到底发生了什么？是意外吗？"

塔涅尔跟着里卡德进了走廊，灰尘逐渐散去，埃达迈的脸色白得像鬼。"不，"埃达迈说，"不是意外。布鲁德的另一面在貂刺塔里。"

塔涅尔惊呆了。"菲尔。拿我的步枪来。快！"他疾步冲向楼梯，满脑子只有一个念头。如果布鲁德在楼下，管他的另一面是何方神圣，都没人能阻止他。塔涅尔知道自己也做不了什么，但他想起拳头上曾沾过克雷西米尔的血。如果他真能弑神，那也只有他能做点什么了。

有人从背后撞上塔涅尔，震得他喘不过气，两人一同撞到墙上。他推开那人，站稳一看，奈娜伏在他身边，双手裹着蓝色火焰。

巫术破空而至，击中他刚刚站立的位置，在地面和天花板各砸出一个炮弹大小的洞。爆炸自下方传来，楼下某处似乎有不少尊权者。塔涅尔四肢着地爬过去。"回办公室！"他大喊。

波扯着他的袖子，因为有条假肢，他爬行的姿势相当怪异。"拿上你的步枪，走后面楼梯。他们需要你。这边我来对付。"

"你能行吗？"

"相信我。"波拍拍他的肩膀。塔涅尔跑进走廊，从菲尔手里接过步枪，边跑边装刺刀。他穿过两扇门，来到里卡德办公室后面、仆人专用的楼梯井。

他纵身跃下楼梯，疯了似的从一层直接跳到下一层。落到底层后，他跑过一条不长的走廊，踹开一扇侧门，冲进尘土弥漫的阳光下。他眨着眼睛，正要辨明方位，爆炸突然发生，一阵冲击波将他直接推回了大楼。

"她在底下，奈娜。害我断腿的贱人。"

火药魔法师

奈娜正想问波是怎么知道的,但她近来形成的巫术感知力已经察觉到了。下面两层楼处有尊权者,他们在他方的色彩极其暗淡,似乎费了相当大的力气隐藏,但他们确实在那儿。根据波讲过的王党尊权者的做派,他们很可能还带了一队士兵。

"我们有多少人保护人民法院?"她问。

波回答:"两个连的亚卓士兵。"

"他们会被三个尊权者撕碎的。"

"五个尊权者。但我同意你的说法。"

奈娜寻思谁能来帮助他们,想了许久,不禁胸闷气短。她和波是硕果仅存的亚卓尊权者,而塔玛斯的火药魔法师还要对付推倒貂刺塔的家伙。她的心咚咚直跳。她背靠大理石栏杆,这里距人民法院的底层有五层楼高。亲眼看到塔尖摧毁阳台、差点砸扁塔涅尔,她感觉自己如同裸奔,恐怕已无处可避。"我们怎么办?"她问,"跟着塔涅尔从后面出去?"

"好主意。让大伙尽快出去,希望他们的士兵还没切断我们的后路。这是我的战斗。"

"'我们'的战斗。"奈娜纠正她,"菲尔!带大伙从后面出去。可以的话,清空顶楼,反正这边走不成了。"

里卡德的助理干脆利落地点点头,催促众人退到走廊里。

"你真要跟我留下?"波问。

"当然了,你这傻瓜。现在你要对我负责。不然谁来把我培养成百年最强的尊权者?"

"对手可不是几千步兵。他们是王党尊权者。"

奈娜使劲咽了口口水。"我知道。"

"好。我们上。"波爬起来,假腿左摇右晃,颤颤巍巍。"劳瑞!喂,劳瑞!"

"波巴多!"一个声音从楼下传来,"你怎么还没跑?刚才那一下本可以冲你去的，可我想多陪你玩玩。你的火药魔法师朋友死了没？"

"你打偏了。"

对方顿了顿。"可惜啊。"

"劳瑞，你喜欢哪只眼睛？"

"什么？"

"回答问题。"波喊道。

"为什么？"

"因为，等我用你的肠子勒死你之后，我打算把那只眼睛保存在罐子里。"

"你在干吗？"奈娜轻声问道。

"聊天啊。"波说，"你觉得呢？"

劳瑞的声音传了上来。"哦，得了吧，波巴多。那条腿你也快用不上了。"

"你的眼睛也快用不上了。"

"波，"奈娜说，"到底他妈怎么回事？他们怎么不动手？"

"他们正在就位。一旦两边暴露位置，不是你死就是我亡。他们想最大程度避免死伤。"波靠在后面，闭上眼睛，双手抬起，一边胳膊肘撑在大理石栏杆上。他的手指游移颤动，悬空勾画出细小的图案。

"你在干吗？"

"快速施放几种守护咒，"波说，"并判断他们的方位。"

奈娜察觉到，波在他方有所动作。以她的经验，施法就是从对面拉拽一波又一波巫力，而波似乎小心翼翼地在他方穿针走线，导引涓涓细流。她不知道波施放的是哪种守护咒，也不知他将如何施放，但波飞快的速度、看似随意实则精确的操作，都令她叹为观止。

"波巴多，"劳瑞大喊，"你为何不加入布鲁达尼亚王党？不如让我上来，我们一起杀了那该死的首相。你在浪费才华，波巴多。你对

火药魔法师

抗不了神。为何我……"

波动动手指,底下传来一声惊恐的尖叫,随即陷入沉默。波说:"我还在分辨哪个是劳瑞。"

"我就当你拒绝了。"劳瑞冲他们大喊。

"该死。"波嘟囔道,"打偏了。快跑。"

塔玛斯挣扎着爬起,一边剧烈咳嗽,拼命喘气,一边胡乱扑打,驱散空中弥漫的尘土。他瞥见自己的坐骑夹在逃散的人群中狂奔,转眼消失不见。他从头到脚摸了一遍,看有没有骨折的迹象,毕竟刚才他从马鞍上摔了下来。似乎并无大碍,但他的头很疼,左臂难以弯曲。

坍塌的貂刺塔砸到了多少人?死了多少?困在乱石堆里的又有多少?

几个月前的地震中,貂刺塔就倾斜了。这是场意外吗?但愿如此,他暗暗祈祷。但直觉告诉他,一切都是克莱蒙特策划的,接下来还会有事发生。现在他能做的,就是重整队伍,准备迎接最坏的情况。

塔玛斯从兜里掏出一块手帕,绑在嘴上抵挡尘土。"奥莱姆!奥莱姆!见鬼。"

"长官,您没事吧?"阿柏将军在乱石堆中出现,他扶着一个瘸腿士兵,后者的年龄只有他一半的一半。

"没事,没事。你知道多少人被埋吗?"

"我相信多数人及时躲开了,但也不敢保证。我该死的假牙不见了!"

"很高兴你只丢了假牙。看见奥莱姆没?"

"没有。"

塔玛斯突然被震飞了。刚才他还在跟阿柏说话,转眼就躺在地上。他高声呼叫,在他听来,喊声却相当遥远。耳朵嗡鸣不止,他摇着头,试图搞清刚才发生了什么。从强度和响声判断,似乎有间弹药库在他脚下爆炸了。

他头晕目眩,满世界似乎只有一种声音——含混不清的钟声。他捂着耳朵,抱着头,希望恢复正常。费了好些力气,他才重新站起。

阿柏将军还站在那里,刚才他搀扶的年轻步兵被压在石头底下。阿柏满脸是血,唾沫横飞地喊着什么,但塔玛斯听不见。阿柏拉住他的胳膊肘。塔玛斯指指自己的耳朵。将军点点头。

"长官。"声音好似从远处传来,几不可闻,塔玛斯扭头一看,是奥莱姆。保镖一身尘土,衣服上血迹斑斑,但应该不是他的血。"长官,得走了!我们遭到袭击!"

"被谁?"

不等奥莱姆回答,阿柏举手指向貂刺塔的残骸。一道耀眼的闪光突然出现,塔玛斯避之不及,只能抬起一只手遮挡。光芒慢慢减弱,在废墟上方十几尺处,渐渐化成一个光辉灿烂的人影。巫力犹如洁白的丝带,环绕着她,释放出的力量熔化了她的衣物。

塔玛斯惊呆了。他从未见过这般景象。无论是亚多姆还是朱利恩,甚至整个王党同时施法,也达不到这种效果。他不认识那个女人,但他猜得到——是凯丽丝,克莱蒙特的另一面,神祇布鲁德的第二张面孔。

"叫弟兄们回来!"塔玛斯大喊,"阿柏,列队。我需要你搞到一切。步枪、火炮,什么都行!"

"长官,我们应该撤退。"奥莱姆说。

"撤你妈的退。我要战斗,哪怕死在这里。通知城外待命的军队,立刻攻占克莱蒙特设在王宫的老巢。杀了所有穿布鲁达尼亚军服的人。该死,但别招惹克莱蒙特本人!"

火药魔法师

"长官,您不能……"

"这是命令,小子。快去!"奥莱姆飞身离开了,塔玛斯拔出手枪,朝神的方向开了一枪。子弹钻进漩涡状的巫力,似乎毫无效果。塔玛斯往嘴里塞了个火药包咀嚼,力量在血管中激涌。

神面容沉静,飞旋着朝他扑来。塔玛斯拔出另一把手枪,对准她的眉心,扣动扳机。

一眨眼,她不见了。塔玛斯死死盯着她消失前所在的位置,手枪依然举在眼前。"她去哪儿了?"

"这儿。"耳边传来轻柔的声音。

他猛转身,可惜动作太慢。他的脖子被一只铁钳般的手扼住,双脚离地,无法呼吸。他扭过头,直视神的眼睛。

"我给过你机会。"她的嗓音纤细而阴柔,但带着回音,仿佛在空荡荡的大教堂里说话。他听到其中有克莱蒙特的声音与之共鸣。"我也不希望这样。"塔玛斯被举得更高了。他抓挠着对方的手指,却发现比撬动坚硬的大理石雕像还要难上百倍。他全力挣扎,流淌在他血管里的力量堪比十个成年男人,但在神的面前只是杯水车薪。

凯丽丝晃晃塔玛斯,仿佛他只是个人偶。"我不希望这样。"她重复道,"我更想用简单的方式处理问题。我本可以带领亚卓走向繁荣。我本可以再次一统九国,推翻那些君主,开创一个兴旺共荣的新时代。我本可以抹去关于旧神的所有记忆,建立一个理想的国度,那可是克雷西米尔从未做到的事。

"我本可以通过不流血的革命,实现所有构想。我告诉我自己,人民必将做出理智的选择。他们应该团结在克莱蒙特这样的人背后。可惜,他们没有。是你逼我出手的。我仍将统一九国。我仍将统一世界。哪怕杀了世上一半的人,我也在所不惜。"

塔玛斯感觉眼球鼓胀起来,大脑极度缺氧,思绪混乱,挣扎的力道慢慢减弱。一颗子弹打中凯丽丝的脸,顿时四分五裂,却没留下丝毫痕迹，反而有块残片弹进了塔玛斯的肩膀。

"你这冥顽不灵的渣滓。"凯丽丝说，"我本打算让你统率我的军队。真可惜。"他感觉她的手指继续收紧，知道自己的人头随时可能落地，就像脱离茎秆的蒲公英。他胡乱扑腾，但用眼角余光发现，一把步枪的枪托砸了过来。

凯丽丝却没看见。

枪托狠狠砸中她的侧脸，步枪应声碎裂。她的脑袋微微一偏，然后扭过头，嫌恶地看着维罗拉。塔玛斯被扔了出去，瞬间恢复了呼吸，但马上撞上维罗拉，两人一同滚过广场的鹅卵石地面。

塔玛斯大口喘气，空气如利刃般钻进受创的气管。维罗拉挣扎着爬起。

"难道你们看不出来，对我来说，这只是一场游戏？"凯丽丝问，"你们不觉得，自己就像蝼蚁一样微不足道？"

安德里亚握着刺刀，冲向凯丽丝。他放声怒吼，浑身都是鲜血、砂砾和灰尘，有如地狱里诞生的恶魔。刺刀挟千钧之力戳中凯丽丝的腹部，但立刻弯折，仿佛那是橡胶制作的玩具。凯丽丝动动手指，安德里亚的头炸开了，鲜血溅了塔玛斯和维罗拉一身。他的身体跟跄跌倒，脖子喷出血泉。

"开火！"阿柏大吼。

两百把火枪同时炸响，凯丽丝转向突如其来的弹雨和成排的亚卓军队，如在雨中漫步，悠然自得。她举起双手时，塔玛斯张开嘴巴，厉声警告阿柏将军。

塔涅尔全速冲向女神。此时此刻，她正面对着阿柏带领的士兵们，他知道，不过眨眼工夫，他们就将落得跟安德里亚一样的下场。

一声脆响，他的拳头揍在女神的下巴上，打得她转了一圈，双膝

火药魔法师

跪地。她甩甩头——这一拳足能放倒一头大象——立刻站起身,脸上写满震惊与愤怒。

于是他又打出一拳。

凯丽丝的头往后一仰。她单手举起,塔涅尔感觉耳中压力倍增,立刻挡开她的手,一拳打中女神的肚子。趁她弯腰,他又抬起胳膊肘,猛砸她的肩膀,将她打得跪在地上。塔涅尔抬起拳头,准备砸向她的腰脊。

他的腹部挨了她一拳,就像被一艘布鲁达尼亚战船的船首像直接撞上。他踉跄退开,嘴角流出鲜血,没等站稳脚跟,第二拳打得他脑袋后仰,整个人飞了起来。他摔在四十尺开外,惊讶地发现自己还活着。他摇摇晃晃地站起来,准备再次扑向女神,但已丧失先机,对方抢先出手了。

她收拢一只手,塔涅尔感觉似乎有只铁笼子突然罩在周围。他的胳膊难以动弹,两腿不听使唤。巫力将他牢牢包裹。他的骨骼和肌肉都在抵抗压力,他使出浑身解数,但也只能迈出一步。

额头的汗水流进眼睛。怎么可能?在塔涅尔的骨骼中,卡-珀儿织了张巫力之盾,就连克雷西米尔的魔法都破坏不了。难道布鲁德比克雷西米尔还要强大?如果连卡-珀儿的守护咒都抵挡不了女神的力量,那该怎么办?

他又迈出一步,快要忍不住痛苦地号叫了。他视线模糊。感觉巫力压在身上,犹如一座大山,但他知道自己不能服输。不然他救不回卡-珀儿。

突然,女神出现在眼前。他挥起一拳,对方闪开了,同时抓住他的胳膊,指尖用力戳进他的肩膀,让他呻吟起来。女神伸手抓住他的脸,愤怒地哼了一声,将他丢了出去。

她两手高举,凌空跃起。塔涅尔等着她落下来,像迫击炮一样砸在自己身上,但她并没有降落,而是悬在他上方。"你们的狗命对我一文不值。立刻投降,不然我会抬起整座城市,从几百里的高空丢下去。你们熟悉并心爱的一切都将瞬间毁灭,而你们无力阻止。投降吧!"

塔涅尔咬紧牙关,望向父亲。塔玛斯已经站了起来,倚靠在维罗拉身上。

"那你还等什么?"塔玛斯问,"既然我们微不足道,何不干脆杀了我们?去死吧你。"

女神纵声长笑。她张开双臂,周围的空气微微发光。塔涅尔感觉胃里翻江倒海,身体处于失重状态。碎石块和铺路石突然飞离地面。他的心提到了嗓子眼。伴随着怪异的呻吟和号叫,大地开始颤抖。士兵们飞了起来。战马的蹄子落不到地上,无不惊恐地嘶鸣。一门巨炮飘到六尺高的半空。

女神突然掉了下来。她俯身落到地上,眨巴着眼睛四下张望,石块和尘土统统回归原位。到处都有人发出如释重负的呼喊,以及摔在地上的惨叫。

"怎么回事?"凯丽丝问道。

烟尘中现出一个人影,女神转过身。塔涅尔眯起眼睛,试图看清来者是谁。

"你死了。"女神说。

那人又高又胖,一头黑发。第一眼看着像查理蒙德,第二眼又像米哈利。他的形象在变化,最后介于两者之间。他系着白围裙,头戴一顶厨师帽,双手叉在腰间。

"你错了。"他说。

塔玛斯跌跌撞撞迎向亚多姆,之前被凯丽丝袭击,他还没缓过劲儿。"很高兴看到你出面了。"他哑着嗓子说道。

亚多姆没回应，只是冲凯丽丝扬起下巴，对方报之以冷笑。

"滚吧，我可以饶你一命。"她嘶声道，"我可没我的另一面那么喜欢你。"

"你杀了他们所有人。"亚多姆悲哀地说，"我去找过他们。我们所有的弟兄姊妹。诺威、伊斯塔瑞、德利弗，还有其他人。你引诱他们回来，然后谋害了他们。就在我眼皮子底下。只剩克雷西米尔和我了。还有你。"

女神冷哼一声。"克雷西米尔活不过今天。只要你不插手，我就放你一马。"

亚多姆似乎在考虑她的威胁。他转向塔玛斯。"你该走了。"

"什么意思？"

"去王宫。克莱蒙特——布鲁德——要杀死克雷西米尔。你必须阻止他。"

"可这……"

"你在这里帮不上忙。塔涅尔是唯一能伤害她的人，但卡-珀儿在王宫需要他的帮助。如果克雷西米尔被布鲁德杀了，我那些弟兄姊妹的遭遇将在他身上重演，他的神力将成为布鲁德的一部分。千万不能让布鲁德得逞。"

塔玛斯转身跑开。人民法院的墙壁突然炸开一个洞，石灰、碎石和巫力之火随之喷出，吓得他一缩头。"维罗拉，你进去，负责保护首相的安全。塔涅尔，跟我来。阿柏将军，疏散市中心的民众！这里交给你了！"

塔玛斯来到选举广场边缘，回望相对而立的两位神。

亚多姆从围裙里抽出一把长柄勺，直直地指向女神。

"滚出我的城市！"

第 50 章

奈娜沿着走廊跑向首相办公室,半路又调头回去帮波。巫力迅速包裹了他们,爆炸声震得她耳朵嗡嗡作响,差点将她掀翻在地。

"幸好及时。"波的额头布满汗珠,"快走。"

爆炸接二连三。敌人每次施放魔法,都差点将他们烧成灰烬;每次她都感觉到,波在他方牵引巫力,进行反击。他们身后的大理石地板突然炸裂,碎片和粉尘四下纷飞,墙壁和天花板被砸得坑坑洼洼。火与风冲撞着他们周围的空气,但都被波的空气盾弹开,没能造成伤害。

"等等,等等!"奈娜说,"如果我们走这边,他们会跟着我们,追上首相。"

"没办法了。"波一瘸一拐走在前面,从办公室后门出去,进了仆人专用的楼梯井。奈娜俯视下方,还能看见正在楼梯上逃跑的人。走廊那边,布鲁达尼亚士兵占领了楼道,在门廊里和柱子后就位。

奈娜离开波,探身来到走廊,伸出一只手,另一只手拨过空气。火焰从指尖喷出,在走廊上蜿蜒翻滚。一颗子弹打碎了她脑袋旁边的门框,但她不管不顾。她全神贯注于火焰的热度,从他方源源不断地召唤巫力。

她突然打个寒战,一股凉意蹿上脊背,整个人仿佛从烈日下转移到了阴影之中。"波,我怎么了?"因为忽如其来的疑虑,她手上的火焰渐渐熄灭,人也一动都不敢动。

火药魔法师

波蹒跚来到她身边,假腿敲得地面咚咚响。"干得漂亮。"他说,"你放火烧了这层楼,但值得表扬。顺便告诉你,刚才是我干的。来吧。"他抓住奈娜的胳膊,两人走向后面的楼梯井。

"你刚才干了什么?"她扶着波下楼时问道。

"小点儿声。"他低声说,"一个老情人教我的把戏。我取了你一点灵光,留在我们刚才的位置,这样在他方就有了一抹颜色,就像人的灵魂,借以隐藏我们的行踪。他们很快会发现真相,但能帮我们争取点逃跑的时间。"

他们下到四楼,奈娜冲进前面的房间,悄悄靠近通向走廊的房门。走廊里站着不少士兵,他们包围了客用楼梯,举着火枪对准楼上。其中有个女尊权者——毫无疑问是劳瑞。

"现在动手?"她问。

"不,再下一层楼。"

"那我们就失去了居高临下的优势。"

"若被困在高处,我宁可放弃这个优势。再说,你在顶楼放了把火。"

他们返回楼梯井,下到三楼。波走向仆人专用门,满头满脸都是汗,假腿每迈出一步,他都疼得挤眉弄眼。混乱中,他的手杖不知何时丢了。奈娜跑到前面,刚要开门,突然一波巫力迎面袭来。她猛地撞到墙上,石灰纷纷洒落,一时喘不过气。

有人跨过破烂的门板,戴着尊权者手套,体格魁梧,块头不亚于伊坦上校。波做个手势,想施放守护咒,但被对方打断。他两手抓住波的手腕,用力一抢,把他推向栏杆。在两人的重压下,栏杆当即断裂,他们翻了过去,在奈娜的视野里消失了。

奈娜从地上爬起,跑下楼梯。两人落到下一层的楼道里,波被尊权者庞大的身躯压在身下,手腕被按在两边,无法动弹。尊权者狂笑着,用额头猛撞波的鼻子,痛得波连声惨叫。

奈娜一把抓住那人的后颈。尊权者猛转身，甩开她的手，口中唾沫横飞。他的目光扫向奈娜的双手，没发现手套，注意力又回到波身上。

"你不该看我。"波的鼻孔直冒血泡。

奈娜将燃烧的手指插进对方的脊背，轻松得就像铲雪的铁锹。她的手插进肺部，惨叫声戛然而止，等她抓住心脏，尊权者已一命呜呼。她从波身上推开尸体。

"你还好吗？"

"不好。"他擦了擦从鼻子里蹿出来的血，"拉我起来，快。"

奈娜扶他起身，这时传来一声巨响。大楼摇摇欲坠，炙热的铁钉洞穿了他们上方的墙壁，木屑和石灰洒落他们一身。

"快跑，快跑！"

塔玛斯没有费心找回坐骑，而是又往嘴里塞了个火药包，徒步奔向天际宫。

塔涅尔跟在他身边，两手抓着步枪，鼻孔和嘴角周围都是干涸的血迹。他们来到蜿蜒而上、通往天际宫的山路前，塔玛斯示意儿子停步，两人大口喘着粗气。火药迷醉感刺激了他的肾上腺素分泌，赋予了他过人的力量和精力，但他毕竟年纪大了，撑不了太久。他听到火炮和火枪的轰鸣，山上硝烟弥漫。

奥莱姆已经开始进攻了。

"找到那个姑娘。"塔玛斯说，"我去找克雷西米尔的身体。"

"有计划吗？"

"如果我们救出卡-珀儿或者克雷西米尔，也许我们就有了抗衡克莱蒙特的资本。"塔玛斯说，"我负责牵制他。"

"那等于自杀。"

火药魔法师

"所以要由我去做。"

塔涅尔一把揪住塔玛斯的衣服。"他的巫力杀不死我。"塔玛斯听得出儿子真诚、迫切、近乎恳求的语气。他想去对付克莱蒙特。但塔玛斯不能答应。

"凯丽丝差点像捏虫子一样捏死你,塔涅尔。对付她的另一面,你也好不到哪儿去。找到卡-珀儿,救她出去。有了她,我们才有抗衡的资本。这是命令。"

塔涅尔的双手顺着塔玛斯的袖子滑落。有那么一会儿,塔玛斯以为儿子还要争辩。塔涅尔咬紧牙关,眼中的怒火逐渐变成不可动摇的决心。最后,他点点头。

他们继续上路,一直跑到天际宫前面的大花园。花园成了战场。炮击已经停了,但步枪的"啪啪"声和人们的惨叫声依然此起彼伏。塔玛斯还听见了爆炸声,不像是火药引发的。王宫也散发出再明显不过的巫力。

"力量太弱,不像是神。"他说,"克莱蒙特肯定在王宫里布置了尊权者。当心点。"

"我看到她了。"塔涅尔的目力聚焦在某处,眼睛半睁半闭地窥探他方。"她在王座厅里。"

"如果克莱蒙特还在隐藏真正的实力,我们很可能找不到他。我……"塔玛斯睁开第三只眼,目光从宫殿一头扫到另一头。王座厅对面,也就是位于王宫最远端的尊权者之翼,同时也是塔玛斯曾经屠杀王党的现场,在他方如太阳般光辉明亮。那股力量似乎在灼烧他的脸,他知道只有布鲁德能做到。"好吧。他没有隐藏。"

但这不是什么好事。

塔玛斯四下张望,发现花园里有个巨大的大理石喷泉池,一群士兵躲在后面。"塔涅尔,还记得王座厅后花园的暗门吗?你小时候,我带你看过的。"

"有点印象。"

"在曼豪奇一世的雕像后面——是个老头子,大耳朵。你到了那里,穿过密道,可以直达王座背后。"

"好的。"

"去吧,士兵。"

塔涅尔点点头,转身迈出一步,又回过头。塔玛斯与他四目相对。

"爸?"塔涅尔说。

"什么事,儿子?"

"当心点。"

"你也是。"

塔涅尔猫着腰,以一丛丛灌木做掩护,隐蔽前进。塔玛斯则调头去找刚才看到的士兵。他来到他们背后,就地翻滚,闪到他们藏身的喷泉池边。"汇报情况!"

一个四十岁左右的女兵,佩戴着少校军衔,立正敬礼。"是,长官!我们遇到敌人激烈的反抗,长官。他们在每扇窗户都安排了枪手,其中至少有三个尊权者。花园里大概有一千人,但我们有兵力优势,歼灭敌人不成问题。"

塔玛斯早就料到了,克莱蒙特若未当选,必然有所行动。埃达迈告诉他运兵船没装满时,塔玛斯就派人驾船尾随,发现船上的军队又上了岸。布鲁达尼亚士兵绕道返回,驻进了天际宫。

不过,突袭查理蒙德庄园的错误,塔玛斯不会再犯了。如今,围攻王宫的士兵超过两万。

但在神面前,不知兵力优势有没有意义……"伤亡情况?"他问。

"还不清楚,长官,至少有一千五百人。我们占领花园时,那些尊权者就动手了。"

"他们在哪儿?"

火药魔法师

"王宫北翼,那边打得最惨烈。"

塔玛斯抻着脖子张望北边。王宫北翼正是王座厅所在。塔涅尔即将卷入最激烈的战斗。"奥莱姆上校在哪儿?"

"我方火炮轰击两次,就炸开了王宫大门。五分钟前,他带领两支连队杀进去了。暂时没收到他的消息,不过这边的敌军枪手一直在开火。"

"你们火力掩护,我要进去找上校。"

"我们派支连队跟着您。"

"很好。"

几分钟后,塔玛斯带着两百士兵来到天际宫前门。高大的镀银门已被轻型火炮打烂。门口横七竖八躺着死者和重伤员,既有布鲁达尼亚人,也有亚卓士兵。他留下十个人,负责把伤员挪到花园里相对安全的位置。

他在宽阔的门厅里停步,根据死伤情况,战斗应该转移到左边,从角落的楼梯往上去了。奥莱姆带队直取王座厅,试图绕到把守王宫北门的布鲁达尼亚士兵背后。宫殿大得惊人,根本看不到奥莱姆和两支连队的影子,塔玛斯不由希望自己带来的是整整一个旅。

他累了,气力也在衰减。每一处陈年旧伤,虽被巫术治疗过,但都在隐隐作痛;关于受伤的记忆混在一起,涌上心头。他想起哥拉战役中无数次冲锋与战斗。他想起自己刺杀伊匹利未遂,逃离凯兹,多年来谋划推翻亚卓国王,最后以曼豪奇人头落地告终。还有他与保王派的战斗。他越过凯兹北部,逃向阿尔威辛的旅途……记忆纷繁杂乱。

他太累了。他必须结束这一切。

"你,上尉,"塔玛斯将队伍一分为二,"带着你的人跟我来。少校,带其他弟兄上二楼,往北边挺进。经过五六条走廊,你们就到了王座厅,然后占据制高点。奥莱姆上校可能需要居高临下的火力支援。"

"长官?"少校问,"那您去哪儿?"

"我要找人算账。"

塔涅尔穿过花园和树篱,经过喷泉与雕像,翻过华而不实的矮墙,绕到天际宫北面。

激战正酣,子弹飕飕地飞过他头顶,黑火药燃烧的浓烟犹如一团雾气,悬在废弃的花园上方。浓烟让他有了力气,头脑也格外清醒,他避开一群群布鲁达尼亚人,在缓慢推向宫殿的亚卓阵线后方拔足狂奔。

他绕过王宫东北角,发疯似的全力冲刺。横穿一块马球草地时,他听见枪声响起,子弹呼啸着划过他身后。他用眼角瞥见,一队布鲁达尼亚士兵不顾一切地追上来,但等他抬起胳膊护住脸,一头扎进带刺的树篱迷宫,他们便被甩得不知所踪。

他从树篱迷宫另一边出来,跑下山坡,来到王宫后方,钻进生长在谷地里的一片桦树林。枪炮声遥远而模糊,王宫后花园枝蔓丛生,未受战火摧残。谷地里的河床干涸已久,从前蜿蜒流过树林的河水,同花园里的喷泉一样,都是由水泵控制的。

塔涅尔朝宫殿后墙奔去,途中经过老国王曼豪奇一世的雕像。他摸索着厚重的石制基座,在记忆里搜寻父亲十六年前指过的暗门。

他沿着后墙走了二十步,在他看来,每条裂缝和凹陷都没有可疑之处。一时找不到暗门,让他的心跳得越来越快。他返回雕像那里,默默地盯着阻隔他与卡-珀儿的宫墙——然后他退了一步。

如果直接掉进去,他有可能摔断脖子,幸好他丢了步枪,及时保持住平衡。他有条腿陷进了隐藏在草丛间的空洞。他怀疑自己看错了,试探着在洞里活动腿脚,然后伸手拨开茂密的草叶,这才发现洞

火药魔法师

口确实不小,一个成年男人完全可以钻进去,且不容易被外人发现。

他把步枪推到前面,手脚并用爬进洞里。不到十步,拐了个弯,眼前豁然开朗,进入一条狭窄的走道。他可以直立行走了。脚底泥土潮湿,蜘蛛网不断拉扯着他的脸和胳膊。

走道突然到了尽头,塔涅尔无路可去。现在他只能听见自己急促的呼吸声,远处隐约传来火枪和步枪的巨响。

他贴着墙壁,听了好一会儿,但什么声音都没有,于是他伸出双手,轻轻一推。墙壁"咔嗒"一声开了,前面又是一条黑暗的走道,尽头有光,却是透过缝隙射进来的,只可能是另一扇暗门。

等那扇暗门悄无声息地滑到一旁,塔涅尔看到了被帘幕隔离的房间一角,光线很足。他认得这里。高窗以红蓝镶边,挂毯上用金线绣着斗狮图案,那是曼豪奇家族的纹章。

他在王座厅。王座正后方。

他蹑手蹑脚来到帘幕前,小心翼翼将其挑开。突如其来的爆炸声吓了他一跳,他立刻躲到帘幕后,端起步枪。几声喊叫随之传来,火枪的炸响在附近回荡。等确认爆炸不是针对他,塔涅尔再次探头,望向帘外。

王座厅一片凄凉。地板上积了灰,但有几行交错的脚印、几支燃烧的火把。另一边,高大的门板敞开一尺宽。塔涅尔正在看,两名布鲁达尼亚士兵跑了进来,背靠着门。他们穿着军装,但没拿武器。塔涅尔察觉到巫力,怀疑他们是尊权者。其中一人抬起手,那双饰有符文的手套证明了他的判断。

那人对同伴说了些什么,然后把手探出门去,一波冰霜从他指尖射出,直至消失不见。另一名尊权者也舞动手指,塔涅尔听到门外轰隆作响。

塔涅尔不再犹豫。他用棉花裹好一颗子弹,塞进已经上膛的枪管,嘴里咬了包火药。他单膝跪地,手肘撑着膝盖,枪管伸出帘幕,睁开第三只眼,看清尊权者的位置,扣动扳机。

同一瞬间,他引燃嘴里的火药包,为第一颗子弹助力。两颗铅弹接连射出枪膛。他先稳步推进第一颗子弹,随即将注意力集中在第二颗,用巫力助推,同时将瞄准的方向偏移几尺远。

两个尊权者同时栽倒,脑浆喷溅在王座厅的地板上。塔涅尔拉开帘幕,跑了出去。他必须找到卡-珀儿,带她离开。他能感觉到,她就在附近⋯⋯

"嗯哼。"

塔涅尔闻声,立刻转过身。

卡-珀儿坐在王座上,两腿悬空,手搭扶手,背靠椅背,仿佛王座归她所有。她换了条新裤子,衬衣外是崭新的罩衫,看起来安然无恙,但两边各有一名布鲁达尼亚士兵。其中一人端着气步枪,对准塔涅尔,另一人用手枪指着卡-珀儿。

"放下枪,火药魔法师。"握着手枪的士兵说。

"卡-珀儿,你没事吧?"

"放下枪!"

枪口抵着卡-珀儿的脖子,但她不以为意,还冲塔涅尔竖起一根大拇指。

他盯着两个士兵,把步枪慢慢地放到地上。他释放感知力,发现两人身上没有火药的痕迹。手枪似乎也未上膛,他猜测同样是用空气推动的,尽管这种武器以前从未听说过。

"手枪。"士兵说。他的同伴下了两级台阶,枪口毫不摇晃。"慢慢从你腰带上摘下,然后扔过来。"

"稍等。"塔涅尔说。两个士兵都是彪形大汉,体格不亚于掷弹兵,面容沧桑,一副职业杀手的做派。

"快!"士兵大吼。他粗暴地抓住卡-珀儿的胳膊,将她拽下王座。"你敢动一下,我就⋯⋯"话没说完,他就一声惨叫。

火药魔法师

一切都发生在一瞬间。卡-珀儿趁士兵说话时,猛地拔出他腰间的匕首,狠狠扎进他的腹股沟。端气步枪的士兵回头张望。塔涅尔拔出手枪。

情急之下,塔涅尔打偏了,子弹削掉了王座上的一块木头。他扔掉手枪,拔出另一把。与此同时,卡-珀儿上前拍开气步枪的枪管,刀锋划过第二个士兵的喉咙。

塔涅尔跳上高台,踢开气步枪,布鲁达尼亚人躺在地上,伤口仍在流血。他一把抱住卡-珀儿,喘着粗气,用力亲吻她。"你受伤没?"

她翻个白眼,从他怀里挣脱。

"棍儿,我们走。塔玛斯要你离开这里。我们去找克莱蒙特谈判。"

她拼命摇头。

"什么意思?"

她举起一根手指,划过喉咙。

"杀了他?"

点头。

"我们做不到,棍儿。他是神。他是布鲁德。"

再次点头。

"你知道?"

她又翻个白眼。

"听着,棍儿,我得带你离开这里,然后去帮塔玛斯。我担心他会死。"

卡-珀儿绕到王座后面,伸手从底下拖出一只铁箱,"咚"的一声砸在地上。塔涅尔帮她拉到王座前。"这是什么?"

作为回应,她来到奄奄一息的布鲁达尼亚士兵身边,在他外衣里翻找着什么。那人捂着血淋淋的裤裆,试图推开卡-珀儿,但有心无力。她翻出一把大铁钥匙,打开上锁的箱子。箱子里是她用树枝编成的篮子,用来盛放克雷西米尔的人偶。她轻轻取出篮子,放到一边。

"好,"塔涅尔说,"带上它,我们走。"巫力突然一闪,塔涅尔身子一歪,整个王宫都在摇晃。"是你干的吗?"

她做了个"不是"的口型,指了指塔涅尔扔在王座厅中间的步枪。

塔涅尔取回来,递给她。"抓紧时间。"他说,"情况不妙。刚才那股巫力太……"他咽着口水,滋润干燥的喉咙。"以前从未有过这种感觉。巫力来自宫殿另一头。塔玛斯就在那边。"

卡-珀儿从枪管上卸下刺刀,又用布鲁达尼亚人的匕首划破指尖,让自己的鲜血滴遍细长的刀刃。塔涅尔见她面色苍白,摇摇欲坠,急忙扑上去扶住她。"你在做什么?"

她推开塔涅尔,深吸一口气,振作起来。她来到布鲁达尼亚士兵身边,低头看着对方,犹如祭司看着祭品,然后把刺刀插进他的心脏。那人一阵抽搐,很快不动了,塔涅尔发现,他的皮肤迅速松弛、起皱,仿佛转眼间衰老了五十岁。

塔涅尔一阵反胃。他明白,自己刚刚见证的巫术,其黑暗程度不亚于王党搞的秘密试验。"棍儿?"他朝卡-珀儿伸出手。

她从士兵胸前抽出刺刀,递给塔涅尔。刀刃上不见一滴血,但有道细细的红线首尾贯穿。他认出了那条红线。

"红纹弹就是这么做的,对吗?控制克雷西米尔也是?"

点头。

"所以你杀了不少人?"

卡-珀儿摇摇头,用手指比画出一对长耳朵。

"兔子?"

她耸耸肩,单手在空中画圈。塔涅尔明白她的意思:还有别的小动物。

火药魔法师

"这把刺刀能杀死神?"他问。

她扬起眉毛,似乎在说:希望如此。

"你真会安慰人,棍儿。我觉得,你不会独自离开,让我一个人去帮塔玛斯吧?"

她摇摇头。

"好吧。跟紧了。"

奈娜架着波的胳膊,两人向下跑过两段楼梯。炽热的铁钉如暴风骤雨般落在他们周围,每根都有奈娜的手腕那么粗。

"她是怎么做到的?"奈娜问。

"她擅长操纵土元素。每个尊权者都喜欢掌握一种既有效果、又有威慑力的巫术。我擅长冰。那些该死的长棍就是她弄的。"

他们来到最底层。奈娜走向通往楼外的门,却被波伸手阻止。

"外面情况更糟。"他说。

"还能糟过天降铁雨?"

"严格地说,那不是铁。是高度压缩的自然元素。铁只是方便的叫法而已。而外面有两个神在打架。"

"你开玩笑吧。"

大楼突然摇晃,接着传来一阵低沉的呻吟。"这就是他们干的。"波扮个鬼脸,"唉,你真走运,不像我能同步感知到他方。我现在就像光着身子在战场上晃悠。希望亚多姆能快点解决她。"

"好吧,现在我明白无知也是福了。"

波跛着脚带路,他们经过一排排仆人的房间,来到一楼大厅。"跟紧了。"他说,"我的力量剩得不多,恐怕干不了什么了。"他动动手指,头上天花板炸开,奈娜吓得缩起脖子。铁钉从天而降,纷纷落进大厅,要不是波用巫力提供保护,奈娜肯定会被扎个透心凉。

"我该怎么做？"她问，"我造不出护盾，我的动作不够快！"

"你能学会的。"

"前提是活下来！"

"说得好。空气，你能操纵空气吧？"

"一点点。"

"空气跟在火焰后面。放出最猛烈的火焰。火能熔化铁，而空气能把铁水散播到四周。"

"淋向周围的人？太疯狂了！"

"这就是巫术！"他伸手拦在奈娜胸前。"见鬼。"大楼剧烈摇晃，两人差点跌倒。"有个该死的尊权者想帮布鲁德一把。天知道他能不能帮上忙，但我绝不能坐视不管。"他伸出一只手。奈娜发现，他的手速变慢了，眼皮也耷拉下来。"该死，我太累了。该死的腿！"

"告诉我怎么做。"

"尊权者。那边。"他指着右侧上方，"两层楼上。能不能感觉到他？"

奈娜释放感知力。她感觉到了那个尊权者，也感觉到外面有股惊人的力量。邪恶，深不可测，远比哥拉破魔者的黑影强大得多，吓得她心惊胆战。

"能。"她声音发颤。

"杀了他。"

"怎么杀？"

"发挥想象力。"

奈娜面容冷峻。她抬起手，将巫力抛向天花板，飞溅的火星烧焦了她的衣服，火球穿过大理石、木板和石灰，在楼里烧出一个黑黢黢的大洞。

她发现，那个尊权者的气息消失了。在他方，那人的灵光黯然熄灭。"我成功了，成功了！"

火药魔法师

"我为你骄傲。但别得意忘形。如果当时注意到你,他一定会还击的。再接再厉,还有两个敌人。劳瑞还在五楼,但她随时会采取行动。"

一根来路不明的铁钉突然射中波的肩膀,将他打飞出去。他反应很快,出手如电,几乎在遇袭的同时,冰锥破空而出,刺穿了出现在前方楼梯井里的尊权者。

波试图取出肩头的长钉,炽热的高温烧得他连声惨叫。他的手腕突然被一团气按在墙上,一根较小的铁钉直接插进他的右掌。

奈娜惊恐地看到,劳瑞大步跨进走廊,看都不看像昆虫标本一样、被冰锥钉在墙上的同伴。奈娜咬着牙,举起双手,但瞬间便被无形的拳头击倒。

她在地上挣扎着,脑袋嗡嗡直响,绝望地看着劳瑞逼近波。布鲁达尼亚尊权者在他面前止步,转身打量奈娜一会儿。"你是谁啊?他的学徒?小丫头,你该多备几双手套。这么激烈的战斗,烧坏手套是难免的。"她转向波,用一根指头抬起他的下巴。"我给你最后一次机会。如果你想活命,那你必须求我杀了这个小丫头片子。她惨叫时,你还得笑给我看。"

波呛得说不出话。

"如何?"劳瑞问。

"奈娜,"波哑着嗓子说,"还记得那个破魔者吗?"

"怎么不回答我。"劳瑞说,"给你五秒钟。"

"我回答你了,贱人。"

奈娜拼命爬起,触向他方。

"答案是什么?"劳瑞朝他俯下身,一脸嘲讽。

"烧死你。"波说。

奈娜回忆起当年遭受虐待时的恐惧与无助,竭尽全力激发内心的愤怒。她趁热打铁,从他方召来巫力。巫力汹涌而至,甚至超出了她的控制。劳瑞感觉到危险,急忙转身,将高热的元素压缩成一根长钉,自她肩头上方射向奈娜。奈娜按照波的教导,往火焰背后灌注空气,长钉被火焰熔化,又在空气中飞散。她情不自禁地尖叫着,火焰扑向劳瑞,势头不减,石柱和墙壁接连爆炸。

火势持续了几秒钟。奈娜转动念头,将其熄灭,呆呆地盯着布鲁达尼亚尊权者的残骸。

波被钉在墙上,嘴唇轻轻张开。"空气,哈?"他说,"真为你高兴,你做到了。现在,能帮我把肩上这玩意儿拔出来吗?"

第51章

塔玛斯带着一队士兵进了钻石厅,经过一排碎裂的窗户,那是塔玛斯发动政变那晚打碎的,至今无人修补。

他们穿过几条宽阔的廊道,路过无数楼梯与偏房,然而一路上都没遇到抵抗。有些动物已在王宫南翼安了家——窗帘被啃得面目全非,鸟窝和墙上的抓痕也都是证明。塔玛斯听说,克莱蒙特的总部设在北翼寝宫,接近王座厅。看来他们未曾染指南翼。

战场似乎远在天边,宫殿里一派安宁祥和。塔玛斯甚至怀疑找错了地方。

他睁开第三只眼,确认自己没找错。克莱蒙特仍在前方的觐见室里,门口伫立着两尊挥舞权杖的雕像。

塔玛斯示意士兵分为两组,把守门廊两侧。他们端着步枪冲过去,各就各位。塔玛斯上前推门。

他感到一股巫力从背后袭来,凭借超常的反应速度,他及时避开,冰锥疾掠而过,撞在觐见室的门板上。塔玛斯迅速转身,但没来得及开枪,第二根冰锥便击中了他的肩膀,他闷哼一声,被撞到墙上,眼冒金星。

伴着几声呻吟和短促的惨叫,士兵们纷纷丧命,被巫力形成的长钉刺穿头颅和心脏,钉在了墙上。

寒意浸入骨髓,塔玛斯强忍剧痛,折断了插在墙上的冰锥,又慢慢拔出肩头的残片。他攥起拳头,堵住伤口,寻找巫力来源,等待对方再次发起攻击。找到了,就在一百步开外、他们刚刚经过的廊道里。有人走下楼梯,是个身段苗条的女人,五十来岁,棕色头发,鬓角已经斑白。

"塔玛斯元帅,"她带着浓重的布鲁达尼亚口音,"我们的布鲁德大人说你……"

塔玛斯抬起枪口,将子弹射进她的眉心。他轻浅地呼吸着,任凭硝烟钻进鼻孔,观察对方有无垂死挣扎的迹象。尸体没再动弹。

他从口袋里掏出手帕,捂住伤口。伤口面积太大,出血量惊人。他的胳膊几乎动不了,冰锥应该伤到了骨头。力量逐渐流失,他慢慢直起身子,扫视士兵们的尸体。一个活的都没有。

塔玛斯轻轻一碰,厚重的门板缓缓打开,他迈步走进觐见室。大厅内部仍以巫术照明,而施展巫术的尊权者早就不在人世了。

大厅中央有一方高台,罩着天鹅绒帘幕,克雷西米尔的身体就躺在那里。克莱蒙特跪在台前,背对塔玛斯。他穿着剪裁得体的燕尾服,帽子和手杖搁在身边的地板上。

"下午好,元帅。"克莱蒙特说,"今天发生的一切,我深感遗憾。"

"不,你没有。"

"多少有点儿。进来吧。你想知道怎么杀死死神吗?"

塔涅尔和卡-珀儿跑过七拐八弯的走廊、暗室、密道和仆人房。

他感觉到,那股力量就在前方,在卡-珀儿的带领下,他们仿佛在迷宫中穿梭。他们路过狭小的隔间和阴暗的楼道,越过横七竖八、倒在大理石地板上的布鲁达尼亚和亚卓士兵的尸体,穿过被巫术夷平的房间。他听到亚卓士兵推进阵地时胜利的欢呼,然而战斗的声响很快就被抛到身后。

火药魔法师

他们进入王党曾经的住所，门柱上刻有古代符文。看来这一带荒废已久。他们经过几十个房间，上了三楼，又下到二楼。最后，卡-珀儿终于放慢脚步。他们身处一条长长的廊道，尽头的厅堂灯火通明。

塔涅尔听到前面有人说话。他们轻手轻脚来到走廊尽头，摸到栏杆前，发现楼下就是觐见室。

克雷西米尔躺在大厅中央的高台上。塔玛斯捂着鲜血淋漓的肩头，站在门口。克莱蒙特在塔玛斯和高台中间，轻言细语，声调轻快，仿佛在喝着茶、谈论天气。

塔涅尔攥紧刺刀。

克莱蒙特站起身，面向塔玛斯。他手里拿着什么东西，塔玛斯忍着疼痛，眯起眼睛，发现那是一柄锋利的燧石匕首。

"首先，"克莱蒙特说，"我们不是神。我们跟你们差不多，只是活了很久很久而已。我们是这世上的第一批尊权者，那时人们刚刚住进茅屋。克雷西米尔常说，我们是最早的人类，神秘的造物主赐予了我们生命。但我知道，那是胡说八道。我记得我的父母。"

克莱蒙特把石匕扔到半空，随后接住。"我还记得，是克雷西米尔杀死了他们。他们惨叫了很久。后来，他说他们非死不可，因为他们不让我跟他走。他想教我如何使用身体里的伟大力量，但他们不同意。还是胡说八道。他之所以虐杀我的父母，只是因为他喜欢折磨低等生命。"

"我以为你们是兄弟。"塔玛斯渐觉乏力。失血让他越来越虚弱，于是他摸出一个火药包，想送到嘴里，结果失手掉在地上。

"巫术上的兄弟而已。"克莱蒙特说，"我的另一面，你们称她为凯丽丝。我们是双胞胎，生来臀部就连在一起。我们出生后，本应被丢到野外，自生自灭。但父母疼爱我们，把我们留了下来。克雷西米尔杀了我们的父母，又用巫术将我们分开。为此我们伤痛了几个月。我们生来就是一体，是他将我们强行分离。没有他，我们永远都是一体，这是我们命中注定。"

克莱蒙特望向他身后，冲二楼阳台皱起眉头。

"我说到哪儿了？哦，想起来了。弑神需要纯粹的巫力，就像几个月前，克雷西米尔毁灭亚多姆的肉身一样。或者，需要这样的东西。"他托起锋利的石块，"这块燧石有上万年历史。它在距此相当遥远的土地打磨而成，很久以前，那里被大海淹没了。克雷西米尔小时候曾被它割伤，他的血将会毁灭他的生命。"

"我从没听说有这种巫术。"塔玛斯的视线逐渐模糊。他更加用力地按住肩膀的伤口。伤势比他想象的严重得多。

"你的血快要流干了，塔玛斯。其实你听说过这种巫术，虽然在这片大陆，它早就遗失了。它比我和克雷西米尔还要古老，更是超越了我们的认知。但它确实存在，而且直到今天，在半个世界之外，还有人在用。"

"底奈兹。"

"是啊。在法崔思特的另一边。你儿子的蛮子丫头，是我见过最强的施法者，连我都要自叹不如。我就是用这东西，杀了我所有的弟兄姊妹，最后只剩下两个。"

"亚多姆……"

"和克雷西米尔。没错。我喜欢亚多姆。在我获得权势之前，他对我一直很好。我也始终没找他的麻烦。不过，恐怕我的孪生姊妹就没有这等雅量了。话说回来，如今，克雷西米尔已经不算是阻碍了。"

爆裂声隐隐传来，克莱蒙特停下了。凯丽丝的皮肤和头发冒着烟，大声咳嗽着，从巫力形成的半透明帘幕后出现，跌到克莱蒙特怀中，后者急忙抱住她。"你好啊，亲爱的。"他说，"这是怎么了？"

火药魔法师

凯丽丝剧烈咳嗽，绕到放置克雷西米尔的高台后面大声呕吐。"我们那个弟兄真该死，他把肮脏的巫力灌进我肚子里了。我只能逃跑，但我觉得他不会追来。"

"我警告过你，不要吃城里的任何食物。"克莱蒙特语气轻快，但夹杂着一丝恼怒，"你死不了。亚多姆很温和。"

塔玛斯上前一步，顿觉天旋地转。"这场闹剧没必要再演下去了。"他说。

凯丽丝指着塔玛斯。"怎么还不杀了他？"

克莱蒙特翻个白眼。"我另有计划。"他转向塔玛斯，"输掉选举后的计划。计划之中的计划。削弱里卡德的权威，扰乱亚卓的货币市场。我计划在十二年内夺权，可我的另一面似乎没这耐心。"

"是你把我丢在那该死的塔里不管。"凯丽丝责怪她的孪生兄弟。

塔玛斯又上前一步。"杀了克雷西米尔。动手吧。我不会阻拦你。他罪该万死。但别算计我们。把和平还给亚卓。"

"你不打算阻止我们了？"凯丽丝嗤笑道。

"行了，行了。"克莱蒙特说，"凯丽丝，别把我们的元帅排除在外。塔玛斯，我的目标是统一世界，开启一个新纪元。我希望由你来带这个头。只要你答应，我就治好你的伤。我还会延长你的寿命，放过你的朋友和家人。你将拥有尊贵的地位。你将为世界各国带去和平。"

塔玛斯的呼吸愈发艰难。他感觉血流进了肺里，不知除了肩膀，身上还有哪里受了伤。他拼尽最后一丝力气，抓住并拔出腰间的备用手枪，颤抖着瞄准克莱蒙特。"不。"

一道光芒闪过，手枪不见了，塔玛斯的手也不见了。断肢毫无痛感，只是突然麻木。塔玛斯踉跄后退，感觉巫力在撕扯他的身体。他的头越来越疼，几近爆炸，然后他翻身倒地。

塔涅尔正要冲上去,但布鲁德的另一面突然出现,打消了他的念头。他等了一会儿,倾听他们的谈话。

"棍儿?"他轻声说,"他们有两个人。即使我能接近,也只有一把刺刀。"

卡-珀儿思考片刻,冲塔涅尔点点头,用一根手指戳戳自己的胸膛。

"你?"

再次点头。

"你要怎么做?"

她露出微笑,却来不及回答。塔涅尔瞥见人影一晃,塔玛斯拔出手枪,接着手枪在他手中爆炸,塔涅尔感觉到巫力洞穿了父亲的身体。

塔涅尔跳下阳台,落在大厅里,与布鲁德恰好隔着那个高台。他看到塔玛斯瘫倒在地。"爸!"他哭喊出声,撕心裂肺,其中夹杂着难以名状的痛苦和恐惧。他大步上前,感觉布鲁德的巫力迎面扑来,犹如绕过高台的巨蟒,咬在他的骨头上。重压如山。他仿佛在齐腰深的泥淖中跋涉,跟在选举广场感受到的压力完全一样。

他攥着刺刀环,指间夹着刀刃,一边向前迈步,一边用刺刀割开巫力,刀尖仿佛迎风破浪的船首。凯丽丝绕过高台,迎向塔涅尔。克莱蒙特面色沉静,一步跨到克雷西米尔身边,举起锋利的燧石匕首。

"棍儿,帮个忙!"

卡-珀儿一直带在身边、装有克雷西米尔人偶的篮子突然飞过塔涅尔头顶。草绳绷断,枝条飞散,眨眼间,人偶解除了束缚。克雷西米尔身上巫力爆发,同时震慑了大厅里的凯丽丝和克莱蒙特。

克雷西米尔翻下高台,目光落在塔涅尔身上,吓得他呆若木鸡,

火药魔法师

担心克雷西米尔当场发疯。但神的眼神一点也不疯狂,事实上,其中只有一片空无。克雷西米尔面无表情,一脸木然。卡-珀儿的人偶悬在他头顶,克雷西米尔随着人偶扭动,二者的动作完全一致。

塔涅尔冲向克莱蒙特,但突然双膝跪地,无论如何都起不了身。他肩上似乎承担着整个世界的重量,巨大的力量无形无影,毫不留情,压得他眼球暴突,心脏狂跳。透过半睁的眼皮,他看到克莱蒙特和凯丽丝咬紧牙关,站在那里,对抗克雷西米尔的巫力。

塔涅尔这才意识到,身上的压力并非针对自己,而是两位神的力量在彼此争锋,而他恰巧被夹在中间。尽管有卡-珀儿的魔法保护,他依然浑身发抖,每一块肌腱都绷紧了,每一根骨头都随时可能折断。卡-珀儿从大厅另一头的楼梯上走下来。她满脸是汗,十指舞动,像在操纵提线木偶。

克莱蒙特和凯丽丝相互靠拢,克雷西米尔位于他们中间。他本人似乎安然无恙,但塔涅尔发现,他头顶的人偶在流淌蜡滴,强大的压力下,蜡偶正在渐渐熔化。

克莱蒙特举起燧石匕首,扎进克雷西米尔的脖子。神倒下了,塔涅尔的压力骤然消失,整个人往前一扑。他迅速恢复平衡,一把揪住克莱蒙特的外衣前襟,把淬血的刺刀插进他下巴间的软肉,直抵大脑。

凯丽丝放声尖叫,震得塔涅尔松开克莱蒙特,捂住耳朵。她扬起双手,迎面冲来。塔涅尔绷紧身体,准备迎接女神的怒火。

结果她绊了一下。塔涅尔抬眼一看,发现塔玛斯横在她脚下,仅剩的那只手中抓着克莱蒙特的燧石匕首。塔玛斯的耳朵、鼻子和嘴巴都在流血,下巴上残留着少许黑火药。燧石匕首扎进了凯丽丝的大腿。

她再次号叫,但愤怒多于痛苦。"你以为,这就能杀我?"她揪住塔玛斯的衣领,提起他伤痕累累的残躯。塔玛斯一口血沫啐进凯丽丝的眼睛。

"放开他。"塔涅尔怒吼道。

"你凭什么命令我?"凯丽丝说,"我要喝干你父亲的血。我会宰了你和你的蛮子,然后复活我的爱。我的力量能做到!"

"放开他,你赢了。"

凯丽丝闻言一愣。"你说什么?"

塔涅尔从克莱蒙特了无生气的尸体上抽出刺刀,调转首尾。"给,"他说,"你赢了。"他把刺刀扔了过去。

凯丽丝放开塔玛斯,伸手去接,但刺刀滑过她的指尖。她急忙转身,再度伸手。

卡-珀儿凌空抢过刺刀,一把捅进凯丽丝的胸膛。女神猛吸一口气,翻身倒地。卡-珀儿骑在她身上,拔刀再刺,一而再,再而三,直到凯丽丝彻底不动了。

塔涅尔抓住她的胳膊。"她死了,棍儿。"

卡-珀儿看着凯丽丝,不住地冷笑,最终被塔涅尔拉开。她去检查克莱蒙特和克雷西米尔的尸体。塔涅尔赶到塔玛斯身边。

他的父亲侧躺在地上,浸泡在血泊中,两条腿都断了,左臂粉碎,左手不知去哪儿了,但另一只手依然握着燧石匕首。"爸。"塔涅尔哀求道,绝望的阴影笼罩了他,"爸,醒醒!"

塔玛斯的眼睛动了动。"丢了一把你送的手枪。"他哑声说道。

"没关系,爸。"塔涅尔抱着父亲的头,"醒醒。坚持住。"

"结束了?"

"是啊。他们死了。"

"这些该死的神。"

"坚持住,求你了。"塔涅尔哽咽道。

"不行了,小塔。"塔玛斯的牙齿沾满鲜血,"我觉得,坚持不住了。"

火药魔法师

泪水模糊了塔涅尔的视野。"求你了,爸。"

塔玛斯摸索着塔涅尔的外衣前襟,最后揪住他血迹斑斑的衣领。"我为你骄傲,塔涅尔。"

"没什么好骄傲的,爸。我是个糟糕的军官。差劲的士兵。"

"你是个好人。优秀的战士。这就够了。"

"别死,爸。你听见了吗?坚持住。"

"这是我应得的,儿子。我可以安息了。"

"不,还没有。你还有很多事要做。"他们周围轰隆作响,王宫地动山摇。但,无所谓了,反正也没关系了。

"我要走了,儿子。你快出去。布鲁德临终的哀号可不好听。"

"跟我一起走。"

塔玛斯的呼吸放缓了,手指松开了,胳膊软绵绵地滑落。又一阵轰鸣声传来,但塔涅尔毫不理会。卡-珀儿使劲拽他的袖子,他也不管不顾。"爸……"

"嘿。"塔玛斯声如蚊蚋。他抿起嘴唇,露出淡淡的微笑,柔声说道:"你妈妈向你问好,儿子。我们爱你。"

第 52 章

埃达迈在花园里勒马停步,天际宫面目全非的大门残骸就在眼前。他来到一群正在照料伤员的亚卓士兵附近,翻身下马。

"元帅在哪儿?"他问。

一名上尉站了起来。"不到十五分钟前,他带人进去了。你有什……"隆隆的闷响打断了他的话。士兵们神色慌张,面面相觑。

埃达迈说:"我带来了亚多佩斯特的消息。敌军已被击退,首相安全了。"

"该死,我都不知道城里被人袭击了。"上尉说,"从昨晚到今早,我们一直守在这里。汤布拉赢了选举?"

"是啊。"

"太好了。我马上派一队人转告塔玛斯元帅。"

又一阵隆隆的响声传来,埃达迈低头看着脚下。"你们感觉到没?"

"地震?"另一个士兵问。

"派人去找奥莱姆上校。"上尉说,"搞清这到底是怎么回事。如果有人还在战斗中释放巫术,那他应该知道。"

埃达迈看着王宫大门,考虑是否该进去亲自送信,但很快打消了念头。还是交给职业军人好了。上次闯进战场,埃达迈就挨了刀子。还是两下。

"快跑!"有人大吼道。

火药魔法师

埃达迈扭头看见，一个人影飞奔而来，速度奇快，堪比深度迷醉状态的火药魔法师。他又高又胖，浑身是汗，乌黑的长发随风飞舞，头上绑着湿淋淋的缎带。

"怎么了？"埃达迈问。

"全体撤退。"亚多姆大喊，"快！"

"你他妈谁啊？"上尉质问道。

亚多姆似乎在发光，身量迅速增长，森然逼近上尉。"我是你们的神，小子，你要不下令全军撤退，你们全都会死。"

旁边一个军士立刻传达命令。上尉半晌说不出话。他舌头打结，最后终于开口："告诉全军撤离宫殿。快跑！"

埃达迈来到亚多姆身边。"到底怎么了？"

"你可还记得，克雷西米尔被击中时，南派克山发生了什么？"

"记得。"

"这回也是。"

"你他妈开玩笑吧？"

"你看我像在开玩笑吗，侦探？"亚多姆似乎刚刚注意到围裙松了，两手伸到背后，重新系好带子。"动作快！"他吼道，"所有人都走！"

尽管花园里硝烟弥漫，乱成一团，命令还是传达下去了。埃达迈看到一名骑手穿过大门，冲进宫殿。大地再次震颤。一分钟后，骑手回来了，两个连队的亚卓士兵跟在后面，抬着己方的死者和伤员。

震动越来越强，人们纷纷跳窗逃命，埃达迈必须调整姿势，免得失去平衡。

"你也该跑了，侦探。"亚多姆说。

"有用吗？"

亚多姆想了想。"没用。"

"那我就待这儿好了。"如果世界真的崩溃，待在神身边似乎也不赖。

天际宫的南翼突然下沉,吓得埃达迈往后一跳。那一带的宫殿全都消失了,埃达迈这才意识到,地面正在塌陷,整座王宫都将被吞噬。

墙壁向内坍塌,坠入深坑,随着塌陷范围越来越大,一团石灰云升上天空,犹如喷泉上方腾起的水雾。亚多姆摆开架势,面容发光,沾满汗水和污垢,双腿分立,两臂张开,掌心朝向王宫,十指虚抓。他的胳膊青筋暴起,肌肉鼓胀,但不管他施放的是何种巫术,王宫塌陷的速度并未减缓。

亚多姆的嘴角和鼻子流出鲜血。他身上闪烁的已不是汗珠,而是血色的光泽。他的眼珠瞪得滚圆,都快从头骨里蹦出来了。镀银的王宫大门突然垮塌,落进不断扩张的深坑。

埃达迈不安地后退一步。深坑没有停止扩张的迹象,虽然看不到里面的情况,但他有种莫名的恐惧,很想掉头逃跑。他瞟了眼亚多姆,神浑身战栗,犹如一根树枝,随时可能在狂风中折断。虽然埃达迈只是个不甚熟练的赋能者,但也能感觉到,神的巫力已大不如前。

深坑不断吞噬宫殿,面积持续增大,朝王座厅和北翼蔓延。埃达迈闭上眼睛,又抬眼望向头顶的蓝天,真希望自己待在家中,有法耶和孩子们相伴。

轰鸣声平息了。大地不再颤动。埃达迈屏住呼吸,望向深坑,发现它已不再扩张。空气中弥漫着灰尘和浮土,他的视野只有五十码左右,但他看到,王宫北翼的轮廓依然健在。

一座大理石喷泉池碎裂开来,滑进深坑,接着便是一片寂静。埃达迈能感觉到,亚卓军队似乎同时松了口气。撤退的士兵犹豫地停下脚步,三五成群地回到王宫附近,惊恐又好奇地四下张望。

"元帅!"有人大喊。

埃达迈不由自主,跟着十几个士兵向前狂奔。待尘埃落定,视野清晰,他已冲到距曾经的王宫大门不远的车道上,跪在一具血淋淋的尸体旁边。

塔玛斯元帅缺了一只手,衣服浸透鲜血,被染得乌黑。他的额头血迹模糊,似乎被人抱过。破损的尸体只有这一具。埃达迈用一只手探探元帅的脖子,感受他的脉搏,结果心如刀绞。他向众人传达了噩耗。"他死了。"

有人哽咽一声。人群迅速聚拢,又马上分开,亚多姆踩着沉重的脚步进来,跪在埃达迈对面。他把双臂伸到塔玛斯身下,将其抱起,像个孩子抱着心爱的玩具。

"'双杀'塔涅尔在哪儿?"一个士兵问道。

有人喊:"去找奥莱姆上校!"

亚多姆清了清嗓子,望向黑洞洞的深坑。"'双杀'塔涅尔死了。这里就是他的坟墓。你们可以去找,但你们不可能发现尸体。"士兵们围在他身边,七嘴八舌地发问,但他一声不吭,只将塔玛斯的遗骸紧紧抱在怀里。

显赫一时的天际宫,如今已成废墟。埃达迈亲眼看到,一位神,为亚卓的英雄落下了眼泪。

第 53 章

奈娜在人民法院的大理石地板上踱步,脚步声在宁静的清晨清晰地回荡。不到一周前,她和波联手打败了克莱蒙特的王党余孽,当时的情形害得她噩梦不断。她一点也不想旧地重游。但她还是来了。

"他们让我们干等着干吗?"她问道。

波坐在旁边一只坚硬的长凳上,把一个橡皮球扔向楼道对面的墙壁,每次接住弹回的橡皮球都要捏上一下。他没戴手套,右手有道粉红色的伤疤,那是德利弗尊权者治疗后留下的痕迹。"因为,"他叹道,"他们想让我们知道,如今是谁在掌权。"

"好大的架子。"

"欢迎来到政界,亲爱的。"波说。

奈娜停下脚步,抱起胳膊。她晚上睡得不好,想到整整一天都不得清闲,心情就更低落了。"我不想陪他们玩了。"

"这就是你现在的生活。"

这个念头让她作呕。最近五天,他们一直在接受政府部门的询问,半夜三更还要跟维罗拉、里卡德·汤布拉,以及上百个记不住名字的男男女女开会。塔玛斯死后,他们试图重整政局。

"我就该一走了之。"她说。

波皱起眉头。"你想走随时能走。我就难受了。"

她继续踱步。"熬过去就好了。"

"怎么可能!"

火药魔法师

塔涅尔之死,你不也熬过去了,她想这么说,但没敢开口。何必闹不愉快呢,尤其是现在,他们更需要一致对外。

"你得承认,"波说,"虽然不如挨枪子、逃命和巫术大战那么刺激,但整天开会至少不会让人尿裤子。在那儿……"他指着楼道尽头紧闭的大门,"他们不会要你的命。只是要毁掉你的事业而已。"

"讽刺的是,"奈娜说,"我并不想要这份事业。"

"那你就是最佳人选。来吧,他们真是让我们久等了。"波站起身,调整一下假腿,戴上手套。

奈娜也从口袋里掏出手套,戴上。虽说她不用它们也能施法,但根据最近几天参会的经验,她发现戴不戴手套,人们对她的态度有着天壤之别。

波拉开门,她从试图阻拦的秘书身边挤进房间。

九双眼睛盯向不请自来的奈娜和波。奈娜只认识其中的两男三女,但她知道,他们都是最近当选的亚卓地方总督。他们同大法院,还有首相里卡德·汤布拉一起,组成了新一届的亚卓政府。

总督们围坐在半月形的会议桌前,已经用过简单的早餐。蕾切尔总督脸色阴沉,她年约五十,花白的头发修得很短,手指因风湿而扭曲畸形。

"我们还没召见你们。"蕾切尔说。

"没错。"波露出迷人的微笑,"但不到六小时之后,我们就要当着几百万人的面,举行塔玛斯元帅的葬礼。我们没时间等你们放屁。如果诸位对我们有什么想法,现在请直说。"

总督们立刻回以愤愤不平的冷笑。蕾切尔却不动声色,只是横了波一眼。"是时候决定尊权者组织在我们新政府里的位置了。"她说,"或者换个说法,决定亚卓新党能否在我们当中占据一个席位。"

"你的意思是,亚卓政府竟敢抛开尊权者组织,独自面对如今的动荡局面?"奈娜假装惊讶地反问。

"听起来,"波的表情同样惊讶,"他们不愿意给我们派活儿!"

"如果你们……"蕾切尔说。

"好吧。"奈娜举手投降,"正合我意。感谢诸位叫我们来,还能如此开诚布公。我终于能回去睡回笼觉了。"

"带我一个!"波顽皮地眨眨眼,挽起她的胳膊,两人作势要走。

"你们要去哪儿?"蕾切尔问。

奈娜和波同时扭头望向总督们。"既然你们不需要我们,"波说,"我们当然乐意离开。"

蕾切尔气呼呼地整理着面前的文件。"不是我们不需要你们,"她说,"只是我们尚未决定,如何让亚卓新党为政府效力。"

"啊。"波说。伴着假腿在地板上的敲打声,他将一把椅子从墙边拖到房中央,吵得大伙心烦意乱,然后他一屁股坐下,上半身倚着手杖。奈娜站到他身旁。"亚卓新党,"他说,"效力的方式不变。只是对象不再是国王,而是广大人民的利益。"

"太宽泛了。"

"很高兴你注意到了。"

"太宽泛了。新党必须有人管辖。"

"有啊。我们归军队管,军队归首相管,首相的言行归大法院和尊敬的诸位总督管。"

"必须有更直接有效的监督。"

"而你,"奈娜说,"希望总督议会直接监管?"

"没错。"蕾切尔爽快地回应。就像刚才对波一样,她横了奈娜一眼。

"首相和大法院的代表也提过类似的建议。"波哈哈一笑,"可我们认为,新党保持独立,才更符合亚卓的利益。我们愿意为国家而战。我们愿意为人民的利益而战。但我们不愿意当某个政客集团的哈巴狗。"

火药魔法师

"谁来决定呢?"蕾切尔问,"你们两个?"

奈娜说:"我们两个,还有最近晋升为将军的维罗拉,以及塔玛斯手下五六名幸存的火药党。"

"你瞧,我们联合起来了。"波说,"所以,如果你们想再谈一次,就要面对一群战斗英雄,以及硕果仅存的最后两名尊权者。"他拍拍大腿,"好了,时间到。祝各位过得愉快。"

奈娜扶波起身,在众人惊愕的沉默下扬长而去。

出了办公室,波调整一下假腿的绑带。奈娜发现,有人在不远处刷洗焦黑的大理石地板,不知那是她、还是某个布鲁达尼亚尊权者放火烧的。老实说,大楼没被那场战斗震塌,着实出乎她的意料。

"我觉得,进展不错。"波高兴地说。

奈娜点点头。她心里也部分赞同。波说得对。如果权力机关的任何一方能随意支使亚卓新党,那这新生的政府就等于先天不良。而单干,意味着没人会替他们承担失败与差错。有些时候,服从命令是最简单的做法。

"波巴多!"喊声在长长的走廊间回荡。

奈娜转过身,发现埃达迈侦探朝他们走来。侦探换了身新衣服,但挂着黑眼圈,说明他最近缺少睡眠。他冲奈娜微微鞠躬,然后转向波。

"侦探,"波说,"你还好吗?"

"还行,承蒙挂念。累。忙。但还行。"

"你的家人都好吗?"

埃达迈完美地掩饰住一个苦相。"好得很。多谢惦记。"

"雅各布呢?"奈娜问。

"法耶视他如己出。"

"我们上次谈的……"波说。

埃达迈递给他一张折好的纸条。"她在这里。"

"非常好。"

奈娜好奇地瞟了波一眼,但他脸色如常。"你还在支使这可怜人替你跑腿?"她问。

"谢谢关心。"埃达迈说到一半,捂着嘴咳嗽,"不过,半天工作就能挣到五万卡纳,这种好事我可不想错过。"

"有份长期工作,你感兴趣吗?"波问。

"我已经有了,谢谢。"埃达迈说,"我现在是大使。"

"恭喜,"奈娜说,"哪儿的?"

"事实上,还没谈到那一步。"

"我相信,你能胜任的。"波说,"不过我保证,你在我这儿,待遇比在政府优厚。"

"里卡德对朋友向来慷慨。"埃达迈顿了顿,小心翼翼地问道,"纯属好奇啊,你本来有什么打算?"

"亚卓新党的谍报总管。"

奈娜扬起眉毛。波都没跟她提过。

埃达迈摇摇手指。"绝对不行。太危险。政治成分也太重了。"

"你有一周时间考虑。"波说。

埃达迈鞠了一躬,后退一步。"我深感荣幸,但确实不能接受。谢谢你,尊权者。"

"呸。"波从口袋里掏出个信封——毫无疑问,里面塞满了钞票——递给埃达迈。侦探再次鞠躬,告辞,奈娜和波目送他离开。

"这家伙再合适不过。"波说,"我一定得说服他。"他似乎转眼就忘了侦探,扭头打量着奈娜,"该去准备葬礼的事了。然后明天,我们出一趟门。"

"哦?"奈娜不明所以。

波展开埃达迈的纸条,看了一眼。"南边。不远。"

火药魔法师

在亚多佩斯特和巴德维尔之间的一个小镇，德利弗军队扎下营地。留下来的德利弗士兵只有一万五千人左右，其他人已抢在寒冬之前启程回家。

营地是暂时性的，只是为了过冬而已，驻扎的多是受伤和将死之人，以及医生、护士和后勤人员，既有德利弗、也有亚卓士兵，外加数千凯兹战俘。这里弥漫着鲜血、疾病和死亡的气息，镇外的平原上，墓地似乎每天都在扩大。

塔涅尔烦透了，他和卡-珀儿刚进营地就想离开。

但他得兑现诺言。

他挎着步枪，慢悠悠穿过营地，三角帽压得很低，竖起大衣翻领以掩人耳目。在外人看来，他就是个休假的亚卓士兵，在伤兵中寻找亲戚朋友。谁也没拦着他问话。

卡-珀儿挽着他的胳膊，缩在大衣里。长期的战斗让塔涅尔筋疲力尽，她却前所未有地充满活力。几日来的睡眠对她大有帮助，如今她皮肤红润，眼睛发亮。周遭的死亡景象没能影响她的情绪，虽然塔涅尔知道，她也想尽快离开。

在营地中间的医疗帐篷附近，塔涅尔发现一个熟悉的身影等在马车旁。他停下脚步，端详着这位老朋友。

"波在山上救了我，当时我有没有感谢他？"塔涅尔问。

卡-珀儿点点头，然后指指自己，又摇摇头。

"你救过我，我感谢你了！我也救过你，你感谢过我吗？"

她扬起一边眉毛，塔涅尔的脸红了。"好吧，感谢你做过的一切。"他说。

她敷衍地点点头。

塔涅尔迈出一步，发现波带着奈娜，顿时迟疑了一下。他皱起眉头。

卡-珀儿拽拽他的胳膊。

"我嘱咐波，叫他一个人来。"

卡-珀儿似乎在观察情况。她看了会儿奈娜，又拽拽他的胳膊，做个口型：没事。

他们走近波和他的学徒，塔涅尔抬起帽檐。波露出微笑，上前拥抱了卡-珀儿，然后拥抱塔涅尔。

"小塔。小妹妹。看来你们休息得不错。"

"死了是有这个好处。"塔涅尔回答。

奈娜狠狠地瞪着波。"怎么不告诉我，他还活着？"

"重要吗？"波问。

"上个星期，我甚至当你是个没良心的畜生，因为你最好的朋友被神杀了，你却跟个没事人似的。"

"有点可疑，是吧？"波说，"等事情平息了，我是得哀悼一下。"

奈娜翻个白眼。"见鬼，真受不了你。塔涅尔，你为什么不露面？所有人都以为你死了。"

"要的就是这个效果。"塔涅尔说。

"为什么？"

"因为，"波替他回答，"塔涅尔的余生都将活在塔玛斯的阴影里。我觉得，咱们谁都理解不了他的苦衷。他们不会允许他以塔涅尔的身份活着。他们会逼迫他成为下一个塔玛斯，领导亚卓，成为亚卓时刻跳动的心脏。"

塔涅尔默不作声。装死的理由太多了。他在想，自己算不算是个懦夫，拍拍屁股一走了之，让别人来收拾这堆烂摊子。

"那也不能解释，你为什么不告诉我。"奈娜说，"你觉得我口风不严？奇怪了，我跟谁说去！你是我唯一的知己。"

塔涅尔在他俩中间摆摆手。"是我叮嘱他不要告诉任何人的。"

火药魔法师

他说,"波一向信守承诺。这个问题,你俩以后私下解决吧。再耽搁下去,我可能被人认出来。你找到她了?"

"找到了。"波说,"就在里面。"

"好。"塔涅尔从腰间拔出手枪,再三检查有没有填装弹药。波则戴上手套。

"真要我帮忙?"波问。

"有你在,我心里踏实。你不用进去,就……留在这儿,以防万一。"

"她应该察觉到我来了。"波说,"我们的关系不如当年那么好。还记得吧,上次见面时,我把她从山上扔了下去。"

"是我把她扔下山的。"塔涅尔说。他有点心跳加速,不禁怀疑此举是否明智。

"她可不这么记得。"

"你们在说谁?"奈娜问,"我们来这儿干吗?"

"对付一个半神。"波说。

奈娜脸色发白。"你说什么?"

塔涅尔撩开医疗帐篷的帘子。"女士先请。"他对卡-珀儿说,又转向奈娜,"别担心。她没有手。你俩可以等在外面。"

帐篷里的病床是日常数量的三倍,塔涅尔不知道,这算好事还是坏事。护士们人手不够,都忙得团团转,没人注意到他。伤员大多挨在一起。好吧,只有一个例外。

朱利恩坐在靠里的一张小床上,帐篷一角裂了缝,她能看到外面。他和卡-珀儿接近时,她并没有回头。

"他们放你下来了。"塔涅尔说。

"所以我就不谢你了。"朱利恩在柱子上吊了几个月,被烈日曝晒,滴水不沾,但现在,她的声音似乎恢复了正常。塔涅尔绕到床边,探头观察她的胳膊。残肢上缠着绷带。他不禁好奇,如果时间够久，她的手能否再长出来。毕竟她巫力很强，可能仅次于神。

"当时你求我杀了你，而不是放你下来。"塔涅尔说。即使求了，他也不可能答应。朱利恩杀了他朋友，也想杀他。是她把克雷西米尔召唤回这个世界，导致灾难发生，无数人死于非命。

朱利恩转过头，抬起右臂指着他。"你是来兑现诺言的？"

作为回应，塔涅尔拔出手枪。

"好吧。"朱利恩低头看着不存在的双手，又看向卡-珀儿。"你很特别，对吧？我当初居然没看出来。你那玩意儿装了她的子弹？在南派克山上，射杀尊权者的子弹？"

"是啊。"塔涅尔舔舔嘴唇。他想举起手枪，扣动扳机，但不知为何居然做不到。或许是出于惋惜。谨慎。不愿再杀人流血。他不确定。"他们放你下来时，知道你的身份吗？"他问。

朱利恩耸耸肩。"德利弗王党留意过我，但我告诉他们，我是个雇佣兵，因为冒犯了克雷西米尔，被他用巫力保住了命。"

"他们相信你？"

"为什么不呢？我说的基本属实。况且，就算他们知道我是普瑞德伊，失去双手，我对他们也毫无威胁。"

"但你知道许多秘密。"

"所以我没告诉他们。"朱利恩说，浅浅的笑意扯动了脸上的伤疤。"别耽误时间了，好吗？"

塔涅尔瞟了眼卡-珀儿。她面沉似水。他抬起枪口。

"我觉得，其实你没打算回来兑现诺言，对吧？"朱利恩幽幽地问道。

塔涅尔一愣，放下手枪。"你认为我会食言？你造成这么大的灾难，还想我放过你？"

"问问而已。"朱利恩耸耸肩，一副无所谓的模样。

"你愿意这样活着？"

火药魔法师

朱利恩转转胳膊。"也许我能恢复正常。我是指他方。我还能看到，但没有手指，所以碰不到。即使不行，也是我活该。也许我活该被德利弗王党拷打一千年，榨干我脑子里的所有秘密。"

塔涅尔端详着她的侧脸，半晌无言。不知朱利恩是否真的后悔了，或许只是演戏。毫无疑问，她后悔召唤了克雷西米尔。但害死这么多人，造成这么大的混乱，她后悔吗？

塔涅尔把手枪插回腰带。

朱利恩的目光扫过他和卡-珀儿，又落回塔涅尔身上，眼睛瞪大了些。"别耍我，'双杀'。要么杀了我，要么放了我，不管怎样，为了我被克雷西米尔吊在柱子上的那几个月，为了我失去的双手，你欠我的，别耍我。"

"我才不欠你什么。"塔涅尔说，"但我不是刽子手。我来这里只是因为，你在想死的时候，我答应过送你一程。既然你反悔了……我也厌倦了流血。厌倦了争斗。多开一枪解决不了任何问题。但你必须答应我一件事。"

"什么？"

"彻底放手。抛开你与波巴多和在亚卓的一切恩怨。一笔勾销。从此我们再无瓜葛。"

"同意。"朱利恩几乎脱口而出。两人对望片刻，她扬起下巴指着塔涅尔。"我会永远记住，'双杀'。"

他和卡-珀儿出了朱利恩所在的帐篷，回到波和奈娜身边。

"我没听到枪响。"波说。

"我没杀她。"

"留她一命，是个好主意吗？"波略显紧张。他本来要摘手套，这时却停下了。

"我不知道。也许是。也许不是。不过我相信，她不会再找你的麻烦了。"

"无论如何,也请你相信,我会盯着她的。"

"理解。"塔涅尔说。

"那就完事了?"波问,"你要走了?"

塔涅尔与卡-珀儿对视一眼。是啊,差不多是时候了。但还没有结束。"还有最后一件事。"他说。

尾声

亚多佩斯特东部某条安静的街道上，维罗拉站在马车外，抬头望着一栋三层小楼。

这时将近下午四点，天色不早了，维罗拉歪着脑袋，等待教堂敲钟。她在这儿生活了好多年，每逢整点都能听到钟声。过了好一会儿她才想起，亚多佩斯特的教堂都被毁掉，再也听不到钟声了。她不禁悲从中来。

"用我陪你进去吗？"奥莱姆在马车上问。

"等我几分钟。"她关上车门，穿过无人修剪的花园，登上前门台阶，从口袋里摸出把铜钥匙。

她习惯性地在门厅停下，等待有人呼唤她的名字，然而过去的家对她的出现毫无回应，除了地板在脚下发出熟悉的嘎吱声。灰尘的气息扑面而来，不知政变那晚之后，是否还有人来过这里。她打听过，去年冬天，仆人就都被遣散了。

如今她官拜将军，却毫无成就感。塔玛斯安葬仅仅一周，最新组建的内阁就对她极力追捧，为她加官进爵。如今又过去六周，异样的感觉依然如影随形。亚卓有史以来最年轻的将军，升迁速度之快，甚至超过了当年的塔玛斯。不知外人是否会将这视为一个政治噱头。

在他们利用你之前，好好利用他们，塔玛斯的声音在她耳边回荡。让他们知道，你是实至名归。

她拾阶而上，望向右侧第一间房——自从塔玛斯从街头带她回来,她在这里生活了六年之久。她想起政变之前的那段时光。塔涅尔被派去法崔思特之前。那个该死的纨绔子弟出现之前。

笑声在回忆中荡漾,她歪着头,不知是现实还是幻听。果然,什么都没有。

床比记忆中小得多。塔玛斯不在家的那些夜晚,她和塔涅尔是怎么挤在床上的?那时波巴多还住在这儿吗?或者已经被王党的巫探带走了?

记忆淡去,她走出房间,继续向前,在塔玛斯的书房门口停步。他的书桌落满灰尘,还有张亚多佩斯特地图,用塔玛斯最喜欢的茶杯和一小把火枪子弹压着边角。维罗拉来到书桌前,轻轻卷起地图,搁到塔玛斯的书架上。她又取下军服上的金色肩章,放在之前铺着地图的书桌上。

她深感疲倦,头晕眼花。每天不间断的握手,或检阅,或追悼。还有塔玛斯的葬礼,有两位国王和一位王后出席,报道说,参加人数足有八百万。葬礼由刚刚获得赦免的大主教查理蒙德主持。

她打开塔玛斯书房的窗户,看着灰尘在阳光下飞舞。然后,她慢慢地浏览塔玛斯在哥拉收集的各种小玩意儿。她的指头摸过一排排皮革包裹的书脊,书的内容涵盖战争、宗教和经济。她对这间书房的陈设了如指掌,试着回想第一次进来时的情景。

记忆似乎模糊了。或许它已被潜意识改变,与成百上千不同记忆的碎片拼接在一起,褪去了颜色,犹如曝晒多年的布料。

地板嘎吱作响,维罗拉睁开眼睛,却不记得是何时闭上的。她满脸是泪,但顾不得擦拭。

"你没必要走。"她对出现在门口的人说。

塔涅尔穿着褪色的鹿皮装,手提一把陈旧的步枪,胡子和头发都蓄得老长。他的眼睛,比这些年她见过的都要明亮,仿佛已经卸下肩上的重担。

火药魔法师

"我必须走。"他微笑着说,"我自由了,维罗拉。"

她绕过塔玛斯的书桌,来到塔涅尔面前,端详他的面庞和眼睛。她回头看了眼桌上的肩章,似乎明白了什么。

"他们让你当上了将军。"塔涅尔说。

她望着肩章,嘴里尝到了苦涩的滋味。

"国家需要你。塔玛斯的死造成了巨大的空缺。"

"可我不想去填补。"

"专心手头的事就好。"塔涅尔说。

维罗拉回答:"贝昂·杰·伊匹利躲起来了,凯兹即将爆发内战。希兰斯卡将军仍有必要接受审判。波想联合尊权者和火药魔法师,组成亚卓新党。加夫里尔打算彻底革新守山人军团。有太多……事情要做了。"

维罗拉以为,提到希兰斯卡,塔涅尔的心情必然有所波动。但他只是点了点头,过去摸了摸桌上的金质肩章。

"塔玛斯会为你骄傲的。"

维罗拉低头看看军服,她胸前挂满了各种勋章,每天都恨不得扯下来。"真的吗?"

"真的。你会卖掉房子吗?"

维罗拉眨眨眼。"什么意思?"

"我在报纸上看到了遗嘱。要是我死了,塔玛斯的遗产就归你和波。"塔涅尔用两根手指轻抚门框。"如果是我,我会亲手卖掉。这里承载了太多回忆。"

"鬼扯,我才不卖。我正准备搬进来。"

塔涅尔似乎愣了一下,随即又笑了。"我有理由感到高兴。我们在这里度过了一段欢乐的时光,不是吗?"

"是啊。"两人相对而立,沉默许久,最后维罗拉说,"原谅我?"

"只要你原谅我。"

"我已经原谅了。"

他们拥抱在一起,维罗拉感觉到,塔涅尔的嘴唇贴在自己的额头上。她感觉头发被打湿了,两人分开时,塔涅尔擦去了眼角的泪水。

维罗拉握着他的手。"保重。照顾好你自己。"

"你也是。"

他离开了,她一个人留在安静的新家。

她想起被塔玛斯收养后不久的一个夜晚,她做了噩梦。塔玛斯来到她的房间,把她抱回床上,亲吻她的额头——以前从来没人这样过——塔玛斯告诉她,只要他活着,就绝不允许她和塔涅尔受到伤害。

从此以后,即便与鲜血、杀戮和死亡相伴,她也再没做过噩梦。

"你在跟谁说话吗?"奥莱姆进了书房,问道。

现在谁能帮她赶走噩梦呢,她心想,但就在她思考时,仿佛又听到了塔玛斯的声音。他似乎在说,你能行。

"这里没人。"她回答奥莱姆,"只有过去的残影而已。"

(第三部完)